中国古代 叙事 文学
国际学术研讨会论文集

ZHONGGUO GUDAI XUSHI WENXUE
GUOJI XUESHU YANTAOHUI LUNWENJI

主编◎傅承洲

本书由中央民族大学中国语言
文学校级重点培育学科建设经
费资助出版

中央民族大学出版社
China Minzu University Press

图书在版编目（CIP）数据

中国古代叙事文学国际学术研讨会论文集/傅承洲主编．—北京：中央民族大学出版社，2011.12

ISBN 978 - 7 - 5660 - 0132 - 0

Ⅰ.①中…　Ⅱ.①傅…　Ⅲ.①叙事文学—文学研究—中国—古代—国际学术会议—文集　Ⅳ.①I206.2 - 53

中国版本图书馆 CIP 数据核字（2011）第 278952 号

中国古代叙事文学国际学术研讨会论文集

主　　编　傅承洲
责任编辑　杨爱新
封面设计　汤建军
出 版 者　中央民族大学出版社
　　　　　北京市海淀区中关村南大街27号　邮编：100081
　　　　　电话：68472815（发行部）传真：68932751（发行部）
　　　　　　　　68932218（总编室）　　　　68932447（办公室）
发 行 者　全国各地新华书店
印 刷 厂　北京宏伟双华印刷有限公司
开　　本　787×1092（毫米）　1/16　印张：21.75
字　　数　450千字
版　　次　2011年12月第1版　2011年12月第1次印刷
书　　号　ISBN 978 - 7 - 5660 - 0132 - 0
定　　价　55.00元

目　录

口传叙事、书写叙事及其相互转化

——以中国古代小说为中心

南开大学文学院　孟昭连

一、采诗与献诗

口传与书写是人类文明不同阶段的信息传播手段，文字产生之前，口传是主要的叙事方法；文字产生之后，不少原来由口传承担的叙事任务，渐渐转化为文字，为书写叙事所分担。自此之后，口传叙事与书写叙事二者并存，适用于不同的传播领域与社会阶层。就文学而言，诗歌本为"言志"的，"言"即口头表达，因此最初的诗歌是口语创作。有学者认为，《诗经》大约正处于口传向书写转化的时代，但也有人认为可能更早。譬如郭沫若《卜辞通纂》就收录了一则甲骨文字："癸卯卜，今日雨。其自西来雨？其自东来雨？其自北来雨？其自南来雨？"有人以为这并非简单的卜辞，因为占卜结果没有必要用这么整齐的句式，它实际上很可能就是一首整齐合韵的诗歌，是第一次用文字展示出来的歌谣。如此，则口传歌谣早在甲骨时代就开始向书写叙事转化了。到了《诗经》产生的时代，书写叙事已经成熟，这样的转化开始大规模地进行。宋人朱熹谓风诗云："凡诗之所谓风者，多出于里巷歌谣之作，所谓男女相与咏歌，各言其情者也。"① 肯定风诗原本出自民间，大多是相恋男女为抒发感情而进行的口头创作。

口传叙事既有悠久的传统，且有书写叙事所不具备的优长，那么何以要向书写叙事转化呢？比如口头创作的风诗，是如何转化为书写形式的呢？关于这些作品的来源，古代有很多说法，最为大家认可的是所谓"采诗说"。如《礼记·王制》："天子五年一巡狩……命太师陈诗以观民风。"《汉书·食货志》："孟春之日，群居者将散，行人振木铎徇于路以采诗，献之太师，比其音律，以闻于天子。"《汉书·艺文志》："故古有采诗之官，王者所以观风俗，知得失，自考正也。"天子采诗是为了考察下情，是一种政治行为。也有人认为其实采诗只是为了娱乐，如元人吴澄云："国风乃国中男女道其情思之辞，人心自然之乐也。故先王采以入乐，而

---

① 《诗集传》序。

被之弦歌。"① 当然也不排除这两个目的兼而有之，既用来欣赏，也可以观民风。在此过程中，不论"行人"还是"采诗之官"，当他们听到口头表演的诗歌后，显然不是只用耳朵听，脑袋记，因为沿途采到的诗歌数量不会太少，只有用文字记下来才更准确，也更方便转达到天子那里。所以口传的民间歌谣，正是藉由天子采诗的机会，才转化为文字的。因为这个机会，文人介入其间，他们很自然地用手中的笔把听到的歌谣转化为文字记录。一种说法是"男年六十，女年五十无子者，官衣食之，使民间采诗，乡移于邑，邑移于国，国以闻天子"，可信性不强。如果这些孤老仅仅是因为年老没有依靠，官府就把他们养起来，并让其担当民间采诗的重任，很难令人置信。假如他们并不识字，根本没有书写能力，难道就靠脑袋记下那么多听到的民间歌谣吗？更何况，"乡移于邑，邑移于国，国以闻天子"，中间还要经过多次转述，难道都是靠各级官吏脑袋记忆和口头转达吗？这显然是难以想象的。合理的解释只能是，当"行人"从民间收集到口头歌谣后，马上就用文字记录下来，然后再把这种文字记录稿一级一级呈递上去，一直到达天子的手里。所以鲁迅先生在谈到文学的产生时曾这样说："就是《诗经》的《国风》里的东西，好许多也是不识字的无名氏作品，因为比较的优秀，大家口口相传的。王官们检出它可做行政上参考的记录了下来，此外消灭的正不知有多少……到现在，到处还有民谣、山歌、渔歌等，这就是不识字的诗人的作品；也传述着童话和故事，这就是不识字的小说家的作品；他们，就都是不识字的作家。"②

相对于"采诗说"经过了一个从口传到书写的转化过程，"献诗说"则是直接的书面语创作，没有经过口传的阶段。《国语·周语》上："故天子听政，使公卿至于列士献诗。"《国语·晋语》六："古之言王者，政德既成，又听于民，使工诵谏于朝，在列者献诗，使勿兜。"而且《诗经》的一些篇章也明确记载了这种献诗的情形。如《小雅·节南山》："家父作诵，以究王讻。"《小雅·何人斯》："作此好歌，以极反侧。"《大雅·民劳》："王欲玉女，是用大谏。"有的甚至写出了作者的名字，如《大雅》中的《嵩高》和《烝民》两篇都有"吉甫作涌"之句，"吉甫"即西周著名的贵族尹吉甫。公卿列士们写诗献给天子，除了讽谏，也有歌功颂德的。《诗经》中这两类内容都很突出。元人吴澄云："朝廷之乐歌曰雅，宗庙之乐曰颂，于燕飨焉用之，于朝会焉用之，于享祀焉用之，因是乐之施于是事而作为辞也。"③ 说的就是这类献诗。由于采诗与献诗的作者不同，创作方法也有异，所以它们在语体上是有差别的。前者的作者是民间男女，他们用诗歌表达的爱情故事，属于纯粹的民间口头创作，用的自然是口语，虽然经过采诗人的文字记录，其间甚至还经过了某些修改，但它在语体上还较多地保留着口语化的特色，仍然属于

---

① 《校定诗经序》，《吴文正集》卷一。

② 《且介亭杂文·门外文谈》。

③ 《校定诗经序》，《吴文正集》卷一。

口传叙事；献诗因为出自公卿大夫之手，属于典型的书面语创作，用的只能是文语雅言，所以它表现出更多的书写叙事的特点。只要将《诗经》中的风诗与雅颂稍加对照，这种差别就可以看得很明白。

二、《汉志》中的"小说"

以口传与书写的观点考察中国古代小说的形成，似乎亦颇契合。具有真正文体意义的"小说"产生于汉代。《汉书·艺文志》首载"小说"十五家，一千三百八十篇，并谓："小说家者流，盖出于稗官，街谈巷语、道听途说者之所造也。孔子曰：'虽小道，必有可观焉，致远恐泥，是以君子弗为也。'然亦弗灭也。闾里小知者之所及，亦使缀而不忘，如或一言可采，此亦刍荛狂夫之议也。"其后又有桓谭《新论》云："若其小说家，合丛残小语，近取譬论，以作短书，治身理家，有可观之辞。"此时的"小说"便开始具有文体的意义①。对《汉志》中的"小说"，后世学者多认识到其内容的浅薄琐屑，即所谓"托人者似子而浅薄，记事者近史而悠缪"②，但对其来源及文体之形成，却全不着墨。事实上，小说之产生与风诗之形成颇为相近。《汉志》谓"小说"乃"街谈巷语、道听途说者之所造"，说明最早的作者皆"刍荛狂夫"之徒，也就是庄农樵夫之类。街、巷为平民居住、聚集的地方，也是他们议论的好去处。这里人多，流动性强，便于信息的迅速传播。那么，他们"所造"的又都是什么言论呢？一般而言，"街谈巷语"大都指批评性的言论。李斯说："人则心非，出则巷议，夸主以为名，异取以为高，率群下以造谤。""心非"与"巷议"相对，可见所指也相同。《史记》有"百工谏，庶人传语"，张守节《正义》云："庶人微贱，见时得失，不得上言，乃在街巷相传语。"可见，议论王政的得失是"街谈巷议"的内容之一。张衡《西京赋》有"街谈巷议，弹射臧否"之语，弹射，犹言指摘、批评。开明的天子会利用街谈巷语了解民意，这是一个古老的传统，所以《诗经》中有所谓"先民有言，询于刍荛"（《大雅·板》），《国语》中有"考百事于朝，问谤誉于路"（《晋语》六）。使谤言闻于天子甚至可以得到奖励，《战国策》："能谤议于市朝，闻寡人之耳者，受下赏。"（《齐策》一）当然，除了议论朝政，各种历史传闻、名人轶事以及相互间讲故事③，肯定也是街谈巷语者不可缺少的话题。单从《汉志》所列的小说作品，就可以看出此类内容占相当比例。

街谈巷语、道听途说的东西，既比不上子书的深刻，也比不上史书的真实，所以一开始就不为人所重，是理所当然的。又因为"小说"来自社会最下层，作者是

---

① 详见拙文《"小说"考辨》，《南开学报》2002 年第 5 期。

② 鲁迅：《中国小说史略》第一篇《史家对于小说之著录及论述》。

③ 鲁迅先生曾经对小说的起源及其本质作出论述，认为小说即"彼此谈论故事"。

普通百姓，所以决定了它是口传文学的一个组成部分，它的语体与子、史著作有重要区别。子、史著作都是脱离口语的文言书面语，"小说"则不然，因为百姓庶民在街头巷尾议论朝政、传布各种流言或民间传说的时候，用的自然是口语，不可能是文绉绉的书面语。这时，故事只能依靠口耳相传的方式在民间传播，带着口传文学所应有的一切特点。直到有一天，故事被天子派下来的"稗官"收集到，它就开始脱离原始的口传状态。鲁迅先生曾把初期小说的存在形式分为"小说"和"小说书"。他说："稗官采集小说的有无，是另一问题；即使真有，也不过是小说书之起源，不是小说之起源。"① 他这里说的"小说"就是指口传阶段的故事，而"小说书"则是指形成书面语的故事。在鲁迅先生看来，口语化的故事才是小说的真正起源，民间"街谈巷语"者才是小说的真正作者。如果没有"稗官"的收集整理，"小说"可能会永远保持口传的原生态，成为世代相传的口头文学。随着时间的流逝，大部分口头创作的"小说"都会自生自灭，消失在历史的长河中。但政治的介入，令"稗官"们有机会接触到这些口传形态的"小说"，并把它们记录下来，这才成就了文体意义上的小说。《汉志》谓"缀而不忘"，"缀"字的本意是指连缀字句以成文章，故这里的"缀而不忘"特指用文字记录，而绝非以头脑记忆。因为头脑记忆毕竟有"忘"的问题，要使收集到的众多口传故事能原原本本地传达给天子而"不忘"，就必须用文字记录。这也明确告诉我们，稗官确实是将小说由口传转化为书写的关键人物。

按理说，"稗官"到收集"街谈巷语"是在执行朝中的公务，为了保证内容的真实性，他理当保留这些"街谈巷语"的口语化特征。但事实上不然，"稗官"对口传故事肯定要做一些"处理"，除了内容上的取舍与调整，在语体上尤其要有所修改，起码要把原本的口语改成书面语。事实上，"小说"与"小说书"最大的区别也正在于语体的口语化与文字化，反映在书面上，也就是白话与文言。但就我们现在可以看到的《汉志》所载小说的部分散佚内容来看，与其他文体相比，这些作品在语体上的差别并不明显，没有表现出明显的白话倾向。

我们知道，虽然一般认为文字是语言的反映，但口语表达与文字表达毕竟不同，前者是用声音符号，后者是用形象符号，因此二者不可能完全等同；再加上语言的流动性与文字的凝固性形成的差距，所以书面语有异于口语是必然的。口语与书面语的差距，尤其明显地表现在古代的汉语与汉字的关系之中。语言学家一般认为，春秋战国时期的口语与书面语大体也还一致，但到了汉代，二者的差距就越来越大，以至"诏书律令下者……小吏浅闻，不能究宣，无以明布谕下"②。下级官吏竟然难以看懂皇帝的诏书以及法律文书，可见当时书面语与口语已经有了相当的距离。儒术独尊政策的实行，不但将天下的思想定于一尊，而且还通过严格的儒学

---

① 《中国小说的历史的变迁》。

② 《史记·儒林列传》。

教育，逐渐形成并确立了一种标准的书面语表达方式，即后来所说的"文言"。汉代的经史著作，用的几乎都是这种语体。其中《史记》、《汉书》作为这种语体的代表，成为后世一代又一代文人效法的永恒榜样。在这种文言占据书面语领域权威地位的形势下，白话只在佛教著作及民间乐府中偶有出现。而小说作为介乎史书与子书之间的一种文体，它的语体只能向它们靠拢，所以《汉志》所载的"小说"作品，只能是文言而不可能是白话。

这种情形一直延续至魏晋时期。研究者一般把魏晋定为古代小说的形成期。那么，魏晋小说是如何写成的呢？其实，它们也与口传文学有不可割断的联系。志怪小说的代表作品《搜神记》作者干宝在自序中述其故事来源，有"考先志于载籍，收遗逸于当时"、"缀片言于残阙，访行事于故老"之语，说明《搜神记》的故事来源于两个方面：一是从前代典籍中收集而来，二是当时的传说故事。所谓"仰述千载之前"是指前者，"访行事于故老"是指后者。由于这些故事的分布状态有两个类型，所以他的撰写方法也分为两种，一种是"承于前载"，也就是直接从前代典籍中作一番选择淘汰，选择相关的故事，直接辑录下来。在此过程中，干宝基本上遵循着"据实以录"的原则，一般是不加改动的；内容上如此，在语体上也如此。因为所据著作多为史书或杂史、杂传，在语体上都属于正统的文言，所以这部分内容仍然保持原有的文言体。问题是第二类作品，这部分故事来源于"采访近世之事"，即通过"博访知古者"，将那些以口耳相传方式流传的故事记录下来。此类故事也还不少，所以干宝在自序中又有"耳目所受，不可胜载"之叹。对这部分口传故事，干宝当然也遵循实录的原则，也就是原封不动地记录他所察访到的内容。但我们看到，《搜神记》中的作品并没显示出明显的语体差别，来自于口传的故事与辑自前代典籍的故事是同样的文言。很显然，干宝在处理这些口传故事的时候，"实录"的只是故事的情节、人物等，至于语体，他已经按照当时的书写习惯，转变为与史传相同的文言体。在这些故事中，不但作者的叙事语言是文言，连故事的人物语言也都是文言，不论是达官贵人，还是草民百姓，不论是人是鬼，都操着同样的"之乎者也"进行对话。

正因为对魏晋人而言，小说基本上仍然是"史官末事"（《隋书·经籍志》），所以魏晋小说对口传故事进行语体转化具有必然性。大部分小说的收集整理及创作被视为史家治史之余的末技，担负着拾遗补缺的功能，其目的是为正史服务；那些宗教家们的作品，也是标榜"发明神道之不诬"，号称自己的故事全是实录，小说在有意无意间成了历史的附庸，所以它在语体上理所当然地要与史著保持一致。

三、剧谈与唐传奇

讲故事不仅是早期小说的原始形态，也是后世小说素材的重要来源。一些表面上看来是纯粹文人以书面语创作的小说作品，后面大多藏着口传文学的影子。唐代传奇被公认为我国古代文言小说的成熟和繁荣阶段，无论在思想内容上还是语体上，或是在审美风格上，都表现出与之后的白话通俗小说的巨大差异，但在与口传文学的关系上，它们却有异曲同工之处。早在汉末魏晋，文人间兴起一种所谓"清谈"活动，品评人物，谈玄说理，不但着意于语言的选择及修辞，而且讲究音调的高低、节奏的快慢。也有一些人，谈论起来滔滔不绝，甚至引起激烈的争论，这就变成了所谓的"剧谈"。到了唐代，士大夫之间的聚谈之风较前更甚，只是魏晋士人那种倾向于表现风神俊朗的清谈，已被唐代士人更喜欢的好奇征异的剧谈所取代。剧谈不仅指激烈的辩论，也包括说笑话、讲故事之类，隋唐时期的剧谈似乎更多时候是指后者。沈亚之的《异梦录》曾详细记述了这种剧谈的情形：

> 元和十年，亚之以记事从陇西公军泾州，而长安中贤士皆来客之。五月十八日，陇西公与客期，宴于东池便馆。既坐，陇西公曰："余少从邢凤游，得记其异，请语之。"客曰："愿备听。"陇西公曰："凤，帅家子……"是日，监军使与宾客郡佐，及宴客陇西独孤铉、范阳卢简辞、常山张又新、武功萧涤，皆叹息曰："可记。"故亚之退而著录。

故事的主人公做的这个异梦，完全是陇西公与客人饮宴时讲出来的。为了证明所言不虚，陇西公还特地说明，梦中的一切，都是邢凤亲自告诉他的。众人听了陇西公这个故事后，叹息之余让沈亚之将它记录下来，于是沈亚之连夜写成《异梦录》，并且第二天拿到朋友聚会上让人浏览。有意思的是，沈亚之也担心别人不相信这个故事，还特意把当时参加宴饮的名单记了下来。沈亚之在《异梦录》中提到的这种文人"剧谈"及其对小说创作的影响，并不是个案，它成为唐传奇创作的重要素材来源。好在唐人作小说，喜欢在作品中交代创作的缘起，这为我们考察它与口传文学的关系提供了方便。试看几例：

沈既济《任氏传》在故事的结尾有这样一段说明：

> 建中二年，既济自左拾遗于金吴。将军裴冀、京兆少尹孙成、户部郎中崔需、右拾遗陆淳皆适居东南，自秦徂吴，水陆同道。时前拾遗朱放因旅游而随焉。浮颍涉淮，方舟沿流，昼宴夜话，各征其异说。众君子闻任氏之事，共深叹骇，因请既济传之，以志异云。

白行简《李娃传》篇末云：

> 贞元中，予与陇西公佐话妇人操烈之品格，因遂述汧国之事。公佐拊掌竦听，命予为传。乃握管濡翰，疏而存之。

李公佐《庐江冯媪传》的结尾：

> 元和六年夏五月，江淮从事李公佐使至京，回次汉南，与渤海高铖、天水赵
> 儹、河南宇文鼎会于传舍。宵话征异，各尽见闻。铖具道其事，公佐因为之传。

此外，李复言《尼妙寂》、李玫《纂异记·齐君房》、皇甫枚《三水小牍·王
知古》等，也都在作品中表明，故事本来是口传的，经过作者的记录整理，方才成
为使用书面语的传奇作品。而有些作品，题目就明确反映出其与"剧谈"的关系。
如韦绚《刘宾客嘉话录》中的故事，都是他于长庆年间随刘禹锡做幕僚时听刘禹锡
同宾客们谈话的记录，所谓"文人剧谈，卿相新语，异常梦语，若谐谑卜祝、童谣
佳句，即席听之，退而默记"，"今悉依当时日夕所话而录之……传之好事，以为谈
柄也"。另一部传奇故事集书名就叫《剧谈录》，更明确显示出其与剧谈的关系。
作者康骈在序中云："其间退黜羁寓，旅乎秦甸洛师，新见异闻，常思纪述；或得
史馆残事，聚于竹素之间。"

文人间"剧谈"所讲的故事，大多不是他们自己编造出来的，更早的来源其实
在民间，他们听到后再相互转述，认为有趣的或有价值的便记录下来，成为传奇小
说。可以推想，口耳相传于文人间的此类故事原本肯定更多，只是有的并没有被记
下来，或者大部分没有被记下来，正像韦绚所言，"其不暇记，因而遗忘者不知其
数，在掌中梵夹者，百存一焉"。唐代之后，由于写实观念的强化，作家崇尚"所
书者必劝善惩恶之事，亦不为无补于世"和足备"史官采摭"，文言小说由写故
事，渐渐转移到写"故实"的路上去，文学色彩渐渐淡化。明桃源居士这样概括唐
宋小说之别："（小说）尤莫盛于唐，盖当时长安逆旅，落魄失意之人，往往寓讽
而为之。然子虚乌有，美而不信，唯宋则出士大夫手，非公馀纂录，即林下闲谭，
所述皆生平父兄师友相与谈说，或履历见闻、疑误考证，故一语一笑，想见先辈风
流。其事可补正史之亡，裨掌故之阙。较之段成式、沈既济等，虽奇丽不足而朴雅
有馀。"① 但文言小说在口传故事的基础上进行再创作的基本方法并没有改变，比
如洪迈创作《夷坚志》，大部分故事就来源于口头传说，向他提供口传故事的人涵
盖社会各个层次，"非必出当世贤卿大夫，盖寒人野僧、山客道士、瞽巫俚妇、下
逮走卒，凡以异闻至，亦欣欣然受之，不致诘"②，而且"每闻客语，登辄纪录。
或在酒间不暇，则以翼旦追书之。仍亟示其人，必使始末无差庂乃止，即所闻不失
亡而信可传也"③。清代蒲松龄《聊斋志异》收集故事素材的方法也是大同小异，
虽然其中也有根据前人书面语作品再创作的，但更多的是来自民间口传故事。作者

---

① 【明】佚名辑：《宋人百家小说》。
② 《夷坚丁志序》。
③ 《夷坚支庚序》。

自云："才非干宝，雅爱搜神，情类黄州，喜人谈鬼。闻则命笔，遂以成篇。久之，四方同人，又以邮筒相寄，因而物以好聚，所积益夥。"① 据邹弢《三借庐笔谈》，蒲氏"作此书时，每临晨携大磁罂，中贮苦茗，具淡巴菰一包，置行人大道旁。下陈芦衬，坐于上，烟茗置身畔，见行道者过，必强执与语，搜奇说异，随人所知；渴则饮以茗，或奉以烟，必令畅谈乃已。偶闻一事，归而粉饰。如是二十余寒暑，此书方告藏"。其后纪晓岚撰《阅微草堂笔记》，虽然比蒲松龄更强调实录，但从口传到书写的创作路数，却如出一辙。事实上，这也形成古代文言小说最基本的创作方法。

口传故事以口耳相传的方式流传已久，文人们把它们转化为书面文学，各有其目的。有的是为了补史，如《唐国史补》"虑史氏或阙则补之意，续传记而有不为"；有的是为了志异，如《任氏传》"因请既济传之，以志异云"；有的是为树碑立传，如《任氏传》就是为表彰"妇人操烈之品格"才"命予为传"的；也有的是为人提供谈资，如《刘宾客嘉话录》就是为了"传之好事，以为谈柄也"。尽管作者的目的不尽相同，但他们都意识到，要达到这些目的，必须将原有口传形式转化为文字记录。文人们大都有文字崇拜的癖好，他们认为口传的东西毕竟靠不住，一定要用文字把口传的故事记录下来，使其流传下去，是自己的历史责任。传奇作品大多名"传"名"志"，传者传也，也就是传布远方或流传后世之意；志者记也，也就是记载。要真实记录下来并传到远方或后世，只有形成书面语才能做到，这是文字的本质决定的。王充云："夫文由（犹）语也……故口言以明志，言恐灭遗，故著之文字。"② 口传文学虽然有自己的优势，这个优势为当代有关研究者所再三强调，但它毕竟带有难以克服的缺陷。口传文学的变异性，使故事处于流水般的不断变化之中，有的会在长期的流传过程中无限扩张，有的则很快湮没，更多的是多多少少地改变了原来的面貌。将口传故事形诸文字，经过作者的整理和规范，形成书面文学，就会在各个方面定型化——主题、情节、结构，都是如此。更重要的，它会在历史发展过程中形成知识积累，这是口传文学所不能比拟的。当然，由于使用书面语的文学作品本来就不是社会大众的精神食粮，使用书面语的小说自然也如此。传奇作品无论是用来"温卷"③，还是文人之间"相娱玩"④，它的阅读范

---

① 《聊斋志异·自序》。

② 《论衡·自纪篇》。

③ 宋人赵彦卫有所谓"温卷"说，其《云麓漫钞》卷八："唐之举人，先藉当世显人，以姓名达之主司，然后以所业投献；逾数日又投，谓之温卷。如《幽怪录》、《传奇》等皆是也。盖此等文备众体，可以见史才、诗笔、议论。至进士则多以诗为贽，今有唐诗数百种行于世者是也。"

④ 元代虞集《道园学古录》卷三十八："唐之才人，于经艺道学有见者少，徒知好为文辞。闲暇无可用心，辄想象幽怪遇合才情恍惚之事，作为诗章答问之意，傅会以为说。盍簪之次，各出行卷以相娱玩。非必真有是事，谓之传奇。元稹、白居易犹或为之，而况他乎！"

围大体是相同的，都是局限于狭小的文人圈子内，所以语体也理所当然地采用科举与官场最正统的文言，除此之外，别无选择。

四、说话与话本小说

口语与书写的转化是双向的，虽然这两种转化并不是等量的。一般而言，从口传向书写的转化是主要的，部分原因是由语言与文字的关系决定的。文字是反映语言的，这种反映并不完全被动，文字对语言也有某种反作用。口传与书写的关系同样如此。文字记录语言的部分目的是为以后再一次转化为语言提供方便，随着语言与文字互动的加剧，书写向口传的转化也越来越多。这种现象在古代小说发展过程中不断出现，以致形成了一定规律。以口传为特征的文人剧谈固然为唐传奇创作提供了大量创作素材，口传故事在文人笔下转化为书面语作品，成为传奇兴盛的一个重要原因；但另一方面，这些文人作品在传播过程中，存在着再次转化为口传文学的极大可能。比如李公佐的《古岳渎经》所写的故事，一开始以口传的形式流传，李公佐只是以一个旁听者的身份如实记录。当然，正像其他传奇作家所做的那样，他也把原来的口语故事转变为文言书面语故事。但李公佐在作品中透露，他后来又向别人转述过这个故事。我们推想，将文人书面语作品再转化为口传故事的现象绝不会是个案，文人固然可以直接阅读文字作品，但他在某些场合向别人转述这个故事的时候，还要将它重新转化为口语故事。

由书写向口传的大规模转化发生在宋元时期。相对于贵族文化占统治地位的唐代，宋元平民文化急速上升，包括民间说话在内的各种平民艺术勃然而兴，民间艺人急于向书面语文学借鉴题材，书写向口传的转化在多种领域加速进行。罗烨《醉翁谈录》"舌耕叙引"中载宋元说话艺术，对当时的说话艺人有如下的描述：

> 夫小说者，虽为末学，尤务多闻。非庸常浅识之流，有博览该通之理。幼习《太平广记》，长攻历代史书。烟粉奇传，素蕴胸次之间；风月须知，只在唇吻之上。《夷坚志》无有不览，《琇莹集》所载皆通。动哨中哨，莫非东山笑林；引倬底倬，须还《绿窗新话》。论才词有欧、苏、黄、陈佳句；说古诗是李、杜、韩、柳篇章。举断模按，师表规模，靠敷演令看官清耳。

这里主要是强调说话艺术虽为"小道"，但说话人却需要博学多闻，具有多方面的知识和素养，尤其是史学与文学方面的知识。作者列举的《太平广记》、《夷坚志》、《琇莹集》、《绿窗新话》都是当时风行一时的文言小说，"历代史书"更是效法班马而成的典型文言著作。作为口传艺术的说话，说话人学习这些已经形成文字的书面语作品，目的很清楚，就是从中吸收营养，寻找题材。在宋元说话"四家"中，以讲史为最大科目，讲史内又有"说三分"及"五代史"的更细的分科，亦可见讲史在当时的成熟与兴旺。他们的故事来源于何方？当然不排除民间传闻一类的内容，但更主要的还是来源于历代正史著作。正是这些"历代史书"为说话人提供了永不枯竭的故事源泉。《醉翁谈录》形容这些说话人"得其兴废，谨按史书；夸此功名，总依故事"，说明他们是严格按照正史的记载进行敷演的，并不是信马由缰般地随意虚构。吴自牧《梦粱录》更明确指出，"讲史书者，谓讲说《通鉴》、汉、唐历代书史文传兴废争战之事"①，说明讲史艺人正是从司马光的《资治通鉴》及《史记》、《汉书》等正史著作中取材的。除了讲史，宋元说话艺术中的小说类也是一个热门。小说类包括的题材甚广，像公案传奇、风月烟粉等，都是说话听众喜闻乐见的故事。《太平广记》、《夷坚志》、《琇莹集》、《绿窗新话》荟萃了这类题材的唐宋文言小说作品，代表唐宋小说创作的精华。说话人自幼就开始学习这些作品，目的自然是为了熟悉故事，以作为在说书场上表演的故事梗概。至于"欧、苏、黄、陈佳句"和"李、杜、韩、柳篇章"，也是说话艺人表演过程中不可缺少的内容，所谓"曰得词，念得诗，说得话，使得砌"，是构成说话艺术韵散结合叙事体制的重要组成部分。

说话艺人利用正史或小说作品的过程，也就是把书写文学再一次转化为口传文学的过程。对说话艺人而言，现成的文字作品只是他们表演的依据，在此基础上他们还要随时扩展情节，增添细节，进行各种随机的变化。所谓"讲论处不滞搭、不絮烦；敷演处有规模、有收拾。冷淡处提掇得有家数，热闹处敷演得越久长"，"如有小说者，但随意据事演说云云"都是指此。其中最为重要的一点是，他们要将原有的文言语体转化为口语进行讲说，因为他们面对的大多是文化素养不高甚至完全不识字的下层听众，所以只可能用口语表达，不会有别的选择。这也正是《醉翁谈录》说的"以上古隐奥之文章，为今日分明之议论"。以口语叙述故事情节，描绘现实生活，比用文言更为生动形象，也更为真实。说话艺术不但以通俗易懂的口语表达吸引了平民百姓，也吸引了中下层的文人，培养了整个社会对口语故事的兴趣与审美习惯。宋元雕版印刷业的蓬勃发展，催生出大量通俗文学作品，其中包括以白话书写的"话本"小说。"话本"小说是如何出现的？学界目前通行的看法是，话本小说来源于说话艺术，是说话的"底本"或"记录本"。就口传与书写的关系而言，其实这两种说法大相径庭，有着本质的差异。若依后者，则话本小说是口传说话艺术向书写叙事的又一次转化，说话与话本的关系是：说话→话本；若依前者，则先由作者直接创作书面语的话本，然后再由说话艺人转化为口传的说话艺术，其公式应该是：话本→说话。但不论话本小说与说话的关系如何，它采用的语体与以往的志怪、传奇完全不同，抛弃了正统文人的书写习惯，不再使用文言，而是以真实纪录口语为基础，形成了成熟的白话书面语。主要原因是话本小说的读者已经转化至社会下层，完全不同于志怪传奇仅局限于文人圈子内；再加上白话小说

---

① 卷二十《小说讲经史》条。

已经成为商品，受市场规律的制约，所以其发展不可阻挡；与此同时，文言小说的衰落也势在必然。

口传故事与书面语小说之间的相互转化，有时并不是一次性的，而是经过多次转化，形成一种连环式的关系。比如三国题材的作品，宋代就有"说三分"，说话艺人显然是根据三国正史及民间传闻附会而演说，而《三国志平话》又可能是总结整理"说三分"而成的，这样就可能存在《三国志》→"说三分"→《三国志平话》的关系。《三国演义》是在《平话》的基础上创作的，后来根据《三国演义》又出现了说唱、戏曲等众多的口传艺术。我们还可以举《聊斋》故事为例，如前所说，《聊斋》中的很多故事本来存在于民间口头中，是蒲松龄将其收集起来经过整理以文字定型的，但清代以来又有很多艺人对《聊斋》中的这些书面语作品进行扩展敷演，仅清代末期的子弟书就有数十种，而川剧竟有八十种之多。实际上，这种口传与书写的相互转化，构成了古代小说传播的一种常见形式，一些经典作品几乎都经历过类似的转化过程。而每一次转化，都带来了故事内容的更新与语体的变异。

中国古代小说叙事向戏曲叙事的借鉴

——古代戏曲小说的分层叙述

天津师范大学文学院　宋常立

从叙事学发展的实际情况看，叙事学主要是对以神话、民间故事、小说为主的书面叙事材料的研究，并以此为参照研究其他叙事领域。换言之，叙事学主要研究文学的文字叙述。基于此，关于叙事学理论方法的建立，正如有的学者总结的那样，叙事学主要源自现代语言学，"索绪尔提出的观察语言现象的新角度和同步分析的模式，被称为社会科学的'哥白尼式的革命'，对叙事学有开启之功……叙事学除吸取索绪尔的语言学理论之外，还不同程度地参照了当代语言科学如音位学、语义学、语法学、修辞学等学科的成果"。① 所以结构语言学家罗兰·巴特说："按照研究的现状，把语言学本身作为叙事作品结构分析的基本模式似乎是适宜的。"② 实际上，叙事学理论中的"直接引语"、"间接引语"等术语本身，原本就属于语言学。小说是文字语言的叙事，那么，按照叙事学的理论总结出的一整套小说叙事方法，就可以理解为是产生自作者对文字语言的运用。但是中国古代小说的叙事方法，并不都是作者对文字语言运作的结果，最初的中国古代小说、戏曲等通俗叙事文本是由相应的"口头叙事"转化为"文字叙事"的。早期的戏曲如金元杂剧，受同在瓦舍勾栏中表演的"说话"的影响，将"说话"的说故事转化为杂剧的演述故事，相对于西方对话体的戏剧，叙事性成为中国戏曲的显著个性。王国维谓："宋之小说，则不以著述为事，而以讲演为事。""宋之滑稽戏，虽托故事以讽时事，然不以演事实为主，而以所含之意义为主。至其变为演事实之戏剧，而当时之小说实有力焉。"③ 王国维所说的"以讲演为事"的"宋之小说"就是宋代的"说话"，金元杂剧吸收了"说话"的叙事，将"说话"的一人（说话人）叙事，变为戏曲的多人（多个角色）叙事。在杂剧表演中，不同的"角色叙述者"站在不同

---

① 胡亚敏：《叙事学》，华中师范大学出版社，2004，第4页。

② 罗兰·巴特：《叙事作品结构分析导论》，张寅德编：《叙述学研究》，中国社会科学出版社，1989，第4－5页。

③ 王国维：《宋元戏曲考·宋之小说杂戏》，《王国维戏曲论文集》，中国戏剧出版社，1984，第25－26页。

角度叙述故事，这些舞台上的叙述者是具体的，听众（叙述接受者）直接感知到他们的物质存在，他们是有血有肉的人，他们各说各的，有时会同时出现在同一舞台空间，这时，这一个一个的角色叙述者之间是并列关系。但是，在戏曲文本中，原先舞台上有血有肉的"角色叙述者"就成为一个抽象的人，成为一个被文字叙述的人，在整个剧本故事的文字叙述中，"角色叙述者"也成为叙述对象，舞台上的"角色叙述者"在文本中叙述故事的同时也成为"被叙述者"，在舞台空间中可以同时并列站在一起的几个角色，在剧本的文字叙述中，却必须按照文字叙述的时间先后，被依次叙述到；而他们原先在舞台上各说各的那段故事，在剧本中必须按照一定的文字叙述顺序和逻辑作叙述设置。这样，剧本中的不同"角色叙述者"连带他们的故事叙述，往往就表现出不同层次的关系，于是，当戏曲由口头叙事转为文字叙事时，由多个不同层次的"角色叙述者"构成的分层叙述出现了。这种由戏曲表演中的口头叙事转化为文字叙事而来的分层叙述，其后进入了小说叙事，并演化出多种形式的中国古代小说的分层叙述。

一、次故事层叙述

叙事学理论中的叙述分层，是指当小说中的某个人物又去叙述另一个故事——故事中的故事时，小说就为分层次。在分层叙述中，上一层故事中的某个人物成为下一层故事的叙述者，这样，每层故事都有各自的叙述人，他们不会是同一叙述人，如果把占了主要篇幅的故事层次称为主故事层，那么，为它提供叙述者的上一层次可称为超故事层，由它提供叙述者的下一层故事，可称为次故事层。①

中国古代白话小说来源于口头讲故事即"说话"艺术，较早的白话小说如宋元话本，大都以架设书场格局的方式，叙述者以说书人的身份来讲故事。由于叙述行为过于直接，难以虚构出新的叙述者，所以在白话小说案头化以前，小说的叙述者基本上就是说书人，不像后来的文人小说那样，作者与叙述者之间出现了有意识的分离，有着多种复杂的关系，因此，在话本小说中不见有小说的叙述分层。

当"说话"艺术被戏曲吸收，叙述分层中的次故事层叙述就在早期的戏曲作品中出现了。如果将一个剧本视为作者建构的一个主故事层，那么，剧中人物再去讲一个故事，则是次故事层了。关汉卿杂剧《刘夫人庆赏五侯宴》第四折演述到大将李嗣源的养子李从珂欲认生母，李嗣源说了一段"鸡鸭论"，就颇类"说话"：

（李嗣源说鸡鸭论云）不因此感起一桩故事：昔日河南府武陵县有一王员外，家近黄河岸边。忽一日闲行，到于芦苇坡中，见数十个鸭蛋在地，王员外言道：

---

① 参见里蒙—凯南：《叙事虚构作品》第七章第二节，生活·读书·新知三联书店，1989，第 164 – 169 页。

"荒草坡中如何得这鸭蛋?"王员外将鸭蛋拿到家中,不期有一雌鸡正在暖蛋之时,王员外将此鸭蛋与雌鸡伏抱。数日个个抱成鸭子。雌鸡终日引领众鸭趁食,个月期程,渐渐毛羽长成。雌鸡引小鸭来至黄河岸边,不期黄河中有数只苍鸭在水浮泛。小鸭在岸忽见,都入水中与同众鸭游戏。雌鸡在岸,回头见鸭雏飞入水中,恐防伤损性命,雌鸡在岸飞腾叫唤。王员外偶然出户,猛见小鸭水中与大鸭游戏。王员外道:"可怜。我道鸡母为何叫唤,原来见此鸭雏入水,认他各等生身之主。鸡母你如何叫唤?"王员外言道:"此一桩故事,如同世人养他人子一般,养杀也不亲,与此同论。"后作《鸡鸭论》,与世上人为戒。有诗为证,诗曰:鸭有子兮鸡中抱,抱成鸭兮相趁逐。一朝长大生毛羽,跟随母鸡岸边游。忽见水中苍鸭戏,小鸭入水任漂流。鸡在岸边相顾望,徘徊呼唤不回头。眼欲穿兮肠欲断,整毛敛翼志悠悠。王公见此鸭随母,小鸭群内戏波游。劝君莫养他人子,长大成人意不留。养育恩临全不报,这的是养别人儿女下场头。①

戏曲中这种故事中的故事往往用于对主题或主人公起某种暗示映衬作用,这段"鸡鸭论"就映衬了李嗣源在养子欲认生母时的悲伤心情。再如元杂剧《风雨象生货郎旦》第四折以张三姑说唱[九转货郎儿]曲的方式讲故事,暗示了李家遭遇及春郎身世,受这个次故事层叙述的启示,李彦和及其子春郎、奶母张三姑三人终得团圆。《赵氏孤儿大报仇》杂剧第四折,也是以剧中人程婴讲故事的方式暗示主人公的身世,使主人公翻然醒悟。相对"说话"艺术由一个叙述者(即说话人)讲述一个故事,元杂剧可以说是由多个叙述者(即剧中人)共同演述一个故事,所以元杂剧可以更便捷地进行次故事层叙述。

受上述戏曲叙述分层的启发,《金瓶梅》作为第一部文人独创的长篇白话小说,较早出现了次故事层叙述。小说第三十九回写官哥寄名和潘金莲生日时,在吴月娘房中由两个尼姑来讲述禅宗五祖的前生故事,故事说五祖前生是张姓财主,有八位妻妾,家财无数,后来证明这些妻妾没有一个对他是真心的,于是出了家,死后投胎成为五祖。故事由说因果、念偈、唱曲几部分组成,篇幅占了将近一回的三分之一。《金瓶梅》在主故事层的叙述中嵌入这一大段次故事层叙述并非毫无意义,这里的财主张员外实际就是西门庆的影子,故事的教训是对西门庆一家人的劝诫,但西门庆当时并不在场,在场的妻妾说说笑笑,听了也没有醒悟。这是插入一个清心寡欲的佛世界故事以与人欲横流的现实世界相观照,这段次故事层叙述相对于主故事层来说,有着暗示主题的作用。这是《金瓶梅》的作者基于案头小说的需要,在白话小说的创作中对于叙述分层的运用,相对于直接、明了的说话艺术,它适应并建构了案头阅读者的欣赏趣味。其后的《红楼梦》中也有类似的次故事层叙述,如在第二十二回"听曲文宝玉悟禅机"中,宝钗讲了一个南宗六祖惠能的故事以启悟

---

① 隋树森:《元曲选外编》第一册,中华书局,1959,第 125 – 126 页。

宝玉,第三十九回"村姥姥信口开河"中,刘姥姥虚构大姑娘"抽柴火"和老奶奶虔诚得子的故事以讨好宝玉和贾母等人,均属此类。

二、复合叙述者的叙述

古代戏曲中的叙述分层还有一种复合叙述者的方式,即在主体故事中,剧作家将故事交由一位剧中人以事件经历者和旁观者的双重身份去叙述这个故事,由此构成复合叙述者的叙述。如关汉卿的《邓夫人苦痛哭存孝》剧的主故事层是演述一个历史故事:唐末李克用因听信李存信、康君立二人谗言,致使李、康二人阴谋得逞,立有战功的李存孝终被无辜车裂致死。根据剧情,主要人物应该是李存孝、李克用、李存信、康君立。但关汉卿却让剧中次要人物李存孝的妻子邓夫人主唱,借邓夫人之口,叙述整个故事。作为剧中人的邓夫人以第一人称叙事,但在第二折〔梁州〕一曲中,邓夫人忽然又叙述起李存孝的内心独白,"俺破黄巢血战到三千阵,经历了十生九死,万苦千辛。俺出身入仕,荫子封妻……",这时邓夫人的叙述变成了第三人称全知叙事,成为剧作家的叙述干预,这种叙述上的僭越,使邓夫人成为剧作家与剧中人复合的叙述者。作为剧中人,这位复合叙述者成为历史的见证者,作为剧作家的代言人,这位复合叙述者又表达了剧作家对历史的反思与评判。其他,如《哭存孝》第三折中莽古歹对事件的复述以及《元曲选》本《尉迟恭单鞭夺槊》、《汉高祖濯足气英布》两剧第四折中探子的倒叙故事,采用的也是类似《哭存孝》中邓夫人的复合叙述者形式。

古代戏曲中的这种复合叙述者形式也被后来的某些小说家借鉴运用。

刊刻于崇祯元年的《警世阴阳梦》,在小说叙事法中较早运用了叙述分层中的复合叙述者形式。《警世阴阳梦》是在魏忠贤阉党垮台后不久,最早反映这段实事的小说。书中《阳梦》、《阴梦》两部分,《阳梦》述魏忠贤发迹而覆亡事,《阴梦》述魏党在地狱遭报应事。这部小说自始至终都以一位说书人的口吻对读者讲故事,不过,在小说《阴梦》结尾处还点出了另一位叙述者,即《阳梦》故事的参与者和《阴梦》故事的观察者长安道人,说他在阴世目睹魏忠贤受惩还阳后"提笔构思,写出《阴阳梦》"。这两位叙述人的关系,在《阴梦》开篇语中交代得很明确:"说话的,俺北京城,如今是有道之世,阳长阴消的时候,有什么阴梦,你说与咱们听着。看官们听小子说……如今又有个长安道人,新编阴梦,听咱道来。"这就是说,除了"阳梦开篇语"、"阴梦开篇语"两段超故事层叙述是由说书人叙述者单独讲述外,有关魏忠贤的主体故事是由两位叙述者共同讲述的。其中,长安道人是故事的编述者,说书人是故事的转述者。由两位叙述者共同讲述一个故事,构成了叙述分层中的复合叙述者形式。

这部小说所以采用复合叙述,是由其性质及作者的创作意图决定的。此书写的是当世时事,魏忠贤于天启七年(1627)十月畏罪自杀,第二年(崇祯元年)六月这部小说便写成付梓。此时距魏忠贤死仅半年，耳闻目睹魏忠贤事的大有人在，作为一部反映时事的小说，为免遭讥评，小说不便于过分虚构夸大。为了强调此书系多据实事敷衍成篇，小说的卷首"题识"还特意交代了本书故事的参与者兼叙述者长安道人与魏忠贤的关系："长安道人与魏监微时莫逆，忠贤既贵，曾规劝之，不从。六年受用，转头万事成空，是云阳梦；及既服天刑，道人复梦游阴司，见诸奸党受地狱之苦，是云阴梦云云。"长安道人与魏忠贤是否有过莫逆之交无从考证，但长安道人的见证人的身份，使这部小说增强了历史真实感。不过，如果长安道人仅以事件的参与者与观察者的身份叙述故事，小说只能用第一人称限知叙事，不便于作者表达斥奸、惩奸的鲜明情感。紧接此书之后，崇祯年间又相继出现同题材的《魏忠贤小说斥奸书》、《皇明中兴圣烈传》，可知魏忠贤祸国殃民事，在当时引起的社会反响是十分巨大的。《警世阴阳梦》的编者长安道人难以用冷静客观的第一人称叙事，于是他把故事交与一位假定的说书人叙述者共同叙述。这样，就可以在《阳梦》中采用第三人称全知叙事，更深入地揭露魏忠贤的种种内心隐秘，以便"详志其可羞、可鄙、可畏、可恨、可痛、可怜情事"；《阴梦》写道人梦游阴司的见闻，则采用了第三人称限知叙事，长安道人只冷眼旁观，以冷峻客观的笔调写魏忠贤在地狱遭报应的种种惨状，虽属虚构，却能给人以亦幻亦真之感。总之，小说采取这种复合叙述法，既可以表明此书信实有征，又可以便捷地表达叙述人的主观情感。

三、超故事层叙述

在南戏及明清传奇中，戏曲开场一般由副末先来介绍创作大意、剧情梗概，并报告剧名，引出正戏。这副末开场可视为超故事层。如《张协状元》的剧情就是由副末用诸官调《状元张协传》说唱出来，由此引出正戏："似惩唱说诸宫调，何如把此话文敷衍。"此时副末并不扮演具体的剧中人物，开场的介绍是其专职，但这个副末角色进入剧情便可扮演一些不同的次要人物，《张协状元》中的副末在剧中就分别扮演了张协友、张协仆人、村人、商贩、土地、判官、李大公、堂后官、考生等。也就是说，像《张协状元》一样，多数南戏及传奇戏开场中的副末一般只是跨层的角色，还不是跨层的人物。把戏曲开场中副末设计为剧中人物，并让其出入于开场与正戏剧情两个层次之间，成为真正的跨层人物的剧作是清初孔尚任的《桃花扇》。

《桃花扇》的开场称作"试一出·先声"，内容虽不脱传奇格套，但作者却在叙事方式上推陈出新，让剧中人物老赞礼来到开场中以副末角色进行跨层叙述，交代剧作由来。老赞礼在剧作第三、三十二、三十八、三十九、续四十出中出现，时或参与剧情，时或跳出剧外指点，以事件亲历者的身份见证了事件发展。副末老赞礼这种入于剧情又超凌其上的结构功能，很好地完成了作者的创作意图，即突出强调了此剧"实事实人，有凭有据"的历史真实感。为了加强这种历史真实感，作者还把剧中人张道士也拉到开场中，用他的一首歌词［满庭芳］来铺叙剧情大意。

《桃花扇》这种由故事中人物在故事开始之前交代故事由来及大意的超故事层叙述方法，直接启发了《红楼梦》的创作。

摆在《红楼梦》作者面前的难题是，这部小说即非纯属虚构——它有隐去的"真事"，又非全为实事——它究竟是用"假语村言"写成的小说，如何让读者理解"其中味"？作者曹雪芹正是利用叙述分层，在开篇中设置跨层人物叙述并由此引出主体故事及其复合叙述者，解决了这一难题。借鉴《桃花扇》开场中副末老赞礼的跨层叙述方式，在中国白话小说史上，《红楼梦》首次使用了独立完整的超故事层叙述。

在《红楼梦》的主体部分，即石头自录的"幻形入世""亲自经历的一段故事"开始之前，小说开卷有一篇楔子，楔子中说："列位看官：你道此书从何而来？"便是楔子的叙述者的指点。楔子的最后一句"按那石上书云"，仍然是楔子的叙述者的按语，下句"当日地陷东南……"则是主层故事《石头记》的正式开始。因为楔子与主故事层不是同一个叙述者叙述的，楔子提供了主体故事的叙述者，所以楔子是居于主体故事之上的超故事层。

超故事层叙述了石头以及《石头记》的来历，石头是女娲补天所遗一石，《石头记》是石头"蒙茫茫大士、渺渺真人携入红尘，历尽离合悲欢炎凉世态的一段故事"。超故事层中的茫茫大士，渺渺真人即"一僧一道"，如同《桃花扇》开场中的老赞礼和张道士，他们同时也是主体故事中的人物。这"一僧一道"不仅将顽石携入红尘，"到那昌明隆盛之邦，诗礼簪缨之族，花柳繁华地，温柔富贵乡去安身乐业"，引出了《石头记》的故事，而且还以"癞头和尚"和"跛足道人"的面貌，多次进入主故事层，在第一、三、八、十二、十五、六十六等回中，他们成为主故事层中的人物，或解救灾难，或指点迷途，表现出高于主故事层人物的能力，使一段真实的红尘故事蒙上了一层梦幻的神话色彩。《红楼梦》的作者正是运用叙述分层的方法，完成了他将"真事隐去"、用"假语村言"敷衍出一段故事的创作意图。

值得注意的是，《红楼梦》在完成上述创作意图时，在主故事层的开始还采用了复合叙述者的形式。超故事层是这样点明《红楼梦》主故事层的叙述者的：石头自录的故事，"不知过了几世几劫，因有个空空道人访道求仙"，看到石头上"字迹分明，编述历历"，石头要求空空道人抄去，空空道人才"从头至尾抄录回来，问世传奇"；"后因曹雪芹于悼红轩中批阅十载，增删五次，纂成目录，分成章回……"遂成为供读者阅读的《石头记》。这里交代得很明白，"石头"是故事的直接记录者和叙述者，"空空道人"是叙述的传递者，"曹雪芹"是"披阅增删"者，或者说，是故事的转述者。空空道人只在"石头"与"曹雪芹"之间起传递作用，从而将"石头"与"曹雪芹"分隔开来，他并未直接参与故事的叙述，所以，把主体故事讲给读者的叙述者应是"石头"和"曹雪芹"两人。

这在主故事层中表现为故事是用第一和第三两种人称叙述的。其中，除少数片段如十七、十八回元春省亲时石头的插话等，是用石头的自称之词"蠢物"、"自己"等第一人称叙述，故事的绝大部分都是"曹雪芹"用第三人称讲述的。深知作者创作构思的脂砚斋就曾明确指出过这一点，在《红楼梦》第二十一回"只见袭人和衣睡在衾上"句下，庚辰本脂批道：

> 神极之笔。试思袭人不来同卧亦不成文字，来同卧更不成文字，却云"和衣衾上"，正是来同卧不来同卧之间，何神奇妙绝文矣。真好石头，记得真；真好述者，述不错；真好批者，批得出。

这里，脂砚斋把"记者"、"述者"、"批者"分得清清楚楚，明确告诉我们把故事传达给读者的，既有"记得真"的"石头"，又有"述不错"的"述者"——"曹雪芹"。《石头记》的主体故事是由"石头"和"曹雪芹"复合叙述的，应该是毫无疑义的。

《红楼梦》的主体故事所以要采用复合叙述者以及与之相应的两重人称来讲述，是由作者的创作意图决定的。第一人称是叙述者的自称，用第一人称叙述故事，往往给读者造成故事就是叙述者的亲身经历的感觉。"石头"以第一人称偶尔出现，造成了似乎确有"其事"的效果。第三人称叙述，则能起到将叙述者与故事间离的效果，这时叙述者成了故事的局外人，他的讲述，令人感到这究竟是一部"假语村言"的小说。对叙述者的这种安排，正体现了《红楼梦》亦真亦假的艺术构思。

《红楼梦》超故事层的设置对晚清小说影响很大，一些晚清小说作者纷纷模仿。不过，他们不是像《红楼梦》的作者那样，用分层叙述将"真事隐去"，使小说更具有生活的概括力，相反，却是通过叙述分层来强调说明小说的主体故事有某种来源，强调其真实性。这种倾向与当时的小说界革命有关，所谓"新小说宜作史读"[1]，直接制约着此时小说叙事分层艺术，受其影响，作家借助叙述分层进一步强调了小说的"实录"性质。模仿《红楼梦》以发现手稿、日记等形式设置超故事层，在晚清小说中，较早的有1848年署名邗上蒙人的《风月梦》。《风月梦》第一回中叙述者道出自己在"烟花寨里迷恋了三十余年"的惨痛经历，然后解释自己是如何得到这部书的手稿的：一日闲暇无事，走出城，迷了路，发现自己来到自迷山无底潭，在那遇到两位老人，其中一位叫过来仁（即"过来人"的谐音），他在扬州妓院里浪掷光阴，直到看破红尘。如今，他将所见所闻撰了一部书，题为"风月梦"。当叙述者问起此书的内容特点时，过来仁发了一通议论："若问此书，虽曰

---

① 佚名：《读新小说法》，陈平原、夏晓虹：《二十世纪中国小说理论资料》，北京大学出版社，1989，第274页。

风月，不涉淫邪。非比那些稗官野史，皆系假借汉唐宋明……"这段阐述明显模仿《红楼梦》空空道人与石头的对话。其后过来仁嘱咐叙事者刊印此书以"警迷醒世"。其他如序署年代为1858年的魏子安的《花月痕》，发表于1906年的吴趼人的《二十年目睹之怪现状》，发表于1907年的王浚卿的《冷眼观》，写成于1905年，直至1916年才梓行问世的《梼杌萃编》等，都属于这一类。在这些晚清小说家看来，设置这种发现手稿式的超故事层可以进一步表明，小说本身并非"凭空杜撰"（《花月痕》第一回语），"其中类皆实人实事"（《冷眼观》第一回语），可以"令读者如身入个中"（《二十年目睹之怪现状》卷末李宝嘉总评）①，这样，也就可以更好地发挥小说改良社会的作用。

四、主故事层中的跨层人物叙述

在中国古代戏曲中，常有剧中人物跨出主故事层的虚构域（被叙述层次），回到现实域（叙述行为层次），面向观众进行交代的情形，这就是戏曲中常见的跨层叙述方式。如《元曲选》本《望江亭》杂剧第三折套曲后，杨衙内、张千、李稍以同唱一曲的形式表达他们被谭记儿骗走势剑金牌后的内心焦躁：

[马鞍儿]（李稍唱：）想着想着跌脚叫。（张千唱：）想着想着我难熬。（衙内唱：）酪子里愁肠酪子里焦。（众合唱：）又不敢着旁人知道：则把这好香烧，好香烧，咒的他热肉儿跳！
（衙内云：）这厮们扮戏那！（众同下）

杨衙内的最后一句道白——"这厮们扮戏那！"就是剧中人物跨出剧情虚构域回到现实域中的一句面向观众的调侃之语。再如关汉卿《蝴蝶梦》第三折本为正旦唱，到了折末，副角王三忽然唱起来，另一副角张千责问他："你怎么唱起来？"王三说："是曲尾。"王三的答话也是剧中人物游离剧情的跨层叙述行为。这种跨层叙述后来又发展为主题性的宣示。如1967年出土的明成化本《白兔记》"私会"出，讲到当了大官的刘知远便服潜行回乡，与做了十六年弃妇的发妻李三娘相见。李三娘受苦十六年，终于有了报偿：

旦白：官人你既有娶我之心，你将什么为证？
生白：我怀中有四十八两黄金印。这个是"李三娘麻地捧印，刘知远衣锦还乡。"

---

① 见朱一玄：《明清小说资料选编》，齐鲁书社，1990，第957页。

这最后一句就是生角刘知远在全剧最使人激动的高潮演毕时，突然跨出他的角色，回到现实域中的剧场，面向观众高声做出的使全场欢腾或泪下的宣告。

故事中的人物走出虚构世界，似乎是要我们相信虚构世界与现实世界是相通的，是可以互相转化的。法国的日奈特将小说这种叙述层次的转化，称作"转喻"，他借用博凯茨恰的话对这种"转喻"的意义做了说明："假如虚构作品的人物可以成为读者或观众的话，那么，我们——作为他们的读者和观众，也可以变成虚构的人物。"①

李伯元《文明小史》的结尾就是使用这种"转喻"的一个典型例证。小说结尾写平中丞奉命出洋考察新政，各色人物都想当随员，以"图个进身之阶"，平中丞挖苦他们：

> 诸君的平日行事，一个个都被《文明小史》上搜罗了进去，做了六十回的资料，比泰西的照相还要照得清楚些，比油画还要画得透露些。诸君得此，也可以少慰抑塞磊落了。将来读《文明小史》的，或者有取法诸公之处，薪火不绝，衣钵相传，怕不供诸君的长生禄位吗？

虚构与现实的界线模糊了，人们读到这里时，不禁一怔：书中虚构的人物竟然都从故事中走出来，变成了现实。谁不担心："作为他们的读者和观众，也可以变成虚构的人物"而进入小说呢？

晚清小说家利用叙述分层艺术，使小说更贴近社会现实，以达其"改良群治"的目的，这使小说的叙述分层艺术有了更多的社会文化内涵，从这一角度说，这也是对《红楼梦》叙述分层艺术的又一发展。

进入明代以后，随着小说创作的文人化与案头化，小说需要更多样化的叙事手法，最便捷的路径，就是向同源异流的戏曲叙事学习。正如本文所论，一些明清长篇小说的叙述分层等手法，就是向戏曲借鉴的结果。古代小说戏曲在叙事性这一点上是相通的，打通它们之间的文体界限，探寻其叙事艺术相互交融的传承发展轨迹，总结它们富有民族特色的叙事艺术，这是一个还须深入探讨的课题。

---

① 杰拉尔·日奈特：《论叙事文话语——方法论》，张寅德编：《叙述学研究》，中国社会科学出版社，1989，第268页。

你中有我，我中有你

古代小说、戏曲互动之一例

中国人民大学文学院　张国风

中国古代的小说和戏曲，犹如一对孪生的姊妹。它们互相启发，互相推动，相依相偎，共生共荣。尤其是在宋元时期，伴随着瓦舍勾栏的欢声笑语，饱蘸着街头巷陌的喜怒哀乐，浸泡着书会才人的酸甜苦辣，小说和戏曲携手并进，勾勒出一幅幅宋元市井社会的浮世绘。我们看宋元时期的小说和戏曲，它们几乎是在同步发展着。那些在小说里热门的题材，也为戏曲所青睐。小说为戏曲提供了故事和人物，戏曲以其与生俱来的诙谐和夸张，扩展了小说想象的空间。话本里的三国故事、水浒故事、西游故事、李杨情缘、公案故事，讲得热热闹闹；杂剧和南戏里的三国戏、水浒戏、西游戏、李杨戏、公案戏，也演得如火如荼。小说和戏曲里的套话也是一样的："花有重开日，人无再少年。不须长富贵，安乐是神仙"，"行医有斟酌，下药依本草。死的医不活，活的医死了"，"衙门从古向南开，就中无个不冤哉"，"是非只为多开口，烦恼皆因强出头"，"人道公门不可入，我道公门好修行"，"善恶到头终有报，只争来早与来迟"，"眼观旌节旗，耳听好消息"，"青天有路终须上，金榜无名誓不归"，"世情看冷暖，人面逐高低"，"日间不做亏心事，半夜敲门心不惊"，"凤凰飞上梧桐树，自有旁人说短长"，"月过十五光明少，人到中年万事休"，"将军不下马，各自奔前程"，"黄卷青灯一腐儒，九经三史腹中居"，"天子重英豪，文章教尔曹。万般皆下品，惟有读书高"，"时来顽铁生光，运去黄金失色"，"闭门屋里坐，祸从天上来"，"杀人可恕，情理难当"，"钱是人之胆，口是祸之门"，"隔墙还有耳，窗外岂无人"，"马无夜草不肥，人无外财不富"，"忙忙如丧家之狗，急急似漏网之鱼"，"大虫口中夺脆骨，骊龙额下取明珠"，"抛一块瓦儿须要着地"，"金风未动蝉先觉，暗送无常死不知"，"一生皆是命，半点不由人"，"今日不知明日事，前人田土后人收"，"三寸气在千般有，一旦无常万事休"，"洞房花烛夜，金榜题名时"，"拼向牡丹花下死，从教做鬼也风流"，"人间私语，天闻若雷。暗室亏心，神目如电"，"踏破铁鞋无觅处，得来全不费功夫"，如此等等，不一而足。其中的奥妙，不言而喻。文学的艺术和高度综合性的舞台艺术，传达出同样的人生感慨，同样的愤怒和悲伤，这些都已经是中国小说史、戏曲史上的常识。在这里，只想拈出一个小小的例子，让我们借此体会一

21

下古代小说和戏曲那种隐隐约约、拐弯抹角、你中有我、我中有你、相生相因、断了骨头还连着筋的关系。

《水浒传》里有一段著名的故事：宋江杀惜。宋江的故事中，没有哪一段比杀惜写得更好。如果说《水浒传》从整体上说是一部英雄传奇，那么，杀惜这样的段落，却是达到了社会风俗史的高度。宋江杀惜是《水浒传》中最经得起咀嚼的篇章之一。

宋江的传说是水浒故事最早的酵母。水浒的故事正是从宋江的传说开始，逐渐像滚雪球一样，越滚越大，最后成为波澜壮阔的鸿篇巨制。我们读《水浒传》，看宋江扭扭捏捏、迟迟不肯上山落草，论者只看到他的犹豫，看到他思想上的矛盾和动摇；却不明白，作者不让宋江痛痛快快地上山，自有其不得已的苦衷。宋江老是在山下转悠，劫难不断，一个又一个英雄被宋江沾上，席卷而去，上了梁山。

就宋江个人来说，杀惜是他一生命运的转折点。就宋江故事的演变来说，杀惜这一段必是经历了无数次的锤炼。从《大宋宣和遗事》到《水浒传》，时间的跨度当在二百年以上，其中经历了不知多少曲折的改编增补，润饰加工，凝聚着不知多少无名作者的心血。情节越来越细化，故事越来越生动，人物的思想性格越来越丰满，故事和人物所包含的社会内容越来越丰富。

杀惜一段演变的细节现在已无法得知，我们只能从一鳞半爪的材料里暗中摸索，得其仿佛。从整体上说，古代小说和戏曲的研究永远找不到足够的材料。史家引以为豪的实证主义并非万能利器。如果把找到足够的材料定为自己的目标，那这个目标将永远在地平线上。你不停地向它走去，却永远也无法缩短你和它之间的距离。没有材料，或是材料严重不足，实证主义就寸步难行。从这种意义上来说，古代小说和戏曲的研究是一片广阔的天地，索隐派在那里是大有可为的。他们的想象可以在那里自由地飞翔。具有讽刺意味的是，索隐派总能找到他们所需要的"材料"。笔者在这里用到的材料有《大宋宣和遗事》和现存的元杂剧水浒戏。

《大宋宣和遗事》，按照一般的比较稳妥的说法，应该是宋末人所编，之后又经过了元人的修订。大致来说，《大宋宣和遗事》的主要内容应该写成于元杂剧水浒戏之前，记录了水浒故事最早的形态。笔者即以此为前提来考察宋江杀惜这一故事中小说和戏曲的互动。

《大宋宣和遗事》中，有如下文字涉及宋江杀惜：

一日，（晁盖等）思念宋押司相救恩义，密地使刘唐将带金钗一对，去酬谢宋江。宋江接了金钗，不合把与那娼妓阎婆惜收了；争奈机事不密，被阎婆惜知得来历……宋江回家，医治父亲病可了，再往郓城县公参勾当。却见故人阎婆惜又与吴伟打暖，更不采着。宋江一见了吴伟两个，正在偎倚，便一条忿气，怒发冲冠，将起一柄刀，把阎婆惜、吴伟两个杀了；就壁上写了四句诗……诗曰：杀了阎婆惜，壁中显姓名。要捉凶身者，梁山泺上寻。是日郓城县官司得知，帖巡检王成领大兵弓手，前去宋公庄上捉宋江，争奈宋江已走在屋后九天玄女庙里躲了。那王成跟捕不获，只将宋江的父亲拿去。

后面是宋江在庙里得天书，天书上有三十六个姓名的事情。接着，宋江就上了梁山。

《大宋宣和遗事》与《水浒传》相比，杀惜的前前后后，各有异同。相同的是，晁盖等人为了答谢宋江，派刘唐去送礼，不巧被阎婆惜得知来历。而婆惜有外遇。这两点构成了宋江杀惜的基本要素。不同的是，在《大宋宣和遗事》里，宋江杀婆惜的导火索是宋江无意中撞破了婆惜与吴伟的奸情，将婆惜和吴伟都杀了。而在《水浒传》里，导火索是晁盖给宋江的那封要命的信被婆惜发现，婆惜以此讹诈宋江，宋江一时拿不出那一百两金子，被婆惜逼得无路可走，一气之下，将婆惜杀了。《大宋宣和遗事》没有提到有什么信。在《大宋宣和遗事》里，婆惜的情夫叫吴伟；《水浒传》里，婆惜的情夫叫张文远。《大宋宣和遗事》里，刘唐带给宋江的礼物是金钗；《水浒传》里，刘唐带来的礼物是一百两黄金。这自然是微不足道的区别，小说家愿意给婆惜的情夫起一个什么名字，这是无所谓的事情。他愿意让刘唐带什么礼物，也是非常随意的事情。相比之下，《水浒传》里的晁盖显得更慷慨一些，一百两金子自然比金钗要贵多了。很显然，《水浒传》里的杀惜，性质不同了。这里，宋江的杀惜是因为受到了政治讹诈，婆惜的奸情不是主要原因。宋江非常痛快地答应了婆惜提出的三个条件，可见他并不在乎阎婆惜和张文远的关系问题，只是那一百两金子一时拿不出来，而婆惜竟是不依不饶。娼妓出身的婆惜太贪，因为她没有见过钱。因为贪，心变得非常狠。她手里拿住了宋江的把柄，就是晁盖那封该死的信，要借此实现利益的最大化，为她和张文远的美好未来创造条件。她不明白，威胁他人的人，必定会受到对方的威胁。那封信没有要了宋江的命，反而要了她自己的命。讹诈宋江的利器，竟成为一枝催死的令箭。当然，宋江也因为杀了婆惜，而从此走上一条不归之路。杀惜一事，彻底改变了这位郓城小吏的命运。《大宋宣和遗事》的杀惜，完全是因为奸情。《大宋宣和遗事》在情节上有失照应：既然是机事不密，被婆惜知得来历，后面为什么又没有交代，似乎与婆惜的被杀没有什么关系。《大宋宣和遗事》的杀惜，也并非处处不如《水浒传》。从《大宋宣和遗事》简略的叙述中，可以仿佛看出宋江强悍的性格。他的杀人，没有片刻的犹豫；一下杀了两个，真是无毒不丈夫。杀人以后，还要在墙上题诗，颇有一点快意恩仇的味道，不由得使人想起《水浒传》里武松之血染鸳鸯楼。《水浒传》里的宋江，经过了儒家伦理的整合，已经失去了早期宋江那种草莽英雄"勇悍狂侠"的性格。在杀惜这一段里，宋江更是显得非常懦弱窝囊，没有一点江湖枭雄的样子。

同样是写杀惜，《大宋宣和遗事》和《水浒传》，一简一繁，不可同日而语。《大宋宣和遗事》里，杀惜一段的叙述不到 200 字；在《水浒传》中，作者则用了整整一回的篇幅、八九千字，来写这一关系到宋江一生命运的事件。杀惜一段的精彩描写，中间不知凝聚了多少人的心血！那么，这其中有没有戏曲的参与，有没有戏曲的功劳呢？

值得注意的是，杀惜是话本（以《大宋宣和遗事》为据）、元杂剧（以水浒戏为据）都确认的宋江故事。即是说，宋江的故事虽然在流传的过程中千变万化，在各种艺术形式中被移植、被改编，不断地被添油加醋，但宋江杀惜作为宋江故事的关键之一却保留下来了。杀惜的两个基本要素（一是宋江与梁山有来往，并因此而被阎婆惜抓住把柄；二是阎婆惜出身娼妓，她有外遇，与宋江离心离德），也为改编者一致地继承下来。

现存的元杂剧水浒戏，虽然没有宋江杀惜的剧目，但只要宋江一出场，必定会提到杀惜这一段公案：

> 自幼郓城为小吏，因杀娼人遭迭配。宋江表字本公明，绰号顺天呼保义。我乃宋江是也，山东郓城县人。幼年为把笔司吏。因带酒杀了娼妓阎婆惜，迭配江州牢城，路打梁山泊经过。（《都孔目风雨还牢末》）

> 自小为司吏，结识英雄辈。姓宋本名江，绰名顺天呼保义。某姓宋名江字公明。曾为郓州郓城县把笔司吏。因带酒杀了阎婆惜，官军捉拿甚紧，自首到官，脊杖了八十，迭配江州牢城营。（《鲁智深喜赏黄花峪》）

> 某，姓宋名江字公明，绰号顺天呼保义。某曾为郓州郓城县把笔司吏，因带酒杀了阎婆惜，迭配江州牢城营。（《黑旋风李逵负荆》）

高文秀的水浒戏《黑旋风双献功》和李文蔚的《同乐院燕青博鱼》，其中宋江出场的自我介绍，也与《还牢末》、《黄花峪》几乎逐字逐句地相同：

> 家住梁山泊，平生不种田。刀磨风刃快，斧蘸月痕圆。强劫机谋广，潜偷胆力全。弟兄三十六，个个敢争先。某姓宋名江字公明，绰号及时雨者是也。幼年曾为郓州郓城县把笔司吏，因带酒杀了阎婆惜，被告到官，脊杖六十，迭配江州牢城。（《黑旋风双献功》）

> 幼小郓城为司吏，因杀娼人遭迭配。姓宋名江字公明，绰号顺天呼保义……曾为郓州郓城县把笔司吏，因带酒杀了阎婆惜，脚踢翻蜡烛台，延烧了官房，官军捉拿某到官，脊杖了六十，迭配江州牢城营。（《同乐院燕青博鱼》）

无名氏的《争报恩三虎下山》，宋江的自我介绍，第一句就说杀惜：

只因误杀阎婆惜，逃出郓州城。占下了八百里梁山泊，搭造起百十座水兵营。

以上六种元杂剧水浒戏，都没有详细地介绍杀惜的过程。可是，《同乐院燕青博鱼》里"因带酒杀了阎婆惜，脚踢翻蜡烛台，延烧了官房，官军捉拿某到官"这几句简单的描写，却可以引起无数遐想。元杂剧里的宋江，还是《大宋宣和遗事》里那种勇悍狂侠的性格。在早期的杀惜故事中，宋江和婆惜发生了激烈的厮打，以至于把蜡烛台都踢翻了。宋江当时是在醉酒的状态之中，带酒杀人，用现在的法律术语来说，是激情犯罪。至于延烧官房是怎么回事，恐怕就说不清楚了。婆惜住的地方，是宋江买的房子，显然不是"官房"。这里隐隐约约透露出的情况，已经超越了《大宋宣和遗事》描写的那个阶段。《大宋宣和遗事》里，宋江杀了两个人，阎婆惜与吴伟，这里只提婆惜。

现存的水浒戏，都没有以杀惜为题材，只是把杀惜作为宋江的经历来介绍，一句话或几句话就带过去了。杀惜的起因、它的导火索是什么，没有介绍，反而不如《大宋宣和遗事》说得那么具体。可是，在《都孔目风雨还牢末》中，孔目李荣祖的遭遇却与杀惜中的宋江颇为相似。李逵奉宋江之命，化名李得，下山请刘唐、史进二人上山。李逵路见不平，出手打死了人。李荣祖见他是一位英雄好汉，便在府尹面前竭力为其开脱，结果李逵被无罪释放。李荣祖有正妻赵氏，次妻萧娥。萧娥本是娼妓，一个上厅行首，从良跟了李荣祖。李荣祖认李逵做了兄弟。李逵说出底细，原来他不叫李得，本是梁山泊宋江手下第十三个头领李逵。谁知这番话竟被萧娥听见："原来李孔目结交梁山泊强盗！"李逵感激李荣祖的救命之恩，送给李荣祖一对金环。李将金环交给萧娥保管。萧娥与赵令史有奸，萧娥将情况给赵令史一讲，两人核计，决定让萧娥以金环为物证，去衙门出首，告发丈夫结交梁山泊贼人。衙门里自有赵令史与其配合。结果，李荣祖入狱，被严刑拷打之后，承认与梁山泊贼人来往，被判死刑。后来，李逵下山，又有史进、刘唐的配合，李荣祖获救出狱。一对儿女僧住、赛娘也同时获救。奸夫淫妇被押上梁山，剖腹剜心。

李荣祖的遭遇与《水浒传》杀惜的宋江颇为相似。婆惜是娼妓，萧娥也是妓女，是上厅行首。李荣祖是孔目，宋江是押司。婆惜是宋江的外室，萧娥是李荣祖的次妻。婆惜与宋江的同事张文远有奸，萧娥与李荣祖的同事赵令史有染。关键的相似之处在于，婆惜抓住了晁盖给宋江的信，以此为把柄来要挟宋江；而萧娥听到了李荣祖与李逵的对话，又掌握了李荣祖结交梁山的物证（金环）。婆惜被宋江当场杀死，而萧娥则是被押上梁山，最后与赵令史一起被处死。晁盖感谢宋江是因为当年生辰纲案告破，报宋江通风报信的大恩大德；李逵感谢李荣祖的救命之恩，只是个人的恩怨。这是有所不同的地方。显然，《水浒传》的处理，后来居上，更加高明。

元末的水浒戏《梁山五虎大劫牢》，就杀惜这一情节来说，体现出从以上六种水浒戏向小说《水浒传》过渡的痕迹。宋江一出场便自我介绍说："寨名水浒住梁山，好汉英雄透胆寒。四面方圆八百里，三十六里水面蓼花滩。某姓宋名江字公明，绰号顺天呼保义，曾为郓州郓城县把笔司吏。因与阎婆惜做伴，有梁山上托塔天王晁盖写书来招安某上山，某当夜酒醉睡着，阎婆惜盗了书呈。某觉来寻书不见，以知是阎婆惜，恐怕人知，被某杀了阎婆惜，脚踢翻蜡烛台，延烧了官房。官军捕盗将某拿住，送赴本县。本是致伤人命，多亏了刑房司吏，出脱某杀人之罪，改做误伤人命，杖了八十，送配江州牢城营。"关键的演变在于，杀惜的原因是阎婆惜发现了晁盖给宋江的那封信，这就与《水浒传》一致了。可是，《水浒传》里，宋江杀惜以后，没有马上被捕。他亡命江湖，经过曲折的过程，后来回乡探望父亲时才被捕入狱。

有趣的是，在时间比《梁山五虎大劫牢》略晚的《梁山七虎闹铜台》、《王矮虎大闹东平府》、《宋公明排九宫八卦阵》中，宋江出场的自我介绍里，对杀惜之事，不再明说。《梁山七虎闹铜台》里说："为因些过犯在身，投奔梁山入伙"，轻描淡写；《东平府》里说："先为把笔司吏，缘事而奔上梁山"，更是语焉不详；《九宫八卦阵》里说："犯罪躲上梁山去"，不知他犯的什么罪。

情节上的启发，往往是一点一滴地积累起来的。精彩的杀惜故事，更是不可能一蹴而就。从《宣和遗事》到《水浒传》，杀惜故事的渐趋丰富和针脚的渐趋严密，是和《还牢末》、《大劫牢》这类戏曲的启发分不开的。

从宋元话本到《聊斋志异》

——论讲唱文学对文言小说的渗透

武汉大学中文系
武汉大学中国传统文化研究中心　　陈文新

　　宋元明清是中国叙事文学发展的重要阶段，而讲唱文学对文言小说的渗透以及由此造成的变异是其间引人注目的小说史现象之一。本文拟从三个方面对这一现象加以考察。

一

　　讲唱文学对文言小说的渗透，其成果之一是催生了宋代的话本体传奇。

　　叶德均《宋元明清讲唱文学》将与"讲史"并称的"小说"归入"以词调为主的乐曲系讲唱文学"，这是颇有见地的。他指出："宋代瓦市勾阑的'说话'，据耐得翁《都城纪胜》和吴自牧《梦粱录》卷二十所记有：小说、讲史、说经、合生主要四家。其中合生不是叙事的歌唱，讲史是以散说和念诵为主，说经疑是有说有唱，只有小说一家确是讲唱文学。宋代讲唱的小说，如《都城纪胜》所说：'小说谓之银字儿'，是因歌唱时用银字笙、银字觱篥伴奏而得名。它的话本如《清平山堂话本》的《刎颈鸳鸯会》用 [商调醋葫芦] 十首及 [南乡子] 一首（做场时用唱鼓子词伎艺来歌唱），《京本通俗小说》的《西山一窟鬼》用 [念奴娇] 等词十五首，《碾玉观音》用 [鹧鸪天] 三首、[蝶恋花] 一首和诗七首，都可证明确是且说且唱的，虽然后两例是作为入话的插用。讲史是以'前代书史文传兴废战争之事'（《都城纪胜》）为题材的中篇或长篇，而小说则是以'一朝一代故事，顷刻间提破'（同上）的短篇，所以宋代小说是短篇的讲唱文学。说唱的伎艺人，要如罗烨《醉翁谈录》甲集卷一《小说开辟》所说'吐谈万卷曲和诗'才能擅场。又据《小说开辟》所记，它把小说题材分为：灵怪、烟粉、传奇、公案、朴刀、杆棒、妖术、神仙八类。在勾阑说唱时是以当时都市市民和小市民、士兵为主要对象。现在所见宋代小说的话本，是以词调为主的乐曲系讲唱文学。其中或有像明代词话《快嘴李翠莲记》用诗赞的，但却未见实例。宋代单刊作品，现在还没有见到；所见的都是明代的选辑本，如洪楩的《六十家小说》，无名氏《京本通俗小说》，冯梦龙的《古今小说》、《警世通言》、《醒世恒言》。这些都是经过明人重订和改编的，其中只有一部分作品的唱词被保留，多数都遭删削，这是在明代小说散文化的过程中形成的。宋元小说一类的话本原是韵散夹用的讲唱文学，到了明代一部分小说篇幅加长，又趋向全部散文化，就和长篇的散文讲史混而不分，所以到明清时就很少知道宋代小说原是短篇讲唱文学了。"① 论述中提到的《京本通俗小说》，学术界一般认为是伪书，但这并不影响叶德均的立论。宋元说话中的"小说"确属"乐曲系讲唱文学"。

在宋元时代的说话活动中，有一件事值得关注：部分传奇作者扮演了为说话人编写"小说"蓝本的角色。南宋罗烨的《醉翁谈录》和皇都风月主人的《绿窗新话》大量摘录古代的传奇故事，无疑是"小说"一家的蓝本书；就连北宋刘斧所编撰的《青琐高议》，也可能是"小说"一家的蓝本书，理由是：（1）有证据表明，其中有些故事确实被宋代说话人讲述过，如《青琐高议》别集卷四《张浩》，《醉翁谈录》题为《张浩私通李莺莺》，《宝文堂书目》著录有宋元话本《宿香亭记》，《警世通言》有《宿香亭张浩遇莺莺》；（2）每篇的题目之下，附有七字的副标题，如前集卷五《流红记》下附"红叶题诗娶韩氏"，卷十《王幼玉记》下附"幼玉思柳富而死"，别集卷二《谭意歌》下附"记英奴才华秀色"，《张浩》下附"花下与李氏结婚"，大约是备说话人写广告之用；②（3）文字俚俗，并用了不少口语词汇。这些"小说"蓝本，其外在形态是文言短篇小说。

部分传奇作者为说话人编写"小说"蓝本，而这些"小说"蓝本的外在形态又是文言短篇小说，这种情形提示我们，在宋代，部分文言短篇小说已与"乐曲系讲唱文学"合流。这种类型的文言短篇小说，乃话本小说与传奇的结合体，可名之为话本体传奇。与唐代的辞章化传奇相比③，除人物对话杂用口语外，话本体传奇至少还有两个与之不同的地方：

其一，为取悦市民而创造了大量放诞不检的青年女性形象，体现出一种新的艺术趣味。

宋元说话的宗旨是娱乐，为闲暇中的市民提供娱乐，因而需要热闹有趣的故事。表现在题材选择上，宋元"小说"涉及最多的是"公案"和"风情"，尤其热衷于将"公案"与"风情"编织在一起；表现在人物塑造上，宋元"小说"常赋予青年女性放诞不检的性格，以迎合听众的秽亵心理，所谓"不亵不笑"是也。其

① 叶德均：《戏曲小说丛考》，中华书局，1979，第 631 – 632 页。

② 【清】俞樾《九九销夏录》卷十二《平话》："宋刘斧所著《青琐高议》，每条各有七字标目，如'张乖崖明断分财'、'回处士磨镜题诗'之类，颇与平话体例相近。"见俞樾：《九九销夏录》，中华书局，1995，第 141 页。

③ 参见拙文《传记辞章化：对唐人传奇文体属性的一种描述》，见陈文新：《传统小说与小说传统》（第二版），第 67 – 95 页，武汉大学出版社，2007。

放诞不检与唐代辞章化传奇中的浪漫情调迥然不同。唐代辞章化传奇中的浪漫情调多以青楼为背景，而宋元"小说"中的放诞不检则常以市井为依托。前者不一定以婚姻为归宿，后者则往往是婚姻的铺垫。比如《闹樊楼多情周胜仙》中的周胜仙。她是贩海商人周大郎的女儿，一天上茶坊玩耍，在那里看到了范二郎，心里喜欢他，却苦于找不到机会交谈。于是她借口卖糖水的要暗算她，故意大叫，向范二郎传递信息："好好，你却来暗算我！你道我是兀谁？""我是曹门里周大郎的女儿，我的小名叫做胜仙小娘子，年一十八岁，不曾吃人暗算。你今却来暗算我！我是不曾嫁的女孩儿。"唐代的辞章化传奇中有这样放肆不羁的良家女子吗？

宋代的话本体传奇却推出了一群这样的女子。《青琐高议》别集卷四《张浩》可视为元稹《莺莺传》的翻案之作。男主角叫张浩，女主角姓李。李莺莺的性格是针对崔莺莺而塑造的。她到张浩的园子里赏牡丹，与张浩相遇。看似偶然，实则有意。她不加掩饰地对张浩说："某之此来，诚欲见君"，希望他赠她"一物为信"，以确定二人的婚姻关系，"亦用以取信于父母"。李氏的父母反对这门婚事，她派人转告张浩，叫他别担心，又约他私下相见，"解衣就枕"。后来索性以自杀要挟父母成其好事。尤其令人匪夷所思的是，这种放诞行为的直接指向竟是婚姻。一些宋人传奇乐于写那种从属于婚姻而又放肆不羁的恋情，其艺术趣味与宋元话本如出一辙。

其二，直接描写人物心理，在表达方式上有悖于历史著作所建立的叙事传统。

中国正宗的叙事体裁——史传，一向排斥直接心理描写。其理由是，人物的内心活动，他自己没有泄漏，作者从何知之？为了取信于读者，就只能描写外在的言行。六朝笔记小说和唐人传奇也谨守这一规范。但说话人是不受这一规范制约的，他们开创了一个新的模式并成为一种惯例：说话人不仅知道故事中人物的外在言行，连他们的思虑也一清二楚。宋代的话本小说《错斩崔宁》便是体现这种惯例的早期案例之一。

宋代的话本体传奇也采用了这种新的叙事惯例，人物内心世界不再成为描写的禁区。如李献民《云斋广录》卷五《西蜀异遇》："生复避于亭上，沉思久之：以为娼家也，则标韵潇洒，态有余妍，固非风尘之列；以为良家也，则行无侍姬，入无来径，亦何由而至此？"无名氏《苏小卿》："渐独坐自念曰：'我当日共伊花间叙别，指山为誓，永不别嫁，今已为娼。'"[①] 这种叙写方式在正史、六朝笔记小说

---

① 这种取资于宋元话本的直接心理描写，与西方小说的直接心理描写还有区别。包天笑于1910 年翻译契诃夫小说《六号室》，"第九章写院长与伊文·迦落孟谈话之后，'心念伊文·迦落孟之为人，谓其痴耶，而议论乃透辟若此；谓其不痴耶，顾时时不免有痴状'，这都是中国读者的理解方式。契诃夫写的是院长的感觉，院长根本没有觉得伊文·迦落孟是疯子，何来痴状？而中国作家则喜欢直接介入作品，代替人物思考，所谓人物心理活动，往往成了作家补充说明故事来龙去脉的手段。"陈平原《二十世纪中国小说史》（第一卷），第 63 页，北京大学出版社，1989。包天笑的译法，正取自宋元话本的传统。

和唐人传奇中是没有先例的。

宋代话本体传奇的上述两个特点，使其艺术趣味和表达方式更近于"小说"话本而大别于唐代的辞章化传奇。就这一点而言，说"传奇（辞章化传奇）小说，到唐亡时就绝了"，乃是一个极具洞察力的判断。纯正的辞章化传奇，在唐以后实属罕见。即使是《聊斋志异》，也留下了"小说"话本（或话本体传奇）影响的鲜明烙印。

二

讲唱文学对文言小说的渗透，其成果之二是催生了元明中篇传奇小说。

中篇传奇小说由元宋梅洞《娇红记》发轫，至明代发展成为一个重要的小说类别。明代中篇传奇小说，依据其问世时间和风格流变，可大体分为三个阶段。李昌祺的《贾云华还魂记》代表第一个阶段，其特点是：虽以《娇红记》为典范，却致力于给男女主角安排一个团圆结局，还魂情节就是为实现团圆结局而设计的。玉峰主人的《钟情丽集》及弘治、正德间问世的《龙会兰池录》（无名氏作）等代表第二个阶段，大体依循《娇红记》轨辙，模拟痕迹至为明显。嘉靖、万历间的《花神三妙传》（无名氏作）等代表第三个阶段，大量色情描写构成其显著特征，对《金瓶梅》这一类章回小说影响显著。

孙楷第先生曾这样描述中篇传奇小说的文体特征："以文缀诗，形式上反与宋金诸宫调及小令之以词为主附以说白者有相似之处。"[1] 其实，中篇传奇小说与诸宫调之间不只是"以文缀诗"的形式相同，两者在关目设计方面，也存在耐人寻味的可比较之处。郑振铎在《中国俗文学史》第八章中说："在诸宫调的结构里，最有趣的一点是，作者于紧要关头，每喜故作惊人的笔调"，"像这样惊人的关节，《西厢记》诸宫调里，几乎到处皆然。在莺莺和张生唱和着诗时，张生正欲大踏步走到莺莺跟前，却被一人高声唱道：'怎敢戏弄人家宅眷！'这来的是谁？来的是谁？在莺莺被围普救寺，正欲跳阶自杀，却见着有一人拍手大笑。众人皆觑笑者是谁？是谁？在张生绝望，自杀，已把皂绦系在梁间时，又有一人从后把他拖住，这人是谁？是谁？……""这些都是作者故弄惊人的手腕之处"[2]。这种依据情节的阶段性安排的故弄惊人手腕之处，与中篇传奇小说每篇分为若干子目的文体之间，当有内在联系。

在以文缀诗和每篇分为若干子目这些一眼可见的形式特征之外，中篇传奇小说与诸宫调之间还有更深刻的契合之处，即对"才子佳人"的情有独钟和相近的

---

① 孙楷第：《日本东京所见小说书目》卷六，人民文学出版社，1958，第 126 页。

② 郑振铎：《中国俗文学史》，商务印书馆，2005，第 346、338、347 页。

情节处理方式。试比较一下《西厢记》诸宫调和最早的中篇传奇小说《娇红记》。

董解元《西厢记》诸宫调系据元稹《莺莺传》改编，但二者之间实有诸多不同：第一，董解元在卷一开头所展示的作家自我形象是个活跃于秦楼楚馆的放荡不羁的"才子"，即书会才人，与《莺莺传》作者元稹的自我定位不同。"这世为人，白甚不欢洽？""秦楼楚馆鸳鸯幄，风流稍是有声价。教惺惺浪儿们都伏咱。不曾胡来，俏倬是生涯。"一个"俏倬是生涯"的艺人，正是所谓"才子"。这里也许需要附加一个说明：宋元时代讲唱文学中的所谓"才子"，并非上流社会的文人学士，而是书会才人。贾仲明《书录鬼簿后》说："丑斋继先钟君所编《录鬼簿》，载其前辈玉京书会、燕赵才人，四方名公士大夫编撰当代时行传奇、乐章、隐语。"胡士莹解释说："才人是对名公而言；名公是指'居要路'、'高才重名'的'公卿显宦'。而才人则是指'门第卑微，职位不振'，接近市民阶层的文人。"① 也就是胡应麟《少室山房笔丛》所谓"俚儒"。他们有一定的文化素养，但不高；在其社交圈中，民间艺人、青楼女子占有显著位置。这样一种境遇，使他们的人生与艳遇的关系异常密切，即所谓"大丈夫生当眠烟卧月，占柳怜花，眼前长有奇花，手内且将醇酎，则吾无忧矣"。② 他们对感情生活的理解较为粗浅，有意无意间将"佳人"（无论身份如何）视同青楼女子，"才子佳人"的交往多直指"解衣就枕"甚或一直局限在这一范围内。第二，董解元写张生、莺莺，遵循的是"自古至今，自是佳人，合配才子"的逻辑。在董解元笔下，"才子佳人"由私通而结为婚姻似乎是理所当然的事情。这里，董解元所仰仗的乃是通俗文学的惯例而非唐人传奇的传统。唐人传奇的爱情表述中，最引人注目的一点是：明确将婚姻与恋情区别开来，大张旗鼓地写一种不以婚姻为归宿的恋情。《柳氏传》之柳氏、《李章武传》之王氏子妇等，他们的感情生活显然不是婚姻的准备。柳氏以李生之幸姬，而属意于韩翊，她与韩翊之间，始终没有正式的夫妻关系，维系二者的纽带是"翊仰柳氏之色，柳氏慕翊之才"的单纯恋情。许尧佐排除韩翊与柳氏之间的婚姻关系，也就突出了其"事迹"的"浪漫"性。王氏子妇"阅人"甚多，而独钟情于李章武，在冥间，她忘掉了所有的亲人（包括她的丈夫），唯独思念其情人，这一事实在传统的中国社会中是震撼人心的。元稹的《莺莺传》、蒋防的《霍小玉传》在爱情表述方面比《柳氏传》更具典范意义。与唐人传奇形成对照，在北宋以降的通俗文学中，私通的"情人"一定要按照"有情人终成眷属"的原则组成家庭。比如，在南宋罗烨所编的《醉翁谈录》中，"烟粉欢合"类的《静女私通陈彦臣》和《梁意娘》均属

---

① 胡士莹：《话本小说概论》第二章，中华书局，1980，第70页。

② 《青琐高议》别集卷一《西池春游》侯生语。见《宋元笔记大观》一，上海古籍出版社，2001，第1166页。

于这类故事。《西厢记》诸宫调只是将这一惯例推衍到新的程度，使之更有影响罢了。

明白了《西厢记》诸宫调关于"才子佳人"的情节惯例，我们对《娇红记》就可以获得新的理解。

《娇红记》仿效《莺莺传》的地方甚多。比如，申纯的性格就与张生相似，才见娇娘一面，便"功名之心顿释，日夕惟思慕娇娘"。娇娘亦可与莺莺比况。她虽深爱申纯，但因种种顾虑，在二人交往的前期，欲亲故疏，欲近故远，时亲时疏，时近时远，实亲似疏，实近似远，造成一波三折的戏剧性。自然，娇娘与莺莺的行为动机略有不同。崔莺莺是顾惜名门闺秀的身份，娇娘则是怕申纯不能正式娶她为妻。她的反反复复，是有充分的心理依据的，并非作者故作惊人之笔。

从娇娘与崔莺莺行为动机的不同，我们发现，《娇红记》虽然模仿《莺莺传》，但宋梅洞和元稹对婚姻的看法大为不同。按照通常的社会准则，"妻者齐也"，她与丈夫具有对等的地位。这种对等地位的获得，一方面依赖家世背景，即所谓"门当户对"，另一方面（也是更主要的方面）依赖"父母之命，媒妁之言"，即用某种仪式或程序加强婚姻的庄重性，其中含有道德意味和法律意味，可成为女子婚后身份的证实与保障。白居易《井底引银瓶》诗说："聘则为妻奔则妾。"妻、妾的区别就是根据这种社会公认的习惯法来确认的。元稹承认这种习惯法，他笔下的莺莺也承认这种习惯法，因此，莺莺在与张生私下结合后，她甚至没有勇气要求张生一定娶她，她只是说："始乱之，终弃之，固其宜矣。愚不敢恨。必也君乱之，君终之，君之惠也。"后来，莺莺"委身于人，张亦有所娶"，元稹并不在婚姻与私下结合之间建立必然联系。

与元稹有别，在私下结合与未来婚姻之间，宋梅洞赞成建立一种必然联系。这正是通俗文学的情节惯例。宋代的话本体传奇中，先私通再结婚的"才子佳人"甚多，金人董解元的《西厢记》诸宫调与元人王实甫的《西厢记》杂剧，都一致安排张君瑞、崔莺莺先私下结合后成为夫妻。这样的情节套路，从情节母题看，显示的是通俗文学的特点。

中篇传奇小说以元宋梅洞《娇红记》为起点，其情节处理、人物设计的路数确与《西厢记》诸宫调相近；穿插大量诗词，也可视为对诸宫调唱叹部分的移植。它所关注的题材相当狭窄，仅限于"才子佳人"的艳情；它对白描不甚重视，或许是因为艳情不宜于真切地加以摹绘，诸宫调也未提供这样的艺术传统；它的人物身份颇为暧昧，实质上的青楼女子与名义上的名门闺秀不能吻合。明代第一部中篇传奇小说是李昌祺的《贾云华还魂记》，尽管其作者有相当高的文化素养，但当他依循《娇红记》的轨辙来创作时，仍不免出现类似的情形，文学传统的惯性力量是不以人的意志为转移的。种种迹象表明，诸宫调在催生中篇传奇小说方面，作用甚巨。①

三

　　讲唱文学对文言小说的渗透，除了催生话本体传奇和中篇传奇小说这样一些重要小说品种外，还表现为：经由话本体传奇和中篇传奇小说的影响，文言小说的风貌在总体上大为改观，迥异于唐代的辞章化传奇。以明代的"剪灯二话"（瞿佑《剪灯新话》、李昌祺《剪灯馀话》）和清代蒲松龄的《聊斋志异》为例，可以看出，讲唱文学在艺术趣味和表达方式两方面都深刻影响了明清两代话本体传奇和中篇传奇之外的其他传奇小说。

　　就艺术趣味而言，"剪灯二话"洋溢着浓郁的市井气息。比如，小说中的所谓"佳人"，放诞不羁，与话本小说中的市井妇女风貌相近。《剪灯新话》卷一《金凤钗记》，叙崔兴哥未婚妻兴娘死后，她的妹妹庆娘"续前缘"嫁给了兴哥。但在正式结婚前，他们已私下成亲，而庆娘是主动者。她主动来到崔生的房间，"挽生就寝"，"生以其父待之厚，辞曰：'不敢。'拒之甚厉，至于再三。女忽赪尔而怒曰：'吾父以子侄之礼待汝，置汝门下，汝乃于深夜诱我至此，将欲何为？我将诉之于父，讼汝于官，必不舍汝矣。'生惧，不得已而从焉。"这与宋代话本体传奇中胁迫意中人同居的女子，可谓如出一辙。尽管《金凤钗记》把庆娘的行为写成是受了她

---

　　①　这里强调诸宫调对中篇传奇小说的影响，含有一定程度的假定意味。比较稳妥的表述应该是：中篇传奇小说是在讲唱文学的直接哺育下发展起来的，其中诸宫调的作用特别显著，但并不排除另一种可能性，即部分中篇传奇受惠于讲唱文学的其他样式更多。比如陶真，也可以成为中篇小说的一个母体。《西湖游览志》卷二十说："杭州男女瞽者，多学琵琶，唱古今小说、平话，以觅衣食，谓之陶真……若《红莲》、《柳翠》、《济颠》、《雷峰塔》、《双鱼扇坠》等记，皆杭州异事，或近世所拟作者也。"叶德均《宋元明清讲唱文学》就这一段文字加以阐释，说："这几种明人的'近世拟作'，通常认为是散文本，但细看《志馀》全文是指瞽者说唱陶真的本子，而陶真本子据《七修类稿》和《西湖二集》的例证确是用七言诗赞的。上列的五种名目中的《济颠》疑是晁瑮《宝文堂书目》中《红清难济颠》，但已经散佚，不知道它的文本。其余现在都有传本，如：《清平山堂话本》和《古今小说》三十卷《五戒禅师私红莲》，《古今小说》二十九卷《月明和尚度柳翠》，《警世通言》二十八卷《白娘子永镇雷峰塔》，熊龙峰刊本《孔淑芳双鱼扇坠传》四种，都是散文体，自然不是盲女弹唱的诗赞本子。而这类散文本正是由说唱的陶真本子改编的，也如《贩香记》词话和《苏知县报冤》唱本改为散文小说（详下）一样。这是由于改编的文人鄙视民间说唱陶真的本子而奋笔删削的……他们认为用通俗诗赞的唱词是鄙俚的，要改为适合士大夫和市民口味的散文小说。"叶德均《戏曲小说丛考》，中华书局，1979，第654－655页。据此，我们可以作一个假定：如果某一陶真作品的诗赞未被删削，且其底本的叙述部分用了浅近文言，那么，它是可以被视为中篇传奇的。所有具有一定长度的叙事性的讲唱文学作品，都潜在的包含着成为中篇传奇的可能性。或者说，中篇传奇是由叙事性的讲唱文学作品转化而来的。

姐姐兴娘之魂的支配，但这种转换并未改变情节的实质。写得尤其坦率的是《联芳楼记》（《剪灯新话》卷一）。昆山郑生，"气韵温和，性质俊雅"，一日泊舟于吴郡富室薛姓二女兰英与蕙英所居楼下，"夏月于船首澡浴，二女于窗隙窥见之"，竟"缒之上楼"，"相携入寝，尽缱绻之意焉"。《剪灯馀话》对色情的兴趣更为浓厚。《凤尾草记》中，"女"尚是深闺处女，龙生代拟的情诗却写到"嫩蕊折时飘蝶粉，芳心破处点猩红"，且"缕缕为详诗意"，她听了，还称赏不止。在上述例证中，"佳人"的放诞不羁行为都是在婚姻架构中展开的——她们都将扮演妻子的角色。由私通的"佳人"到明媒正娶的妻子，这样一种情节安排方式，正是讲唱文学的惯例之一。《聊斋志异》同样不乏"话本小说的市井趣味"。①

就表达方式而言，无拘无束地进入私人生活空间是讲唱文学建立的新的叙事惯例，《聊斋志异》即因接受这一惯例而受到纪昀的非议。盛时彦《姑妄听之·跋》引用过纪昀一段批评《聊斋志异》的话：

《聊斋志异》盛行一时，然才子之笔，非著书者之笔也……小说既述见闻，即属叙事，不比戏场关目，随意装点。伶玄之传，得诸樊嬺，故猥琐具详；元稹之记，出于自述，故约略梗概。杨升庵伪撰《秘辛》，尚知此意，升庵多见古书故也。今燕昵之词，媟狎之态，细微曲折，摹绘如生，使出自言，似无此理；使出作者代言，则何从而闻见之？②

纪昀的意思是说，一些隐秘的生活情状，当事人决不肯泄漏，又没有第三者听到或看到，作者是没有理由加以描写的。这一原则，是历史著作、六朝笔记小说和唐人传奇所共同遵守的，但讲唱文学早已打破了这一限制。宋代的话本体传奇和明代的"剪灯二话"也同样无视这一限制。《聊斋志异》对私生活场景的描写不避隐秘，正是这种新的艺术惯例濡染的结果。如卷五《五通》：

有赵弘者，吴之典商也。妻阎氏，颇风格。一夜，有丈夫岸然自外入，按剑四顾，婢媪尽奔。阎欲出，丈夫横阻之，曰："勿相畏，我五通神四郎也。我爱汝，不为汝祸。"因抱腰举之，如举婴儿，置床上，裙带自脱，遂狎之。而伟岸甚不可堪，迷惘中呻楚欲绝。四郎亦怜惜不尽其器。

套用纪昀的逻辑，我们可以说："婢媪尽奔"，可见无他人在场；阎氏是唯一的知情人，她绝不会对外人细说此事，甚至对丈夫也不会提那些令之羞愤欲死的细节。既然如此，蒲松龄又怎能知道得如此详细？只是，这种质询对古代史家、六朝

<hr>

① 杨义：《中国古典小说史论》，人民出版社，1998，第444页。
② 纪昀：《阅微草堂笔记》，上海古籍出版社，1980，第472页。

笔记小说作家和唐代传奇作家来说，可以成为致命的一击，但对一个认同讲唱文学叙事惯例的小说家来说，就是多余的了，大可一笑了之。

全面讨论宋元明清时代的文言小说不是本文的任务。本文的核心理念是：如果没有讲唱文学的渗透，宋元明清时代的文言小说不会呈现出与唐代的辞章化传奇迥然不同的风貌。无论是宋代话本体传奇还是元明中篇传奇小说，无论是明代的"剪灯二话"，还是清代的《聊斋志异》，其艺术趣味和表达方式都留有讲唱文学渗透的鲜明痕迹。不对这一重要的小说史事实给予高度重视和认真考察，我们所描绘的小说史版图就一定是残缺不全的。

论古代小说家的基本命运及其小说的存在理由^①

嘉应学院文学院　汤克勤

一

先秦传来的"君子弗为"、轻视"小说"的观念,对汉代班固等人产生不小的影响。班固虽然勇敢地在宏文大册的史书内著录小说,但又在《汉书·艺文志·诸子略》中说:"诸子十家,其可观者九家也已",把小说从"可观者"队伍排除出去,实际上比《论语》"虽小道,必有可观者"的说法更为极端。小说既然在"诸子"中微不足道,那么小说家自然不能与"可观者"的儒家、道家、墨家等诸家等量齐观,平起平坐,于是小说家在士中地位总体低下,受整体士人的歧视、排挤顺理成章。《汉书·艺文志·诸子略》所列举"小说家"类作品不一定符合现代小说观念,但是,班固等人对小说及小说家的说法,界定了古代小说为"小道"以及小说家为士之末流。小说被视为"小道","是以君子弗为也"。"君子",特指那些作为道义楷模、品德榜样和知识表率的士人,其精神地位格外崇高。君子不为小说,那么作小说的小说家自然就不算是君子。在古代,既是小说家又是士大夫的其实为数不少,但事实是:不管其现实身份和政治、经济地位多么高,也改变不了小说家在精神上受到士人整体歧视的现实。士大夫和小说家处于两种不同的评价体系中。古代小说家既然不是"君子",不是"道"的拥有者和发表者,其小说表达的仅是"小道",自然的,就在精神上低"君子"一等,处于士的底层。古代士风历来重道统,因此小说家即使在现实生活中被正统的"士"看重,也无济于事。古代小说处于文学的末流,地位远不如正宗文学诗文,遑论与经史子相较了;古代小说家作为士的末流,也遭受鄙夷,不能登大雅之堂;正统之士一般不会染指小说,他们万一操觚,就会寻找各种理由来为自己辩护、遮羞;比文言小说家地位更低的白话小说家,甚至拱手出让作品的署名权,羞于在"小道"上留下其"大名"。

---

①　本文为教育部人文社会科学研究基金青年项目《从晚清小说家及其笔下的知识人形象看士的近代转型》(项目批准号 09YJC751034)的阶段性成果。

自汉代班固等人对小说家定性后，一直到清代，歧视小说和小说家的论调不绝如缕。这种论调加强并巩固了古代小说家在士中地位低下的局面。试举例说明。

魏晋小说家张华可谓是小说家遭受歧视和压制的第一例。张华被称为"博洽之士"，历任魏、晋官职，撰有志怪小说集《博物志》。《拾遗记》卷九记载：

> 张华……造《博物志》四百卷，奏于武帝。帝诏诘问："卿才综万代，博识无伦，远冠羲皇，近次夫子，然记事采言，亦多浮妄，宜更删翦，无以冗长成文！昔仲尼删《诗》《书》，不及鬼神幽昧之事，以言怪力乱神；今卿《博物志》，惊所未闻，异所未见，将恐惑乱于后生，繁芜于耳目，可更芟截浮疑，分为十卷！"①

晋武帝为维护其统治利益，勒令张华将四百卷《博物志》"删翦"、"芟截"，删成十卷，理由是《博物志》言怪力乱神，"多浮妄"。在盛行鬼神怪异之风的魏晋时代，如此对《博物志》横加指责，真可谓欲加之罪，何患无辞。小说家在统治者的粗暴干涉面前，其作为士的尊严毫无保障。"这是后世禁毁小说的先声"。②

南宋小说家洪迈（进士、端明殿学士）因撰写志怪小说集《夷坚志》而被正统之士斥为徒费心力，荒谬可笑。"《夷坚志》……大凡四百二十卷，翰林学士鄱阳洪迈景卢撰。稗官小说，昔人固有为之矣，游戏笔端，资助谈柄，犹贤乎已可也，未有卷帙如此其多者，不亦谬用其心也哉！"③ 宋人陈振孙的这一说法，显示出正统之士对小说的轻视和对小说家劳动成果的不以为然。

明代小说家瞿佑的传奇小说集《剪灯新话》更遭到朝廷禁毁的厄运。顾炎武《日知录之余》卷四《禁小说》记录此事：

> 《实录》："正统七年二月辛未，国子监祭酒李时勉言：'近有俗儒，假托怪异之事，饰以无根之言，如《剪灯新话》之类，不惟市井轻浮之徒，争相诵习，至于经生儒士多舍正学不讲，日夜记忆，以资谈论。若不严禁，恐邪说异端，日新月盛，惑乱人心。乞敕礼部行文内外衙门及调提学校佥事、御史并按察司官，巡历去处，凡遇此等书籍，即令焚毁。有印卖及藏习者，问罪如律。庶俾人知正道，不为邪妄所惑。'从之。"④

---

① 王嘉：《拾遗记》，中华书局，1981，第 210 - 211 页。

② 黄霖、韩同文选注：《中国历代小说论著选》（上），江西人民出版社，1982，第 26 页。

③ 陈振孙：《直斋书录解题》，载黄霖、韩同文选注：《中国历代小说论著选》（上），江西人民出版社，1982，第 66 页。

④ 顾炎武著，黄汝成集释：《日知录集释》（全校本·下），上海古籍出版社，2006，第 2018 - 2019 页。

把"好古博雅"① 的小说家瞿佑贬为"俗儒",将其小说指控为造成了恶劣后果,罪名是"假托怪异之事,饰以无根之言",乃"邪说异端"。正统之士疾言厉色地斥责小说家及其小说,完全出于维护统治者利益的需要。他们认为,当人们"知正道,不为邪妄所惑"时,才能俯首帖耳地遵守忠君孝亲的"正道",才能使统治者稳坐江山。这种焚毁小说的言论虽然由个人提出,却反映出士的集体意识,朝廷自然会遵照执行,"从之"。焚毁小说,可以说是士之集体对小说家展开的一场正面、直接打击,致使小说家在士中的地位岌岌可危。当李时勉提议焚毁《剪灯新话》时,瞿佑已去世了九年,幸好小说家活着时没有受到小说的牵累。但是清代小说家丁耀亢(拔贡、知县)却命运不济,其章回小说《续金瓶梅》因"多背谬妄语,颠倒失伦,大伤风化",② 又有许多不利于清廷统治的违碍语,因此小说遭到禁毁,小说家被抓捕入狱。

与《剪灯新话》相牵连的另一位明代小说家李昌祺,也因小说受到牵累。《菽园杂记》卷十三载:"《剪灯新话》,钱塘瞿长史宗吉所作。《剪灯余话》,江西李布政昌期所作。皆无稽之言也。今各有刻板行世。闻都御史韩公雍巡抚江西时,尝进庐陵国初以来诸名公于乡贤祠。李公素著耿介廉慎之称,特以作此书见黜。清议之严,亦可畏矣。"③ 李昌祺"素著耿介廉慎之称",曾任广西左布政使,却因撰小说不能入乡贤祠,其小说即使"敦尚人伦节义风"④ 也无济于事。古代小说家遭受士人歧视,由此可见一斑。

名位俱显的士大夫投入文言小说创作,其作尚不被士认可,更何况那些来自民间的、士大夫很少染指的白话小说,更为士所蔑视。古代白话小说家比文言小说家更名不见经传,更遭受士的歧视。现存古代白话小说家的资料远比文言小说家的少,就是白话小说家遭受更严重歧视的一个佐证。

白话小说产生于民间的这一"低贱出身",使绝大部分士瞧它不起,于是古代白话小说家相比文言小说家,在士中的地位更为低下。不可否认的是,白话小说家由于有知识,又负担着简明的道德宣教义务而跻身于士之行列,但是,他们却被正统之士挤压到士阶层的最下层、最边缘,白话小说家承受着士人整体的白眼。可观道人为章回小说《新列国志》作序,虽然对具开创之功的《三国演义》和忠于史

① 凌云翰:《剪灯新话序》,载瞿佑等著《剪灯新话》(外二种),上海古籍出版社,1981年版,第4页。

② 刘廷玑:《在园杂志》,载黄霖、韩同文选注《中国历代小说论著选》(上),江西人民出版社,1982,第384页。

③ 陆容:《菽园杂记》,中华书局,1985,第15页。又钱谦益《列朝诗集小传》亦谓李昌祺:"其殁也,议祭于社,乡人以此短之,乃罢。""乡人"指乡绅,是士。《列朝诗集小传》,上海古籍出版社,1983,第192页。

④ 张光启:《剪灯余话序》,载瞿佑等著《剪灯新话》(外二种),上海古籍出版社,1981,第121页。

实的《新列国志》有所称赞，却对其他历史演义一棒子打死：

自罗贯中氏《三国志》一书，以国史演为通俗演义，汪洋百余回，为世所尚。嗣是效颦日众，因而有《夏书》、《商书》、《列国》、《两汉》、《唐书》、《残唐》、《南北宋》诸刻，其浩瀚几与正史分签并架，然悉出村学究杜撰，仫亻罗硻礁，识者欲呕。[①]

可观道人认为，白话小说家是“村学究”，其作品“仫亻罗硻礁，识者欲呕”，由此可见士对白话小说家的鄙薄之深。

不但士对白话小说家鄙薄，就连白话小说家自己也觉得低人一等，甚至有些白话小说家以士的心态来叱责其他白话小说家。例如明代小说家凌濛初就鄙视其他白话小说家，说：

宋元时，有小说家一种，多采闾巷新事，为宫闱应承谈资，语多俚近，意存劝讽。虽非博雅之派，要以小道可观。近世承平日久，民佚志淫，一二轻薄恶少，初学拈笔，便思污蔑世界，广摭诬造，非荒诞不足信，则亵秽不忍闻，得罪名教，种业来生，莫此为甚。而且纸为之贵，无翼飞，不胫走，有识者为世道忧之，以功令厉禁，宜其然也。[②]

凌濛初认为，士之所以建议朝廷对小说厉行禁止，是因为那些白话小说家实际上是“初学拈笔”的“轻薄恶少”，其小说“非荒诞不足信，则亵秽不忍闻，得罪名教，种业来生”，因此禁毁小说“宜其然”，是应该的。古代白话小说家竟然如此看待其他白话小说家及其小说，让人觉得十分悲凉。

清代《四库全书》对古代小说及小说家的歧视与摧残，达到了前所未有的程度。总撰官纪昀（进士，礼部尚书、协办大学士，小说家）将“小说家”划归子部，分“叙述杂事”、“记录异闻”、“缀辑琐语”三类。《四库全书》收录的“小说”实际上是笔记小说，纪昀将传奇小说和白话小说排除在小说之外。除少数传奇小说作品被收录到史部，大部分传奇小说和全部白话小说作品都没有获得进入皇朝的大型丛书的资格。纪昀指责唐宋以来的许多小说家，“诬谩失真，妖妄荧听”，[③]

① 可观道人：《新列国志叙》，载黄霖、韩同文选注《中国历代小说论著选》（上），江西人民出版社，1982，第239页。

② 即空观主人（凌濛初）：《拍案惊奇序》，载黄霖、韩同文选注《中国历代小说论著选》（上），江西人民出版社，1982，第256页。

③ 纪昀等著，四库全书研究所整理：《钦定四库全书总目》（整理本），中华书局，1997，第1834页。

他所叱责的其实是传奇小说家和白话小说家。他从知识（"诬谩失真"）和道义（"妖妄荧听"）两个方面斥责小说家，实际上是斥责那些小说家不符合士的属性和规范。他"黜而不载"那些"猥鄙荒诞，徒乱耳目"的小说作品，其深意在于将那些小说家从士的队伍中清除出去。纪昀剥夺大部分传奇小说家和全体白话小说家的士的资格，从根本上给予他们致命一击，如此这般，士所普遍认为"诲淫"、"诲盗"的传奇小说和白话小说作品就毁于一旦了。纪昀的观点，无疑代表了正统之士对中国所有小说家及其小说的看法，从而得到朝廷强有力的支持。纪昀的看法，明显延续了汉代以来轻视小说和小说家的传统，并且发展到极致，即对唐宋以来的绝大多数传奇小说和全部白话小说以及小说家"一锅端"，废黜这些小说，剥夺这些小说家的士的资格，置之于死地。后来清廷多次颁布大规模的禁毁小说令，就是这种观念变本加厉的表现。道光十八年（1838年），江苏按察使裕谦设局查禁淫词小说115种。道光二十四年（1844年），浙江巡抚、学政又设局查毁淫书，开列书目119种。同治七年（1868年），江苏巡抚丁日昌查禁小说121种，不久又列出"续查应禁淫书"34种。① 统治者禁毁的小说绝大多数是白话小说，还有少数传奇小说。朝廷大规模禁毁小说，小说家自然受到痛骂和唾弃。禁毁小说《水浒传》的作者施耐庵被士诅咒为"变诈百端，坏人心术，其子孙三代皆哑"，② 就是其中一个著名事例。

综上所述，古代小说家一直遭受正统之士和统治者的歧视与摧残，有时达到了无以复加的地步。作为士的古代小说家，在士中的地位总体上偏低，甚至有被剥夺士之资格的可能。这就是古代小说家的基本命运。

二

古代小说家及其小说虽然历代遭受贬抑，但仍绵延不绝，可见其小说自有其存在的理由。依凭其小说的存在理由，古代小说家在士中的地位虽历经风雨，仍立如不倒翁。古代小说家和少数有识之士经常谈论的小说存在理由，大致有以下几种：

理由之一，小说"虽小道，必有可观者焉"。

古代小说家想方设法利用各种手段（如人物形象、故事情节或夸张、直接议论等）在其作品中阐述各种各样的"道"，即使是"小道"、"微不足道"。统治者（包括士大夫）可以凭借小说家的作品，观风俗，知民情，察得失。晋代小说家干宝创作志怪小说《搜神记》，意在"明神道之不诬"，献于皇帝，让皇帝明白王朝

---

① 参见李梦生著《中国禁毁小说百话》，上海古籍出版社，1994。

② 田汝成：《西湖游览志馀》，转引自袁行霈主编《中国文学史》（第四卷），高等教育出版社，1999，第56页。田汝成此话，后来被王圻《续文献通考》、天都外臣《水浒传叙》、周亮工《因树屋书影》、章学诚《丙辰札记》采录或引用。可见此说在士中有一定的代表性。

兴衰的道理；南朝宋代小说家王琰撰写《冥祥记》，为"释氏辅教"，使人们懂得因果报应的道理；而更多的小说家，在其小说中贯彻儒家的伦理道德，以教化人心。古代小说与"道"总有这样那样的联系，因此《隋书·经籍志·小说家》说："儒、道、小说，圣人之教也，各有所偏。"意思是，小说与儒、道一样，都是圣人之教，只是"道"的侧重点各有不同罢了。

古代小说反映"道"的常见方式是：小说家在其小说中直接进行劝惩和教化。古代小说普遍采用第三人称全知叙述的方法，使小说家成为无所不知无所不能的叙述人，成为行使褒贬劝惩之权力的权威。唐代小说家李公佐创作传奇小说《南柯太守传》，直接在小说中说："窃位著生，冀将为戒。"又撰写《谢小娥传》，意在"旌美"谢小娥，说："如小娥，足以儆天下逆道乱常之心，足以观天下贞夫孝妇之节。"明代瞿佑写作小说，说："今余此编，虽于世教民彝，莫之或补，而劝善惩恶，哀穷悼屈，其亦庶乎言者无罪，闻者足以戒之一义云尔。"[①] 明代吴承恩撰写传奇小说集《禹鼎志》，其自序云："虽然吾书名为志怪，盖不专明鬼，时纪人间变异，亦微有鉴戒寓焉。"明末吟啸主人编著时事小说《平虏传》，自序亦曰："苟有补於人心世道者，即微讹何妨。有坏於人心世道者，虽真亦置。"明代小说家冯梦龙编撰"三言"，怀抱一贯的劝诫民众、济世医国的宗旨，这从他给三部拟话本小说集命名为《喻世明言》、《警世通言》、《醒世恒言》可以看出。凌濛初有感于冯梦龙"所辑《喻世》等诸言，颇存雅道，时著良规，一破今时陋习"，也撰写"二拍"，其《拍案惊奇序》说："宋元时，有小说家一种，多采闾巷新事，为宫闱应承谈资，语多俚近，意存劝讽。虽非博雅之派，要以小道可观。"还在《二刻拍案惊奇》卷十二《硬勘案大儒争闲气　甘受刑侠女著芳名》中自己跳出来说："从来说的书，不过谈些风月，述些异闻，图个好听。最有益的，论些世情，说些因果，等听了的触着心里，把平日邪路念头化将转来，这个就是说书的一片道学心肠。"[②] 小说家们正是以"道学心肠"来撰写小说，劝诫世道人心的，因此凌濛初写"二拍"，在追求奇和以奇娱人时，经常有意地讲述一些因果报应故事，以劝善戒恶。清代小说家烟水散人（徐震）作才子佳人小说《珍珠舶》，其自序亦云："斯编实有针世砭俗之意。"小说家静恬主人为才子佳人小说《金石缘》作序，则说：

　　小说何为而作也？曰以劝善也，以惩恶也。夫书之足以劝惩者，莫过于经史，而义理艰深，难令家喻而户晓，反不若稗官野乘福善祸淫之理悉备，忠佞贞邪之报昭然，能使人触目儆心，如听晨钟，如闻因果，其于世道人心不为无补也。

---

① 瞿佑：《剪灯新话序》，载瞿佑等著《剪灯新话》（外二种），上海古籍出版社，1981，第3页。

② 凌濛初：《二刻拍案惊奇》，上海古籍出版社，1983，第245页。

《金石缘演义》则忠孝节义、奸盗邪淫、贫贱富贵、离合悲欢，色色俱备，且征引事迹，酌乎人情，合乎天理，未尝露一毫穿凿之痕，中间序次天然，联络水到渠成，未尝有半点遗漏之病。虽不敢称全璧，亦可为劝惩之一助。阅者幸勿以小说而忽之。当反躬自省，见善即兴，见恶思改，庶不负作者一片婆心，则是书充于《太上感应篇》读也可。

小说家认为，小说劝善惩恶的效果可以超轶经史著作。这一对小说社会教化功用的认识，达到了空前的高度；这种认识会使小说家的地位相应的被抬高，甚至在某种程度上凌驾于经、史作家之上。纪昀创作小说《阅微草堂笔记》五种，也以劝惩为目的，他在《阅微草堂笔记·滦阳消夏录》前言中说："有益于劝惩。"又在《阅微草堂笔记·姑妄听之》前言中说："大旨期不乖于风教。"还在《阅微草堂笔记》卷二十四中交代："惟不失忠厚之意，稍存劝惩之旨，不颠倒是非如《碧云騢》，不怀挟恩怨如《周秦行纪》，不描摹才子佳人如《会真记》，不绘画横陈如《秘辛》，冀不见摈于君子云尔。"纪昀虽然竭力排除传奇小说家和白话小说家作为士的资格，但又以笔记小说的"劝惩之旨"，希望"不见摈于君子"，保留笔记小说家在士中的一席之地。他主纂《四库全书》就是如此安排的。清代小说家韩邦庆也在其章回小说《海上花列传》的例言中公开说："此书为劝诫而作。"

总而言之，不管是文言小说家还是白话小说家，都高举小说有益劝惩的旗帜。这是自汉代以来，古代小说家为自己争取士中地位的法宝之一。古代小说家以有益劝惩为其小说创作辩护，其功利目的其实在于：使自己不要横遭士之非议、歧视，还自己一个切实的士的身份，使其小说作品能够得以保存和流传。

理由之二，小说可以"为正史之补"。

正史"非天下所以存亡"之事不著，是朝代兴衰的严肃记录，后世君臣可引以为鉴。史官的现实身份一般较高，在士中地位较为显著。古代小说家抓住小说和正史都叙事、历史演义小说又表现正史的题材，打出小说"羽翼信史"① 的旗号，为自己争取在士中应有的地位，尽管小说叙的事和正史记的事不可同日而语。小说所叙之事多是史书不载的"街谈巷语"和"修身理家"的异闻琐事。六朝人托名汉代郭宪作小说《汉武洞冥记》，其自序云："今藉旧史之所不载者，聊以闻见，撰《洞冥记》四卷，成一家之书，庶明博君子，该而异焉。"对于小说和正史取材的不同，历史学家有明确的认识。唐代史学家刘知几在《史通·杂述》中说："是知偏记小说，自成一家，而能与正史参行，其所由来尚矣。"自元末明初小说家罗贯中撰成章回小说《三国演义》以后，小说与历史融通于同一种文体，小说与正史的关系密切起来。有识之士根据《三国演义》"文不甚深，言不甚俗，事纪其实，亦庶几乎史……书成，士君子之好事者，争相誊录，以便观览。则三国之盛衰治乱，

---

① 修髯子（张尚德）在《三国志通俗演义引》中提出小说创作的观点："羽翼信史而不违。"

人物之出处臧否，一开卷，千百载之事，豁然于心胸矣。其间亦未免一二过与不及，俯而就之，欲观者有所进益焉"①的艺术效果，正式提出小说"为正史之补"的观点。明代小说家林瀚编撰《隋唐志传通俗演义》，自序也明确指出，小说"为正史之补"，其内容"有关风化"，士"勿第以稗官野乘目之"。他还在序中不厌其烦地摆出他长长的士大夫头衔，意在显示小说家较高的政治地位，希望其小说能够引起关注，特别是"君子"的注意。

既然小说能"为正史之补"，那么小说的鉴、戒意义就不容忽视，于是小说家的地位举足轻重。古代小说家打出小说"羽翼信史"的旗号，反映出他们"攀龙附凤"的心理，这种心理又折射出他们在现实社会中饱受冷遇的心酸处境。因此，古代小说家尤其是历史演义小说家，一般会紧紧抓住"为正史之补"这根"救命稻草"。冯梦龙在改写余邵鱼小说《列国志传》为《新列国志传》时，"本诸《左》、《史》，旁及诸书，考核甚详，搜罗极富，虽敷演不无增添，形容不无润色，而大要不敢尽违其实。"②改写小说"大要不敢尽违其实"，冯梦龙用意在于"为正史之补"。清代小说家蔡元放对《新列国志传》再加工，更名为《东周列国志》，其自序云："顾人多不能读史，而无人不能读稗官，稗官固亦史之流派，特更演绎其词耳。善读稗官者，亦可进于读史，故古人不废。"其谓"古人不废"，意指小说家以小说演绎史实，使历史人物和历史知识深入人心，这是小说"补"史的最好表现之一。蔡元放又作《东周列国志读法》，进一步指出："故读《列国志》，全要把作正史看，莫作小说一例看了。"明末清初小说家袁于令撰《隋史遗文》，其序说："史以遗名者何？所以辅正史也。正史以纪事；纪事者何，传信也。遗史以蒐逸；蒐逸者何，传奇也。"干脆把小说命名为"遗史"，其"辅正史"之意甚明。在这种小说"补史"认识的基础上，有人甚至提出小说相当于经史，可与经史并传。如明代可观道人在《新列国志叙》中说，小说"能令村夫俗子与缙绅学问相参，若引为法诫，其利益亦与《六经》诸史相埒"；明代陈继儒在《叙列国传》中说："有学士大夫不及详者，而稗官野史述之；有铜螭木简不及断者，而渔歌牧唱能案之。如是虽与经史并传可也。"清代何昌森在《水石缘序》中也说："是小说虽小道，其旨趣义蕴原可羽翼贤卷圣经，用笔行文要当合诸腐迁盲左，何可以小说目之哉！"

由于小说叙写历史题材这一契机，古代小说家又举起了"为正史之补"的旗帜，其用心之一仍在于保全其作品，从而肯定或抬升小说家在士中的地位。既然小说相当于经史这种士十分敬重的著作，那么小说家的地位岂可轻之。

---

① 庸愚子（蒋大器）：《三国志通俗演义序》，载罗贯中著《三国志通俗演义》，上海古籍出版社，1982，第1-2页。

② 可观道人：《新列国志叙》，载黄霖、韩同文选注《中国历代小说论著选》（上），江西人民出版社，1982，第239页。

理由之三，小说可以"广见闻"、"资谈助"、"消遣岁月"。

南朝刘勰《文心雕龙·谐隐》说："盖稗官所采，以广视听。"说明小说有广见闻的作用。《四库全书总目提要·世说新语》云："所记分三十八门，上起后汉，下迄东晋，皆轶事琐语，足为谈助。"① 类似的提要在《四库全书》小说类中屡见。"资谈助"，可见在笔记小说中，"知识的重要性慢慢超过了哲理，博学的色彩日渐鲜明"。② 既然小说具有知识丰富的特点，那么小说家必须具备学识渊博、见闻广泛的条件。不仅笔记小说家需要渊博的知识，传奇小说家也因传奇"文备众体"而需具有"史才、诗笔、议论"③ 的能力。彭砻《唐人说荟序》指出，传奇小说家"盖其人本擅大雅著作之才，而托于稗官，缀为卮言，上之备庙朝之典故，下之亦不废里巷之丛谈与闺闱之逸事，至于论文讲艺，裨益词流，志怪搜神，泄宣奥府，窥子史之一斑，作集传之具体，胥在乎是"。明代刘敬在《剪灯余话序》中说，小说家必须具备才、学、识"三长"；凌云翰的《剪灯新话序》也说，"宗吉之志确而勤，故学也博，其才充而敏，故其文也赡"，"自非好古博雅，工于文而审于事，曷能臻此哉"。凌云翰以小说家瞿佑为例，指出传奇小说家必须具备志力勤奋、学识渊博、才思敏捷、洞察事理等条件，才可能写出好小说来。古代白话小说家也必须博学多闻。宋代罗烨《醉翁谈录·舌耕叙引》说，"夫小说者，虽为末学，尤务多闻。非庸常浅识之流，有博览该通之理"，"小说纷纷皆有之，须凭实学是根基，开天辟地通经史，博古明今历传奇，藏蕴满怀风与月，吐谈万卷曲和诗"，就是对白话小说家具有渊博学问的一种说明。明末金圣叹在《第五才子书施耐庵水浒传序三》中说："天下之文章，无有出《水浒》右者；天下之格物君子，无有出施耐庵先生右者。"金圣叹对小说家施耐庵的"格物"（学问知识）大加赞扬。小说家将满腹才学放置到小说内，如果"以小说为庋学问文章之具"，还会产生所谓的"才学小说"。④ 古代小说家学富五车，正是其作为士的必要条件；但是，又恰恰因为其学问是"末学"或杂学，所以招致正统之士的普遍蔑视。与之相对，古代小说家和小说评点者常常标榜小说为"实学"，如果士读了，定会获益匪浅。清代蔡元放在《东周列国志读法》中说："今子弟读了《列国志》，便有无数实学在内。"元代杨维桢在为陶宗仪的笔记小说《说郛》作序时说："学者得是书，开所闻扩所见者多矣。"明代李大年《唐书演义序》甚至说："且词话中诗词檄书颇据文理，使俗人骚客披之自亦得诸欢慕。"

古代小说家让读者（包括士和市民）"广见闻"、"资谈助"，使他们（包括小

---

① 纪昀等著，四库全书研究所整理：《钦定四库全书总目》（整理本），中华书局，1997，第1836页。

② 陈文新：《文言小说审美发展史》，武汉大学出版社，2007，第172页。

③ 赵彦卫：《云麓漫钞》，古典文学出版社，1957，第111页。

④ 鲁迅：《中国小说史略》，人民文学出版社，1973，第211页。

说家自己）得到欢娱，因而优悠地"消遣岁月"。对于这一点，几乎所有的士都达成了共识。明代酉阳野史《新刻续编三国志引》说："夫小说者，乃坊间通俗之说，固非国史正纲，无过消遣于长夜永昼，或解闷于烦剧忧愁，以豁一时之情怀耳。"清代烟水散人（徐震）《珍珠舶序》说："小说家蒐罗闾巷异闻，一切可惊可愕可欣可怖之事，罔不曲描细叙，点缀成帙，俾观者娱目，闻者快心，则与远客贩宝何异？此予《珍珠舶》之所以作也。"陶家鹤《绿野仙踪序》说："余每于经史百家披阅之暇时，注意于说部，为其不费心力，可娱目适情耳。"自怡轩主人《娱目醒心编序》也说："能使悲者流涕，喜者起舞，无一迂拘尘腐之辞，而无不处处引人于忠孝节义之途。即可娱目，即以醒心。"由此可见，白话小说的娱乐性十分强大。天都外臣《水浒传叙》总结道：小说"盖虽不经，亦太平乐事，含哺击壤之遗也"。文言小说同样具有娱乐性。曾敕命张华删四百卷《博物志》为十卷的晋武帝，"常以《博物志》十卷置于函中，暇日览焉"。① 纪昀撰《阅微草堂笔记》，曾多次声明："惟时拈纸墨，追录旧闻，姑以消遣岁月而已。""景薄桑榆，精神日减，无复著书之志，惟时作杂记，聊以消闲。"② 袁枚《随园戏墨·自序》也说："余自戏编《子不语》"，提起《子不语》的创作动机，他说："余生平寡嗜好，凡饮酒、度曲、樗蒲，可以接群居之欢者，一无能焉，文史外无以自娱。乃广采游心骇耳之事，妄言妄听，记而存之，非有所惑也。"③ 他作志怪小说，显然是为了"自娱"，即以文为戏。明代李昌祺的《剪灯余话》书稿偶然被进士曾棨看到，"乃抚掌曰：'兹所谓以文为戏者非耶？'"④ 王英《剪灯余话序》说："昌祺所作之诗词甚多，此特其游戏耳。"

以文为戏是古代小说家创作的一个主要动机。关于以文为戏，唐代曾发生过一场著名争论。张籍和韩愈曾多次致信交锋，张籍认为，"君子"不能作驳杂之说以为戏，而韩愈却坚持"以文为戏"说，认为这符合《诗》、《礼》之教，对于"道"并无妨害。争论传扬开来，引起士的不同反映：一部分士反对以文为戏，一部分士则坚持以文为戏。例如，裴度赞成张籍，柳宗元支持韩愈。韩愈、柳宗元等古文运动人物还亲自创作小说。韩愈"以文为戏"的主张推动了唐代小说创作的发展。士对"以文为戏"说的不同意见，反映出古代一部分士仍坚守歧视小说的立场，而另有一部分士开始认可小说了。正因为一些有识之士赞同小说创作属于以文为戏的范畴，古代小说在文学殿堂中找到一席栖身之地，小说家也因此在士中获得一定的"合法"地位。

---

① 王嘉：《拾遗记》，中华书局，1981，第211页。

② 纪昀：《阅微草堂笔记》，上海古籍出版社，1980，第359、474页。

③ 袁枚：《子不语自序》，载《子不语》，上海古籍出版社，1986，第1页。

④ 李昌祺：《剪灯余话自序》，载瞿佑等著《剪灯新话》（外二种），上海古籍出版社，1981，第121页。

以上三种理由：小说有益劝惩说、小说羽翼经史说和小说以文为戏说，都是古代小说存在的正当理由，也都是古代小说家在士中争取应有地位的有效手段。有的小说家甚至综合三者，给古代小说以较高定位。例如南宋小说家曾慥编撰小说总集《类说》，其序云：

> 小道可观，圣人之训也。余乔寓银峰，居多暇日，因集百家之说，采摭事实，编纂成书，分五十卷，名曰《类说》。可以资治体，助名教，供谈笑，广见闻。如嗜常珍，不废异馔，下筋（筯）之处，水陆具陈矣。览者其详择焉。

除以上所叙三种主要理由之外，还有一种小说存在的理由，即古代小说家由于科举失意或者仕途多艰，作诗文又不能见赏于上层，就借小说来骋其才气，抒其孤愤，所谓"发愤著书"或"穷愁著书"。小说成了小说家安身立命的一种手段。如清代小说家蒲松龄创作《聊斋志异》就是一个众所周知的事例。瞿佑"哀穷悼屈"创作《剪灯新话》，李昌祺"泄其暂尔之愤懑"① 创作《剪灯余话》，曹雪芹怀揣"一把辛酸泪"创作《红楼梦》，都属于这种"穷愁著书"的情况。明末清初小说家陈忱，在其《水浒后传》序中说，他（托名"古宋遗民"）"必其垂老奇穷，颠连痼疾，孤茕绝后，而短褐不完，藜藿不继，屡憎于人，思沉湘蹈海而死"，撰写了《水浒后传》这部集怒、想、悟、哀的小说——"昔人云：《南华》是一部怒书，《西厢》是一部想书，《楞严》是一部悟书，《离骚》是一部哀书。今观《后传》之群雄激变而起，是得《南华》之怒；妇女之含愁敛怨，是得《西厢》之想；中原陆沉，海外流放，是得《离骚》之哀；牡蛎滩丹露宫之警喻，是得《楞严》之悟。不谓是传而兼四大奇书之长也！"② 古代才子佳人小说家也有"穷愁著书"的，例如天花藏主人，其《天花藏合刻七才子书序》说："予虽非其人，亦尝窃执雕虫之役矣。顾时命不伦，即间掷金声，时裁五色，而过者若罔闻罔见，淹忽老矣。欲人致其身，而既不能，欲自短其气，而又不忍；訏无所之，不得已而借乌有先生以发泄其黄粱事业。"清代李百川创作《绿野仙踪》，自序介绍其小说创作过程，说：年轻时爱"谈鬼"，好"新奇"，后"广读稗官野史"，"周流典坟，博瞻词章"，长大后又长期过着"蓬行异域"、"穷愁潦倒"的生活，于是具备了较为扎实的文学基础和生活基础，所以才创作出《绿野仙踪》这部"耐咀嚼"的小说来。一般说来，发愤著书创作出的小说作品质量总体较高，因为小说家将满腔心血灌注于小说，将自己作为一名士人在政治、社会和人生中到处碰壁而被激发的愤恨、消

---

① 刘敬：《剪灯余话序》，载瞿佑等著《剪灯新话》（外二种），上海古籍出版社，1981，第120页。

② 雁宕山樵（陈忱）：《水浒后传序》，载《古本小说集成》编委会编《水浒后传》，上海古籍出版社，1994，第2—3页。

沉或者叛逆等思想感情，如火山喷发似的饱满鲜活地展现在小说中。从本质上说，古代小说家通过穷愁著书，在小说中实现了一个士人在现实政治中所不能实现的梦想，获得了一个士人在现实生活中所不能获得的尊严和价值。

基于以上四方面的理由，一些有识之士认识到小说的价值和作用，于是高度评价小说，给予小说家以较高地位。明代胡应麟《少室山房笔丛·九流绪论下》根据"古今著述，小说家特盛；而古今书籍，小说家独传"的事实，"更定九流"，第一次在"子部"类中为小说争占一席之地，使得小说家能够与儒、道、释等诸家平起平坐。士人评点小说的风潮自南宋后期开始，经明代到清代中期达到了高潮，先后有刘辰翁评点《世说新语》、李贽、金圣叹评点《水浒传》、毛宗岗评点《三国演义》、张竹坡评点《金瓶梅》、王士禛评点《聊斋志异》、脂砚斋等评点《红楼梦》、张文虎等评点《儒林外史》等等。有识之士们认为，小说家以其"锦绣之心，风雷之笔"① 创作小说，其"文章"可视为天下极品，其小说可称为"才子书"。关于古代小说读法的作品也雨后春笋似的出现了，如《读第五才子书法》、《读三国志法》、《批评第一奇书金瓶梅读法》、《东周列国志读法》、《水浒后传读法》等。金圣叹称《水浒传》为"第五才子书"，对此清代小说家李渔作出分析："金圣叹特标其名曰'五才子书'、'六才子书'者，其意何居？盖愤天下之小视其道，不知为古今来绝大文章，故作此等惊人语以标其目。"② 金圣叹认为，《水浒传》的文学性和趣味性都大大超越了《大学》、《中庸》、《论语》、《孟子》等儒家经典。这在当时是多么惊世骇俗的议论。之前，袁宏道也提出了类似的大胆说法，其《听朱生说水浒传》诗曰：

少年工谐谑，颇溺《滑稽传》。后来读《水浒》，文字益奇变。"六经"非至文，马迁失组练。一雨快西风，听君酣舌战。

袁宏道从"文字益奇变"即文学性的角度出发，认为《水浒传》是"至文"，与之相形，儒家经典"六经"和史家经典《史记》反而是"非至文"、"失组练"。作为进士、稽勋郎中和公安派领袖的袁宏道，发此空前之议论，无疑利于抬高小说家在士中的精神地位。

正因为一些有识之士对小说进行高度评价，有些小说家将小说创作当作自己的"黄粱事业"，为小说付出了人生大部分的时间和精力却毫无悔意。例如，蒲松龄创作《聊斋志异》，其好友张笃庆奉劝他"聊斋且莫竞谈空"，要他放弃小说写作以

---

① 黄越：《第九才子书平鬼传序》，载黄霖、韩同文选注《中国历代小说论著选》（上），江西人民出版社，1982，第405页。

② 李渔：《闲情偶寄》之《词曲部上·词采第二·忌填塞》，载杜书瀛评注《闲情偶寄》（插图本），中华书局，2007，第43页。

免影响科举考试，但蒲松龄没有接受，创作《聊斋志异》达到了痴迷的程度。有的小说家甚至开始公开表示以做小说家为荣，显然这是挑战正统之士的一种勇敢的姿态。例如，李渔愿意"以稗史造福"，"以稗史名家"，① 创作出《无声戏》和《十二楼》两部白话小说集。他在《与陈学山少宰书》中说："若诗歌词曲稗官野史，则实有微长，不效美妇一颦，不拾名流一唾，当世耳目，为我一新。"其友杜浚（钟离睿水）在《十二楼序》中说，李渔"尝语余云：'吾于诗文非不究心，而得志愉快，终不敢以稗史为末技。'"这种公开标榜以小说为其特长，不以小说为"末技"的思想，在当时是难能可贵的。李渔愿以小说家为名，这反映出一定的近代气息。然而，李渔的小说仍以劝惩为旨，以娱乐为本，他依然摆脱不了传统士人的习性。

古代小说家抱有各种思想和目的进行小说创作，他们的创作实绩有高有低。从汉代到清代，小说作品的思想艺术水平总体上呈现出高低不一、错落起伏的状态。关于这一点，胡应麟《少室山房笔丛·九流绪论下》云：

小说者流，或骚人墨客，游戏笔端；或奇士洽人，蒐萝宇外。纪述见闻，无所回忌；覃研理道，务极幽深。其善者，足以备经解之异同，存史官之讨覈，总之有补于世，无害于时。乃若私怀不逞，假手铅椠，如《周秦行纪》、《东轩笔录》之类，同于武夫之刃，谗人之舌者，此大弊也。然天下万世，公论具在，亦亡益焉。

胡应麟论的是文言小说。对于白话小说，清代佩蘅子的才子佳人小说《吴中雪》第九回也说：

原来小说有三等。其一，贤人怀着匡君济世之才，其所作都是惊天动地，流传天下，传训千古。其次英雄失志，狂歌当泣，嬉笑怒骂，不过借来舒写自己这一腔魂磊不平之气，这是中等的了。还有一等的，无非说牝说牡，动人春兴的。这样小说世间极多，买者亦复不少。书贾借以觅利，观者借以破愁，这是坏人心术的。

古代小说有好有坏，有"有补于世"的，也有"坏人心术"的。小说质量的好坏，势必会影响小说的存在理由，而且势必会引起士对小说家的不同评价，"有补于世"的小说家自然受人称赞、抬高，"坏人心术"的小说家则遭人歧视、贬低。古代小说家的创作实绩决定了小说家在士中地位的浮沉。

综上所述，从汉代到清代，对于古代小说家的评价，大致出现两股相左的力量，一股来自绝大部分的正统之士和王朝统治者，另一股来自小说家和少数有识之

---

① 钟离睿水：《十二楼序》，载黄霖、韩同文选注：《中国历代小说论著选》（上），江西人民出版社，1982，第357页。

士。前者轻视小说，以为"小道"、"末学"，贬低小说家，甚至要剥夺小说家作为士的资格；后者赞扬小说，甚至以之为"至文"，"超轶经史"，从而抬高小说家，视小说家为士的佼佼者。两股力量一上一下，牵扯古代小说家在士中的地位发生波浪线似的"起伏变化"。不过，前者相比于后者，力量似乎更强大一些，于是古代小说家在士中的地位总体上偏低。这就是古代小说家生存命运的基本状态。古代小说家在士中地位的起伏变化，对于其小说创作有极其深刻的影响，古代小说因此具有某些共性，诸如喜劝惩、乐传输知识等。

"史有诗心"

——历史性叙事与文学性叙事的分别

中央民族大学文学与新闻传播学院　王秀林

一

叙述或叙事，即通过对某件事情或某些事情依时间顺序的描述，而构成一个可以理解的场景或有意义的文本结构。历史和文学的共同特征即叙述或叙事。周建漳教授在《历史及其理解和解释》一书中认为，史学的基本结构是叙述、解释和评价：历史著作首先是叙述历史事实；其次是揭示历史事实之间的因果联系；再次是对历史事件与历史人物进行历史评价。[①] 近代的新史学观念排斥史学的解释和评价；他们认为，史实叙述是史家的天职，而历史的解释和评价带有史家的主观性，往往有碍于对事实真相的叙述。傅斯年先生提倡实证的史学（科学的史学）：史学便是史料学，史学的方法是科学的实证方法，历史学的基本工作在于经验事实的描述，而不是对历史事实之意义的解释，不是去扶持或推进这个运动或那个主义。[②] 我们认为，历史的解释和评价有其必要性和合理性。首先，以为史学只需对事实作客观的叙述，而不宜有解释和评价犯了"混淆人文与自然研究的错误"，人文活动自始至终都包含着解释和价值的问题。其次，历史有"鉴往知来"的作用，史家通过叙述和解释历史且揭示其意义，对人类的现在和未来承担责任。贾谊说"前事不忘，后世之师也"；司马迁说"述往事，思来者"；英国史学家克罗齐说"一切历史都是现代史"。但传统的史学普遍存在着"道德超载"的现象，不分青红皂白地将道德作为历史解释和评价的核心原则，将事情的成败一归于道德因素，诸如"正义必胜"、"得道多助，失道寡助"等。因此，我们在强调历史解释和评价的必要性时，应承认其在史学领域中的次要性或边缘性。[③] 常森在《二十世纪先秦散文研究反

---

① 周建漳：《历史及其理解和解释》，北京，社会科学文献出版社，2005，第 250 页。

② 参见黄俊杰：《徐复观的思想方法论及其实践》，收入黄俊杰：《战后台湾的教育与思想》，台北，台湾东大图书公司，1993，第 357 - 359 页。

③ 关于历史评价的必要性和边缘性的论述，参见周建漳《历史及其理解和解释》，北京，社会科学文献出版社，2005，第 264 - 270 页。

思》一书中归结史学质素的特征有三。其一，史学最一般层次的要求，是关注和昭示人类生活的"已往"。其二，史学更进一步的特质在于坚持事实。事实是很难认定的，归根结底是主观认定的事实，即事实有一定的相对性。① 这主要表现在两个方面：一是占卜、梦境、神话等内容，在认识水平低下的时期被史家认为是事实，但在今天看来，它们是不合事实的；二是由于认识的局限，史家所认定的事实乃是历史的假象。其三，史学更深一层的特质，是寻求历史发展的规律性和必然性，从朴素、凌乱的历史事实中，发现把它们联结在一起的本质性东西。②

综上所述，在叙述、解释、评价的史学结构中，叙述位于核心的地位，没有叙述就没有历史；解释和评价是必要的、边缘的。叙事也是文学的基本特征之一，所谓文学性叙事；但文学也可以侧重于议论和抒情，即以议论和抒情为主，以叙事为辅。《史记》的一些篇章有较为强烈的议论性和抒情性，基本上可以看做是文学作品。钱锺书论《伯夷列传》："此篇记夷、齐行事甚少，感慨议论居其泰半，反论赞之宾，为传记之主。马迁牢骚孤愤，如喉鲠之快于一吐，有欲罢而不能者；纪传之体，自彼作古，本无所谓破例也。"③《史记》的人物传记一般以叙述传主的行事为主，以议论和抒情为辅；但此篇记叙伯夷、叔齐的行事甚少，约占四分之一，而感慨议论的文字占到四分之三，司马迁是借题发挥，以抒发自己的牢骚孤愤。

二

叙述或叙事分为历史性叙事和文学性叙事。历史性叙事和文学性叙事各自具有什么特征呢？二者之间的主要分别是什么呢？④

傅修延教授在《先秦叙事研究》一书中说：

虚构是文学性叙事区别于历史性叙事的本质特征，叙事中的虚构性因素多到一定程度，它的性质就会由历史向文学转化，由实录性叙事向创造性叙事（creative narrative）转化。历史性叙事和文学性叙事都是对社会生活的反映，但前者要求尊重历史真实，后者则可以驰骋想象，创造出艺术中的"第二自然"。⑤

本节标题在钱锺书"史有诗心"之语上稍作改动，"史有诗衣"表示左氏是披

---

① 傅修延说："需要补充的是，事实具有相对性，且不说在认识水平低下的历史时期，就是在科学昌明的今天，我们有时仍难以区别'客观事实'与'主观事实'。"参见《先秦叙事研究》，北京，东方出版社，1999，第 208 页。

② 常森：《二十世纪先秦散文研究反思》，北京，北京大学出版社，2002，第 267–268 页。

③ 钱锺书：《管锥编》（第一册），北京，中华书局，1986，第 306 页。

④ 我们不能把文学性叙事与文学、历史性叙事与史学相混淆；文学性叙事与文学、历史性叙事与史学，是手段与目的的关系。

⑤ 傅修延：《先秦叙事研究》，北京，东方出版社，1999，第 211 页。

着文学大氅的历史骑士，说得更精确一些，《左传》叙事是"虚毛实骨"——事实为骨架而虚构作毛羽。《左传》中的骨干事件大体真实，但敷演其外的微细事件未必皆可信……"史有诗衣"也好，"虚毛实骨"也好，都是强调《左传》中历史与文学是体与衣、骨与毛的关系，因为就本质来说《左传》仍属历史。凭什么断定左氏有"史骨"而无"诗心"呢？①

细微末节的虚构与通体虚构之间并没有一道堤防，由局部"感染"到全身"感染"并非不可能发生之事，一旦虚构由"衣"到"体"蔓延，由"毛"向"骨"侵袭，叙事的性质便会发生变化。②

那么，究竟是什么原因使小说从寓言中脱颖而出呢？本书认为这是由于寓言的虚构性……在寓言中这种"实骨"已被"诗心"所代替，为了用合适的故事增加论说的力量，诸子是完全自觉地进行虚构……虚构性（fictionality）是文学性叙事的生命，它取决于作者的想象力，是小说发育的先决条件。真正意义上的小说不能像寓言一样只有人物与简单的故事，其中必须有包含着矛盾与冲突的连续性行为，并有对人物性格、行动环境与事物状态等方面的着意描写，这就对作者的想象力提出了更高的要求。③

作为一部研究先秦叙事的专著，该书并没有具体分析和概括历史性叙事和文学性叙事的基本特征，而只是认为历史性叙事是叙述历史的真实，真实是历史的生命，文学性叙事则是叙述可能的生活真实，虚构是文学性叙事的生命，故虚构是文学性叙事与历史性叙事的本质区别。这可能是学人的共论，但傅教授更突出这种观点，且展开了多方面的论证。

其一，历史性叙事必须叙述历史事实，这不容置疑；但文学性叙事可以叙述"生活的真实"，也可以叙述历史的真实。文学理论所谓"生活的真实"，即生活中可能发生的事情，虽有别于实际发生的事情，但也是基于生活事实的基础。文学性叙事并非一定要以虚构为主，排斥对真人真事的叙述，例如报告文学类的纪实文学。以虚构为主的叙事，自然不是历史性叙事，也未必是文学性叙事，因为文学性叙事还有其基本的特征。因此，把虚构作为历史性叙事和文学性叙事的本质区别，是不合理的。

其二，傅教授把《左传》的叙事命名为"史有诗衣"、"虚毛实骨"，即其叙事大体真实，只有一小部分内容是虚构的，像穿在身体上的衣服，像长在骨头上的皮毛。笔者认为，首先，《左传》的文学性叙事并不只表现在虚构上，文学性叙事具有多方面的特征，例如具体生动的细节、个性化的语言、亲切感人的场景

① 傅修延：《先秦叙事研究》，北京，东方出版社，1999，第212－213页。
② 傅修延：《先秦叙事研究》，北京，东方出版社，1999，第214页。
③ 傅修延：《先秦叙事研究》，北京，东方出版社，1999，第273页。

和人物形象等。其次，历史文本中的历史性叙事与文学性叙事是交融在一起的，不能认为文学性叙事像衣服或皮毛那样可以从历史性叙事之体或骨上脱下或剥下。钱锺书先生所谓"史有诗心"，即史家的诗心是随处流露的，具体地融化在历史性叙事当中。因此，在笔者看来，"史有诗心"要比"史有诗衣"、"虚毛实骨"贴切。

其三，傅教授认为，虚构是文学性叙事的生命，《左传》的"诬谬不实"有两个层面的显现：一是左氏记述的神异，包括卜筮、灾祥、鬼怪、报应、梦兆等；二是左氏的记言。傅教授很赞同钱锺书的观点，即左氏记录的人物语言是"生无旁证，死无对证"，故其记言是所谓的"拟言"、"代言"，是"想当然耳"的虚构，从而体现了文学性叙事的主要特征。左氏记言是"设身处地，依傍性格身份，假之喉舌，想当然耳……史家追叙真人真事，每须遥体人情，悬想事势，设身局中，潜心腔内，忖之度之，以揣以摩，庶几入情合理。盖与小说、院本之臆造人物，虚构境地，不尽同而可相通；记言特其一端……《左传》记言而实乃拟言，代言"①，这虽有虚拟的成分，但也是基于世事人情上的虚构，包含了历史的真实性。笔者认为，《左传》记言是拟言、代言，有一定的虚构性，这只是《左传》文学性叙事的一个特征，但其文学性叙事的根本表现，是左氏所记的人物语言具有个性化的特征，即符合人物的性格和身份，符合当时的具体情境，从而创造出生动感人的人物形象，《左传》作者的"诗心"主要表现在此。傅教授只从虚构上来理解钱先生的"拟言"、"代言"是较为片面的，没有把握到文学性叙事的实质。就历史文本的虚构性而言，某些具体事件的不实还是次要的，而故事结构的虚构才是主要的。史家从无数的历史事件中选择出一定数量的事件，根据某种情节安排的模式，而构成一个完整的故事。首先，史家选择了一些事件，这些事件是真实的，但舍弃了另外的一些事件，故在总体上是不真实的，有人说"部分的真实即是谎言"。其次，同样的一组事件，史家在不违背其时间顺序的前提下，可采用几种情节编排的模式，例如使某些事件核心化，而将另外一些事件排挤至边缘的位置；或把一些事件看作原因，而将其余的事件作为结果，从而构成几种故事，体现出几种不同的意义，这取决于史家的主观要求。美国历史学家怀特认为："同样的历史系列可以是悲剧性的或喜剧性故事的成分，这取决于历史学家如何排列事件顺序从而编织出易于理解的故事……关键问题是多数历史片段可以用许多不同的方法来编造故事，以便提供关于事件的不同解释和赋予事件不同的意义。"② 因此，史家把不同的事件组合成事件发展的开头、中间和结尾，以结构成一个完整的故事；这种作法不是在历史中发现故事，从根本上说是文学的作法，即创造故事，从而表现出

---

① 钱锺书：《管锥编》（第一册），北京，中华书局，1986，第165－166页。
② 海登·怀特：《作为文学虚构的历史文本》，收入张京媛主编《新历史主义与文学批评》，北京，北京大学出版社，1993，第164页。

较强的虚构性。

《史记》是以人物传记为主的历史著作，叙述了历史人物一生的主要遭遇，描绘了历史人物的主要性格。某个历史人物一生所经历的事件是众多的，其性格是丰富复杂的。司马迁只是选择其中的一些事件和某些性格特征，根据某种主题或意义把这些事件和性格按照某种情节编排的模式，组合成一个完整的故事，这取决于史家的主观诉求，其虚构性是不容置疑的。例如《季布栾布列传》，季布是项羽手下的一员猛将，为项羽立下诸多战功。但此篇人物传记根本没有叙录其战功，主要是述说季布在刘邦的追杀下能够忍辱不死，最终成就功名。栾布是为彭越所知遇的一员战将，一生经历的事情众多，但司马迁只是叙述栾布在面对彭越被诛杀时，不仅勇敢无畏地走向死亡，且在走向死亡的过程中，慷慨陈词，称扬彭越为汉立下的丰功，指出彭越忠于汉朝而绝无谋反之心，斥责刘邦枉杀功臣，从而为彭越洗刷了不白之冤，真正地报答了知己的知遇之恩。因此，司马迁为季布和栾布合传而结构此篇传记的主要意义，是他们二人皆面临生死抉择的困境，一是忍辱求生，一是从容就死，其行为抉择皆有重要的意义，所谓"非死者难也，处死者难"（《廉颇蔺相如列传》）。

《左传》这样的编年体著作，其故事结构性大多不突出，但仍有不少的重大事件通过左氏的故事结构，而被赋予某种意义，从而表现出较大的虚构性。例如《晋楚城濮之战》（僖公二十八年）。此次战役的参战国有楚、晋、卫、曹、宋等国，牵涉到齐、秦等国利益，事件是错综复杂的。左氏选择了一定数量的事件以结构城濮之战的故事。左氏重点叙写大战之前各国纷繁复杂的外交活动，突出楚兵统帅子玉的一再无礼，而宣扬晋国君臣上下一心，"退避三舍"，以礼义用兵。对城濮之战的过程，叙写相当简略，约有一百八十余字，故事与文本很不相称。对事件的尾声叙写较详，子玉战败后为楚王所弃，被迫自杀，无礼自然遭到恶果；晋君重耳成为诸侯的霸主。左氏结构城濮之战的故事意义，是正义之师必胜：晋文公"退避三舍"，是信守诺言，是合乎礼；楚军统帅子玉步步进逼晋文公，是"君退臣犯，曲在彼矣"。《左传》作者往往用简洁鲜明的道德观念来评价复杂的历史，对各国之间频繁发生的战争，总是首先辨明双方在道义上的曲直是非，并以此解释战争的胜负，企图说明正义之师必胜的道理，这即是"道德超载"。我们同样可以认为，晋文公退避三舍可能是一条妙计，为了诱敌深入，助长敌方的骄傲懈惰之气；如果以此意义来结构故事，选择的事件则有所不同，且情节编排的模式也是另一种，从而创造出另一个故事。

要言之，历史性叙事的虚构性不仅表现在具体事件上，而且表现在故事结构上，可以说，结构是最大的虚构。周作人先生引作家废名之言说："我从前写小说，现在则不喜欢写小说，因为小说一方面也要真实——真实乃亲切，一方面又要结构，结构便近于一个骗局，在这些上面费了心思，文章乃更难得亲切了。"① 傅修

---

① 周作人：《立春以前》，石家庄，河北教育出版社，2002，第 72 页。

延教授只注意到具体历史事件的虚构，而没有论及故事结构的虚构性，是相当不足的。

其四，傅教授认为，先秦寓言对后世小说的影响主要在于其虚构。实际上，虚构想象是人的天性，任何人都懂得虚构和喜欢虚构。先秦寓言的主要特征，在于以具体生动的形象来说理。以概念性的文字说理，清楚明确；用寓言说理，如不对寓言的寓意予以点醒，则寓意隐微而难以索解，所谓"形象大于思想"。《庄子》哲思具有高深莫测的神秘色彩，固然与其哲思本身的精深有关，但也与其以寓言说理的方式有关。形象思维的特征在于同一个形象可以蕴含不同的寓意，同一个寓意可以用不同的形象来隐喻。寓言是高级的比喻，有相对的独立性，构成了一个相对完整的故事，有人物形象，有一定的语境，有较为激烈的矛盾冲突。因此，主要是寓言的形象性而不是其虚构性，对后世小说产生了重要影响。

综上所述，笔者并不赞同傅教授所谓"虚构性（fictionality）是文学性叙事的生命"。历史性叙事必须叙述历史的事实，但难以否认其中的虚构性；而文学性叙事可以叙述历史的事实，也可以叙述生活的真实，即文学性叙事不在于叙述真实的故事还是虚构的故事，而在于其叙事是否具有文学的特质；因此，虚构不是历史性叙事与文学性叙事的根本区别。高小康教授在《中国古代叙事观念与意识形态》一书中说，"从美学的角度看，历史和文学的根本区别不是在于二者的虚实比例究竟应当如何分配"，而是历史叙事中的故事不能称为真正的故事，只能称为故事片段，因为不具备独立完整的结构，而文学叙事的故事有独立的时空结构。① 这是否认了虚与实是文学性叙事和历史性叙事最本质的区别。历史性叙事是断裂的、跳跃的（下文详论），并不能构成前后相连的完整故事结构，这是历史性叙事与文学性叙事的一个分别，但未必是根本的。常森在《二十世纪先秦散文研究反思》一书中说：《左传》是历史质素、文学质素和经学质素的统一；《左传》的文学质素主要表现在四个方面：一是塑造、再现了一批极富个性的人物；二是非常注重细节的描写；三是有比较完整、曲折的故事情节；四是作者根据人物的个性，利用悬想来设置故事。② 常森列举的前三项，是文学性叙事的基本特征。他列举的第四项涉及《左传》的虚构，但从他的具体论证来看，主要侧重于人物之个性化语言。《左传》的代言和拟言，有虚构的成分，但着重再现人物语言的个性化，个性化的语言是文学性叙事的基本特征之一。因此，在常森看来，文学质素的基本特征并不主要在于虚构。

三

笔者认为，根据《春秋》、《左传》、《史记》、《汉书》等历史著作，历史性叙

① 高小康：《中国古代叙事观念与意识形态》，北京，北京大学出版社，2005，第16－17页。
② 常森：《二十世纪先秦散文研究反思》，北京，北京大学出版社，2002，第268－270页。

事的基本特征有四。

第一，历史性叙事要叙述历史事实，但也必须承认其虚构性。历史文本根本不能到达历史的真实，但可以产生真实的效果。历史的虚构性尤其表现在故事的结构上面。

第二，历史性叙事是骨架性叙事，而很少涉及血肉。所谓"骨架性叙事"，即主要是叙述大事件和大人物（英雄），且对大事件和大人物的描述也是概略性的。司马迁在《留侯世家》里说："留侯从上击代，出奇计马邑下，及立萧何相国，所与上从容言天下事甚众，非天下所以存亡，故不著。"张良一生所经历的事件众多，司马迁主要记录张良之涉及天下之存亡的大事件、关键事件。这有几个方面的原因。一是随着时间的流逝，往事如烟，无数的小事件、小人物微不足道，早已经湮没在历史的尘烟当中，只有大事件和大人物能够留存下来，且也只是骨干，那些血肉多已腐烂殆尽，这是客观上的原因。二是在纷繁复杂的历史风云中，无数的事件和人物宛如天上的繁星，不可胜记，只有大事件和大人物才能进入史家的法眼，且对其叙述也是概略性的，否则不胜纷繁，这是主观上的原因。三是概略性叙事易于符合历史事实，血肉性叙事因留存的材料少而史家不得不予以一定的悬想，故含有较多虚构的成分。进一步说，史家的骨架性叙事形成的文本，不能与真实的历史事件相对称，即文本与故事不对称。傅修延教授说："叙事的构成涉及故事、文本与叙述这三个要素：文本是叙述的记录，读者通过阅读文本接触到叙述，并进而获得叙述传达的故事。"① 一定的内容故事必须有一定数量的文本篇幅与之匹配，才能传递故事包含的诸多信息。傅教授认为，《左传》的文本与故事是对称的。虽然文本与故事的对称有一定的相对性，但在笔者看来，史传著作的文本与故事是不对称的。不要说编年体《左传》对历史上纷繁复杂的重大事件只用较少的文字来叙述，难以进行具体生动地展示；就是纪传体《史记》、《汉书》往往也是用不多的篇幅概略地叙述历史人物的一生，文本与故事也是不对称的。因为故事大于文本，所以文本所叙述的故事是轮廓性、骨架性的。

第三，历史性叙事是断裂性、跳跃性叙事，一系列事件之间缺少内在的有机联系，不能构成一个完整的故事结构。断裂性叙事因为不重视事件之间的发生和发展的关系，故难以形成生动曲折、引人入胜的故事情节，也难以产生紧张的矛盾冲突。而文学性叙事重视事件之间的发生、发展、高潮、结局的过程，从而形成完整的曲折生动的故事结构。如果史家在叙事时重视事件的发展过程及其较为紧密的因果关系，以形成完整的结构，则其历史性叙事往往会表现出较强的虚构性。班固《汉书》多是流水账式地记录历史人物一生的重要事迹，其历史性强；司马迁《史记》重视揭示事件之间的发展关系，形成了较为完整的结构，其文学性强。

《春秋》、《左传》等编年体史书是"依时叙事"，史家按时间顺序叙述重要的

---

① 傅修延：《先秦叙事研究》，北京，东方出版社，1999，第196页。

历史事件。事件发生的时间顺序，并不表明它们之间有因果关系。如果同一事件在此后的数年中仍有发展，或一系列事件具有某种因果关系，但因《春秋》、《左传》的编年体例，它们被分割在不同的年代里，湮没于无数的事件当中，其发展过程或因果联系也就湮灭难闻。《左传》在僖公四年（重耳避乱出逃）、僖公二十三年（流亡列国）、僖公二十四年（回晋为君）、僖公二十七年（中兴晋室）、僖公二十八年（败楚称霸）叙述了重耳一生的主要事迹。这些主要事迹被分割在不同的年代里，被分散在诸多的历史事件中，而很难展示其曲折发展的历程。

《史记》、《汉书》是以人物传记为主的史著。司马迁和班固把某历史人物一生的主要经历集中在一篇传文里叙述。因为历史性叙事的骨架性，有许多置于重大事件之间的中小事件不得不被抛弃，故历史人物一生的遭遇是跳跃性的，只能大略知道其发展的过程，各个发展阶段的内在联系性不强。究其原因有三。一是历史本身并不能构成一个完整的故事。混沌的历史，并不像故事那样具有井然有序而又曲折动人的完整结构。美国历史学家怀特说："人们经常忘记，无论是关于个人生活的事件，还是关于一个机构、一个国家或整个民族的历史事件，都不能明显地构成一个完整的故事。我们不会'生活'在故事中，尽管我们事后以故事的形式来讲述我们生活的意义，并以此类推到国家和整个文化。"① 二是史家概略性的叙事只能跳跃性地叙述历史人物的重要事件，许多中小事件或为原因或为结果而遭到遗弃，这往往割断了历史事件之间的联系，所以事件的发展脉络不甚清楚明白。三是史家站在历史的后面，不是身处于历史当中，对事件之间的一系列因果关系不太清楚，难以揭示，且史家过多的因果性解释也冒着违背历史真实的风险。

第四，历史性叙事是外在性叙事，这主要表现在以下三个方面。一是重视人物行动的描写，很少透入人物的内心世界。人物的行动是外在性的，一系列的行动推进事件的发展，故"动词为叙事文之眼"②。心理描写展示人物的内心世界，能充分地揭示人物的性格特征，这是文学性叙事的表现手法之一。心理描写是叙述者站在全知全能的角度上，发挥其想象，有虚拟性，但也切合人物的个性；而史家面对历史对象，只能采取限知角度来叙事，难以进入人物的内心世界当中，以坚持叙事的真实性。历史性叙事只涉及历史人物的外部表情，很少叙述其内在的主观情感。《史记·项羽本纪》叙述了项羽在垓下四面楚歌中与虞姬生离死别的场景。项羽悲歌慷慨，泣下数行，表现了英雄失败时一腔不平的悲愤，展现了英雄末路多情而无可奈何的心情。这段文字可看作是文学性叙事，强烈地抒发了项羽在穷途末路时的复杂情感，文学是以情动人的。二是历史性叙事以史家的叙述语言为主，较少述写历史人物的语言。史家记事要比记言容易。一方面古代没有录音设备，人物的语言

---

① 海登·怀特：《作为文学虚构的历史文本》，收入张京媛主编《新历史主义与文学批评》，北京，北京大学出版社，1993，第169页。

② 傅修延：《先秦叙事研究》，北京，东方出版社，1999，第182页。

很容易消逝在历史的时空中；另一方面，人物之私人性、隐秘性的语言，只有当事人知道，其他人难以窥知。史家要写人物语言，自然如钱锺书所说是"代言"、"拟言"，是"想当然耳"，必冒违背历史事实的风险。且史家在述写人物语言时必须设身处地，根据人物的个性、身份地位及当时讲话的实际语境，来模拟人物的语言。这给史家造成了相当多的困难。因此，历史性叙事中史家的叙述语言甚多，而历史人物的语言较少，所谓"事多言少"。史家的叙述语言往往枯燥无味；而历史人物的个性化语言切合人物的个性，融合实际的语境，因而生动形象感人。三是历史性叙事的叙述语言是外在性的语言。外在性的语言注重字面义，质朴、精炼、准确；少有隐喻和象征意义，也少有言外之意。

综上所述，历史性叙事的基本特征有四：一是叙述史实；二是概略性叙事；三是断裂性叙事；四是外在性叙事。

四

文学性叙事的基本特征有四：

首先，文学性叙事可以叙述历史的事实，也可以描述生活的真实。

其次，相对于历史性叙事的概略性，文学性叙事要具体、细致、生动，从而创造出栩栩如生的艺术形象，文学是对社会生活的形象反映。但历史性叙事只是叙述历史事件和人物的骨架，没有丰满的血肉，因而难以描绘生动感人的形象。深一层地看，文学性叙事的文本至少与故事相称，最好是大于故事，从而增加叙事的密度。

再次，相对于历史性叙事的断裂性，文学性叙事有完整的故事结构。文学性叙事重视叙述一系列事件之发生和发展的关系，形成曲折生动、引人入胜的故事情节，且各个情节之间具有内在的有机联系，井然而有序，从而构成完整的故事结构。

最后，相对于历史性叙事的外在性，文学性叙事是内在性的叙事。一是叙述者以全知全能的叙述方式深入到人物的内心世界中，具体展示人物之复杂的心理和情感，以揭示人物之立体性格特征。文学性叙事的基本目的之一，是塑造栩栩如生的人物形象，揭示人物之独特、鲜明和复杂的性格特征，展示人物一生之曲折动荡的命运。虽然行动和语言对人物性格的塑造具有作用，但仍不能揭示人物的心灵活动，而心灵乃是人物性格的核心因素。二是叙述者重视人物之个性化语言的描写。人物的对话是被置于具体的语境当中的，且根据不同人物的个性而设置，一方面能体现人物的个性品格，另一方面能展示具体、形象的语境。因此，个性化语言的较多运用易于造就有血有肉的人物形象。三是文学性叙事语言是内在性的语言，具有情境性、富有言外之意，有隐喻、象征的意义。

故事主题类型研究与学术视角换代

——关于构建中国叙事文化学的学术设想

南开大学文学院　宁稼雨

从 1904 年王国维发表《红楼梦评论》一文和 1913 年他完成《宋元戏曲考》到今天，已经是百年历程了。如果说这两部论著是中国古代小说和戏曲从以往的评点式研究走向现代学术范式的转折点的话①，那么现在是否有理由提出这样的问题：《红楼梦评论》和《宋元戏曲考》所开创的所谓现代学术范式的基本内涵和主要特征是什么？百年之后，这种范式是否已经凸现出某些不足或局限？这些不足和局限是否应该由新的学术视角来取代或补充？什么是扮演这种取代或补充传统范式的有效视角？

与此相关的是，中国古代小说与戏曲同源共存的情况人所共知，但在研究的程序上，人们却仍然习惯于将其作为两种不同的文体分别研究。尽管有人从题材源流和艺术对比分析的角度对二者进行交叉研究，但也仅限于二者之间的文学观照。如果要把某种文学题材的源流摸清说透，眼光只落在小说、戏曲两者上面显然是不够的。

另外，作为一种文化现象，小说和戏曲在其共同演进的过程中，内敛了怎样的文化意蕴？这种文化意蕴是通过怎样一种文学要素关联扭结起来，形成一个完整链条的？

一、二十世纪学术视角特色与强势所在

二十世纪中国古代小说戏曲研究现代学术视角形成的标志是王国维、鲁迅、胡适三位大师相关研究成果的问世。王国维的《红楼梦评论》、《宋元戏曲考》，鲁迅的《中国小说史略》，以及胡适有关几部经典小说的考证评论文章等结束了中国古代小说戏曲研究以非系统的散点关注为特征的早期研究，进入到以系统和逻辑为主要特征的现代研究视角阶段。

---

① 参见刘方、孙逊：《中国古代小说研究现代学术范式的历史生成》，载《文艺研究》2007年第 12 期。

二十世纪小说戏曲研究现代视角的学术方法贡献主要表现在两个方面：从宏观上看，他们从材料入手，不仅系统钩稽了中国小说史和戏曲史的主体史料，而且还系统勾勒了中国小说史和戏曲史的基本轮廓，构建了中国小说史和戏曲史的基本体制框架。《中国小说史略》、《宋元戏曲考》都是此类成就的奠基之作。从微观上看，他们把对于小说史和戏曲史的研究，建立在对相关作品（尤其是经典作品）的社会历史内涵和艺术技法成就的深入分析基础之上。从王国维的《红楼梦评论》到胡适的几大考证论著，为后来的古代小说戏曲作品研究提供了精彩的典范。

纵观二十世纪中国古代小说戏曲研究，尽管在意识形态和分析评价的社会尺度上有过很大的起伏，但从整体上看，研究的目标和范围主要还是集中在史的研究和作家作品的专题研究上。这个格局的形成，完全要归功于二十世纪初三位大师的筚路蓝缕、惨淡经营。

在二十世纪之前，个案的小说戏曲作家作品研究和整体的小说史、戏曲史研究基本上处于研究者各自为战，并且以零散的方式逐渐累积和提高相关研究的量化比重的阶段。如果以盖房子为例，他们的工作好比日积月累地为建房做好了诸多准备：找好了地点、尝试挖了几处土方、采集了一些石块瓦块、砍伐了一些木料……等。但是，从单个房屋的构造蓝图到整个园区的规划，他们都还没有染指。中国古代小说戏曲研究的单个房屋构造蓝图和整个园区的规划图，是由王国维、鲁迅、胡适等大师共同完成的。

由此可见，二十世纪现代视角的小说戏曲研究结束了此前相关研究的零散状态，使其进入到系统和科学的新天地。其成就和贡献主要在于，不仅为这一研究规划了系统蓝图，而且还提供了具体的操作范式。如同一个知名品牌有了品牌的设计理念和产品规格后，可以进入批量生产的阶段了。

在此范式的引导示范之下，二十世纪的小说戏曲研究在作家作品和小说史、戏曲史的研究方面取得了突飞猛进的发展。以作家作品研究为基础的小说史、戏曲史的文体和文体史研究已经日趋成熟。小说戏曲在这两个方面的研究无论是数量还是质量都达到了前人难以估量的程度。但与此同时，古代小说和戏曲的作家和作品研究及史论研究在深度广度上已经趋于饱和，如同百米赛跑进入十秒大关——水平和质量很高，却难以有很大的提升空间了。

二、二十世纪学术视角掩盖或忽略了什么问题？

二十世纪小说戏曲研究视角在作家作品和文体史研究方面开创了崭新局面，但同时也掩盖和忽略了一些重要的研究视角和方法。这一点，今天应该引起我们的重视，并促使我们寻求一些改进和补救措施。

作家作品研究一方面把研究者的视线引向对作家生平履历、思想及其与作品内容关系的关注，另一方面又使他们把主要精力投入对与作品内容相关的思想和社会意义以及艺术技法的总结等诸多作品本体的研究中。在关注作品内容（尤其是题材）的时候，有时会对该题材的源流作适当的勾连，但这种勾连只是学者了解认识作品题材内容的一个辅助手段，而不是以该题材源流演变作为主体研究的主导方面。这样，以某一主题为中心的故事系列，就容易受到单个作品的樊笼局限，没有得到应有的关注和系统的研究。

小说史、戏曲史研究是一种文体史的研究。二十世纪初大师们提供的研究视角主要是以作家作品为基础的同类文体的贯通研究。它所关注的重心是同一文体的作家作品在内容和形式方面不同时期的展演和走向趋势，以总结出生发和推动该文体破土成长的各种成因要素。从文体史的角度看，某种题材类型可能是组成某种文体类型的依据。如"三国戏"、"水浒戏"等等。但这种文体类型的研究范围，一般也很少超出其自身，而与其他相关材料组合起来，关注把握全部相关材料。所以，文体的视角也是屏蔽故事主题类型系统观照的障碍之一。

不难看出，作家作品和文体史的研究，其重心主体分别是作家生平思想和作品思想内容以及作为文体历程的小说、戏曲的体裁历时发生过程。尽管这两个重心主体的构想和操作范式对 20 世纪学术局面的形成功莫大焉，但如果换一个角度，从故事主题类型学的角度看，无论是作家作品研究还是文体史的研究，都无法全面揭示和解释那种既超越单一作品又跨越单一文体的个案故事主题类型的发生过程及其动因。

三、故事主题类型的属性和特点

故事主题类型作为叙事文学作品的一种集结方式，具有单篇作品和文体研究所无法涵盖和包容的属性和特点。

故事主题类型的核心构成要素是情节和人物及其相关意象。但它们与单一的相应范畴所指有所不同，它更需要注意的是同一要素不同阶段形态变异的动态走势。故事主题类型中的情节更多需要关注的是在同一主题类型中不同文本在情节形态方面的异同。因为只有清晰地厘定不同文本故事情节的形态差异，才能为故事主题类型的文化分析提供可能。与之相类，故事主题类型中的人物既要关注同一人物在该类型故事演变过程中的流变轨迹，也要注意该故事流变过程中各个人物形象的出没消长线索，从而为文化分析寻找契机。显而易见，它与单篇作品和文体研究所关注的情节人物最大区别就是离开了单一情节和人物，去关注多个作品中同一情节和人物的异同轨迹。正是这些情节和人物在不同作品中的变异轨迹，才能为该故事主题类型的动态文化分析提供依据和素材。

在故事主题类型中与情节人物同步相连的还有以该故事主题类型内容为意象，出现在诗文等非叙事文体中的典故等材料。以王昭君故事为例，像《明妃曲》等大量吟咏王昭君的诗文作品，与《汉宫秋》等叙事文学作品中的昭君故事在题材上本属同一类型，但在以往的研究中，它们被分割在戏曲研究和诗歌研究两个不同的领域。戏曲和诗文研究者一般不会去关注对方的文本中与自己的研究对象在题材和文化内涵上有关联的部分。然而，如果我们打破文体和单篇作品的壁垒，从故事主题类型的角度来观照与昭君故事相关的文献材料，就会理所当然地把《明妃曲》和《汉宫秋》等文体不同、各自独立的文本视为一个系列整体，梳理和把握其中的相关连接点，尤其是把《明妃曲》等诗文材料中的相关内容意象与《汉宫秋》等叙事文本中的相关内容对照勘比，从中发现和挖掘诗文方面的相关意象与叙事故事文本之间的异同和关联，为该故事主题类型的整体把握提供有效素材。

故事主题类型属性的最大特点就是对文体和单篇作品范围界限的突破和超越。它的视野不再局限于小说、戏曲、诗歌、散文这些文体樊笼和单个作品的单元壁垒，而是把故事主题相关的各种文体、各样作品中的相关要素重新整合，成为一个新的研究个案。这样，也就为小说戏曲等叙事文体文学的研究打开了一扇新窗户，开拓了一个新领域。

四、主题学对于中国叙事文化学的借鉴意义

故事主题类型研究不是空穴来风和白手起家，而是在借鉴西方主题学研究方法，并结合中国叙事文学文本现状和文化传统的基础上综合形成的。以故事主题类型作为叙事文学作品的研究对象，其意义不仅仅是研究范围的扩大，更有在转换研究方法的基础之上创建中国叙事文化学这一新的学术增长点的作用。

作为比较文学的方法之一，主题学在世界民间文学研究方面取得了为世人瞩目的成就和重大影响。在传入中国之后，也引起了学者们相当广泛的关注，并取得了诸多成果。但随着研究的深入，这种外来的学术研究方法如何能像佛教促成禅宗、马克思主义促成毛泽东思想那样激发促成中国化的主题学研究，或者说主题学研究在中国如何从西体中用转而为中体西用，也就理应成为中国学者急需关注的问题。

主题学比较关注的是俗文学故事中的题材类型和情节模式。最初主题学的研究侧重民间传说和神话故事的演变，后来逐渐扩大到友谊、时间、离别、自然、世外桃源和宿命观念等神话题材以外的内容①。这种方法在被海内外中国学者接受后，逐渐形成这样一种定义："主题学研究是比较文学的一个部门，它集中对个别主题、母题，尤其是神话（广义）人物主题做追溯探源工作，并对不同时代作家（包括

---

① 参见陈鹏翔：《主题学研究与中国文学》，载陈鹏翔主编：《主题学研究论文集》，台北，台湾东大图书有限公司，1983。

无名氏作者）如何利用同一个主题或母题来抒发积愫以及反映时代，做深入的探讨。"① 按照这种方法角度来研究中国文学的论著虽然尚在起步阶段，但已取得丰硕成果。② 但平心而论，这些研究从总体上看，仍然处在以中国文学素材来证明迎合西方主题学的框架体系的西体中用的阶段。作为中国化的主题学研究，有必要在借鉴西方主题学研究框架体系的基础上，从中国文学的实际出发，建构中国化的主题学研究，这就是笔者数年来思考并努力经营的中国叙事文化学。

按照我的理解，主题学研究应该分为两个方面。一是对研究对象的范围进行调查摸底和合理分类，二是对各种类型的故事进行特定方法和角度的分析。这两个方面西方主题学都为我们提供了坚实良好的基础和实践经验，但也都有从西体过渡到中体的必要。

首先是研究对象的范围问题。在这一方面，作为西方主题学研究的奠基之作，汤普森和阿尔奈的"AT分类法"不仅对世界民间故事的类型做了全面系统的总结归纳，而且还引导出大量的世界民间故事主题学个案研究成果。但对中国文学的类似研究来说，无论是主题学方法本身，还是"AT分类法"，其局限和潜能都是显而易见的。

"AT分类法"的范围虽然是世界民间故事，但实际上主要还是在欧洲和印度。作为东方文明重镇的中国民间故事的内容在"AT分类法"中的反映非常有限。这一缺陷尽管在丁乃通的《中国民间故事类型索引》和艾伯华的《中国民间故事类型》二书中得到很大程度的弥补③，但仍然有很大的范围空间有待开发。尤其重要的是，他们的索引所用的分类体系还是西方人的"AT分类法"。这个体系作为西方民间故事的全面类型反映也许适宜，但很难说它能全面概括中国的民间故事乃至叙事文学作品。而且，作为美籍华人和德国人，他们所掌握的有关中国民间故事方面的材料是有限的。无论是书面材料还是口头流传的民间故事，很多没有在他们的类型索引中得到反映，此其一；其二，作为叙事文学作品，本来就有口头和书面之分。有时二者的界限很难划清，这一点在古代民间故事中表现得尤为明显。因为时过境迁的原因，我们今天所能见到的古代民间故事主要是以书面方式存留的。像《搜神记》、《夷坚志》诸书就保留了大量的民间传说故事。也就是说，不但很多中国古代叙事文学作品中的民间故事没有引起西方学者在主题学意义上的充分关注，而且这些文献中的非民间文学作品也没有得到应有的关注。这就给我们提出了两个

① 陈鹏翔：《主题学研究与中国文学》，载陈鹏翔主编：《主题学研究论文集》，台北，台湾东大图书有限公司，1983。

② 诸如王立《中国文学主题学》、吴光正《中国古代小说的原型与母题》以及数量可观的论文等。

③ 丁乃通《中国民间故事类型索引》中译本1986年由中国民间文艺出版社出版，2008年由华中师范大学出版社再版。艾伯华的《中国民间故事类型》中译本1999年由商务印书馆出版。

尖锐的学术课题：一是作为民间故事重要材料来源的书面文献，是否需要尽量使其全备，以达到"竭泽而渔"的程度？二是对于中国浩如烟海的传统叙事文学作品，是否应该给予主题学的关注？

这两方面的问题促使我们把目光投向中国叙事文学的文本文献。中国叙事文学主要包括古代小说、戏曲以及相关的史传文学和叙事诗文作品。尽管从横向的角度看，它们各自作为一种文体或单元作品的研究不乏深入，但从纵向的角度看，同一主题单元的故事，其在各种文体形态中的流传演变情况的总体整合研究似乎尚未形成规模。尤其重要的是，以文本文献为主的中国叙事文学，在整体上还缺少从故事主题类型——主题学意义上进行研究的反映其主题学全貌的大型基础工程。这就应该借助汤普森的"AT分类法"，整理编撰出《中国叙事文学故事主题类型索引》。也就是说，应该在体系上另起炉灶，变西学为体而为中学为体。另一方面，中国古代小说和戏曲研究的基础工程建设近年来已经取得了巨大成就，尤其是在目录学建设方面，出现了《中国通俗小说总目提要》、《中国文言小说总目提要》、《中国古代小说百科全书》、《中国古代小说总目》、《中国古代小说总目提要》、《古典戏曲存目汇考》、《中国剧目辞典》、《古本戏曲剧目提要》等重要成果。但是，这些传统意义上的目录学著作的一个共同特点，就是它们的目录词单元都以一部具体作品为单位。以具体作品为单位与以主题类型为单元的根本区别，就在于前者关注的焦点是一件文本自身，而后者关注的焦点则是不同文本中同一主题现象的分布流变。很显然，后者的研究目前在国内学术界基本上还是一个空白。

二十多年前，以中学为体的以主题情节为单元的中国叙事文学主题类型索引编制工作就有人尝试过。这就是台湾中国文化大学金荣华先生于1984年完成的《六朝志怪小说情节单元分类索引》。这部索引第一次以中国叙事文学的文本文献（而不是民间俗文学）为情节主题类型编制的主要范围对象，从而成为以中学为体的中国古代叙事文学故事主题类型索引编制工作的开山之作。但作为筚路蓝缕的草创工作，金氏的索引在范围上仅限于六朝志怪小说，在分类上沿用中国传统类书中以名词为单元的角度，而不是"AT分类法"中以动作状态为单元的角度。这些都在一定程度上影响了它的作用和价值。鉴于此，全面反映中国古代叙事文学基本状况，以中学为体、西学为用的《中国叙事文学故事主题类型索引》编制工作也就势在必行了。

其次是研究主题类型的方法和角度。既然在范围对象方面以中学为体的中国叙事文化学的目标既不是母题情节类型，也不是完整的一部作品，而是具体的单元故事，那么随之而来的就是方法和角度上的变化。按照西学为体的主题学研究方法，母题、主题这些情节事件的模式是研究的重点要点。这种方法和角度对于民间故事和叙事文学故事的一般性和共性研究是有效的。它可以集中关注研究同一类型故事的演变差异及作者们在抒发情愫和反映时代方面的共同特征。但如果用这种方法来处理单元故事，就会有一定局限。以中学为体的中国叙事文化学所关注的单元故事，在解读分析的时候会涉及很多具体情节发生变化的文化意蕴的挖掘分析。这显然不是一种较为笼统和一般性、模式性的分析所能奏效的。在历史悠久、文化深厚的中国，其叙事文学故事所蕴涵的文化意蕴非常深厚，绝非一般性的共性类型分析能完全奏效。

其实，中国式的主题学研究不仅有范例，而且时间久远。1924 年顾颉刚先生《孟姜女故事的转变》一文在时间上和德国人提出这一主题学方法的时间大致相同，但表现出明显的中国特色。其中最为精彩之处就是他几乎能对孟姜女故事每一次变化的痕迹都在其所在时代的历史文化土壤中找到令人信服的解释①。这种以传统的历史考据学方法结合西方实证主义的方法作为解读切入中国叙事文学故事主题的主要途径，显得十分清晰和明快，应当成为我们以中学为体的中国叙事文化学研究的范本和楷模。

五、中国叙事文化学的基本构想

根据以上的思路和设想，我们把以中学为体的中国叙事文化学分为两个互有关联的组成部分：第一，编制《中国叙事文学故事主题类型索引》，第二，对各个故事主题类型进行个案梳理和研究。其具体设想和进展情况如下：

作为《中国叙事文学故事主题类型索引》的先期工作，我们首先编制了《六朝叙事文学故事主题类型索引》，作为整个中国叙事文化学工程建设的起步工作。为了体现中国叙事文化学以中学为体的特色，该索引在以下几个方面表现出与"AT 分类法"及以此为蓝本所编制的丁乃通和艾伯华索引的不同。

首先是分类。按照"AT 分类法"编制的丁乃通和艾伯华的索引共分"动物故事"、"一般的民间故事"、"笑话"、"程式故事"、"难以分类的故事"等五类，总共 2499 个故事类型。很显然，从这个类目、子目和各个故事类型可以看出，这个分类法有两个突出特点，一是民俗性，二是西方性。民俗性是指作为民间故事索引，其中包括的内容自然以民间文学为主，这无可厚非，但口头传承的民间文学之"履"未必适合书面叙事文学之"足"。西方性是指把中国的民间故事套进西方人设定的框架中，这也就未免有削足适履之嫌。而且，就这两个索引所使用的文献材料来看，有许多精彩的收录中国民间传说故事的文献他们并没有使用，如《坚瓠集》、《遣愁集》、《尧山堂外纪》等。正因为如此，许多精彩的中国叙事文学故事主题情节模式无法被套进"AT 分类法"中。至于中国民间文学之外的叙事文学作品，这

---

① 比如对于最早出现孟姜女故事的《左传·襄公二十三年》所记载的杞梁妻拒绝齐侯郊外向其吊唁的故事，顾氏的解释是周文化影响的礼法观念使然。而对于《小戴礼记·檀弓》中新出现的杞梁妻迎枢路哭的情节，顾氏则从《淮南子》、《列子》诸书中找到战国时期"齐人善唱哭调"的根据。

两个索引更是无法囊括。因此，要编制以中国书面叙事文学为主的中国叙事文学故事主题类型索引，在体系框架上不能照搬"AT分类法"，而需要另起炉灶。

金荣华的《六朝志怪小说情节单元分类索引》在分类上也是另起炉灶，并确实以中学为体，但由于该索引采用的是中国传统类书以名词为单元的类目名称，因而在反映作为叙事文学的故事属性方面受到一定局限。因而我们在此基础上做了新的探索和尝试。《六朝叙事文学故事主题类型索引》共分为六类：天地类、怪异类、人物类、器物类、动物类、事件类。下面一面和"AT分类法"做对比，一面逐一介绍各类设类的理由和子目安排的设想。

天地类。"AT分类法"中没有天地自然一类。但从神话开始，与天地自然相关的叙事故事就一直伴随其间。像"夸父逐日"、"女娲补天"、"精卫填海"等著名神话故事，不仅是神话传说的精品，也是中国叙事文学的源头。中国文化根深蒂固的"天人合一"观念，使得中国叙事文学中出现大量与天地自然相关的故事作品。丢掉这些故事，无论是对通俗文学还是整个叙事文学，都是不完整的。故而单独设立"天地"一类。其中包括"起源"、"变异"、"灵异"、"纠纷"、"灾害"、"征兆"、"时令"等7个小类，34个故事。

怪异类。此类大致相当于"AT分类法"中的"一般的民间故事"。之所以这样改动是基于两种考虑。一是"一般的民间故事"这个概念比较模糊和笼统，而其中实际包含的内容是"神奇故事"、"宗教故事"、"传奇故事"（"爱情故事"）、"愚蠢妖魔的故事"四种。这些内容实际上也就大致相当于中国叙事文学中的"志怪小说"和"传奇小说"的题材。用"怪异"来概括它们既符合实际情况，也会使熟悉了解中国叙事文学故事的人一看便明了。二是"AT分类法"中没有单独设立人物故事的类目，而人物故事又是中国叙事文学故事中的重头戏。其数量远在怪异故事之上。设立"怪异类"，也是为了和下面的"人物类"形成对照和呼应。此类包括"起源"、"矛盾"、"统治"、"生活"、"异国"、"神异"等22个小类，597个故事。

人物类。"AT分类法"中没有专门的人物类，有关人物的故事分散在"一般的民间故事"中的"传奇故事"、"笑话"以及"程式故事"和"难以分类的故事"中。然而在中国古代叙事文学中，人物故事数量极多。除了民间故事中包括这些内容外，大量的作家记录和创作的文言小说、白话小说、戏曲作品以及史传故事，成为中国古代叙事文学作品的主体。这一情况如果在以中学为体的故事主题类型索引中得不到全面而集中的反映，那么这种索引的价值将会大打折扣。此类包括"源起"、"矛盾"、"农耕"、"家庭"、"君臣"、"政务"等41个小类，1278个故事。

器物类。"AT分类法"中没有专门的器物类，只是在"一般的民间故事"的"神奇故事"中下设"神奇的宝物"一类，算是器物之属。但从中国叙事文学故事来看，与器物相关的故事固然不乏"神奇"之类，但也有不少非神奇器物故事。况且书面文学的器物故事虽然有和民间文学器物故事的交叉之处，但也有许多并行不同之处。如"玉镜台"、"麈尾"等。而且从全局来看，器物故事应当和"天地"、"人物"、"动物"成为可以类比的并列类目。此类包括"天物"、"造物"、"食物"、"异物"、"怪物"等21个小类，169个故事。

动物类。动物是民间文学的主角，所以"AT分类法"将"动物故事"列为首位。但与器物故事相似，书面文学中的动物故事与民间文学同异兼有。所以本索引在设类上与"AT分类法"互有出入。此类包括"生变"、"帮助"、"奇异"、"征兆"、"矛盾"等13个小类，共118个故事。

事件类。"AT分类法"中设有"程式故事"和"难以分类的故事"，这在内容上为本索引提供了一定基础。但本索引设定"事件类"主要还是出于全局的考虑。首先，前五类都属于围绕名词性词语展开的单元故事，唯独没有以动作和事件为中心的单元故事。其次，前五类各自独立，那些不同类目主体相互关联的故事放在哪一类都显得欠妥。设定"事件类"则同时解决了这两个方面的问题。此类包括"人神关系"、"天人关系"、"人鬼关系"、"战争"、"习俗"等12个小类，719个故事。

本索引尚在摸索当中，其分类是否完全合理，分类是否恰当，均有探讨斟酌的余地。因而，本索引没有像"AT分类法"那样为所有故事编上总的顺序号，以便以后可以增删调整①。

在编入索引的所有主题类型中，其规模大小、材料分布很不均匀。有的故事类型只有一两条故事材料，难以构成一个故事主题演变系列，也难以对其进行主题演变的对比和分析。因此我们认为不是所有的主题类型都具有个案研究价值。我对具有研究价值的个案故事类型大致限定了三个方面的条件：其一，在文本的分布上应该有一定的数量规模，一般来说应该不少于三五个带有故事性的文本；其二，在文体的分布上应该不少于三种，其中至少有两种以上的叙事性故事文本；其三，在时间的跨度上应该不少于三个朝代。如果能同时具备以上三个条件，那么该个案故事主题类型系列便足以构成一个值得关注的个案研究对象。

对于具备条件的故事主题类型，其个案研究操作程序大致有以下几个步骤：

首先，调动一切文献考据手段，对该故事主题类型进行地毯式的材料搜索。就其文体分布状况来说，应该以小说戏曲为主，同时兼顾史传、诗文、方志、通俗讲唱文学等一切与该故事主题类型相关的材料。在这个方面，"竭泽而渔"也许只是理论上的奢望，但却应该是此项工作不懈努力的目标。因为这是个案的故事主题类型研究的全部基础，好比是厨师把需要烹饪的原材料采购进货到家。

其次，在对已经掌握的所有材料进行充分阅读的基础上，对该个案故事主题类

---

① 关于中国叙事文化学的初步构想，笔者已经发表两篇文章，分别是：《主题学与中国叙事文化学的构建》，载《中州学刊》2007年第1期；《关于构建中国叙事文化学的设想》，载《厦门教育学院学报》2009年第1期。

型进行要素解析。其中分为外显的结构层面和内在的意蕴层面。

结构层面是指那些通过文字阅读可以直接了解认知的外部可见的结构要素，包括情节、人物、背景与环境等等。所谓要素解析工作主要是就某一要素（如情节或人物等）在该主题类型不同文本中的形态流变进行细致勘比。具体梳理出在同一要素线索中，相同者有哪些？相异者有哪些？比如在情节和人物的演变中，哪些成分一成不变，哪些为前后相异等等，均须细致勘比清楚。这一步骤是对材料挖掘搜集工作的清理，也是为内隐层面的清理铺路奠基。

意蕴层面是指在对结构层面诸要素进行观照把握和细致分析的基础上，对该个案故事主题类型中所蕴含的文化意义进行耙梳厘定。一般来说，一个故事主题类型在其演变过程中，往往涉及几个方面的文化要素。这些文化要素往往会随着文本形态在不同时代和作家手中的变化而呈现动态的演进。研究者一方面要对该文化侧面的全貌有基本的了解，更需要对这一文化侧面在该故事主题发展中的呈现有清晰的辨认。到了这一步骤，个案故事主题类型研究基本上就呈水到渠成之势了。

再次，对该故事主题类型的特色和价值做全局的归纳和提炼，并进入具体成文的收尾阶段。其中最重要的就是在此前工作的基础上，对该故事主题类型的故事演进过程所蕴含的核心意蕴进行归纳概括，提炼出能够贯通该故事全部材料和要素的核心灵魂，用以统摄全部研究过程，把握全部材料。

当然，从编制中国特色的故事类型主题索引，到各个故事主题类型的个案研究，这只是中国叙事文化学的一项基础性工作。其后续工作仍然十分庞大和艰巨。其中最急需的就是运用这一方法的实践操作。实际上多年来很多学者已经作出很多成绩，十多年来我所指导的博士生、硕士生的论文选题也大致在这个范围之内。如果能将其总结、集中和纳入中国叙事文学故事类型研究的整体当中，其学术价值应该更加突出；另外，应在类型索引和个案分析实践摸索和经验总结的基础上，撰写《中国叙事文化学》一书，从理论上总结中国叙事文化学的概念定义，方法使用、对象范围，并对中国叙事文学故事发生发展变化的规律进行整体关照。这一工作目前尚在准备阶段，但中国叙事文化学能否建设成功并且成熟定型，最终要取决于它。

什译《妙法莲华经》的叙事艺术分析^①

西北民族大学文学院　高人雄

佛经以叙述文体为主，尤其是大乘经典有别于原始佛经朴素的风格，更注重于叙事和描写，其叙事特征往往也具有浓厚的故事性、奇特的夸张性，还有为达到说教服务目的而形成的复迭层递的表现手法。本文将集中讨论鸠摩罗什所译《妙法莲华经》叙事中运用的复迭层递修辞手法及其表现出来的繁缛的艺术风格。

繁缛或称繁丰。《文心雕龙·体性》中把文学风格分为四对八体，并指出："雅与奇反，奥与显殊，繁与约舛，壮与轻乖"，繁缛是与精约相对的风格，其"博喻酿采，炜烨支派"，即比喻广博，文采纷披，辞藻卓荦，荣光焕然。鸠摩罗什所译《妙法莲华经》巧妙地运用复迭层递的艺术手法，营造了繁缛的艺术风貌，并且将繁缛的风格发挥得淋漓尽致。它不同于屈《骚》、汉赋的铺排扬厉，自有一种思致与结构，具有强烈的艺术效果，颇耐人寻味。当晋室南迁，"遒丽之词，无闻焉耳"（《宋书·谢灵运传论》），东晋文坛尚且寂寞，更何况北中国正"戎狄交侵，士民涂炭，故文章黜焉……体物缘情，则寂寥于世"（《周书·王褒庾信传论》）。但文坛景观可谓此消彼长，随佛教内传，凉、洛等地成为译经传教中心，集名僧名士合译经文，译经、讲经之人动辄千计。这种受宗教目的驱使的文学活动，一度成为最普及、最广泛的文学活动。这种现象在中国历史上实实在在存在过，而且盛兴一时。先兴起于北方，既而牵动江左；先以西域胡僧为主导，既而僧士合流。在佛教本土化的过程中，佛经文学的艺术品质也流入中国文坛，并影响着文学的发展。

《妙法莲华经》作为印度大乘佛教初期阶段的重要经典，因其契合中国文化传统，翻译之后广泛流传，并被融入中国的传统文化。在中国流传最广的《妙法莲华经》是由鸠摩罗什翻译的。鸠摩罗什出生在龟兹，公元401年被后秦迎请到长安，"待以国师之礼"，提供各种优越的条件助其进行大规模的译经活动，成就了鸠摩罗什译经事业的辉煌。鸠摩罗什不仅佛学造诣深厚，学识广博，且精通胡、梵、汉多种语言文字。东汉至魏晋以还，经文"支、竺所出，多滞文格义"^②，时名僧道安

---

①　本文为国家社会科学基金项目《北朝民族文学研究》（编号：05XZW012）、《新疆通史》基础工程课题《汉唐时期的西域文学研究》的部分成果。

②　【梁】释慧皎撰，汤用彤校注《高僧传》，中华书局，1992，第52页。

主持译经，也囿于语言，只取直译不能融会贯通。罗什于是重新校译，使"义皆圆通，众心惬服，莫不欣赞"①，充分注意文采修辞，做到了信、达、雅兼顾。翻译本身也包含了再创作的过程。他常与沙门僧睿等"论西方词体，商略同异"，曾叹曰"改梵为秦，失其藻蔚，虽得大意，殊隔文体。有似嚼饭与人，非徒失味，乃令呕哕也"②，可知他在译经的再创作中，追求文学艺术的完美。《妙法莲华经》以阐释教义为目的，以佛经文本的形式存在，然而它又宛如一部佛教长篇小说，以佛陀讲述《法华经》为主线，串起大大小小的故事，情节曲折，构思精巧，具有很强的艺术性。其经文语言优美，联想丰富，以复迭、层递等艺术手法，营造了繁缛华美的艺术世界。

一、以复迭手法强化经文教义

《妙法莲华经》以复迭的修辞手法，强化佛经教义，具有强烈的艺术感染力。所谓"复迭"者，复指重复，迭指重迭，重复是全部相同，重迭是形式或局部相同，内容并不重复。古有"三人成虎"之说，谓有三个人谎称市上有虎，听者就信以为真了。如《战国策·魏策二》："夫市之无虎明矣，然而三人言而成虎。"《淮南子·说山训》："三人成市虎。"③ 意谓说的人一多，就能使人认假为真。《国策·秦策二》有"曾参杀人"的故事："费人有与曾子同名者而杀人。人告曾子母曰：'曾参杀人。'曾子之母曰：'吾子不杀人。'织自若。有顷焉，人又曰：'曾参杀人。'其母尚织自若也，顷之，一人又告之曰：'曾参杀人。'其母惧，投杼逾墙而走。夫以曾参之贤与母之信也，而三人疑之，则慈母不能信也。"④ 以上两则故事，从修辞上说就是重复，重复是全部相同。《妙法莲华经》全文运用重复修辞的特点非常明显，如《序品》描述佛世尊的"说法"、"入定"继而呈现"雨华"、"地动"、"众喜"和"放光"称为"法华六瑞"，以奇特的想象，浪漫瑰丽的文笔，向众人展示了一幅奇丽的画卷：从佛陀说完无量义经开始，漫空之中白莲花、大白莲花、红莲花、大红莲花如雨般纷纷而落，在普度众生的世界里有了六种大震动，人们内心充满了从未有过的感动与欢喜，双手合十，满含喜悦地仰观佛陀，一心一意。以这段描写为铺垫，经文发展到最高、最不可思议、也最为感人的境界：佛放眉间白毫祥光，照东方万八千世界，靡不周遍。这是艺术心灵所能达到的最高境界。

"法华六瑞"中的"雨华瑞"、"地动瑞"和"放光瑞"多次重复出现，以充分

① 【梁】释慧皎撰，汤用彤校注《高僧传》，中华书局，1992，第52页。
② 【梁】释慧皎撰，汤用彤校注《高僧传》，中华书局，1992，第53页。
③ 《辞海》缩印本，1989，第22页。
④ 《辞海》缩印本，1989，第341页。

彰显佛的大神通力、佛国的瑞祥之气。其中"天雨曼陀罗华、摩诃曼陀罗华、曼殊沙华、摩诃曼殊沙华"出现两次；"雨曼陀罗华、摩诃曼陀罗华"出现两次；"雨众天华"出现两次；"天雨宝华"出现两次；"雨宝莲华"出现两次；还有"雨曼陀罗、曼殊沙华"、"雨天曼陀罗华"、"雨曼陀罗华"、"雨天曼陀罗、摩诃曼陀罗"、"天雨曼陀华"、"雨于七宝莲华"各出现 1 次。"六种震动"出现 10 次，其中多数与雨华瑞相伴随。经文之中也多次描绘佛光普照东方一万八千佛土的放光瑞。如"放眉间白毫祥光"出现 3 次；"放无量光"出现两次；"放无数光"出现两次；还有"眉间光明"、"佛放眉间光"、"眉间白毫大光普照"、"佛放白毫一光"以及"白毫光明"等各出现 1 次。

经文大量运用了重复修辞的手法，有些辞句全部相同，有些四言或五言的辞句虽略有不同，但词义表达的内容仍是重复的。因此较为普遍地运用重复修辞是《妙法莲华经》的文学语言特点之一。

重复和重迭合称复迭，是十分常见的修辞手法，从诗经到汉乐府到唐诗，不胜枚举。如《无衣》："岂曰无衣？与子同袍。王于兴师，修我戈矛，与子同仇。岂曰无衣？与子同泽。王于兴师，修我矛戟，与子偕作。岂曰无衣？与子同裳。王于兴师，修我甲兵，与子偕行。"《木兰歌》："……爷娘闻女来，出郭相扶将；阿姊闻妹来，当户理红妆；小弟闻姊来，磨刀霍霍向猪羊。"杜甫《草堂》四韵亦仿此格："旧犬喜我归，低徊入衣裙；邻舍喜我归，沽酒携葫芦。大官喜我来，遣骑问所须；城部喜我来，宾客隘村墟。"[1] 形式相仿，内容有局部相同就是重迭。重迭的修辞手法在《妙法莲华经》[2] 中也有普遍运用。

如雨华瑞："天雨曼陀罗华、摩诃曼陀罗华、曼殊沙华、摩诃曼殊沙华"；"雨曼陀罗，曼殊沙华，旃檀香风，悦可众心"；"天雨曼陀华，天鼓自然鸣"；"常雨于天华……香风吹萎华，更雨新好者"；"雨众天华、面百由旬，香风时来，吹去萎华，更雨新者，如是不绝、满十小劫供养于佛，乃至灭度、常雨此华"。又如地动瑞："普佛世界，六种震动"；"而此世界，六种震动"；"三千大千世界、六种震动"；"一切诸佛土，即时大震动"；"为觉悟群生，震动于一切"；"无垢世界、六反震动"；"所经诸国，普皆震动"；"遍至十方诸佛世界，地皆六种震动"；"娑婆世界三千大千国土，地皆震裂，而于其中，有无量千万亿菩萨、摩诃萨同时涌出"等等。又如放光瑞："佛放眉间白毫祥光，照东方万八千世界"；"眉间光明，照于东方万八千土，皆如金色"；"佛放眉间光，现诸希有事，此光照东方，万八千佛土"；"放大光明，照于东方万八千土"；"我以相严身，光明照世间"；"放无数光，度诸众生"；"大光普照，遍满世界，胜诸天光"；"尔时佛放白毫一光，即见东方

① 郭知达：《九家集注杜诗》，引自周振甫：《诗词例话》，中国青年出版社，1962，第 289 页。

② 《妙法莲华经》卷 1，《大正藏》第 9 册。

五百万亿那由他恒河沙等国土诸佛";"佛坐其上,光明严饰,如夜暗中、燃大炬火";"又见诸佛、身相金色,放无量光、照于一切";"一切毛孔、放于无量无数色光,皆悉遍照十方世界";"出广长舌、放无量光";"舌相至梵天,身放无数光";"尔时释迦牟尼佛放大人相、肉髻光明,及放眉间白毫祥光,遍照东方百八万亿那由他恒河沙等诸佛世界";"释迦牟尼佛白毫光明遍照其国"。"其上有佛、结跏趺坐,放大光明"等等。

《妙法莲华经》经文大量运用了复迭的修辞方法,多次展现散花、地动、光明佛国的神通示现,描绘雨华瑞总计 16 次,地动瑞总计 16 次,放光瑞则有 29 次之多,极具文学艺术效果。在《妙法莲华经·序品》中正是通过复迭的修辞手法来表达弥勒菩萨和文殊师利当时的感情,描绘他们无限喜悦、无限崇拜、无限信仰的神情。从文学艺术的角度,这种复迭是极为必要的,唯此才使经文更加活泼生动,更具审美价值。上述"雨华瑞"、"地动瑞"、"放光瑞"不独在《妙法莲华经》中反复出现,在大乘经典中也常常出现。这种复迭手法的运用不仅具修辞功用,增强艺术审美特性,而且使其宗教意义与文学艺术达到和谐统一。《妙法莲华经》中几乎每次佛或菩萨出场时都会出现"雨华瑞"和"地动瑞",天雨香花象征妙法清净,普法世界的地动象征众人感受到佛祖的威力功德,两者互为因果感应,喻示佛的行迹,而"放光瑞"则体现了佛以禅定神通普照佛土,于是众生无限欢喜一心观佛。经文运用复迭,不断用雨花来渲染佛法的净妙,用地动象征佛的大威力与大功德,通过雨花地动进一步烘托放光瑞的出现,在一次次直接和间接的描写中深化了佛陀的形象,向信仰者预示因果感应的景象是必然而真实的,闻法众人的禅观体验也是必然、真实和固定的。反复出现的"法华六瑞",突出了佛陀的至高尊胜和说法的奥妙深邃,更有利于读经者借助经文中反复摹绘的色、声、形、相而获得直观的信仰体认。在这里,复迭手法与宗教宣传相结合而和谐地统一起来。

二、运用层递手法揭示玄奥佛义

层层递进谓之层递。若干层次层层深入,如果写得浑成不刻露,便显得含意深沉,意味无穷。如《古今词论》中评欧阳修《蝶恋花》末两句"泪眼问花花不语,乱红飞过秋千去",谓之层深而浑成。[①] 因花而有泪,此一层意也;因泪而问花,此一层意也;花竟不语,此一层意也;不但不语,且又乱落、飞过秋千,此一层意也。人愈伤心,花愈恼人,语愈浅而意愈入,又绝无刻画费力之迹。四层含意不着痕迹,层层深入情意无穷。

《妙法莲华经·序品》也巧妙运用了层递的修辞方法。如"尔时世尊,四众环

---

① 王又华《古今词论》引毛先叙说,周振甫:《诗词例话》,中国青年出版社,1962,第287 页。

绕，供养恭敬，尊重赞叹，为诸菩萨说大乘经，名无量义，教菩萨法，佛所护念。佛说此经已，结跏趺坐，入于无量义处三昧，身心不动。是时，天雨曼陀罗华、摩诃曼陀罗华、曼殊沙华、摩诃曼殊沙华，而散佛上，及诸大众。普佛世界，六种震动。尔时，会中比丘、比丘尼、优婆塞、优婆夷、天龙、夜叉、乾达婆、阿修罗、迦楼罗、紧那罗、摩睺罗伽、人非人、及诸小王、转轮圣王、是诸大众得未曾有，欢喜合掌，一心观佛。尔时，佛放眉间白毫祥光，照东方万八千世界，靡不周遍，下至阿鼻地狱，上至阿迦尼吒天。于此世界，尽见彼土六趣众生……"①

这段经文可分为七个层次，各层渐次推进。佛世尊被四众弟子环绕在中间，受他们供养、恭敬、尊重、赞叹，一层；佛为各位菩萨演说无量义大乘经典，二层，是为说法瑞；佛陀说完经后，趺坐入于禅定，三层，是为入定瑞；此时空中降下白莲花、红莲花，四层，是为雨华瑞；大地起了六种大震动，五层，是为地动瑞；在座的大众得到未曾感受过的感动，一心一意仰观佛陀，六层，是为众喜瑞；此时，佛陀两眉之间的白毫大放光芒，照至东方一万八千世界，七层，是为光照瑞……其中二至七层均描述了佛的大神通力，称为"法华六瑞"，这六瑞层层递进，浑然一体又富有变化，含蓄而不浅露。说法瑞和入定瑞形成一幅动静对比的画面，为下文其他瑞应的出场进行铺垫，天雨莲花渲染了无量义经的净妙，衬托出佛入禅定的宁静之美，而后，大地发生六种震动，显示出佛的神通威力，众喜瑞既是对光照瑞的进一步烘托和渲染，同时也从侧面体现了佛的神通果德。经过前五种瑞应的不断铺垫、渲染和烘托，最终迎来了最高潮，也是六瑞的重点——光照瑞的出现，众人身心欣喜期待奇迹发生，奇迹终于发生了，佛放眉间大光明照遍东方一万八千佛土，照见此土与彼土对称呼应，相互衬托，可见佛佛道同，佛运用大神通力将此土与彼土连接在一起，并为众人指出了一条现实的成佛道路。经文运用层递摹划出的法华六瑞，动静有致、伸缩有度，正是一唱三叹、一波三折、含义深沉。

从整体结构来说，《妙法莲华经·序品》可以分成三个大的层面，三个层面之间也存在层递关系，层层深入，而且衔接得十分自然连贯。

第一个层面首先描绘了场面宏大的佛国聚会，人物众多：佛世尊、有德高僧、众弟子、菩萨、龙王、紧那罗王、乾达婆王、阿修罗王、迦楼罗王等等。佛示现法华六瑞，造就了释迦牟尼佛国娑婆世界隆重的灵山法会景象。

第二个层面为承前启后的部分，先写弥勒示疑，此其一；经文陡然转折，弥勒菩萨的疑问正是与会众人的疑问，反衬出法华六瑞是前所未有的，震撼了整个佛国，同时也引入了文殊菩萨。而后从弥勒菩萨的视角出发，以长篇偈问的形式细致描绘了佛光普照下的他方国土境界之庄严美丽之相，此其二；使得灵山会场出现了两个空间：现实的与六大瑞应变现的。这并非对第一层的简单重复，而是更为深入的描写，所述之景显然比第一个层面要丰富具体许多，且以诗体的形式叙述更具艺

---

① 《妙法莲华经》卷1，《大正藏》第9册，p002b。

术感染力，拉开了两个不同佛国世界的距离，使得此土与彼土相互辉映，亦真亦幻。启示下文的同时，用彼土宣示佛国道同，塑造了诸佛菩萨的形象，兼教化众生。在偈颂之中又包含有许多小的层次，亦不乏层递。例如描写彼土诸菩萨行菩萨道时，从舍财、到舍身肉手足、到舍妻子儿女、再到舍命，施舍程度不断递增，显现彼土菩萨与此土相同，也是难舍能舍的最能施舍者。正是层层嵌套，层层递进。

第三层面是文殊答疑。虽然众疑和发问是佛经中常用的模式，但是与"如是我闻"的角度不同，《序品》改由文殊师利对弥勒菩萨以及诸人解说释疑。答疑部分又可分为三小层：开头部分同时也是重点，文殊讲过去无量无边不可思议阿僧祇劫，就是讲佛的因缘起源，以文殊之言证明此次说法与过去无数次说法相同，显示了大乘佛法是永恒之法。弥勒示疑时暗示了法华六瑞是从未有过的神奇，然而文殊回忆"我于过去诸佛，曾见此瑞，放斯光已，即说大法。是故当知今佛现光，亦复如是"，祥瑞之相并非初现，向众人有力证说了永恒说法的佛。对众生而言，"法华六瑞"是首次出现，首次宣讲无量义经，然而对佛世尊而言，仅仅是无数次对众生说法经历中的某一次而已。中间部分，文殊师利讲述了妙光菩萨和求名菩萨的故事，妙光菩萨就是后来的文殊师利自己，求名菩萨就是后来的弥勒菩萨。菩萨不能解脱出六道轮回，文殊以自身和弥勒菩萨的前世今生佐证佛永恒的说法，以及诸佛的说法，"佛佛相望，是则无穷"[1]，以示佛法恒常。结尾部分是文殊师利介绍《妙法莲华经》的由来和发展，是为《妙法莲华经》开宗明义。文殊师利从眼前的法华六瑞联想起过去无数劫中"日月灯明佛说大乘经，名无量义、教菩萨法、佛所护念"（《妙法莲华经·序品》），而后也有六瑞示现，因此认为今天佛世尊现光照瑞应，必定是要给大家演说大乘经《妙法莲华经》，从而巧妙地使众人的视线从文殊菩萨身上又回到了释迦牟尼佛，即又回到了"如是我闻"。整个第三层面就是通过文殊师利的回忆叙述，讲说了《妙法莲华经》的因缘由来，使《妙法莲华经·序品》的内容深入完善。

回顾整篇《序品》，从"如是我闻"开始，读经者的视线随着经文一再转换：佛世尊——佛国诸众——弥勒菩萨——文殊师利——佛世尊，层层转移最终又回到"如是我闻"。其中通过弥勒菩萨，读经者的视线从现实世界转向彼土佛国，文殊师利又将读经者的视线引向了过去无数次的诸佛说法。弥勒示疑，使得悬念迭起；文殊释疑，又令人看到了灵山法会之外更广大的弘法的世界。读经者的视线随经文的巧妙叙述而一转再转三转，又回到了最初的视角佛世尊——"尔时世尊从三昧安详而起，告舍利弗……"使读经者产生身临其境的感觉，从旁观者的角色不知不觉地融入其中，成为灵山法会的一员。这是经文借层递的修辞手法转换视线的巧妙之处，彰显了《妙法莲华经·序品》卓越的艺术魅力和感染力。

---

① 《妙法莲华经文句》卷1，《大正藏》第34册，p0002c。

三、以繁丰艺术风格展现神圣佛的世界

伴随层递手法的运用，《妙法莲华经·序品》的叙述内容渐趋丰满、风格则渐趋繁丰。文学作品中，精炼简约与铺陈繁丰是相对的美学范畴，是截然不同的两种风格。如欧阳修写春夏秋冬景象："野芳发而幽香，嘉木秀而繁阴，风霜高洁，水落石出者，山间之四时也。"① 只用了短短二十八个字，惟妙惟肖地写出了四季不同的风光。这是精炼简约之笔。范仲淹状写春景："至若春和景明，波澜不惊，上下天光，一碧万顷。沙鸥翔集，锦鳞游泳。岸芷汀兰，郁郁青青。而或长烟一空，皓月千里，浮光耀金，静影沉璧。渔歌互答，此乐何极。"② 用了十四句六十个字描写春景，称得上是繁丰风格的典型代表。对于繁丰的概念，刘勰《文心雕龙·体性》中阐述得很具体："博喻酿采，炜烨枝派者也。"意思是比喻众多，辞采丰富，象分枝别派般繁密而有光彩。繁丰的作品，一般内容充实，辞藻富赡，描述详尽且篇幅较大。铺陈繁丰的文字由于辞义详尽，可使人加深印象，充分明了，正好与佛经文本用于传授教义的目的吻合。所以，《妙法莲华经》的审美趣味和艺术风格青睐繁丰。

《序品》中繁丰风格最为突出的当属弥勒示疑与文殊答疑两部分，尤以二者的大幅偈颂为最。经文借弥勒菩萨的视线向众人展示了彼土诸菩萨行菩萨道的场面，在长行中的寥寥数字"复见诸菩萨摩诃萨、种种因缘、种种信解、种种相貌、行菩萨道"，化入偈颂成为详尽的描述："我见彼土，恒沙菩萨，种种因缘，而求佛道。或有行施，金银珊瑚，真珠摩尼，砗磲玛瑙，金刚诸珍，奴婢车乘，宝饰辇舆，欢喜布施……又有菩萨，佛灭度后，供养舍利。又见佛子，造诸塔庙、无数恒沙，严饰国界，宝塔高妙、五千由旬，纵广正等、二千由旬。一一塔庙，各千幢幡，珠交露幔，宝铃和鸣。诸天龙神、人及非人，香华伎乐，常以供养。文殊师利，诸佛子等，为供舍利，严饰塔庙，国界自然，殊特妙好，如天树王，其华开敷，佛放一光。"③

偈颂之中长篇铺排，用浓墨重彩写彼土菩萨，尽显繁丰风格。总计写了 21 种菩萨道，分别以"或有菩萨"、"又见菩萨"、"或见菩萨"、"复见菩萨"或是"又见佛子"排比起句，描写施舍层迭递进，描述戒度、忍辱、定慧、修禅乃至说法、护法无不以具体的行为动作，生动传神地塑造出一个个形象丰满的菩萨佛子。例如其中描写财物施舍，从金银玛瑙到奴婢车乘，从膳食汤药到名衣华服，从宝舍卧具到园林泉池，百千万亿种财物均能"施佛及僧"，可见其描写之铺陈层递。又如描

---

① 欧阳修：《醉翁亭记》。

② 范仲淹：《岳阳楼记》。

③ 《妙法莲华经》卷 1，《大正藏》第 9 册，p0003b。

写禅定："又见菩萨，勇猛精进，入于深山，思惟佛道。又见离欲，常处空闲，深修禅定，得五神通"，塑造入深山孤独静修的比丘形象，有的菩萨即使得"天龙恭敬"亦不以为喜；有的菩萨为求佛道，"增上慢①人，恶骂捶打"种种侮辱悉数能忍；再如描写有的菩萨能于"处林放光"，以度济地狱之苦，"令入佛道"；也有佛子"定慧具足"之后"欣乐讲法"说法度众，且能"化诸菩萨"而击法鼓破魔兵；在佛灭之后，彼土菩萨亦要护法，建造宝塔庙宇供养舍利等等，不一而足。这段繁丰的描写，从佛教宣义弘法的角度可看做教化信众，行菩萨道的实践榜样。经文如此耗费笔墨，极尽描写各个形态丰富、性格各异的菩萨，弥勒却常对文殊说，"我住于此，见闻若斯，及千亿事，如是众多，今当略说"，仅仅才略说而已，更可见菩萨道之广，让人更加体会到菩萨在这世间当是无处不在的，菩萨的力量也是无处不在的，而行菩萨道的方法更是无处不在。从文学艺术的角度看，则可当作塑造菩萨这一形象艺术的细节摹画。

灵山法会展现了佛国婆娑世界最隆重的场面：这里所有的空间似乎都被填塞充满，庄严神圣的气氛被营造得无以复加。肆力铺排的语词，突显了佛陀的至高尊胜和说法的奥妙深邃，使读者在经文声色形相俱备的描绘中获得直观的信仰体认，达到耸动民众视听和宣扬教义的目的。灵山佛会的恢弘图景，也是以繁缛的艺术风格强化而成的浑成境界。

《序品》当中还有许多辞采华丽的比喻极具繁丰的风格形态，如写供养舍利的塔庙"如天树王，其华开敷"，装饰得好像是天上的树王在开放其花蕊一样。又如在文殊答疑的偈颂中描写诸如来的金身好比在清净的琉璃盘中现出纯真的金像，"身色如金山，端严甚微妙，如净琉璃中，内现真金像"，都是非常生动而美妙的比喻，引人遐想，繁丰而有光彩。

经文中"法华六瑞"重复出现，在运用复迭修辞的同时，亦增添了繁丰的风格。除却这六种祥瑞，经文对佛说法的声音描述也十分有特色，与六瑞相互辉映。"其声清净，出柔软音"，言佛音柔软可意，音色清净，"梵音深妙，令人乐闻"，说其音深净微妙。以如此悦耳的声音弘扬佛法，不仅使人乐闻，而且心喜，"出深妙声，能入其心，皆令欢喜快乐"，能令诸众循声而来，听闻妙法："又诸天子、天女，释梵诸天，闻是深妙音声，有所演说、言论次第，皆悉来听。"更进一层，柔软梵音愈加衬托出宁静的禅定和佛法的精妙，配以天雨莲花、佛光普照的祥瑞，构造出一个完美和谐的佛国境界，写出了禅境的美感。

不独《序品》，整部《妙法莲华经》中的繁丰风格都十分明显。如《法师功德品》中佛对常精进菩萨说："若善男子、善女人，受持是法华经，若读、若诵，若解说、若书写，是人当得八百眼功德、千二百耳功德、八百鼻功德、千二百舌功德、八百身功德、千二百意功德，以是功德、庄严六根，皆令清净。"此后，又分

---

① 增上慢：佛教七慢（慢、过慢、慢过慢、我慢、增上慢、卑慢、邪慢）之一。

别对这或八百或一千二百的眼、耳、鼻、舌、身、意功德进行了详尽描述,除却长行,还以偈颂复迭广演,极尽详尽丰繁。这里仅以清净耳为例,经文中描绘清净耳能够听到的声音,有"闻三千大千世界,下至阿鼻地狱,上至有顶,其中内外种种语言音声,象声、马声、牛声、车声、啼哭声、愁叹声、螺声、鼓声、钟声、铃声、笑声、语声,男声、女声、童子声、童女声,法声、非法声,苦声、乐声,凡夫声、圣人声,喜声、不喜声,天声、龙声、夜叉声、乾闼婆声、阿修罗声、迦楼罗声、紧那罗声、摩睺罗伽声,火声、水声、风声,地狱声、畜生声、饿鬼声,比丘声、比丘尼声,声闻声、辟支佛声,菩萨声、佛声",不仅听见,还能分辨这种种声音,且不坏耳根。其繁丰之态,令人目不暇接。

《妙法莲华经·观世音菩萨普门品第二十五》中,是以救世主的形象塑造观世音菩萨的。在偈颂中用长长的排比句式,描述了在各种危难困苦的环境下观世音菩萨应声而现、慈悲济世的光辉形象。这一排比段落描写了密集的行动,快速的节奏,紧张而富有张力,以独特的语言魅力创造了一位救世主观世音菩萨神圣的动态美:

> "我为汝略说,闻名及见身,心念不空过,能灭诸有苦。
> 假使兴害意,推落大火坑,念彼观音力,火坑变成池。
> 或漂流巨海,龙鱼诸鬼难,念彼观音力,波浪不能没。
> 或在须弥峰,为人所推堕,念彼观音力,如日虚空住。
> 或被恶人逐,堕落金刚山,念彼观音力,不能损一毛。
> 或值怨贼绕,各执刀加害,念彼观音力,咸即起慈心。
> 或遭王难苦,临刑欲寿终,念彼观音力,刀寻段段坏。
> 或囚禁枷锁,手足被杻械,念彼观音力,释然得解脱。
> 咒诅诸毒药、所欲害身者,念彼观音力,还著于本人。
> 或遇恶罗刹、毒龙诸鬼等,念彼观音力,时悉不敢害。
> 若恶兽围绕,利牙爪可怖,念彼观音力,疾走无边方。
> 蚖蛇及蝮蝎,气毒烟火燃,念彼观音力,寻声自回去。
> 云雷鼓掣电,降雹、澍大雨,念彼观音力,应时得消散。"①

此段偈颂,以四句为一节,除开头一节外,均用了"念彼观音力",句式重复,产生了节奏密集、频率加快的感觉。速度产生力度,速度越快力量越大。这种重复句式连续排列,给人强烈的听觉冲击,这种语言表达及速度产生了强烈的动态美。从内容来分析,每四句式短章中,前两句都是写世间险恶困境,通过"念彼观音力"后,结尾均是神话般的具有浓厚理想色彩的解脱。从困境、绝境,到完全解

---

① 《妙法莲华经》卷7,《大正藏》第9册,p0057c - 0058a。

脱，造成巨大的情绪落差。因反差大，每句都具有爆炸性的震撼效果，如"火坑变成池"、"如日虚空住"、"波浪不能没"、"不能损一毛"、"刀寻段段坏"、"释然得解脱"、"时悉不敢害"等等，给人以无穷的想象，给心灵带来强烈的震撼，反差愈大愈显神通。这千百年来，观世音菩萨救急救难的形象随着经文流传开来，带给后世无数人以期待与渴望、平凡众生所能希冀的一切保护与荫庇。应声而显的观音菩萨，以微妙智慧之力，用种种行动扶危济困，保护善良弱小的人们，解脱众生所受的各种痛苦烦恼，"闻名及见身"，使苦恼死厄皆有依怙。经文正是用充满了动态之美、力量之美的语言，刻画了一位栩栩如生的救苦救难、神通广大、三千大千世界中随时随刻都能现身的观世音菩萨。

什译《妙法莲华经》运用复迭、层递的艺术手法和繁丰的艺术风格，创造了丰富传神的诸多菩萨形象、佛国的庄严神圣场面，启发人无穷的想象力；重复而快速的语调产生了强烈的感染力，凡此种种，使得以传授宗教为目的的经文更为世人喜爱。

四、余 论

作为翻译作品，一般而论，其文学风格必然要承袭原创风格，翻译是在原创的蓝图上的再创造。然而鸠摩罗什的再创功绩是显著的。由于当时经文版本杂乱，又多缺损，译文繁多又众说不一。正如释慧观于《法华宗要序第八》云：常"临辞句而增怀，谅由枝说差其本，謬文乖其正也"，幸而有鸠摩罗什"于长安大寺集四方义学沙门二千余人，更出斯经，与众详究。什自手执胡经，口译秦语，曲从方言，而趣不乖本。即文之益，亦已过半。虽复霄云披翳，阳景俱晖，未足喻也。什犹谓语现而理沉，事近而旨远。又释言表之隐，以应探赜之求"[1]。僧叡《法华宗后序第九》载，"经流兹土，虽复垂及百年，译者昧其虚津……既遇鸠摩罗法师，为之传写，指其大归"[2]，记录了鸠摩罗什译经时与众详究经义，注重意译的艺术创作情景。抱着对佛法奥理的敬畏，鸠摩罗什认为再多的比喻言辞也不足释其奥妙。反复设喻，文辞大量增加，复迭层递的艺术手法和繁丰的风貌即由此而来。这些增益的文辞、种种设喻是译者对经义的理解与生发；就文学而言，是一种再创造。译经而能释隐，不是直译、不是字面翻译，而是意译的深化；不仅是推敲语言技巧，也包含创作构思。其他经文翻译记载也反映了鸠摩罗什注重意译和严谨构思与再创作的成就。僧叡《思益经序第十一》："恭明前译，颇丽其辞，乃迷其旨。是使宏标乖于謬文，至味淡于华艳……幸遇鸠摩罗什法师于关右，既得更译梵音，

---

[1] 【梁】释僧祐撰《出三藏记集》，中华书局，1995，第306页。
[2] 【梁】释僧祐撰《出三藏记集》，中华书局，1995，第307页。

正文言于竹帛，又蒙披译玄旨，晓大归于句下。"① 僧肇《维摩诘经序第十二》："罗什法师重译正本……其文约而诣，其旨婉而彰，微远之言，于兹显然。"② 他们都给予鸠摩罗什翻译的佛经文采以高度评价。

鸠摩罗什翻译的《妙法莲华经》佛经文本，作为特殊背景的文学样式，自前秦以还广泛流传。译经不仅是宗教活动，也是文学活动。佛经文学风貌也是北朝时期一种实实在在的文学风貌，参与人之多、影响之大，在中国文学史上也是不容忽视的。不仅佛教经过本土化成为中国传统文化的组成部分，诸如《妙法莲华经》之类作品的文学特性也不断与传统文学风格融合，或丰富了中国文学风格，或影响了传统文学的风貌。

---

① 【梁】释僧祐撰《出三藏记集》，中华书局，1995，第308页。
② 【梁】释僧祐撰《出三藏记集》，中华书局，1995，第310页。

"诗史"说的叙事学诠释

——以杜诗为讨论中心

武汉大学文学院　陈水云

武汉大学文学院　湖北民族学院文学与传媒学院　柳倩月①

"诗史《春秋》笔，大名垂草堂"（徐增《读杜少陵诗》），唐代伟大诗人杜甫，自开元、天宝太平全盛之时，迄于至德、大历干戈乱离之际，遗世一千四百余篇诗作，以"善陈时事、律切精深，至千言不少衰"得"诗史"之誉（《新唐书·杜甫传赞》）。有宋以来，"千家杜注"，"诗史"之称遂演成诗家公案，聚讼纷纷。但是，纵览古今"诗史"之论，诗家学者多纠结于"诗"与"史"的关系，主要属于史学与诗学的比较研究范畴，从叙事学的角度来研究"诗史"，则较为薄弱。事实上，当代叙事学研究已经突破小说叙事畛域，逐渐向其他承担了叙事功能的载体渗透，也使从叙事学角度诠释"诗史"成为可能。② 从叙事学角度诠释杜诗及围绕杜诗发展起来的"诗史"说，可以从叙事功能、叙述内容、叙事修辞等三个基本方面进行分析。

一、"诗"、"史"的叙事功能

所有叙事工具和载体，在叙事的基本功能上都是一致的。它们都是人类交际、文明传承之必须，"诗"和"史"也不例外。中国叙事学家罗钢认为："从远古时代开始，叙事就是人类最普遍的交际行为，它可以采用不同的媒介，如语言、姿态、画面等等，它遍布于各种文化层面，从最荒诞不经的插科打诨、野史轶闻直到

---

① 作者简介：陈水云（1964—），男，湖北省襄樊人。武汉大学文学院教授，博士生导师。主要从事中国古代文学和文学批评史研究。柳倩月（1970—），女，湖北省恩施人。武汉大学文学院2010级博士研究生。湖北民族学院文学与传媒学院副教授。主要从事中国文学批评史研究。

② 现当代叙事学理论，总体上坚守"叙事性文学"这一阵地，诗歌被谨慎地排除于叙事学研究之外，但这并不能完全阻止叙事学研究向其他承担了叙事功能的载体扩张的趋势。参见谭君强译、米克·巴尔著：《叙述学：叙事理论导论》第二版，中国社会科学出版社，2003，第3、第9页。

代表某一时代艺术高峰的史诗和戏剧，它以千变万化的形式出现于一切时代，一切民族，一切社会，出现于地球上最遥远最偏僻的角落。"① 学者傅修延也发现，秦王朝统一中国之前，中国的叙事传统就已经基本形成，它广泛波及多种可用于传递叙事信息的工具和载体，"无论是画事、说事、唱事、问事、铭事、感事、演事，还是甲骨、青铜、神话、史籍以及民间文艺，甚至包括'表事'色彩浓郁的汉字本身"，都在讨论之列。② 随着人类对叙事的心理需求不断丰富，新的叙事工具和载体不断产生，不同的叙事工具和载体在叙事功能上也开始分化，比如分化出以记录"过去"、强调实录精神为主要特征的历史叙事，如史传类著作，也分化出以讲述或虚构"故事"为特征的文学叙事，如中国的志怪、唐传奇、章回小说。还有一些曾经承担过部分叙事功能的文体，基本功能发生了改变，比如诗歌，由于抒情言志方面的功能得到体认和强调，其叙事功能渐渐被遮蔽。所以，围绕杜诗发展起来的"诗史"之说，究其实质，是重新发现了诗歌的叙事功能。

"诗史"为"诗"与"史"的合称，究其叙事功能，仍应从"诗"和"史"两方面来探本溯源。"史"的叙事功能是明确的，《说文解字》曰："史，记事者也。"《汉书·艺文志》曰："左史记言，右史记事，事为《春秋》，言为《尚书》，帝王靡不同之。"刘勰《文心雕龙·史传》曰："言经则《尚书》，事经则《春秋》"，史书的基本格式则是"编年缀事，文非泛论，按实而书"。杜预《春秋左氏传序》还详细阐述了所谓"《春秋》五例"，即"微而显"、"志而晦"、"婉而成章"、"尽而不汙"、"惩恶而扬善"，其实就是史书的五种记事体例。

"诗"的基本功能则比"史"复杂。以《诗》为例，先秦时期，围绕《诗》展开的与基本功能相关的说法主要有两种，第一种说法是"诗言志"（《尚书·尧典》），也就是《诗》主言志。"言"是表达、长声吟咏之意，"言"的对象是"志"，主要被解释为"怀抱"、"志向"，后来进一步丰富为"情志"的义项。在以"怀抱"、"志向"、"情志"释"志"的话语体系里，诗歌作为韵文，其吟咏情志的功能虽然得到了强化，叙事功能却被遮蔽了。但是值得注意的是，在对"诗言志"进行分析阐述的过程中，也有学者另辟蹊径，将"志"训为"记忆"、"记载"。比如闻一多先生在《歌与诗》中，提出"志"应有"记忆"、"记载"、"怀抱"三个意义。他认为无文字时专凭记忆，文字产生以后，则用文字记载以代记忆。沿着这样的思路，闻一多先生论证了散文产生之前"诗即史"，诗史之间存在着不可分离的关系。③ 第二种说法尤其明确，即钱谦益所谓"删《诗》定史"，这是关于《诗》承担了历史叙事功能的明确表述。《孟子·离娄下》云："王者之迹熄而《诗》亡，

---

① 罗钢：《叙事学导论》[M]，云南人民出版社，1994，第 24 页。

② 傅修延：《先秦叙事研究——关于中国叙事传统的形成》[M]，东方出版社，1999，第6－7页，并参考全书。

③ 闻一多：《歌与诗》[A]，闻一多全集（第十册），湖北人民出版社，1993，第8－13页。

《诗》亡然后《春秋》作。"所谓"王者之迹熄而《诗》亡",说明《诗》本来是为记三代以前的先王事迹而存在的。《诗》中也有不少篇目的确以记事为本,如《生民》、《公刘》、《绵》、《皇矣》、《大明》等就记叙了周朝先祖的重大事迹。钱谦益注杜,受"通经汲古"思想之影响,借用孟子的观点并进一步阐释"诗"与"史"不可分离的关系:"孟子曰:'《诗》亡而后《春秋》作。'《春秋》未作以前之诗,皆国史也。人知夫子之删《诗》,不知其为定史。人知夫子之作《春秋》,不知其为续《诗》。《诗》也,《书》也,《春秋》也,首尾为一书,离而三之者也。"钱谦益还认为,三代以降,"史自史,诗自诗,而诗之义不能不本于史"①,也就是说,在"诗"抒发情志的功能没有得到明确体认之前,"诗"、"史"本来是不分的,"诗"也被视为"史"。在这种基本观点的影响下,钱氏注杜非常注重振其史纲,此后又有黄宗羲等人补其阙失,于是,在明清以来的"诗史"说的话语体系里,诗歌的历史叙事传统得到了发掘和重建。

受源远流长的史官文化和浓厚的历史意识的影响,中国的叙事传统偏重于历史叙事。以杜甫为代表的一些诗人墨客甚至自觉地以"史笔"自命,使诗歌这种抒情言志的文体承担了一部分历史叙事功能,这对诗歌而言是积极的还是消极的? 对此,中国古代诗学史上存在分歧,比如坚持诗歌的抒情言志传统的杨慎、王夫之等人,认为"直陈时事,类于讪讦,乃其下乘末脚"(杨慎《升庵诗话》卷十一)②,"诗有叙事叙语者,较史尤不易。史才固以麗括生色,而从实着笔自易;诗则即事生情,即语绘状,一用史法,则相感不在永言和声之中,诗道废矣。"③。而钱谦益、黄宗羲、连横、陈寅恪等,持"诗能证史"、"诗能补史之阙"、"诗史互证"的观念,有力地支持了诗歌具有历史叙事功能的观点。

我们不能否认诗歌具有历史叙事的功能,但是文体异区,诗歌毕竟不是史传,用诗歌来叙事,在叙述内容和叙述技巧方面必然有其独特性,这就是诗化的叙事。杜甫,正因为善于以诗心驱史笔,才能"笔端笼万物,天地入陶冶"(李纲诗《杜子美》),赢得"诗史"的桂冠。

二、"诗史"的叙述内容

当代学者龚鹏程先生认为:"诗史之所谓叙事,大抵包含了两个方面,一指表达手法,一指表达内容。"④ 表达内容,也就是叙述内容。具有"诗史"特征的诗

---

① 钱谦益:《牧斋有学集》(中)·卷十八·胡致果诗序 [Z],上海古籍出版社,1996,第 800 页。

② 丁福保辑:《历代诗话续编》(中) [C],中华书局,1983,第 15、第 868 页。

③ 王夫之评选、张国星点校:《古诗评选》[Z],河北大学出版社,2008,第 166 页。

④ 龚鹏程:《中国文学批评史论》[M],北京大学出版社,2008,第 321 页。

歌，在内容上主要表现为趋向于"宏大叙事"。"宏大叙事"，又称"元叙事"，是后现代文学理论怀疑的对象，后现代文学理论家将它解释为传统意义上以理性主义、本质主义为叙事动力和目标的叙事体系。"宏大叙事"的叙事策略是将个人的声音融于国家的声音之中，个体通过"宏大叙事"可以获得一个时代的发言权。在中国传统的文史哲写作中，"宏大叙事"显然更具合法性地位，主要表现为帝制体系下"普天之下，莫非王土；率土之滨，莫非王臣"的君仁臣忠观念，也表现为"水能载舟，亦能覆舟"的民本观念。

历史上获得过"诗史"之称的诗人，他们的诗在内容上与杜诗具有共同性，即积极拨响时代主旋律，热衷于陈述时政要事，自觉张扬宏大主题，并继承发扬了"春秋"传统中的褒贬精神，这正是"诗史"一说所包含的"宏大叙事"内涵。下面主要以杜诗为例进行分析。

其一，杜诗"毕陈时事"。杜诗被贯以"诗史"之名，始见于晚唐孟棨的《本事诗·高逸第三》。孟棨认为："杜逢禄山之难，流离陇蜀，毕陈于诗，推见至隐，殆无遗事，故当时号为诗史。"① 孟棨已看出杜诗毕陈时事的特点。宋祁《新唐书·杜甫传赞》曰："甫又善陈时事，律切精深，至千言不少衰，世号诗史。"宋人陈岩肖《唐溪诗话》卷上云："杜少陵子美诗，多纪当时事，皆有据依，古号诗史。"② 这些论说，都揭示了杜诗与时事的密切联系。

一国时事纷纭繁杂，获得"诗史"桂冠的诗人在陈述时事时，更有其独特的取向。许德楠先生认为，只有这"时事"关涉到民族兴亡的命运主题时才有可能成为"诗史"。③ 仇兆鳌注杜诗，奏《进书表》称："《前塞》、《后塞》诸曲，痛书锋镝阽危；《三吏》、《三别》数章，惨诉闾阎疾苦。自麻鞋谒帝，而草疏陈言。涕洒青霄，方听军前露布；汗趋铁马，早瞻陵上云飞。筹邺下之师围，阃专貔虎；看安西之兵过，力捣鲸鲵。李泌归山，收京而怀商老；汾阳释甲，赴陇而议筑坛。当剑阁初经，已虑英雄据险；及夔江久客，仍忧节镇争权。平日欲尧舜其君，非虚语也；书生谈军国之事，如指掌焉。"④ 清人杨伦论及杜甫离蜀前所作的《草堂》一诗，认为"以草堂去来为主，而叙西川一时寇乱情形，并带入天下，铺陈终始，畅极淋漓，岂非诗史？"⑤ 除了杜甫身处安史之乱，那些曾获得过"诗史"桂冠的诗人，也都身处重要的历史关头，比如汪元量、文天祥、谢翱、林景熙等有感于宋元易主之伤，万泰、张煌言、黄道洲、钱谦益、吴伟业等亲历明清换代之痛。所以他们在诗中叙写的时事，往往烙上了民族兴亡的标签，构成了"诗史"叙事在内容上的重

---

① 丁福保辑：《历代诗话续编》（上）［C］，中华书局，1983，第15、第167页。

② 丁福保辑：《历代诗话续编》（上）［C］，中华书局，1983，第15、第167页。

③ 许德楠：《论诗史的定位及其他》［M］，学苑出版社，2004，第50页。

④ 仇兆鳌：《杜诗详注》（第五册进书表）［Z］，中华书局，1979，第2351页。

⑤ 杨伦：《杜诗镜铨》（上）［Z］，新1版，上海古籍出版社，1980，第516页。

要特点。黄宗羲对此有独特体认，他在《万履安先生诗序》中提出："是故景炎祥兴，宋史且不为之立本纪，非指南集杜，何由知闽广之兴废。非水云之诗，何由知亡国之惨。"①

其二，表现宏大主题。所谓宏大主题，主要表现为在帝制社会中，将家国命运系于一体的忧患意识。即清人仇兆鳌所谓："凡登临游历，酬知遣怀之作，有一念不系属朝廷，有一时不痌瘝斯世斯民者乎？"②

宏大主题的一个内涵是君国之忧。在深受儒家思想影响的杜甫心里，君即是国，国即是君，所以忧君即是忧国。浦起龙认为，"老杜爱君，事前则出以忧危，遇事则出以规讽，事后则出以哀伤"。③ 杜甫念念不忘"致君尧舜上，再使风俗淳"（《奉赠韦左丞丈二十二韵》），流离陇蜀期间，仍然"每依南斗望京华"（《秋兴八首》）。苏轼《王定国诗集叙》云："古今诗人众矣，而杜子美为首，岂非以其流落饥寒，终身不用，而一饭未尝忘君也欤。"④ 宋人黄彻《巩溪诗话·序》亦云："杜子美诗人冠冕，后世莫及，以其句法森严，而流落困踬之中，未尝一日忘朝廷也。"⑤ 清人叶燮在《原诗》中说："如杜甫之诗，随举其一篇与一句，无处不可见其忧国爱君，悯时伤乱。"⑥ 将家国命运系于一体的代表诗作《北征》集中表现了诗人的君国之忧，清人浦起龙认为此诗要点在于"归省家人，本事也。回念国事，本心也"⑦。诗人叙述了自己遭逢禄山之乱、不得不归至凤翔，一路上的所见所闻，并在此基础上抒发了忧患之情。

宏大主题的另一个内涵是忧民患道。杜甫十余年饥走天下，亲睹黎民百姓于乱离水火之中，所以在诗中表达了天下失道、民生多艰的忧患意识。长诗《自京赴奉先县咏怀五百字》中说自己"穷年忧黎元，叹息肠内热"，并抒发"朱门酒肉臭，路有冻死骨"的愤慨。《悲陈陶》一诗叙写至德元载十月，房琯自请讨禄山叛军，官军四万余人死于陈陶的事情，诗句殊为悲痛。《茅屋为秋风所破歌》从自己困居之苦联想到天下百姓之苦，发出了"安得广厦千万间，大庇天下寒士俱欢颜"的伟大呼声。著名的"三吏"、"三别"，诗家称誉尤多。如《后村诗话》新集卷一云："《新安吏》、《潼关吏》、《石壕吏》、《新婚别》、《垂老别》、《无家别》诸篇，其述男女怨旷、室家离别、父子夫妇不相保之意，与《东山》、《采薇》、《出车》、《杕

① 黄宗羲：《万履安先生诗序》《南雷文定》（一）［Z］，《丛书集成初编》，中华书局，1985，第11页。

② 仇兆鳌：《杜诗详注·原序》（第一册）［Z］，中华书局，1979。

③ 浦起龙：《读杜心解》（上）［Z］，中华书局，1961，第62页。

④ 华文轩编：《古典文学研究资料汇编·杜甫卷》（上编第一册）［C］，中华书局，1964，第99页，第842-843页。

⑤ 丁福保辑：《历代诗话续编》（上）［C］，中华书局，1983，第15、第167页。

⑥ 叶燮：《原诗》，丁福保辑：《清诗话》（下）［C］，上海古籍出版社，1963，第596页。

⑦ 浦起龙：《读杜心解》（上）［Z］，中华书局，1961，第42页。

杜》数诗，相为表里。"①

其三，发扬"春秋"的褒讥传统。"诗史"的"宏大叙事"，在叙述内容上离不开结合时事展开议论讽谏，这是对"春秋"传统的发扬。所谓"春秋"传统，指由《春秋》奠定的"一字褒贬"的春秋笔法。古人认为，诗歌的讽喻教化传统与"春秋"褒贬之义相通，所以屈大均提出："士君子生当乱世，有志纂修，当先纪亡而后纪存，不能以《春秋》纪之，当以诗纪之。"② 黄庭坚认为杜诗"千古是非存史笔"（《次韵伯氏寄赠盖郎中喜学老杜诗》），这存千古是非的史笔意识，其实就是以春秋笔法褒贬时政，甚或不讳宫闱，如《丽人行》一诗，刺诸杨游宴曲江，痛之深则词益隐，颇得春秋之义。

杜甫有不少诗歌直击军国大事，揭露、批判分裂割据、穷兵黩武、君王荒淫误国等社会现象，均是结合具体时事展开，并不是空发议论。文天祥《集杜诗·自序》曰："昔人评杜诗为诗史，盖以其咏歌之辞，寓纪载之实，而抑扬褒贬之意，粲然于其中，虽谓之史可也。"③ 又如钱谦益笺注《洗兵马》一诗："刺肃宗也，刺其不能尽子道，且不能信任父之贤臣，以致太平也……故曰'安得壮士挽天河，净洗甲兵长不用'，盖至是而太平之望益邈矣。"④ 朱鹤龄对《奉同郭结事汤东灵湫作》一诗进行了精细的文本解读，认为："此诗直陈温汤事而风刺自见……其忧乱之意，情见乎词，当与《慈恩寺》'回首叫虞舜'数语及《奉先咏怀》'凌晨过骊山'一段参看。"⑤

三、杜诗"诗史"的叙事修辞

所谓叙事修辞，侧重在叙事如何运作的层面。我们认为，虽然浓厚的史笔意识影响了"诗史"的形成，"诗"与"史"毕竟各属其体。"诗史"的叙事，在具体运作层面更具有诗化的典型特征。譬如在杜诗中，叙事修辞主要表现为一些多见于诗体的修辞手法和章法结构，譬如比兴陈义、典事互文、长篇铺敷、组诗叙事等。

第一，比兴陈义。史重褒讥，诗兼比兴，杜诗虽兼"史"义，更是诗化之运

① 华文轩编：《古典文学研究资料汇编·杜甫卷》（上编第三册）[C]，中华书局，1964，第 842 – 843 页。

② 屈大均：《东莞诗集序》，《屈大均全集》：《翁山文钞》（卷一）[Z]，人民文学出版社，1996，第 279 页。

③ 华文轩编：《古典文学研究资料汇编·杜甫卷》（上编第三册）[C]，中华书局，1964，第 975 页。

④ 钱谦益：《钱注杜诗》（上）[Z]，上海古籍出版社，2009，第 67 页。

⑤ 朱鹤龄辑注，韩成武、孙微、周金标、韩梦泽、张岚点校：《杜工部诗集辑注》[G]，河北大学出版社，2009，第 99 页。

用，比兴之法为重要的叙事修辞手段，宋代名臣李纲认为："汉唐间以诗鸣者多矣，独杜子美得诗人比兴之旨。"① 所谓"比兴之旨"，源于引物连类、旨在寄托的风骚传统。关于杜诗善用比兴以陈义，杜诗学者仇兆鳌在《杜诗详注·原序》中有一段详细的分析，他认为："若其比物托类，尤非泛然。如宫桃秦树，则凄怆于金粟堆前也。风花松柏，则感伤于邙山路上也。他如杜鹃之怜南内，萤火之刺中官，野苋之讽小人，苦竹之美君子，即一鸟兽草木之微，动皆切于忠孝大义，非他人之争工字句者，所可同日语矣。"② 综观杜集，以比兴陈义之诗不胜枚举，譬如五绝《归雁》（卷十一）曰："东来万里客，乱定几年归。断肠江城雁，高高正北飞。"表面叙写归雁，实寄怀长安之情。《除草》（卷十二）一诗，以除莠草当除尽，引出"芟夷不可阙，疾恶信如仇"的大义。杜甫自序《园官送菜并序》（卷十六）一诗说："园官送菜把，本数日阙，钊苦苣、马齿，掩乎嘉蔬，伤小人妒害君子，菜不足道也，比而作诗。"比兴陈义，诗面上看是叙述日常所见事物，字里行间透出的却是寄托深明大义。

第二，典事互文。杜诗的"典故"与"时事"形成互文。"互文"一词，中国古文中释为"互辞"，即所谓"参互成文，含而见文"。当代叙事学理论和新历史主义理论体系，对"互文"的诠释更具包容性，其基本意义在于它坚持了一种观点，即两种并列的陈述之间是互为文本的。在研读杜诗的过程中，除了学者们发现的"参互成文，含而见文"的互辞关系，我们还发现了另外一种奇特的互文关系，即杜诗常将过去的典故与当下的时事巧妙地融合在一起，使二者之间能够相互发明，极大地拓展了诗歌叙事的时间和空间。关于杜甫善于"使事"，明人王世懋论曰："今人作诗，必入故事……杜子美出，而百家稗官，都作雅音，马浡牛溲，咸成郁致，于是诗之变极矣……善使故事者，勿为故事所使，如禅家云转《法华》勿为《法化》转。使事之妙，在有而若无，实而若虚，可意悟不可言传，可力学得，不可仓卒得也。"（《艺圃撷馀》）③ 元人元好问《杜诗学引》认为："前人论子美用故事，有著盐水中之喻，固善矣。"④ 为什么杜诗用典可以达到这种"有而若无，实而若虚，可意悟不可言传"、"著盐水中"的境界？就是因为诗中叙述典故，并非只是堆砌材料，均是为今日之时事所钩发，叙述典故，是为叙今日之事做铺衬。如《承闻河北诸道节度人朝欢喜口号绝句十二首》之十二中所谓"汉代中兴主"实为"唐代中兴主"之意。《遣兴五首》（杜集卷三有三组《遣兴五首》，此处指第一组）前二首叙嵇康、庞德事迹，第三首转为叙写自己的情状，后二首承前义深化，五首诗正是"典事互文"之作。《丽人行》中"杨花雪落覆白苹"一句，表面

---

① 仇兆鳌：《杜诗详注》（第五册诸家论杜）［G］，中华书局，1979，第 2319 页。

② 仇兆鳌：《杜诗详注》原序（第一册）［Z］，中华书局，1979。

③ 仇兆鳌：《杜诗详注》（第五册诸家论杜）［G］，中华书局，1979，第 2326 - 2327 页。

④ 仇兆鳌：《杜诗详注》（第五册附编）［Z］，中华书局，1979，第 2254、第 2252 页。

上是写曲江岸边杨花如雪飘覆于白蘋的景色，实为化用北魏胡太后私通杨白花的故事和青鸟传书的典故，诗旨是讽刺杨氏兄妹荒淫无耻的行为，也达到了典事互文的效果。

第三，长篇铺敷。杜诗长于赋法，善于铺陈。诗家学者将"诗史"桂冠奉给杜诗，其中一个重要原因就是杜甫善于铺赋长篇。唐宋以来诸家论杜，对杜甫的长诗颇为关注。宋人叶梦得《石林诗话》云："长篇最难，晋魏以前，诗无过十韵者，盖常使人以意逆志，初不以序事倾尽为工。至老杜《述怀》《北征》诸篇，穷极笔力，如太史公纪传，此固古今绝唱。"① 叶梦得提到的长诗《北征》，历代评之者甚众，如清人浦起龙将《北征》分为五大段，分别进行详解："第一段，叙请还鄜事迹……第二段，详叙归途景物……第三段，备述到家景况……第四段，拨家计而忧国恤，为当时反正之务急……第五段，追颂上皇圣断，预卜新主中兴，亟反神京，重开治象。"② 长诗难写，杜甫却在长诗的创作上开拓了新天地，明人李东阳《麓堂诗话》赞曰："长篇中，须有节奏，有操有纵，有正有变，若平铺稳布，虽多无益。唐时类有委曲可喜之处，惟杜子美顿挫起伏，变化不测，可骇可愕。"③ 比如《自京赴奉先县咏怀五百字》一诗，每四句一转，层层迭出，百折千回，仍然一气流转，体现出杜诗高超的长诗铺叙技艺。

第四，组诗叙事。杜诗大力开创了组诗叙事的方法，联篇吟咏、各体兼备，弥补了诗歌短章在叙事方面的先天不足。如《承闻河北诸节度入朝欢喜口号绝句十二首》、《喜闻盗贼总退口号五首》、《前出塞九首》、《诸将五首》、《八哀诗》等等。以组诗的形式来拓展诗歌叙事的功能，不管其中有多少首，都讲究各章之间的组合关系。杜诗"绪密而思深"的特点，在其组诗叙事上表现得特别突出。《后出塞五首》各首之间颇具承叙转合之巧，首为出塞之时豪气满怀的"少年别有赠，含笑看吴钩"，中经"朝进东门营，暮上河阳桥"、"拔剑击大荒，日收胡马群"、"主将位益崇，气骄凌上郡"，末为反思"我本良家子，出师亦多门"，总结"跃马二十年，恐辜明主恩"的感悟，组成一个完整的叙事结构。七绝组诗《江畔独步行花七绝句》为踏春惜春之作。第一首交代出门初衷，访友喝酒而不遇；第二首写因访友不遇，只好于江畔独步寻花；第三首写江畔独步时，发现了花丛中的农家小院；第四首写远处花海掩映中的城墙高楼；第五首写江畔独步中所见之桃花；第六首由桃花而写花香满路径；第七首收尾。《七绝句》组合之妙，几称天衣无缝。著名的《秋兴八首》，组诗章法更是深得诗家欣赏。著名古典诗词专家叶嘉莹提出："杜甫的《秋兴八首》是一个每一首都不能颠倒次序的整体。"④ 古人论杜诗时大都注意到这

① 何文焕：《历代诗话》（上）[C]，中华书局，1981，第411页。
② 浦起龙：《读杜心解》（上）[Z]，中华书局，1961，第42页。
③ 丁福保辑：《历代诗话续编》（下）[C]，中华书局，1983，第1373页。
④ 叶嘉莹：《叶嘉莹说杜甫诗》[M]，中华书局，2008，第218页。

一重要特点①，王夫之评曰："八首如正变七音旋相为宫，而自成一章。或为割裂，则神体尽失矣。"② 钱谦益笺曰："此诗旧笺影略，末（未）悉其篇章次第、钩锁开阖，今要言之。玉露凋伤一章，秋兴之发端也。江间塞上，状其悲壮。丛菊孤舟，写其凄紧。末二句结上生下，故即以夔府孤城次之……然'每依南斗望京华'一句，是三章中吃紧咽节。萧条岁晚，身事如此，长安棋局，世事如此。企望京华，平居寂寞，故曰百年世事不胜悲也。次下乃重章以申之……此诗一事叠为八章，章虽有八，重重钩摄，有无量楼阁门在，今人都理会不到。"③ 吴斋贤《论杜》将杜甫组诗分为二十三类，并分别举例证其格局段落转折之巧，其中包含着宝贵的叙事修辞内容，值得参读。④

四、结 语

杜少陵历天宝之乱，流离陇蜀，饥走半天下，未敢忘君国，时时忧黎民，诗心流注，史笔贯通，成就"诗史"之誉。历代诗家学者从"诗史"的角度来研习杜诗，给我们提供了从叙事学角度诠释杜诗及"诗史"内涵的诸多启发。特别是后现代历史学家提出"作为文学虚构的历史文本"（海登·怀特《论述的转义：文化批评论集》），把历史看成是"一种语言的虚构物，是一种叙事散文体"的论述，曾经囿于叙事性文学研究的叙事学，突破了似乎不可侵犯的历史叙事的界阶，开始在更高层次上回归到它的原初功能。作为人类交际、文明传承之必需，没有叙事，或许万事不可能。在这种理论背景下，中国古代诗学中的"诗史"说的叙事学内涵，也逐渐凸显出来。我们仅仅从叙事功能、叙述内容、叙事修辞这三个方面对"诗史"说的叙事学内涵作了简要探讨，希望借此说明，在叙事学研究的领域，诗歌叙事也应享有一席之地。特别是在中国古代，由于叙事性文学比如小说戏剧等较为晚出，作为韵文的诗歌也不得不承担一部分文学叙事的功能，这值得我们作专题研究。

---

① 叶嘉莹编撰《杜甫秋兴八首集说》[C]（北京大学出版社，2008）网罗了关于该诗"章法及大旨"的二十四家之论说，可以参考。

② 王夫之评选，任慧点校：《唐诗评选》[Z]，河北大学出版社，2008，第218页。

③ 钱谦益：《钱注杜诗》（下）[Z]，上海古籍出版社，2009，第504页。

④ 仇兆鳌：《杜诗详注》（第五册诸家论杜）[G]，中华书局，1979，第2342 – 2344页。

董颖《薄媚》大曲主题论

中央民族大学文学与新闻传播学院　何春环

大曲，是由多个曲段连成一体的大型歌舞乐曲，源出汉魏六朝的乐府相和歌①。至唐宋时期，逐渐成为一种结构稳定的艺术形式，由同一宫调的若干支曲子组合为成套乐舞，用来抒情、叙事，乃至敷演故事。王国维《宋元戏曲史》认为：

> 大曲自南北朝已有此名。南朝大曲，则清商三调中之大曲，《宋书·乐志》所载者是也。北朝大曲，则《魏书·乐志》言之而不详。至唐而雅乐、清乐、燕乐、西凉、龟兹、安国、天竺、疏勒、高昌乐中均有大曲（见《大唐六典》卷十四《协律郎》条注）。然传于后世者，唯胡乐大曲耳。其名悉载于《教坊记》，而其词尚略存于《乐府诗集》近代曲辞中。宋之大曲，即自此出。教坊所奏，凡十八调四十大曲，《文献通考》及《宋史·乐志》具载其目。此外亦尚有之，故又有五十大曲，及五十四大曲之称（详见予《唐宋大曲考》，兹略之）。其曲辞之存于今日者，有董颖【薄媚】（《乐府雅词》卷上）、曾布【水调歌头】（王明清《玉照新志》卷二）、史浩【采莲】（《鄮峰真隐漫录》卷四十五），三曲稍长，然亦非全遍。②

宋人大曲流传至今者，仅此三种。其中以董颖《薄媚·西子词》为最长，对后世戏曲产生的影响也最大。

一、关于《薄媚》大曲的名称

《薄媚》是唐教坊大曲名，见于唐人崔令钦《教坊记》，宋人沿用这一歌舞乐曲并有所革新。至于其来源，现已难以找到充分的论据资料，王国维《唐宋大曲考》也未加考证。陈汝衡《说薄媚》一文认为，"薄媚"这一名词不见于汉魏六朝乐府，更不见于先秦古籍，直到唐代崔令钦《教坊记》才有记载，可惜未曾著录曲

---

① 杨荫浏：《中国古代音乐史稿》，人民音乐出版社，1981，第114－115页。
② 王国维：《宋元戏曲史》，上海古籍出版社，2000，第36页。

辞。^① 因此，我们可以通过检索工具书和唐宋文献资料，对当时"薄媚"一词的含义做些了解，或许可以略窥大曲《薄媚》名称的由来。

首先，我们查看辞典中有关"薄媚"的解释。《辞海》的解释如下：（1）淡雅可爱状。（2）唐宋大曲名。^② 而《汉语大词典》的解释则稍作增益，包括三层含义：（1）淡雅娇媚的样子。（2）詈词。意为放肆、捣蛋等。（3）唐教坊曲调名，宋因袭之。^③

其次，我们来看看唐代文学作品中使用"薄媚"一词的含义。通过检索可知，《全唐诗》中出现"薄媚"一词的作品有五首，在这为数不多的作品中，该词并非都与大曲有关。其中杜甫《少年行》"马上谁家薄媚郎，临阶下马坐人床"，"薄媚"含有放肆、捣蛋之意；而在章孝标《赠美人》"诸侯帐下惯新妆，皆怯刘家薄媚娘"以及王衍《甘州曲》"薄媚足精神，可惜沦落在风尘"中，"薄媚"都是用来形容女子淡雅娇媚的模样。另外，陆龟蒙《奉和袭美行次野梅次韵》"风怜薄媚留香与，月会深情借艳开"，则是采用拟人的手法，以"薄媚"来形容梅花的淡雅娇媚；唯有刘禹锡《曹刚》一诗，才是抒写听琵琶演奏大师曹刚弹奏《薄媚》大曲的感受。诗云："大弦嘈嘈小弦清，喷雪含风意思生。一听曹刚弹薄媚，人生不合出京城。"从刘诗可知，在中唐时期，民间艺人已用琵琶来弹奏《薄媚》，说明大曲《薄媚》在唐代已经广泛流行。除了唐诗之外，敦煌变文及唐传奇也多使用"薄媚"一词。如《敦煌变文集》中的《燕子赋》云："凤凰当处分：'二鸟近前头！不言我早悉，事状见喽喽。薄媚黄头鸟，便漫说缘由；急手还他窟，不得更勾留。'"^④ 又如张鷟《游仙窟》："谁知可憎病鹊，夜半惊人，薄媚狂鸡，三更唱晓。"^⑤ 据蒋礼鸿《敦煌变文字义通释》的注解，此二处所使用的"薄媚"一词，都有放肆、捣蛋等意。^⑥

可见，"薄媚"一词在唐代确有"淡雅娇媚"与"放肆、捣蛋"两种不同含义。由于缺乏可靠的论据，笔者难以作出确凿的考证；但从现存文献资料看，《薄媚》大曲得名之由来，应该与表现女性"淡雅娇媚"有一定的联系。陈汝衡《说薄媚》依据章孝标《赠美人》"诸侯帐下惯新妆，皆怯刘家薄媚娘"，认为"薄媚"大曲很可能就是"薄媚娘"自己创制，"薄媚娘"美丽动人的故事为"薄媚"大曲奠定了基础。^⑦ 这应当属于推测之辞，可以聊备一说。

---

① 陈汝衡：《说薄媚》，《戏剧艺术》1981年第1期，第104页。

② 辞海编辑委员会：《辞海》（缩印本），上海辞书出版社，1983，第614页。

③ 汉语大词典编辑委员会：《汉语大词典》（第九卷），汉语大词典出版社，1992，第578页。

④ 王重民、王庆菽、向达、周一良、启功、曾毅公：《敦煌变文集》，人民文学出版社，1957，第264–265页。

⑤ 【唐】张文成（鷟）：《游仙窟》，上海书店出版社，1985，第61–62页。

⑥ 蒋礼鸿：《敦煌变文字义通释》（增补定本），上海古籍出版社，1997，第302页。

⑦ 陈汝衡：《说薄媚》，《戏剧艺术》1981年1期，第104–105页。

接下来，我们不妨再考察一下"薄媚"在宋代诗词中的含义。通过对《全宋诗》和《全宋词》的检索可知，至宋代，诗人词人们在作品中也时有提及，且其含义与唐代大致相同。在宋诗中有四首作品出现"薄媚"一词，分别是：强至《送关景芬秘书赴山阳尉》"纷纷共笑薄媚徒，对面论心回面否"；李廌《对春二首》"柳下谁家薄媚郎，立马昂头不肯去"；李廌《春日即事九首》"娇马宁馨郎，毡车薄媚娘"；胡仲弓《宫词》"空有妇人娇态在，眼儿薄媚怨春风"。其中前两首诗所用"薄媚"一词具有放肆、捣蛋之意，而后两首诗中的"薄媚"一词含有淡雅娇媚之意。可见这几首作品中的"薄媚"均不是指大曲《薄媚》，只是分别用来形容青年男女的意态风姿而已。在宋词作品中直接描写大曲《薄媚》者极少，仅见黄庭坚《清平乐·舞鬟娟好》一词中有"日日梁州薄媚，年年金菊茱萸"，在此分别提到了大曲《梁州》和《薄媚》。虽然杜安世《鹊桥仙·别离情绪》亦云："妖娆薄媚，不禁抛摆，渐觉肌肤瘦悴"，但此处的"薄媚"是形容女子的淡雅可爱，而非大曲曲名。所幸曾慥《乐府雅词》还保存有董颖《薄媚》大曲一套，咏写吴越战争中美女西施的故事，弥足珍贵。另有赵以夫的一首闲适词《薄媚摘遍》（桂香消），摘自大曲《薄媚》入破的一遍，双调，九十二字，与董颖大曲《薄媚》入破第一的字句节奏及平仄格律大同小异。不过，《薄媚摘遍》作为词调，填词时不必缘调而作，故赵词内容也就无须与女子淡雅可爱相关联。

综上所述，唐宋时期"薄媚"一词用于男子时多有放肆、捣蛋之意；用于女子时则多指淡雅娇媚的模样。而董颖选用《薄媚》大曲来歌咏美女西施的故事，并对西施的绰约风姿有详细描写，正符合"薄媚"一词形容女子淡雅娇媚的含义，其所表达内容与大曲名称相吻合。由此可见，作者乃是巧妙选用《薄媚》大曲以歌舞演绎西施故事，可谓别具手眼。

南宋时期，《薄媚》大曲进一步演变为官本杂剧段数。仅据周密《武林旧事》卷十记载，就有下列九个剧名：《简帖薄媚》、《请客薄媚》、《错取薄媚》、《传神薄媚》、《九妆薄媚》、《本事现薄媚》、《打调薄媚》、《拜褥薄媚》、《郑生遇龙女薄媚》。[①] 这些都是以《薄媚》大曲来演唱杂剧故事，剧中大抵都有女主人公的形象塑造。而洪适《勾南吕薄媚》队舞取材于唐传奇《任氏传》，描述贫士郑六和狐仙任氏的爱情故事，也是用薄媚曲调演唱。可见，《薄媚》大曲多用于演绎女性人物故事，确乎与女性有着密不可分的渊源关系。

大曲《薄媚》在唐代早已广泛流行，至宋代更以多种宫调的形式传播，主要分属道调宫和南吕宫，《宋史·乐志》有所记载。凡不同的宫调有不同的"声情"，前人对各种宫调的"声情"作过一些探析。关于"宫调声情"理论，最早见于元代燕南芝庵的《唱论》：

---

① 【宋】周密（四水潜夫）：《武林旧事》，西湖书社，1981，第154页。

大凡声音，各应于律吕，分于六宫十一调，共计十七宫调：仙吕宫唱，清新绵邈；南吕宫唱，感叹伤悲；中吕宫唱，高下闪赚；黄钟宫唱，富贵缠绵；正宫唱，惆怅雄壮；道宫唱，飘逸清幽；大石唱，风流蕴藉；小石唱，旖旎妩媚；高平唱，条物滉漾；般涉唱，拾掇坑堑；歇指唱，急并虚歇；商角唱，悲伤宛转；双调唱，健捷激袅；商调唱，凄怆怨慕；角调唱，呜咽悠扬；宫调唱，典雅沉重；越调唱，陶写冷笑。①

这些说法不一定都很具体确切，但是可以作为我们了解各种宫调特点的重要参考。董颖《薄媚·西子词》大曲采用道调宫创作而成。道调宫（道宫）具有"飘逸清幽"的特点，其声情与所叙写的西施故事大体吻合。比如作品中描写西施的姿容步态："嫣然意态娇春，寸眸剪水，斜鬟松翠"，"窣湘裙，摇汉佩，步步生香风"② 等，都给人清新飘逸的美感；描写吴宫歌舞升平、日夜淫乐的场景："华宴夕，灯摇醉。粉菡萏，笼蟾桂。扬翠袖，含风舞，轻妙处，惊鸿态。分明是，瑶台琼树，阆苑蓬壶，景尽移此地"，则使人犹如置身于缥缈仙境；而《第七煞衮》借鉴小说中的"美人遇仙"模式，叙写王轩游若耶溪遇西施，在文辞表达以及情节安排等方面也都体现出"飘逸清幽"的风貌。而洪适创作的队舞《勾南吕薄媚》，表演穷书生郑六艳遇狐仙任氏的传奇故事，其结局十分悲惨，狐仙任氏不幸被猎犬咬死。洪适此作选用南吕《薄媚》曲调，南吕宫具有"感叹伤悲"的特点，其声情与作者所写郑六与狐仙的爱情悲剧相符合。可见即使同样是大曲《薄媚》，由于采用的调式不同，其声情亦自有差异。

二、董颖《薄媚》大曲的主题

董颖（生卒年不详），字仲达，德兴（今属江西）人。宣和六年（1124）进士，官至太学正，博通五经。宋陈振孙《直斋书录解题》著录其《霜杰集》三十卷，诗人汪藻为序，惜该书已佚。《全宋词》收录其词十二首，其中《薄媚·西子词》十首，为研究宋代大曲体制的重要资料。《全宋诗》收录其诗十五首，风格平淡素朴，大体接近徐俯。董颖生平事迹略见于宋洪迈《夷坚乙志》卷一六，清康熙《饶州府志》卷二〇曾经为其立传。《夷坚乙志》卷十六有如下记载：

饶州德兴县士人董颖，字仲达，平生作诗成癖。每属思时，寝食尽废，诗成，

---

① 【元】燕南芝庵：《唱论》，《中国古典戏曲论著集成》（第一集），中国戏剧出版社，1959，第 160 - 161 页。

② 本文所引董颖《薄媚》大曲曲辞主要依据唐圭璋《全宋词》，中华书局，1980，第 1165 - 1167 页。

必遍以示人。尝有警语云："云壑酿成千嶂雨，风蘋吹老一汀秋。"蒙韩子苍激赏。徐师川为改"汀"字为"川"，汪彦章曰："此一字大有利害。"目其文曰《霜杰集》，且制叙以表出之。然其穷至骨，他日入郡，为人作秦丞相生日诗，穷思过当，遂得狂疾，走出，欲投江水。或为遣人呼其子，买舟载以归，归数日而死。家贫子弱，葬不以礼，亦无钱能作佛事。①

根据以上文字可知，董颖是一个穷愁潦倒的诗人，跟韩子苍（韩驹）、徐师川（徐俯）、汪彦章（汪藻）等文人名士均有往来。由此可知，他生活的时代应该是在南北宋之交。董颖酷爱诗词创作，"平生作诗成癖。每属思时，寝食尽废"。其诗集题名为《霜杰集》，大抵源于陶渊明《和郭主簿》其二"芳菊开林耀，青松冠岩列。怀此贞秀姿，卓为霜下杰"。由此，我们可以窥见董颖的人格追求与思想趣尚。

关于董颖的生平经历，现存史料缺乏详细记载；至于他的思想与人格，更无史学家的任何品评。但是，我们可以从他的诗歌作品中发现一些端倪，有助于我们对其人的了解和认识。董颖《贺曾修撰帅江陵》诗云："麟符虎节烂龙光，势重侯藩壮帝乡。那复谢玄将淝水，政烦汲黯守淮阳。"他衷心祝愿曾修撰（称其官职）能像东晋谢玄于淝水之战大败符坚（《晋书·谢玄传》）那样，为国家建立赫赫战功；又能像西汉汲黯"居郡如故治、淮阳政清"（《史记·汲黯传》）那样，在地方树立卓越政绩。由此可以看出，董颖身处抗金救国的南渡时期，心系国家社稷，富有爱国思想。其《呈泽中明府》诗云："能延仓卒客，不以在亡辞。错倒蔡邕屣，初无匡鼎诗。"称颂泽中明府（县令）像蔡邕等人那样礼贤下士，婉言自己具有王粲、匡衡那样的高超才能，深得明府赏识。由此可以看出，董颖才高自负，胸有大志，并非庸碌之辈。其《旅中追和微之韵示詹次山》诗云："日近长安远，风高易水寒。畏途君莫问，何啻上天难。"由此可以看出，董颖命运多蹇，仕途坎坷，怀才不遇，壮志难酬。其《寄题杨德辰清隐堂借至游老人韵》一诗，赞颂友人那种陶渊明式的闲居生活，并表示："因君发深省，杖藜合从今。寄傲有余地，不妨成盍簪。"从中又可看出，作为落魄文人，董颖不能实现"兼济天下"的抱负，也有独善其身的归隐之志。

有的学者依据洪迈《夷坚乙志》所载"其穷至骨，他日入郡，为人作秦丞相生日诗，穷思过当，遂得狂疾"，论定董颖"是一个名利思想颇重而缺乏气节的文人"②。其实，既言"其穷至骨"，当为生活所迫；代人作诗，也不排除逢场作戏；而"穷思过当，遂得狂疾"，一则说明其"平生作诗成癖，每属思时，寝食尽废"，二则说明其贫穷潦倒，体弱多病（《呈泽中明府》诗即自称"病多殊怕酒，算少敢谈棋"）。当然，董颖似未谨守"君子固穷"（《论语·卫灵公》）的遗训，但遽论其

① 【宋】洪迈撰，何卓点校：《夷坚乙志》，中华书局，1981，第319页。
② 金宁芬：《我国古典戏曲中西施形象演变初探》，《文学遗产》2001年第6期，第109页。

"名利思想颇重而缺乏气节",却有待商榷。对此,承蒙南宋理学家朱熹《题霜杰集》向我们昭示了董颖的人品与个性:"平生尚友陶彭泽,未肯轻为折腰客,胸中合处不作难,霜下风姿自奇特。"① 由此可见,董颖乃是一位尚友陶潜、清高自守的正直文人,旷世大儒朱老夫子对他深表敬佩。明代凌迪知《万姓统谱》卷六十八亦称:董颖"以高第官学正,学识醇正"②。我们对董颖其人有了基本认知,再来解读他所创作的大曲《薄媚·西子词》。在此应当明确,唐宋大曲虽是一脉相承,但进入两宋颇有新变。首先,唐代大曲的结构一般分为散序、排遍、入破三个部分,体制宏大,多达数十解;宋代大曲往往是"类从简省"(王灼《碧鸡漫志》卷三),"皆为裁用"(沈括《梦溪笔谈》卷五),体制明显缩小。今存宋代大曲三种,曾布《水调歌头》"但用排遍七遍,前无散序,后无入破,盖取其中段用之"③,共有七遍;史浩《采莲》截去散序,裁用排遍两遍,再加上入破,共有八遍;董颖《薄媚》最长,也截去排遍第七以上部分(包括散序),保留后面部分,共有十遍。同时,唐代大曲以诗配曲,偏重于抒情;宋代大曲则以词配曲,偏重于叙事,常将歌舞与故事表演密切结合。今存董颖《薄媚》叙述美女西施的故事,曾布《水调歌头》叙述侠客冯燕的故事,两者都体现了很强的叙事性;而史浩《采莲》为祝颂之作,也是寓抒情于铺叙之中,较之唐人大曲,叙事性也明显增强。

董颖的《薄媚》大曲正是采取宋人简省裁用、以词配曲的创作方式,由排遍第八、排遍第九、第十攧、入破第一、第二虚催、第三衮遍、第四催拍、第五衮遍、第六歇拍、第七煞衮等十支曲子组成,题为《西子词》,用来演唱春秋时期越王勾践利用美人西施复仇灭吴的历史故事。曲辞按照事件发展的先后顺序,具体展现了吴越争霸的全过程。其开篇以《排遍第八》的上片总述全曲大意,说明创作缘起,并引出关键人物西施;下片则开始叙述吴越争霸的缘起,阖庐中箭身亡,夫差继位,发誓诛灭勾践以报仇,率兵攻打越国,越人大败。《排遍第九》写越王勾践入吴做人质,向吴王夫差求和称臣而不得许可,于是以宝物美女买通了吴国擅权贪赂的太宰伯嚭,求和成功,几经周折,终于回归越国。《第十攧》写越国大夫文种暗设计谋,打算实施美人计,以进献西施来迷惑吴王夫差。《入破第一》写西施将赴吴,越王勾践嘱托西施,并委以重任。《第二虚催》写西施入吴,伍子胥向吴王进谏勿纳西施,吴王不听,而对西施恩宠有加,可谓集万千宠爱于一身。《第三衮遍》写吴王夫差宠纳西施后,日夜欢歌醉舞,荒淫享乐。《第四催拍》写夫差因沉迷宫闱,不理政事,导致国势衰微,民心解体;而越国君臣暗中窥察吴国虚实,伺机报仇。《第五衮遍》写越国举兵攻入吴国,杀死留守太子,夫差求和,勾践暂时退兵;随后又不断攻打吴国,吴王兵败计穷。《第六歇拍》写夫差自杀身亡,西施回到越

① 【宋】朱熹:《晦庵集》(卷十),《文渊阁四库全书》影印本,集部四·别集类三。
② 【明】凌迪知:《万姓统谱》(卷六八),《文渊阁四库全书》影印本,子部十一·类书类。
③ 刘永济:《宋代歌舞剧曲录要·元人散曲选》,中华书局,2007,第37页。

国，终被缢杀。《第七煞衮》依据范摅《云溪友议》，敷写公子王轩游若耶溪遇见西施，喜结连理，同归仙府。

我们基本了解这部咏史大曲的主要内容之后，不禁要问：董颖的创作意图单纯是为了敷演故事以供歌舞娱乐吗？他是否还有别的旨趣呢？这是一个很值得读者深思的问题。联系董颖其人，结合他所处的特殊时代，进一步深入剖析这篇曲辞，自然会发现蕴含其中的深沉寓意。纵观中国文学的咏史之作，大多是感慨兴亡，借古喻今，董颖创作《薄媚·西子词》大曲自然也不例外。他一生经历了北宋末年与南宋初年，目睹了宋徽宗沉迷美色而荒淫亡国，宋高宗向金称臣而丧权辱国的时代现实，作为一位心系国家社稷、富有爱国思想的正直文人，他自然不会闭目塞听，无动于衷。于是，他借助吴越兴衰的历史，演绎越王勾践利用美女西施复仇灭吴的故事，影射当世，指陈时政，暗中抨击宋朝统治者昏庸无能、祸国殃民的恶劣行径，同时抒发自己有志难伸、报国无门的满腔忠愤。

且看《薄媚·西子词》开篇："怒潮卷雪，巍岫布云，越襟吴带如斯。有客经游，月伴风随。值盛世，观此江山美。合放怀、何事却兴悲。不为回头，旧谷天涯，为想前君事。越王嫁祸献西施，吴即中深机。"借写经游"越襟吴带"，遥想吴越争霸的史事，不禁蓦然"兴悲"，意在告诫时人特别是当代统治者应当以史为鉴，千万不可忘记"越王嫁祸献西施，吴即中深机"的沉痛教训。其中"值盛世，观此江山美。合放怀、何事却兴悲"几句，更是微辞以讽，发人深省。对照一部吴越兴衰史，回想北宋亡国的"靖康之耻"，目睹南宋和金的"奴才之相"，岂能不叫人痛心疾首，岂能不叫人黯然"兴悲"！

又看《第四催拍》"耳盈丝竹，眼摇珠翠。迷乐事。宫闱内。争知。渐国势凌夷。奸臣献佞，转恣奢淫，天谴岁屡饥，从此万姓离心解体"；《第五衮遍》"机有神，征鼙一鼓，万马襟喉地。庭喋血，诛留守，怜屈服，敛兵还，危如此"。两者接连叙述吴王夫差宠爱西施，沉溺宫闱，加之"奸臣献佞，转恣奢淫"，导致"国势凌夷"，"天谴岁饥"，"百姓离心"，于是越国乘机出兵攻击，使得吴王"身在兮，心先死。宵奔兮，兵已前围。谋穷计尽，唳鹤啼猿，闻处分外悲。丹穴纵近，谁容再归"。回顾刚刚逝去的北宋亡国悲剧，可恨风流皇帝宋徽宗屡立后妃，荒淫逸乐，乃至微服游幸青楼歌馆，与李师师等名妓恣意欢会；同时又重用蔡京等奸佞之臣，败坏朝纲，导致靖康之难，宋庭喋血，二帝被俘，妃嫔被掳，客死异邦，诚所谓"丹穴纵近，谁容再归"。史家评曰："自古人君玩物而丧志，纵欲而败度，鲜不亡者，徽宗甚焉！"（《宋史·徽宗本纪》）鉴照夫差亡国惨景，两者又何其相似。董颖在此借古讽今，字里行间隐含了他的亡国之恸与故国之思。

再看《排遍第九》，写越王勾践的感愤之词：

自笑平生，英气凌云，凛然万里宣威。那知此际，熊虎丰穷，来伴麋鹿卑栖。既甘臣妾，犹不许，何为计。争若都燔宝器，尽诛吾妻子。径将死战决雄雌，天意恐怜之。偶闻太宰，正擅权，贪赂市恩私。因将宝玩献诚，虽脱霜戈，石室囚系。忧嗟又经时。恨不如巢燕自由归。残月朦胧，寒雨萧萧，有血都成泪。备尝险厄返邦畿，冤愤刻肝脾。

　　勾践开初被夫差打败，被迫屈节事吴。但他"有血都成泪"，"冤愤刻肝脾"，发誓"径将死战决雄雌"，"备尝险厄返邦畿"。可见勾践屈节事吴，只是权宜之计，目的在于待机灭吴，犹不失英雄之志。而南宋王朝向金俯首称臣，则是为了乞求苟安，竟弃二帝与中原于不顾，纯属庸懦无能。两相对照，以高宗赵构为首的南宋皇帝"偷安忍耻，匿怨忘亲"（《宋史·高宗本纪》），抱守半壁河山，不思抗金复国，凡有识之士无不扼腕切齿，怒发冲冠。董颖这段曲辞写得如此悲慨淋漓，血泪交迸，可谓用心良苦！他正是以勾践暂时屈节而发愤雪耻，志在复国，来影射赵构之流自甘失节辱国而苟且偷安，不思进取。董颖爱国之忱、报国之志，从中隐然可鉴。

　　由此可知，董颖这首《薄媚·西子词》，乃是一首观今鉴古、寄讽寓诫的咏史大曲。作者绝非重弹"红颜祸水"的陈年老调，乃是立足于北宋亡国而南宋苟安的社会现实，通过演绎吴越争霸中所谓"西施亡吴"的历史故事，揭橥国家兴亡的深刻教训，以期宋高宗统治集团能幡然醒悟，从而效法越王勾践卧薪尝胆，发愤图强，早日实现抗金救国、收复中原的统一大业。全曲蕴含"靖康耻，犹未雪；臣子恨，何时灭"的忠愤之气，表现出作者的拳拳爱国之忱。

小说与新闻之间：《夷坚志》故事的文体特征

九江学院中文系　秦　川

　　《夷坚志》系笔记体志怪小说集，这是学界对该著已介定了的文体和内容范围。笔记体决定着该著的写实倾向，而志怪内容则无可避免文学因素渗入其间。现代的新闻报道是非常讲求"事实"的一种文体，甚至把"真实性"视为"生命"，因此特别强调"写实"。《夷坚志》中的"故事"，实际上就是过去了的事情，是从前的"新闻"和今天的"旧闻"，但它在过去那个特定的时间段里却是"新闻"，只不过远在宋代没有"新闻"这种称谓；当然，《夷坚志》在当时也绝对不是今天文体意义上的"新闻"，实属"旧闻集"，在今天则称之为"故事集"。因此，从文体角度讲，《夷坚志》故事是介于小说与新闻之间的。

　　尽管洪迈生活的宋代没有"新闻"体裁的概念和称谓，但作为故事化"新闻"的《夷坚志》文体，在古代被称为"笔记"，其特点与今天的新闻确有诸多相似之处。首先从新闻六要素来看，《夷坚志》故事基本具备；再从"真实性"来看，《夷坚志》故事虽然不都是作者亲见亲历，但其素材除少数为摘录外，绝大多数来源于作者的亲属、同事或近邻，是其亲闻。为了证明其故事素材的真实可信，作者不惜笔墨，或在故事最后交代其来源以证其实，或在故事讲述过程中交代事件发生的普遍性加以突出，抑或借故事中人物之口交代故事始末加以强调。

　　就新闻的真实性而言，现代学者拟定了八条标准（高钢《新闻写作精要》），即时效性、影响力、显赫度、接近性、冲突性、异常性、人情味、趣味性等。这些标准在《夷坚志》故事中，除时效性外，其余也都基本达到。正因为《夷坚志》故事缺乏"时效性"，所以它们不是新闻，而是故事；但由于大多数故事颇具异常性，亦富人情味和趣味性，有些故事在当时也具有一定的显赫度，因此其影响力也就大。然而《夷坚志》故事的"真实性"，在很大程度上只能算作逻辑层面的"真实"，即现代文论所说的"艺术真实"，不一定是客观事物在现实生活中的"真实"，所以中国学者往往把这类作品称为"野史"或"稗官野史"，而从文学的角度则称之为"笔记小说"或"小说"。所谓野史，即不能列入正史的范围，其内容的可信度与正史比要大打折扣，但还是可以作为正史的某些补充，有其真实性的一面；所谓小说，其文学性就不言自明。这就进一步说明了《夷坚志》故事在文体上是介于小说与新闻之间的。下面试从叙事学的角度，进一步探讨《夷坚志》故事文体特征的某些具体表现及其社会作用。

一、《夷坚志》故事的叙事模式源于史传又超越史传

所谓"叙事模式",是指故事叙事诸要素在文体结构顺序上所遵循的模式。《夷坚志》故事在结构上依循史传文体的叙事方式又有所变化;在内容上,既用春秋笔法,暗含褒贬,有时又直抒胸臆,旗帜鲜明。所以说,《夷坚志》故事的叙事模式是源于史传又超越史传。

这里所说的"史传",既包括以事为中心的编年史和以人物为中心的纪传体史书,也包括以史实为依据的史传文学。不过作为史传的历史与以史实为依据的史传文学有时难以分辨,譬如《左传》、《战国策》、《史记》、《汉书》等,在历史学家看来是历史,而在文学家眼里则属文学,它们没有明确的标准和明显的界限。而本文所谓史传模式则既包括史籍范畴的史传(上举诸例都在"史"的范畴),也包括文学范畴的史传(这里专指以人物为中心的传奇文和散文中的人物传记)。换个角度说,《夷坚志》之前的中国史籍文本的叙事形式,经历了由先秦古史的"左史记言、右史记事",到汉代的《史记》、《汉书》等纪传体史书以人物为中心来结撰史实的叙事历程,《夷坚志》故事中的写人、述事、记言、载物等,明显受到此前史籍文本叙事模式的影响,同时也受到传记文学的影响,表现出类似史传结构形式的叙事特征。

概而言之,史传的结构顺序一般为:时间+地点+人物(或事件)+作者的评论(或人物+时间+事件+作者的评论);而作者的观点、态度寓诸叙事的过程中,表现得委婉曲折。然而,《夷坚志》故事的结构顺序更加灵活,作者的观点、态度和感情表达或直或曲、亦明亦暗,显示出其自身特点。

首先,从结构上看,《夷坚志》的叙事结构因故事的核心内容不同而各异;即使同一类型内容,其结构顺序也不尽相同。同为记人的故事,《孙九鼎》即为人物+地点+时间+事件,如说"孙九鼎,字国镇,忻州人,政和癸巳居太学……"而《刘厢使妻》则为地点+人物+事件+时间,如说"金国兴中府有刘厢使者,汉儿也……时金国皇统元年,即绍兴十年庚申也",《丰城孝妇》则为时间+事件+人物+评论,如说"乾道三年,江西大水,滨江之民多就食他处。丰城有农夫挈母妻并二子欲往临川,道间过小溪,夫密告妻曰……不孝之诛杀,其速如此"。还有许多故事根本没有交代时间,如《神告方》、《马述尹》、《马先觉》、《雷火烁金》、《萤虎报》等,完全超出"史传"的叙事程式,可以看作《夷坚志》叙事的创新。

其次,从内容来看,《夷坚志》故事在叙述过程中,除借用春秋笔法,委婉表达作者的感情和褒贬外,还有许多篇章直接用标题来表明作者的态度和情感倾向,有着鲜明的褒贬色彩,深寓作者的良苦用心,如《丰城孝妇》、《不葬父落第》、《不孝震死》、《杜三不孝》、《雷击王四》等,就是其中典型的例子。限于篇幅,现

引录《丰城孝妇》一则以窥豹一斑：

乾道三年，江西大水，滨江之民多就食他处。丰城有农夫挈母妻并二子欲往临川，道间过小溪，夫密告妻曰："方谷贵艰食，吾家五口难以偕生，我今负二儿先渡，汝可继来。母已七十，老病无用，徒累人，但置之于此。渠必不能渡水，减得一口，亦幸事。"遂绝溪而北。妻悯孤老，不忍弃，掖之以行，陷于淖。俛而取履，有石隘其手，拨去之，乃银一筇也。妇人大喜，语姑曰："本以贫困故，转徙他乡，不谓天幸赐此，不惟足食，亦可作小生计。便当却还，何用去？"复掖姑登岸，独过溪报其夫。至则见儿戏沙上，问其父所在，曰："恰到此，为黄黑斑牛衔入林矣。"遽奔林间访视，盖为虎所食，流血污地，但余骨发存焉。不孝之诛杀，其速如此。是时蓝叔成为临川守，寓客黄彪彪父自丰城来，云得之彼溪旁民，财数日事也。①

这个故事通过简单的叙述和人物语言，将男女主人公品性的优劣生动地展现出来，且叙事的字里行间亦表达了作者的好恶和褒贬。甚至可以说，作者的褒奖态度是非常鲜明的，如对媳妇的褒直接用标题来凸显；而对不孝子的贬，则在"不孝之诛杀，其速如此"的感叹中表露。从叙事的目的性来看，这个故事旨在作正面宣传，目的是要敦崇孝道。其"正面"表现在：一是故事虽然同时写了孝与不孝，但标题不用"丰城不孝子"而是用"丰城孝妇"；写儿子的"不孝"，意在通过对比来突出媳妇的"孝"。二是在常人看来，媳妇与婆婆没有血缘关系，用媳妇孝顺婆婆的事例来作正面宣传，自然要比儿子孝顺母亲事例的效果更好，感染力更强，影响也更加深远。

《丰城孝妇》在艺术上也很成功，譬如这个篇幅不足三百字的小故事，几句朴实的话语，几个简单的动作，却能使情节波澜有致，人物性格鲜明突出：农夫"密告"妻子的一番话，反映了农夫的不肖、不孝、自私与无奈；而"妻悯孤老，不忍弃，掖之以行……复掖姑登岸"中的"悯"、"不忍"和两个"掖"，则体现了"孝妇"的善良和仁慈。在特定的时间、特定的空间背景中，展示了夫妇俩截然不同的心理过程和行为结果，教育意义非常明显。

二、"时间"在《夷坚志》叙事结构中的永恒与超越

时间和空间是叙事文学的重要组成部分，其重要性表现在：时间是故事结构的绳，它将素材连缀起来形成故事，否则，素材就只能是一堆零碎散乱的材料，无法形成故事整体；而空间则是盛载故事的容器，没有空间这个容器，故事也就无所依

---

① 《夷坚丁志》卷十一，第 627－628 页。

托。诸如故事情节的连接，人物形象的塑造，作者观点、态度、情感倾向的表现等等，都是在特定的时间和空间背景中得以完成和实现的。所以从这个意义上说，没有时空要素的存在，也就没有叙事文学的存在，当然也就没有小说文体的存在，这些都充分体现了"时空"在叙事文学中的永恒性。然而，《夷坚志》故事在叙事诸要素中，更为侧重时间因素，体现出时间叙事的永恒性特征；但在特定条件下，又表现出对永恒性的超越，上文所举无时间故事的例子就是明证。

（一）时间叙事的灵活性及其作用

这里所说的时间，是指故事叙述过程中用来代表年月日时的具体时间词，即英文中的 when。《夷坚志》中的时间词在叙事过程中的位置非常灵活，有的置于故事之首，有的置于其中，有的置于其尾。将时间词置于故事开头的如《冰龟》、《犬异》、《韩郡王荐士》等；置于故事中间的如《冷山龙》、《郑氏得子》、《佛救宿冤》等；而置于故事末尾的如《刘厢使妻》、《横山火头》、《陈昇得官》等。另外还有一个故事之中多处用时间词的，如《韩小五郎》、《蓝氏双梅》等。

时间词所处位置不同，其地位、作用也就不一样。置于开头的，说明故事发生的时间在整个叙述要素中处于最重要的地位，起强调作用。请看时间词置于开头的《冰龟》：

> 戊午夏五月，汴都太康县一夕大雷雨，下冰龟，亘数十里。龟大小不等，手足卦文皆具。①

由于"天雨冰龟"现象在历史上不只一次出现，而故事叙述的是发生在戊午夏五月那个特定时间的现象，将它置于开头意在强调。《犬异》也是如此：

> 金国天会十四年四月中，京小雨，大雷震，群犬数十争赴土河而死，所可救者才一二耳。②

时间词置于故事中间的，说明故事发生的时间在诸叙事要素中处于次重要的地位，虽然没有特别强调的必要，但也不是可有可无的，反倒是叙事结构不可或缺的要素。请看《冷山龙》的时间交代：

> 冷山去燕山几三千里，去金国所都五百里，皆不毛之地。绍兴己卯岁，有二龙，不辨名色，身高丈余，相去数步而死。冷气腥焰袭人，不可近。一已无角，如

---

① 《夷坚甲志》卷一，第6页。
② 《夷坚甲志》卷一，第7页。

被截去；一额有窍，大如当三钱，类斧凿痕。陈王悟室欲遣人截其角，或以为不祥，乃止。先君所居，亦曰冷山，又去此四百里。①

这个故事的核心内容（或叫主要信息）是说"去金国所都五百里"的冷山出现两条死龙。但故事叙述者在向读者转达这个信息时，不想作简单叙述，而是要作活灵活现的描述。以"绍兴己卯岁"这个时间词为界，前面是关于冷山的介绍，后面则是对两条死龙以及相关内容的说明。假如把"绍兴己卯岁"这个时间词去掉，那么不仅信息转达不全，而且在语气上也显得突兀。因此"绍兴己卯岁"的交代，既使得叙事完整，同时又起到承上启下和舒缓语气的作用。

时间词置于故事末尾的，一般来说，只起补充说明的作用。如果没有这个补充，虽然不影响故事内容的完整性，但故事的真实感、影响力或多或少会被削弱。我们来分析一下《刘厢使妻》中的叙事时间问题。为便于分析，现将原文引录于此：

金国兴中府有刘厢使者，汉儿也。与妻年俱四十余，男女二人，奴婢数辈。一日，尽散其奴婢从良，竭家资建孤老院。缘事未就，其妻施左目，以铁杓剜出，去面二三寸许，方举刀断其筋脉，若有物翕然收睛入，其母俨然。如是者三，流血被体，众人力劝而止。明日，举杓间，目已失所在，不克剜。又明日，复如故。精神异常，众皆骇而怜之，争施金帛，院宇遂成。时金国皇统元年，即绍兴十年庚申也。②

这个故事旨在称颂刘厢使夫妇解散奴婢，竭家资建孤老院的义举，但由于资金短缺，"缘事未就"，刘厢使妻便使出魔术般的手段以博得众人的同情和施舍，院宇才得以完工。这个故事是以写人为目的的，在叙事方法上要尽量做到以事显人。为了突出人和事，故事先叙述刘厢使妻煞费苦心扮演的全部经过，以突出重点，然后再补充交代故事发生的具体时间。

事实上，《刘厢使妻》在叙事过程中从头至尾都用了时间词，只是它们不是确指。这就有必要对"时间词"作一分辨。时间词有定指和不定指之分，表年月日时的具体时间，是定指；某日、某时或某年、某月的形式则属不定指。显然，不定指词使得叙事时间和叙事内容虚化，也正是由于叙事时间和内容的虚化，使得其故事性更强，也更具趣味性和可读性。《刘厢使妻》中所用不定指时间词如"一日"、"明日"、"又明日"，将三天的情况连缀成故事的有机整体，同时还凸显刘厢使妻自残行为程度的加深。也正是由于刘厢使妻日复一日的进逼，所以才有"众皆骇而

---

① 《夷坚甲志》卷一，第6页
② 《夷坚甲志》卷一，第5页。

怜之，争施金帛"的艺术效果，才有"院宇遂成"的最终善果。至此，读者那颗绷紧的心弦也随之放松。最后定指时间的补充交代，特别是"金国皇统元年，即绍兴十年庚申"的双重交代，无疑增强了叙事的真实感。

用时间词来证明叙事的真实性，《韩小五郎》是另一个典型的例子，现引录于此：

> 韩小五郎，抚州市人也。淳熙十五年正月某日午间偃息于榻，至晚而亡。明年二月，有客从岳州来，附其书至家，妻捧玩怖泣，书中云："闻家中失一银瓶，不必冤他人，正在我处。至秋深，我自归看妻子。"妻久以失瓶为念，乃启瘗发棺，将火化，果得瓶，而中空无尸。及九月，忽还家，云元不曾死，即日起居如常。绍熙元年正月，又谋出外，妻劝其且宁居。至夜半潜起，于厅前自缢，复殓葬之。六月，又在荆南寄信，但言我今番带去松文剑一口，其家以近怪，虑是妖妄附托，决计火其尸，迨启棺，唯有剑存。[①]

这个故事原本荒诞，但由于叙事过程中多处用了时间词，且人证、物证俱在，令读者不由得不信。

（二）无时空叙事，是对时空叙事永恒性的超越

叙事文体一般都得交代具体的时间、空间信息，若没有时空信息，便不成其为叙事文体，这就是时空叙事在叙事文体中的永恒性特征。但在特定条件下，叙事文体同样可以没有具体的时空词。所谓超越，一定是有条件的，且时间词和空间词不会同时空缺。从有条件这个角度看，时空叙事的永恒性是绝对的，而超越则是相对的。《夷坚志》故事的叙事对时空永恒性的超越，最关键的因素在于其"笔记体"性质，因为笔记体故事的完整性是相对的，它既可以完整叙事，也可以片段杂记。片段杂记的内容，就不一定要素齐备。现将《夷坚志》故事叙事对时空永恒性超越的具体条件作些分析。

一是在故事叙述过程中，对主要人物年龄进行交代，即以"某某年几何"的格式，其语义表达的是"在某某人多少岁的时候"，如"马述尹年十八"。在这种情况下，具体确指的时间词可以省略。请看《夷坚志》中《马述尹》原文：

> 马述尹年十八，随父肃夫调官京师，抱疾而终。有姊嫁常州税官秉义郎李枢，母留姊家，不知子之亡。李氏婢忽如狂，作男子声曰："我即马述尹也。某月某日以疾死，今几月矣。欲一见吾母与大姊，故附舟来，欲丐佛果，以助超生。"母与姊始闻之，悲骇，扣之而信，遂许其请。婢乃不言。即召太平寺僧诵经具撰，写疏

---

① 《夷坚志》补卷第十三，第1674页。

以荐。明日，婢复语云："荷吾母与姊姊如此，但某僧看经至某处止，某僧至某处止，功德不圆，为可愤尔。"其母未深信，试呼僧责之，皆渐谢而退。巫更诵焉。①

二是在介绍主要人物的具体活动地点的时候，即以"某某曾在何地"的形式出现，如"马肃夫次子先觉，尝与其友游神祠"。在这种叙事条件下，具体确指的时间词可以省略。请看《马先觉》原文：

马肃夫次子先觉，尝与其友游神祠，见壁间所绘执乐妓女中姝丽者，心悦之，戏指曰："得此人为室家，素愿足矣。"是夕，妇人见于梦寐，耽溺既久，视以为常。始犹畏人知，秘不敢言，后亦无复忌惮，每切切然私语于室中。外人或入，遇之，则曰："家人在此。"盖荒惑之甚。不悟其为非也。②

三是在介绍主要人物的具体活动时，即以"某某曾做何事"的形式出现，如"……每于彩绘时，多捕蝇虎，取血和笔图之"。在这种叙事情况下，具体确指的时间词可以省略。请看《萤虎报》原文：

秉义郎李枢妻之乳媪，好以消夜图为博戏。每于彩绘时，多捕蝇虎，取血和笔图之，盖俗厌胜术，欲使己多胜也，习以为常。后老疾将终，语人曰："无数蝇虎儿咬杀我，为我捕去！"而旁人略无所见，知其不永，久之乃死。③

四是在叙事过程中，有表长度的时间词出现，如"姑苏人徐简叔侄祖，居乡里日"。在这样的叙事条件下，其具体确指的时间词可以省略。请看《雷火烁金》原文：

姑苏人徐简叔侄祖，居乡里日，震雷发于房宇间，烟火蔽塞，移时始散，栋柱破裂，龙迹存焉。其后启木馈欲取白金器皿，乃类多穿蚀，皆成珠颗，流散于下。馈之扃镝元不动，而内自融液，盖神龙之火，尤工于败金石也。④

至于《夷坚志》叙事过程中空间词的省略，一般是在叙述梦境或梦中对话时出现，或整个故事在转述其人其事时出现。前者如《李似之》，后者如《诗谜》。限于篇幅，原文不录。

---

① 《夷坚丙志》卷七，第 426 页。
② 《夷坚丙志》卷七，第 426 页。
③ 《夷坚丙志》卷七，第 427 页。
④ 《夷坚丙志》卷七，第 427 页。

三、"对话"是《夷坚志》叙事的重要手段

由于《夷坚志》故事大多是篇幅短小的笔记体,其叙事的完整性是相对的,故事情节、细节、环境、人物及其所产生的社会影响力和艺术感染力,更多的是借助"对话"这种方式来实现。换言之,上文所述用于证明叙事真实性的"时间"词和用于增强叙事现场感的"空间"词,其所包含的语义在《夷坚志》中更多的是借助"对话"这种形式来体现,而"对话"本身又具有真实性和现场感的实证作用,所以"对话"在《夷坚志》叙事中的地位比其他叙事文体更加突出。像《孙九鼎》、《柳将军》、《三河村人》、《韩郡王荐士》、《武承规》、《陈国佐》、《陈昇得官》等,都是由对话构成的故事。但由于叙事的语境不同,对话的具体内容不同,"对话"形式所产生的具体作用也不完全一样。下面来探讨一下"对话形式"在《夷坚志》叙事中所产生的作用。请看《夷坚甲志》卷一《孙九鼎》:

> 孙九鼎,字国镇,忻州人,政和癸巳居太学。七夕日,出访乡人段浚仪于竹栅巷,沿汴北岸而行,忽有金紫人,骑从甚都,呼之于稠人中,遽下马曰:"国镇,久别安乐?"细视之,乃姊夫张犹也。指街北一酒肆曰:"可见邀于此,少从容。"孙曰:"公富人也,岂可令穷措大买酒?"曰:"我钱不中使。"遂坐肆中,饮啗自如。少顷,孙方悟其死,问之曰:"公死已久矣,何为在此?我见之得无不利乎?"曰:"不然,君福甚壮。"乃说死时及孙送葬之事,无不知者。且曰:"去年中秋,我过家,令姊辈饮酒自若,并不相顾。我愤恨,倾酒壶击小女以出。"孙曰:"公今在何地?"曰:"见为皇城司注录判官。"孙喜,即询前程。曰:"未也。此事每十年一下,尚未见姓名,多在三十岁以后,官职亦不卑下。"孙曰:"公平生酒色甚多,犯妇人者无月无之,焉得至此?"曰:"此吾之迹也。凡事当察其心,苟心不昧,亦何所不可!"语未毕,有从者入报曰:"交直矣。"张乃起,偕行,指行人曰:"此我辈也,第世人不识之耳。"至丽春门下与孙别,曰:"公自此归,切不得回顾,顾即死矣。公今已为阴气所侵,来日当暴下,宜无吃他药,服平胃散足矣。"既别,孙始惧甚,到竹栅巷见段君。段讶其面色不佳,沃之以酒,至暮归学。明日,大泻三十余行,服平胃散而愈。孙后连蹇无成,在金国十余年始状元及第,为秘书少监。旧与家君同为通类斋生,至北方屡相见,自说兹事。

除了开头和结尾,这个故事的主体部分完全是由对话构成的,内容极为荒诞;但由于叙事者用现实生活中的真人,且有一定身份的人——孙九鼎(状元身份、在金国为秘书少监)与其姊夫鬼魂的亲口对话,且情节合理,细节具体,让受众的思绪、情感跟随着叙事者的叙述进入荒诞的情境之中,这就淡化了阴阳界限,给人以真实的感觉。

　　《夷坚志》用对话形式叙事,不仅增强了叙事的真实感,而且对现实社会产生诸多积极促进意义,请看《夷坚甲志》卷八中的《佛救宿冤》:

　　临安民张公子者,尝至一寺,见败屋内古佛无手足,取归,庄严供事之。岁余,即有灵响,其家吉凶事辄先告之,凡二三十年。建炎间,金人犯临安,张窜伏智井,似梦非梦,见所事佛来与之别曰:"汝有难当死,吾无策可救,缘前世在黄巢乱中曾杀一人,其人今为丁小大,明日当至此,杀汝以报,不可免矣。"张怖惧。明日,果有人携矛口井,叱张令出。既出,即欲刃之。张呼曰:"公非丁小大乎?"其人骇问曰:"何以知我名氏?"具告佛语。其人怃然掷刃于地曰:"冤可解不可结。汝昔杀我,我今杀汝,汝后世又当杀我,何时可了! 今释汝以解之。然汝留此必为后骑所戕,且与我偕行。"遂令相从数日,度其脱也,乃遣去。丁生盖河北民为金人签军者。

　　这个故事旨在证明佛的灵验,宣传佛教的轮回观念,但其中"冤可解不可结"的道理,不仅解除了故事中丁小大和张公子的宿冤,而且客观上具有缓和民族矛盾、促进民族团结的意义,因为丁小大和张公子的前世宿冤分别寓含着故事背景中的宋金矛盾。即使在今天,它同样有着不可低估的社会意义,对当今和谐社会的构建无疑有着积极的促进作用。
　　与增强真实性的目的相反,用对话来发布预言,以增强叙事的文学性,也是《夷坚志》叙事的一个突出特点,《陈国佐》是此类故事中最为典型的一篇,现引录于此:

　　陈公辅国佐,台州人。父正,为郡大吏,归老,居于城中慧日巷。时国佐在上庠,有僧谒正,指对门普济院曰:"俟此时为池,贡元当上第。"正曰:"一刹壮丽如此,使其不幸为火焚则可,何由为池? 君知吾儿终无成,以是相戏耳。"僧曰:"不过一年,吾言必验。"普济地卑下,每春雨及梅潦所至,水流不可行,寺中积苦之。偶得旷土于郡仓后,即徙焉,而故基则为池,与僧言合。政和癸巳,国佐遂魁辟雍,释褐第一,后至礼部侍郎。①

　　僧人和陈国佐父亲的对话,目的是要突出预言的灵验。其实僧人所预言的两件事(一为寺化池沼,一为国佐"登第"的时间)皆有依据,即"普济地卑下,每春雨及梅潦所至,水流不可行",终归要成池沼;国佐在上庠(古代的大学)读书,其登第也是指日可待的事情。与其说普济寺的僧人是个预言家,倒不如说他是个颇知自然地理、人情世故的有心人。对话的过程似乎是在交代谜面,而叙事者的

---

　　① 《夷坚甲志》卷五,第37页。

最后概括似乎是在揭示谜底。这与上文用各种方法来强化故事的真实性不同，此处是要在真实事件中想方设法来增添故事的文学性，所以故事的叙事者用对话引出僧人的预言，制造故事悬念，增添了叙事的文学色彩，收到较好的艺术效果。

由此可见，《夷坚志》在用对话构建故事主体的叙事过程中，叙事者像是个导游，读者则像个游客，而故事中的人物活动以及对话等则像是游览的景点。无论叙事者怎样不断变换手段，或竭力赋予真实故事以文学性，或设法增强荒诞故事的真实感，都只能使得故事的叙事介于真实与荒诞之间，使得故事文体介于小说与新闻之间。

关于南宋"说话四家"研究的回顾与思考

江苏省社会科学院文学所　胡莲玉

宋代说话艺术繁盛，关于其门类，有"四家"之说。家数问题首先与南宋小说流派的确认直接相关；其次又在类别、题材、形式等方面影响到后世通俗小说乃至通俗文学的发展，故研究者在此问题上往往不惮辞费，几至于凡涉笔小说史、文学史者均要着墨于此，专门探讨此问题的论文更是屡屡见诸报端，然终因材料有限，"四家"究竟何属，始终聚讼纷纭，难定一尊。

一、问题的提出及说话家数讨论初起时的几家代表性意见

"说话四家"最早见于成书于宋理宗端平二年（1235）的耐得翁《都城纪胜》：

瓦舍众伎

……凡傀儡敷演烟粉灵怪故事铁骑公案之类其话本或如杂剧或如崖词大抵多虚少实如巨灵神朱姬大仙之类是也影戏　凡影戏乃京师人初以素纸雕镞后用彩色装皮为之其话本与讲史书者颇同大抵真假相半公忠者雕以正貌奸邪者与之丑貌盖亦寓褒贬于市俗之眼戏也　说话有四家一者小说谓之银字儿如烟粉灵怪传奇　说公案皆是朴刀赶棒及发迹变泰之事说铁骑儿谓士马金鼓之事　说经谓演说佛书　说参请谓宾主参禅悟道等事　讲史书讲说前代书史文传兴废争战之事最畏小说人盖小说者能以一朝一代故事顷刻间提破　合生与起令随令相似各占一事　商谜旧用鼓板吹贺圣朝聚人猜诗谜字谜……①

其后则再见于序署"甲戌十年"②的吴自牧所著《梦粱录》：

---

① 引自《四库全书》本，未加句读，空格处为原书所有。
② 此"甲戌十年"或被认作宋度宗咸淳十年（1274），或被认作元顺帝元统二年（1334）。

小说讲经史

说话者谓之舌辩虽有四家数各有门庭且小说名银字儿如胭粉灵怪传奇公案扑刀赶棒发发踪泰之事有谭淡子……等谈论古今如水之流谈经者谓演说佛书说参请者谓宾主参禅悟道等事有宝庵……等又有说诨经者戴忻庵讲史书者谓讲说通鉴汉唐历代书史文传兴废争战之事有戴书生……又有王六大夫……于咸淳年间敷演复华篇及中兴名将传听者纷纷盖讲得字真不俗记问渊源甚广耳但最畏小说人盖小说者能讲一朝一代故事顷刻间捏合与起令随令相似各占一事也商谜者先用鼓儿贺之然后聚人猜诗谜字谜……杭之猜谜者且言之一二如有归和尚及马定斋记问博洽厥名传久矣①

耐得翁这段文字层次不清、句意含混，再加吴自牧转述不明，更添新的混乱，造成后人歧异纷出，争论不休。在说话家数讨论初起之时，即有四类不同看法，此后的讨论大多不出此范畴，故先为罗列如次。

首先提出"说话四家"的是王国维先生的《宋元戏曲史》，但仅简略而言："灌园耐得翁《都城纪胜》谓说话有四种：一小说，一说经，一说参请，一说史书。《梦粱录》（卷二十）所纪略同。"该书连载于《东方杂志》第9卷第10-11号，第10卷3-6号，8-9号（1913年4月—1914年3月）。

其次，为鲁迅先生在《中国小说史略》中所提，该书为鲁迅在北京大学授课时的讲义，其第1篇至第15篇于1923年12月由北京新潮社出版。鲁迅亦是简略言之，云据《东京梦华录》可得五类：小说、合生、说诨话、说三分、说五代史；据《梦粱录》可分小说（名"银字儿"，烟粉灵怪传奇公案扑刀杆棒发迹变态之事）、谈经（说参请、说诨经）、讲史书、合生四科，据《都城纪胜》亦是分为小说（银字儿烟粉灵怪传奇、说公案、说铁骑儿）、说经说参请、说史、合生四科；而据《武林旧事》，"叙四科又略异"：演史、说经诨经、小说、说诨话。

第三种看法乃胡适先生在《宋人话本八种》（亚东图书馆1928年初版）序中所提，即：小说、讲史、傀儡、影戏，而以"小说"所含细目最多：银字儿（烟粉灵怪传奇）、说公案、说铁骑儿、说经、说参请。胡适在此未作详解，云"我另有专篇论这个问题"。这个专篇一直未见发表，直到1994年12月黄山书社出版的《胡适遗稿及秘藏书信》才浮出水面，遗憾的是，后半部分残佚。从残存文稿来看，胡适认为王国维和鲁迅未能细读《都城纪胜》和《梦粱录》论说话人的全文，"他们所引，其实都只是原文的前半段"，且"《梦粱录》抄袭其（指《都城纪胜》）

---

① 引自《四库全书》本，未加句读，为节省篇幅，将所列举艺人姓名及不影响文意理解的地方用……代替。

说，而误分为两段，又有文字上的讹误，遂引起后人不少的疑窦"。① 他作此论断，当因《都城纪胜》在举傀儡、影戏时于其后分别有"其话本或如杂剧，或如崖词，大抵多虚少实"、"其话本与讲史书者颇同，大抵真假相半"之语。而傀儡、影戏在《梦粱录》中被移入"百戏伎艺"中。傀儡、影戏既有"话本"，自当入"说话四家"。此说屡遭批驳，基本上，现在已没有人再将傀儡、影戏列入"说话四家"了。

第四种看法为谭正璧先生在《中国小说发达史》（上海光明书局 1935）中所提，既不取合生、商谜，更将"讲史书"亦摒弃于"说话"之外，说话四家为：小说（烟粉灵怪传奇说公案）、说铁骑儿、说经、说参请，以这四家名字中都有一"说"字。"讲史书"则是与"说话"平行的一个科目。秦孟潇《中国小说史初稿·说话的家数》（香港星州世界书局 1960）曾全文抄袭谭氏之论。2006 年，张慧禾承此余绪，不列"讲史"，但也未列"说参请"，认为"说话"、"说参请"、"讲史"是同一层次的并列成分。这样，"说话"的范畴就更小了，成"银字儿（烟粉灵怪传奇）、说公案、说铁骑儿、说经"四类。②

二、说话家数讨论的深入

此后的讨论主要可分为两大类。第一大类，不取"说话有四家"之前的傀儡和影戏，也不取"最畏小说人"这一句总结以后的合生和商谜，在"一者小说谓之银字儿……讲史书"这段话中分出四家。第二大类，以鲁迅先生的意见为基准，于小说、说经、讲史书三家没有异议，争论主要在于第四家究竟何属。这两类观点在细目的论述上复交错综杂，互有取舍。

第一大类在具体观点上又可分为四种：

1. 即王国维所分"小说、说经、说参请、讲史"四家，响应者有胡怀琛、赵景深，此主要就《都城纪胜》的文字读解而言。胡氏辩白鲁迅的分类是错误的，"说经"和"说参请"非为一类；"合生"亦不能自成一类。至于"说诨经"和"说诨话"，胡氏云"还不明白是甚么东西"。③ 赵景深亦认为，若据《都城纪胜》的文意，该作此分。④

2. 将上说中的"说经、说参请"并为"说经"一家，且附入"说诨经"；另分"小说"为两家，即"小说（一名银字儿，烟粉、灵怪、传奇）"、"说公案说铁

---

① 胡适：《宋代说话的"四家"考》，《胡适全集》第 12 卷，合肥，安徽教育出版社，2003，第 361 页。

② 张慧禾：《论南宋杭州的"说话"家数》，《浙江社会科学》，2006 年第 5 期。

③ 胡怀琛：《中国小说概论》，上海，世界书局，1934，第 70－77 页。

④ 赵景深：《南宋说话人四家》，《宇宙风：乙刊》，1940 年第 29 期。

骑儿"。此说最早由陈汝衡先生于 1936 年提出。陈氏未详论其分类之由,仅云:"要而言之,除说经系特种说书不计外,小说近于文,公案铁骑儿近乎武,说史则文武兼而有之。"[①] 应该是从题材着眼。青木正儿同持此论,"一文一武,自然应该分为专门之业"(上海光明书店 1938 年初版,前有译者作于 1936 年的序)[②]。1953年,李啸仓先生详细发明此论,并进一步认为"银字儿"和"说公案说铁骑儿"可合称小说。李氏论述此问题时,在论证材料上较前人增添了《西湖老人繁胜录》和罗烨《醉翁谈录》两种。《醉翁谈录》在国内佚失已久,直至 1941 年由日本人影印出版后才为学界所知。李氏立论的一个重要佐证是:《醉翁谈录》卷一甲集"舌耕叙引"有"小说引子",注云"演史讲经并可通用",且卷一甲集之末,于论《小说开辟》之后有总结性诗一首,"此诗举凡说话中诸家以及细目俱包揽无遗,何以不见其他如'合生''商谜'等诸事呢!"(《谈宋人说话的四家》)[③] 李氏并就"银字儿"进行考论,认为其乃哀艳腔调的代称,非整个小说的别名,而仅指称烟粉灵怪传奇(《释银字》)。1958 年,陈汝衡出版《说书史话》,详申前论,同意李啸仓的看法,并提出一条新的材料,宋无名氏《应用碎金》(明洪武刊本,见罗振玉辑"百爵斋丛书")"伎艺"篇第三十七:"说话:小说、演史、说经。"

3. 此说与前说大致相同,其区别乃在于将"说公案"也划归"银字儿",而将"说铁骑儿"独自立目。此说由王古鲁在 1948 年提出。王氏考辨《梦粱录》自序所署"甲戌岁中秋日"当为元顺宗元统二年(1334),非如《四库提要》所云为宋度宗咸淳十年(1274),清人钱大昕《十驾斋养新录》即已有此辨。因此,划分南宋说话人四家应当依据《都城纪胜》。此前诸家之所以歧异纷出,"实由于《都城纪胜》辞句之暧昧,各人圈点句读,并不相同,分法自异"。这样,问题就变得简单了,只需将《都城纪胜》这段文字理清即可,提出以四个"事"为断句的标准。[④] 王氏同样认为,"银字儿"与"说铁骑儿"可总称"小说"。该文后收入《二刻拍案惊奇》(上海古典文学出版社 1957)附录,王氏又补证了一条重要材料:清代翟灏在《通俗编》卷三十一《俳优》条引耐得翁的另一著作《古杭梦游录》分说话四家为:银字儿、铁骑儿、说经、说史,正可佐证己说,并录出涵芬楼秘笈本《古杭梦游录》中的相关原文。

1963 年,胡士莹就此问题发表看法,他赞同王古鲁对《都城纪胜》文字的读解,但不同意把银字儿和铁骑儿合起来称为小说,认为说铁骑儿应单独列为一类,其存在时间不长,到元代时即已与讲史合流。关于说铁骑儿的内容,认同严敦易的

① 陈汝衡:《说书小史》,上海,中华书局,1936,第 14 页。
② 青木正儿,隋树森译:《中国文学概说》,重庆,重庆出版社,1982,第 148 页。
③ 李啸仓:《宋元伎艺杂考》,上海,上杂出版社,1953,第 90 页。
④ 王古鲁:《南宋说话人四家的分法》,《中国文化研究汇刊》,1948 年第 8 期。

判断，乃专门讲说宋代的战争，尤其是抗金英雄故事。① 胡氏还提供了一条新材料，光绪三十二年（1906）张心泰《宦海浮沉录》亦提及说话的分类（小说、说公案说铁骑儿、说经说参请、讲史书）。赵景深在为胡氏所作《话本小说概论》作序时，赞之云："我同意著者和王古鲁的看法，认为这个问题，现在才是真正完全解决了。"②

1981年，程千帆、吴新雷补证王古鲁、胡士莹之论，《古杭梦游录》实乃《都城纪胜》的节录本，并指出，王古鲁所引《梦游录》版本有误，《涵芬楼秘笈》本中无之，乃见于明抄本《说郛》（按：王古鲁的原意应为从涵芬楼秘笈本《说郛》中引出，但未表述清楚）。程、吴二氏由此认为："说话四家的问题，聚讼多年，由于《梦游录》的发现，总算是得到了澄清。"③ 此观点后被纳入氏著《两宋文学史》（1991年）。张兵前此曾倾向于三家说④，受此影响，亦认为"说铁骑儿"应为说话之第四家，并钩稽此类话本，认为《大宋宣和遗事》即现存"说铁骑儿"话本⑤。在其《宋辽金元小说史》（复旦大学出版社2001）中，亦是按这一分类来论述南宋话本。1998年，吴光正也指出，《梦粱录》很多地方完全袭自《东京梦华录》、《都城纪胜》，其记载不足征信，因此，得出同样的结论，但对小说的细目理解不同，云"小说"包括银字儿（含烟粉、灵怪、传奇）、说公案、搏刀赶棒、发迹变泰四个小类目。⑥ 按：研究者历来视"皆是朴刀赶棒及发迹变泰之事"句为解释性文字，非为类目。

4. 三家说。如前所论，李啸仓、王古鲁等都认为四家中的前两家可以总称"小说"。在第二大类的说法中，赵景深实际也已提出"三家"之说，但他认为耐得翁既明言"说话有四家"，或是漏记了一家。就现存话本的实际内容来看，只有小说、讲史、说经三家。因此，论者索性提出，"四家"说仅为耐得翁一己之见，非为定论，未必一定要拘泥于这一说法。1986年，皮述民首倡此说，认为正宗的说话只有三大类：小说、演史、讲经，至于说参请、说诨经、说诨话、合生、商谜等，均为穿插在说话中的小型伎艺，虽可自成一家，但不能算是正宗的说话。⑦ 其后，萧相恺《宋元小说史》（浙江古籍出版社1997）亦持这种说法。

第二大类，诸家于小说（含烟粉灵怪传奇说公案说铁骑儿）、说经（附说参请、说诨经）、讲史书三家之外，寻找第四家之属。

---

① 胡士莹：《南宋"说话"四家数》，《杭州大学学报》，1963年第2期。

② 胡士莹：《话本小说概论》，北京，中华书局，1980。

③ 程千帆、吴新雷：《关于宋代的话本小说》，《社会科学战线》，1981年第3期。

④ 张兵：《话本小说史话》，沈阳，辽宁教育出版社，1992。

⑤ 张兵：《南宋的"说铁骑儿"话本和〈宣和遗事〉》，《华东师范大学学报》，1999年第1期。

⑥ 吴光正：《说话家数考辨补正》，《海南大学学报》，1998年第3期。

⑦ 皮述民：《宋人"说话"分类的商榷》，《北方论丛》，1987年第1期。

1. 取"合生"。

该说为鲁迅首提，这一分法得到当时学界较为一致的认同，当时编撰出版的各种文学史几乎都采纳此说。但诸家于此，均未详论。1930年11月，孙楷第先生撰文对这一问题进行详细论述，可以说，说话家数问题成为一个学术课题始于孙氏。他详分细剖、综合诸书记载做出更为宽泛的分类，于说经（附说参请、说诨经）中增"弹唱因缘"（《武林旧事》所载）；于"合生"一类中附入商谜、说诨话（《东京梦华录》、《武林旧事》所载）。并考论银字儿和合生，认为银字儿是说唱小说的管色伴奏形式，为小说的总称；合生"有时舞蹈歌唱，铺陈事实人物；有时指物题咏，滑稽含讽……是介乎杂剧、说书与商谜之间的东西"①。此后，陈汝衡、王古鲁、李啸仓等人皆辩驳之，认为合生不得入说话四家。1957年，严敦易重新发覆此说，认为"合生是说话的一家，他的性质是说中夹入了唱"。② 1985年，陈文申据《醉翁谈录》"或名演史，或谓合生"之说，认为"合生"应属说话四家之一，并据"与起令随令相似"来推测"合生话本"的形态，认为"一般说来，有两个同类型的故事（情节有时可以相反）的都属于合生（拟话本除外）"③。1989年，张锦池重申合生（附入商谜、说诨话）可入说话一家，认为耐得翁在划分"说话"时，其标准一为"演出时主要靠'舌耕'以自资者谓之'说话'"；一为"看其虚构程度如何，'多虚少实'者谓之'小说'"，因此，将"烟粉灵怪传奇说公案说铁骑儿"划归为"小说"一类。④ 1996年，刘兴汉复支持"合生"（附取商谜）为说话之一家说，所据主要为《梦粱录》之记载，其附取商谜而不取说诨话，乃因《都城纪胜》和《梦粱录》中未记载说诨话。⑤ 以上诸家，所辨均重在合生，至于商谜、说诨话，都不过是顺便附入而已，故在此并作一类来谈。

2. 取"商谜"。

谭正璧在其《中国文学大纲》（初版于1925年）、《中国文学进化史》（上海光明书局1929）叙列四科，于第四科取"商谜"，未言其故。此说后世无响应者，谭氏本人也改变了观点。

3. 取"说诨话"。

关于宋人说话记载诸书中，记载"说话有四科"的《都城纪胜》、《梦粱录》二书中并无"说诨话"一项，此乃鲁迅据《武林旧事》所得。1940年，赵景深提出，从《都城纪胜》文意上来看，王国维和胡怀琛的意见较为合理，即"小说、

---

① 孙楷第：《宋朝说话人的家数问题》，《学文》，1930年11月第1期。
② 严敦易：《水浒传的演变》，北京，作家出版社，1957，第55页。
③ 陈文申：《关于"说话"四家和合生》，《中国古典小说戏曲论集》，上海，上海古籍出版社，1985，第277页。
④ 张锦池：《〈大唐三藏取经诗话〉"说话"家数考论——兼谈宋人"说话"分类问题》，《学术交流》，1989年第3期。
⑤ 刘兴汉：《南宋说话四家的再探讨》，《文学遗产》，1996年第6期。

说经、说参请、讲史",但又认为说经、说参请可以合并,"如上所说,实际说话只有三家,那就是小说、说经(附说参请)和讲史",耐得翁或是漏记一家,或是误认说经和说参请为二家,如果是耐得翁漏记的话,另外一家该是"说诨话"。2003年,程毅中从考订话本性质的角度来认定说诨话应该是说话的一家,现存的《东坡居士佛印禅师语录问答》即是说诨话的话本。前此,程氏曾认为《问答录》是含有商谜性质的话本,后又认为其是含有合生成分的话本,但"把《问答录》看作说诨话的底本,可能更合理些"①。其对说话第四家的取舍也因之而摇摆,或合取合生、商谜(《宋元话本》,中华书局 1964),或取"合生"(《宋元小说研究》,江苏古籍出版社 1998)。

最后,谈一谈今人创新之论。

1997 年,赵宗来、杨季康提出"说话五家"说,认为"说诨话"应为说话之一家,赞同胡士莹疑《快嘴李翠莲记》是说诨话的底本之说。由此,说话家数为:小说(银字儿)、说铁骑儿、讲史、说经、说诨话。②

2002 年,冯保善提出说话多家说,认为学界关于说话家数的歧见纷出,主要原因即在于大家均恪守四家之说,从事实来看,宋人说话有十数家。将有关说话记载诸书中的子目一一摘出,在大家所公认的三家"小说(烟粉灵怪传奇说公案说铁骑儿)、讲史、说经说参请说诨经"之外,另增:说三分、说五代史、合生、商谜、说诨话、诸宫调、唱赚覆赚、弹唱因缘、叙事鼓子词等数家③。2007 年复发文补充,增添说铁骑儿、学乡谈两家。④

2004 年,李亦辉承胡适余绪,在其"小说"范畴基础上,更将"讲史书"也列入其内,由此,"小说"包含了银字儿、说公案、说铁骑儿、说经、说参请、讲史书诸内容,其"小说"一家即包含了陈汝衡、王古鲁等所论"四家"的内容。但李亦辉未承胡适傀儡、影戏说,而是另外找出三家:合生、商谜、起令随令。⑤

三、评议和结论

关于"说话"家数论争的焦点问题,张毅曾作梳理,提出影响说话家数之确认的几个问题:一是对于"银字儿"的认识;一是"合生"能否列入"说话"四家;一是"说铁骑儿"是否能从"小说"中划出独成一类。⑥ 此概括较当。从以上缕述

① 程毅中:《宋人说诨话与〈问答录〉——〈宋元小说研究〉订补之二》,《文学遗产》,2003 年第 1 期。

② 赵宗来、杨季康:《说话家数与幽默诙谐的失落》,《泰安师专学报》,1997 年第 3 期。

③ 冯保善:《宋人说话家数考辨》,《明清小说研究》,2002 年第 4 期。

④ 冯保善:《宋人说话家数再辨》,《明清小说研究》,2007 年第 3 期。

⑤ 李亦辉:《宋人"说话"四家数管窥》,《陕西教育学院学报》,2004 年第 1 期。

⑥ 张毅:《关于宋人"说话"的几个问题》,《南开学报》,2000 年第 3 期。

可以看出，第一、第二两大类观点的争执焦点即在"合生"，认为其能入四家者，都将"小说"作为说话之"一"家；而认为其不能入四家者，则将"小说"分为两家，在此两家的分法上，"说铁骑儿"能否独立成一家又为争论的焦点。这些争论又涉及对"银字儿"范畴的不同认识，或认为银字儿是小说的总称，含烟粉灵怪传奇说公案说铁骑儿；或认为银字儿为烟粉灵怪传奇的代称；或认为银字儿指称烟粉灵怪传奇公案。其后，尚继武①、李孟霏②分别于 2005、2009 年作文，概括说话论争之焦点所在并作出自己的判断，但均有概括未全、未当之嫌。二文所归纳大同小异，均承上述第二大类中第一种看法，认为：说经、说参请、说诨经可以归于一家；合生、商谜、说诨话可入"四家"之一；"说铁骑儿"不应单独成为一家。区别仅在于，李文取"合生、商谜"而未取说诨话，且将"说铁骑儿"由"小说"归入"讲史"。关于第一个问题，争论初起时王国维、谭正璧等曾将说经、说参请独立为两家，后至 2006 年方有张慧禾特发新论，其余论家于此几无疑义，即连冯保善持十数家说，亦未将此三者独列。而关于第二个问题，前已论之，诸家所论均独重合生。

笔者认为，影响"说话四家"的判定乃在以下几个方面：

第一，所据文献材料。关于说话家数的论争虽然庞杂，但所引材料不过寥寥几种。其中，明确提及"说话有四科"的，又只有《都城纪胜》与《梦粱录》二书，这就带来第一个问题，当时是否确有"说话四家"的存在？信从耐得翁之言者一定要搜求出"说话四家"来，怀疑者则另提出"三家说"、"多家说"等等。《梦粱录》成书晚于《都城纪胜》，文字上虽颇多因袭，却又有一些重要不同，如在诸家伎艺下增列艺人名录，不录"说铁骑儿"，将傀儡、影戏列入"百戏伎艺"中，漏写"合生"，将有关说话部分总题为"小说讲经史"等，这也影响到对"说话四家"的判定。这就带来第二个问题，论述宋人说话四家时该以何书为凭？不取合生入说话四家者基本都认为《梦粱录》不足征信，应据《都城纪胜》之记载句读解读。但诸家持论却又多据《梦粱录》而在说经一科中附入说诨经。取合生入说话四家者则多以《梦粱录》为重要参证，因其所录文字在条理上要略明晰些（虽然《梦粱录》并没有"合生"二字，但研究者均认为其为漏写）。关于《梦粱录》，日本学者梅原郁在经过细致比对后，得出其书乃摘抄拼凑《东京梦华录》、《咸淳临安志》、《都城纪胜》等书而成的结论，其成书当在元顺帝元统二年（1334）③，这一说法当为可信。但这仍然不能判定《梦粱录》卷二十的记载是否完全不可信，因为该卷虽是袭自《都城纪胜》，却也增添了一些新的内容，其中当亦掺杂有吴自牧

---

① 尚继武、王敏：《宋"说话四家"研究论争焦点论析》，《南华大学学报》，2005 年第 4 期。

② 李孟霏：《宋代说话四家研究评述》，《高等教育与学术研究》，2009 年第 3 期。

③ 梅原郁：《关于〈梦粱录〉及其作者吴自牧》，漆侠主编：《宋史研究论文集——国际宋史研讨会暨中国宋史研究会第九届年会编刊》，保定，河北大学出版社，2002。

的亲身见闻记忆，既不能作为可靠之材料引证，也不能遽然否定。

第二，说话的概念和内涵问题。这对于判定说话的家数，尤为重要。学人在这一问题上不能达致共识，关于说话四家的争论就永无止日。认为“说话”即今之说书，持“说话”为“讲说故事”概念者，自然要将合生、商谜之类没有故事性的伎艺排除在外，或努力解释合生，使之往“故事性”方面靠拢。若将“说话”看作一个包容一切说唱伎艺的名词，自然要将合生、商谜之类括入，甚至包括诸宫调、学乡谈之类。如戴望舒认为“凡技艺人逞口舌便捷而不赖‘声音’谋衣食的，皆得称为‘说话人’”①，冯保善认为，“‘话’，却非如人们惯常理解的那样为‘故事’，而应该是‘脚本’”，瓦舍众伎均有话本，凡是据脚本说唱敷演，诉诸口舌，用嘴讲说的均属说话。

第三，合生的性质。唐、宋两代都有关于合生的记载，其内容颇不一致，唐代合生形之于歌舞，宋代合生形之于“指物题咏”，杂以滑稽嘲戏，这使论者颇感困惑，或认为唐、宋合生为同名异物；或试图沟通唐、宋合生，使归于一。持前一看法者如戴望舒，李啸仓（《合生考》），任半塘②等；持后一看法者如前引孙楷第之论。又，王振良认为：“宋代之合生是一种综合性说唱伎艺，它既是多源的（唐合生、杂嘲以及题目），同时也是多流的（题目院本和民间曲调）。这所有的一切在宋代都统一汇集到了‘合生’这一名目之下，但即便是当时，它也存在着‘合生诗词’和‘合生小说’等多种形态。”③ 刘晓明认为，唐代的“合生”就是“合声”，也就是将“题目”之词配合声乐之意。而唐代的“题目”（品题人物）本为滑稽含玩讽之作，宋代的合生仍以“题目”为特征，但又有了新的发展，吸收了酒令令格的体制，由此认为：“合生是一种伎艺，施之于表演，便是戏剧；施之于应酬，便是应咏诗；插入勾栏说话，便是‘说话四家’之一。”④ 然而，除陈文申笼统提出在“指物题咏”的合生之外另有属于“说话”之“合生”外，其他论者基本都承认宋代合生“指物题咏”的性质。因此，归根到底，合生能否归于说话四家，其实质仍在对于“说话”的理解上。

关于是不是有说话四家，窃以为，赵景深先生的态度是对的，我们不能盲目疑古，耐得翁既然言之凿凿“说话有四家”，那么在当时人的心目中确有四家之分。笔者曾经论述“话本”非“说话人之底本”，应释作“故事”，偶尔也可释作“故事书”，此一论断的基本立足点就是“话”为“故事”之意。⑤ 因此，笔者倾向于

---

① 戴望舒：《关于“合生”》，收入氏著《小说戏曲论集》，北京，作家出版社，1958，第98页。

② 任半塘：《唐戏弄》，上海，上海古籍出版社，1984。

③ 王振良：《合生考论》，《天津师范大学学报》，1998 年第 5 期。

④ 刘晓明：《“合生”与唐宋伎艺》，《文学遗产》，2006 年第 2 期。

⑤ 胡莲玉：《再辨“话本”非“说话人之底本”》，《南京师范大学学报》，2003 年第 5 期。

将"说话"理解成"讲说故事",合生、商谜、说诨话等应为附属性伎艺,可以穿插在说话中,但非为说话一家。程毅中先生先后将《问答录》看成商谜、合生、说诨话的话本,也从一个侧面说明了这个问题。在说话四家的问题上,笔者赞同陈汝衡、李啸仓等先生的意见,并在此略作申论。《都城纪胜》今存均为清抄本,查《四库全书》本和《武林掌故丛编》本,这段文字其实有简单的句读,见篇首所引。这里有两点很明确,1.银字儿指烟粉灵怪传奇;2.银字儿与说公案说铁骑儿是分列的两家。这至少能说明,抄写者作此理解。又,《南宋杂事诗》卷六有厉鹗咏史诗一首:"说史堪嘲王与之,舌端今古尽传疑。一时烟粉偏忺听,铁骑儿兼银字儿。"注云:"《都城纪胜》说话有四家,银字儿谓烟粉灵怪传奇,铁骑儿谓士马金鼓之事。"① 在厉鹗的理解中,银字儿的归属也很明确。再证以翟灏、张心泰的看法,银字儿作为说话之一家应该是很明确的,其所含为烟粉灵怪传奇,不含说公案。

因为说话家数问题在中国小说发展史上的重要性,正本清源的工作肯定还是要做的,不过,在没有新的文献材料发现之前,在学界对"说话"的概念不能达成共识之前,最好还是暂时悬置这一问题。古人所用术语今天有很多已很难明白其当时的确凿含义,再加上传抄过程中文字讹误难免,立论者依据同样的材料往往能做出多种截然不同的判断。从记载的说话十数家中随便找出四家来另立新说,再自圆其说,殊为易事,纠结牵缠这个问题似无益于学术研究的深化与发展。同时,在讨论宋代说话时,研究者不拘泥于四家之说,探求各种伎艺的表现形式及其对后世文学影响的努力也是值得肯定的。

---

① 厉鹗等著、虞万里校点:《南宋杂事诗》,杭州,浙江古籍出版社,1987。

元曲中宋玉典故的语义语用分析
与元代的民间宋玉接受

鞍山师范学院中文系　刘　刚

关于宋玉事被文人援以为典，可以追溯到三国魏末之际，时人郭遐周《赠嵇康诗三首》（其二）有"宋玉哀登山，临水送将归"之句，自此遂成风气。据统计，仅以"宋玉"为检索关键词，汉魏六朝诗以宋玉事为典故的有 6 例，全唐诗有 83 例，唐五代词有 4 例，全宋词有 71 例，全宋诗有 224 例，元曲有 50 例。以历代所引数量分析，以宋玉事为典故至唐始盛。以宋玉典故的所指分析，魏晋至盛唐其所指多为悲秋多愁、多才擅赋，自中唐艳情诗渐兴，其所指始见风流多情之用，至五代两宋之艳词，其所指在风流多情外又多被用于文人狎妓的风流韵事之中。我曾写过《论五代两宋艳词使用宋玉典故对宋玉接受之影响》一文，[①] 对中唐以来，特别是五代两宋艳体诗词中宋玉典故的使用情况作了比较详细的分析，并将其宋玉典故使用中由本事所衍生的事项进行了归纳与概括：1. 由宋玉悲秋的多愁善感与极力辩解"好色"之作衍生成借指对女性的迷恋、挑逗的风流多情；2. 由"宋玉东墙"本指东家女子窥视之地衍生为文人狎妓的偷情幽会、花天酒地的特殊场所；3. 由宋玉曾描写女子对他的喜爱和他对巫山女神的敬慕衍生出宋玉是女性美的眼光独具的欣赏者、是深谙男女之情的风流才子、是女性追求的多情男子与温情偶像等义旨。尽管中唐以来艳体诗词的作者并无意贬低或诋毁宋玉，只是为了点缀他们的狎妓生活而抒写艳情的表意需要，但是对宋玉典故断章取义的随意性引申，对民间宋玉接受产生了非常大的影响。因此在元曲之中，这种自中唐以来绵延近五百年的点缀文人狎妓风俗的用典使事，形成了一种约定俗成的典故意义的孳乳态势，致使宋玉典故在五代两宋艳体诗词中所衍生的所指成为宋玉典故意义中逐渐被固定下来的义项，同时又由于元代突破了"发乎情，止于礼义"的儒学传统观念，勇于追求个性的解放，敢于肯定情欲与性爱的合理性，又使新生的宋玉典故及原有宋玉典故的新生义项表现出一律向情事与艳情色彩倾倒的走势。这种现象的出现，从词语发展的角度讲，是促成了宋玉典故意义的丰富，而从审美接受的角度说，却造成了宋玉形

---

① 刘刚：《论五代两宋艳词使用宋玉典故对宋玉接受之影响》，《鞍山师范学院学报》，2009年第 5 期。

象在世俗认知中的异化与在民间文学表现中的程式化。

一、"宋玉悲秋"的语义语用分析

自宋玉《九辩》开篇言——"悲哉，秋之为气也！萧瑟兮，草木摇落而变衰。憭栗兮，若在远行，登山临水兮，送将归"，"悲秋"就成了历代文人竞相描写的主题，正如宋人吕伯恭所说："骚人故悲秋，《九辩》播三楚。""宋玉悲秋"的典故也由此而生。三国魏郭遐周《赠嵇康诗三首》（其二）有"宋玉哀登山，临水送将归"之句，就与此典有关；而晋之潘岳《秋兴赋》说："善乎宋生之言，彼四戚之疾心兮，遭一途其难忍，嗟秋日之可哀兮，谅无愁而不尽。"正用此典。迄至元代，"宋玉悲秋"典故的语义已发展得相当丰富了。

1. 无名氏《鲁智深喜赏黄花峪》第一折："【混江龙】猛然观望，见宾鸿摆列两三行，枯荷减翠，衰柳添黄，我则红叶满目滴溜枝上舞，可这黄菊可都喷鼻香，端的是堪写在围屏上，看了这秋天景致，怎不教宋玉悲伤。"此曲说"看了这秋天景致，怎不教宋玉悲伤"，使用的是最为人们熟知的"宋玉悲秋"的典故，并且基本是原汁原味地使用，只不过仅仅是为悲秋而悲秋，相比《九辩》中宋玉抒写的悲秋少了些许人生迟暮、仕途落魄的深层次的感慨，可以说是比较单纯的悲秋。

2. 马致远《破幽梦孤雁汉宫秋》第二折："【梁州第七】我虽是见宰相，似文王施礼；一头地离明妃，早宋玉悲秋。怎禁他带天香着莫定龙衣袖！"此曲用"宋玉悲秋"之典而特指秋日离别的极度忧愁，然而体会其中的味道，还有形容因为昭君别离汉宫而产生的忧愁，还有把宋玉看成是多有儿女之情的文学典型才选用"宋玉悲秋"来表现离情。其特点在于除了秋季的感时之愁，还暗示了深深的离愁。

3. 高明《琵琶记》第三十出："【红衲袄】我本是伤愁宋玉无聊赖，有甚心情去恋着闲楚台？"此曲"伤愁宋玉"是比喻剧中人蔡邕的愁楚，用不恋"楚台"说明无心仕途的心境。此典当引于宋玉《九辩》中的宋玉悲秋，但是将悲秋之愁抽象化了，表现了剧作者对《九辩》的正确理解。因为宋玉悲秋并不是单纯的感时伤时，而是包含着很多感伤的内容。因此，其特点是把实指的"悲秋"虚化为泛指的伤愁。

4. 王实甫《西厢记》第三本《张君瑞害相思》第一折："【煞尾】沈约病多般，宋玉愁无二，清减了相思样子。"此曲以"沈约病"、"宋玉愁"形容"相思样子"，将宋玉悲秋表现出的多愁善感的本义移花接木到相思之苦的描写中，这与宋周邦彦《红罗袄》描写相思之苦所说的"算宋玉，未必为悲秋"的思路完全一致，表现出词义的艳情化转移。

5. 郑庭玉【商角调】黄莺儿《别况》："【应长天】愁成阵，更压着宋玉。便是铁石人也，今宵耽不去。早是栖惶能对付，难禁处，凄凉景，窗儿外眼撮聚。"曲中被愁"压着"的"宋玉"是从"宋玉悲秋"引申而出，不过这里先说"愁成阵"，后说"凄凉景"，与《九辩》先说"悲哉，秋之为气也"不同，是在强调愁苦之中"更那堪冷落清秋节"的情调，与本义略有变化，表现的也是离别之愁与感时之愁的混融。

6. 白朴【小石调】恼煞人："【幺篇】宋玉悲秋愁闷，江淹梦笔寂寞。人间岂无成与破，想别离情绪，世界里只有俺一个。"此曲是以"宋玉"、"江淹"衬托"别离情绪"，明显地将"宋玉悲秋"与"愁闷"和盘托出，比例2、例5的用法更为直接。

7. 张养浩【双调】清江引《咏秋日海棠》："前日彩云飞上天，又向深愁见。翠淡遥山眉，红惨春风面，恨燕莺期天样远。霜重物华摇落秋，惊见春如旧。一笑疏篱边，更比黄花瘦，划地滞西风犹带酒。宋玉每逢秋叹嗟，见此应欢悦。恰被风只开，莫遣霜摧谢，有他那惜花人来到也。"此曲用"宋玉悲秋"典故，然而却是反用。曲中"秋日海棠"之美之丽，艳若春花，直让悲秋的宋玉"欢悦"，从用典的实质看与例1相同，是单纯的悲秋。

8. 马谦斋【中吕】快活三过朝天子四边静《秋》："燕归，长江万里鲈正肥，谩忆家乡味。啸月吟情，凌云豪气，岂当怀宋玉悲！赏风光帝里，贺恩波凤池，喜生在唐虞世。香山叠翠，红叶西风衬马蹄。重阳佳致，千金曾费，黄橙绿醅，烂醉登高会。"此曲所用"宋玉悲秋"的典故，却是反其意而用之，不写悲秋，只以宋玉事反衬作者的秋日得宠之喜，与例7的用典方法一致。

9. 贯云石【南吕】一枝花《丽情》："【黄钟尾声】燕儿，你写西风曲似苍颉字，对南浦愁如宋玉词。恰春归，早秋至，多寒温，少传示。恼人肠，聒人耳，碎人心，堕人志。燕儿，直被你撺掇出无限相思，偏怎生不寄俺有情分故人书半纸。"此曲"愁如宋玉词"指的是《九辩》，其实是用"宋玉悲秋"典故，抒写秋天里的离愁别绪。与例6同意，悲秋与离情相辅相成。

10. 高明【商调】二郎神《秋怀》："【猫儿坠】绿荷萧索无可盖眠鸥，碧粼粼露远州。羁人无力冷飕飕，合愁，早知道宋玉当时顿觉伤秋。"此曲亦是正用"宋玉悲秋"的典故，不过所写乃是秋天里的羁旅之情，是感时之愁与羁旅之愁兼而用之。

11. 朱庭玉【双调】夜行船《悔悟》："无限莺花慵管领，恐似沈郎多病，宋玉伤哉，安仁老矣，衰鬓怕临明镜。"此曲"宋玉伤哉"当是由"宋玉悲秋"引申出来的表意方式，以此表述老年之际对以往"误了前程"的"乔行径"的追悔和醒悟。与例3同调，属于由悲秋引发出的泛指的忧愁。

12. 卢挚【双调】蟾宫曲《江陵怀古·古荆州》："概星槎两度南游，想神女朝云，宋玉清秋；汉魏名流，临风吹笛，作赋登楼。谁学下宫腰种柳，又添些眉黛新愁。渔父回舟，应笑湘累，不近糟丘。"曲中"神女朝云，宋玉清秋"是作为荆州古事引入的，"神女朝云"是用《高唐赋》的神女幻化故事，"宋玉清秋"是用《九辩》中有关秋景的描写，属于宋玉典故的叠用。但是以关键词"宋玉"计，应归在"宋玉悲秋"之列。

13. 冯子振【正宫】鹦鹉曲《城南秋思》："新凉时节城南住,灯火诵鲁国尼父。到秋来宋玉生悲,不赋高唐云雨。"曲中"到秋来宋玉生悲,不赋高唐云雨"是将"宋玉悲秋"与"宋玉赋高唐"两个典故连用,并发挥想象把二者说成了因果的逻辑关系,意为因悲秋而无兴致作赋了。如此用典是强调作者因"秋思"而无心世事的心境,用典形式与例12相同,而表意有别。

分析可知,"宋玉悲秋"的义项有:(1)比较单纯的悲秋,如例1、例7、例8、例12、例13;(2)与其他情感混融的悲秋,有与离别之愁混融的,如例2、例5、例6、例9;有与相思之苦混融的,如例4;有与羁旅之愁混融的,如例10;(3)泛指忧愁,如例3、例11。值得注意的是,在"宋玉悲秋"的义项中出现了与女性恋情相关的"悲秋"情愫,如例2、例4、例5、例6、例9、例11,这是《九辩》中"宋玉悲秋"所不曾有过的愁闷因素,是因为宋玉作品中曾有过一些关于女性的描写,同时又经过中唐以来艳情诗词作者的合理想象与随意引申而衍生出来的,迄至元曲,这种用法便成了宋玉典故的固定义项了。

二、"宋玉多才"的语义语用分析

《史记·屈原传》说:"屈原既死之后,楚有宋玉、唐勒、景差之徒者,皆好辞而以赋见称。"《汉书·地理志第八》说:"楚贤臣屈原被谗放流,作《离骚》诸赋以自伤悼,后有宋玉、唐勒之属慕而述之,皆以显名。"《襄阳耆旧传》说:"宋玉识音而善文。""宋玉多才"盖由此和传世的宋玉作品概括而来。此典虽南北朝时便有人使用,但到了宋元时代才在诗、词、曲中普及,而且语义的发展也相应地表现出由本义向表述情事的引申义孳乳的趋势。

14. 高明《琵琶记》第二出:"【鹧鸪天】宋玉多才未足称,子云识字浪传名。"此曲是用"宋玉多才"映衬剧中人蔡邕的才华。此典当从宋玉事迹中提炼而出,文人用之极早,早在南朝陈代张正见《还彭泽山中早发诗》中就有"空返陶潜县,终无宋玉才"之句,可谓"宋玉多才"典故的发端。

15. 高明《琵琶记》第九出:"【风云会四朝元】丈夫,你便做腰金衣紫,须记得荆钗与裙布。苦,一场愁绪,堆堆积积宋玉难赋。"此曲说"宋玉难赋",言外之意是世上无人能赋写"堆堆积积"的"愁绪",属于"宋玉多才"之典的灵活用法。此种用法在宋代极为普遍,如钱惟演《清风》说"楚宫谁第赋,宋玉才最多",李之仪《澄虚堂》说"自怜曾是高唐客,欲赋惭无宋玉才",翁卷《秋居寄西里居》说"凉天在处清如水,能赋惭无宋玉才"等等。

16. 吴昌龄《花间四友东坡梦》第四折:"【梅花酒】只教你似刘伶怎惜酒量,似李白怎爱的诗章,似周郎待按着宫商,似宋玉待赋着高唐。"此曲用典均以本事,刘伶之与酒,李白之与诗,周邦彦之与词律,宋玉之与赋《高唐》,其所选取者都是本行当里数一数二的人物，以宋玉比较其他，其突出的是宋玉之才，并非宋玉赋《高唐》的本事。此处用典应属于"宋玉多才"范畴。

17. 乔吉【双调】折桂令《宴支园桂轩》："碧云窗户推开，便敲竹催茶，扫叶供柴。如此风流，许多标致，无点尘埃。堆金粟西方世界，散天香夜月亭台。酒令诗牌，烂醉高秋，宋玉多才。"此曲作者以"宋玉多才"自比，并籍一番秋色引出，自然而天成。

18. 汤舜民【中吕】普天乐《送友回陕》："书剑不求官，萍水常为客。嫌的是骑驴灞桥，喜的是走马章台。生来解佩心，捏尽看花怪。短帽轻衫春风外，等档间袖得香来。青门绮陌，花营锦寨，谁不知宋玉多才。"此曲直用"宋玉多才"之典，夸说友人，然而知晓他多才的却是"青门绮陌，花营锦寨"中人，对友人又颇有调侃的味道。因此曲中"宋玉多才"典故的运用，是置于女性人群的欣赏之中的。

19. 汤舜民【南吕】一枝花《赠美人》："【尾声】赋佳人的宋玉堪题咏，图仕女的崔徽枉费工。常记席上樽前那些陪奉：喜孜孜捧着玉钟，娇滴滴擎着笑容，端的是压尽人间丽情种。"此曲极赞美人之美，以为宋玉题咏尚能写出美人的情态，而崔徽的图画却难以画出美人的精神。曲中称"赋佳人的宋玉"，当从宋吴文英《东风第一枝》（情）"看取宋玉辞赋"句力赞宋玉描写美女之才得其创意。此典虽认定宋玉为美女的专业写手，但仍可以看做隶属于"宋玉多才"的典故系列。

20. 赵君祥【双调】新水令《闺情》："【离亭宴歇指煞】多情较远天涯近，东皇易老芳菲尽。无言自忖，难改悔志诚心，怎消磨生死誓？强打捱凄凉运。留连宋玉才，迷恋潘安俊……"此曲"宋玉才"借指女子心目中的恋人，虽直用"宋玉多才"的典故，却成为女性追慕的偶像的代用语。

"宋玉多才"的典故在元代发展得比较平稳，其核心语义是指宋玉为文的才华，或以宋玉的才华喻人喻己，如例14至例17。但也出现了引申的趋势：（1）"宋玉多才"有了女性所欣赏的男性的附加义，如例18；（2）甚或出现了女性所追慕的偶像的附加义，如例20；（3）将"宋玉多才"的外延缩小，仅指善于赋写女性的才能，如例19。这种引申趋势多出现在散曲之中，原因一方面在于元曲时代市民群体对艳情俚曲的需求增长，另一方面则在于元曲作家趋时从俗的创作倾向。

三、"宋玉美貌"的语义语用分析

关于宋玉的体态相貌，史无记载，仅见于宋玉《登徒子好色赋》与《讽赋》中诋毁宋玉的"短"、"谗"之言中：登徒子短宋玉时说"玉为人体貌闲丽"，唐勒谗宋玉时也说"玉为人身体容冶"。"宋玉美貌"的语源当在于此。尽管南宋孝宗时所编《锦绣万花谷》续集卷五《美丈夫》中于"窥墙"条已将宋玉视为"美丈夫"，然而此典的使用却较晚出现，只见于元曲中，且仅有两例。

21. 王实甫《西厢记》第四本《草桥店梦莺莺》第一折："【村里迓鼓】小生无宋玉般容，潘安般貌，子建般才。"此曲是剧中人张君瑞自谦之词，说自己既无宋玉、潘安的容貌，也无曹植的才华。曲中"宋玉般容"是说宋玉美貌，即"体貌闲丽"、"身体容冶"之谓。

22. 钟嗣成【南吕】一枝花《自序丑斋》："【哭皇天】饶你有拿雾艺冲天计，诛龙局段打凤机。近来论世态，世态有高低。有钱的高贵，无钱的低微，哪里问风流子弟？折末颜如蕫口，貌赛神仙，洞宾出世，宋玉重生，没答了馒的，梦撒了寮丁，他采你也不见得。枉自论黄数黑，谈说是非。"此曲"宋玉重生"与"洞宾出世"并举，吕洞宾乃是传说中的神仙，据说他貌美绝伦，风流倜傥，宋许应龙《东涧集》有诗曰："人物依然吕洞宾，冰霜风骨玉精神。"以此知此例中宋玉也应取其美貌，即使用的是"宋玉体貌闲丽"的典故。

通过以上两例的分析，我们知道"宋玉美貌"是单义语汇。不过这一典故在元曲中的出现显示了宋玉典故在元代的丰富。

四、"宋玉风流多情"的语义语用分析

关于宋玉与女性的交往，《神女赋》中有与巫山神女的梦遇，而神女"曾不可乎犯干"；《登徒子好色赋》中有东家之子对其的三年窥看，而宋玉"至今未许也"；《讽赋》中有主人之女玉床横陈，而宋玉"诚不忍爱"。其"好色"只是谗毁者的不实之词。因此所谓"风流多情"无疑是后人的随意附会。"宋玉风流"大约始见于晚唐韩偓《席上见赠》中"莫道风流无宋玉，好将心力事妆台"的诗句；"宋玉多情"大概始见于五代韦庄《天仙子》中"眉眼细，鬓云垂，唯有多情宋玉知"的词句。不过历来用者盖寡，在元曲中也只收集到3例。

23. 王实甫《西厢记》第三本《张君瑞害相思》第一折："（末云）且将宋玉风流策，寄与蒲东窈窕娘。"这句念白，说宋玉怀有追求女性的"风流策"，是一种前所未闻的新说法。我们在宋玉的事迹与其作品中根本找不到其用典的出处，当是从晚唐韩偓、五代韦庄及宋柳永《击梧桐》"见说兰台宋玉，多才多艺善词赋。试与问，朝朝暮暮，行云何处去"等语句引申而来，但是"风流策"三字极为扎眼，将前代人暗示宋玉为情场老手的婉约说词说得非常直白。

24. 张可久【中吕】满庭芳《闺怨三首》（其二）："锦绣围，翠红堆，当初有心直到底。双宿双飞，无是无非，不许外人知。眼睁睁指甚为题，意悬悬为你着迷。有情窥宋玉，没兴撞王魁。呸！骂你个负心贼。"此曲以"宋玉"、"王魁"反差对比。宋曾慥《类说》卷三十四《王魁传》言，王魁乃是一个中举后抛弃恋人的负心汉。[①] 如此，曲中宋玉当是一个有情有义的男子形象，实为曲中女子想与之

---

① 宋曾慥：《类说》卷三十四《王魁传》，文渊阁本《四库全书》子部杂家类。

长相厮守"有心直到底"的又"不许外人知"的理想情人,因此此典当属于"宋玉风流多情"的典故系列。至于"负心贼"之詈语,不过是曲中女子的娇嗔之语,是出于爱而生出的嗔怒。

25. 无名氏【商调】集贤宾《怀秋》:"战芭蕉数声秋夜雨,正珊枕梦回初。盼望杀多情宋玉,打熬成渴病相如。恰伤春媚杏繁桃,早悲秋败柳凋梧。一灯儿强将花穗吐,似笑人形影孤独。又被这露凉蛩韵巧,云冷雁声疏。"曲中"多情宋玉"实为作者企盼争当的风流男儿偶像,然而他却无人垂怜,落得"形影孤独"、"打熬成渴病相如",真个是"多情却被无情恼"。曲中所用表现了"宋玉风流多情"的又一个典型含义。

在此三例中,例23是对"宋玉风流"的称赞,称赞宋玉身怀儿女情长的手段;例24、25则是对"宋玉多情"的夸奖,前者是从女性角度,夸说宋玉是可以以身相许的情人,后者是从男性角度,夸说宋玉是懂得风月的男儿楷模。从这三例的用典倾向看,无论是剧作者还是曲作者,对于他们认识的"宋玉"并无贬低的意识,相反完全是一种称赞的口吻。这说明,元人如此接受并使用晚唐五代以来望风扑影而硬造出来的"宋玉风流"、"宋玉多情"的典故,只是出于他们写人、抒情润色笔墨的需要。

五、"宋玉风"的语义语用分析

宋玉的《风赋》是一篇以风为喻、讽谏楚王的名篇,其中对大王之风与庶民之风的描写非常有特点,更由于该篇被收入著名的《昭明文选》而产生了广泛的影响。"宋玉风"的典故就出自宋玉的《风赋》。南朝梁刘孝威《望雨》"寄言楚台客,雄风讵独凉"句就已经采用了"宋玉风"的典故。风,本是自然现象,并无情感可言,唐宋人使用此典,形容描写的大都是自然风,而元曲颇为特殊,使用此典时则将之与情感联系起来。

26. 无名氏《李云英风送梧桐叶》第二折:"【倘秀才】风啊!你略停止呼号怒容咱告覆,暂定息那颠狂性听咱嘱咐,休信他刚道雌雄楚宋玉。敢劳你吹嘘力,相寻他飘荡的那儿去,是必与离人做主。"此曲以宋玉所赋"雌雄"之风代言风力强劲猛烈,并苦劝强劲猛烈的风"停止呼号"、"暂息颠狂",替"离人做主",将"梧桐叶"代替的情书送到心上人那里。典故取于宋玉《风赋》对大王之风与庶民之风的描写,运用得比较灵活,想方设法使"刚道"的雌雄风变得柔和,来为哀告者李云英传情。

27. 钟嗣成【南吕】骂玉郎过感皇恩采茶歌《四时佳兴·风》:"柳榭花台,杏脸桃腮。手相携,心厮爱,意同谐。偏宜出格,付与多才。捧银荷,沉玉李,列金钗。簟舒开,枕相俟,吹将爽气透吟怀。雪体冰肌消盛暑,也胜宋玉在兰台。"此曲以拟人的手法写风,说那凉爽之风犹如一位花样年华、玉洁冰清的女子与人相伴相偎，其情其感"也胜宋玉在兰台"。宋玉随楚王登兰台作有《风赋》，其描写兰台之风有"清凉增欷，清清冷冷"之句，是为此典之所本。不过宋玉兰台临风的故事，在曲中只作了"枕相偎"、"透吟怀"之风的映衬。

例26、27写风唱风虽然对象也是自然风，但是作者却把它作了拟人化处理，前者之风可以听人的劝告由强转弱，后者之风具有少女般的蜜意柔情。这种用法的新颖别致当然值得称道，但我们更应该注意，这两支曲，前者是将"风"安置在情人相思的情境中，后者是将"风"比作既可情意相谐、又可投怀入抱的女子，使自然之风为情感描写服务。这种现象反映了元曲使用宋玉典故时向女性描写和艳情描写倾斜的特点。

六、"宋玉赋高唐"的语义语用分析

"宋玉赋高唐"，实际上是综合宋玉《高唐赋》、《神女赋》而概括出的典故。在唐代此典多以"高唐梦"的形式出现，在宋代才用作"赋高唐"，元代继承了宋代的用法，但是又有新的引申，正是这些新的引申才表现出元代使用宋玉典故的时代特点。

28. 关汉卿《关张双赴西蜀梦》第二折："【牧羊关】蝴蝶迷庄子，宋玉赴高唐，世事云千变，浮生梦一场。"此曲用了"分承"的修辞手法，按其表意实质应理解为：蝴蝶迷庄子，世事云千变；宋玉赴高唐，浮生梦一场。曲中使用宋玉梦高唐的典故与《高唐》、《神女》赋所述还算接近，只是"浮生"的人生观是本事所没有的，当是曲中因为提到"庄子"才连类而及，或是受晚唐《无能子》卷中《宋玉说第七》以为宋玉是道家人物的影响，究其根脉，是由宋玉梦高唐源于楚高禖女神崇拜的本事向道家化宋玉转向的引申用法。

29. 关汉卿《温太真玉镜台》第一折："【幺篇】我这里端详他那模样：花也腮庞，花不成妆；玉比肌肪，玉不生光。宋玉襄王，想象高唐，止不过魂梦悠扬，朝朝暮暮阳台上，害的他病在膏肓；若还来此相关傍，怕不就形消骨化，命丧身亡。"这支曲也是使用宋玉梦高唐的典故，用法对本事的引申是认为宋玉"想象高唐，止不过魂梦悠扬"，这是由唐于濆《巫山高》"宋玉恃才者，凭云构高唐"与宋苏轼《满庭芳》（佳人）"亲曾见，全盛宋玉，想象赋高唐"等文学家的艺术创作或曰主观推测而来。事实上，宋玉为楚襄王赋高唐的景物描写并不是想象，至于巫山神女虽本非实有，但她是古楚人信仰的高禖女神，所以对她的描写也当有传说的依据，并不完全是想象，而且宋玉的作赋态度应当说是以之为真的。这是把宋玉梦高唐向虚构化的引申，与上则引申比照，两者当是由于该典故多向性引申而构成并列关系的两项引义。

30. 无名氏《苏子瞻醉写赤壁赋》第一折："【胜葫芦】呀，早露出十指纤纤春笋长，他生的颜色非常，恰便是因倚东风睡海棠。司空见惯，全胜宋玉，想象赋

《高唐》。"此曲全从苏轼《满庭芳》（佳人）词化出，其词结句说："报道金钏坠也，十指露，春笋纤长。亲曾见，全胜宋玉，想象赋高唐。"意思是说苏轼要比宋玉幸运，亲眼见到了美丽女子的真容。因而其中用典实是反衬，以虚衬实，以想象的虚写衬托亲见的实写。其用法与例29相同，也是突出宋玉描写高唐神女实属虚构，并非写真。

31. 汤舜民【南吕】一枝花《莲卿王氏者，楼居潇洒……》："【梁州】……销魂桥芳草地几度离别，折柳亭拂尘会几场宴赏，落花天残灯夜几样思量。话长，意长。止不过弱红娇黛相偎傍，酝酿出云雨况。可知道宋玉当年为发扬，赋作《高唐》。"此曲用"宋玉赋高唐"的典故，取意于宋玉在赋中对巫山神女的赞美。但此曲将本事转引为作者对妓女王莲卿的称颂，把对神的描写转向了对凡人的描写。

32. 邓玉宾【中吕】粉蝶儿："【满庭芳】三闾枉了，众人都醉倒，你也铺啜些醨糟。朝中待独自要个醒醒号，怎当他众口嗷嗷。一个阳台上襄王睡着，一个巫山下宋玉神交。休道你向渔父行告，遮莫论天写来，谁肯问《离骚》。"在这里，"襄王"与"宋玉"是作为屈原的反衬人物出现的，意在揭露当时楚君臣的昏醉生活，襄王醉于阳台之梦，宋玉醉于巫山神女。因此此曲的用典就关键词"宋玉"而言，当属于"宋玉赋高唐"系列，但是主观地衍生出宋玉与神女"神交"的引申义。

33. 无名氏【正宫】汲沙尾南《四景》："【脱布衫带过小梁州北】歌《白雪》余韵悠扬，红牙撒尽按宫商。品玉箫鸾鸣凤叶，舞《霓裳》翠盘宫样。解语知音所事强，端的是世上无双。冰弦慢拨趁奇腔，声嘹亮，口喷麝兰香。轻清韵美低低唱，启朱唇皓齿如霜。穿一套缟素衣，尽都是依宫样。又不是悲秋宋玉，可着我想象赋《高唐》。"曲中引宋玉事是在述说，自己虽不是宋玉，但见此美女却也要学宋玉赋写高唐神女。此典属于"宋玉赋高唐"典故系列，但其寓意不再像宋玉那样敬慕巫山神女，而在强调作者对歌女的怜爱，不过引申的幅度不大，与例31相同，差别在于表现了描写对象从神到人的角色转换。

以上6例都游离了"宋玉赋高唐"的本事本义，其衍生的义项是：（1）例28把"宋玉赋高唐"的记梦说成是道家的"浮生"；（2）例29、30都认为"宋玉赋高唐"是作者凭空想象的虚构；（3）例31、33是将原本对神女的敬慕转换为对凡间妓女的爱慕；（4）例32认为"宋玉赋高唐"有关神女的描写表现了宋玉与神女的"神交"。这四个义项的引申，属于从本义出发的多向性引申，四个引申义项处在一个引申层次之上，同属并列关系。这四个义项的引申，反映了元曲在运用宋玉典故时对此前诗词中随意引申宋玉典故本事本义的接受与认可，同时也反映了对前代随意引申方法的接受与发扬。

七、"宋玉恋巫娥"的语义语用分析

"宋玉恋巫娥"，"巫娥"指巫山神女。此典当与宋玉的《高唐赋》、《神女赋》

有关，因为宋玉在这两篇赋中描写过巫山神女，并述说曾与神女在梦中相遇。然而，在两篇赋中，神女"愿荐枕席"的对象是楚怀王，希望重幸神女的是楚襄王，宋玉虽"梦与神女遇"，[①] 但神女"曾不可乎犯干"，宋玉也只能"情独私怀"，两人并没有任何儿女私情。称神女为"巫娥"并与宋玉并提，据考当始于唐杜牧的《柳长句》诗，诗曰："巫娥庙里低含雨，宋玉宅前斜带风。"并未曾说二人有情感瓜葛。宋张耒《宋玉》诗亦将巫娥、宋玉并提，诗曰："云雨朝朝峡里兴，可能无复梦中情。巫娥若问谁为赋，敢乞君王道宋生。"也未说二人关系不正常。只是在元曲中宋玉与巫娥才被扯出了恋人关系。

34. 王子一《刘晨阮肇误入桃园》第二折："【二煞】一杯未尽笙歌送，两意初谐语话同。效文君私奔相如，比巫娥愿从宋玉，似莺莺暗约张生，学孟光自许梁鸿。"此曲"巫娥愿从宋玉"纯粹属于"拉郎配"，据《高唐赋》，神女"愿从"的是楚怀王，与宋玉全无关系。[②] 大概是自中唐以来宋玉在艳情诗词中早成了女性偶像的符号，元人为了使事用典多表现些浪漫艳情，才如此张冠李戴。自此而后，"宋玉恋巫娥"这个凭空捏造的典故便以讹传讹地流行开来。

35. 乔孟记《李太白匹配金钱记》第二折："【倘秀才】谢你个贺知章举贤的这荐贤，便是这韩飞卿荣迁也那骤迁。你着我在桃园洞收拾些学课钱，着宋玉为师范，巫娥女做生员，小生也乐然。"这支曲子是剧中男主角所唱，"宋玉"是其自比，"巫娥"借指他所暗恋的女子。如此为喻当然是认为宋玉与巫娥是恋人关系，与上例同。

36. 关汉卿《温太真玉镜台》第四折："【鸳鸯煞】从今后姻缘注定姻缘簿，相思还彻相思苦。剩道连理欢浓，于飞愿足。可怜你窈窕巫娥，不负了多情宋玉。则这琴曲诗篇吟和处，风流句，须不是我故意亏图，成就了那朝云和暮雨。"此曲用典还是以"巫娥"、"宋玉"喻指相恋的男女，与王子一《刘晨阮肇误入桃园》、乔孟记《李太白匹配金钱记》的用典完全相同。

37. 杨景贤《西游记杂剧》第四本："【十二月】这响声似春雷降临，火炮相侵，惊得冰肌凛凛，冷汗浸浸。不见了宋玉多才的翰林，撇下这巫娥美貌难禁。"这支曲还是使用"宋玉"、"巫娥"的典故，只不过在"宋玉"后加上了"多才"、在"巫娥"后加上了"美貌"等描写性词语，这种使事用典的方法可以看作"宋玉巫娥"事与"宋玉多才"事的复合叠用。

38. 吴昌龄《张天师断风花雪月》第一折："【油葫芦】……（封姨云）仙子，

---

① 关于宋玉梦巫山神女，若据《文选》当是楚襄王梦之，然而宋沈括《梦溪笔谈》、明陈第《屈宋古音义》、清吴景旭《历代诗话》等均认为《文选·神女赋》"其夜王寝，梦与神女遇"中"王"为"玉"字之讹误，因此梦者当为宋玉。

② 参见刘刚《宋人关于巫山神女的辩诬与其对宋玉神女描写的批评》，《鞍山师范学院学报》，2010年第3期。

可再有何人思凡哩？（正旦唱）想当日那天孙和董永曾把琼梭弄。（桃花仙云）可再有何人？（正旦唱）想巫娥和宋玉曾做阳台梦……"这段唱、白相间的段子用的亦是"巫娥"、"宋玉"的典故，"曾做阳台梦"一语，背离了《高唐赋》、《神女赋》所描写的本事，好像宋玉、巫娥曾有过"云雨"恋情。这里巫娥与宋玉被看做人神情恋的事例之一。

39. 无名氏《郑月莲秋夜云窗梦》第三折："【二煞】你个谢安把我携出东山隐，我怎肯教宋玉空闲了楚岫云，你则待酒酽花浓，月圆人静，便休想瓶坠簪折，镜破钗分，玉箫对品，彩鸾同乘，鸳枕相亲，一锅水正深，怎教灶夜去了柴薪。"此曲"怎肯教宋玉空闲了楚岫云"之句，实际是运用宋玉、巫娥的典故，其中"楚岫云"即指"旦为朝云，暮为行雨"的巫山神女。在此曲中，从"彩鸾同乘，鸳枕相亲"看，宋玉与巫娥也是以恋人关系出现的。

40. 马致远【大石调】青杏子《姻缘》："天赋两风流，须知是福惠双修。骖鸾仙子骑鲸友，琼姬子高，巫娥宋玉，织女牵牛。"曲题为"姻缘"，"巫娥宋玉"是说明姻缘的例证，据此，曲中宋玉与巫娥的关系无疑是情恋关系。

"宋玉恋巫娥"是义项单一的典故，其所指就是情恋的男女双方。从这一典故的产生与使用情况看，它以一个典型的例证反映了元人新造宋玉典故和引申宋玉典故义项的创制词语的特有心理，即以浪漫艳情的词语色彩去迎合市井人群的世俗娱乐欲求，从而达到追求"票房经济"的目的。这种心理与元人的元曲创作心理是一致的。

八、"东邻女"与"宋玉墙"的语义语用分析

"东邻女"与"宋玉墙"两个典故都出自宋玉的《登徒子好色赋》，"东邻女"即赋中所说的"东家之子"，这是个"嫣然一笑，惑阳城，迷下蔡"的绝美女子；"宋玉墙"是从"此女登墙窥臣三年"句中化出，本指"东家之子"窥视宋玉的处所。这两个典故在宋代已被广泛使用，元曲基本沿袭了宋人的用法，不过义指有所引申。

41. 贾仲名《萧淑兰情寄菩萨蛮》第四折："【水仙子】是、是、是，东邻女曾窥宋玉垣；喜、喜、喜，果相逢翡翠银花幔；早、早、早，同心带扣双挽结交欢。"此剧描写一位青春女子对一位才子的大胆追求，此曲"东邻女"就是女子自比，而"宋玉垣"即"宋玉墙"，是以借代的修辞手法指女子追求的男子。这里是"东邻女"与"宋玉墙"两个典故连用，用典的命意与《登徒子好色赋》所述本事相吻合。

42. 戴善夫《陶学士醉写风光好》第二折："【隔尾】我则道他喜居苦志颜回巷，却元来爱近多情宋玉墙。这搭儿厮叙的言词那停当，想昨日在坐上，那些儿势况，苦眼铺眉尽都是谎。"此曲用"多情宋玉墙"，是"宋玉多情"与"宋玉墙"

两个典故的叠用，但语义中心指的是风月场所。"宋玉墙"是两宋艳词中使用频率最高的一个宋玉典故，黄庭坚、秦观、晏几道、晁补之、周邦彦、吕滨老、向子諲都曾用过，虽具体所指颇有差异，但总体指向都与男女约会的处所有关。

43. 李致远【南吕】一枝花《孤闷》："【梁州】东墙女空窥宋玉，西厢月却就崔姝。便休题月下老姻缘薄。风流偏阻，好事多辜。蓝田隐璧，沧海遗珠。桃园洞山谷崎岖，阳台路云雨模糊。书斋中勉强韩香，兰房中生疏郑五，泾河边不寄龙书。怨苦，自取。世间情知他是甚娘般物，自嗟叹静思虑。直教柳下惠开门不秉烛，薄命寒儒。""东墙女"即"东邻女"，此典取自《登徒子好色赋》"此女登墙窥臣三年，至今未许也"句意，然而并非按宋玉作赋的本义顺着述说，而是站在女子的立场怨恨宋玉对自己的不理不睬。关于这个义指，应当与下句"西厢月却就崔姝"合看："东墙女"爱慕"宋玉"，"宋玉"全不理睬，"却就崔姝"。据此，"东墙女"指代的女子是个情爱专一的情痴，而"宋玉"所喻男人则是个移情别恋的"娘般物"。此处"宋玉"虽也作为女性偶像出现，但字里行间却流露出女子对这个偶像的嗔怨。

以上 3 例表示的义项是：（1）例 41、43 用"东邻女"之典，指用情专一的女子，取义于典故本事中东家之子钟情于宋玉的表述，与宋人以之指美女，取义于东家之子美丽绝伦的描写颇为不同；（2）例 41 "宋玉垣"是以处所代指人物，当是典故的活用，在宋人艳词中未见这种用法；（3）例 42 "宋玉墙"指风月场所，则是承袭了宋人的用法。注意，这里"东邻女"所指的变化，也证明了元曲使用宋玉典故向艳情倾斜的趋势；而"宋玉墙"借以指人的活用，又证明了元人丰富宋玉典故义项的主观意识。

综合以上对元曲中使用的宋玉典故的语义语用分析，我们可以得知：1. 几乎将元以前宋玉典故表述艳情的义项全部继承下来并广泛使用，如"宋玉多才"、"宋玉风流"、"宋玉多情"、"宋玉赋高唐"；2. 出现了新生的宋玉典故，而新生的典故是因表述情事或艳情的需要创作的，如"宋玉美貌"、"宋玉恋巫娥"；3. 元代以前曾经使用过的宋玉典故出现了引申义项的增生，新出现的引申义项均与表述情事或艳情有关，如"宋玉多才"特指描写女性的才能，"宋玉赋高唐"认为宋玉与巫娥有"神交"关系，"东邻女"指用情专一的女子，"宋玉墙"指代女子思慕的情郎；4. 将元代以前已有的与男女情事无关的宋玉典故赋予表述情事或艳情的色彩，如"宋玉悲秋"多与男女别情融合使用，"宋玉多才"有了女性所欣赏的男性的附加义，甚或出现了女性所追慕的偶像的附加义，"宋玉风"将"风"安置在情人相思的情境中，或比作既可情意相谐、又可投怀入抱的女子，使自然之风为情感描写服务；5. 绝大多数宋玉典故用于表述男女情事甚或艳情的剧曲或散曲之中，以此间引用的 43 例例句为统计基数，用在表述情事或艳情语境的有例 2、4、5、6、9、11、15、18、19、20、21、23、24、25、26、27、29、30、31、32、33、34、35、36、

37、38、39、40、41、42、43 等 31 例，占总数的百分之七十二还强。这些现象起码说明了三个问题：首先，元曲对于宋玉典故的使用，看重的是其表述情事或艳情的语义功能；其次，宋玉典故在元曲中几乎成了表述情事或艳情的专用语汇；第三，对原有的宋玉典故进行了附加表现情事或艳情色彩的词义引申改造，而新生的宋玉典故则清一色地用以表现情事或艳情。当然，宋玉典故的发展与丰富无疑是符合"约定俗成"的词义发展规律的，但是这种发展也不可避免地受到了文学思潮与社会环境的巨大影响。从文学思潮来讲，元代文学特别是元曲中反叛儒学传统、肯定情欲与性爱合理性、弃绝功名、放浪形骸、摒弃"治国平天下"理想的时代思潮，为宋玉典故的情事化、艳情化发展提供了生长的土壤；中唐以来，在文人狎妓风气影响下艳情诗词使用宋玉事表现艳情、情爱的前期命意，为宋玉典故的情事、艳情意义提供了生命的种子；而从社会影响来讲，蒙古草原游牧文化对中原农耕文化伦理道德的强烈冲击与元蒙统治者对儒教"男女大防"的漠视，为宋玉典故的情事或艳情化走势提供了适宜的文化气候。这是元代宋玉典故生成与发展的最为重要的外部原因。① 由此可见，元曲作家与五代两宋艳词作家一样，他们无意于文学批评意义上的宋玉褒贬，而是以一种欣赏的心态使用宋玉典故。然而他们的这种于一个时代合理的文学行为却给元代的民间宋玉接受带来了历史误会，即元曲中表示情事或艳情的宋玉典故在民间接受过程中被误导为将宋玉定格为"浪荡文人"或"风流才子"，尽管这个被异化并符号化的宋玉曾经是元代曲作家乐于使用、市井人群喜闻乐见的艺术形象，但却是非历史真实的宋玉接受。同时也是在宋玉批评史中产生了负面影响的宋玉接受，正是这种被用做言情符号的宋玉，在明清之际，在传统的儒家伦理道德恢复了它的"独尊"地位之后，在儒家的传统伦理道德的评价标准中，遭遇到自朱熹以后的又一波政教舆论非议，并被后朱熹的道学家当作口实，将宋玉视为"不受欢迎的人"。

---

① 参见傅璇琮、蒋寅主编：《中国古代文学通论·辽金元卷》，辽宁人民出版社，2005，第356页。

从不识字到通文理：关于语言的叙事

——以《西厢记》、《牡丹亭》、《比目鱼》为例

广东海洋大学文学院　王小岩

"知音"无疑是中国古代才子佳人型叙事文本的最重要的关目，才子与佳人之间的互相理解、渴盼，成为支撑叙事前进的内驱力。但是，寻找"知音"的路上并非一帆风顺。这里所要讨论的三个文本，即张君瑞、崔莺莺的故事，杜丽娘的游园惊梦以及谭楚玉、刘藐姑的故事，都将围绕着"知音"的话语展开；其中，识字与否以及如何理解词义，成为这三个文本通往"知音"路上一个重要的路标，当然也是路障。通过这三个文本，我也试图抽绎出一种内在的叙事诗学，即他们的故事提供了作者与读者间是怎样的交互关系的线索，以及一种更高的知音诉求。语言的问题是本文要涉及的核心问题，而在叙事文本中清晰流畅的讲述中，不知不觉地缔结着语言的迷宫，走进迷宫与走出迷宫，推动了故事的继续发展，而这又是消费型文类所必不可少的。

一、红娘不识字与崔莺莺对文本的控制力

在探讨《西厢记》之前，我想引入《红楼梦》一段广为人知的情节。林黛玉初入贾府，贾母问黛玉念何书。黛玉说只刚读了《四书》，于是问姐妹们读什么书。贾母道："读的是什么书，不过是认得两个字，不是睁眼的瞎子罢了！"这个颇为精致的细节，随后得到了一个回应，即宝玉回来，与黛玉相见后，因问："妹妹可曾读书？"黛玉道："不曾读，只上了一年学，些须认得几个字。"① 黛玉如此说，自与贾母上面的说法相关，但从探春积极于诗社活动可知，贾家姐妹们也绝不是只认得两个字。贯穿全书的少女们的作诗活动，不是单纯地回应了贾母对姐妹们读书的评价，而是一种新的延展，无论在时间上、还是在空间上，都说明了识字所带来的叙事乐趣。同时，黛玉回答宝玉时，不再提到她读《四书》一事，不能简单地看作对贾母的回应，如果贯穿全书了解宝玉对《四书》的态度，就知道这个"不再提"

---

① 曹雪芹、高鹗：《红楼梦》（第三回），北京，人民文学出版社，1996，第47－50页。

如何激发了宝玉的灵感，从而使二人的关系微妙起来。叙事的乐趣不在于知识的渊博，而在于只认得几个字，在心灵未受书籍污浊之前，讲述悲喜故事。

《西厢记》也是一本与不识字相关的作品。不识字的是红娘，当她说自己不识字时，她的主人莺莺深信不疑；即便红娘初次批评张生时引经据典，却只合看作经典对大众群体的熏染之结果。红娘不识字，也未曾有主动学习认字的迹象，但她主动参与到事件过程中，她对书简、诗文的兴趣，推动了《西厢记》故事的发展。老夫人拒婚之后，张生月夜抚琴，以一种积极姿态仿效司马相如，试探莺莺的心思。有趣的是，这个策略并非张生自己想出，而是由红娘谋划。红娘并不懂得张生的琴声之意，主要在于观察小姐的情绪，在她看来，小姐的神情自然会与张生的琴声产生关联，这种关联是延展日后叙事的契机。

进入第三本《张君瑞害相思》后，红娘主动关心文字的意义，虽然她不识字，但是她对书简、诗文的破解、诠释的关心，积极推动故事的发展。当莺莺知道张生害病之后，托付红娘前去探问，莺莺的目的似乎并不明确，只是想知道张生说什么。这种探问不免古怪，既没有慰问的话，更没有获取对方特定信息的目的。事件在这种古怪中开端，文字的力量也被迫转换。张生见到红娘到来，也期待小姐"必有言语"，红娘的答复是"俺小姐至今脂粉未曾施，念到有一千番张殿试"。她并没有如实地说明莺莺安排的这场古怪的探问，而是依据自己理解，强化了小姐对张生的深情。这种信息的强化，无疑会迫使情节发展做出机械的回应，即张生对莺莺探问的回应，借助红娘的来访，捎回他的书简。红娘虽然担心书简可能带来变数，但仍然同意张生写简。红娘不识字，所以看张生写简时称赞道："写得好呵，读与我听咱。"在中国叙事作品里，文字能听而不能读的场景，不只这一次出现，它暗示了语言在民间运动的场里，不能简单地折叠在纸页中，声音才是它的真正媒介。张生的书简非常文雅：

> 珙百拜奉书芳卿可人妆次：自别颜范，鸿稀鳞绝，悲怆不胜。孰料夫人以恩成怨，变易前姻，岂得不为失信乎？使小生目视东墙，恨不得腋翅于妆台左右。患成思渴，垂命有日。因红娘至，聊奉数字，以表寸心。万一有见怜之意，书以掷下，庶几尚可保养。造次不谨，伏乞请恕！后成五言诗一首，就书录呈：相思恨转添，谩把瑶琴弄。乐事又逢春，芳心尔亦动。此情不可违，芳誉何须基？莫负月华明，且怜花影重。①

通过声音媒介的传达，红娘似乎获得了书简信息，她评价了文言书信和五言律诗："我则道拂花笺打稿儿，元来他染箱毫不构思。先写了几句寒温序，后题着五

---

① 王实甫《西厢记》第三本《张君瑞害相思杂剧》，王季思主编：《全元戏曲》（第二卷），北京，人民文学出版社，1999，第 265－271 页。

言八句诗。不移时，把花笺锦字，叠做个同心方胜儿。忒聪明，忒敬思，忒风流，忒浪子。虽然是假意儿，小可的难到此。"① 解读声音式的文字，同样需要具备古文、诗歌的音节、语法、暗喻等相关知识。红娘不识字，如何具备解读的能力，是一个很有意思的话题。当然，我们可认为这书简和诗都再通俗不过，所以红娘懂得。总之，在张生将纸质的书简变成声音的书简的过程中，红娘获得了书简的信息，随后评价了张生构思敏捷、书信内容、形式特点以及书信的折叠暗示的深意；至于红娘是否真理解书简信息，则并不成问题。因为，至少对红娘而言，通过察言观色，她已经揭示了张生对莺莺的不可遏止的相思。

不识字也成了红娘在莺莺面前进退的说辞。本来红娘已经从张生处获得书简信息，虽然她未必真理解，但至少她认为已经在大意上不差。同时，她也担心小姐的变数，即"假怒"。正如崔莺莺对红娘的疑虑一样，红娘对崔莺莺也疑虑重重，她也想知道崔莺莺的真实想法："我待便将简帖儿与他，恐俺小姐有许多假处哩。我则将这简帖儿放在妆盒儿上，看他见了说甚么。"② 果然，莺莺见帖"假怒"，而红娘以不识字推托，莺莺威胁红娘变成了红娘威胁莺莺，主仆之间的进退关系，在对文字的识与不识间展开。莺莺把文字封折在纸中，并不转化成声音，却以劝告语气让红娘回话，她的这一做法似乎终结了红娘对张崔二人秘密的洞悉，红娘也确实先把这样的感受传达到张生那里。然而，张生获得莺莺的回帖，叙事却峰回路转。红娘自然要探究诗中之义，字不仅需要读出来，还需要解释：

（末云）小姐骂我都是假，书中之意，着我今夜花园里来，和他"哩也波，哩也啰"哩。（红云）你读书我听。（末云）"待月西厢下，迎风户半开，隔墙花影动，疑是玉人来。"（红云）怎见得他着你来？你解与我听咱。（末云）"待月西厢下，"着我月上来；"迎风户半开"，他开门待我；"隔墙花影动，疑是玉人来"，着我跳过墙来。（红笑云）他着你跳过墙来，你做下来。端的有此说么？（末云）俺是个猜诗谜的社家，风流隋何，浪子陆贾，我那里有差的勾当。（红云）你看我姐姐，在我行也使这般道儿。③

语言至此进入了迷宫般的境界，作为一种符号，它代表或解释某个事件，同时语言本身也是一个事件，需要破解、译读。而这种破解，对红娘来说，依然需要通过声音来传达，她对张生的解诗虽抱怀疑态度，而张生却自诩为猜诗谜的社家。确实与张生致莺莺的书简前有表意的古文不同，莺莺之诗本身是一个谜。从这一点看，莺莺也确实没有减少对红娘的戒备。张生对此诗的破解是否准确，以及后来的

① 《西厢记》第三本《张君瑞害相思杂剧》，第 265 – 271 页。
② 《西厢记》第三本《张君瑞害相思杂剧》，第 265 – 271 页。
③ 《西厢记》第三本《张君瑞害相思杂剧》，第 265 – 271 页。

《西厢记》研究者破解张生之破解所构成的一系列解释行为，都很值得深思。"玉人"到底指向谁？为何"开门待我"还要"跳墙"？"解谜"也成了谜，猜诗谜的社家们在这里都有自己的谜底，语意的含混性不仅不能澄清，反而越发多义与含混。不管张生如何解读，也不管后来的研究者如何解读，这里只要注意到莺莺利用诗词"表义"功能所可能产生的含混性就足够了。她不仅试图蒙蔽不识字的红娘，也试图含混"学成满腹文章"的张生，她深化了叙事的矛盾，使花园里的"哩也波，哩也啰"幻灭。张生哑口无言，红娘也惊觉意外。如果说，红娘能够察言观色出莺莺初见书简的"假怒"，那么经历过这次，她也确实对莺莺难以把握了。红娘本来依靠张生的破解能力以及自己参与事件的经验来掌控事件，但是在语言的变幻莫测中，事件的叙事权力终于回到了莺莺这里。

无疑，崔莺莺凭借语言的含混性获得事件的控制权力，导致叙事模式向巫山神女类型发展。在这里，我们发现一种借助语言解释从而掌控事件的能力，这种能力并不是通过清晰的表述，而是通过含混不清、错综复杂的暗喻、暗示、谜等形式实现的。这种形式在随后一折继续进行：

（旦上，云）我写一简，则说道药方，着红娘将去与他，症候便可。（旦唤红科）（红云）姐姐唤红娘怎么？（旦云）张生病重，我有一个好药方儿，与我将去咱！（红云）又来也！娘呵，休送了他人！（旦云）好姐姐，救人一命，将去咱！（红云）不是你，一世也救他不得。如今老夫人使我去哩，我就与你将去走一遭。（下）[①]

崔莺莺仍然利用红娘不识字，用"药方"之措辞隐括其真实意图，即莺莺自荐枕席。"药方"对应着张生的"症候"，在红娘看来，含有暗喻功能的文字则可能害了张生，唯一可以医好张生的只有崔莺莺。双方在最终的意图上达成一种"共识"，但是在形式上却产生了矛盾。文字的矛盾、复杂、含混的意义，构成了叙事向后延展的动力，不识字的红娘与精通语法的崔莺莺的进退关系，正是激发这种叙事乐趣的核心所在；而张生则倚靠他的精通文墨与失效的解释在二人间周旋，并成为最大的受害者和受益者。当张生再次兴奋地解读崔莺莺的"药方"时，红娘的半信半疑证明了她作为参与解释最末端部分的被动性。最初是红娘安排了张生弹琴，她主动介入对二人恋情的斡旋，最终在书简、诗文的含混性、暗喻迭出中被动地受到崔莺莺的支配。红娘对文字的敏感、疑虑、不信任，不仅因为她不识字，还因为张生失败的解释。扑朔迷离的诗句的真正涵义，并不是共享的，而是被紧紧掌控在作者本人的诠释之下。诗人完成作品之后并没有"死去"，他/她还有诠释的权力，其诠释直接与他者的诠释构成矛盾。宋元以来，文人作家注意到可以在诗歌中利用

题目、小序及注释为自己的诗作做诠释，从而减少当代、后人的误读；叙事文学的作者给自己的作品写眉批、总评，也有这个意图在内。作者试图主宰自己的作品，无论是朝向谜底还是背离谜底。当张生已经病危之时，崔莺莺再次用了充满暗喻的诗句，这次可能不是张生破译成功了，而是崔莺莺顺从了读者的破译。直到《西厢记》第三本结束、第四本开端，红娘的疑虑都没有消除。红娘的疑虑证明了作者对自己作品的控制权力，这种权力没人能够剥夺；面对作者，所谓读者，只能低三下四。从这个层次上可见，对当代乃至后来的评论者、知音或回应者，作者并非处于被动地位，而是有某种预期的。后来，汤显祖愤愤不平众多人对其《牡丹亭》等剧作的修改，同样是这样一种主宰自己作品的心态使然。确实，汤显祖更清楚识字与否或具备解释能力与否对作品的意义，如果说王实甫只是因循旧作纳入了对语言误读的情节，那么，汤显祖则是自觉地使用了充满暗喻、深奥、复杂的语言，从而确保其叙事的流畅性。与积极参与到解释过程中的红娘比起来，春香似乎始终被隔离在解释过程之外，而这，确保了杜丽娘游园过程中独白的生成。

二、杜丽娘的独白与春香的置身度外

因为身份的相似，红娘与春香也常常被放在一起比较研究，本文在这里对比二人，主要是力图显示出，红娘对叙事的积极参与和春香对叙事的置身度外同样对叙事起到了推动作用。与红娘不识字有别，"一种在人奴上"的春香因陪读而有识字的机会，但是通过她对《关雎》的解释，可见她不仅背离了一贯的解释传统，而且颠覆了文字的声音媒介。《闺塾》一出，在声音的"误读"中开始。民间演出的昆曲折子戏《春香闹学》，已经极大地丰富了汤显祖的原作，所以，这里的讨论要借助这些演出经验。先看汤显祖的原作：

〔末〕昨日上的《毛诗》，可温习？〔旦〕温习了，则待讲解。〔末〕你念来。〔旦念书介〕关关雎鸠，在河之洲。窈窕淑女，君子好逑。〔末〕听讲：关关雎鸠，雎鸠，是个鸟；关关，鸟声也。〔贴〕怎样声儿？〔末作鸠声〕〔贴学鸠声诨介〕〔末〕此鸟性喜幽静，在河之洲。〔贴〕是了。不是昨日是前日，不是今年是去年，俺衙内关着个斑鸠儿，被小姐放去，一去去在何知州家。〔末〕胡说！这是兴。〔贴〕兴个甚的那？〔末〕兴者，起也，起那下头。窈窕淑女，是幽闲女子，有那等君子好好的来逑他。〔贴〕为甚好好的求他？〔末〕多嘴哩。①

从陈最良与杜丽娘的问答中可知，这不是第一次课程，第一次课程应该是讲

---

① 汤显祖《牡丹亭》第七出《闺塾》，钱南扬校点：《汤显祖戏曲集》（上），上海，上海古籍出版社，1978，第254页。

《诗大序》及《关雎》一篇的音读。所以，陈最良要求杜丽娘来念这四句诗，念后则进入讲解。问题出在讲解中。春香想知道雎鸠这种鸟的叫声如何，陈最良与春香的"诨介"省去了作者的笔墨，但是舞台上要细致地表现两人对鸟声的模仿。陈最良依据经典，所模仿的鸟声切近"关关"，而春香模仿的鸟声则是"咕咕"，从音节的角度来看，gu-an（关）到 gu（咕），是对 an 的省略，这不能简单视为春香之"闹"，而是暗示着春香对声音的独特感受。"在河之洲"，被春香听作"在何知州"，"何"既可能是疑问代词，也可能是姓氏，从这一层次而言，不仅春香会误听陈最良，后来的读者也可能误读春香，春香借助同音字不断地含混解释，从而使声音的媒介也被颠覆。春香对《诗经》的误读说明，虽然她识字了，但是距离传统话语构成的解释体系依然很远，她的误读使自己置身于传统解释之外；而陈最良对她"为甚好好的求他"的嗔声，则彻底将她关在传统解释大门之外。倘若认定红娘与张生在破译崔莺莺诗作时遭遇的困境，只是读者或批评家的普遍问题，那么，春香引入的困境，即误读本身还有可能继续被误读，则暗示了批评话语里无始无终的迷宫。面对这样的迷宫，只有一种策略，就是立身于迷宫之外，永远都不进入迷宫，无论其间有多少乐趣。

作家有意封锁迷宫，让春香没有能力进入，从而制造出杜丽娘的独白空间。《惊梦》一出，春香与杜丽娘一同游园，但她除了导游式地介绍景点，不分担任何杜丽娘的情绪。在杜丽娘的唱词里，暗喻的使用极为重要，一句"原来姹紫嫣红开遍，似这般都付与断井颓垣"，感叹春景流逝中隐藏着青春的流逝，在这种启发下，观众不免黯然神伤，而春香却热衷于牡丹未开放。杜丽娘的唱词为此作了回应，"春香呵，牡丹虽好，他春归怎占的先？"杜丽娘准确地感受时间流逝引起的景色变化，同时，这种变化也激发了她内心的波动。与春香欣赏一幅定格的绘画不同，杜丽娘是在时间的动态中鉴赏春景中的园子；与春香看到了美好的事物不同，丽娘看到了美好事物的凋零。倘若说，进入园子是进入一个崭新的空间，那么这个空间提供的感受却包含时间的运动，其暗喻向着立体的感受延展。当丽娘提到"去罢"，春香总结："这园子委是观之不足也。"① 然而，在〔皂罗袍〕、〔好姐姐〕这两支曲子里，丽娘与春香并没有深入的交流。在相同的空间里，通过语言的暗喻功能，将春香放在时间动态之外。

暗喻在舞台上发挥了极大的作用，由此汤显祖创造出了两个人的舞台，却是一个人的表演，他强调了抒情主体的封闭与不可进入的特点。在被观演的空间里，除了春香，所有的观众/读者都能体会到暗喻的所指，然而观众因舞台空间的切割被强迫置于台下，只能静观杜丽娘的游园活动。在汤显祖看来，一旦一个文本生成了，就不可更改，更改势必会造成本意的损坏。所以，抒情空间要严格控制，不仅不能允许任何人的误读，甚至不能允许任何人介入式的"读"。杜丽娘抒情的流畅

---

① 汤显祖：《牡丹亭》第十出《惊梦》，第 268 页。

性在封闭的舞台中被顺利完成，她不能被打断，从游园的暗喻到惊梦前的自伤自怜，从迷宫的话语到〔山坡羊〕的直白，都着力凸显抒情主体。如果说，红娘通过察言观色来试探莺莺，从而增强了叙事的乐趣，那么，春香则以不介入的方式，留出足够的时间、空间给丽娘，使其完成全部的独白，从而激发叙事的乐趣。总之，春香虽然在场，但其不能理解深奥的语言，故而不能体验丽娘的春情。从这一点上来讲，《闺塾》与《惊梦》构成了一种内在的逻辑，不单是前者发现园子引发后者的游园惊梦，而是一种更深刻的语言问题，即对语言误读、不解的人，不会对叙事的发展构成挑战。

三、通文理与知音的内在交流

通过对语言的理解能力来区分人群，及缓解叙事矛盾，保证叙事的通畅，对于汤显祖而言，还是一种潜在的行为；对于李渔而言，则是开诚布公。李渔的小说《谭楚玉戏里传情　刘藐姑曲终死节》（收录于小说集《连城璧》）和戏曲《比目鱼》，都是演谭楚玉、刘藐姑的故事，讲书生谭楚玉为追求刘藐姑，加入春笋班学戏，其间二人传情达意，都不可能回避其他学徒，所以，对于暗喻、谜、深度语言的设定及理解，成了他们交流的法宝，如小说中：

一日，乘师父不在馆中，众脚色都坐在位上念戏。谭楚玉与藐姑相去不远，要以齿颊传情，又怕众人听见，还喜得一班之中，除了生旦二人，没有一个通文理的，若说常谈俗语，他便知道，略带些"之乎者也"，就听不明白了。谭楚玉乘他念戏之际，把眼睛觑着藐姑，却像也是念戏一般，念与藐姑听，道："小姐小姐，你是个聪明绝顶之人，岂不知小生之来意乎？"藐姑也像念戏一般，答应他道："人非木石，夫岂不知，但苦有情难诉耳。"谭楚玉又道："老夫人提防得紧，村学究拘管得严，不知等到何时，才能够遂我三生之愿？"藐姑道："只好两心相许，俟诸异日而已。此时十目相视，万无佳会可乘，幸勿妄想。"谭楚玉又低声道："花面脚色，窃耻为之，乞于令尊、令堂之前，早为缓颊，使得擢为正生，暂缔场上之良缘，预作房中之佳兆，芳卿独无意乎？"藐姑道："此言甚善，但出于贱妾之中，反生堂上之疑，是欲其入而闭之门也。子当以术致之。"谭楚玉道："术将安在？"藐姑低声道："通班以得子为重，子以不屑作花面而去之，则将无求不得，有萧何在君侧，勿虑追信之无人也。"谭楚玉点点头道："敬闻命矣。"①

在这里，通文理与最简单的文言语法相关联，"之乎者也"变成了一种参与事

---

①　李渔编：《连城璧》，《古本小说集成》（第一辑第 34 种），上海，上海古籍出版社，1991，第 18－20 页。

件的能力，对话中，不仅老夫人、村学究、萧何等寄寓深意，其实念戏本身就成了暗喻的一种形式。在一反常谈俗语的对话中，戏语变成了真语，这就如同在戏场上做真夫妻一样，颠倒了真假的存在形态，亦如总评所言："从来作传奇者皆从实事演出戏文，此独从戏文之中演出实事。"① 于是，文本在"戏中戏"（清人无名氏曾改戏曲为小说，分为上下两部，上部名为《戏中戏》）的循环中进入迷宫，说书人的故事来自于真事，而真实的事件却得自于敷衍戏文的机会，敷衍的戏文又取材于真事。在这个迷宫里，并非没有出口，出口是语言支撑了叙事。就叙事而言，诚如李渔的眉批所指出："众人不通文理，乃小谭之福；不然，天下之宝几与天下共之矣。"② 对春香而言，误读使她不能够参与丽娘的独白，而在谭楚玉的故事里，复杂、深奥的语言本身就是一条鸿沟，它不仅给现在的人群划界，也给这些人群的未来、前途划界。刘藐姑在对话中作为谭楚玉的知音出现，证明了谭楚玉的追求是超值的，包括刘藐姑的貌美和聪明、通文理，李渔对刘藐姑对答另有一条眉批，正指明此点："用戏中事实，方是做女旦的文理。"③ 在李渔看来，通文理并非简单地对深奥、多义的语言的理解，还包括灵活使用语言及语言的形式。刘藐姑答语的迷宫不是简单地与文言语法相关，而是能够对应谭楚玉的戏语，其"文理"在此。

在戏曲《比目鱼》中，李渔做了一些变动。将谭楚玉的念白变成了塞纸团给刘藐姑，而刘藐姑编曲作答，其内心独白："这一班蠢才，都是没窍的，待我把回他的话编作一支曲子高声唱与他听，众人只说念本，他那里知道，有理有理。"戏曲的批评者评价刘藐姑编曲回答一节称："此女于此处不凡。""不凡"的评价与谭楚玉对刘藐姑的评价构成呼应。刘藐姑唱完两支曲后，得到了谭楚玉的独白式评价："有这等聪明女子，竟把回书对了众人高声朗诵起来，只有小生明白，那些蠢夫蠢子，一毫也不懂。这等看来他的聪明还在小生之上。"随后，谭楚玉一一解释两支曲子的各自用意，他的解释与其他学徒的不解形成了鲜明的比照。无论是刘藐姑还是谭楚玉，都刻意强调了众人在场但不能参与到事件中来的一种形态，这到底是摹写生活还是叙事策略呢？尤其有意思的是，眉批者评价刘藐姑所唱的两支〔金络索〕："此等填词，竟是说话，无复有笔墨之痕矣，那得不令元人下垂。"④ 虽然这有借夸刘藐姑填词之好而褒扬李渔之嫌，但我们却注意到了另外一种对应关系，即曲子的明白如说话，而众人听不懂，委实是一组不可忽略的矛盾。在这里，语言的问题得到了又一次升华，即并不是通过深奥的语言来设置迷宫，很多时候，迷宫也可能明白如话；谜语的猜解，不仅需要一种知识的底蕴，还需要读者与作者之间的

---

① 李渔编：《连城璧》，第 82 页。

② 李渔编：《连城璧》，第 18－20 页。

③ 李渔编：《连城璧》，第 18－20 页。

④ 李渔著：《比目鱼传奇》，马汉茂辑《李渔全集》（十），台北，成文出版社有限公司，1970，第 27 页。

心灵交流，如同谭楚玉与刘藐姑，倘若缺少了这层心灵间的对话，即便是最浅白的话语，也可能是最深奥的谜语，是让人无法走进、更无法走出的迷宫。同时，倘若双方没有心灵上的交流，无法破译彼此的语言之谜，其结果只能是各说各话，深受评论家赞赏的高明《琵琶记》之"中秋望月"即如此。《琵琶记》的语言有"本色当行"之誉，但蔡伯喈与牛小姐心事没有沟通，话语深寓的情意也不同；不仅仆人们无法理解，蔡牛两人也无法相互理解。正如后来牛小姐批评蔡伯喈，指出其言语"不明不暗"，即便最浅明的话语若包含了深刻的暗喻，也是无法走出的迷宫。李渔将这一种叙事策略挑明，在他看来，真正的文理并不限于"之乎者也"，而是灵活运用语言使用的场景、模式，如果用得好了，明白如话也是隔离众人的暗喻。在这一点上，李渔比王实甫、汤显祖提出了更高的知音要求：知音，不仅不能参与叙事，打断叙事，而且还要保持与作家的心灵沟通。

四、结　语

上述三个故事说明，语言于叙事策略，从王实甫、汤显祖到李渔，相互递转，技术越来越老练，强调的问题也越来越深入。通过对语言多义性、含混性的利用，崔莺莺执掌着自己诗作的解释权力，从而使张生及红娘主动参与事件变成被动参与事件。崔莺莺对作品的主宰说明，作者对自己的作品有着最根本的解释权力；宣称"作者已死"并不代表能够剥夺作者的解释权力，而恰好从一个反面的视角说明解释者对作者的担忧，宣布作者死亡，并不等于诞生了正确的解释。同时，红娘、张生无法辨识语言的暗喻、寓意，也预示了独白的生成，春香的误读喜剧恰好说明她没有能力感受到杜丽娘的春情抒发，从而确保了叙事的顺畅。汤显祖强化了叙事的文人性，个人的独白不允许他者的介入。李渔开诚布公，强调了通文理与叙事之间的关系，通文理自然与"之乎者也"等文法相关，但更为重要的是准确地使用语言：注重场景、形式和传情达意。读者与作者之间需要内在的心灵交流，达成一种"知音"话语；否则，即便明白如话，也会构成最深奥的暗喻、迷宫。确实，语言自身已激发叙事乐趣，成为更内在的诗学问题。

上面三个文本也说明，在中国古代的叙事文类中，语言不仅具有叙事和娱乐的功能，它本身也是叙事与娱乐的对象。在叙事文类的生产机制中，围绕着文字本身产生的叙事动力源源不断地涌出来，促使叙事得以行之有效，它不仅使得《西厢记》、《比目鱼》这类讲述日常生活场景、事件的文本生动活泼，给读者以趣味，也推动了杜丽娘游园这类以抒情为主的文本的叙事，使清冷的场景里蕴含着生生死死的线索。在这种意义上，语言对于叙事类文本，已经超越了对白、独白、叙述等工具性特征，它本身就是叙事中的一部分：它叙事，它也被叙事，可以说，它讲述了它本身。当然，这无异于说，在这些消费型的叙事文类中，语言生产了语言，叙事只是为了叙事，这些文类与传统史传叙事的凝练语言、"春秋笔法"断裂了，语言的娱乐功能与强调蕴藏明鉴、警戒、说教等意义的功能分道扬镳，即语言的自我生产机制成为消费型文类与传统史传叙事断裂的标记之一，而这，也正是消费社会所不可避免的。在元明清三代，《西厢记》、《牡丹亭》都被多次刊刻、印刷，带来巨大的商业利益；而李渔则更善于利用商业印刷。在这种意义上，文本之中的复杂意蕴被置于一个更广阔的商业背景之上，在这种商业利润的召唤下，语言变动不居，叙事错综复杂。

叙事者干预在早期话本中的表现

台湾嘉义大学中文系　徐志平

一、前　言

叙事者，或称为"叙述者"，申丹认为，"叙述"一词与"叙述者"紧密相连，宜指话语层次上的叙述技巧，而"叙事"一词更适合涵盖故事结构和话语技巧两个层面。① 就话本叙事而言，既有对于故事层的干预，也有对于话语层的干预，因此称之为"叙事者干预"更为贴切。而所谓叙事者干预，如依谭君强《叙事学导论》之说，指叙事者在文本中对于"人物、事件甚至于文本本身进行评论的方式"②。不过此处的评论是广义的，包括说明、解释、分析等对于文本叙事的干预性介入。

在小说中发表议论是常见的叙事者干预方式，在话本小说中，大篇幅的议论几乎成为一种标记，尤其在明末清初的拟话本中，这种干预叙事的情形最为严重。学者对于话本小说中的议论，特别是带有劝惩意味的议论颇有微词，鲁迅说："明人拟作末流，乃诰诫连篇，喧而夺主。"③ 郑振铎更认为明末清初的《醉醒石》，"作风也都是劝诫教训式的，为了这，所以写得未见得很动人"④。郑氏将劝诫教训式的作风视为"写得未见得很动人"的原因，然而，这两者之间是否有必然的关系？劝诫教训是否亦可能写得生动有趣？是否劝诫教训只是表面，其背后隐含了叙事者所要传达的反讽意义？

查特曼（Seymour Chatman）把叙事（述）者干预分为两种，即"对故事的干预"以及"对话语的干预"。他分别从解释、判断与概括三个方面论述了对故事的干预。至于对话语的干预，主要在于讨论叙事者如何以元语言（meta-language）来

---

① 申丹：《叙述学与小说文体学研究》，北京，北京大学出版社，2005 年第三版《前言》。

② 谭君强：《叙事学导论》，北京，高等教育出版社，2008，第 72 页，谭君强称之为"叙述者干预"。

③ 鲁迅著、周锡山释评：《中国小说史略》（释评本），上海，上海文化出版社，2005，第170 页。

④ 郑振铎：《明清二代的平话集》，收入氏著《中国文学研究》，北京，人民文学出版社，2000，第 398 页。

指明自己如何结构布局、安排小说情节的进行。① 赵毅衡对查特曼的区分有些意见，而将干预概分为"指点干预"和"评论干预"②，不过他总结说："指点性干预就像戏剧中的舞台说明。"③ 从这句话看来，他所说的指点性干预实际上与查特曼对话语的干预没有太大的不同，仍不外对于如何结构布局和安排情节的说明。至于评论干预，赵毅衡列举了补充性评论、解释性评论、评价式评论等④，和查特曼的对故事的干预也有不少雷同之处。赵毅衡的说法虽然比较简要，不过对故事的干预未必都是评论性的，本文将改为补充性干预、解释性干预、评价式干预三种类型来加以讨论，另外亦将讨论与评价式干预相关的"反讽式干预"。

话本小说源于说书，或许有人会因此以为早期话本必然充斥着叙事者的声音。然而情况恰好相反，现存的早期话本，无论对于故事还是话语的干预，其数量和程度都远较后期话本来得少。究竟早期话本的叙事者干预情形如何？这些干预具有哪些意义？到目前为止，学界对这些问题关心较少。韩南对于他所区分的若干"早期白话小说"有些评论，例如认为《简帖和尚》"极少评论。只在结尾时由一位'书会先生'写了一支讽刺的曲子"⑤，但他并没有就叙事干预的各个层面进行全面的考察。常金莲《〈六十家小说〉研究》有一小节论及叙述者的议论，但作者并未把这些议论的方式或内容视为一种特定时代的共时现象加以考察，而是采用了王德威提出的"说话人虚拟修辞策略"⑥ 之说，认为《六十家小说》中的话本小说如同一般的古典通俗小说，亦是采取此一策略形成所谓的"虚拟说话情境"⑦。笔者对此有不同看法，笔者认为，《清平山堂话本》（即《六十家小说》）中的早期话本比较接近说书的纪录，或是书会才人取材于前代小说所改编的说书底本，与中后期话本进行"虚拟说话情境"仿做的情形不同，应进行独立考察，而不应将其当作整个话

---

① 转引自谭君强：《叙事学导论》，第 73 页。

② 赵毅衡：《当说者被说的时候——比较叙述学导论》，北京，中国人民大学出版社，1998，第 29 页。

③ 赵毅衡：《当说者被说的时候——比较叙述学导论》，北京，中国人民大学出版社，1998，第 32 页。

④ 赵毅衡：《当说者被说的时候——比较叙述学导论》，北京，中国人民大学出版社，1998，第 37 - 39 页。

⑤ 韩南著、尹慧珉译：《中国白话小说史》，第 44 页；按，韩南根据文体及用语，考证出"早期小说"三十四篇，见《早期的中国短篇小说》一文，载韩南著、王秋桂等译：《韩南古典小说论集》（北京，北京大学出版社，2008 年），又见韩南著、王青平、曾虹译：《中国短篇小说》（台北，国立编译馆，1997 年），第 277 页。韩南不考虑后代修改的问题，但诚如胡万川所言，收在《三言》中的作品多经冯梦龙的改编，一些早期小说实不宜直接视为"宋人小说"，"得费一番斟酌"，见胡万川：《从冯梦龙编辑旧作的态度谈所谓宋代话本》，载胡氏著《话本与才子佳人小说之研究》，台北，大安出版社，1994，第 170 页。

⑥ 见王德威：《想象中国的方法——历史·小说·叙事》，上海，三联书店，1998，第 80 页。

⑦ 常金莲：《〈六十家小说〉研究》，济南，齐鲁书社，2008，第 167 页。

本文体的普遍性质来论述。

笔者目前正进行一项专题研究，旨在考察叙事者干预在不同时期话本中的演变情形。本文先针对早期话本中的叙事者干预进行全面的探究，以作为中、后、晚期叙事者干预现象比较的基础，希望最后的研究成果能对叙事者干预在话本小说中的演变情形做出完整的说明。

二、《清平山堂话本》中的早期话本

洪楩编印的《清平山堂话本》原名《六十家小说》，收录了宋、元、明三代的话本小说，现存 29 篇（其中《翡翠轩》、《梅杏争春》两篇为残卷）。① 石昌渝说："洪楩编辑时没有任意修改，其中误文夺字之处固然不少，但基本上保留了嘉靖时代话本的面貌……现存的二十九篇作品亦保留着早期话本的文体特征……这本集子的作品基本上还是民间的创作，只有少数出于文人之手……"② 冯梦龙所编的《三言》中，亦有不少宋元时代的作品，但有不少已经冯氏的加工，无法据以考察早期话本的面貌，因此想要对早期话本的形态有所了解，《清平山堂话本》是目前唯一可靠的材料。

不过《清平山堂话本》既然包括三代的话本，其中也有早、中、晚期的不同。既然本文想要考察的对象是最早期的话本，自然以属于宋代的话本小说最为适宜，然而《清平山堂话本》现存各篇，能够确定为宋代话本的篇目不多，或虽考定为宋代话本，亦有不少在元明时代被修改过，因此只能将时代推后，只排除明代话本以及经过明人修改过的话本，而将未经明人修改过的宋元话本皆定为早期话本。

常金莲《〈六十家小说〉研究》一书参考了多位学者的研究成果，考出宋代话本 10 篇，即：《简帖和尚》、《蓝桥记》、《快嘴李翠莲记》、《洛阳三怪记》、《阴骘积善》、《陈巡检梅岭失妻记》、《五戒禅师私红莲记》、《杨温拦路虎传》、《花灯轿莲女成佛记》、《错认尸》；元代话本 9 篇，即：《柳耆卿诗酒玩江楼记》、《西湖三塔记》、《合同文字记》、《风月瑞仙亭》、《刎颈鸳鸯会》、《曹伯明错勘赃记》、《夔关姚卞吊诸葛》、《雪川萧琛贬霸王》、《李元吴江救朱蛇》；宋元话本 6 篇，即：《张子房慕道记》、《董永遇仙传》、《羊角哀死战荆轲》、《老冯唐直谏汉文帝》、《汉李广世号飞将军》、《梅杏争春》；明代话本 4 篇，即：《风月相思》、《戒指儿记》、《死生交范张鸡黍》、《翡翠轩》。③ 其中宋代话本中的《错认尸》，元代话本中的《刎颈鸳鸯会》、《曹伯明错勘赃记》，都明确有明人修改过的痕迹。④ 因此，

---

① ② 参见石昌渝：《清平山堂话本·前言》，南京，江苏古籍出版社《中国话本大系》，1990，本论文采用此一版本，并参考世界书局《珍本宋明话本丛刊》所收录的原刊影印本。

③ 常金莲：《〈六十家小说〉研究》，第 62－128 页。

④ 常金莲：《〈六十家小说〉研究》，第 93、第 112、第 114 页。

笔者排除上列的明代话本 4 篇，以及经明人改动过的宋元话本 3 篇，以其余的 22 篇为研究范围。

三、《清平山堂话本》中早期话本"对话语的干预"

对于叙事文本的分析，可以从故事层和话语层两方面来进行。故事层大致等同于传统所说的内容①，也就是"故事说了什么？"话语层大致等于传统所说的形式，或说是叙事方法②，也就是"故事怎么说？"因此，所谓"对话语的干预"，也即赵毅衡所说的"指点性干预"，指的是叙事者在说故事的过程中，对于叙述、对话、情节安排等方面的指点性说明。杨义《中国古典白话小说史论》曾指出李渔小说《合影楼》尝使用"类似西方元小说（metafiction）的叙事方式"③，事实上中国古典小说中的许多说话人口吻都具有"元小说"（即后设小说）的性质，叙事者不断出现，对故事的情节安排指指点点。

在早期话本小说中，叙事者对于"话语"的干预表现在下列几个方面：

1. 预示或指点情节：例如"只因这封简帖儿，变出一本跷蹊作怪底小说来"（《简帖和尚》），"只因清明，都来西湖上闲玩，惹出一场事来"（《西湖三塔记》），"只因刘二要去趁熟，有分交（教）：去时有路，回却无门……不说，万事俱休……"（《合同文字记》），"那杨三官人不合去买了一卦，占出许多事来"（《杨温拦路虎传》），"因诵《莲经》，得成正果"（《花灯轿莲女成佛记》），"两个朋友，偶然相见，结为兄弟，各舍其命，留名万古"（《羊角哀死战荆轲》），"救一条蛇，亦得后报"（《李元吴江救朱蛇》）。

2. 元叙事：叙事者现身指点如何安排情节的进行以及如何结构布局等，包括开头指明"入话"，用"话说、却说、且说、话分两头、话休叙烦"等词带进故事，以及"话本说彻"指明结尾等。例如："入话……话里且说……这便叫做错封书。下来说底便是错下书……话分两头，且说……话本说彻，且作散场"（《简帖和尚》），"今日说一个后生"（《西湖三塔记》），"话休絮烦，却说"（《合同文字

---

① 热奈特说："建议把'所指'或叙述内容称作'故事'。"见热奈特著、王文融译：《叙事话语 新叙事话语》，北京，中国社会科学出版社，1990，第 7 页。

② 热奈特在《叙事话语》一书的标题下加注"方法论"。

③ 杨义：《李渔小说：程序化和个性化的张力》，载《中国古典白话小说史论》，台北，幼狮文化公司，1995，第 241 页。按，元小说，又称为后设小说，乃是采用后设叙述的方式写作小说。所谓后设叙事，使用的是后设语言（meta language），据语言学家 L. 赫尔姆斯列夫的说法，即"一种以另一种语言作为对象的语言"。见帕特里莎·渥厄著，钱竞、刘雁滨译：《后设小说》，台北，骆驼出版社，1995，第 4 页。后设小说又称为"自我意识小说"，叙事者不断对小说的写作过程进行说明、评论或检讨，用来表示小说本身的虚构性。

记》），"自家今日说个女娘子"（《花灯轿莲女成佛记》），"今日说两个朋友"①（《羊角哀死战荆轲》），"今日说汉文帝朝，有一员大将"（《老冯唐直谏汉文帝》），"今日说一个秀才"（《李元吴江救朱蛇》）等。

3. 用反问语气和读者对话后，再进行叙事。例如："当日是清明，怎见得？……宣赞分开人，看见一个女儿。如何打扮？……又是一年，将遇清明节至。怎见得？……看时，那件物是人见了比（皆）嫌。怎见得？"（《西湖三塔记》）"就坛前起一阵大风。怎见得？"（《洛阳三怪记》）"只说陈辛去寻妻，未知寻得见寻不见。"（《陈巡检梅岭失妻记》）"且问，何谓之五戒？"（《五戒禅师私红莲记》）"那贼是什么人？……那杨温当时怎生的计较？……等到次日天晓，怎见得？……必是好人家女子，怎见得？"（《杨温拦路虎传》）"却才曰过这八句诗，是大宋皇帝第四帝仁宗皇帝做的……为何说他？……如何见得这病怕人？"（《花灯轿莲女成佛记》）等。

其中，数量最多的是属于元叙事性质的入话、却说、且说等说书的套语，用来预示或指点情节的只有 7 处，用反问语气与读者对话的也只有 9 篇，可见在早期话本中叙事者的指点性干预实属稀少。

在进行这些指点性干预时，叙事者以一个故事讲述者的身份现身，不断地提醒读者他们在"说"故事。浦安迪认为，说话人口吻的介入，"能随时提醒读者不要忘记，在读者和故事之间始终存在着一个讲故事的人"②。正是这种说话人的介入，使中国古典小说具有一种似真非真的距离感，这与现代小说理论提出的叙事者退出文本的主张是不同的。③

预示或指点情节，即叙事学上所称的"预叙"④，其最大的作用在于，由于预知结局，"会引导读者特别去关注人物的命运，关注事件的发展与变化，从而从另一个层面上引起读者更大的阅读兴趣"⑤。《合同文字记》和《羊角哀死战荆轲》的预叙比较具有酝酿悲剧氛围的作用，而又以后一篇为佳。在《合同文字记》中，刘二的悲剧命运已经注定，事实上叙事者在进行预叙之后，更以"正是"引出一首诗，其后二句即是："万事分已定，浮生空自忙。"这已是对故事情节进行了"评论式"的干预（详下），在这双重干预下，读者已知刘二"去时有路，回却无门"，会转而去关心刘二的死因及其过程。不过在这篇故事中，因为刘二不是故事的主人

---

① 按，本篇前后皆缺，此处暂依世界书局《珍本宋明话本丛刊·古今小说》卷七补。

② 浦安迪：《中国叙事学》，北京，北京大学出版社，1998，第 101 页。

③ 事实上，早在晚清已有理论家提出类似观点，如黄人在载于《小说林》第一期（1907）的《小说小话》中（署名为"蛮"）即云："最忌搀入作者论断……故小说虽小道，亦不容着一我之见。"见陈平原、夏晓虹编：《二十世纪中国小说理论资料》第一卷，北京，北京大学出版社，1989，第 238 页。

④ 胡亚敏称之为"闪前"，见《叙事学》，第 68 页；谭君强称为"预述"，见《叙事学导论》，第 128 页。

⑤ 谭君强：《叙事学导论》，第 131 页。

公，他从出门到病死的过程并不长，所占的小说篇幅更只有一段，因此这里的悲剧性只是局部的。

《羊角哀死战荆轲》则不同，悲剧风格贯穿这篇小说的全篇。这里所谓的悲剧，指的是美学意义上的悲剧，杜书瀛认为，这种悲剧必须至少具备两个条件：一是有价值的人或物的毁灭；二是人或物虽毁灭了，但其价值却以某种形式和在某种意义上得到了确证、肯定、增殖、光大。① 此处所谓有价值，往往指道德情操方面的价值，虽然拥有此一价值的人物毁灭了，他的精神价值却长存人间，这才是悲剧的精义。就羊角哀和左伯桃的故事来说，他们虽然萍水相逢，却缔结了珍贵的友谊，为实现安邦定国的理想，两个人冒雪投奔楚元王，怎奈途中遇逼人的酷寒，只能牺牲一人。伯桃舍生保全了羊角哀，死后的鬼魂却遭到荆轲阴灵的压迫，羊角哀虽已被任命为中大夫，却因为无法保护好友的鬼魂，乃自刎成鬼，力战荆轲阴灵，解除了左伯桃鬼魂的灾难。叙事者使用短短的预叙——"两个朋友，偶然相见，结为兄弟，各舍其命，留名万古"，不仅"点出故事关键性的终结点"②，更给全篇故事的悲剧性格定了调：虽然他们二人的生命毁灭了，但为朋友牺牲的高贵情操却长留下来。这篇小说的本事出于李善注《后汉书》卷二十九《申屠刚传》所引《烈士传》③，故事梗概已大致具备，话本在其基础上，不仅增加了情节的渲染，其预叙手法的运用，对于全篇小说戏剧效果的提升，无疑发挥了相当的作用。

总之，早期话本的叙事者对于"话语"的干预，无论是"却说、且说"等套语，或是反问语气的使用，大抵不脱说书人的口语模式，仅有少数几篇出现"预叙"式的干预，其中效果最好的，是从文言故事改编的《羊角哀死战荆轲》篇。

笔者认为，从叙事者对于"话语"干预的角度来观察，这些早期话本应不是文人的拟作，而是说书的纪录，至于由文言改编的，如《羊角哀死战荆轲》篇，则比较可能是书会才人编写的"底本"。

四、《清平山堂话本》中早期话本"对故事的干预"

对故事的干预，约相当于赵毅衡所说的"评论干预"。以下依据本文"前言"中所提出的"补充性干预"、"解释性干预"、"评价式干预"等三种类型，来探讨早期话本小说中叙事者对于"故事"层的干预。

1. 补充性干预：此一类型的干预，叙事者现身，或补充说明事件的背景，或交代事件后来的发展或影响，而又以后者为多。例如："到今风月江湖上，万古渔樵作话文"（《柳耆卿诗酒玩江楼记》），"直到如今，西湖上古迹遗踪，传诵不绝……

---

① 杜书瀛：《文艺美学原理》，北京，社会科学文献出版社，1998，第64页。

② 谭君强：《叙事学导论》，第129页。

③ 【南朝】宋范晔著，唐李善注：《后汉书》，台北，宏业书局，1984，第274页。

奚真人化缘，造成三个石塔，镇住三怪于湖内。至今古迹遗踪尚在"（《西湖三塔记》），"因此，至今留传花灯轿儿。今人家做亲皆因此起"（《花灯轿莲女成佛记》），"至今流传瞎子背记蠢子之书，自此始……直至今日，万古千年，在太岁部下为鹤神也"（《董永遇仙传》），"敕赐庙额，曰'忠义之祠'。就立碑以记其事。至今香火不断。荆轲之灵，自此绝矣。土人四时祭祀，所祷甚灵"①（《羊角哀死战荆轲》），"至今于武庙为把门将"（《老冯唐直谏汉文帝》），"那时文帝尊儒好礼，不尊武官，故发此言。乃李广命薄，不得加封……自此世号飞将军"（《汉李广世号飞将军》），"至今湖州有霸王门，即当时立庙之地也"（《雪川萧琛贬霸王》），"直到如今，吴江西门外有龙王庙尚存，乃李元旧日所立"②（《李元吴江救朱蛇》）。

2. 解释性干预：这里主要是指对于名物的解释或对于故事内容的解析。例如："叫将四个人来，是本地方'所由'，如今叫做'连手'，又叫做'巡军'"（《简帖和尚》），"这西京有一县，在西京罗城外。县内有一座山，唤做寿安山，其中有万种名花异草。今时临安府官巷口花市，唤做寿安坊，便是这个故事"（《洛阳三怪记》），"何谓之五戒？第一戒者，不杀生命……此谓之五戒"（《五戒禅师私红莲记》），"你道这病怕人？乃是情色相牵。若两边皆有意，不能完聚者，都要害了，方是谓之'相思病'，若女子无心，男子执迷了害的，不叫做'相思病'，唤做'骨槽风'"（《花灯轿莲女成佛记》），"守飞狐关，今之代用（州）之地……守句注关，郡，雁门也……守北地，今之真定是也"（《老冯唐直谏汉文帝》）③，"这四句诗题着湖州风景，号为吴兴郡，自三代时，便有州治。后秦时有两家造酒最好，诸处皆来沽去。一家姓乌，一家姓程，直到如今，乌程坊是乌程县也，自古号吴兴郡，地名雪川"（《雪川萧琛贬霸王》）。

3. 评价式干预：也就是一般所说的道德劝惩，或对人物言行及事件的评论。话本小说中的"正是"、"诗曰"以下的套语或诗句，多具有此种性质，但有些韵文以"只见"、"看"引出，乃是以某一角色的视角形容人物，例如《简帖和尚》"看着迎儿生得"，是皇甫松的视角；"看这罪人时"，是小娘子的视角，其下所引的韵文都不能算是叙事者介入的评论。此外，有些诗词是篇中人物赋颂的，有些韵文套语是用来形容人物或景物的，属于情节中的有机部分，也不应视为叙事者的干预。早期话本中的评价式干预甚多，篇幅所限，仅举数例如下：

（1）（篇末评：）有诗曰：一别知心两地愁，任他月下玩江楼。来年此日知何处？遥指白云天际头。又诗曰：……两下相思不相见，知他相会是何年？（《柳耆卿诗酒玩江楼记》）

---

① 按，本篇前后皆缺，此处暂依世界书局《珍本宋明话本丛刊·古今小说》卷七补。

② 原书缺一页，此暂依世界书局《珍本宋明话本丛刊·古今小说》卷三十四补入。

③ 石昌渝校本三处皆加括号，但依世界书局《珍本宋明话本丛刊》本，第461页，三处地名的解说字形大小完全相同，当属原刻所有。

（2）（入话：）鹧鸪天：白苎千袍入嫩凉……却笑人间举子忙……正是：尘随马足何年尽？事系人心早晚休……震威一喝，便是：当阳桥上张飞勇，一喝曹公百万兵……正是：时间风火性，烧了岁寒心……（篇末评：）当日推出这和尚来，一个书会先生看见，就法场上做了一只曲儿，唤做《南乡子》：怎见得一僧人，犯滥铺模受典刑。案款已成，招状了遭刑，棒杀鼗囚示万民。沿路众人听，尤念高王观世音。护法喜神，齐合掌低声，果谓金刚不坏身。（《简帖和尚》）

（3）（入话：）燕门壮士吴门豪……太山一击若鸿毛……（篇末评：）正是：积善有善报，作恶有恶报。积善之家，必有余庆；积不善之家，必有余秧。正是：祸福无门人自招……争奈人心着处迷！（《阴骘积善》）

（4）（入话：）六万余言七幅装，无边妙义广含藏……假饶造罪如山岳，只须妙法两三行……（篇末评：）善有善报，莲女即是无眼婆婆后身，子母一门，俱得成其正果。作善的俱以成佛，奉劝世人，看经念佛不亏人。（《花灯轿莲女成佛记》）

（5）（入话：）楚汉相驰百战兴，至今何代不谈兵？凌烟阁上从头数，安得无征见太平？这四句诗，说武官万死千生，开强（疆）展土，非小可事……有诗云：射虎英雄孰可加？君王俯背重咨嗟。高皇若遇封侯易，从此功名到底差……如此一个将军，化作南柯一梦……（篇末评：）王勃作《滕王阁序》一联："冯唐易老，李广难封。"冯唐如此足智多谋之士，年老不得重用；李广如此雄才豪气之将，终身不得封侯，皆时也，运也，命也！（《汉李广世号飞将军》）

（6）（入话：）劝人休诵经，念甚消灾咒？经咒总慈悲，冤业如何救？种麻还得麻，种豆还得豆。报应本无私，作了还自受。这八句言语乃徐神翁所作，言人在世，积善逢善，积恶逢恶。古人有云："积金以遗子孙，子孙未必能守；积书以遗子孙，子孙未必能读；不如积阴骘于冥冥之中，以为子孙长久之计。"（《李元吴江救朱蛇》）[1]

除了上列的三种类型之外，赵毅衡还提到"反讽式评论"，认为是"评价性评论"的一种亚型[2]。反讽式评论确实可以说是评价性评论的一种，表现在这种评论的"不可靠性"之上，也就是说，当叙事者作出一种评论，而这种评论和他隐藏在叙述中的声音不一致时，就构成反讽。胡亚敏把它称作"含混的评论"。他说："含混评论的主要形式是反讽。"又说："反讽的核心在于言意之间的对立，它展示的是言意之间错综复杂的关系。"[3] 反讽可以表现评论与隐藏在叙述背后的矛盾，也可以表现叙述本身的"意在言外"，我们在这里主要采用前者，即叙事者的评价性干预和他在叙述事件时所透露的"叙述声音"之间产生的矛盾，这种矛盾在叙事

---

① 本篇原缺一页，此处暂依世界书局《珍本宋明话本丛刊·古今小说》卷三十四补。
② 赵毅衡：《当说者被说的时候——比较叙述学导论》，第 42 页。
③ 胡亚敏：《叙事学》，第 116 页。

学上称作"距离"①。

　　属于这种反讽式评论的叙事者干预，较常出现在 20 世纪以后的现代小说中。赵毅衡说："主体各组成部分不和谐是现代叙述艺术的成功秘诀。"② 在中后期的话本中也常出现反讽式评论，比如《醉醒石》卷十四，叙事者在文末评论抛弃多次应举不第的丈夫的莫氏，说她"生前遗讥，死后贻臭"，是"朱买臣妻子后一人"，但在叙事时却以"间接引语"或"自由间接引语"的方式，暗藏对这位寒儒之妻的同情。③ 如此一来，对妻子的负面评论，其实暗藏着对除了读书一无是处的丈夫以及不能公正举才的科举制度的反讽。这种干预技巧，在早期话本中很难出现，只有卷一《柳耆卿诗酒玩江楼记》篇末的评论引诗有"一别知心两地愁"、"两下相思不相见"等句，和篇中周月仙的诗歌中"遭淫不敢言"以及柳永酒醉所作词中的"柳解元使了计策，周月仙中了机扣"等句之间互有矛盾。篇中柳永叫船夫奸淫周月仙，使月仙不得不来服侍他，何来"知心"、"相思"等等的情感？叙事者在行文中表达了对柳永行径的不满，却又在评论中加以美化，还说："到今风月江湖上，万古渔樵作话文。"如果仔细玩味，篇末的那些评论应是具有反讽意味的。然而除了此篇之外，其他各篇几乎皆不见反讽色彩。

　　总体而言，早期话本中的叙事者对于"故事"的干预以"评价式"居多，绝大多数集中在篇首和篇末，以入话中诗词以及篇尾下场诗词的方式呈现，其次是以"正是"、"诗曰"、"所谓"等提起词引出的韵文或套语，散文式的评论数量极少。至于补充性和解释性的干预也不多见，22 篇小说中，出现补充性质干预的只有 10 篇，解释性的更只有 7 篇。

　　值得注意的是，有许多篇的评论只出现在篇首和篇尾，甚至仅有篇尾的评价式干预，全篇从头到尾都没有出现套语式的评论。此一现象，一种出现在文言故事改编的话本中，例如《蓝桥记》，本事出于唐裴铏的《裴航》篇，不过前面加一首四句五言诗当作入话，篇末再以"正是"下的两句话作为评语。郑振铎说："大约入话云云，如果不是编者添上去的，则一定是'说话人'取了这些旧文作为话本的底本，因为不暇改作，故仅加入话即为了事。"④ 郑氏认为这篇话本可能是说书的"底本"，这话不无道理，底本是供说书人使用的材料，自然没有必要进行太多的叙事干预，说书人只要在实际说书时，随时加以补充、解释及评论即可。又如《老冯唐直谏汉文帝》篇，也是全篇一句插词套语都没有，程毅中也推测这篇"很可能是

---

　　① 参见詹姆斯·贵伦著、陈永国译：《作为修辞的叙事》，北京，北京大学出版社，2002，第 35 页。

　　② 赵毅衡：《当说者被说的时候——比较叙述学导论》，第 42 页。

　　③ 可参见拙著：《短篇小说的特质及其叙事分析——以话本小说〈等不得重新羞墓 穷不了连掇巍科〉为例》，载中正大学中国文学系编《中文创意教学示例》，高雄，丽文文化公司，2010，第 157－161 页。

　　④ 郑振铎：《明清二代的平话集》，收入郑氏著《中国文学研究》，第 339 页。

宋代说话人的底本"①，不过叙事者在本篇现身干预叙事 4 次，一次是补充说明伍子胥和赵云"至今于武庙为把门将"，一次对读者指明"今日说汉文帝朝，有一大将"，另一次现身解释"飞狐关"、"勾注关"、"北地"在说故事时的"今名"，最后是篇末引一首诗为评论。因此，从叙事者干预的角度来看，本篇仍然较为接近说书的纪录而非说书的底本。

如前所述，早期话本的评价式干预中采用散文议论的很少，道德教训式的议论只出现过 3 次，即《阴骘积善》、《花灯轿莲女成佛记》两篇的篇末议论，以及《李元吴江救朱蛇》篇入话中的诗后议论。前贤对此早有观察，并得到大同小异的结论，鲁迅说："宋市人小说，虽亦间参训喻，然主意则在述市井间事，用以娱心。"② 郑振铎说："最古的话本并不曾包含有什么特殊之目的，他们的作者们，只是以说故事的态度去写作的。他们并不劝孝，也不劝忠。他们只是要以有趣的动人的故事来娱乐听众。"③ 韩南说："不论是何种类别或类型，在早期单体小说中可以明显看出两个普遍特点：运用'揭示'型情节，对个人道德缺乏兴趣。这两个特点看来出于早期短篇小说所特别注重的纯粹叙事趣味和悬疑。"④ 这些观察如以目前所见的早期话本来看，可以说是十分合理的。然而，诚如鲁迅所云："以意度之，则俗文之兴，当由二端，一为娱心，一为劝善，而尤以劝善为大宗。"⑤ 为何独以话本小说不主劝惩，而只为娱心？

笔者认为，如果单以现存的早期话本面貌来观察，并不能得到完全正确的解释。首先，如果这些小说是说书的纪录，当时又没有录音设备，不可能巨细靡遗地把所有劝惩内容记录下来，最多只会保留容易记忆的诗词而已；其次，现存的部分早期话本，乃是由文言故事改写的，极可能是书会才人编写的说话底本，那么，似乎也没有必要在底本中书写大量的劝惩内容，只要说书人依据故事情节以及所附的诗词当场发挥即可。上述的《阴骘积善》、《花灯轿莲女成佛记》以及《李元吴江救朱蛇》等三篇，虽然只占了早期话本总数量的七分之一，却也透露了早期话本亦寓劝惩的信息，我们有必要重新思考宋元话本是否果真纯为娱心，或纯为叙事的趣味而创作。

另一个值得观察的现象是，有些补充性的干预，十分接近民间传说中的"地方古迹传说"或"民间风俗传说"，⑥ 前者如《西湖三塔记》、《羊角哀死战荆轲》、《雪川萧琛贬霸王》、《李元吴江救朱蛇》等篇，分别说明了西湖三塔、忠义之祠、

① 程毅中：《从姚卞吊诸葛诗谈小说家话本的断代问题》，《文学遗产》，1994 年第 1 期。
② 鲁迅著、周锡山释评：《中国小说史略》（释评本），第 170 页。
③ 郑振铎：《明清二代的平话集》，收入郑氏著《中国文学研究》，第 333 页。
④ 韩南著、王青平、曾虹译：《中国短篇小说》，第 261 页。
⑤ 鲁迅著、周锡山释评：《中国小说史略》（释评本），第 94 页。
⑥ 高国藩将民间传说概括为六个大类，这是其中的两个大类，详见高国藩：《中国民间文学》，台北，学生书局，1999，第 60－79 页。

霸王门、龙王庙等古迹的来源；后者如《花灯轿莲女成佛记》解说了"花灯轿儿"的风俗，《董永遇仙传》则解释了"瞎子背记蠢子之书"的流传说法等。此一现象，足觇早期话本的民间传说特性，这也是它和中后期文人拟作差别较大的地方。

五、结　语

本文全面考察了《清平山堂话本》中早期话本叙事者干预的情形，可以得到以下的初步结论：

1. 早期话本的叙事者对"话语"进行干预的情形不多，其中较多的是"却说、且说"等套语，或是反问语气的使用，大抵不脱说书人的口语模式，仅有少数几篇出现"预叙"式的干预，其中从文言故事改编的《羊角哀死战荆轲》篇，其预叙达到渲染悲剧氛围的效果。从叙事者对于"话语"干预的角度来观察，只出现套语式干预的早期话本应不是文人的拟作，而是说书纪录的"写本"；至于由文言改编的，则往往除了开头加一入话，篇末加一诗词为评论外，几乎没有出现任何套语，比较可能是书会才人编写的"底本"。

2. 早期话本中的叙事者对于"故事"的干预以"评价式"居多，但绝大多数集中在篇首和篇末，以入话中诗词以及篇尾下场诗词的方式呈现，其次是以"正是"、"诗曰"、"所谓"等提起词引出的韵文或套语，散文式的评论数量极少，道德教训式的议论更只出现3次。前人因此认为早期话本重在娱心或叙事情趣而不重劝惩，笔者认为：早期话本或为说书的写本，或为说书的底本，如为说书的写本，则不可能巨细靡遗记下所有的劝惩内容，最多只会保留容易记忆的诗词，无法记录干预叙事的实况；如为说书的底本，亦没有必要书写大量劝惩内容，只要在说书时当场发挥即可。因此，虽然现存早期话本只有3篇出现散文议论，但不能因此便断定早期话本不重劝惩。

3. 另外一点值得注意的是，有些补充性的干预，十分接近民间传说中的"地方古迹传说"或"民间风俗传说"，表现出早期话本的民间传说特性，这也是它和中后期文人拟作差别较大的地方。

书坊编创与明清通俗小说流派的形成

广州大学中文系 纪德君

伊恩·P. 瓦特在探讨十八世纪英国小说的兴起时，指出"书商对作者和读者的影响力无疑是非常之大的"，正如小说家笛福所言："写作——变成了英国商业的一个相当大的分支。书商是制造商或雇主。若干文学家、作家、撰稿人、业余作家和其他所有以笔墨为生的人，都是所谓的总制造商雇用的劳动者。"并且，精明的书商还能把握时代的脉搏，根据读者大众的阅读口味，来支配作家的创作①。瓦特所论，对我们认识明清通俗小说的兴起，无疑是有启发性的。尽管一些名著如《三国演义》、《水浒传》、《西游记》等，其创作很少受书坊主的干预，但是这些名著的刊刻与传播以及由此引发的通俗小说编创热潮，却与书坊主的商业运作有着至为密切的关系。因此，只有将书坊编创纳入研究视野，才能对明清小说的兴起与流派的形成作出较有说服力的诠释。

一、书贾编创与历史演义的兴起

书坊为何要从事通俗小说的刊刻与编创？这显然是因为通俗小说已成为读者大众喜闻乐见的消费品，刊售小说可以为他们带来可观的经济收益。明叶盛《水东日记》卷二十一《小说戏文》即云："今书坊相传射利之徒，伪为小说杂事，南人喜谈如汉小王（光武）、蔡伯喈（邕）、杨六使（文广），北人喜谈如《继母大贤》等事甚多。农工商贩，钞写绘画，家畜而人有之。"明何良俊《四友斋丛说》卷三《经三》亦谓："今小说杂家，无处不刻。"可是，当通俗小说还处于起步阶段时，其数量既有限，流传也不广，大多数文人也不屑于从事通俗小说的编创，于是出现了小说作品紧缺的状况。在这种状况下，书坊主为了牟利，便率尔操觚，开始了通俗小说的编创。

明代最初产生的历史演义，就多半出自书坊主熊大木、余邵鱼、余象斗、杨尔曾等人之手。明末可观道人在《新列国志叙》中即说："自罗贯中氏《三国志》一书，以国史演为通俗演义，汪洋百馀回，为世所尚，嗣是效颦者日众，因而有《夏

---

① 【美国】伊恩·P. 瓦特：《小说的兴起》，北京，三联书店，1992，第51－53页。

书》、《商书》、《列国》、《两汉》、《唐书》、《残唐》、《南北宋》诸刻，其浩瀚与正史分签并架。"① 那么，书商、文人是怎样效颦《三国志演义》编创其他历史演义的呢？

其一，依据正史改编宋元平话。罗贯中就是"以平阳陈寿传，考诸国史"② 来吸收、加工宋元以来的"说三分"故事的。他对"说三分"中那些荒诞离奇、艺术水平低劣的故事基本予以舍弃；而对一些与史书相悖却又非常重要、不便割舍的情节，则据史重加修改、润饰，故而全书雅俗共赏、易观易入。这一改编方式无疑启迪了余邵鱼、熊大木、余象斗等人，他们亦仿照罗氏所为，搜罗平话，参照史书，加以编订。如余邵鱼编写的《春秋列国志传》，熊大木编次的《西汉志传》、《南北宋志传》，署名林瀚编辑的《隋唐两朝史传》等就是这样编订而成的。只是由于他们受制于自身的艺术素质，且直接动机是牟利，不肯在提炼素材、布局谋篇及修润文辞等方面耗费时间和精力，所以这些作品艺术质量不高，可读性较差。

其二，大量摘录、复述史书。罗贯中在编撰《三国志演义》时也曾从《三国志》、《后汉书》、《资治通鉴》等史书中采录了大量史料，但一般都经过其主观情致的过滤与皴染，直抄史书的现象并非没有，但毕竟服务于主旨，故清人舣庵称其作品"虽无一事不本史乘，实无一语未经陶冶"③。然而，书商编撰历史演义，往往急于求成，根本谈不上苦心经营作品的情节结构，塑造鲜明生动的文学形象，赋予历史人事以丰富的情感意蕴。他们往往只是按照正史提供的史料来编写故事，甚至连语句也大量抄自史书。如熊大木编写《大宋中兴通俗演义》、《唐书志传通俗演义》，就主要依照《资治通鉴纲目》、《续资治通鉴纲目》等史书，摘抄原文，略加演绎，连缀而成。

其三，蹈袭、模仿《三国志演义》。书商及其聘请的下层文人在编写历史演义时，还有意蹈袭或模仿《三国志演义》中的故事情节。如《春秋列国志传》卷一写西伯侯两聘吕尚，即模仿《三国志演义》中的"三顾茅庐"；卷三写"管仲骂死斗伯比"，显然抄袭诸葛亮骂死王朗；卷五写晋先轸三气楚帅子玉，乃模仿诸葛亮三气周瑜；卷七写"晏平仲辩楚君臣"，则因袭诸葛亮舌战群儒……其他如《隋唐两朝志传》、《残唐五代史演义传》、《东西晋演义》、《英烈传》等，也都在不同程度上承袭、模拟《三国志演义》。

既然书商及其雇佣的文人是采用上述方式炮制历史演义的，就难怪其作品的思想、艺术水平远逊于《三国志演义》了。明末张无咎《平妖传序》就指出："《七

---

① 见丁锡根编著：《中国历代小说序跋集》，北京，人民文学出版社，1996，第864页。

② 【明】蒋大器：《三国志通俗演义序》，见丁锡根编著：《中国历代小说序跋集》，第887页。

③ 【清】舣庵：《舣庵漫笔》，参见黄霖、韩同文选注《中国历代小说论著选》（下），南昌，江西人民出版社，1985，第322页。

国》、《两汉》、《两唐》、《宋》，如弋阳劣戏，一味锣鼓了事，效《三国志》而卑者也。"① 不过，以小说史的眼光来看，当时正是这些平庸之作，才促进了历史演义的快速繁兴，致使历史演义成为明代影响最大的通俗小说流派。

二、书坊与神魔小说的炮制

万历二十年（1592），《西游记》世德堂本问世，由于题材新颖、故事热闹、风格谐谑，很快受到读者追捧，并激发了神魔小说的编创热潮，仅万历后期至天启末，就涌现了罗懋登《三宝太监西洋记通俗演义》，余象斗《华光天王南游志传》（又名《南游记》）、《北方真武祖师玄天上帝出身志传》（又名《北游记》），吴元泰《八仙出处东游记》（又名《东游记》），邓志谟《铁树记》、《咒枣记》、《飞剑记》，朱星祚《二十四尊得道罗汉传》，朱鼎臣《南海观音菩萨出身修行传》，朱开泰《达摩出身传灯传》，杨尔曾《韩湘子全传》，许仲琳《封神演义》等二十余部小说。这些神魔小说是怎么编写成的呢？

首先，从编创者情况来看，他们多为书坊主或由书坊主聘请的下层文人。如余象斗自万历十九年起放弃儒业，专事刻书编书。杨尔曾也是在"颠毛种种，仕路犹赊"的情况下从事编书、刻书的。罗懋登则游食四方、卖文为生，万历后期受雇于金陵书坊唐氏富春堂，编创《西洋记》。邓志谟则"阻于时，扼于困"②，不得已"糊口书林"，替建阳余氏萃庆堂编写小说或杂书。吴元泰也是受雇于三台馆主人余象斗，编写《东游记》的。这些人并不是为了"发愤著书"，而是受利益驱动，把迎合读者的文化心理与阅读口味，力求"利多售速"作为其编书的主要准则。所以，他们有意选取那些为俗众喜闻乐见的神佛（诸如观音、天妃、华光、真武、八仙、萨真人等）作为主人公，以其出身修行、斩妖除魔为主要内容。这些神佛本来在民间就广有市场，其灵异事迹既见诸载籍，又传诵于众口，因此为这些神佛编造较为系统、连贯的神奇故事，无疑可以动人观感，收到很好的传播与接受效果。鲁迅先生就说："凡所敷叙，又非宋以来道士造作之谈，但为人民间巷间意，芜杂浅陋，率无可观。然其力之及于人心者甚大……"③

其次，这些编写者的文化素养和创作能力本来有限，却又急于求成，所以只好从民间传说、话本戏曲、宗教典籍中杂取素材，以抄袭、杂凑、编缀为主，如《南游记》、《北游记》，题"三台馆山人仰止余象斗编"；《铁树记》、《咒枣记》、《飞剑记》，题"竹溪散人邓氏编"；《二十四尊得道罗汉传》，题"抚临朱星祚编"；

① 见丁锡根编著：《中国历代小说序跋集》，第1347页。

② 【明】邓志谟：《丰韵情书序》，"明清善本小说丛刊初编"第七辑，台湾天一出版社，1987。

③ 鲁迅：《中国小说史略》，上海，上海古籍出版社，1998，第104页。

《天妃济世出身传》，也题"南州散人吴还初编"。他们编的这些小说，篇幅多在二三十回左右，字数一般不到五万，明显为草率编成的急就章。例如，《东游记》既汲取了民间的八仙传说，又抄袭了《列仙全传》记载的八仙事迹，其第二则《老君道教源流》中的老子、尹喜、宛丘三仙事迹和第四十七则《八仙蟠桃大会》中的西王母事迹，即从《列仙全传》卷一抄撮而出。只不过编者在八仙的相互关系上，下了一番撮合功夫。至于其第三十二至四十四则所写的辽宋大战天门阵的故事，则是删节、改写了《杨家府演义》中的天门阵故事，再添加到《东游记》各仙成道的事迹当中。又如《南游记》，也是根据明代神谱《三教源流搜神大全》卷五《灵官马元帅》提供的情节脉络，加以扩充、增饰而成。编者还利用了一些早已流传的民间故事，如主角华光在萧家庄出生时兄弟五人被包裹在一个肉球里，剖开后五个兄弟分别叫显聪、显明、显正、显志、显德，这是根据民间有关五显是五位神人的传说编成的。龙王太子醉闹分龙会的情节，则沿用了元代《西游记》杂剧。还有北极驱邪院的描写，也仿照了元杂剧《二郎神醉射锁魔镜》的某些情节。再如邓志谟编写《铁树记》，也是"考寻遗迹，搜检残编，汇成此书"[1]；后来，他又"暇日考《搜神》一集，慕萨君之油然仁风，摭其遗事，演以《咒枣记》"[2]；"搜其遗事，为一部《飞剑记》"[3]。这三部书都是在摭拾旧闻的基础上略加演绎编成的。

再次，编写者在编造故事、建构情节乃至塑造人物等方面，也刻意效仿、抄袭《西游记》。例如，《西洋记》叙碧峰禅师和张天师为郑和护航，走西洋水路去找传国玉玺，一路上降魔斩妖，历经无数磨难，征服了三十九国；这与《西游记》写西天取经，一路上降妖捉怪，历经八十一难的叙事结构方式如出一辙。不仅如此，罗懋登还频繁偷袭《西游记》的情节片段，赵景深先生通过详细比较，就指出他"总爱偷袭，同时也爱改头换面来标新立异"[4]。《南游记》在结构上也是有意仿照孙悟空的传奇来写华光的故事。华光原是如来法堂前的一盏油灯，变为人身，因有罪被贬去投胎为马耳山娘娘的遗腹子灵光，又转世为灵耀，自号华光天王，也和孙悟空一样，大闹天宫。他还曾变作齐天大圣去偷仙桃，与孙悟空打得不可开交，后来火炎王光佛出面说和，两人才尽释前嫌，结为兄弟。其他像"华光与铁扇公主成亲"，"华光占清凉山"假变观音等情节，也明显脱胎自《西游记》。《东游记》不仅模仿《西游记》，依八仙的游历来安排情节，而且还写八仙大闹龙宫，与天兵交战，齐天大圣也仗义出面援助八仙。《韩湘子全传》第十六回"入阴司查勘生死"、

---

① 【明】邓志谟：《铁树记》篇末识语，《古本小说丛刊》第 10 辑，北京，中华书局 1990 年影印，第 2446 页。

② 【明】邓志谟：《咒枣记引》，《古本小说丛刊》第 10 辑，第 1856 页。

③ 【明】邓志谟：《飞剑记》篇末识语，《古本小说丛刊》第 10 辑，第 2235 页。

④ 赵景深：《中国小说丛考》，济南，齐鲁书社，1980，第 289 页。

第二十回"美女庄渔樵点化",则分别袭自《西游记》第三回、第九回和第七十六回。就连《天妃娘妈传》中的猴精也会放瞌睡虫。

总之,这些小说给人的感觉就是敢于抄袭、模仿与编造,故而多半"芜杂浅陋,率无卒观",但是由于编写者能把零散地流布于民间或文献之中的神怪传说搜集、整合为系统、完整的故事,并参照现实政治与民众的宗教信仰,比附式地构造神佛体系,使神佛形象趋于定型化,故而这类小说也能风行一时,并成为明代小说的主潮之一。

三、书坊与公案小说集的编纂

万历二十二年(1594),安遇时编集的《百家公案》出版并畅销,受此刺激,公案小说集的编纂也蔚然成风,先后出现了《廉明公案》、《诸司公案》、《新民公案》、《海公案》、《详刑公案》、《律条公案》、《明镜公案》、《详情公案》、《神明公案》、《龙图公案》等十一部作品,这些作品也是书坊主与粗通文墨者所为,多采用抄袭、辑录、增删等方法编纂而成,从其署名即可看出,如《廉明公案》署"余象斗集"、《诸司公案》署"余象斗编述"、《明镜公案》署"葛天民吴沛泉汇编"、《详刑公案》署"宁静子辑"、《律条公案》署"陈玉秀选校"等,因此它们都是名副其实的书坊编辑型小说。

首先,抄袭乃是这类小说编写者最常用的方式。比如抄袭法家书,余象斗编写的《廉明公案》就有六十四则判词直接采自《萧曹遗笔》,其所编《诸司公案》也有三十三则故事抄改自《疑狱集》。余象斗在抄袭时,连"分类编集,亦窃取法家书体例"[1],按人命、奸情、盗贼、婚姻等分门别类进行叙述;其叙述体制也取鉴法家书,即"先叙事情之由,次及讦告之词,末述判断之公"[2]。又如抄袭话本,《百家公案》第二十七回《拯判明合同文字》抄自话本《合同文字记》,第二十九回《判刘花园除三怪》抄自话本《洛阳三怪记》。再如抄袭传闻、野史、杂剧、词话等,《百家公案》中有很多故事就分别抄自《江湖纪闻》、《稗家粹编》、《万选清谈》以及杂剧《潇湘雨》、《留鞋记》、《绯衣梦》和南戏《林招得》、《朱文太平钱》,还有《明成化说唱词话》等。另外,一些后出的公案集还纷纷抄袭先出的,如《龙图公案》共一百篇,其中四十八篇抄自《百家公案》、二十二篇抄自《皇明诸司廉明奇判判公案》、十二篇抄自《详刑公案》、三篇抄自《律条公案》、一篇抄自《新民公案》,其他如《律条公案》、《详情公案》等也不例外。由于以抄袭为主,这类小说便显得文体混杂,不伦不类,诚如孙楷第先生所说:"书肆俗书,辑

---

① 孙楷第:《日本东京所见小说书目》,北京,人民文学出版社,1981,第142页。

② 【明】余象斗:《皇明诸司廉明奇判公案序》,转引自周越然《古之判语》,载《书与回忆》,沈阳,辽宁教育出版社,1996,第45页。

转抄袭，似法家书非法家书，似小说亦非小说，殊不足一顾耳。"①

　　其次，编写者在抄袭时也作了不同程度的修改、移植与增删。例如《百家公案》第六回《判妒妇杀子之冤》见于《稗家粹编》卷八"报应部"的《陈氏妒悍》，编者在抄袭时为了将该故事改换成包公断案故事，有意把故事发生的时间元代"至元年间"改为包公所处的年代，将褚氏附体侍婢、陈氏流血而死改成卫氏魂诉包公、包公判斩陈氏。第七十六回《阿吴夫死不分明》原是《疑狱集》中韩愰的判案故事，第七十七回《判阿杨谋杀前夫》则取材于《折狱龟鉴》中张咏的事迹，都被编者移植、附会在包公身上。又如《绿窗纪事》中的《潘黄奇遇》、《张罗良缘》两篇，原为爱情故事，《百家公案》把审判张罗一案的县宰改为包公，在潘黄一案里加上了包公出场主持公道，成人之美，使有情人终成眷属的情节。这些改动与增删，虽然也略含创作成分，但多半是针对人名、地名、时间和一些细节，基本的故事情节并未做较大的改变。

　　再次，编写者在编纂体例上有所创新。如余象斗在编纂《皇明诸司公案》时，几乎在每篇故事末尾皆附加按语，形成了固定格式。如《朱知府察非火死》的按语："众呈火死人，惟兀突立案而已。朱侯独疑七人无并死之理，乃亲勘其迹。既而无踪，仍巡视诸家。见寇远长梯而生疑端，闻其争山，益有可猜，然无干证，遂坐之必不服。故教鼠贼作证，彼谓贼人果夜间窥见，遂不敢隐，立得其情。非留心民隐者，能断斯狱乎！"《韩大巡判白纸状》的按语："此判之奇，全在使唐华为侍者一节。盖探出真情，虽不伪告白纸状，亦自足成狱矣。然初行此甚瞒得过人，亦巧矣哉！"《王尹辨猴淫寡妇》的长篇按语则认为"成名事多，何必苦节"，强令人守寡是"违阴阳之性，伤天地之和"。这些按语或揭示官员破案的思路、方法及其鉴戒意义，或点出其故事的惊奇、巧妙之处，或表示编者对某些社会问题的看法，或介绍法律知识，总之能给人以较丰富的启迪，有效拓展了公案小说的审美教育功能。

　　总之，明代的这些公案小说集，都是书坊主出于商业牟利的目的，利用读者大众对法律知识的需求和消闲娱乐的需要，与其聘用的下层文人一起，采用抄袭、杂凑、分类编次、修改增删等方式编纂出来的，其艺术质量虽然普遍不高，但是由于其描写的谋杀、奸情、盗窃、婚姻、拐骗等案件有较强的故事性，又迎合了读者大众对法律知识的需求，所以颇为走俏，很快形成了一个公案小说流派。

四、书坊与艳情小说的滥造

　　明末清初，艳情小说泛滥一时。究其原因，明末统治者生活的淫靡，张扬人情人欲之学说的流行，市井社会中"好色好货"之风的弥漫，《金瓶梅》的刊刻、走

---

① 孙楷第：《日本东京所见小说书目》，北京，人民文学出版社，1981，第141页。

俏等，都在不同程度上刺激了艳情小说的产生；而书坊主为了牟利，请人滥造此类小说，更是不可忽视的主要因素之一。明末兼善堂《警世通言识语》即指出书坊中一些"射利者而取淫词，大伤雅道"，清初杜濬也说："盖自说部逢世，而侏儒牟利，苟以求售，其言猥亵鄙靡，无所不至。"① 清江苏巡抚汤斌还发布了禁毁艳情小说的告谕："独江苏坊贾，惟知射利，专结一种无品无学希图苟得之徒，编撰小说传奇，宣淫诲诈，备极秽亵，污人耳目。"② 当时，编刊艳情小说最出名者，就是苏州书坊啸花轩，由它编刊的艳情小说即有《醉春风》、《灯月缘》、《巫梦缘》、《梧桐影》、《杏花天》、《恋情人》等多种。

目前，我们从一些艳情小说的序跋中，还可略知一些文人应书坊主之请炮制艳情小说的情形。例如，清代小说家烟水散人就应书坊主之请编创了《桃花影》，他在该书跋语中说："今岁仲夏，友人有以魏、卞事倩予作传。予亦在贫苦无聊之极，遂坐洙水钓矶，雨窗十日，而草创编就。"③ 此书一出，不胫而走，于是又有"新著"《春灯闹》问世，题曰"桃花影二编"。书坊主识语云："《桃花影》一编久已脍炙人口，兹复以《春灯闹》续梓，识者鉴诸。"④ 另如《闹花丛》，其作者自跋谓："今岁孟秋，友人有以庞刘事倩予作传，予援笔草创，两旬编就……友人必欲寿之梨枣，予亦不能强。"⑤

可见，艳情小说的编创主要是书坊主商业化运作的结果。正因如此，一些作者为了"贾利争奇"，往往不惜"凭空捏造，变幻淫艳"⑥，以求媚俗娱众。明末凌濛初在《拍案惊奇序》中即指出："近世承平日久，民佚志淫。一二轻薄恶少，初学拈笔，便思污蔑世界，广摭诬造。非荒诞不足信，则亵秽不忍闻。"这段话较准确地概括了艳情小说的编创特征，即艳情小说作者多为"初学拈笔"者，只会"广摭诬造"。究其实际，多数作者也确实是用抄改、拼凑、模仿等方式来滥造艳情小说的。

其一，抄改。《金瓶梅》的作者曾抄改话本小说以及《水浒传》、《如意君传》等，艳情小说作者也如法炮制。比如明末拟话本《欢喜冤家》就曾被抄改为多本艳

① 【清】杜濬：《十二楼序》，见李渔《十二楼》，上海，上海古籍出版社，1992，第1页。

② 【清】汤斌：《汤子遗书》卷九《苏松告谕》，转引自王利器辑录《元明清三代禁毁小说戏曲史料》，上海，上海古籍出版社，1981，第99－100页。

③ 【清】烟水散人：《桃花影跋》，转引自石昌渝主编《中国古代小说总目·桃花影》（白话卷），太原，山西教育出版社，2004，第337页。

④ 【清】紫宙轩主人：《春灯闹·识语》，转引自石昌渝主编《中国古代小说总目·春灯闹》，第31页。

⑤ 【清】佚名：《闹花丛·自跋》，转引自石昌渝主编《中国古代小说总目·闹花丛》，第238页。

⑥ 【清】崔市道人：《醒风流传奇序》，见《醒风流》，沈阳，春风文艺出版社，1981，第1页。

情小说：其中《巧缘艳史》与《艳婚野史》合为上下两部，抄自《欢喜冤家》之第四、第九、第十一、第十三、第十五回；《两肉缘》抄自《欢喜冤家》第五、第十二回；《风流和尚》抄自《欢喜冤家》第四、第十一、第十四回；《换夫妻》抄自《欢喜冤家》第二及第十三回；《百花魁》抄自《欢喜冤家》第十四及第十七回。编写者在抄袭时，往往会改变主要人物姓名及故事发生的时间、地点，并对情节进行增删，比如简化情节，删节较深奥的韵文，增加性描写，改用更通俗的语言等。以《闹花丛》为例，该书第二回后半，取自《鼓掌绝尘·雪集》第二十三回；第三回"丑梅香园内破花心，俏安童堂前遗春谱"与《鼓掌绝尘·雪集》第二十四回"丑姑儿园内破花心，小牧童堂上遗春谱"，不只正文几无差忒，连回目亦差不多；第七、第八回相当于《鼓掌绝尘·雪集》第二十六、第二十七回，只是《闹花丛》改变人物姓名，节简文字，增添了不少性描写。

其二，拼凑。由于一本艳情小说往往抄改自不同的小说或同一小说的不同回目，因而须将各抄袭部分拼凑在一起。如上述《巧缘艳史》、《艳婚野史》、《两肉缘》、《风流和尚》、《闹花丛》、《欢喜浪史》等，均在抄改的基础上拼凑、连缀而成。当然，有些改动也是源于拼凑的需要。如《巧缘艳史》抄自《欢喜冤家》第四回《香菜根乔装奸命妇》、第十一回《蔡玉奴避雨遇淫僧》及第十五回《马玉贞汲水遇情郎》之前半，编写者为了将各抄袭部分捏合在一起，便把卖珠客和淫僧都置于华严寺，人物姓名统一，情节也略作调整，以便串联原不相干的三个故事。可见，抄改与拼凑往往是兼而用之的。

其三，模仿。这也是艳情小说作者常用的手法。如古杭天放道人所作的《杏花天》，便有意"克隆"《天缘奇遇》。《天缘奇遇》写祁羽狄有姑妈，生有三女，祁往探亲，与三女私通；《杏花天》也写封悦生有姑妈，生三女，封往探亲，与三女偷情。《天缘奇遇》写祁生得玉香仙子授术，与诸女连床大战；《杏花天》也写封生得道人授丹丸、比甲术，与众女连床大战。《天缘奇遇》写祁生先后与十二女淫乱，后尽收为妻妾，号香台十二钗；《杏花天》也写封生与十二女淫乱，后尽收为妻妾，号十二钗：真是别无二致！又如成书较早的《浪史》，书末写梅素先带着一大群美女，躲到鄱阳湖去享艳福，并得高人指点，修道成仙，也多为后世艳情小说所效法。如《绣屏缘》写赵云客得广陵野狐指点迷津，携五位美女，到与世隔绝的素谷养真修仙。《浓情秘史》写魏玉卿先后与十一个女子淫乐，后居林下，得道成仙。《巫山艳史》写李芳带着八名妻妾，纵情淫乐，后得道士点化，带诸美女入山隐居。《闹花丛》写庞文英与玉蓉、桂萼等四女私通，后来得赤松子点化，带众女入太湖，后成仙。诸如此类的描写，皆与《浪史》所写如出一辙。

由于艳情小说多是采用抄改、拼凑、模仿的方式编写成的，所以其情节模式化的现象比较突出，各书中雷同的人物和故事情节比比皆是。比如写交换妻子以淫乐，在艳情小说中便司空见惯。《欢喜冤家》续第一回《两房妻暗中错认》写朱芳卿、龙天生各自看中对方的妻子，遂互换；后来，有编者就将此事演绎成《换夫妻》小说。《十二笑》第二笑《昧心友赚昧心朋》，也写巫杏与墨干交换妻子。《艳婚野史》也有换妻情节。再如写窥房，《桃花影》写玉卿偷窥仆人褚贵与山茶交媾，非云偷窥其母卞二娘与玉卿合欢；《春灯迷史》写丫鬟兰儿窥见金华与娇娘同房；《巫山艳史》写李芳偷窥仆人李旺与秋兰交欢，梅悦庵之妹窥见悦庵妾与李芳偷情；《株林野史》写侍女小娟偷窥巫臣与芸香淫乐等。类似这种陈陈相因的描写，在各本艳情小说中屡见不鲜，不烦列举。这就难怪它们艺术水平低下，内容荒唐无稽，不堪寓目了。

五、书坊与才子佳人小说的复制

清初，苏州书坊天花藏主人尝试创作了《玉娇梨》、《平山冷燕》，不料立即风靡，盖因以章回体写浪漫、曲折的才子佳人故事，给读者带来了新雅不俗的艺术感受。清吴航野客就说："历览诸种传奇，除醒世觉世，总不外才子佳人，独让《平山冷燕》《玉娇梨》出一头地，由其用笔不俗，尚见大雅典型。"①

天花藏主人因两书畅销，随后便继续自撰或请人编写才子佳人小说。他在《两交婚序》中即说："故于《平山冷燕》四才子之外，复拈甘辛《两交婚》为四才子之续。"②另外，题"天花藏主人述"的《玉支矶》、署"天花藏主人著"的《人间乐》、有天花藏主人自序的《锦疑团》，以及虽不题"自序"却带有自序口气的《画图缘》，也当出自其手笔。至于经他序刊的《幻中真》、《飞花咏》、《赛红丝》、《定情人》、《麟儿报》等，则是由他组织其他文人撰写的。如烟霞散人所作《幻中真》，即由天花藏主人写序、刊刻，可见他是天花藏书坊写作成员之一。实际上，苏州书坊"天花藏"（又称"素政堂"），乃是清初创作、刊行才子佳人小说的大本营。

而其他书坊见刊刻此类小说有利可图，也纷纷跟进，致使效颦者日众。如当时刊刻才子佳人小说的书坊或书坊主，尚有天花才子编撰、出版之《快心编》（课花书屋藏版），墨憨斋主人新编、出版之《醒名花》，古吴娥川主人编次、出版之《生花梦》，崔市道人编写、刊刻之《醒风流》、《凤箫媒》，书坊山水邻所刊之《金云翘传》（天花藏主人序），天花主人编次、刊刻之《惊梦啼》，东吴赤绿山房刊刻之《吴江雪》，凤吟楼刊云间嗤嗤道人编著之《五凤吟》，聚锦堂刊《英云梦传》等。

一些才子佳人小说序跋，还披露了书坊主聘请文人编创该类小说的信息。如《春柳莺》卷首，书坊主"吴门拚饮潜夫"序云："南北鹍冠，风流名人也……余

---

① 【清】吴航野客：《驻春园》，沈阳，春风文艺出版社，1985，第1页。
② 【清】天花藏主人：《两交婚》，沈阳，春风文艺出版社，1985，第2页。

识其言而敬之，复请之小说……"① 又如，烟水散人在《赛花铃·题辞》中也说："予自传《美人书》以后，誓不再拈一字。忽今岁仲秋，书林氏以《赛花铃》属予点阅。"② 在《合浦珠·自序》中又说："忽于今岁仲夏，友人有以'合浦珠'倩予作传者。予逊谢曰：……而友人固请不已，予乃草创成帙。"③

这些作者与天花藏主人命运相似，多为穷愁失意之下层文人，之所以应书坊主之请撰写才子佳人小说，一方面是因"著书都为稻粱谋"，一方面也是欲借小说创作来圆他们难以实现的科举、婚姻美梦。如烟水散人就声称其作小说是"结一天际想于无何有之乡"，做"游仙之虚梦"④。《西湖小史》的作者蓉江也是"大才见屈，多困名场"，"屡战必北"，只好借小说来圆梦⑤。《生花梦》的作者娥川主人，也是"既乏江皋之遇，空怀赠佩之缘；未逢伯乐之知，徒抱盐车之感"，不得已借小说以"慨遇也"、"寄讽也"⑥。《水石缘》的作者李春荣，也因"屡试未售"，遂"作小说以抒怀"⑦。

由于《玉娇梨》、《平山冷燕》所写的才子佳人功名遇合故事颇能表现落魄文人的人生梦想，出版后又颇为畅销，加上这两部小说提供了可资效仿的创作模式，按此范式进行复制，既可驾轻就熟，省心省时，又能及时满足书坊主快速抢占图书市场以牟利的需求，所以一时间仿续之作层出不穷。例如，《春柳莺》写才子外出寻求佳人，见对方诗作清新而开始恋爱追求，小人冒才子之名行骗，才子佳人借诗传情，佳人乔装、托妹自嫁，权贵逼婚，才子及第，一美双艳终谐良缘，这些主要情节都因袭、模仿《玉娇梨》。《飞花艳想》写考诗择婿，小人盗袭才子之诗冒名骗婚，权贵逼婚不遂而设计陷害佳人父亲等，也变相蹈袭《玉娇梨》。另外《玉娇梨》所写女扮男装情节，也见之于《春柳莺》、《两交婚》、《宛如约》、《人间乐》、《麟儿报》；《玉娇梨》所写的出使外邦，则见于《定情人》、《玉支玑》、《飞花艳想》等。又如，《两交婚》是续《平山冷燕》之作，"虽非有意攀援，而实未尝不无心映藉也"⑧；烟霞散人所著《凤凰池》，也别署"续四才子书"。两书皆因循《平山冷燕》的叙事套路，写两个才子与一对佳人的恋爱婚姻故事，举凡才子佳人

---

① 【清】南北鹖冠史者：《春柳莺》，沈阳，春风文艺出版社，1983，第1页。

② 【清】白云道人著、烟水散人校补：《赛花铃》，《中国古代珍稀本小说》（7），沈阳，春风文艺出版社，1994，第294页。

③ 【清】烟水散人：《合浦珠》，《中国古代珍稀本小说》（8），春风文艺出版社，1994，第217页。

④ 【清】烟水散人：《女才子叙》，《女才子书》，沈阳，春风文艺出版社，1983，第2页。

⑤ 【清】李荔云：《西湖小史序》，参见丁锡根编著《中国历史小说序跋集》，第1310页。

⑥ 【清】古吴青门逸史：《生花梦序》，见娥川主人编次《生花梦》，北京师范大学出版社，1993。

⑦ 【清】李春荣：《水石缘后序》，参见丁锡根编著《中国历史小说序跋集》，第1294页。

⑧ 【清】清·天花藏主人：《两交婚》，沈阳，春风文艺出版社，1985，第1页

以诗为媒，小人拨乱，权贵逼婚，女扮男装，假名士出丑以及奉旨成亲等，均蹈袭《平山冷燕》或《玉娇梨》。

有学者曾选取清初五十部才子佳人小说，分析、比较其基本情节，指出：一见钟情，纨绔谋取，小人拨乱，权贵逼婚，考诗择婿，女扮男装，奉旨成婚等等，这些雷同化的情节，屡见不鲜①。至于人物形象，其类型化特征也极明显，写才子之貌，不外乎是"姿洒潘安，神清卫玠"，"玉树临风"，"弱不胜衣"等；才子之才，则"学富五车，才高八斗"，"斗酒百篇"，"倚马可待"，其才可比司马相如、曹子建、李青莲、苏东坡等；才子之性情，则多半率性而为，恃才傲物，鄙视权贵，淡泊名利等。写佳人，则皆为天地山川秀气所钟，个个花娇月媚，"赛毛嫱，夸西子"，"不是瑶台神女，定疑洛水仙娥"；并且又都有"班姬儒雅，道韫才情"，以及贤淑不妒等美德。

可见，无论情节设置，还是人物塑造，清初才子佳人小说大都是按《玉娇梨》、《平山冷燕》奠定的创作范式不断地复制，故而有人讥讽它们"千部共出一套"。但是这些效颦、复制之作在清初却盛极一时，成为最流行的小说流派。

六、书坊编创通俗小说的总体评价

以上，我们对书坊编创通俗小说的情况进行了系统考察，不难看出书坊主及其聘请的下层文人，之所以从事通俗小说的编创，主要受牟利动机的驱使，可是由于他们的文化素养不高、创作水平有限，又急于求成，亟欲抢占市场，以求快速牟利，因而他们一般都不会在熔铸各种素材、提炼作品主题、布局谋篇以及修润文辞等方面煞费苦心，耗去大量时间。这样一来，翻抄、模仿、辑补、缀联等，也就成了他们编创通俗小说的最主要方式。他们编创历史演义小说的方式，就是效颦《三国演义》，"按鉴"演史，抄改平话，演绎兴废争战故事；编创神魔小说的方式，则是选取民众普遍崇奉的神灵加以演绎，广泛摭拾宗教故事、民间传说、戏曲话本等，加以抄袭、编缀、增饰，并有意将神灵人情化、世俗化，以投合读者的阅读口味；编创公案小说，则大量抄撮法家书、话本、杂剧、民间传说与说唱词话等的公案故事，进行增删、修改、拼凑、编订；即使编创子虚乌有的艳情小说和才子佳人小说，也是以抄改、拼凑、蹈袭、模仿、复制为主。其编创方法大同小异，因此其所编小说的艺术质量自然也就乏善可陈。借用鲁迅的话说，他们编创的小说多数都是"掇拾故书，益以小说，补缀联属，勉成一书，故形式仅存，而精彩遂逊，文辞又多非己出，不足以云创作也。"②

不过，从通俗小说创作史的角度来看，书坊编创通俗小说的意义却非同小可：

① 参见苗壮所著《才子佳人小说史话》，沈阳，辽宁教育出版社，1993，第93—101页。
② 鲁迅：《中国小说史略》，上海，上海古籍出版社，1998，第80页。

　　首先，它促进了通俗小说编创的繁兴与流派的形成。当《三国志通俗演义》问世，产生轰动效应时，正是由于书坊主熊大木、余邵鱼、余象斗、杨尔曾等人及时编创了《大宋中兴通俗演义》、《唐书志传通俗演义》、《全汉志传》、《南北宋志传》、《春秋列国志传》等，才引发了历史演义小说的创作热潮；而当《西游记》出版后产生巨大反响时，又是书坊主余象斗等人及时编撰了《南游记》和《北游记》等，才使神魔小说的编创迅速走向繁荣。公案小说、艳情小说和才子佳人小说的编创也不例外。可见，如果不是书坊的商业化运作，明清通俗小说编创是不会如此繁兴的，而历史演义、神魔小说、公案小说、艳情小说和才子佳人小说等，也不会很快形成一个声势浩大的流派。

　　其次，书坊编创的一些通俗小说，也为后来通俗小说创作水平的进一步提高做了一定的铺垫。例如，《全汉志传》之于《西汉通俗演义》；《唐书志传通俗演义》之于《隋唐演义》；《春秋列国志传》之于《新列国志》；《龙图公案》之于《三侠五义》等，后者都是在前者的基础上进行艺术再创作，才取得了较可观的艺术成就的。另外，书坊编创也有效地激发了读者大众阅读通俗小说的兴趣，培养、扩大了通俗小说的读者队伍，为通俗小说的再创作提供了消费方面的保证。

明代金陵周氏家族刻书成员与书坊考述

廊坊师范学院文学院　许振东

明代初建都于金陵，永乐十九年（1421）迁至北京，前后共历 53 年。在半个多世纪中，金陵是全国的政治、经济中心，也是文化事业和出版事业的中心。都城北迁后，金陵的政治中心地位虽有所削弱，但仍是江南重要的政治、经济和文化中心，刻书出版业一直十分繁荣。金陵的书坊可考的有上百家之多，大都集中在今三山街一带，其中有不少是同姓的，如周姓。本文所论为明代金陵从事书坊刻书活动的周姓家族成员，而非商业经营活动的家刻。周姓书坊刻印了不少著名的小说作品，对其刻书活动的了解，有利于更全面了解小说的刻印和传播。

一、金陵周姓书坊主的载录情况

张秀民（1908—2006）先生是中国印刷史研究的重要奠基人，集中其毕生研究成果的《中国印刷史》，1984 年首由上海人民出版社出版；后经韩琦先生增订，2004 年又由浙江古籍出版社修订再版。该书资料丰富，被视为印刷史研究中的空前巨著[1]。在该书中，张秀民先生根据诸家目录和古籍牌记，考得明代金陵周姓书坊共 14 家，转录如下：

金陵书林周希旦大业堂又作绣谷周氏大业堂
金陵书林周曰校应贤、对峰又作周曰校万卷楼
金陵书林周近泉大有堂又作秣陵周氏大有堂
金陵书坊周氏嘉宾堂
金陵书坊周竹潭
金陵书坊周昆冈
金陵书林周宗孔
书林周宗颜

---

① 著名文物史家史树青曾评说："此书在印刷史中为空前巨著。"详见张秀民《中国印刷史》增订版自序，浙江古籍出版社，2004。

金陵书林周四达

金陵书肆周廷槐

金陵书林周如泉

金陵书林周显

金陵书肆周前山

南京周用书铺原籍江西东乡县

另外，张著补充：明有周文焕刻书，因未标明金陵书林，不在上面所列之内。故，张先生本书实际共载录明代金陵书坊14家，书坊主15个。

张先生的考辨是甚为翔实全面的，以后的研究多建立在张著的基础上，没有显明的发现和超越。如1990年巴蜀书社出版著名古籍专家李致忠先生所著《历代刻书考述》，论及明代南京的书肆，共著录周姓较有名者7家，均在张著所列14家之内。2000年，江苏人民出版社出版缪永禾著《明代出版史稿》，列周姓书坊（主）：周希旦（大业堂）、周曰校（万卷楼）、周近泉（大有堂）、周氏嘉宾堂（即周竹潭）、周昆冈、周宗孔、周宗颜、周四达、周廷槐、周如泉、周显、周前山、周用，共13家。其将书坊嘉宾堂归于周竹潭名下，而张氏分做两家，其他几无异。

对金陵周姓书坊及书坊主有突破性发现的是杜信孚先生的相关研究。他于1983年5月出版《明代版刻综录》，又于2001年12月和2009年7月再次出版《全明分省分县刻书考》、《全清分省分县刻书考》，尽管三书仍有不少值得商榷之处，但总体而言，对我国古代印刷史的研究仍具有较大的学术贡献。

《明代版刻综录》和《全明分省分县刻书考》均以明代刻书为研究对象，两者有着非常密切的联系；但因后者较为晚出，故当更为可信与全面，且其以地域排列，便于统计分析，故先就《全明分省分县刻书考》进行考察。

《全明分省分县刻书考》共收录金陵周姓书坊主23家，现列如下（新增者标★，有异者标▲）：

周如山（大业堂）▲、周敬泉（大有堂）▲、周如溪（文斐堂）★、周显、周文焕、周文华★、周前山、周庭槐、周誉吾★、周玉堂★、周敬吾★、周敬松★、万卷楼（周曰校）、周桂山★、周昆冈、周时翰★、周四达、周竹潭（嘉宾堂）▲、周希旦▲、周近泉▲、周乐泉★、周乐轩★、周如泉

与张著《中国印刷史》所录相比较，如下：

新增者有十二：周如山（大业堂）、周敬泉（大有堂）、周如溪（文斐堂）、周文华、周誉吾、周玉堂、周敬吾、周敬松、周桂山、周时翰、周乐泉、周乐轩；

所录相同者有十一：周显、周文焕、周前山、周庭（廷）槐、周曰校（万卷

楼）、周昆冈、周四达、周竹潭、周希旦、周近泉、周如泉；

无张著所录者有三：周宗孔、周宗颜、周用；

所录存在差异者有五：

1. 杜著：大业堂主为周如山；张著：大业堂主为周希旦，周如山不记。

2. 杜著：周希旦单独列出，无书坊；张著：周希旦为大业堂主。

3. 杜著：大有堂主为周敬泉；张著：大有堂主为周近泉，周敬泉不记。

4. 杜著：周近泉单独列出，无书坊；张著：周近泉为大有堂主。

5. 杜著：嘉宾堂主为周竹潭，字宗孔；张著：嘉宾堂主为金陵周氏，周竹潭单独列出，周宗孔亦单独列出，三项是分开的。

《明代版刻综录》以刊者名号的笔画为序，不以地域为限，有的注明了地域，有的未加注明。其中，明确注明属金陵（秣陵）书坊的有五：

周如山、周前山、周曰校、周竹潭、周近泉；

被《全明分省分县刻书考》收入金陵（秣陵）地区书坊，而《明代版刻综录》未明确注明属该区域的有十：周宗颜、周文焕、周庭槐、周敬吾、周敬松、周时翰、周四达、周如泉、周昆冈、周如溟。

另外，周宗颜被张秀民《中国印刷史》收录，而未被《全明分省分县刻书考》的金陵周姓书坊所收。因而，《明代版刻综录》共收录金陵的周姓书坊主16位，均已见于前两书著录，无新增。

综上，《中国印刷史》、《明代版刻综录》、《明代分省分县刻书考》三书均收录的金陵书坊主有11人，为：

周显、周文焕、周前山、周庭（廷）槐、周曰校（万卷楼）、周昆冈、周四达、周竹潭、周希旦、周近泉、周如泉；

《中国印刷史》、《明代版刻综录》共同收录的金陵书坊主1人：周宗颜；

《中国印刷史》单独收录的金陵书坊主2人：周宗孔、周用；

《全明分省分县刻书考》单独收录的金陵书坊主12人：周如山（大业堂）、周敬泉（大有堂）、周如溟（文斐堂）、周文华、周誉吾、周玉堂、周敬吾、周敬松、周桂山、周时翰、周乐泉、周乐轩；

因此，综合张秀民、杜信孚两先生的研究成果，到目前为止，各家载录的明代金陵周姓书坊主有26人；如果依杜信孚所说周竹潭和周宗孔为1人，那么则当减少至25人。

二、金陵周姓书坊主的辨疑与补充

因为材料的匮乏，各家对金陵周姓书坊主的载录还有不少相互龃龉或有待补充的地方，下文即依个人所见进行辨疑与补充。

（一）大业堂主

大业堂是明中后期金陵地区非常著名的刻书坊，刻印过许多优秀的白话小说等类书籍，对古代文学与文化的传播产生过重要作用。但是，人们对这个书坊的了解并不多，甚至存在较大分歧。

张秀民《中国印刷史》记大业堂主为周希旦，并指出其喜刻小说的特色，载其刻有《东西汉演义》、《三国志演义》、《西晋志传题评》、《东晋志传题评》、《新刊出像补订参采史鉴唐书志传通俗演义》五种作品。

杜信孚《明代版刻综录》记大业堂主为周如山，收录大业堂刻书7种，简录如下：

1. 注医学入门七卷首一卷　明李梃撰，明万历金陵书林周如山大业堂刊。
2. 镌出像补订参采史鉴唐书志传通俗演义题评八卷　明熊大木撰，明王少淮绘图，明万历二十一年金陵书林周如山大业堂刊。书内插图合页连式。
3. 新镌翰林考正历朝故事统宗十卷附仁君考实一卷明李延机辑，明邱宗孔释，明万历三十二年金陵书林周如山大业堂刊。
4. 东西晋演义十二卷　明杨尔曾撰，明万历四十六年金陵书林周如山大业堂刊。西晋志传四卷、东晋志传八卷。
5. 李卓吾先生批评西游记一百回　明吴承恩撰，明李贽评，明万历金陵书林周如山大业堂刊。
6. 山海经释义十八卷　晋郭璞撰，明王崇庆释义，明万历金陵书林周如山大业堂刊。
7. 袁中郎全集二十四卷　明袁宏道撰，明万历金陵书林周如山大业堂刊。

杜信孚《全明分省分县刻书考》亦记大业堂主为周如山，收录大业堂刻书9种，其中7种所记与《明代版刻综录》相同，新增2种为：

1. 皇明开运辑略武功名世英烈传六卷　明郭勋撰，明万历江苏省金陵书林周如山大业堂刊本。
2. 重刻京本东汉十二帝通俗演义四十六则　明天启江苏省金陵书林周如山大业堂刊本。

杜信孚两书所记，较张著更为深入、全面。其记大业堂为金陵书坊，刊印的书籍较早始于万历年间，至少不晚于万历二十一年，并一直延续到天启年间。刻印书籍与张著所记有不少相同、或同书异名。应该说张、杜所指大业堂应为一家，但两者一方以为大业堂主是周希旦，另一方以为是周如山，究竟两者哪个更为准确呢？

目前，有些工具书采取折中的方法，如瞿冕良撰《古籍版刻辞典》① 解释："大业堂：明万历间金陵人周希旦、周如山的书坊名。"王清原等撰《小说书坊录》在金陵周氏大业堂条有类似解释②。这样的处理，显然是有问题的。那么，两者究竟为谁呢？

众所周知，现代著名学者孙楷第是中国小说目录学的创始人，他所著的《中国通俗小说书目》被郑振铎称作是"最好的一部小说文献（《论中国短篇白话小说》序）"。在这部书中，共著录大业堂刊刻通俗小说 4 种，分别为：《重刻西汉通俗演义》八卷一百零一则、《重刻京本增评东汉十二帝通俗演义志传》十卷一百四十六则、《东西晋演义》（西晋四卷、东晋八卷）、《李卓吾先生批评西游记》一百回。其中，《重刻西汉通俗演义》一书，明确署"金陵书林敬素周希旦校锓"。孙楷第的学术功底和考信风格是可以信赖的，从其说，金陵大业堂主为周希旦是更令人信服的；而且，他的字也该为敬素，而非如山。

杜信孚《全明分省分县刻书考》在"大业堂"之外另录一条"周希旦"，下注："字敬素，江苏省金陵人。"此条录书 1 种，即：《象山先生全集》六卷。下注：宋陆九渊撰。明万历四十三年江苏省金陵书林周希旦大业堂刊本。这与前记"大业堂"主为周如山的说法相矛盾，反而进一步印证了大业堂主该为周希旦。

（二）周如山

既然周如山不是大业堂主，那他是哪家书坊主，和金陵有没有关系呢？

王重民《中国善本书提要》载《新刻京台公余胜览国色天香》十卷二十册，清初刻本。原题："抚金养纯子吴敬所编辑，大梁周文炜如山甫重梓。"③ 此处所提"周文炜如山"即是周如山，其名文炜，如山为其号。当时，王重民对周文炜也知之不多，其进一步指出："文炜亦无考，封面题'敬业堂梓行'，当为文炜书坊。又是书不似大梁刻本，殆文炜有书坊在江南；或文炜本江南人，其族源自大梁也。"因受史料之限，王重民对周文炜的所主书坊、籍贯等都是持推测之语的。

张秀民《中国印刷史》未收如山或周文炜。杜信孚《明代分省分县刻书考》收周如山，但署为金陵大业堂主，前文已证不妥。《明代版刻综录》所记前后矛盾，第三卷第 278 条"周文炜"，下注"见光霁堂条"；而第二卷第 81 条"光霁堂"条，却注："周光炜字如山，亮工子，大梁县人。"此处记"光炜"而非"文炜"，不知是刊误，还是非一人。如是将周文炜错刊为周光炜，那杜氏以为周文炜也是光霁堂书坊主人。同书第 337 条"周如山"下注"见大业堂"条，同《明代分省分县刻书考》看法，非确。

---

① 瞿冕良撰：《古籍版刻辞典》，苏州大学出版社，2009 年第 1 版，第 16 页。

② 王清原等撰：《小说书坊录》，北京图书馆出版社，2002 年第 1 版，第 5 页。

③ 王重民：《中国善本书提要》，上海古籍出版社，1983，第 401 页。

各种工具书对周如山的解释也并不统一。如瞿冕良编《中国古籍版刻辞典》（增订本）解释："周文炜，明崇祯间祥符人，字赤之，号如山，太学生，有《观宅四十辑吉祥相》。"①《江苏艺文志》单设条目说："周文炜（？—1658）字坦然，号如山。明末祥符（今河南开封）人，徙居江宁。亮工父。国子监生。任诸暨簿。"②

2008 年凤凰出版社出版了朱天曙编校的《周亮工全集》，对全面了解周如山具有重要的意义。其中，《周亮工全集》第二卷收录了周亮工子周在浚所撰《行述》，述及家世说：

> 不孝孤先世自始祖宋进士匡公，世居白下金沙井，后以参江西抚州军事，留居治所。已徙抚州之金溪蔍山，又徙戌源，数传至乡贡进士兰一公，遂定居栎下，至高祖石四公生珀十一公，珀十一公生琥二十四前山公讳庭槐。曾大父以先伯祖文卿公封文林郎鸿胪寺序班，前山公游大梁，遂家焉，娶喻太夫人，生三子。长即先封公，诰封嘉议大夫、福建布政使司左布政使如山公。如山公娶故明胙城王朝　公女朱太淑人，复居白下，遂生先大夫，生而目光如电，襁褓中与常儿异。③

又，姜宸英为周亮工撰《墓志铭》记：

> 周氏世金陵人，始祖匡仕宋，参江西抚州军事，因家焉。其后三徙定居栎下，至公祖赠鸿胪寺序班。廷槐游大梁而乐之，因占籍开封，遂为开封人焉。鸿胪生子文炜，即公父，国子监生，任诸暨簿。④

这两段文字，原被收录在周如山之孙周在浚所辑的周亮工诗文集《赖古堂集》的附录中，应该具有绝对的可信性。由之可知，周如山，名文炜，号如山。先世居金陵金沙井，后徙江西抚州之金溪，定居栎下；父庭槐游大梁（河南开封），并占籍开封。曾为国子监生、诸暨簿；后复居金陵，生子亮工。至此，周如山的情况大致清晰。

但是，至今，有关周如山刻书的文献材料仍极少，其究竟所主哪家书坊，争议颇多。综合起来，主要有以下几种：

① 瞿冕良编：《中国古籍版刻辞典》（增订本），苏州大学出版社，2009 年第 1 版，第 558 页。

② 杨云海等编：《江苏艺文志·南京卷》上册，江苏人民出版社，1995 年第 1 版，第 436 页。

③ 周在浚撰：《行述》，《赖古堂集附录》，见《周亮工全集》第 2 卷，凤凰出版社，2008 年第 1 版，第 976 页。

④ 姜宸英撰：《墓志铭》，《赖古堂集附录》，见《周亮工全集》第 2 卷，凤凰出版社，2008 年第 1 版，第 941 页。

1. 敬业堂主说。见前王重民《中国善本书提要》的载录。

2. 光霁堂或光启堂主说。杜信孚《明代版刻综录》第 278 条为"周文炜",下注"见光霁堂条"。第 81 条"光霁堂"条下注:"周光炜字如山,亮工子,大梁县人。"此处"周光炜"当为周文炜,"亮工子"亦错记,应为亮工父。"大梁"为文炜曾占籍。另外,在本书同一条目下,杜信孚记周光炜光启堂刻书两种,可能为误记。

3. 大业堂主说。见前杜信孚《明代版刻综录》、《全明分省分县刻书考》的载录。陆林《周亮工参与刊刻金圣叹批评〈水浒〉、古文考论》亦持此说,以为"今存凡标明'大业堂'、'周如山'镌刻之书,均出自其父文炜(字坦然,号如山)之手"。①

4. 醉耕堂主说。与大业堂主说相联系,陆林《周亮工参与刊刻金圣叹批评〈水浒〉、古文考论》同时提出此说,以为"'醉畊堂'为周家从文炜至亮工、亮节父子、兄弟相沿不替的刻书坊号"②。

以上几种说法,都有待于进一步地考实辨析,暂存此备考。

(三) 周时泰

周时泰,《中国印刷史》、《明代分省分县刻书考》均未见收录。《明代版刻综录》第五卷录为博古堂主,字敬竹,羊城人。该书共载博古堂刻书 8 种,每种前都标注"羊城书林博古堂刊③"。可见,杜信孚是将周时泰视为羊城书坊主,而非金陵书坊主的。又,《江苏艺文志》载:"周时泰,字敬竹。明金陵人(《明代版刻综录》作羊城人,误)。嘉靖、万历间刻书家。书坊名'秣陵周时泰',一作'秣陵博古堂',或'金陵博古堂④'。"此处,否定周时泰为羊城人,而视之为金陵书坊主。另外,瞿冕良编《中国古籍版刻辞典》(增订本)"博古堂"条下解释:"明嘉靖间羊城人周时泰在金陵所设的书坊名。时泰字敬竹,太学生。"⑤ 这种提法是将前两者组合起来,因书坊在金陵,尽管籍在羊城,实际上,此说亦视周时泰为金陵书坊主。

王重民《中国善本书提要》共收录周时泰刻书 4 种,下将其所刻书及与周时泰相关的信息简录于下:

《皇明大政纪》二十五卷三十二册,美国国会图书馆藏,明万历间刻本。原题:"臣丰城雷礼谨辑,余姚朱锦谨校,金溪闵师孔谨订,秣陵周时泰谨阅";卷二十二

①② 陆林:《周亮工参与刊刻金圣叹批评〈水浒〉、古文考论》,《社会科学战线》2003 年第 4 期,第 125 页。

③ 杜信孚:《明代版刻综录》第三卷,广陵古籍刻印社,1983,第 20 页。

④ 杨云海等编:《江苏艺文志·南京卷》上册,江苏人民出版社,1995,第 391 页。

⑤ 瞿冕良编:《中国古籍版刻辞典》(增订本),苏州大学出版社,2009,第 834 页。

为《皇明肃皇外史》，下题："臣洧川范守己谨辑，金溪闵师孔谨阅，秣陵博古堂谨镌"；卷二十五为《皇明大政纪》，下题："臣茶陵谭希思谨辑，金溪闵师孔谨校，金陵博古堂谨刊。"王重民据周曰校与时泰刻书同，交游同，又同游太学，推测二人族属极相近，万卷楼与博古堂之营业关系，亦极密切。①

《皇明大政纪》二十五卷三十二册，北京大学图书馆藏，明万历间刻本。卷一至卷二十题："臣丰城雷礼谨辑，余姚朱锦谨校，金溪闵师孔谨订，秣陵周时泰谨阅"；卷二十一至二十四题："臣洧川范守已谨辑，金溪闵师孔谨校，秣陵博古堂谨镌"；卷二十五题："臣茶陵谭希思谨辑，金溪闵师孔谨校，金陵博古堂谨刊"。封面题："万历壬寅岁博古堂刊行。"②

《新刻搜集群书记载大千生鉴》六卷四册，北京大学藏，明末刻本。原题："南司马尚书职方员外郎泾上东山张应泰、南司马尚书车驾员外郎浙姚恕铭朱锦考正，宛陵庠生青藜阁四素刘维诏搜集，豫章府庠云龙斋惺全刘汝浃参阅，金陵车书楼儒生养恬王世茂，南太学博古堂敬竹周时泰梓行。"③

《谷城山馆诗集（二十卷）文集（四十二卷）》三十二册，北京图书馆藏，明万历间刻本。原题："东阿于慎行着，门人邢侗校，门人郭应宠编。"叶向高序云："岁甲辰，余过谷城，公出其所梓诗命余序之。余谓公文何以不传？公曰：力不任梓耳。余至白门，以告太学生周时泰；时泰请任斯役。公乃衷其生平所著作，删定厘次，盖又更两岁而始寄余，时丁未初夏也。未几而余与公同被纶扉之命，同入都，而公有末疾，卧邸中，不旬日逝矣！逝之日，时泰适告成事，以公集来，并其诗合刻之。"④

据以上王重民《中国善本书提要》的载录，博古堂与周时泰多署金陵、秣陵，尤其《新刻搜集群书记载大千生鉴》题"南太学博古堂敬竹周时泰梓行"。故，本文依王说，以为周时泰当为金陵博古堂的坊主，刻书活动主要在万历晚期，敬竹为其字，与周曰校可能有族属关系。如此，明代金陵的书坊主可增至26人。

三、金陵周姓书坊述要

据目前材料所载，明代金陵周姓书坊主要有万卷楼、大业堂、大有堂等10个，综合各种载录，简要叙述如下：

万卷楼：题"周曰校万卷楼"、"白门万卷楼"。坊主记为周曰校。金陵周姓

---

① 王重民：《中国善本书提要》，上海古籍出版社，1983，第108页。
② 王重民：《中国善本书提要》，上海古籍出版社，1983，第109页。
③ 王重民：《中国善本书提要》，上海古籍出版社，1983，第386页。
④ 王重民：《中国善本书提要》，上海古籍出版社，1983，第642页。

书坊中刻书最多者之一，经、史、子、集皆有。张秀民《中国印刷史》有记。所刻书籍，王重民《中国善本书提要》收录 16 种，杜信孚《明代版刻综录》收录 29 种，《全明分省分县刻书考》收录 36 种。另据《江苏艺文志》、《中国古籍善本书目》等考辨补充，共刻书约 44 种。刻书有较早年份记载的为万历十一年（当年刊印《东垣十书十二种》二十二卷，见杜信孚《明代版刻综录》），晚至崇祯八年（当年刻有《新编扫魅敦伦东度记》，见孙楷第《中国通俗小说书目》）仍有刻书。

大业堂：题"金陵书林周希旦大业堂"、"绣谷周氏大业堂"。坊主记为周希旦或周文炜等。所刻书有经书、医书、小说等。张秀民《中国印刷史》有记。孙楷第《中国通俗小说书目》记刻通俗小说 4 种，杜信孚《明代版刻综录》记刻书 7 种、《全明分省分县刻书考》记刻书 9 种，另据《江苏艺文志》、《中国古籍善本书目》等考辨补充，共刻书约 20 种。刻书有较早年份记载的为明万历二十一年（当年刊印《新镌出像补订参采史鉴唐书志传通俗演义题评》八卷，见《明版刻综录》），晚至清顺治年间（刊印《两太史评选二三场程墨分类注解学府秘宝》，见《中国古籍善本书目·集部》）仍有刻书。

大有堂：题"金陵之大有堂"。坊主记为周近泉或周敬泉。张秀民《中国印刷史》有记。王重民《中国善本书提要》记刻书 1 种：《新镌全像评释古今清谈万选四卷》，周近泉大有堂刻于万历八年后，周近泉又号泰华山人。杜信孚《明代版刻综录》记刻 3 种，《全明分省分县刻书考》记为"金陵书林周敬泉大有堂"，录书 3 种，其中 2 种为新增，1 种为重录。《江苏艺文志·南京卷》仍记坊主为周近泉，刻书 3 种。故，大有堂共刻书约 5 种，刻书有较早年份记载的为万历八年（如王重民记），晚至崇祯年间仍有刻书（刊印《养生必要活人心诀》四卷，见杜信孚《全明分省分县刻书考》）。

嘉宾堂：书坊主为周竹潭，字宗孔，江苏省金陵人。张秀民《中国印刷史》记"金陵书坊周氏嘉宾堂"，不记书坊主。王重民《中国善本书提要》、杜信孚《明代版刻综录》各记周竹潭刻书两种，未记书坊名。杜信孚《明代分省分县刻书考》记嘉宾堂坊主为周竹潭，字宗孔，收刻书共 11 种，其中含前两书所记。刻书有较早年份记载的为万历八年，（本年刊印《汇选易见历书》六卷），晚至万历二十七年（本年刊印《大明律例注释祥刑病鉴》三十卷，均见杜信孚《明代分省分县刻书考》）。

博古堂：王重民《中国善本书提要》记博古堂刻书 4 种，题"金陵博古堂"、"秣陵博古堂"、"南太学博古堂"。坊主周时泰，字敬竹。《中国印刷史》、《明代分省分县刻书考》均未见收录。瞿冕良编《中国古籍版刻辞典》（增订本）记博古堂为"明嘉靖间羊城人周时泰在金陵所设的书坊名"。《明代版刻综录》录博古堂为羊城书坊。综合各家载录，该书坊共刻书 9 种，刻书有较早年份记载的为明嘉靖三十八年（1559）（本年刊《新刊校正古本历史大方通鉴》二十卷），晚至万历四十三年（本年刊《元曲选一百种》一百卷，均见杜信孚《明代版刻综录》）。

文斐堂：张秀民《中国印刷史》未记。王重民《中国善本书提要》以为坊主为项伯达，记万历三十一年刻《国朝七名公尺牍八卷》1 种。① 杜信孚《明代分省分县刻书考》载文斐堂主为周如溟，刻书 3 种，最早一种即为王著所录万历三十一年所刻之书，另两种均刻在万历三十四年。杜信孚《明代版刻综录》录万历三十四年所刻书之一，署为周如溟刻，未题文斐堂。

仁寿堂：张秀民《中国印刷史》未记。王重民《中国善本书提要》、孙楷第《中国通俗小说书目》、王清原等著《小说书坊录》等记：万历年间刊《新刻校正古本大字音释三国志传通俗演义》十二卷、《新刊大宋中兴通俗演义》八卷八十则，此二书封面题"书林万卷楼刊行"，而版心题"仁寿堂刊"，故多推知"仁寿堂"可能为周曰校又一书坊名。孙楷第《中国通俗小说书目》载《新刻校正古本大字音释三国志传通俗演义》刻于万历十九年（1591），另一书刊于万历何年未见所署。

敬业堂：王重民《中国善本书提要》记载：《新刻京台公余胜览国色天香十卷》，二十册，藏美国国会图书馆。清初刻本。原题："抚金养纯子吴敬所编辑，大梁周文炜如山甫重梓。"封面题"敬业堂梓行"，当为文炜书坊。郑振铎《西谛书目》亦载此书，记为："明吴敬所撰。清敬业堂刊本。"② 孙楷第先生《日本东京所见中国小说书目提要》录日本内阁文库藏本，其记"卷第下署'抚金养纯子吴敬所编辑，书林万卷楼周对峰绣锲'"。又记目录页题"万历丁酉春金陵书林周氏万卷楼重锲"。③ 万历丁酉年，即在万历十五年（1587）。对峰为万卷楼主周曰校的字，故有人以为周曰校亦为敬业堂坊主。但不知王重民所记本为何题周文炜重梓，待考。

光霁堂：又称光启堂。杜信孚《明代版刻综录》第 81 条记光霁堂，下注："周光炜字如山，亮工子，大梁县人。"此处"周光炜"当为周文炜，为亮工父，金陵人，祖籍"大梁"。共载刻书 6 种。刻书活动主要在万历、天启间，其中，刻在万历三十六年的《徐笔洞全集十二种》为较早有明确纪年的一种。此本和天启年间刻的《医林状元寿世保元》十卷，均署光启堂刊。

醉耕堂：未见张秀民、王重民、孙楷第、杜信孚所著书载录。王清原等撰《小说书坊录》录国家图书馆藏顺治十四年（1657）刊《评论出像水浒传》④。据陈翔

---

① 王重民：《中国善本书提要》，上海古籍出版社，1983，第 480 页

② 郑振铎：《西谛书目》卷四·集部中，北京图书馆出版社，2004，第 53 页。

③ 孙楷第：《日本东京所见中国小说书目提要》，1958，第 127 页。

④ 王清原等撰：《小说书坊录》，北京图书馆出版社，2002，第 19 页。

华先生考证，北京图书馆善本室藏有康熙时醉耕堂所刊的《三国演义》。① 经查孙殿起《贩书偶记》等书，共计刻书 7 种，另刻有医书《审视瑶函》、《银海精微》等。《审视瑶函》刊在崇祯十七年（1644），为较早的一种，刊于康熙五年（1666）的《古学文存辨体》，问世较晚。陆林《周亮工参与刊刻金圣叹批评〈水浒〉、古文考论》一文提出："'醉耕堂'为周家从文炜至亮工、亮节父子、兄弟相沿不替的刻书坊号②。"

　　金陵周姓书坊主是明末清初重要的刻书群体，他们主要的刻书活动从明代中叶一直延续到清代中叶，对古代小说戏曲等文学及文化的传播起到了非常大的作用。上文对金陵周姓书坊主及书坊进行了较为全面的梳理、辨疑与补充，受所见之限制，难免仍有不少遗漏；尤其是入清以后，金陵周姓刻书仍很活跃，特别是周文炜的后人周亮工、周亮节、周在浚等人的刻书活动，产生影响的时间较长，具有非常高的研究价值，以后再另撰文进行专门的探讨。

---

① 陈翔华：《毛宗岗的生平与〈三国演义〉毛评本的金圣叹序问题》，《文献》1989 年第 3 期。

② 陆林：《周亮工参与刊刻金圣叹批评〈水浒〉、古文考论》，《社会科学战线》2003 年第 4 期，第 125 页。

《三国志通俗演义》的经世思想及其寓言建构

台湾师范大学国文学系　李志宏

一、前　言

《三国志通俗演义》①　自刊刻出版后即受到读者的关注和研究，不论从文化史或文学史观点来说，都具有其不可忽视的历史意义和思想意蕴。在《三国志通俗演义》研究的学术史上，有关奇书叙事创造及其话语构成的定位问题，始终是论者研究旨趣之所在，进而影响到作品主题意蕴的解读。根据沈伯俊、谭良啸编著《三国演义大辞典》整理所见，有关《三国演义》的主题探讨，基本上可以归纳出以下几种面向，诸如"正统"说、"赞美智慧"说、"天下归一"说、"讴歌封建贤才"说、"悲剧"说、"总结争夺政权经验"说、"追慕圣君贤相鱼水相谐"说、"宣扬用兵之道"说、"人才学教科书"说、"向往国家统一，歌颂'忠义'英雄"说和"总结历史经验"说等等。由于各家立论焦点不同，于是形成众声喧哗的情形，迄今尚未形成具体共识。②　笔者以为，倘要解决此一众声喧哗现象，应该要重新思考《三国志通俗演义》的书写性质。

依据现存考据资料可知，《三国志通俗演义》的成书具有不可忽视的"世代累积"的题材内容和文体渊源。③　庸愚子《〈三国志通俗演义〉序》曰：

> 若东原罗贯中，以平阳陈寿《传》，考诸国史，自汉灵帝中平元年，终于晋太

---

① 本文研究乃以目前学者普遍认为之所见最早或较完整的嘉靖元年（1522）刊本《三国志通俗演义》为对象，并依写定本观点作为讨论作者著述意识及其叙事创造的基础，不另就成书过程的累积因素进行辨析。本文所使用四大奇书刊本如下：【明】罗贯中：《三国志通俗演义》，上海，上海古籍出版社，2002。

② 见沈伯俊、谭良啸编著：《三国演义大辞典》，北京，中华书局，2007，第 738 - 741 页。

③ 郑振铎 1929 年于《小说月报》上发表《〈三国志演义〉的演化》一文，首开全面论述三国故事演化过程的先例。该文见陈其欣选编：《名家解读〈三国演义〉》，济南，山东人民出版社，1998，第 17 - 89 页。更为完整的源流论证，参关四平：《三国演义源流研究》，哈尔滨，黑龙江教育出版社，2001。

康元年之事，留心损益，目之曰《三国志通俗演义》。文不甚深，言不甚俗，事纪其实，亦庶几乎史，盖欲读诵者，人人得而知之，若《诗》所谓里巷歌谣之义也。①

又高儒《百川书志》卷六概括《三国志通俗演义》的艺术表现曰：

据正史，采小说，证文辞，通好尚，非俗非虚，易观易入，非史氏苍古之文，去瞽传诙谐之气，陈叙百年，该括万事。②

其中值得注意的是，《三国志通俗演义》作者/编辑者在"既已发生的历史事实"的敷演上，固然参考诸多材料进行创造，惟可留意者，即当奇书作者/编辑者通过重写素材以传达个人积极参与"历史"的叙事意图，此一创作行为和策略选择便具有不可忽视的历史思维和美学考虑。尤其《三国志通俗演义》一书首揭"演义"之命名，采取"演史"以"取义"的理念进行创作，以其别出心裁的文体形式奠定"长篇章回演义"作为一种文体/文类的话语特征和写作成规，③ 可谓为明清历史演义小说的发展奠立极具坐标意义的叙事范式。④ 以今观之，《三国志通俗演义》固为一种通俗化的历史小说，但本质上却仍然带有传统史家修撰历史的著述意识。在取喻书写的话语实践中，奇书作者/编辑者不仅赋予小说以特定的"经世"思想，而且在"取义"的认知上创造出特殊的"政治寓言"（political allegory）。

基于上述认知，本文拟在"写定"⑤ 的认识基础上，重新探讨《三国志通俗演义》奇书叙事创造的总体特征、意识形态和话语表现，从中厘清奇书作者/编辑者的著述意识，以期能将研究所得作为后续考察明清长篇章回演义创作形态及其发展变化情形的理论基础。

---

① 庸愚子：《〈三国志通俗演义〉序》，见朱一玄、刘毓忱编：《三国演义资料汇编》，天津，南开大学出版社，2003，第232 - 233 页。

② 高儒：《百川书志》，见朱一玄、刘毓忱编：《三国演义资料汇编》，天津，南开大学出版社，2003，第202 页。

③ 有关《三国志通俗演义》作为"演义"的书写性质，参李志宏：《"演义"：明代四大奇书书写性质探析》，《中国学术年刊》第32 期秋季号，2010 年9 月，第159 - 190 页。

④ 有关明清历史演义小说总体、系统研究的具体成果，参纪德君：《明清历史演义小说艺术论》，北京，北京师范大学出版社，2000。

⑤ 传统论者研究《三国演义》，乃主要以清代毛评本为对象，并以此推论作者罗贯中的著述意识和小说文本的主题思想，较不注意区辨明代嘉靖本《三国志通俗演义》与毛评本因文字差异造成的解读问题，因而在主题解读上产生诸多研究误区。本文所谓"写定"的意涵，主要以目前所见最早刊本嘉靖本《三国志通俗演义》为讨论对象，在接近祖本的版本概念下进行整体性分析，但不考虑对其源流问题进行考辨。

二、感时忧国：奇书叙事创造的历史意识

基本上，"历史"本身具有其不容忽视的复杂性，而历史中的"现实"更是由政治的、社会的、经济的、文化的等等诸种力量构成，历史文本本身所显现出的某些权力关系，无非反映了作家对于自身所处时代文化语境的根本认识。以今观之，《三国志通俗演义》作为通俗化历史小说，整体叙事创造本身并不仅仅是一种对历史的再现或表达，而可视之为历史文化事件之一，甚而具有塑造历史的能动力量。演义之作的发生，无不表现为"诠释其外在世界变迁及其自身变迁的心灵活动"，藉以"了解自己的特质以及自己在外在世界变化中的位置及方向"①。

在"通俗为义"的创作认知主导下，《三国志通俗演义》作者/编辑者采取重写历史素材的叙事策略，除了用以表达个人对于历史的理解和阐释之外，最重要的是如何在"世变"的叙事创造之中，展现出探求历史变化的成因和解决之道的政治关怀。借新历史主义观点来说，"历史"作为一种特殊文本的存在，并不仅仅是被记录的系列事件的编年史符号，而是史家通过对特定系列历史事件进行情节建构，赋予各种可能的意义的话语形式。② 尤其"重写历史"本身通过对不同史籍材料的重构，在某种程度上"都必须在主题上具有创造性"。③ 因此，《三国志通俗演义》作者/编辑者的历史想象必然要受到"分析的眼光"（the analytical eye）和"理会的眼光"（the comprehensive eye）双重制约，④ 以表达个人对于历史时势（historic situation）之掌握和判断，进而展现特定的历史意识。

今观《三国志通俗演义》一书，主要讲述东汉末年佞臣干政，黄巾为乱，终致魏、蜀、吴三国争权分立的故事。在《三国志通俗演义》中，故事开端首先叙及"后汉桓帝崩，灵帝即位，时年十二岁"，"中涓自此得权"。时当建宁二年四月十五日，帝会群臣于温德殿中，天降异象。由于奇书作者/编辑者有意强调汉末政局纷乱情景起因于此，是以通过青蛇蟠椅、风雨大作、地震海啸、雌鸡化雄、黑气冲殿、虹现玉堂等一连串异象书写以创造历史治乱兴亡的隐喻时空。当时灵帝甚感忧惧，因而下诏召光禄大夫杨赐和议郎蔡邕等问及灾异之由和消复之术，两人皆藉异象之生以喻政局混乱之根由进行劝谏。唯灵帝览奏而叹息，无所作为，反倒是中涓"执掌朝纲"，"出入宫闱，稍无忌惮"，从此贪官佞臣蒙蔽主上，违法乱禁，朝纲

① 胡智昌：《历史知识与社会变迁》，台北，联经出版事业公司，1988，第20页。

② 【美】海登·怀特（Hayden White）：《作为文学仿制品的历史文本》，收于氏著，陈永国、张万娟译：《后现代历史叙事学》，北京，中国社会科学出版社，2003，第169–192页。

③ 【荷】杜威·佛克马著、范智红译：《中国与欧洲传统中的重写方式》，《文学评论》，1999年第6期。

④ 杜维运：《史学方法论》，北京，北京大学出版社，2006，第149页。

紊乱，最后导致黄巾之乱四起。面对东汉末年以至三国的历史成败兴坏之象，《三国志通俗演义》作者/编辑者如何通过自身的历史意识进行审美创造，无疑会对于小说叙事的主题表现和结构布局产生制约和影响，同时也表现出特定的理解和鉴别力。① 倘由此考察《三国志通俗演义》的结构布局，首先清楚可见的是在叙事开篇之初即体现出强烈的"感时忧国"的历史意识和正统儒家的政治情结，其中对于英雄出世平定天下的政治期望，在某种程度上即是通过"桃园结义"的情节设计寄托了民心望治的根本愿望。

在《三国志通俗演义》的历史书写中清楚可见，奇书作者/编辑者在叙事开展之初即从"世变"的角度为故事本体奠定历史坐标，主要目的无非在于为读者创造政治寓言的召唤结构和想象空间，并从中寄托个人情志。当《三国志通俗演义》作者/编辑者采取"讲史"理念进行叙事创造时，可以说在"通俗演义"的话语实践中，赋予了历史事件以特定的文化意义和"历史性"（historicity）。② 具体以观，《三国志通俗演义》作者/编辑者从一开始即藉由"黄巾为乱"的情节建构拉开历史序幕，由此建立了东汉末世天下大乱的历史时空视野。第一则讲述中平元年黄巾之乱大作，由于张角兄弟三人徒众极多，遂假借"民心已顺"，讹言"苍天已死，黄天当立"，在"至难得者，民心也。今民心已顺，若不乘势取天下，诚为可惜"的想法主导下，便"造下黄旗，约期举事"，告变作乱，"逢州遇县放火劫人，所在官吏望风逃窜"。然而灵帝时与十常侍饮宴于后园，始终不明黄巾为乱的事因。第三则叙及谏议大夫刘陶向灵帝提出十常侍乱国的谏言时，灵帝竟曰："汝家亦有近侍之人，何不容寡人耶？"呼武士推出刘陶斩之。刘陶大叫："臣不怕死，可怜汉朝天下，四百余年，到此一旦休矣！"显而易见，灵帝昏聩无能，德政不修，致使外戚干政和宦官弄权，群小专政，朝纲紊乱，良臣完全不得作为，处境可谓十分艰难。正是基于对历史兴亡之道的深刻考察，《三国志通俗演义》的作者/编辑者在重写历史以推其"治乱之由"时，于开篇之时便将根本原因归于桓、灵二帝禁锢善类、崇信宦官，可谓一语中的。

在三国盛衰兴亡的历史变化中，诸多人物命运与政权角力之间所产生的各种情境变化，往往通过奇诡多变的事件冲突与情节转折寄寓了特定的道德伦理和政治理想的吁求，乃成为"取义"之所在。正如庸愚子《〈三国志通俗演义〉序》论"史"曰：

夫史，非独纪历代之事，盖欲昭往昔之盛衰，鉴君臣之善恶，载政事之得失，

---

① 【美】海登·怀特：《作为文学仿制品的历史文本》，收于氏著，陈永国、张万娟译：《后现代历史叙事学》，第 173 页。

② 【美】海登·怀特：《历史中的阐释》，收于氏著，陈永国、张万娟译：《后现代历史叙事学》，第 63 页。

观人才之吉凶，知邦家之休戚，以至寒暑灾祥、褒贬予夺，无一而不笔之者，有义存焉。①

不论从实录还是虚构的角度言之，《三国志通俗演义》创作发生的前提，可以说是奇书作者/编辑者面对时世变化，为满足对政治秩序和道德规范进行重整的需要所做的价值选择。在某种意义上，此一价值选择与中国传统儒家诗教所言"王道衰，礼义废，政教失，国异政，家殊俗，而变风变雅作矣"（《〈毛诗〉序》）的美刺精神颇有联系。立足于王道兴衰之成因的考察上，《三国志通俗演义》作者/编辑者通过"演义"以"讲史"，除了体现出"庶人之议"（《论语·季氏》）的著述意图之外，也藉此建立起具有通鉴作用的历史阐释，充分展现出对儒家正统社会秩序和人文精神的认同。

三、经世思想：奇书叙事创造的寓言建构

《三国志通俗演义》作者/编辑者以"世变"作为故事的历史背景并展开叙述，并不只是单纯反映三国历史的一种话语表现，而是在"演义"中寄寓了特定的历史意识。因此，《三国志通俗演义》奇书作者/编辑者在讲史的理念基础上采取重写素材的策略重新敷演三国历史史实，无疑促使"演义"话语创造成为寄托时世感怀与道德劝惩的重要途径。是以在感时忧国的历史意识表现上，《三国志通俗演义》的叙事得以与历史相互塑造，整体话语表现可以说构成了表征"现实"的一个隐喻，②并在政治寓言建构中提出个人的经世思想。

（一）就"正统观"而言

关于《三国志通俗演义》的正统思想向来是重要研究课题之一。在中国传统史学发展过程中，向来存在"尊曹"和"尊刘"两种态度和思想倾向。对于《三国志通俗演义》而言，由于作者/编辑者明显受到"尊刘"思想倾向的制约和影响，因此主要从"揭露、谴责董卓擅行废立、曹操的挟天子以令诸侯、曹丕的篡汉自立"③三个方面，反衬刘备作为汉室宗亲、高扬恢复汉室、延续汉帝正统的圣君典范。此一正统思想的实质内涵，正如第二十三则叙及陶谦一让徐州时所言："今天下扰乱，帝王懦弱，奸臣弄权，公乃汉室宗亲，正宜力扶社稷。"是以刘备作为

---

① 庸愚子：《〈三国志通俗演义〉序》，见朱一玄、刘毓忱编：《三国演义资料汇编》，第232页。

② 【美】海登·怀特：《作为文学仿制品的历史文本》，收于氏著，陈永国、张万娟译：《后现代历史叙事学》，第181－182页。

③ 郭瑞林：《〈三国演义〉的文化解读》，上海，上海古籍出版社，2006，第39页。

"汉景帝中山靖王之后，应继汉统"，乃成为《三国志通俗演义》作者/编辑者寄托政治理想之所在。然而，此一看法在第二百三十五则叙及后主刘禅接受谯周建议而执意降魏时，似乎受到不小的冲击。究其实质问题，乃由于后主刘禅昏庸无能，宠信宦官，重蹈东汉桓、灵二帝覆辙，以致最终请降于魏，致使蜀汉王朝"一朝功业顿成灰"。因此，在《三国志通俗演义》中，即便"尊刘"的情感逻辑和政治思维从故事开端便主导着情节建构，并成为否判历史人物道德感和伦理作为的参照坐标，但在尊重历史事实的前提下，一旦"苍天有意绝炎刘，汉室江山至此休"，蜀汉面临灭亡的结局便成既定事实，人力无由轻易改变。是以尊刘与正统观之间是否存在着必然的联系，无疑必须厘清。

三国历史纷争的形成，起于天下无道、朝廷昏昧、群雄崛起争霸。在寻求重返治世的现实政治秩序的过程中，何人得以统一天下，事关"明主"的政治想象和政治期望。如此一来，便涉及正统观的辩证问题。以今观之，《三国志通俗演义》作者/编辑者对于正统思想的反思，主要通过"天下者，非一人之天下，乃天下人之天下"此一命题的提出来加以表现。此一说法，首见于第十五则：

> 允捧觞称贺曰："允自幼颇习天文，夜观干象，汉家气数到此尽矣。太师功德震于天下，若舜之受尧，禹之继舜，正合天心人意也。"卓曰："安敢望此!"允曰："'天下者，非一人之天下，乃天下人之天下'。自古'有道代无道，无德让有德'，岂过分乎?"卓笑曰："果然天命归吾，司徒当为元勋。"允拜谢。

由于"汉室不幸，皇纲失统"，贼臣董卓欺天罔地，废帝弄权。司徒王允议除奸臣，设宴计诱董卓，席间即以"天下者，非一人之天下，乃天下人之天下"的说法取信董卓，终致董卓在受禅台前被吕布所弑。如果说王允之说只是为拯救汉室的权宜之计，别无他想；那么此说出于诸葛亮之口，则意味着群雄胸怀天下，各有异心，全凭造化。第一百零一则叙及周瑜与诸葛亮论及"取南郡"之先后曰：

> 瑜曰："待吾取不得南郡，从公取之。"玄德曰："子敬、孔明载此为证，都督却休反悔。"瑜曰："大丈夫一言既出，驷马难追，何悔之有!"孔明曰："都督此言极是公论。古人云：'天下者，非一人之天下，乃天下人之天下也。'先尽东吴去取；若不下，主公取之是也，有何不可哉!"周瑜相辞。

又第一百零七则叙及周瑜定计取荆州，鲁肃受命前往刘备处讨荆州时曰：

> 玄德未及开言，孔明变色曰："子敬公好不通礼! 我主人相待，直须要说到根前? 自三皇五帝开天立极以来，'天下者，非一人之天下，乃天下人之天下也。'且休说远。昔我高皇帝提三尺剑，斩白蛇，起义兵，成四百余年之基业，传至于今。

不幸奸雄并起，宇宙瓜分，各处一方，自收赋税；有日天道好还，复归正统。"

又第一百一十九则叙及张松与刘备的对话曰：

玄德曰："二公休言。吾有何德，岂敢望居高位而守城池乎？"松曰："不然。'天下者，非一人之天下，乃天下人之天下也，惟有德者居之。'何况明公乃汉室宗亲，仁义充塞乎四海。休道占据周郡，便代正统而即帝位，亦不分外。"玄德拱手，惶恐而谢曰："如公所言，吾何敢当之！"

在群雄争霸的动乱历史情势中，各路英雄怀有"图王"之思，无不处心积虑通过"人谋"之说为政权取得的合法性和合理性建立有利于己的说法。而事实上，第六十七则叙及刘表遣使请玄德赴荆州时，席间论及"天下分裂，干戈日起，机会岂有尽乎"时，两人多有感慨。当时刘备因髀肉复生，竟有感而潸然泪下。由此可知，刘备心存图王之志，只是基业未定，不能有所发挥。虽说如此，《三国志通俗演义》作者/编辑者却是有意在"仁政"的道德基础上揭示"王"、"霸"之理，并以之作为政治批判和价值追求的参考坐标。因此，在以蜀汉集团为《三国志通俗演义》的叙事核心的书写中，乃着意强化刘备在皇位正统继承的形塑之间所展现的"忠义"之心、"仁德"之怀，并着意刻画使之成为"惟有德者居之"的理想君主代表。

不过，《三国志通俗演义》作者/编辑者大体采取尊重历史的态度进行叙事创造，因此在改朝换代的讲述中，视政治兴替乃是历史发展的一种必然结果。在第一百五十九则叙及曹丕意废汉献帝一事以及第二百三十八则叙及司马炎废曹奂而受禅为帝时，两人便都以"天下者，非一人之天下，乃天下人之天下"作为政治篡位的思想依据。由此可见，继承皇位正统的观念，在三国群雄纷争的历史发展进程中已经受到"权变"思想观念的强烈冲击，有其可资容受之理。只不过群雄夺取政权、力求自王之际，是否心存"仁政"之思，则不无可议之处。关于此点，从曹丕、司马炎假禅让之名、行废帝篡位之实的作为便可看出。具体来说，《三国志通俗演义》作者/编辑者重构历史的本意，并不在于强调如何尊崇"正统"，反倒是藉"天下者，非一人之天下，乃天下人之天下，惟有德者居之"说法的提出，反思朝代兴替背后的根本影响因素，以此提供镜鉴之道。如此一来，对于"明主"的高度期待，已从传统宗法伦理的延续转向对于德化政治的追求，正足以构成一种政治批评的话语策略，进而寄寓特定的道德评价。

（二）就"忠君伦理"而言

在尊重三国归晋的历史事实前提下，《三国志通俗演义》作者/编辑者通过演义之作而提出"天下唯有德者居之"的君道观，除了表达个人对于正统宗法的看法之外，更重要的是如何通过圣君贤臣、忠臣义士共同建构仁政理想图景，表明平定天下、维护国家统一的思想。① 其中对于"忠君伦理"的吁求，便充分展现在"贤臣"形象的拟塑之上。第一百六十九则叙及先帝白帝城托孤一事。刘备临死之际，特意召唤诸葛亮等近臣遗言托孤。此一作为的发生，或者源于个人对于政治兴亡盛衰的观察，或者与眼见董卓、曹操、曹丕挟帝自重、擅权专政的影响有关。但不论如何，刘备的深谋远虑，乃唯恐有乱臣贼子妄图篡逆蜀汉，致使一生功业顷刻瓦解。其中值得注意的是，诸葛亮和赵云有感刘备的"知遇"之恩，因而誓死愿效犬马之劳，以扶社稷，直到鞠躬尽瘁而后已。因此，在诸葛亮劝谏后主刘禅"亲贤臣，远小人"的辅佐下，蜀汉国祚得以延续多年，直到刘禅昏昧降魏而亡。毋庸讳言，在诸葛亮、赵云乃至姜维身上所体现的"忠君"思想，无疑成为《三国志通俗演义》中令人赞叹的理想贤臣形象和道德典范。

东汉末年以来，王室衰微，礼崩乐坏，群雄争乱，政局动荡不安。此时，传统以三纲五常为核心的宗法伦理，正面临严重考验，良臣朝不保夕。其中董卓废帝并议立陈留王刘协为帝，对于忠君思想产生了巨大冲击。由于汉帝政道废弛之故，董卓遍请公卿，带剑入席，提议册立陈留王为天子以正汉室，当时荆州刺史丁原和尚书卢植相继质疑董卓有篡逆之心。第六则曰：

董卓与百官曰："吾所见者，合公道否？"卢植立于筵上曰："明公所见差矣！昔商之太甲不明，伊尹放之于桐冈宫；昌邑王登位，方立二十七日，造罪三千余条，霍光告太庙废之。今上皇帝年纪虽幼，聪明仁智，并无分毫过失。汝乃外郡刺史，素不曾参与国政，又无伊尹、霍光之大才，何敢强主废立之事？圣人有云：'有伊尹之志则可，无伊尹之志则篡也。'汝莫不待篡汉天下耶？"董卓大怒，拔剑向前欲杀植。

又次日董卓设宴，会集公卿，再提废帝之事，袁绍同样起而应声质疑。董卓欺君擅权，妄行废帝，意图篡逆天下。依吕布之言："今卓不仁不义，乱理乱伦，上欺天子，下虐生灵，罪恶贯盈，神人共戮。"然而，董卓为掩饰个人罪行，却自言所为乃行"伊尹"、"霍光"之事，同时又受到卢植和袁绍以之质疑废帝动机，无疑显得极为耐人寻味。关于伊尹事迹，《史记·殷本纪》记载曰：

帝太甲既立三年，不明，暴虐，不遵汤法，乱德，于是伊尹放之于桐宫。三年，伊尹摄行政当国，以朝诸侯。帝太甲居桐宫三年，悔过自责，反善。于是伊尹乃迎帝太甲而授之政。帝太甲修德，诸侯咸归殷，百姓以宁。

① 沈伯俊：《向往国家统一，歌颂"忠义"英雄——论〈三国演义〉的主题》，收于氏著：《〈三国演义新探〉》，成都，四川人民出版社，2002，第 87－102 页。

关于霍光事迹,《汉书·霍光金日磾传》赞曰:

霍光以结发内侍,起于阶闼之间,确然秉志,谊形于主。受襁褓之托,任汉室之寄,当庙堂,拥幼君,摧燕王,仆上官,因权制敌,以成其忠。处废置之际,临大节而不可夺,遂匡国家,安社稷。拥昭立宣,光为师保,虽周公、阿衡,何以加此。

由上述引文可见,历史上的伊尹、霍光身为人臣,从来不因位极人臣而生欺天之谋和篡逆之心,反倒是秉持"忠君"思想以奉主辅政,乃成为贤臣的理想典范。以此反观董卓欺君罔上的作为,则可见《三国志通俗演义》作者/编辑者从忠君伦理的政治命题发出批判,对于乱臣贼子进行反讽的意图可谓昭然若揭。

在《三国志通俗演义》中,董卓遭王允设计弑除以后,天下并未因此太平,李榷、郭汜续寇长安,朝政未得安宁。当群雄并起逐鹿中原之际,曹操乘势而起,聚兵山东,并奉诏入朝辅佐天子。其时洛阳宫室烧尽,街市荒芜,汉末气运衰败,无甚于此。第二十七则叙及董昭建议曹操移驾迁都许都,此一情节安排或有将汉末气运之衰诉诸天命之意,实则明显预伏曹操的篡逆之心。建安十五年,曹操大宴铜雀台时自言众文武不知己救国家倾危之孤心:"身为宰相,人臣之贵已极,意望已过。如国家无孤一人,正不知几人称帝,几人称王。或有一等人,见孤强盛,任重权高,妄相忖度,言孤有篡逆之心,此言大乱之道也。"其时诸文武起拜曰:"虽周公、伊尹,不及丞相耳。"时至建安二十三年,曹操竟接受群臣进言,自议晋爵为王。汉献帝在群臣威逼之下,大颂魏公曹操功德,曰:"极天际地,虽伊尹、周公,莫可及也,宜进爵为王。"其后,曹操"冕十二旒,乘金银车,驾六马,用天子车服仪銮,出警入跸于邺郡",毫不避讳。当初兴举义兵、匡扶汉室的忠贞之心,此刻早已荡然无存,更遑论"忠侔伊、周"。其后,当曹操因病去世时,曹丕便进一步僭称王位,擅权威逼献帝,尤甚于曹操。第一百五十九则叙及建安二十五年,上天垂象,曹丕手下百官商议令汉帝将天下让与魏王。其时华歆引文武百官来奏汉献帝,强迫禅位与魏王曹丕。曹丕废除献帝,逼迫禅让天下,全无忠君之志,而此一"强霸夺乾坤"的积恶作为,隐然埋下日后司马师废主立君和司马炎废魏帝以篡位之机。第二百一十八叙及司马师大会群臣,曰:"今主上荒淫无道,褺近娼优,听信谗言,闭塞贤路:其罪甚如汉之昌邑,不能主天下。吾谨按伊尹、霍光之法,别立新君,以保社稷,以安天下,如何?"同样的情形也出现在东吴政权之中,第二百二十五则叙及孙琳杀害全尚、刘丞、桓彝等人,然后废帝孙亮为会稽王,另立孙休即天子位,权倾人主。倘从历史循环的角度来说,以上诸位权臣湮灭宗室、窃据神器、劫迫忠良的无道作为,俨然体现出"一还一报皆天理"的结局,十分耐人玩味。几经对照之下,明显可见《三国志通俗演义》作者/编辑者对于"忠君伦理"

的吁求，主要通过伊尹、霍光乃至姜子牙、周公、管仲、乐毅等贤臣辅君的典范而表现。在"良禽择木而栖，贤臣择主而佐"的动乱时代里，同时又藉三国中众多忠良之士的忠君作为反讽诸家乱臣贼子，从道德伦理角度给予谴责评价，足为后人镜鉴。

深究《三国志通俗演义》之后可见，奇书作者/编辑者在"史"的撰述观念制约下创造小说的审美意趣及其严肃思想，十分重视奇书所具有的历史阐释价值。在历史经验的总结和反思上，奇书作者/编辑者从"为君之道"和"为臣之道"两个层面为政治理想的实践提供了具体的提示，其中"仁政"理想能否实现，乃决定于"明主"与"贤臣"之遇合之上。如此一来，奇书作者/编辑者有意敷演刘备三顾茅庐，终得经世奇才诸葛亮，并在"隆中对"中议定三分天下，无疑成为一段充满"君臣遇合"理想实践的历史佳话，由此深刻地寄托了"由乱返治"的政治期望。

四、结　语

《三国志通俗演义》作为"演义"之作，作者/编辑者在讲史理念的承衍中，特意以"乱世"作为故事发展的时空背景，从中表达对历史治乱兴亡规律的考察与反思，并寄寓劝善惩恶的道德辩证与历史评价。在某种意义上，《三国志通俗演义》的写定作为整体结构的社会文化话语转换和竞争的场域，无疑具有促成"历史"与"现实"对话的可能性，甚至能够"成为一种相互阐释的张力结构"①，藉以传达奇书作者/编辑者的历史思维。

《三国志通俗演义》作者/编辑者以重写素材的姿态进行演义，并不单纯在时空关联上罗列简单的历史事实或生活事件，而是在长篇章回演义的基础上，通过重写素材的叙事策略传达个人关注历史的创作动机和思想旨趣，俨然展现出"小说大写"的创作意识和叙事格局。在盛衰兴亡的历史发展过程和人物命运观照中提供价值判断方面，奇书叙事无非促使读者思考特定的历史含义及其隐含的世教风化之思。正如修髯子《〈三国志通俗演义〉引》曰：

今古兴亡数本天，就中人事亦堪怜。欲知三国苍生苦，请听通俗演义篇。忠烈赤心扶正统，奸回白首弄威权。须知善恶当师戒，遗臭流芳忆万年……此编非直口耳资，万古纲常期复振。②

---

① 王岳川：《历史与文本的张力结构》，《人文杂志》1999 年第 4 期，第 132 – 136 页。

② 修髯子：《〈三国志通俗演义〉引》，见收于朱一玄、刘毓忱编：《三国演义资料汇编》，第 234 – 235 页。

从"通俗为义"的观点来说，《三国志通俗演义》作者/编辑者有意选择特定的故事系统和叙述方式阐释"正统观"和"忠君伦理"两大政治命题，并由此进行"君臣遇合"的政治寓言建构。毋庸置疑，在感时忧国的讲史姿态中，奇书作者/编辑者在情节建构中赋予历史事件以特定的评价意识，乃深刻寄托了个人的经世思想和"由乱返治"的政治期望。

史讳传统与《金瓶梅》的人物命名

河北师范大学文学院　霍现俊

一

几乎所有的中国文学史、中国小说史和《金瓶梅》研究者都一致认为，《金瓶梅》是"借宋写明"的，而且都承认作品广泛和深入地反映了十六世纪的中国社会现实。就明代通俗小说创作而言，这是前所未有的伟大创举。但是，在《金瓶梅》如何"借宋写明"，又以何种独特的艺术方式反映现实这方面，学界探讨得很不够，或者说，根本不曾注意。

据笔者多年的研究，《金瓶梅》"借宋写明"主要采用了这样几种艺术手法：一是以简明的"新闻标题词"式的形式写明代的军国大事，如"朝廷爷借支马价银"、"南河南徙"是也；二是宋代的人物影射指称明代的人物，如"蔡京影射严嵩、林灵素影射陶仲文"是也；三是直接插入明代正德、嘉靖时85个真实的历史人物，如韩邦奇、凌云翼、郑旺等是也；四是作品中虚构的大部分男性人物（少量女性）采用"词语置换法"影射指称某个真实的历史人物[①]。限于篇幅，本文只能选取几个重要人物来谈"词语置换"问题。

《金瓶梅词话》大约有800个人物，其中涉及宋代的真实历史人物有59个，明代的真实历史人物有85个，其他皆为虚构的人物。这些人物都是巨大的信息载体，因为它关联到明代许许多多的人和事，并为读者提供了无限的想象空间。但仅这140多个人物还不足以揭示正德、嘉靖时期那段完整的历史[②]。实际上，《金瓶梅》中虚构的大多数男性人物（少量女性）都是通过"词语置换法"，影射指称正德、嘉靖时的真实历史人物。如《词话》中用迷信治病的施灼龟，实际指的是明武宗时的御医施鑑。潘金莲实际指的是张金莲。参加李瓶儿葬礼的徐凤翔实际指的是徐鹏

---

① 参看拙著《金瓶梅发微》，北京，中国社会科学出版社，2002；《金瓶梅艺术论要》，天津，天津古籍出版社，2010。

② 《金瓶梅》究竟反映的是正德、嘉靖还是万历时期的史实，"金学"界是有不同看法的。但笔者坚信是前者而绝不是后者。

举等等。这种"词语置换法"非常隐晦高超，细究之，可以发现它是受中国史讳传统影响而又更加灵活的一种手法，也是《词话》艺术手法最为独特的地方。

为明晰起见，兹把"词语置换法"简要介绍如下。

中国传统文化中有一个很有趣的现象就是讲究避讳，避讳的方法很多，陈垣先生《史讳举例》一书论之甚详，可参看。例如汉代辞赋家庄忌、庄助，史家为避汉明帝刘庄讳，竟把两人的姓都改成"严"，变成"严忌"、"严助"。"庄严"是一词语，"庄"和"严"可以互相置换。

楚汉时以善辩著称的蒯彻，为避汉武帝刘彻讳，将"彻"改为"通"，"通彻"为一词语，两字可以互换。再比如，汉宣帝名询，改荀卿为孙卿；隋炀帝讳广，改广乐为长乐；唐太宗讳世民，凡言世皆曰代，民皆曰人；梁朱温父名诚，改城曰墙，又改曰州，如东都州南州北州是也等等。不只国讳如此，史家著作亦如此，如司马迁父名谈，《史记·赵世家》中以张孟谈为孟同；《季布传》贵人赵谈为赵同等等。一些名人的家讳亦循此例，如王羲之父名正，每书正月为初月，或作一月；苏轼祖名序，故以叙为序，或改作引等等。以上的事例，有同义词置换的，很严格，而有些则并不是严格的同义词置换。

这种特有的文化现象，在其后的历史长河中，始终没有间断，被史家一直延续到清末。我们说，它既是传统，又是一种艺术手法，并被广泛运用到其他文化领域，譬如小说创作。举一个很典型的例子，鲁迅先生的小说《药》，其主人公夏瑜指的就是秋瑾，这一结论，恐怕没有任何人怀疑，因为它已被所有研究鲁迅小说《药》的人和读者普遍接受。在此例中，"秋夏"是一词语，"瑾瑜"也是一词语，"秋"置换成"夏"，"瑾"置换成"瑜"，真是再准确不过了。当然，说"夏瑜"指的就是"秋瑾"，并不是说"夏瑜"就完全等同于"秋瑾"，而是指以其为原型，又广泛吸收了其他人的行事，是一个"典型形象"的意思。

《金瓶梅词话》中的许多人物命名也是如此，作者使用的"词语置换法"，运用得更为灵活，姓氏用字可以互相置换，名字用字也可以互相置换。或许有人会对笔者的这种研究提出异议，但毕竟《金瓶梅》是中国文化中的一个链条，前有车，后有辙，而且，在《词话》这个圆形网络结构里，还有史实对某人的界定，他与其他人物的关系等等。特别是拿《明武宗实录》、《明世宗实录》来与《词话》的内容进行细致比勘的话，即可看出笔者研究之不谬。

二

《金瓶梅》中的某些人物在作品中往往有好几个名字，例如玳安又叫太平，玳不是姓，太平也不是玳安的字或号。开银铺的白四哥又叫谢汝谎，若"汝谎"是其外号，也应称"白汝谎"才是，怎么又让他姓"谢"呢？宋惠莲被孙雪娥戏称为"王美人"而不是"宋美人"，这又如何解释呢？再比如吴大舅，他是吴月娘的大哥、西门庆的妻兄，其名字叫什么，万历丁巳本《金瓶梅词话》中前后是不一致的。第七十六回，西门庆称"妻兄吴铠"，第七十八回有"我吴铠"字样，第八十四回，吴大舅自述是"在下姓吴名铠"，第七十七回又有"清河县千户吴有德"之称。《词话》第六十四回中也出现过一个"吴铠"，曾参与众官员祭奠李瓶儿，官职不详。这其中可能有传抄、刊刻时的错误，但大多是作者耍的艺术手段，绝不能像时下那样，一律简单归咎于是作者的疏忽和大意，那是不符合作品实际的，同时也辜负了作者的良苦用心。

如果我们明白了《金瓶梅》中这种独特的"词语置换法"，这种似不可破解的悬案就可得到彻底的解决。下面我们选择几个有代表性的人物加以破解。

玳安：玳安就是嘉靖，拙著《金瓶梅发微》中有一节专门谈这一问题，这里再从"词语置换"的角度进一步加以探讨。

"玳枝"、"嘉枝"　　"玳""嘉"
"安国"、"靖国"　　"安""靖"

你上下看，一边是"玳安"，一边是"嘉靖"。

这不是文字游戏，而是作者使用的高妙手法。

"玳枝"见南朝汤惠休《赠鲍侍郎诗》一诗，"玳枝兮精英"。

陈后主（叔宝）《枣赋》："丹心美实，绛质嘉枝。"

《诗·鲁颂·有驷》："有驷有驷，驷彼乘黄。"毛传："驷，马肥强貌。马肥强则能升高进远，臣强力则能安国。"

《左传·僖公二十三年》：子文曰："吾以靖国也。"

《金瓶梅》的作者知识非常渊博，不过有时确实是在"掉书袋"。

《金瓶梅》第十三回写，西门庆与花子虚同往吴四妈家，与吴银儿做生日。花子虚有小厮天福、天喜儿跟随，西门庆有小厮太平、平安儿跟随。这里的"太平"即玳安。

《金瓶梅》之作者生怕读者不明白他的良苦用心，在好多地方多有"重复"，这是一种修辞方法，换个词，换个角度，"一篇之中，三致志焉"。

"太平"也能置换为"嘉靖"

"太平"、"嘉平"　　"太""嘉"
"平明"、"靖明"　　"平""靖"

一头是"太平"，一头是"嘉靖"。

"太平"一词，现在还经常使用。

《庄子·天道》："知谋不用，必归其天，此之谓太平，治之至也。"

《史记·始皇纪》："三十一年十二月，更名腊曰嘉平。"

《荀子·哀公》："君昧爽而栉冠，平明而听朝……日晏而退。"

《宋史·礼志》："太平兴国八年，加上五岳帝号，东曰淑明，南曰景明，西曰肃明，北曰靖明，中曰正明。"

以上，我们用词语置换的方法，指明了玳安就是嘉靖。

从《金瓶梅》的整体内容来看，玳安确实也就是嘉靖，玳安是西门庆的男仆，贴身小厮，跟随着主子，背地里也干了不少坏事。别看年纪小，心眼倒不少，行奸不露奸，圆滑手段高。玳安的形象，有明世宗朱厚熜的影子。朱厚熜治国无能，但"恩威不测"，肮脏点子却还不少。西门庆粗犷少文，比较"直爽"，关键的地方，当机立断，心狠手毒。这是明武宗朱厚照性格特点的反映。玳安整体上像嘉靖，西门庆整体上像朱厚照。

明武宗朱厚照无嗣，把江山交给了堂弟朱厚熜；西门庆绝后，把产业交给了太平——玳安。《金瓶梅》的内容不正是和正、嘉历史的真实相一致吗？

玳安就是嘉靖，西门庆也就是明武宗。

历史上，正、嘉相承，兄终弟及。

小说中，庆、安相继，武、世合一。

白四哥（又称谢汝谎）：

《金瓶梅词话》第三十三回：

单表那日，韩道国铺子里不该上宿，来家早……但遇着人，或坐或立，口若悬河，滔滔不绝，就是一回。内中遇着他两个相熟的人：一个是开纸铺的张二哥，一个是开银铺的白四哥。慌作揖举手。张好问便道："韩老兄，连日少见……"有谢汝慌道："闻老兄在他门下做，只做线铺生意。"

从这段叙述来看，调侃韩道国的一个是张二哥，名字叫"张好问"；另一个是白四哥，他不叫"白汝谎"，而称作"谢汝谎"。同一个人，为什么连姓氏都改了？这里不是刻印错误，而是作者使用的"词语置换法"，实际指称的都是唐真。

唐真，银匠。《明世宗实录》卷三二七，嘉靖二十六年九月，副使张禄并银匠唐真等作弊侵银。

"唐白"　　　　"唐""白"

"四真"　　　　"真""四"

《北齐书·唐邕传》："及天保受禅，诸司监咸归尚书，唯此二曹不废，令唐邕、白建主治，谓之外兵省。其后邕、建位望转隆，各为省主，令中书舍人分判二省事，故世称唐、白云。"

《小学绀珠》："唐明皇以庄子为南华真人，文子为通玄真人，列子为冲虚真人，庚桑子为洞虚真人，是谓四真。"

"实录"中的唐真，移在《金瓶梅》里便成了"白四哥"，一个是"银匠"，一个是"开银铺"，名字的置换又非常准确，"白四哥"即唐真，你能说这没道理吗？《金瓶梅》是"史记"，前人早已言之，我们的破解证实了这一观点。不根据"实录"，不采取这样的方法，"白四哥"这一名字恐怕就不能解释清楚，姓"白"，为什么不让他姓"黑"？"开银铺"，为什么不让他"开酱菜铺"？因为《金瓶梅》是"史记"也。

"张二哥"、"白四哥"，"二与四"常用也。《周易·系辞下》说，"二与四同功而异位"。

《金瓶梅》中一个普通人名，一个普通词语，看上去，平淡无奇，可作者是在用典，"张二"、"白四"就是如此。

上文所言，小说中前说"白四哥"，可后边又变成了"谢汝谎"，若"汝谎"是其外号，也应称"白汝谎"才对，怎么会变成姓"谢"的呢？其实作者使用的还是"词语置换法"。

"谢塘"为语词。古代"唐"通"塘"，《说文》无"塘"字。"谢塘"即"谢唐"。"唐"变成了"谢"，"白汝谎"便成了"谢汝谎"，实际上还是指的唐真。"真"又可置换为"汝"、"谎"二字。

这里如果不用"词语置换"的方法去解释，是根本说不清楚的。如果按"错字"去对待，把它改过来，倒很容易，于理也能说得通。但问题是，《金瓶梅》中这种情况很多，你若随意改之，那《金瓶梅》中所有的疑难悬案都可轻而易举得以解决了，问题恐怕不是这样简单。

三

《金瓶梅词话》中不仅大部分的男性人物可以用这种方法破解出来，少数关键性的女性人物使用的也是这种方法，譬如宋惠莲就是一个很典型的人物。

作品第二十二回介绍了宋惠莲的出身：

> 那来旺儿，因他媳妇自家痨病死了，月娘新近与他娶了一房媳妇。娘家姓宋，乃是卖棺材宋仁的女儿……月娘因他叫金莲，不好称呼，遂改名惠莲。

来旺即郑旺，来旺在第九回中就出现，但直到第九十回才交代说，"来旺儿本姓郑，名唤郑旺"。

"文章在结穴"。《金瓶梅》的写法往往是前有伏笔，后有交代，结尾才兜底儿。

郑旺是一个真实人物。《金瓶梅》中许多真人的名字并不指他本人，可郑旺就是郑旺，作者是用小说的形式来写"实录"。

郑旺，《明武宗实录》卷三十一、《明武宗外纪》、《治世馀闻》、《万历野获编》中都谈到此人。

郑旺是郑金莲的父亲，郑金莲后入宫，传言为明武宗的生母。究竟是不是，史无明文，但"实录"中确实记载了郑旺和郑金莲的事情。"实录"是"钦定"编纂的，不是私史，不能胡来，郑旺、郑金莲是真实的人物，不是小说的杜撰。笔者遍查明代史料，在正德、嘉靖、隆庆、万历四朝时，叫"郑旺"的唯此一人，没有同名同姓的其他"郑旺"的记载。

"实录"中的郑旺被处以"极刑"，小说内是定为"死罪"，小说不就是"实录"吗？

宋惠莲原名宋金莲，因与潘金莲同名，不好称呼，改名宋惠莲。

《金瓶梅发微》中用古代女子出嫁后从夫姓的习惯，破解宋金莲即郑金莲，可参看。现在用"词语置换"法，宋金莲直接就可以破解为郑金莲。

"宋郑"为语词，可相互置换。

《左传·桓公十二年》，"公欲平宋郑"。

晋杜预注："宋以立厉公故，多责赂于郑，郑人不堪，故不平。"

《史记·天官书》也有"宋郑之疆"语。

孙雪娥戏称宋金莲为"王美人"，也是用典，"宋王"并用、"郑王"、"王郑"并用，"王"美人即"郑"美人也。

《金瓶梅》中的宋金莲即《明武宗实录》里的郑金莲。

郑旺、郑金莲的名字，只见于《明武宗实录》，《明世宗实录》中没有，《明穆宗实录》、《明神宗实录》中更是没有。

我们多次说过，《金瓶梅词话》是"实录"的艺术再现，小说把两个真实的历史人物写进作品中，对"西门庆"进行了无情的讽刺、挖苦、鞭挞，作者的用意实在是太明显了，对郑旺、宋金莲的描写也实在是够"直接"了，如果像史书那样写，那还叫小说吗？其实，小说中有些话是非常露骨的。

《金瓶梅》有些地方写得很隐晦，但对郑旺、宋金莲的描写却是"直书其事"，郑旺的名字直截了当地揭示了出来，不需要再去破解了。

《金瓶梅》中的郑旺、宋金莲等于《实录》中的郑旺、郑金莲，郑旺、郑金莲直接关联着明武宗；西门庆关联着郑旺、宋金莲；所以，西门庆就等于明武宗。

西门庆等于明武宗，还不是一般的等号，而是一个恒等号。

《金瓶梅》中虚构的大多数人物，都可用"词语置换法"这种方法破解出来，同时又用史实来加以界定，以此影射指称某一个真实的历史人物。这样，《金瓶梅》文本中插入的三类人物（宋代的真实历史人物、明代的真实历史人物、虚构的人物）实际隐含了明正德、嘉靖六十多年活跃在政治、经济、军事等领域中最主要的人物。这些人物又都关联着重大的历史事件。通过他们，我们可以说，《金瓶梅》称得上是一部正德、嘉靖两朝的完整的"历史"。限于篇幅，本文不能一一加以分析破解。作品中的人物具体指称某人，请参考拙著《金瓶梅人名解诂》和《金瓶梅艺术论要》。

"三言""二拍"的预叙研究

北京外国语大学中文学院　罗小东

　　预叙是小说叙事时间变异操作的一个重要手段。预叙即事先讲述或提及以后事件的叙述活动，在传统的叙事构思中，它同样受到作者的重视。杨义先生甚至认为，与西方文学传统中预叙相对薄弱的情形相比，在中国的叙事传统中，预叙是强项而非弱项。他认为，带有预言性质的预叙，在殷墟甲骨卜辞里就已经有了最初的形态，而《左传》的一些预叙，也是来自卜筮和预言的。此后随着佛教生死轮回和因缘果报一类思想的传入，预言叙事在带有更多宗教色空意味的同时，境界也更加开阔。[①] 杨义的研究在发生学的层面说明了我国叙事传统中预叙手法的产生根由，它更多的是受中国传统文化中最深层的观念和意识的影响，而不仅仅是一种叙事的技巧安排。

一、卜卦与预叙

　　在中国，利用各种占卜之术来占问个人及国家的吉凶安危，可谓源远流长。殷代的甲骨卜辞就是在一定的仪式下用龟甲兽骨占卜吉凶的记录。至秦汉时期，占卜之风更是盛行一时，其术也多至风角、星算、三棋、九宫、八卦、龟策等，不一而足。

　　卜卦的结果，虽然带有浓郁的迷信色彩，但它客观上却表现出一种预言性质，在古代小说家那里，它经常被用在叙事之始，成为一个预叙。如《警世》卷十三《三现身包龙图断冤》。小说写奉符县第一押司即大孙押司请卖卦先生算命，卖卦先生在问了年月日时后，写下了四句卦辞："白虎临身日，临身必有灾。不过明旦丑，亲族尽悲哀。"在大孙押司的追问下，卖卦先生解释了卦辞之意为"主尊官当死"，并且是"今年今月今日三更三点子时当死"。以后的情节发展果然如卦辞所言。大孙押司死了，但是他的死却是死于妻子与奸夫小孙押司的谋杀。原来，"当日大孙押司算命回来，恰好小孙押司正闪在他家。见说三更前后当死，趁这个机会，把酒灌醉了，就当夜勒死了大孙押司，撺在井里。小孙押司却掩着面走去，把一块大石

---

　　① 参见杨义：《中国叙事学》，《杨义文存》第一卷，北京，人民出版社，1997，第152、第153页。

头漾在奉符县河里，扑通的一声响，当时只道大孙押司投河死了。后来却把灶来压在井上，次后说成亲事。"在本篇里，这个算命的卦辞具有双重的功能。一方面，它确实是一个预言性的预叙，它给小说营造出了令人恐怖的宿命氛围；另一方面，它又具有情节催生的作用，大孙押司之妻正是因为听说了丈夫"今年今月今日三更三点子时当死"的卦辞内容，才生出杀心，利用这个机会将丈夫杀死，并蒙骗了邻里。其实后一个功能的发挥已经在某种程度消解了这个预叙形式所固有的迷信色彩，只是这种消解还不十分彻底，它表明，在作者的心底，宿命意识仍是挥之不去的阴影。

与冯梦龙相比，凌濛初对传统文化中的消极面接受得要更多一些。在他的小说中，宿命意识、因果报应、生死轮回的说教比比皆是，也渗透到他的叙事构思和操作里。如果说从冯梦龙的叙事安排我们已经能感受到他在这些观念中的摇摆，那么凌濛初给我们的印象则是他的坚信不疑。《初刻》卷五《感神媒张德容遇虎　凑吉日裴越客乘龙》，入话和正话均有一个算命的预言——预叙。入话写弘农县尹李某之女许配卢生，成婚之日，李夫人向来家中贺喜的女巫询问女婿的官禄厚薄，岂知女巫看相之后说夫人的女婿不是长着长须的卢郎，而是一个"中形白面，一些髭髯也没有的。"追问原因，女巫云"连我也不晓得缘故。"如期举行的婚事平地波澜翻起。新人入房，卢生揭下小姐头巾大吃一惊，转身出门，跨马飞奔而去，拒绝成婚。为了避辱，李县尹让女儿出拜众人，以示女儿不仅无"惊人丑貌"，反而是"绝世无双"，并许"宾客里面有愿聘的，便赴今夕佳期。"就有一人表示"愿事门馆"，"众人定睛看时，那人……面如傅粉，唇若涂朱，下颔上真个一根髭须也不曾生，且是标致。"后来郑生问卢生缘故，卢生云："小弟揭巾一看，只见新人两眼通红，大如朱盏，牙长数寸，爆出口外两边。那里是个人形，与殿壁所画夜叉无二。胆俱吓破了，怎不惊走？"正话的故事则是写尚书张镐之女张德容与裴仆射之子裴越客择日定亲，张镐请算命先生李老占卦，李老看了八字后说，喜事不在今年亦不在此方，先有大惊，之后方得会合，应在南方。后裴家亦请李老前去占卦，李老惊云："怪哉！怪哉！此卦恰与张尚书家的命数正相符合"，并写下卦辞一束："三月三日，不迟不疾。水浅舟胶，虎来人得。惊则大惊，吉则大吉。"两家均不以卦辞为念，都准备指日成亲。不料风云突变，张尚书被参贬为戎州司户，即日就道。张尚书只能与裴家约定来年三月三日在戎州成亲。裴越客一开新年，就打点装束前往戎州，但"因船只狼犺，行李沉重"，"已是二月尽边"，但"还差戎州三百里远近"，眼见已赶不及吉日。张家在三月初三日在后花园中设宴款待姑姨姐妹，忽然林中跳出一只猛虎，将张小姐擒了就跑，正好遇到在江边歇息的裴家船客，众人敲板呐喊，猛虎受惊，将小姐放下逃入山中。舱中养娘将小姐救醒，得知正是张家小姐。张尚书接信，惊喜万分，迅速赶来，就让女儿在舟中结了花烛，以应吉期。

与《三现身包龙图断冤》相似，这篇小说也是以算命占卦的方式来构筑它的预叙的，但是由于作者的主观意识不同，两篇小说也就表现出了不同的审美品格。对于凌濛初，我们可以从他入话之前的一段议论来认识他是在何种观念之下来操作这种预叙形式的。他说："话说婚姻事皆系前定，从来说月下老赤绳系足，虽千里之外，到底相合。若不是因缘，眼面前也强求不得的。就是因缘了，时辰未到，要早一日，也不能够。时辰已到，要迟一日，也不能够。多是氤氲大使暗中主张，非人力可以安排也。"凌濛初把人看成命运的奴仆，人在现世的一举一动莫不是前世因果之链的一环，无法改变，更无从超越。这种意识转化为叙事思维，就使他的小说先天具有观念演绎的倾向。其预叙之后的情节所表现出来的荒诞性，虽然客观上能博得读者一笑，却由于缺乏生活的逻辑，而使小说的价值大打折扣。因此我认为不是不可以利用算命这种方式作为预叙的形式，但在具体的操作中要有文心的织入，否则就很容易由于这种方式本身的非现实性和非科学性而使后面的情节流为臆造的杂烩。

除卜卦外，还有其他与之相关的方式也常被作为预言性预叙来使用，比如所谓的显形和谶语。《临安里钱婆留发迹》写钱镠长到五六岁，里中小儿尽让他为尊时，插入了一个显形预叙："这临安里中有座山，名石镜山。山有圆石，其光如镜，照见人形。钱婆留每日同众小儿在山边游戏，石镜中照见钱婆留头带冕旒，身穿蟒衣玉带。众小儿都吃一惊，齐说神道出现。偏是婆留全不骇惧，对小儿说道：'这镜中神道就是我，你们见我都该下拜。'众小儿罗拜于前，婆留安然受之。"这种异人显形的方式我们在许多古代叙事作品中都可见到，尤其是史传作品。这个预言式的描述，就是对日后钱镠发迹、称王吴越的预叙。该篇还有一处也是预言其日后发迹的，这次却采用了汉代极为流行的图谶模式：

却说临安县有个农民，在天目山下锄田，锄起一片小小石碑，镌得有字几行。农民不识，把与村中学究罗平看之。罗学究拭土辨认，乃是四句谶语，道："天目山垂两乳长，龙飞凤舞到钱塘。海门一点巽峰起，五百年间出帝王。"后面又镌"晋郭璞记"四字。罗学究以为奇货，留在家中。次日怀了石碑，走到杭州府，献与钱镠刺史，密陈天命。钱镠看了大怒道："匹夫，造言欺我，合当斩首！"罗学究再三苦求方免，喝教乱棒打出。其碑就庭中毁碎。原来钱镠已知此是吉谶，合应在自己身上，只恐声扬于外，故意不信，乃见他心机周密处。

谶是符谶，也有图谶，它是秦、汉时期借助经义而附会的一种变相的隐语，据说通过隐语可以预决未来吉凶，应验无比。《孝经纬·援神契》说："孔子作《春秋》，制《孝经》。告备于天曰：《孝经》四卷、《春秋河洛》凡八十一卷，谨已备。天乃虹郁起，白雾摩地，赤虹自上下，化为黄玉，长三尺，上有刻文。孔子跪受而读之，曰：'宝文出，刘季握，卯金刀，在轸北，字禾子，天下服。'"[①] 这里的黄

---

① 《御览》五四二《宋书符瑞志》引，转引自侯外庐：《中国思想通史》第二卷，北京，人民出版社，1957，第231页。

玉刻文，即所谓谶语，它预言天下将为刘氏所有，"卯金刀"即"刘"字。谶纬图书在隋代遭到毁禁，其说不再兴行。但在汉代的史籍和子书中，我们还可零星见到有关的记载。这种预言未来的迷信形式，当然也有可能被小说家拿来作为预叙的一种现成手法。而且我们感到作者还不仅仅是从叙事时间的角度来利用它，因为这些预言故事或片断又都同时带有一种民间传说的性质，古老的神秘文化在传说中延续着生命，它使小说获得了一种历史的张力，引发出读者的悠悠思情——对帝王将相仿佛相似的崛起和消亡的无限感慨。小说的结尾，写钱镠荣归故里，"改临安县为衣锦军，石镜山为衣锦山，用锦绣为被，蒙覆石镜，设兵看守，不许人私看。幼时所坐大石，封为衣锦石，大树封为衣锦将军，亦用锦绣遮缠。"与开头的预叙遥相呼应，小说的圆融和作者的匠心由此可见一斑。

二、梦与预叙

中国自古以来便有日有所思、夜有所梦之说，它是人的心理意识和潜意识的一种扭曲反映。现代许多学者都对梦有浓厚兴趣，如弗洛伊德的精神分析法就是以对梦的分析为基础的。他认为，对于梦有一个最一般的描述，即白天的心理活动引起了一连串的思想，其中有些保持着活性，逃避了为睡眠作心理准备的一般压制，晚上，这些思想成功找到了与无意识倾向之间的联系。借助于无意识的帮助，白天心理活动的残迹得以复活，并且以梦的形式出现在意识中。① 西方学者的研究与中国古人之言正相吻合。

正因为梦是人的思想意识的一种变形反映，它就有可能在一定程度上预示着做梦者在今后生活中的某种行为选择。这是文学描写中关于梦的描写的现实心理依据。在"三言"、"二拍"里，梦境的描写除了成为作者表现人物复杂内心世界的手段外，更是作为一种预叙的技巧被经常使用。但与现代小说不同的是，话本小说所写的梦，往往不是纯粹的梦，它常被作者掺杂进了神秘的鬼神色彩。如《警世》卷十五《金令史美婢酬秀童》中写库吏金满因失盗请阴捕张二哥缉访，除夕之夜，张二哥守库，四更时做了一个梦：

> 梦见神道伸只靴脚踢他起来道："银子有了。陈大寿将来放在橱柜顶上葫芦内了。"张阴捕梦中惊觉，慌忙爬起来，向橱柜顶上摸个遍，那里有什么葫芦。难道神道也作弄人？还是我自己心神恍惚之故？须臾之间，又睡去了。梦里又听得神道说："金子在葫芦里面，如何不取？"张阴捕惊醒，坐在床铺上，听更鼓，恰好发擂。爬起来，推开窗子，微微有光。再向橱柜上下看时，并无些子物事。

---

① 参见约翰·里克曼编：《弗洛伊德著作选》，贺明明译，成都，四川人民出版社，1986，第66页、第67页。

这里，作者把梦中之景和梦醒后人物的举动及现实的环境描写结合起来，努力营造一个梦是真梦的氛围。在接下来的情节里，作者便抛开了这个梦而去写破案的过程。门子陆有恩听到邻家有斧凿之声，从壁缝看到邻人胡美与其姐夫卢智高正在凿一锭大银，心知正是库里失窃之银，报知金满。金满与阴捕抓到了卢智高，却让胡美逃脱。半年后，阴捕张四哥有事经过苏州，看见胡美，胡美急忙中躲进一豆腐店，藏在店厨之中。阴捕将利害说与店主，终于将胡美抓获。店主之名为陈大寿。至此，小说写道：

张四哥因说起腐酒店老者始末，众人各各骇然。方知去年张二哥除夜梦城隍吩咐："陈大寿已将银子放在橱顶上葫芦内了。""葫"者，胡美；"芦"者，卢智高；"陈大寿"，乃老者之姓名；胡美在店橱顶上搜出，神明之语，一字无欺。

这样的梦，显然不是人们寻常所做的梦，它只是作者为了说明神道之不诬而作的一个虚构。这样的梦境，当然具有预叙的性质，但是它的特别之处也显而易见。热奈特曾经分析过西方叙事传统中预叙手法较少运用的原因，认为那是因为"小说（广义而言，其重心不如说在 19 世纪）'古典'构思特有的对叙述悬念的关心很难适应这种作法。"① 一般而言，预叙意味着对叙述中即将发生或后来发生的事件的事先提示或影射，因此读者已经有了相应的阅读预期，这就有可能削弱悬念的强度。然而我们看到，本篇小说里的这种通过梦境形式来实现的预叙，不仅没有如热奈特所说的那样削弱悬念的强度，相反，它更加强了悬念，或者甚至是促使了新的悬念的产生。

这种审美效果的获得，是因为话本小说作者在描写梦境之时，不是直接使用明白如话的语言将梦境所暗含的未来事件点出，而是暗藏机关，采用类似于猜谜的方式来写梦境。这在世界文学史上大概也算得上是一个创造。然而对于话本小说，它只是将当时十分流行的猜谜游戏（古称商谜）移花接木变成了小说叙事的一个技巧而已。商谜古已有之，《韩非子·喻老》云："右司马御座而与王隐语。"② 以后各朝，均有关于猜谜的记载，而以宋朝为盛，它甚至成为当时瓦舍众伎中的一伎，对此《都城纪胜》和《东京梦华录》都有较为详尽的记载。如《都城纪胜·瓦舍众伎》条云："商谜旧用鼓板吹〔贺圣朝〕，聚人猜诗谜、字谜、戾谜、社谜，本是隐语。有道谜：来客念隐语说谜，又名打谜。正猜：来客索猜。下套：商者以物类相似者讥之，人名对智。贴套：贴智思索。走智：改物类以困猜者。横下：许旁人

---

① 【法】热拉尔·热奈特：《叙事话语 新叙事话语》，北京，中国社会科学出版社，1990，第 38 页。

② 【战国】韩非：《韩非子·喻老》，陈秉才译注，北京，中华书局，2007，第 127 页。

猜。问因：商者喝问句头。调爽：假作难猜，以定其智。"从这段记载看，作为伎艺表演的商谜，不仅名目多，而且表演时还有音乐伴奏，场面颇为热闹。在宋代，商谜的热衷者除了普通市民，也不乏文人雅士。李冶《敬斋古今黈》卷八云："近者伶官刘子才蓄才人隐语数十卷，谜固小枝（伎）俩，然其讽咏比兴固与诗人同义，而在士大夫事中亦笑谈助也。"[①] 士大夫中以此为笑谈助者的逸闻当推苏东坡与佛印的商谜。《东坡问答录》载："佛印持二百五十钱，示东坡云：'与你商此一个谜。'东坡思之，少顷，谓佛印曰：'一钱有四字，二百五十个钱，乃一千个字，莫非千字文谜乎？'佛印笑而不答。"[②] 由于商谜盛行，小说家将这种游戏形式拈取过来，把它用于预叙中，既使小说获得了预叙的功效，同时又由于商谜本身所具有的斗智性质，而增加了读者对小说后续情节的猜测和关注，小说的悬念由此而被加强。如上述关于阴捕张二哥所做的梦，就无人能够猜透，直到案情水落石出，人们才恍然大悟原来如此，一种仿佛谜底揭开后的审美愉悦因此而生。

其他小说如《警世》卷十三《三现身包龙图断冤》、《初刻》卷十九《李公佐巧解梦中言　谢小娥智擒船上盗》等都有类似的预叙。但是，与《金令史美婢酬秀童》篇不同的是，这两篇小说中的梦，又不仅仅是一个预叙，因为预叙在叙事中本质上是一种重复，起到的是预告、提醒的作用，对于情节的展开并没有决定性的影响。而这两篇小说所写的梦，却是情节发展的转折点，在叙事中起着承上启下的重要作用。《三现身包龙图断冤》写包拯来到奉符县任知县，到任三日，未曾理事，却于夜间做得一梦，"梦见自己坐堂，堂上贴了一联对子：'要知三更事，掇开火下水。'"正是因为包拯自己对此梦不得其解，将对子楷书于牌挂于县门上，才引发出后面的情节，最后使案情真相大白。《李公佐巧解梦中言　谢小娥智擒船上盗》的梦境描写也具有这样双重的功能，对后续情节，一方面它是预叙，另一方面它又是情节推进的关键点。谢小娥父、夫两家皆为江洋大盗所杀，只有谢小娥一人落水得以逃脱。谢小娥得救后连做了两梦：

只见一个夜间，梦见父亲谢翁来对他道："你要晓得杀我的人姓名，有两句谜语，你牢牢记着：'車中猴，門東草'。"说罢，正要再问，父亲撒手而去。大哭一声，飒然惊觉。梦中之语，明明记得，只是不解。隔得几日，又梦见丈夫段居贞来对他说："杀我的人姓名，也是两句谜语：'禾中走，一日夫。'"

谢小娥的杀父、杀夫仇人的姓名就暗藏在这十二字谜语之中，经过数年的努力，终于遇到了能解此谜之人，洪州解任判官李公佐道：

---

① 转引自胡士莹：《话本小说概论》（上册），北京，中华书局，1980，第128页。
② 《御览》五四二《宋书符瑞志》引，转引自侯外庐：《中国思想通史》第二卷，北京，人民出版社，1957，第231页。

'車中猴','車'中去上下各一画，是'申'字，申属猴，故曰'車中猴'。'草'下有'門'，'門'中有'東'，乃'蘭'字也。又'禾中走'，是穿田过，'田'出两头，亦是'申'字也。'一日夫'者，'夫'上更一画，下一'日'，是'春'字也。杀汝父是申蘭，杀汝夫是申春，足可明矣。何必更疑？

从此以后，谢小娥女扮男装，寻找仇人申兰、申春，终于报了大仇。这两篇小说如果没有梦境的描写，后面的情节将无由展开，所以相对说，梦境在这里对于情节的催生和催化的功能要远大于它的预叙功能。而从《李公佐巧解梦中言　谢小娥智擒船上盗》更可看出"三言"、"二拍"写梦与猜谜游戏的关联，至于包拯将对子楷书挂于县门，并朱笔判云："如有能解此语者，赏银十两。"又仿佛是宋时瓦舍中的商谜伎艺表演，只是置换了场所和人物而已。

三、诗词、议论与预叙

在篇首或篇中插入诗词或议论是"三言"、"二拍"重要的文体特点。但并不是说只要是文本中出现的诗词或议论就都具有预叙的功能，也不是说具有预叙功能的诗词或议论其所涵盖的叙事范围都是一致的。一般地说，位于篇首的诗词或议论可能是完整预叙，它覆盖叙事的全部；而位于篇中的诗词或议论有可能是部分预叙，它只针对其后紧接着出现的部分情节。

《警世通言》卷二《庄子休鼓盆成大道》篇首的诗和叙述人议论是典型的完整预叙，现录其于下：

富贵五更春梦，功名一片浮云。眼前骨肉亦非真，恩爱翻成仇恨。
莫把金枷套颈，休将玉锁缠身。清心寡欲脱凡尘，快乐风光本分。
这首［西江月］词，是个劝世之言。要人割断迷情，逍遥自在。且如父子天性，兄弟手足，这是一本连枝，割不断的。儒释道三教虽殊，总抹不得孝悌二字。至于生子生孙，就是下一辈事，十分周全不得了。常言道得好：儿孙自有儿孙福，莫与儿孙作马牛。若论到夫妇，虽说红线缠腰，赤绳系足，到底是剜肉粘肤，可离可合。常言又说得好：夫妻本是同林鸟，巴到天明各自飞。

近世人情恶薄，父子兄弟到也平常，儿孙虽有疼痛，总比不得夫妇之情。他溺的是闺中之爱，听的是枕上之言。多少人被妇人迷惑，做出不孝不悌的事来，这断不是高明之辈。如今说这庄生鼓盆的故事，不是唆人夫妻不睦，只要人辨出贤愚，参破真假。从第一着迷处，把这念头放淡下来。渐渐六根清净，道念滋生，自有受用。

这一大段由诗词和叙述人议论构成的入话，虽充满了浓厚的说教意味，却和文本的故事叙事存在着紧密的意脉联系，它的要旨是劝说世人看破尘世，尤其是不要沉溺于夫妇之爱而不能自拔，因为夫妇是"可离可合"甚至会"翻成仇恨"的。在接下来的叙事里，作者虚构了庄生与妻田氏的离奇故事。田氏因听庄生说路遇一个新寡少妇扇冢，要土干改嫁之事，便口出詈言责其不贤，以为"如此薄情之妇，世间少有！"并发誓"若不幸轮到我身上，这样没廉耻的事，莫说三年五载，就是一世也成不得。梦里也还有三分的志气。"几日之后，庄生忽然一病不起，临终之时，田氏又誓云："妾读书知礼，从一而终，誓无二志。先生若不见信，妾愿死于先生之前，以明心迹。"庄生道："足见娘子高志，我庄某死亦瞑目"，说罢气绝。停棺之日，有一自称是庄生弟子的楚国王孙前来拜访，得知庄生已故，便对田氏说"欲借尊居，暂住百日"，一来为守先师之丧，二来为借读先生遗著。田氏见楚王孙俊俏风流，已动了怜爱之心，不仅安顿其住下，又每日假以哭灵为由，与王孙"攀话"，最后竟自托王孙奴仆老苍头说媒，要与王孙成亲，对王孙提出的三件未妥之事一一答应处置。成亲之日，王孙突发恶疾，称"必得生人脑髓，热酒吞之"，其痛才止，若无生人脑髓，"凡死未满四十九日者，其脑尚未干枯，亦可取用"。庄生此时才死二十余日，田氏便自提板斧，欲开棺劈取庄生脑髓，以救王孙。不料开棺时，庄生复活，而王孙消失。原来楚王孙乃庄生分身隐形之法所变。田氏羞惭，自缢而死。故事不仅是以寓言形式宣扬"烈女不更二夫"的思想，更是要藉此告诫天下男子，妇人之言难信，恩爱之妻难有。如此的题旨其封建性自不必说，我们在此只是从叙事的角度看预叙与故事间的涵盖和吻合的关系。或许有人认为此篇预叙所指要大于文本的叙事所指，因为在开篇的［西江月］词里，有泛指尘世之意，所要看破者有"富贵"、"功名"、"骨肉"和"恩爱"（夫妻之情）诸相。但我们还应注意在其后的议论中，叙述人已逐渐将议论的中心聚焦在了"恩爱"一点上，并认为此乃人类的"第一着迷处"，只有从这个"第一"处把"念头放淡下来"，"六根"才能"渐渐""清净"，"道念"才会"渐渐""滋生"。因此我们说，本篇小说的预叙是一个完整预叙，它是对全篇叙事的一个抽象概括。

有一些位于篇首的完整预叙除了有诗词和议论外，还有一个简短的概括性叙述，它直接暗示出此后小说的情节内容，如《警世》卷十六《小夫人金钱赠年少》。该小说在开篇处先录了前人的一诗一词，都是感慨岁月流逝的，叙述人议论说："世上之物，少则有壮，壮则有老，古之常理，人人都免不得的。"也就是要人按照自然规律去生活，不要不服老强为其所不应为。在接下来的简短概括性叙述中，叙述者扼要概述了小说的基本故事情节："如今说东京汴州开封府界有个员外，年逾六旬，须发斑然。只因不伏老，兀自贪色，荡散了一个家计，几乎做了失乡之鬼。"诗、论的内容和概述的内容一正一反，富于张力，使预叙一开始就以其人生的哲理性吸引了读者。

位于篇中的诗词议论则经常是小说情节发展至一个关键阶段，小说主人公将要做出或面临一件影响到其命运的重大事件时，叙述人插入话语或诗词，向读者进行预示。如《初刻》卷六《酒下酒赵尼媪迷花　机中机贾秀才报怨》，当小说写到寻花问柳之徒卜良与赵尼姑串通一气，企图骗巫娘子到庵中，以图不轨时，叙述人插话议论道：

> 看官听着，但是尼庵僧院，好人家儿女，不该轻易去的。说话的，若是同年生并时长，在旁边听得，阻拦拉住，不但巫娘子完名全节，就是赵尼姑也保命全躯。只因此一去，有分交：旧室娇姿污流玉树，空门孽质血染丹枫。这是后话，且听接上前因。

这是一段典型的不完整预叙或称内预叙，它在情节发展的转折处插入，先向读者暗示巫娘子此番观音庵之行的结果，一是自己被歹人玷污；二是赵尼姑被杀。它起到的是预告的作用，也可以引起读者的期待。但由于它的跨度很小，预叙刚结束，就紧接上前边被中断的情节，进入对预叙内容的叙述，因此读者的期待很容易满足，这也是短篇小说不完整预叙的特点。

预叙是小说叙事时间的重要表现形态。从以上分析我们可以看到，"三言"、"二拍"的预叙技巧是较为复杂的，绝不是简单的重复和雷同。而且，这些技巧的运用，还往往有民族的审美习惯、思维特性、文化传统、价值观念等因素沉淀和影响于中，形式本身就负载着丰富的内涵，表现出了"三言"、"二拍"在叙事时间操作上的独特性。

明清戏曲选本中的三国戏曲

北京大学中文系　张红波

明清二代的戏曲选本很多，很多学者于此有专门探讨，在此不再赘述。本文以王秋桂主编之《善本戏曲丛刊》（台湾学生书局，1984 年版）；朱崇志《中国古代戏曲选本研究》（上海古籍出版社，2004 年版）；《海外孤本晚明戏剧选集三种》（上海古籍出版社，1993 年版）等为考察中心，力图揭示出明清戏曲选本中的三国戏曲概貌，并以此作为论述三国戏曲叙事的基础。

一、明清戏曲选本中的三国戏曲

明清二代戏曲选本所选三国戏曲剧目及出数大略如下[①]：

古城记：

1. 《词林一枝》：关云长权降、秉烛待旦；

2. 《尧天乐》：嫂叔降曹、独行千里；

3. 《徽池雅调》：张飞祭马；

4. 《时调青昆》：奔走范阳、独行千里；

5. 《歌林拾翠》：开宴赏春、计劫曹营、关公却印、刘张重遇、灞桥饯别、独行千里、怒斩蔡阳、聚会团圆；

6. 《纳书楹曲谱》：挑袍。

草庐记：

1. 《八能奏锦》：议请孔明、踏云（雪？）空回（原缺）；

2. 《群音类选》：甘糜游宫、舌战群儒、黄鹤楼宴、玄德合卺；

3. 《乐府红珊》：刘先主赴碧莲会（刘玄德赴碧莲会）；

4. 《万壑清音》：怒奔范阳、姜维救驾；

---

① 明代王雨舟的《连环记》，乃三国戏曲中的佳作。吕天成《曲品》评云："词多佳句，事亦可喜。"又云："颇知炼局之法，半寂半喧；更通琢句之方，或庄或逸。"此作在戏曲选本中被选入次数甚多，据笔者不完全统计，有至少 19 种以上的明清戏曲选本选入其中的一出或数出，抑或是其中的某个唱段。此作研究者较多，本文暂且不论。

5.《缀白裘合选》：怒奔范阳。

三国志（三国记）：

1.《风月（全家）锦囊》：桃园结义、破黄巾、连环计、斩貂蝉、千里独行、三顾茅庐、单刀会——《三国志大全》；

2.《八能奏锦》：张飞言威祭马、关羽私刺颜良（原缺）——《三国志》；

3.《乐府玉树英》：张飞私奔走范阳、关云长数功训子——《三国志》；

4.《乐府红珊》：关云长赴单刀会——《三国志》；

5.《玉谷新簧》：周瑜差将下书（正文作"周瑜计设河梁会"）、云长护河梁会（正文作"云长河梁救驾"）、曹操灞桥饯别（正文作"曹操霸桥献锦"）——《三国记》；

6.《乐府万象新》：张飞私奔范阳、关云长训子——《三国记》；

7.《大明春》：鲁肃请计国公（鲁肃请计乔公）——《三国记》；

8.《大明天下春》：翼德逃归、赴碧联会、鲁肃求谋、云长训子、武侯平蛮——《三国志》；

9.《万壑清音》：单刀赴会——《三国记》；

10.《玄雪谱》：单刀会——《三国记》；

11.《增订珊珊集》：单刀赴会"大江东去"——《三国记》；

12.《乐府南音》：单刀赴会"大江东去"——《三国记》；

13.《乐府遏云编》：赴会——《三国记》；

14.《乐府歌舞台》：怒奔范阳——《三国志》；

15.《千家合锦》：古城相会——《三国记》；

16.《缀白裘》：刀会、负荆、训子——《三国志》；

17.《戏曲选》：挂印、送嫂、饯别、三关——《三国志》。

桃园记：

1.《乐府红珊》：汉寿亭侯训子（关云长训子）、鲁子敬询乔国公（鲁子敬询乔国公求计）、刘玄德赴河梁会；

2.《群音类选》：关斩貂蝉、五夜秉烛、独行千里、古城聚会。

兴刘记：

《大明春》：武侯平蛮。

征蛮记：

《大明春》：诸葛出师（原缺）。

结义记：

《大明春》：云长训子。

四郡记：

《怡春锦》：单刀。

西川图：

《缀白裘》：芦花荡。

试剑记：

《乐府南音》："新水令套曲"。

青梅记：

《乐府万象新》：曹操青梅煮酒。

通过以上选本编选情况可以看出，选录较多的三国叙事单元有：千里独行、怒奔范阳、宴会类、单刀会。因篇幅所限，本文主要论述此前三个叙事单元。

"千里独行"乃叙述关羽辞别曹营，前往冀州寻找刘备的事迹，这点在《三国演义》中亦有重点描写。"千里独行"叙事单元的完整构成大体可以《歌林拾翠》所选《古城记》的内容为准：开宴赏春、计劫曹营、关公却印、刘张重遇、灞桥饯别、独行千里、怒斩蔡阳、聚会团圆。其中还可以添加"嫂叔降曹、刺颜良"两个环节。当然，戏曲选本并非都如此完整地展示这一过程，而是多选择冲突最为集中的"灞桥饯别"作为重点，而在"饯别"过程中，又尤以"挑袍"最为惊心动魄。"独行千里"主要的塑造对象是关羽，多通过关羽与甘糜二夫人的唱曲方式来表现。

"怒奔范阳"乃张飞恼怒于诸葛亮屡次相难，因而意欲离开刘备回到范阳。此情节不见载于《三国演义》。戏曲选本中的"怒奔范阳"见于多个剧目，如《古城记》、《草庐记》、《三国志》。今存金陵文林阁刊本《古城记》至古城聚义止，并不见诸葛亮，张飞与诸葛亮之矛盾更无从说起。《时调青昆》选"怒奔范阳"入《古城记》，可能出于选者之错讹，也可能是当时存有异本《古城记》。至于《三国志》目所选，情况略为复杂，下文详论。"怒奔范阳"，选本中尚有"私奔（走）范阳"、"翼德逃归"之别名，而《缀白裘》五编中尚有"负荆"之内容，亦属"怒奔范阳"之后续情节，一并可入此叙事单元。"怒奔范阳"对于理解张飞之性情颇有裨益。

"宴会类"乃主题类型方面的概括，严格地说，这种归置并不甚科学，因为"单刀会"亦属宴会系列。"单刀会"影响巨大，论者颇多，此处不论。本文所谓宴会，按发生时间先后，包括"曹操青梅煮酒"、河梁会、碧莲会。三次宴会均有刘备参与，但河梁会的描写主角实际是关羽。"曹操青梅煮酒"只被选入一回。"河梁会"见于《三国记》、《桃园记》。"碧莲会"被选入的次数较前二者更多，包括所谓《草庐记》"黄鹤楼宴"、"刘先主赴碧莲会"、"姜维救驾"；《三国志》之"赴碧联会"等。

二、选本中三国戏曲的叙事管窥

1. 千里独行：

关羽战败，为操所擒，史有明载。《三国志·关羽传》中比较完整地记载了曹操擒获关羽直至关羽归先主的经过：

建安五年……曹公禽羽以归，拜为偏将军，礼之甚厚……曹公即表封羽为汉寿亭侯。初，曹公壮羽为人，而察其心神无久留之意，谓张辽曰："卿试以情问之。"既而辽以问羽，羽叹曰："吾极知曹公待我厚，然吾受刘将军厚恩，誓以共死，不可背之。吾终不留，吾要当立效以报曹公乃去。"辽以羽言报曹公，曹公义之。乃羽杀颜良，曹公知其必去，重加赏赐。羽尽封其所赐，拜书告辞，而奔先主于袁军。左右欲追之，曹公曰："彼各为其主，勿追也。"①

此条下引裴松之注曰："臣松之以为曹公知羽不留而心嘉其心，去不遣追以成其义，自非有王霸之度，孰能至于此乎？"在宋元明叙述话语中，关羽"千里独行"的情况已经见载于不同的文本中，如宋元戏文中即有《关大王古城会》、《斩蔡扬》；元明杂剧中也有《关云长千里独行》、《寿亭侯五关斩将》、《关云长古城聚义》、《斩蔡阳》等剧目。此外，《三国志平话》中虽然没有"千里独行"的具体描写，但"灞桥饯别"等情节已经存在。朱有燉之《关云长义勇辞金》更是这个叙事单元中的经典作品。戏曲选本中的"千里独行"显然与史传相距甚远，与其他戏曲文本中的叙述也有相类相异之处。

上文已经提到，《歌林拾翠》中的"千里独行"乃为最完整的叙事单元。从起初刘备（生）的唱词开始交代背景：

【点绛唇】（生）只因献王软弱，又遇奸臣董卓弄朝权，喜得皇家有庆幸，逢曹相佐中原，才把英雄显。擒了吕布，斩了貂蝉，直杀得众将销魂诸军丧胆，一个个胆寒心颤。

这种叙述话语其实存在着很大的纰漏，这种纰漏并非在于我们熟知的情节与唱词中"擒了吕布，斩了貂蝉"存在矛盾，而在于"喜得皇家有庆幸，逢曹相佐中原"的感情投入与后文"恨只恨，曹操强梁"、"恨曹操直恁猖狂"的叙述之间所形成的指向模糊。刘关张剿灭黄巾三十六万，擒吕布，斩貂蝉等，原本就是宋元明说话体系中的惯常叙述，如元杂剧《莽张飞大闹石榴园》中张飞的宾白中即有："俺二哥水淹下沛，某擒拿了吕布"。关羽"斩貂蝉"更是见于《风月锦囊》、《桃园记》、《三国志玉玺传》等。这种情感上的纰漏来源于剧本本身的情感纠葛，并明显体现在情节设置中。如"灞桥饯别"，曹操时而被描写成真诚相送，时而被描写成忌惮关羽的骁勇而不敢指使许褚生擒，时而抱怨张辽许褚"谁教你每行此事，我一发做个全人情，快取了文凭与云长，教他好过五关"。其实，这种矛盾并非单此一处，"关公却印"中关羽骂曹操，而在"张飞祭马"中却又充满了对曹操举荐

① 【晋】陈寿撰、【宋】裴松之注：《三国志》，中华书局，2005，第697页。

自己的感激之情。

曹操的猖狂导致了战事再起，张飞貌似高明的计谋更使得刘关张三人天各一方。肩负保护刘备家眷任务的关羽无疑是最被动的，他只能降曹。对于降曹的行为关羽其实非常沮丧。《尧天乐》中就表露了这一点："恼恨曹瞒巧计无端起祸苗。我想桃园结义念头亦非小可，指望流芳百世，谁知遗臭万年。"换言之，关羽起初是极端不情愿降曹的，只是在张辽的劝说下，为保护刘备家眷，亦图日后能与刘备有再聚之时日，故而施行的权宜之举。而在"千里独行"的唱词中，关羽一改前面降曹时的那种沮丧与低沉，他情绪高涨，意志坚定。相比甘糜二夫人的忧心忡忡，关羽显然是积极的，这种积极的心态乃基于他对自身本领的自信及对于兄弟情义的追寻。在《时调青昆》中，关羽有曲文曰："匹马单刀志量高，千里寻兄不惮劳。只为弟兄情义重，桃园结义胜同胞。"这种前后鲜明的对比，出发点在于宣扬关羽坚守"桃园结义"之情的可贵。

整个"千里独行"情节的叙事指向，无疑都是建立在对隐藏于表层文字之内的"桃园结义"及其赋予的情感意义的追寻，对于关羽"义薄云天"的高度赞誉上。这种叙事指向的实现，在于选本中对于实现过程中所遇到困难的宣扬以及关羽在种种情状下不同反应的描述。

面临的困难贯穿始终：从最初降与不降的艰难抉择，到身处曹营所遇到的种种刁难，再到古城相聚前刘备与张飞的质疑，所有的一切都构成了关羽义气坚守的考量因素。当然，这种考量愈多愈刁钻，就愈能凸显出坚守的困难，也就进而能够表现关羽百折不回的坚韧与信念的执著。其中，关羽在曹营时的境况最为凶险，张力也最为明显，因而被选入选本的次数越多。因而"灞桥饯别"、"挑袍"才成为经典的折子戏。虽然叙述过程中形态不甚相同，但无论是许褚的处心积虑，张辽谋略的貌似高超，抑或是曹操成全关羽与否的犹豫与徘徊，甚至是甘糜二夫人因为不了解真情的嘲弄，都成为关羽"义"的品质的反衬元素。张飞在古城下对关羽进行辱骂，固然是张飞鲁莽性格本身使然，其实选者更为看重的，是这种方式能进一步烘托出桃园结义的可贵，进而也就肯定了关羽坚守义气的价值。

关羽本身的反应更能直观地得出凸显意义的追寻。关羽极不情愿降曹，在于降曹与桃园结义背道而驰。关羽只得降曹，亦是基于他日与刘张重逢的考虑，何况尚有刘备家眷需要保全。面对许褚的阴暗刁难，关羽"秉烛待旦"以示清白，《词林一枝》对此有诗咏："曹丞相妄施奸计，二夫人玉洁冰清。关云长堂堂大节，秉银烛直至天明。"面对曹操的优渥相待，关羽始终保持人格的独立，如他却印只因为少一"汉"字。他始终将刘备放在考虑的首位，将曹操赏赐的美女送去服侍甘糜二夫人也是尊重刘备的另类表现。此外，如他得知兄长消息急切前往寻找的反应，均是对上述叙述指向的彰显。

2. 怒奔范阳：

张飞与诸葛亮的矛盾，《三国志》中简略叙及。《诸葛亮传》中曰："……于是

（按：先主）与亮情好日密，关羽、张飞等不悦，先主解之曰：'孤之有孔明，犹鱼之有水也，愿诸君勿复言。'羽、飞乃止。"可以看出，矛盾之来由其实很简单，刘备礼遇优渥，关、张二人甚不理解。站在常人的角度去考虑，这种"不悦"的反应其实完全可以理解，诸葛亮作为一个初出茅庐的年轻人，未经任何考验，没有任何威信，刘备却对他如此另眼相待，这必然会引起一些人的不满，尤其是关张二人。矛盾的具体形态究竟如何？最后如何化解？史传的叙述缝隙给后代民间叙述留下了很大的发挥空间。

元杂剧中有《诸葛亮博望烧屯》，元刊本中少宾白，对于张飞与诸葛亮之矛盾交代得不甚清晰。脉望馆本《孤本元明杂剧》之《诸葛亮博望烧屯》里面，通过唱词与宾白，比较清晰地记录了二人冲突的来由及最终的解决办法。张飞因为愤懑诸葛亮需要劳动自己三人屡次三番来请，故而见面即憋了一肚子气。他见面即称谓诸葛亮为"村夫"，并谓：

依着我呵，你与我拿枪牵马，我也不要，你驱驰俺两个哥哥，兀那村夫，你听者，则这张飞情性强，我忙撚丈八枪，你若不随哥哥去，将火来，我烧了你这卧龙岗。若不是俺两个哥哥在此，我则一枪搠杀你这个村夫，你无道理，无廉耻，无上下，失尊卑也。

张飞无礼在前，故而诸葛亮在遣将过程中，故意三次揶揄捉弄他，并且设置赌头争印环节，使得张飞失败以后彻底拜服自己。此剧中并未见所谓"怒奔范阳"字眼。《三国志平话》中其实也有张飞辱骂诸葛亮"牧牛村夫"之言，但并无"三气"之环节，只是交代了胜仗之后，张飞叙说"军师真是强人"，矛盾冲突即告结束。

"怒奔范阳"之较早记载见于《群音类选》，其"北腔类"内有《气张飞杂剧》，所选散折明确标为"张飞走范阳"与"张飞待罪"。"张飞走范阳"下有一套完整的"双调新水令"的曲文，将张飞离开营帐、前往范阳路上的心情表现得淋漓尽致。张飞因为不愿意拜诸葛亮为军师，离开营帐，一路心情惆怅抑郁。这种惆怅来源于他对桃园结义情分的依恋与对兴汉大业的追求。"扬鞭策马走如飞，想桃园顿生悲戚"。面对刘备与关羽的劝说与挽留，他满腹委屈，满腔怨愤："只为着这村夫，（将兄弟）恩爱反为仇。（致使我）手足不相投"，因为诸葛亮的存在，导致兄弟情义产生隔阂，导致他张飞有家难奔有国难投。张飞的愤懑在叙说中更见升级，他进而埋怨刘备："大哥哥，你是个争帝图王；跟着个懒汉狂徒，朝夕里，盘桓不休，俺老张要去，一心也难留。"张飞十分不解刘备为何对诸葛亮那般看重，他诉说自己的勋绩：

【甜水令】我曾在战场上列着貔貅，摆着戈矛，也曾杀老将陶谦让了徐州，我也曾破黄巾解了青州，战吕布虎牢关众英雄谁不拱手。到今日，反拜村夫为了军师参谋，倒使参商卯酉。他自来按兵不动，着甚来由，吃咱们现饭，何苦与我结冤仇。论将来我比他在战场上决杀敌，逞风流。他比我在南阳垅，会耕田，惯使牛。（幺）你道我武官出不得文官手。虽则文官把笔定乾坤。我武将也曾持刀安宇宙。他本是卧龙冈一个农叟，我是个大丈夫，怎落在他人后，他是个耕田锄地一村牛，怎比我开疆辟土金精兽。

这支曲文中，有些地方是与现在熟知的话语框架不同的。如"陶谦三让徐州"并非出于张飞的威逼。张飞愤懑诸葛亮与其结冤仇，但在此套曲中并未解释具体的原因。元刊本《诸葛亮博望烧屯》中，诸葛亮故意三次不让张飞出战，稍具刁难色彩；脉望馆本中，通过具体的宾白则更清晰地交代了"三气张飞"的情节（诸葛亮三次询问张飞枪快么，马饱么，敢厮杀么？在得到张飞肯定的回答后，均谓"我不用你，出去"，从而构成一种戏谑性十足的情节设置）。其实最具刁难色彩的叙述依旧见于张飞的自叙。《大明天下春》中选《三国志》之"翼德逃归"，张飞甫一出场便满肚子怨气：

谁知那村夫好不知进退，镇日间谭天论地，讲长道短，今日也操兵，明日也练将。惹得曹操兵来，使赵云出兵，输则见功，胜则见罪。待老张与他讲理，闯入辕门杀张飞，擅离信地杀张飞，队伍不整杀张飞，违误军令杀张飞。俺张飞那讨许多头！……

如此，张飞怒气冲冲奔走范阳之理由完全成立。但张飞最终还是回归了营帐。其原因，《气张飞杂剧》中张飞是依旧无法割舍桃园结义情，"只为桃园结义，免不得包羞掩耻回归"。《大明天下春》中，除了刘关二人的感情因素，尚有赵云奉军师将令率领五百军士的强行阻止。阻止的情形在《时调青昆》中明确交代：张飞吹嘘自己站在那做肉屏，看谁敢用箭射他，结果赵云就真射。张飞非常不解："且慢，四弟，我说你当玩，当真就射来！"赵云被称为四弟之说，并非见于此一处。《草庐记》中，张飞知晓关羽降曹，因而把自己升为二哥，而以赵云为三弟。赵云为刘关张之四弟，乃是民间说唱文章中比较常见的称谓。

张飞与诸葛亮的较量无疑是以张飞的失败而告终的。张飞失败的原因与《诸葛亮博望烧屯》应该是一样的，只是后者以宾白方式呈现，而前者以曲文的方式表达。张飞在松林遇着夏侯惇的百个残兵，夏侯惇欺骗说要饱食决输赢，结果趁势逃脱。张飞只好前往营帐请罪，乞求诸葛亮看在昔日勋绩的份上饶恕他，让他能够继续兴王业，"图补天"：

【雁儿落带得胜令】俺也曾在桃园把盟誓牵。俺也曾奋威破黄巾兵百万；俺也曾擒吕布镇徐州扶危汉；俺也曾助战鼓把追兵斩；俺也曾在古城中把兵粮办；俺也曾到茅庐受风寒。只图兴王业，受皇宣，谁知俺粗鲁汉，今日里遭刑宪，伏望哀怜，乞饶咱，图补天；乞饶咱图补天。

张飞乞求诸葛亮饶恕的情节，在钱德苍编选之《缀白裘》中选辑的《三国志》"负荆"中表现得更加活灵活现。张飞擒拿夏侯惇失败后，他自知铸成大错，因而效仿古人"负荆请罪"；并且托关羽和刘备看在桃园结义的分上替他多向诸葛亮求情。诸葛亮让其进营时，他率先自责，说自己"是个不识字的愚鲁村夫"，并且膝行而进。诸葛亮质问张飞为何昨日要骂他时，张飞自我奚落："我若骂了师爷呵，正是那太岁头上来动土"；"我是一个愚人，不识字不辨怎个贤"；"昨日冒犯虎威，我张飞有眼无珠得罪了师父，望师父责治土地几下罢"。诸葛亮依旧不依不饶，要将张飞处斩，恰逢曹操前来复仇，刘备关羽趁机替其求情，让张飞将功赎过。

相比而言，《气张飞杂剧》中的"怒奔范阳"情节描写是文雅的，诗意的；《缀白裘》中的描写则是世俗的，戏谑的。张飞赌头失败后，面对诸葛亮时那种小心翼翼的情状令人忍俊不禁，尤其是他赖着脸皮否定自己对诸葛亮的辱骂时的情形，更是具有强烈的喜剧色彩。他不仅自己做小伏低，还煞有介事地叮嘱关羽要放和气些。所有这些都构成了一个形象鲜明生动的张飞。《缀白裘》是清代戏曲选本，《气张飞杂剧》被列入"北腔类"中，说明其与元杂剧在总体的追求上是保持一致的。前者更多注重情节的喜剧化以及由此带来的舞台表演的戏谑性，后者注重唱曲本身的精致化与谐律。较之以《三国演义》，戏曲选本中的张飞显然能够留给世人更为深刻的印象，尤其是注重舞台表演效果的"负荆"。

3. 宴会类：

宴会乃舞台表现中的一个重要情景，三国戏曲亦多次利用宴会展开故事情节，塑造人物性格，展示戏剧冲突。"青梅煮酒"，"襄阳会"、"河梁会"、"碧莲会"、"单刀会"等，都是三国戏曲中涉及的宴会场景。

"青梅煮酒论英雄"乃《三国演义》中的经典情节。曹操与刘备论英雄之情节，《三国志·先主传》中有明载："曹公从容谓先主曰：'今天下英雄，唯使君与操耳。本初之徒，不足数也。'先主方食，失匕箸。""望梅止渴"之情节，则见载于《世说新语·假谲》。元杂剧《莽张飞大闹石榴园》交代的背景与选本类似，只不过论英雄的色彩不甚明显，更多是利用净角厨子与夏侯惇的插科打诨，以制造喜剧效果。选本《青梅记》之"曹操青梅煮酒"却将宴会起因、经过都做了明确交代。曹操表面请刘备赴宴为"相叙情深阔"，实际上却是刺探刘备。刘备韬光养晦，在花园锄圃，使曹操警惕心放松。席间论英雄之节，与《三国演义》大类相似，但亦存在明显不同的情节，故而并不能即谓选本依照小说改编。选本中，刘备谓"冀州袁绍袁术"，冀州乃袁绍地盘，袁术则是占据淮南，"冢中枯骨"乃为袁术的定评，《三国演义》中曹操与孔融均有此断语，而选本中只是简单地说袁术"不能为人"。曹操否定刘表的理由在于其二子无用。更为荒诞者,曹刘论英雄之际,孙权尚小,并非掌江东,而刘备却以英雄之名相许。曹操否定的理由亦甚荒谬,"但以言貌取人"。《三国演义》曾叙及孙权因为庞统形容古怪,且言语间轻视周瑜,故而弃之不用,其余则未见"以言貌取人"之事。曹操肯定刘备的叙事逻辑亦完全不同于小说,"你兄弟三人破黄巾三十六万,擒吕布斩华雄,功高盖世,岂不是英雄?"这些叙述都表明选本并非抄自演义,而完全是另一种独立的故事体系发展下来的叙事。

"河梁会"未见于《三国志平话》,宋元戏文及元、明杂剧中亦未见叙及,但却在《三国演义》第四十五回"三江口曹操折兵 群英会蒋干中计"中有相关记载。刘备过江劳军,周瑜意欲剪除,因为忌惮关羽武勇,阴谋未能实现。其内容与明清戏曲选本中之"河梁会"如出一辙,唯独不见"河梁"字样。赤壁战役期间,刘备往周瑜营中劳军,史有明载,只是情感取向与"河梁会"截然相反。

《三国志·先主传》引《江表传》曰:

> 备从鲁肃计,进住鄂县之樊口。诸葛亮诣吴未还,备闻曹公军下,恐惧,日遣逻吏于水次候望权军。吏望见瑜船,驰往白备……备遣人慰劳之。瑜曰:"有军任,不可得委署,傥能屈威,诚副其所望。"备谓关羽、张飞曰:"彼欲致我,我今自结托于东而不往,非同盟之意也。"乃乘舸往见瑜,问曰:"今拒曹公,深为得计。战卒有几?"瑜曰:"三万人。"备曰:"恨少。"瑜曰:"此自足用,豫州但观瑜破之。"备欲呼鲁肃等共会语,瑜曰:"受命不得妄委署,若欲见子敬,可别过之。又孔明已俱来,不过三两日到也。"备虽深愧异瑜,而心未许之能必破北军也,故差池在后,将二千人与羽、飞俱,未肯系瑜,盖为进退之计也。[1]

《江表传》多偏向于吴人,为人共识。注语中孙盛谓:"《江表传》之言,当是吴人欲专美之辞。"但上述文字却也大体描写出了一个"雄姿英发"的周郎形象。周瑜治军严整,公私分明,令刘备愧异。相害之心,无从谈起。《三国演义》中周瑜小气,屡生害刘备、诸葛亮之心,固然是小说家法。戏曲选本中亦持同等写法。

《玉谷新簧》选《三国志》之"周瑜计设河梁会"与"云长河梁救驾"。周瑜欲借宴会之际除掉刘备,因而让甘宁以东吴粮草不敷为理由,让刘备只能一主一从来赴会。周又恐刘备不来,因而假传诸葛亮亦让刘备过来的消息。这些理由显现出明显的民间叙事色彩。赵云与关羽争执谁去护驾的过程,更是充满了喜剧色彩:关羽谓赵云"你当初抱太子杀去百万军中,哪个不认得你!"而赵云则谓"你脸太红了,有人认得",争论的最终结果是关羽扮成马头军去护驾。因为关羽有卧蚕眉、胡须太长,所以需要敛迹形收。并且因为脸太红,所以需要搽上粉。周瑜赏赐酒肉

---

① 【晋】陈寿撰、【宋】裴松之注:《三国志》,中华书局,2005,第655页。

与小兵，而关羽却将十人的酒全给喝了，周瑜辱骂关羽为酒囊饭袋。宴会中论英雄，似乎成为三国戏曲舞台演出的一个定式，此出中同样存在。刘备以项羽与曹操为英雄，与《莽张飞大闹石榴园》之论英雄有相似之处，与元杂剧《刘玄德醉走黄鹤楼》亦有些相类，但大部分不同。这些相似之处其实更能说明舞台表演过程中，宴会类的情节存在模式化的现象。《乐府红珊》所选《桃园记》之"刘玄德赴河梁会"与《玉谷新簧》之叙述基本类似，但亦有相异之处。如易赵云为张飞，与关羽争论谁去护驾。关羽将赏赐的酒肉全都吃完，并讲述自己的功劳，亦有不同之处。

"碧莲会"未见于《三国志》等史书，亦未见于《三国演义》。《三国志平话》中粗略涉及，叙述混乱，不成体系。元无名氏杂剧《刘玄德醉走黄鹤楼》第一折，周瑜出场时云："俺这江东有一楼，名曰黄鹤楼；设一会，乃碧莲会。"可知黄鹤楼会其实与碧莲会乃为同一事件。明清戏曲选本《群音类选》、《乐府红珊》、《万壑清音》、《大明天下春》等都有此单元，与元杂剧《刘玄德醉走黄鹤楼》基本相类：周瑜趁诸葛亮、关张不在之际，邀请刘备赴宴。筵席间论英雄，刘备屡次被罚喝水，周瑜则醉酒。周瑜意欲杀掉刘备，又害怕青史留坏名，故而让渔翁替自己下手，渔翁为诸葛亮所遣营救刘备之人，最终借助诸葛亮留下的令箭逃脱。

"碧莲会"之故事单元亦带有典型的民间叙事特色。周瑜席间与刘备论英雄，非常渴望刘备承认他为英雄，但刘备却偏不顺从。刘备先后列举项羽、曹操及自己，这让周瑜大为恼火，最终以酒令官的身份迫使刘备承认，之后便得意忘形："霸王英雄兮自刎在乌江，曹操英雄兮不敢出许昌；刘备英雄兮靠着是关张，赤壁鏖兵兮美哉是周郎。"《大明天下春》中，周瑜醉酒的原因在于他得意忘形之后连续五次说出"美哉"二字，违犯了他自己设下的酒令，因而被罚酒三次，并罚水两次。这种三番两次地重复"美哉"的情节具有典型的民间叙事特点。

虽然各个选本中的"碧莲会"情节大致相同，但亦有一些细节方面的差异，如扮演渔翁前往救驾的人，《草庐记》中谓是简雍（孙乾）、《大明天下春》中为孙乾、《万壑清音》中则为姜维。此外，令箭的来源亦不同，《乐府红珊》中周瑜说："这令箭前日在祭风坛上射孔明的，被他收了去，今日误其大事。"《万壑清音》中周瑜则谓："这是我与那村夫定风的箭。"此外，人物简称也时见不同，但无关演出台词与内容结构。

除了上述三个主要叙事单元及"单刀会"外，明清戏曲选本中的三国叙事单元还有很多，如"张飞祭马"、"诸葛平蛮"等。选本中的叙事形态与我们今天所熟知的三国故事间存在着或大或小的差异，仔细及系统比较考察其相同相异之处，可以构建出一幅更为宏观、更为立体、更为准确的三国图谱。明清时代，三国故事形态异常丰富，《三国演义》固然风行，但戏曲剧作的受众面更为广泛，虽然我们无法回到当日的历史场域，考察戏曲选本中的三国戏曲在某种程度上可以让我们管窥大貌。

才子佳人小说叙事的两个向度

武汉大学中国传统文化研究中心　余来明

在中国小说发展进程中，以描写两性关系为主题的小说在《金瓶梅》之后出现了两条明显的支流：一条是如《浓情快史》、《株林野史》般以赤裸两性关系为描写对象的艳情小说；另一条是在书名上蹈袭《金瓶梅》而"人物事状皆不同"① 的才子佳人小说。二者同受《金瓶梅》影响，却在创作品格上走向两个极端。艳情小说作者尽管标榜"余将止天下之淫，而天下已趋矣，人必不受。余以诲之者止之，因其势而利导焉，人不必不变也"②，但其表现主体是对肉欲的追逐与欣赏。这类小说，除了让读者看到当时社会风气的一个侧面，缺乏应有的文学价值。与之相反，明末清初兴起的才子佳人小说呈现出另一种面貌：在具体情节上抛弃淫秽描写，甚至刻意回避正常的男女交往，而以道德理性来审视男女情感。这一做法，在净化作品内容的同时，抹杀了情感的丰蕴内涵，因此招致后人的批评。然而，作为明末清初盛行一时的小说样式，才子佳人小说是连接《金瓶梅》和《红楼梦》的重要环节。小说史研究，不能因为作品艺术价值的有限性而忽略其存在的客观性。本文试图通过分析小说处理人物情节的措置，在小说史发展进程中把握才子佳人小说，以求对其予以准确定位。

一

在由唐人传奇确立的人情小说传统中，男女交往通常都富于浪漫气息。明代中篇传奇小说在处理同类题材时，虽然采取了类似的方式，但其中的变化却更加引人关注。明弘治间张志淳注意到这种变化，提出了严厉的批评。他在谈到《钟情丽集》时说："虽以所私拟元稹，而浮猥鄙亵尤倍于稹。"③"浮猥亵鄙尤倍于稹"的

① 鲁迅：《中国小说史略》第二十篇《明之人情小说》（下），上海古籍出版社，1998，第132页。

② 【明】佚名：《绣榻野史》卷首憨憨子序，转引自丁锡根编《中国历代小说序跋集》（下），人民文学出版社，1996，第1341页。

③ 【明】张志淳：《南园漫录》卷三"著书"条，文渊阁《四库全书》本。

创作趋向，反映的是明代中期以后人情小说叙述趣味的转移。浪漫与艳情交错，明代中篇传奇小说面貌怪异。《金瓶梅》将关注对象投向市井男女，显示了作者打破明代中篇传奇中不协调浪漫氛围的努力，以自然主义态度展现男女交往的现实景况，解构唐人传奇确立的浪漫传统。

《金瓶梅》以现实的艳情颠覆理想的浪漫，反映的是明代中期以后社会生活的一个侧面①。它的出现，一方面为人情小说的发展注入了异样的色调，同时也将人情小说的发展推向了困境。现存文献虽然并未提供明代禁毁《金瓶梅》的直接证据，但明英宗正统七年（1442）对《剪灯新话》等小说的禁毁，却为后来的人情小说作家提供了足够的想象空间。

由《金瓶梅》带动的艳情小说创作热潮，首先在创作领域引起了部分作家的思考。由此出发，一部分作家通过净化作品的内容改变人情小说的面貌，也就成了题中应有之意。南北鹖冠史者《春柳莺·凡例》总结了才子佳人小说创作的首要原则：

> 小说，今日滥觞极矣。多以男女钻穴之辈，妄称风流。更可笑者，非女子移情，即男儿更配。在稗官以为作篇中波澜，终是生旦收场；在识者观之，病其情有可移。此乌得谓真才子、真佳人、真风流者哉！②

才子佳人小说处理男女情感，采取的是极为谨慎的态度。作者意图与读者理解脱节，从而使人情小说缺乏道德内涵，成了宣扬"风流佳话"的媒介。作家对才子佳人小说的重新定位，显示了作家对道德理性的强调。《平山冷燕》天花藏总评说："此小说虽小言，而小言寓正大之规，实亦贤者之用心也。若传污流秽，又小说家之罪人也，乌足道！"③ 才子佳人小说家赋予作品某种道德责任感，从小说史的发展来说，正是试图摆脱艳情小说的流行给人情小说带来的尴尬（人情小说通常被当作艳情小说）。由此说来，才子佳人小说与艳情小说的同时兴起，是人情小说发展到《金瓶梅》之后的必然途径。

从实际创作来看，才子佳人小说学习《金瓶梅》仅限于小说命名方式，在内容上二者趣味各异。出现这一趋势，是缘于对《金瓶梅》露骨色情描写的不满。与《贾云华还魂记》、《钟情丽集》、《天缘奇遇》、《寻芳雅集》等明代中篇传奇小说相

---

① 如张翰《松窗梦语》卷七云："至今游惰之人，乐为优伶。二三十年间，富贵家出金帛，制服饰器具，列笙歌鼓吹，招至十余人为队，扮演传奇；好事者竞为淫丽之词，转相唱和；一郡城之内，衣食于此者，不知几千人矣。人情以放荡为快，世风以侈靡相高，虽逾制犯禁，不知忌也。"类似记述，在明代中后期的历史文献中比较常见。

② 【清】南北鹖冠史者：《春柳莺》卷首，春风文艺出版社，1983。

③ 【清】佚名：《平山冷燕》卷首，人民文学出版社，1983。本文所引《平山冷燕》文字及小说评语均据此本，下引仅标回数，不另出注。《平山冷燕》，又名《四才子书》。

比，才子佳人小说在品格上有着很大差异。尽管二者都以才子佳人作为描写的对象，但明代中篇传奇小说中的才子与佳人无一例外都有私会、私通行为，尽管一定程度上反映了情感的真实性，却很容易使作品沦为"淫书"。才子佳人小说在处理这一问题时显得尤为谨慎，后人虽然指责才子佳人小说为"诲淫之作"，但事实上主要是针对借才子佳人小说之名而写淫秽之事的"伪才子佳人小说"，并非我们今天所谓的才子佳人小说。①

对比《金瓶梅》，才子佳人小说的道德意味更加突出。尽管在小说结尾宣扬善恶因果的道德观念，但《金瓶梅》对两性关系的自然展现更为读者所关注。虽然袁宏道等人都对《金瓶梅》表示欣赏，然而在主流的评价体系中，《金瓶梅》通常以反道德小说的形象出现，没有成为主流社会的公开读物。所谓的"以淫止淫"，在小说史发展实际中只是使人情小说走上艳情小说的道路。才子佳人小说强化道德理性，意在把人情小说纳入正统的轨道。在具体创作中，《好逑传》显得尤为突出。

《好逑传》的作者自称"名教中人"，序作者自称"维风老人"，两者极有可能都是作者的化名。作者取这样的笔名，意在突出小说匡世正伦的道德韵味。在小说中，作者更以道德理性包装人物的言行，使才子（铁中玉）与佳人（水冰心）的一言一行都带有浓厚的名教色彩。小说虽然也写两人彼此倾慕，但理智的力量在男女交往中表现得过于强大，情感冲动完全没有发展的空间。此后，水冰心叔父水运与鲍知县有意撮合，二人尽管心存爱慕，却极力反对，其理由不外乎"若徒以才貌为凭，遇合为幸，遂谓婚姻之举，不知此等之义举，只合奉之过公子，非学生名教中人所敢承也"，"始之无苟且，赖终之不婚姻，方明白到底，若到底成全，则始之无苟且，谁则信之？此乃一生名节大关头，断乎不可，望叔叔谅之"②。何等的理智！情感冲动已经完全让位于道德理性。

那么，如何才能使满腹名教礼法的两人走向"有情人终成眷属"的大团圆结局呢？从小说的叙述来看，正面的力量（鲍知县、铁都宪、水居一等人）显然无法促

---

① 关于这一点，清人刘廷玑《在园杂志》卷二有明确的论述："近日之小说，若《平山冷燕》、《情梦柝》、《风流配》、《春柳莺》、《玉娇梨》等类，佳人才子，慕色慕才，已出之非正，犹不至于大伤风俗……至《灯月圆》、《肉蒲团》、《野史》、《浪史》、《快史》、《媚史》、《河间传》、《痴婆子传》，则流毒无尽……作者本寓劝惩，读者每至流荡，岂非不善读书之过哉！天下不善读书者，百倍于善读书者。读而不善，不如不读；欲人不读，不如不存。"作为一个正统学者，刘廷玑对于才子佳人小说和艳情小说的区分，符合小说描写的实际情况。清代禁毁才子佳人小说，一方面是因为艳情小说通常都打着才子佳人小说的旗号；另一方面，则与当时读者的阅读方式有关，才子佳人小说对男女遇合赞赏性的描绘，往往会引起读者对小说主角行为的模仿，而现实生活中的男女相悦，是一种自然的状态，总免不了带有艳丽的色彩。明于此，才子佳人小说受到批评也就是情理中的事。

② 【清】名教中人：《好逑传》第8回"一言有触不俟驾而行"，北京师范大学出版社，1993。本文所引《好逑传》文字均据此本，下引仅标回数，不另出注。

成他们结合。因此，小说反其道而行，不厌其烦地让作为"小人"的过其祖等人设计出一系列试图拆散铁、水二人的计谋，其结果反而使铁、水二人不得不结为夫妻。然而，小说并未就此打住，为了进一步张扬名教，作者又写铁、水二人虽结为夫妇却并不同床，其目的正如后来铁中玉所说："故臣与水冰心，至今犹分居而寝，非好为名高，盖欲钳众人之口，而待陛下之新命，以为人伦光耳。"（第18回）为了使名教思想正统化，小说把皇帝也塑造成名教的积极倡导者。作者在小说中赋予名教以特殊的地位和力量。铁中玉与水冰心的结合，情感因素已降到次要地位，名教不仅战胜了男女情感，而且使原本站在过其祖一方的鲍知县等人也为其感动。名教就在这种看似荒唐的才子佳人故事中得到了彻头彻尾的赞扬。作者无疑是一个名教的积极倡导者，小说以一种近乎迂阔的心理宣扬名教。

作者何以会迂阔地宣扬名教而排斥感情呢？这一点值得我们深思。前文提到，在才子佳人小说兴盛的同时，一批艳情小说也在社会上广泛流传，而且往往借用才子佳人小说的名义。在这种情况下，才子佳人小说也成了被批评的对象。如何使自己的作品与艳情小说相区别，摆脱艳情小说低俗的品格，《好逑传》中的一个情节颇具代表性。

无论是明代中篇传奇小说，还是以《金瓶梅》为代表的世情小说，或是以展现床第生活为趣的艳情小说，都免不了出现类似"相会后花园"的场景。《好逑传》却对这一情节进行了解构。小说中，过其祖等人借水冰心之名约铁中玉到后花园相见，一眼就被铁中玉识破。

铁公子听了，勃然大怒道："胡说！这些话从哪里说起？莫非你家小姐丧心病狂么？"……铁公子一头怒，一头想道："水小姐以礼法持身，何等谨慎，怎么说此非礼之言？难道相隔不久就变做两截？此中定然有诈。"因一手将童子捉住，又一手指着童子的脸要打道："你这小奴才，有多大本领，怎样将美人局来哄骗我铁相公？那水小姐乃当今的女中豪杰，你怎敢造此邪秽之言来污她？我铁相公也是一个皎皎铮铮的汉子，你怎敢捏此淫荡之言来诱我？"（第11回）

小说借人物之口，将自《西厢记》以来的才子佳人题材作品惯常描写的"相会后花园"说成是淫荡之举，无疑是要礼赞超出情感之外的名教礼法、道德理性。在明代中篇传奇小说中，"密约偷期"是一个固有情节。才子佳人小说斥责这一行径，以表明自己与明代中篇传奇小说的不同立场，艳情小说则更不待言。小说中，才子佳人相互吸引的原因，更多是源于彼此对名教礼法近乎迂腐的遵从，情感因素非常脆弱甚至微不足道。情感为道德理性取代，促使才子、佳人结合的动力也是源于对道德伦理、名教礼法的共同遵从与维护。铁中玉与水冰心二人最终得到清白，也是他们谨守名教礼法的结果。可以说，是名教最终打败了小人，成全了才子与佳人。作者结尾所赋的一首诗，道出此篇小说的真正用意："三番花烛始于归，表正

213

人伦是与非；坐破贞怀惟自信，闭牢心户许推依。义将足系红丝美，礼作事迎金钿肥；漫道一时风化正，千秋名教有光辉。"（第 18 回）作者从始至终都是以表现名教、强调道德理性为小说的创作宗旨。

事实上，宣扬道德理性，表现道德关怀，是才子佳人小说作家的一贯做法，如《醒风流传奇》、《情梦柝》等，均存在类似情况，只是《好逑传》进一步强化了小说的道德意识。在《玉娇梨》、《平山冷燕》等才子佳人小说中，情感冲动也是轻易就被道德理性所克制，才子佳人间的交往也都在礼教所允许的范围内展开。为了强化小说的道德意蕴，才子佳人小说还频繁地借人物之口宣扬伦理道德。艳情小说在处理男女情感时，"任欲而行"，以自然展现两性关系作为小说描写的主体。才子佳人小说则反其道而行，对情感采取回避态度，不是像《红楼梦》那样通过净化情感来达到净化小说内容的目的，而是以道德理性取代浪漫情怀，将感情描写排除在小说描写之外。《红楼梦》的作者一方面注意到情感描写的危险性，处理不慎，很容易成为《金瓶梅》甚至《肉蒲团》一类的作品；另一方面，他又认识到情感描写对一部优秀小说的重要性，在所有的题材中，感情世界无疑最为丰富多彩。《红楼梦》正是认识到《金瓶梅》与才子佳人小说各自的不足之处，才将写实与浪漫相结合，从而成为人情小说进而整个中国小说发展史上的巅峰之作。

二

才子、佳人"因诗生情"，在我们今天看来固然不可思议，却包含了才子佳人小说家一番别具手眼的用心。"凡男女相悦，必假眉目勾挑，纵不涉淫，亦难免落套；况眉目勾挑，纵有情，亦不深不奇。"（《平山冷燕》第 7 回前天花藏评语）在道德理性观念的引导下，才子佳人小说甚至把男女交往的过程都省略了，转而将彼此相悦建立在"才喜逢知己"的基础上。对于这一现象，应该怎样阐释才较为恰切？

在中国古代，知识分子怀才不遇是一个十分普遍的现象。《资治通鉴》卷五十九记载了这样一个故事：蔡邕因为被五原太守王智诬陷"谤讪朝廷"而亡命江湖二十余年，董卓"闻其名"，征聘他做官，蔡邕借口有病拒绝了。董卓以灭族相威胁，蔡邕不得已才勉强出来任职。董卓见蔡邕大喜，一月内三升其官，拜为侍中，很受倚重。后来董卓被诛，蔡邕"闻之惊叹"，王允斥责蔡邕怀董卓"私遇"，同情"大贼"，将其处死。到了《三国演义》中，作者加以发挥，具体展示了蔡邕伏尸而哭的情节，并由蔡邕自我表白："邕虽不才，亦知大义，岂肯背国而向卓？只因一时知遇之感，不觉为之一哭。"（第 9 回）蔡邕对于董卓的感激，已经抛开了人格的考虑，出于一时的知遇之感，"知大义"而去哭一个"背国"奸臣，知音之难遇，可想而知。刘勰《文心雕龙·知音》开篇即感慨地说："知音其难哉！音实难知，知实难逢，逢其知音，千载其一乎！"虽是就文学鉴赏而言，但对于中国古代士大夫来说,又何尝不是如此?他们渴望能够像俞伯牙一样遇到一位自己的钟子期。"高山流水"的故事是美丽的,却是个悲剧。对于仕途人生不得意的士子来说,知音难觅、怀才不遇成了他们共同的话题,也是他们心中永远的痛。

身处明末清初的才子佳人小说家,多是仕途不得意的下层文人。天花藏主人的感叹代表了这一群体的共同境遇:"惟真正才人,屈于不知,苦于无路,满腹经纶,一腔才思,抑郁多时,无人过问,欲笑不可,欲哭不能,故不得已而借纸上黄粱吐胸中浩气。"(《平山冷燕》天花藏总评)他们大多自视甚高,于仕途人生却每每不甚得意;身怀济世之志,却只能老死僻野阡陌之间。对于自身才学得不到赏识的悲悯与喟叹,在久久不能释怀的"才子情怀"背后,多少包含了他们对自身生活时代的不满。正如天花藏主人《四才子书序》所说:"致使岩谷幽花,自开自落;贫穷高士,独往独来。揆之天地生才之意,古今爱才之心,岂不悖哉!……徒以贫而在下,无一人知己之怜;不幸憔悴以死,抱九原埋没之痛:岂不悲哉!"怀才不遇、知己难逢,多少文人才士在这种抑郁痛苦中抱憾终身。

在仕途官场中找不到用武之地,只能退而求其次,将满腔才华发泄在小说创作上。顾石城《吴江雪序》解释说:"虽然,天实弃之,人亦不得而知之,佩蘅子亦不得而求知于人也。知诗文词赋之未能出世也。乃佯狂落魄,戏作小说一部,名曰《吴江雪》。"[①]郁结于心的怀才不遇之情,是化为批判和揭露现实的利剑,还是寄托于虚幻的理想世界?才子佳人小说家选择了后者:"凡纸上之可喜可惊,皆胸中之欲歌欲哭。吾思人纵好忌,或不与淡墨为仇……若然,则天地生才之意,与古今爱才之心,不少慰乎?"(天花藏主人《四才子书序》)不论我们对才子佳人小说家的实际才能作怎样的评价,在小说中寻求怀才不遇的安慰,却是他们从事小说创作共同的心理动因。因此我们看到,才子佳人小说所塑造的世界都是尊才重才、人人爱才的"才子社会"。

才子佳人小说的世界,是一个以"才"为核心的世界。在这个世界里,无论君子还是小人,对"才"都采取欣赏的态度:有才者爱才,无才者亦爱才,为官者也愿意援引有才之士。"才"成了这个世界万能的通行证。《平山冷燕》开篇就以天象吉祥、皇帝下诏搜求天下才士这一略带神异色彩的方式发端,为整部作品奠定以"才"为取舍标准的基调。《玉娇梨》第2回"老御史为儿谋妇",杨御史因见白红玉之才而欲谋为子妇,廖德明奉承杨御史,答应为他说媒,他说:"白小姐既有如此才华,可谓仕女班头矣,令公子乃文章魁首,自是天地生成的一对好夫妻。"[②]首先强调的也是两人的才华相当。才子佳人小说家试图树立这样一种观念:一切人都是爱才的,皇帝也好,佳人也好,即使是小人,也以"才"作为评价人的标准。

---

① 【清】佩蘅子:《吴江雪》卷首,《古本小说集成》本,上海古籍出版社,1990。

② 【清】荑荻散人:《玉娇梨》,春风文艺出版社,1981。本文所引《玉娇梨》文字均据此本,下引仅标回数,不另出注。

《玉娇梨》第 20 回白玄说："原来柳生即是苏生，如今看来，你母舅为你作伐也不差，你父亲为你择婿也不差，考案首与科甲取入也都不差矣。可见真才处处见赏。""真才处处见赏"，这不正是所有怀才不遇之人的共同心愿吗？

以"才"为核心的世界，才子们具有无可争议的优势。在这个世界里，才子可以凭"才"获取一切，功名、佳人……等等。"洞房花烛夜，金榜题名时"，人生的一切如意之事，只要有才就可以实现。在《玉娇梨》中，吴翰林因见苏友白所题之诗而起为外甥女择婿之念；并非巧合的是，《玉支玑》中的管侍郎也是如此。才子佳人小说中，才子都能中举，这已经成为惯例。《玉娇梨》第 4 回中吴翰林的一段心理活动，颇能说明才子佳人小说在此问题上的态度："人物固好，诗才固美，但不知举业如何？若只晓得吟诗吃酒，而于举业生疏，后来不能上进，渐渐流入山人词客，亦非全璧。"对于举业的重视，亦是源出于才子佳人小说家的"才子情怀"。

在科举取士的时代，能否中举是是否有才的一个重要标准，只有在举业上有所上进，"才"方才算是得到了社会的认同。因此，中国古代的很多文人在成名之后仍对仕途功名孜孜以求。他们的成名并非藉科举得来，但只有扬名科场，才能充分表明他们是有才之士。中进士不是"才"的内容，而是一个标志。才子佳人小说让才子中进士，一方面是为了说明有才就能够得到重用，在以"才"为核心的世界里，"才"即是一切；另一方面，中举可以为才子佳人的结合提供方便。《玉娇梨》中卢梦梨的话代表了才子佳人小说在这一问题上的共同意见："千秋才美，固不需于富贵，然天下所重者功名也。仁兄既具此拾芥之才，此去又适当鹿鸣之候，若一举成名，则凡事尽易为力矣。"（第 14 回）明清时期的知识分子已经变得更加现实，而少了那么一点浪漫情怀。

在才子佳人小说中，才子与佳人都是围绕着"才"来塑造的。天花藏主人《两交婚小传序》为我们提供了佳人塑造的模型："以此知色之为色，必借才之为才，而后佳美刺入人心，不可磨灭也。不然，则蛾眉蝤首，世不乏人，而一朝黄土，寂寂寥寥，所谓佳美者安在哉！……故夸张其色，往往附会其才，以高声价。"① "才"、"色"兼备，是才子佳人小说在塑造佳人时的基本思路。《平山冷燕》中袁隐的一番话，则体现了才子佳人小说塑造才子所采取的原则：

他生得亭亭如阶前玉树，矫矫如云际孤鸿，此一望而知者，外才也，且不须说起。但是他为文若不经思，做诗绝不起草，议论风生，问一答十，也不知他胸中有多少才学。只那一枝笔拈在手中，便如龙飞凤舞，落在纸上，便如倒峡泻河，真有扫千军万马之势。非真正才子，焉能如此。（第 9 回）

---

① 【清】天花藏主人：《两交婚》卷首，春风文艺出版社，1985。

出于这种思路，我们在才子佳人小说中看到，才子如燕白颔、平如衡、苏友白、长孙肖等人，不仅作诗文不经思考，写来即为绝佳之作；且长得亦超凡脱俗，使人一望而知为有才之士。小说中，小人即便是偷取他人（才子或佳人）的诗篇充为己有，也很容易被识破，所谓"人第患无才耳。若果有才，任是丑陋，定有一种风流，断断不赋一村愚面目"（《平山冷燕》第13回冷绛雪语）。在小说作者看来，"才"与"貌"是统一的。这也成为才子佳人小说描写的一个故套。因此，白红玉见了张轨的诗（其实是他盗取苏友白的），会有这样的想法："此诗词意俱美，若非一个风雅文人，决做不出，为何此人形象说来却又不对？"（《玉娇梨》第8回）燕白颔看了宋信的诗（其实为山黛之作），会产生这样的疑问："若果系他的笔，清新俊逸，真又一才子也。但细观其诗，再细想其人，实是大相悬绝。"（《平山冷燕》第11回）才子佳人小说有一个共同的预设：有才者，男的必为风流雅士、俊俏书生，女的也必定是花容月貌。《玉娇梨》中有一个情节颇有意味。小说中，张轨盗用苏友白的诗到白红玉家里去应聘家庭老师。白红玉父女以为张轨"貌"不如"才"，而苏友白"才"不如"貌"，虽然不无遗憾，但还是宁可取"才"。最后虽然识破不过是张轨所设的骗局，但充分说明在"才"与"貌"之间，才子佳人小说家更注重"才"。才子佳人小说将"才"、"貌"结合在一起的写法，实在是出于作家对"才"的偏爱。

才子与佳人的结合，也是以"才"为基础的。他们的结合，是才情与才情的相互吸引，是一种"才逢知己"的快悦，他们所向往的是一种闺中唱和的生活。《玉娇梨》中，苏友白为了求得心目中的佳人，不惜放弃功名，但事实上，其求取佳人的过程就是寻求知己的过程。第10回，他与卢梦梨的谈话透露了自己求取佳人的真正用意："君臣朋友间遇合尚不可知，若是夫妻之间不得一有才有德的绝色佳人终身相对，则虽玉堂金马，终不快心。"而他答应卢梦梨替妹妹（实是卢自己）求婚之后的一段心理描写，更可以说明：求佳人即是求知己。"此婚得成，无论受用其妹，即日与其兄相对，也是人生一快。"显得有些荒唐，却透露了才子追求"花前灯下，次第唱酬"的人生理想。

佳人选择才子，更体现了一种"不失身匪人"、为自己的才思找一个倾诉唱酬对象的知己之情。《玉娇梨》中，白红玉见到苏友白之后对丫环嫣素所说的一番话，说明佳人对婚姻对象的选择，很大程度上是以"知己"为标准的。"我的心事你岂不知？倘此生才不抵貌，若嫁了他，不独辜负老爷数年择婿之心，就是我一腔才思也无处吐露，岂可轻易许可？"（第9回）卢梦梨也是出于这种原因才主动委身于苏友白的。"小弟有一舍妹（即她自己），与小弟同胞……虽不及仁兄所称淑女之美，然怜才爱才，恐失身匪人。"（第10回）才子与佳人对婚姻对象的追求，并不是以爱情为主要依据的，通常只有知己之间才会一见倾心，而爱情则更需要时间的磨炼。促使才子佳人结合的动因，主要是以"才"为基础的知己之情。

然而，由于才子佳人小说过分地强调人物的"才"，无形中背离了人物形象塑造的真实原则。《平山冷燕》中的山黛，以十岁的幼龄就能才压众翰林，让人觉得不可思议。作者第 4 回用了整整一回表现山黛之才，钦慕与赞叹之情溢于言表。才子佳人小说为后人所批评的"不过作者要写出自己的那两首情诗艳赋来"（《红楼梦》第 1 回），从另一个方面说明才子佳人小说在塑造人物时过分强调"才"的弊病。在显露作者写作诗词歌赋才能方面，才子佳人小说与明代中篇传奇小说并无本质区别。

才子佳人小说除了写才子、佳人的"才"与"貌"，还写了他们的胆识与傲气，而这也与"才"有关："才人若不高傲，亦算不得真正才人。何也？盖真正才人，自既有才，故视人之无才有如粪土，安得不傲？"（《平山冷燕》第 9 回天花藏评语）"惟恃才凌物，方见真正才人气骨；惟虚心服善，方见真正才人性情。"（《平山冷燕》第 7 回天花藏评语）有才之人，总免不了会有一点狂傲。《玉娇梨》第 5 回写苏友白因不答应吴翰林的说媒而被取消秀才资格，其他秀才不服，试图向学校老师抗辩，经苏友白再三劝阻方才罢休。在此，小说用了一首诗称赞他："三分气骨七分痴，酿就才人一种思。说向世人都不解，不言惟有玉人知。"体现了才子身上的傲气。恃才傲物，即是一种狂侠之气。在《好逑传》中，这种狂侠之气体现得更为明显，才子铁中玉索性就是一个侠士。这种由恃才傲物而产生的狂侠之气，已经演化为路见不平、拔刀相助的侠者的行动，才子吟诗作赋的才能已渐渐淡化。后来的武侠小说，在一定程度上即受此影响。

才子佳人小说作者总是描写才子佳人经过种种波折，最终得以团圆。一方面当然有传"奇"的目的，但同时也旨在说明，只有建立在以"才"为基础的知己之情上的男女相悦才是持久的、牢固的。在《飞花咏》中，昌谷与端容姑俩人经历如许波折最终得以团圆，正缘于此。才子佳人对"情"的执著，进一步说乃是对"才"的执著，对知己的执著。俞伯牙摔琴谢知音，固然说明知己之情深，但不正因为难遇所以情深吗？才子、佳人之间的情形也是如此。《平山冷燕》中冷绛雪与山黛之所以一见如故，正在于她们那种"才美女子中之知己"的相知之情。才子、佳人的结合，是一种以"才"为基础的知己之情，他们所追求的已经不再是卿卿我我的生活，而是"才喜逢知己"的相知相悦的闺中酬唱。才子佳人小说用"才"取代了"情"。

才子佳人小说在明末清初迅速流行，为人情小说的发展提供了另一种样式。然而却因为创作上过于单调的结构模式，最终失去了艺术生命力。《红楼梦》中曹雪芹对才子佳人小说的批评，说明才子佳人小说以道德理性和才子情怀为肌理的小说理念，同样不能使人情小说的发展获得足够的空间。

从英雄传奇到"泄愤之书"

——论陈忱《水浒后传》创作的主体意识

黑龙江大学文学院

中国古代戏曲与宋金文化研究中心 陈才训

人们一般都认为陈忱的《水浒后传》是《水浒传》的续书。在这种传统思维定式下，人们往往忽略了一个基本事实：《水浒传》是世代累积型小说，它积淀着深厚的民间审美趣味；而《水浒后传》则是文人独创型作品，它是陈忱个性化审美观念的产物。而正是这一差异，从根本上决定了这两部小说截然不同的思想倾向与艺术志趣。有学者就中国古典小说的性质指出："所谓雅俗文学之界域乃主要在于创作主体和接受主体两者孰重，以创作主体为主，那便是主要倾向于言志抒情的雅文学；而以接受主体为主，则在艺术格调上较多倾向于俗文学。虽然其中也包括言志抒情之成分，但读者之消遣、娱乐仍为其创作之本根、归趣。"① 如此说来，《水浒传》更符合通俗文学的特征，而《水浒后传》则是具有浓郁文人色彩的雅文学。长期以来，学术界对《水浒后传》的研究显得单薄而鲜有突破，无不与对这一基本事实的忽视有关。如果我们首先将《水浒后传》视为文人独创型作品，而非仅仅机械、简单地将其局限于《水浒传》续书这一固有思维模式，则会对《水浒后传》有一番全新认识，并由此发现世代累积型小说与文人独创型小说有着全然不同的审美趋向。

世代累积型小说与文人独创型小说具有不同的审美特征。前者秉承说话艺术传统，强调故事情节的离奇曲折，多以娱乐为主，带有很强的市民文学色彩，缺乏"属于文人文学的那种主观的、抒情的、对现实所持的思想认识态度"②；而后者则将诗骚传统引入叙事领域，淡化故事的传奇性，注重比兴寄托，突出作者的主体意识。也就是说，文人独创型小说"虽然运用白话语体，借用白话小说体制，但其旨趣已不再仅仅是以故事娱人，而在表现和抒发作者对社会对人生的理解和追求，与民间文学的趣味迥然有别。这一类小说大都融注着作家个人的生活经历和体验，反

---

① 谭帆：《中国小说评点研究》，华东师范大学出版社，2001，第118页。

② 普实克：《中国文学中的现实和艺术》，《国外中国文学研究论丛》，中国文联出版公司，1985，第98页。

映着作家个人对社会人生的独特的思维方式，表现了作家个人的才华特征，因而具有鲜明的个人风格。它们属于通俗小说，但其品质却已不是市民文学，而是士人的文学了"①。作为文人独创型小说，《水浒后传》就与属于世代累积型作品的《水浒传》不同，其重点不在于构建曲折离奇的故事情节，也无意于塑造富于传奇色彩的英雄群像，作者主体精神的抒发成为这部小说创作的主要目的。

首先，陈忱将诗骚抒情传统引入小说这一叙事文学领域，以文人惯用的比兴寄托方式来抒发自己的亡国之痛。作为明遗民，陈忱入清后加入了顾炎武、归庄等人组织的惊隐诗社，诗社成员都以明朝遗民自居而崇尚爱国情操和民族气节，在文学创作上多以屈原和陶渊明为师，他们"岁于五月五日祀三闾大夫，九月九日祀陶徵士，同社麇至，咸纪以诗"②，也就是说惊隐诗社成员每逢端午和重阳两日都会聚集在一起，分别凭吊屈原和陶渊明两位诗人，并作诗留念。惊隐诗社奉祀屈原，而当时一些遗民作家还"几上置《楚辞》，且读且哭"，或"高吟'是岁庚寅吊楚湘'诗，音节慷慨，波浪皆立"③，皆是借此寄托自己的故国之思。陈忱尤喜楚辞，他曾以《九歌》为题而赋诗云："掉头岂复念妻子，《怀沙》《哀郢》知者稀。"显然，他以屈原的异代知音自许。而其诗在精神内涵上也承袭屈原衣钵，"激烈悲壮，声出金石"④。更重要的是，陈忱已将楚辞比兴寄托的创作传统融入了《水浒后传》的叙事之中，他自道其创作动机云："我知古宋遗民之心矣，穷愁潦倒，满眼牢骚，胸中块垒，无酒可浇，故借此残局而著成之也。然肝肠如雪，意气如云，秉志忠贞，不甘阿附，傲慢寓谦和，隐讽兼规正。"⑤ 显然，在文字狱盛行的清代，为更好地抒情写志，作为明末遗民的陈忱在小说创作中师法的是屈原抒愤懑、明忠贞、寓寄托、含规讽的创作传统。金圣叹在《水浒传》第三十三回总评中云："（小说家）胸中自有一篇绝妙文字……特无所附丽，则不能以空中抒写，故不得已旁托古人生死离合之事，借题作文。"⑥ 这非常契合陈忱小说创作的实际状况，故他自称："《后传》为泄愤之书：愤宋江之忠义而见鸩于奸党，故复聚余人而救驾立功，开基创业；愤六贼之误国，而加之以流贬诛戮；愤诸贵幸之全身远害，而特表草野孤臣重围冒险；愤官宦之嚼民饱壑，而故使其倾倒宦囊，倍偿民利。"⑦ 这表明"泄愤"成为陈忱小说创作的主要目的。确实，《水浒后传》始终笼罩着屈原式的、亡国孤臣眷念故国的痛惜之情，故陈忱在《水浒后传序》中自言："中原陆沉，海外

---

① 石昌渝：《中国小说源流论》，三联书店，1994，第21页。

② 杨凤苞：《秋室集》卷一《书南山草堂遗集后》，光绪湖州陆氏刻本。

③ 余怀：《三吴游览志》，上海古籍出版社，2000，第78页。

④ 陈田：《明诗纪事》辛签卷十四，上海古籍出版社，1993，第3121页。

⑤ 陈忱：《水浒后传序》，马蹄疾《水浒资料汇编》，中华书局，2004，第62页。

⑥ 陈曦钟等：《水浒传》（会评本），北京大学出版社，1981，第266页。

⑦ 陈忱：《水浒后传论略》，《水浒后传》，中华书局，2004，第1页。

流放，是得《离骚》之哀。"① 他时常借小说人物之口来抒发沧桑之慨与故国之叹，如第二十七回在斩杀蔡京等人时裴宣弹剑作歌云："皇天降祸兮，地裂天崩！二帝远狩兮，凛凛雪冰！奸臣播弄兮，四海离心！今夕殄灭兮，浩气一伸！"这实际上是陈忱借小说人物之口以比兴寄托方式来抒发自己的故国之思。又如第三十八回柴进登吴山尽览临安繁华景象，不禁感叹："可惜锦绣江山，只剩得东南半壁！家乡何处？祖宗坟墓，远隔风烟。如今看起来，赵家的宗室，比柴家的子孙也差不多了。对此茫茫，只多得今日一番叹息！"这段话完全是作者本人作为遗民作家寄寓遥深的山河之叹，其抒情写意色彩非常明显。第二十四回陈忱借"青子黄柑之献"虚构宋徽宗和"草野忠臣"互诉衷肠的动人情节，来隐喻君臣同心、"苦尽甘来"之意，这显然是对楚辞比兴寄托手法的师承。而其中流露出来的深沉爱国情怀也与屈原一脉相承，所以胡适认为，"这一大段文章……真当得'哀艳'二字的评语，古来多少历史小说，无此好文章；古来写亡国之痛的，无此好文章"②。对于文人独创型小说的抒情基调，有论者指出："文人文学很少撼人心魄的'悲壮'，而更多沁人肺腑的'悲凉'。中国小说史上文人气越浓的小说，这种凄冷悲凉的情调就越明显（大概只有在真正的话本、唱本中才保留一点豪侠之气）。"③ 作为"文人文学"的《水浒后传》恰恰体现了这一创作特色，身为遗民作家的陈忱在小说创作中明显地体现了文人叙事的旨趣，将自己"悲凉"的遗民心态作了比兴寄托式的含蓄展露。韩纯玉《明诗兼》称陈忱"郁郁无聊、腌臜不平之气，时复盘旋于楮墨之上"，④ 指的就是笼罩于《水浒后传》字里行间的悲凉氛围。

其次，陈忱还在小说中流露出文人特有的隐逸情结，带有明显的自我抒写意味。惊隐诗社又名"逃社"、"逃之盟"，其成员大多"乐志林泉，跌荡文酒，角巾野服，啸歌于五湖三泖之间"⑤；诗社成员雅集之地唐湖也是"烟水竹木之胜"⑥，故时人以"桃源"、"柴桑"目之。无疑，以陶渊明为师的惊隐诗社遗民诗人怀有浓郁的隐逸情结，作为其中一员的陈忱也不例外，故时人谓其"大节似柴桑"⑦。而且陈忱还是另一遗民文学团体东池诗社的重要成员。东池乃这些遗民诗人的雅会之处，杨文熺《东池雅集后序》载：

夫东池者，乃汤子海林养晦处也。在曹水之东，有方池焉，深及寻。有泉涓涓，时雨一至鱼之泳游作，皆龙门状，争跃新柳护堤。奇花绕径，当春和景淑，卉

① 陈忱：《水浒后传序》，马蹄疾《水浒资料汇编》，中华书局，2004，第62页。
② 胡适：《〈水浒续集〉两种序》，《胡适文集》（六），人民文学出版社，1998，第196页。
③ 陈平原：《中国小说叙事模式的转变》，北京大学出版社，2003，第234页。
④ 陈田：《明诗纪诗》辛签卷十四，上海古籍出版社，1993，第3121页。
⑤ 杨凤苞：《秋室集》卷一《书南山草堂遗集后》，光绪湖州陆氏刻本。
⑥ 谢正光：《明遗民录汇辑》，南京大学出版社，1995，第953页。
⑦ 陈田：《明诗纪诗》辛签卷十四，上海古籍出版社，1993，第3121页。

木敷畅，时而纤尘不飞。人迹罕至。悠然一世外真境也……海林吟咏于斯，几不知有人世，每遇良辰必燕集西庐诸君子，即分韵唱和，时有弁言，且颜之曰《初集》《二集》，推斯以生其所集，诚有莫可限量者矣，古之兰亭不过是也。①

显然，陈忱等东池诗社成员集会的东池极具桃花源色彩，这与他们的遗民身份和隐逸志趣颇为契合。遗民不止是一种身份，还是一种心态，置身于惊隐诗社与东池诗社这些带有浓厚遗民色彩的文学沙龙之中，陈忱的遗民文学观必然会得到进一步强化，其深藏于心底的隐逸情结便自然而然地在文学创作中流露出来，如其《九歌》云："江南半壁已崩裂，处小朝廷尚求活。钱塘不至三日潮，仙霞岭上烽烟撤。抛戈解甲谁适谋？南人颈试北人铁。青苔白骨没野蒿，槛猿笼鸟何所逃。"陈忱在《水浒后传》中写李俊等人海外建国，又何尝不是他自己逃逸心态的流露？因此，鲁迅认为《水浒后传》"亦见避地之意矣"②。陈忱在小说第十一回特意描绘了李俊等人刚踏上暹罗国清水澳时所见到的景象：

> 只见山峦环绕，林木畅茂，中间广有田地，居民都是草房，零星散住，牛羊鸡犬，桃李桑麻，别成世界。问土人道："此间有多少地面？属那州县管的？"土人道："方圆有百里，人家不上千数，尽靠耕田打渔为业，各处隔远，并无所属，我们世代居此，也不晓甚么完粮纳税。种些棉花苎麻，做了衣服；收些米谷，做了饭食；菜蔬鱼虾，家家有的，尽可过得。"③

他描绘了一个与英雄们以往生活的"中国"截然不同的世外桃源，这里民风古朴，绝无纷争战乱，而这正是他们梦寐以求的。小说第十一回李俊曾向众英雄说："我等在中国耐不得奸党的气，要寻一个海岛安身。"可见，海岛成了他们的避难所。其实，这些情节正是陈忱对自己《九歌》其四中"丈夫生死安足计？但求一寸干净地"的形象演绎，是其自我隐逸情结及遗民心态的生动展示；而"清水澳"之名本身也蕴含着英雄们及陈忱本人的生活理想。孔子云："道不行，乘桴浮于海。"④ 身为明末遗民的陈忱，或许正是受此启发而创作了这部旨在言志抒情的小说。特别是《水浒后传》虽题"古宋遗民著，雁宕山樵评"，实际上陈忱乃集创作与评点于一身。不难想见，陈忱这种带有自我标榜性质的题名，也显示出他通过小说创作与评点来安顿自己灵魂、为自己写心的主观意志。

---

① 杨文熙：《东池雅集后序》，转自杨志平《陈忱生平交游考》，《明清小说研究》，2005 年第 1 期。

② 鲁迅：《中国小说史略》，上海古籍出版社，1999，第 102 页。

③ 陈忱：《水浒后传》，中华书局，2004，第 88 页。

④ 杨伯峻：《论语译注》，岳麓书社，2000，第 37 页。

陈忱独具特色的自我抒写方式，还表现在他别具匠心地将自己的隐逸情志投射到对英雄们生活环境的描绘中。因为"背景可能是一个人的意志的表现，如果是一个自然背景，这背景就可能成为意志的投射"，"一片风景就是一种心理状态"①。陈忱对英雄们生活环境的"有意味"描绘，就充分体现了这一观点，其中许多环境描写既烘托了人物性格，又寄托作者的生活情趣。如第六回写公孙胜与朱武的隐居生活："时当重阳佳节，丹枫满林，秋气高爽，两人酿下椰子酒，炊熟松花饭，笋脯佳蔬，消梨雪藕，面着东篱黄菊，相对而引。"第七回写他们的修炼之地白云坡"地面平坦，两道瀑布，飞到坡前，汇成阔涧，苔石嶙峋。四围有千百株虬松，参天苍翠"；他们"架起一座竹桥，结个茅庵，前临碧涧，后枕苍崖，花药纷披，禽声睍睆"。这段充满诗情画意的描写，不仅使人物形象与其居住环境和谐地融为一体，将其性格内涵衬托得更为丰富；而且它还展示了作者心目中的"理想国"。第十四回写安道全逃亡途中所见："又过一二里，望见一座村坊，官道旁有一所庄房，门前两三株古木，屋背后枕着山冈，左边一条小石桥，满涧的水渐。有一老梅横过涧来，尚未开花。一群寒雀啄着蕊儿，见人来一哄飞去。里边走出两三个小童，抱着书包散学。随后有个人出来关门，高巾道服，骨格清奇。"这描绘的是闻焕章所居之地，他清逸高古的形象与周围环境交相辉映。该回还写安道全与闻焕章踏雪赏梅的情景："一日，腊尽春回，大雪初霁。闻焕章道：'桥边那树梅花渐开，我同道兄到门外一看，何如？'安道全欣然而出。两个站在小桥上，疏影暗香，自甘清冷，屋后山冈积雪如银，背着手玩赏。"这里小说人物的生活志趣分明是陈忱本人人生理想的自我写照。第二十二回通过杨林之眼写燕青居所周围环境："立在桥上看，那一带清溪潺湲不绝，靠着山冈，松竹深密，有十余家人家，都是草房。门前几树垂杨，一阵慈鸦在柳梢上呀呀的噪，溪光映着晚霞，半天红紫。下得桥来，人家有锁着的，有紧闭的，通不见有个人影；到村尽处，一代土墙，竹扉虚掩。杨林挨身进去，庭内花竹纷披，草堂上垂着湘帘，紫泥垩壁，香几上小炉内袅出柏子清烟。上面挂一幅丹青，纸窗木榻，别有一种情况。"这样幽深静谧的环境使燕青洒脱、超逸的形象更为突出，也透示出作者超尘脱俗的隐逸之思。可以说，这些别有寄托的景物描写既衬托了人物形象，又因其带有作者明显的自我抒写意味，而大大增强了小说的主体意识。

最后，陈忱在《水浒后传》中以饱含诗意的笔触写景造境，显示出颇具文人特色的审美情趣。世代累积型小说要么忽略环境描写，要么以诗词骈赋等韵语套话代替环境描写；而文人独创型小说"注重主观抒情，使作家摆脱曲折有趣的故事情节的诱惑；注重氛围渲染与背景描写，使作家于人物心理外找到另外一个值得惨淡经营的小说要素；注重语言表现功能，则保证了作家于小说中突出'诗趣'的艺术追

---

① 韦勒克：《文学理论》，江苏教育出版社，2005，第260页。

求得以实现"①。陈忱在小说创作中对诗情画意有着自觉的追求，他认为"近世之稗官野乘，黄茅白草，一览而尽，不可咀嚼"②，因此，他通过写景造境赋予小说以醇厚有味的审美境界。小说第一、第二回写阮小七深夜携母逃亡及顾大嫂等人夜袭毛孛的故事，作者频繁以"残月犹明，参横斗转"、"红日西沉，星光灿烂"、"星光闪闪，四野苍茫"、"一天星斗，四野悄然"等点缀于紧张的叙事中，颇能渲染气氛，烘托背景。第九回写李俊太湖赏雪更具诗情画意，作者还特意引柳宗元《江雪》："千山鸟飞绝，万径人踪灭。孤舟蓑笠翁，独钓寒江雪。"其实作者就是按照这首诗所营造的审美意境来描绘太湖雪景的。第十四回戴宗泰山看日出："其时尚早，星斗斓斑，海中墨黑。停不多时，见一道红光从海底透上来，霎时霞光万道，一轮红日涌上，照满乾坤，无一点烟雾。"景象壮观，如在目前。第二十回写呼延灼兵败，慌忙中误入山中偏僻小径，"看看红日西沉，深林中怪鸟乱啼。转过一个山坡，长松夹道，蓊郁阴森。林子里一座大寺，殿阁嵯峨，钟声远彻……推开门看时，月光满地，并无人影，空荡荡地。落叶堆阶，蛩声唧唧"，其境荒凉凄幽，令人生愁。第三十八回燕青游西湖、柴进登吴山俯瞰临安景象等情节段落，都具有浓厚的诗情画意。该回写燕青等人游临安时的情景："时值清明将近，天气晴和，柳垂花放，香车宝马，士女喧阗，画船箫鼓，鱼鸟依人，况又作了帝都，一发繁盛，真有十里红楼，一窝风月……此时初更天气，画船空冷，湖堤上悄无人迹，愈觉得景物清幽。柴进挽了燕青的手，又走了一段路，只见两三个人同一美人席地而坐，旁边安放竹炉茶具，小童蹲着扇火。听得那美人唱着苏学士'明月几时有，把酒问青天'那套《水调歌头》，真有留云遏月之声，娇滴滴字字圆转。月光照出瘦恹恹影儿，淡妆素服，分外可人。"接着写燕青与李师师相会，"一带雕栏，护着花卉。客位里摆设花梨木椅桌，湘帘高控，香篆未消，挂一幅徽宗御笔画的白鹰，插一瓶垂丝海棠；檐前金钩上锁的绿衣鹦鹉唤道：'客到，茶来。'屏风后一阵麝兰香，转出李师师来，不穿罗绮，白纻新衫……饮至日落柳梢，月筛花影，把船撑到湖心亭，万籁无声，碧天如洗，唤丫鬟取过玉箫，递与燕青道：'兄弟，你吹箫，待我歌一曲请教列位。'燕青推音律久疏。乐和接过来，先和了调。李师师便唱柳耆卿'杨柳岸晓风残月'这一套，果然飞鸟徘徊，游鱼翔泳，众人尽皆称赞。"这段优美的描写情韵俱佳，与游记小品并无二致，反映的是文人的生活情趣和审美理想。如果按照陈忱自己的话说，就是其《水浒后传》与《水浒传》不同，而"非一味铜将军、铁绰板，提唱梁山泊人物而已也"③，主体抒发成为其小说创作的主要目的。

由于以《三国演义》、《水浒传》、《西游记》为代表的早期章回小说多为世代

① 陈平原：《中国小说叙事模式的转变》，北京大学出版社，2003，第134页。
② 陈忱：《水浒后传序》，马蹄疾《水浒资料汇编》，中华书局，2004，第61页。
③ 陈忱：《水浒后传序》，马蹄疾《水浒资料汇编》，中华书局，2004，第62页。

累积型作品，它们都与民间说话艺术有着密切的渊源关系，这培养了人们的欣赏习惯："中国一般人看小说的目的，一向是在看点'情节'，到现在还是如此；'情调'和'风格'，一向被群众忽视。"① 于是，早期的世代累积型小说"只叙述外面的事件的起伏"，不"注重于描写内心的纷争苦闷"②。也就是说，世代累积型小说一般只注重故事情节的曲折离奇，而作者的主体意识非常淡薄；只有文人小说"能够酿出一种'情调'来，使读者受了这'情调'的感染，能够很切实的感受着这作品的'氛围气'"③。作为文人独创型小说，《水浒后传》正以浓郁的"情调"取胜。

还需说明的是，文人叙事多有寄托，故刘熙载云："叙事有寓理，有寓情，有寓气，有寓识。无寓，则如偶人矣。"④ 就陈忱而言，为更好地抒情言志，除秉承诗骚抒情传统外，他还继承了由司马迁开创的"发愤著书"的叙事传统。中国古典小说孕育于历史叙事文学，但同是叙事，官方修史与文人修史不同，《史记》乃司马迁发愤之作，而史臣的集体编撰只是客观叙事，正如金圣叹在《水浒传》第二十八回总评中所云："夫修史者，国家之事也；下笔者，文人之事也。国家叙事，止于叙事而已，文非其所务也。若文人之事，故不止叙事而已，必且心以为经，手以为纬，踌躇变化，务撰成绝世奇文焉。如司马迁之书其选也。马迁之撰伯夷也，其事伯夷也，其志不必伯夷也……恶乎志？文是已。马迁之书是马迁之文也，马迁书中所述之事则马迁之文之料也。"⑤ 显然，文人叙事的主体意识及个性化特征明显增强。美籍学者浦安迪也指出："一翻开中国的正史，读者立刻会发现，中国叙事里的叙述者往往不是某一个作者，而是史臣的集体创作，这种情形在世界叙事文学史上是绝无仅有的一个例子……伟大的叙事文学一定要有叙述人个性的介入，集体创作永远稍逊一筹。"⑥ 因为，官方修史，史官多为"受命载笔，为一代纪事"，"必张定是张，李定是李，毫无纵横曲直惨淡经营之志者"⑦，所以这种客观、机械的叙事方式，很少流露出作者的主体抒情意识。作为传统文人，陈忱熟谙历史叙事传统，他曾撰有《读史随笔》、《续廿一史弹词》等著作。汪曰桢《南浔镇志》谓陈忱"究心经史"；同治《湖州府志·卷五十九·文艺略》也称陈忱曾"驱策史册典故，若数家珍"。既然陈忱在《水浒后传论略》中自称其小说为"泄愤之书"，表明他有意识地师承了《史记》"发愤著书"的创作传统，故在小说最后一回以

---

① 茅盾：《评〈小说汇刊〉》，《文学旬刊》43 期，1922 年。

② 郁达夫：《现代小说所经过的路程》，《现代》1 卷 2 号，1932 年。

③ 郁达夫：《我承认是"失败"了》，《晨报副镌》1924 年 12 月 26 日。

④ 刘熙载：《艺概·文概》，上海古籍出版社，1978，第 42 页。

⑤ 陈曦钟等：《水浒传》（会评本），北京大学出版社，1981，第 228 页。

⑥ 浦安迪：《中国叙事学》，北京大学出版社，1996，第 15 页。

⑦ 金圣叹：《水浒传》第二十八回评，陈曦钟等《水浒传》（会评本），北京大学出版社，1981，第 227 页。

"司马感怀成《史记》，一篇《游侠》最流传"作结，从而表明自己小说创作的主体抒发意识。

　　总之，与世代累积型小说《水浒传》相比，陈忱的《水浒后传》具有浓郁的主体抒情意识，从这个意义上讲，我们不能简单地将其视为《水浒传》的续书。也只有突破《水浒》续书这一藩篱，从陈忱作为文人作家的独特审美眼光入手，才能准确地把握《水浒后传》的思想倾向与艺术特征。

试论清初戏曲家龙燮及其剧作

南京师范大学文学院　陆　林

在明末清初众多的戏曲作家中，由于作品版本稀见、作者事迹不详，龙燮向来不为治中国戏曲史者所关注。如周妙中在其研究清代戏曲史的著述中，虽开辟专节介绍其人，对其两种剧作却分别只有"失意人最好写得意事，以寄托感慨，是剧作家常态"和"看来剧本没有什么深刻含义，只是游戏的笔墨"等寥寥数语的褒贬[1]。然就戏曲史的实际而言，所撰传奇《琼花梦》和杂剧《芙蓉城记》，在清初剧坛上曾产生过一定影响，在创作上亦具有相当特色。本文根据家藏龙燮传记和年谱抄本，并辅以清初总集、别集、方志等资料，对龙燮生平及其戏曲创作特色给予粗浅的探讨，以期为研究清初戏曲史者提供参考。

一、龙燮生平及创作

龙燮，字理侯，号石楼、改庵，又号雷岸、桂崖，晚号琼花主人，江南望江县（今属安徽）人。生于明崇祯十三年正月十七日（1640 年 2 月 8 日），卒于清康熙三十六年八月十一日（1697 年 9 月 25 日）[2]。望江龙氏，始祖名仁夫，为江西永新人，宋开庆进士，官浙江儒学提举，宋末"避乱"至望江，隐居不仕。燮父名应鼎（1614—1688），字禹九，乐善好施，明末以贡生为南通州海门县教谕，清初弃官归里。

龙应鼎生有七子，长名光，次即为燮，均出于嫡妻朱氏。龙燮少颖异，"有圣童之誉"[3]。六岁与兄共师事怀宁吴廷楷，"楷具史才，郡邑前后以修志交聘"[4]。在良师的指导下，龙燮十岁便熟记经史古文"数百万言"；十四岁，在江南学政蓝润的主持下，被录取为秀才。其少年时期，可谓英姿风发，视功名为唾手拾芥之物。

---

① 周妙中：《清代戏曲史》，郑州，中州古籍出版社，1987，第 97 页。

② 龙垓：《燮公年谱》，见陆林整理《皖人戏曲选刊·龙燮卷》，合肥，黄山书社，2009，第 263 - 270 页。以下引文不注出处者，均见此文。

③ 蒋士铨：《江花梦序》，《江花梦》卷首，乾隆刻本。

④ 康熙《安庆府志》卷十九《文学》"怀宁·国朝"。

然自顺治十七年（1660）至康熙十一年（1672），他连续参加了四次（或云五次）乡试，却屡战屡败；尤其是其兄龙光于康熙二年、六年先后考中举人、进士，对他多少也会产生一些刺激。其母朱氏曾在闻听长子中举的捷报后，竟卧床不起曰："安有二子赴举，一落孙山乎？"① 由此不难想见当事人自己的心理感受。龙燮康熙六年作《丁未初度》：

> 敲针骑竹浑如昨，破帽青衫忽到身。榆荚囊空难使鬼，梅花赋就尚惊人。独为南阮惭群从，安得西华慰老亲。时未举子。笑问山妻钗典未，且须沽酒过兹辰。②

典钗沽酒的达观之举，难掩其囊空无计、才华空有、青衫无用、青眼难堪的愤懑和抑郁。在此前后所写的《宜城旅兴》云："江上孤城白日斜，春风轩盖满京华。谁怜寂寞长杨客，犹自漂零广柳车。"③ 面对中举者的春风得意，不由得感伤自身的怀才不遇、落寞无闻。正是这种情绪的不断郁积，在康熙十一年秋闱失利后不久，龙燮终于致书友人云："某四战棘闱，不获一售。今已矣，丈夫岂堪再辱也？计惟闭户山中，十年静坐耳！"冬，援例入国学。从此弃举业，益肆力于诗赋古文，该年三十三岁。

据年谱云，龙燮在二十四岁时就已"著作日富，才名藉甚，一时诸名公遂致慕焉"；更夸张的说法是"龙子甫十岁，而为文章名重江淮"④。有关记载出于子弟的回忆或友人的评价，难免有所夸饰，但是至少在而立之前，他已经崭露头角。康熙七年秋知县吴美秀设法减免粮赋摊派，有关碑记《邑令吴美秀裁粮里杂派记》就出自龙燮之手；康熙十一年春撰《募设粥赈饥文》，同年为知县刘天维撰《修筑西圩记》；十二年受聘修县志，十二月撰新志序⑤；十三年受聘参修《安庆府志》。撰写这些文字，与一般的诗词歌赋不同，它们不仅仅是文学才能的社会认同，更代表着作者在当地的政治文化地位，足以见其道德文章之声望至少已经著于乡里了。康熙十二年（1673），江西曾灿在苏州辑刻当代名家诗歌总集，即选其作品多首，可见其文学影响。其中《送张天放先生还金沙》诗云：

> 太白有诗泣鬼神，一字不入时人耳；文通有书汗马牛，一字不洗寒儒愁：古来文章每如此！先生被褐归去来，予亦闭门穷欲死。男儿要在论万古，眼底纷纷未

---

① 龙光：《燮公传》，手抄本。
② 曾灿：《过日集》卷十五"七律"，康熙十二年（1673）刻本。
③ 曾灿：《过日集》卷二十七"七绝"，康熙十二年（1673）刻本。
④ 刘天维：《石楼四集序》，《望江县志》卷十二《艺文》，康熙三十四年（1695）刻本。
⑤ 以上诸文，均见康熙三十四年（1695）刻本《望江县志》卷十二《艺文》。

足数！①

浑融豪放，气韵沉雄，势压古今，目空俗世，颇有太白遗风②。凡此，皆为康熙十七年诏举"学行兼优、文词卓越"之人时，龙燮能够被荐赴京参加博学宏词科考试，进行了足够的舆论和资格准备。次年，在轰动天下的宏博考试中，龙燮取中二等第二十八名，授翰林院检讨，时年四十。"忆昔吾曹五十人，惟君年少多英姿"③，是同年友王顼龄多年后对龙燮的赞美。

从此，除了丁父母之忧的康熙二十五年（1686）至二十九年的五年间外，龙燮一直在京为官。先后任詹事府左春坊左中允，兼翰林编修，改署大理寺寺正、刑部河南司员外，调工部屯田司郎中，"受事仅五月余，遽以劳瘁得疾终"，享年仅五十八岁。殁后"琴书萧然，家徒四壁，几不能归"。其在京任职的十四年间，为官正直耿介，清廉不苟。虽以"久擅文章著作"之"词臣"而长期从事刑名案牍之务，即所谓"以翰林出为郎署"④，未能充分展示其文学才华，为时论所惜，但仍兢兢业业，政声颇佳。故无论其政绩，还是其文才，都得到时人的好评。平居尝云："饿死事小，廉耻事大。"又云："文章不可寄人篱下，须自我出者方可成家。"足可见其在道德和文章两个方面的追求或自律。

所著除了剧作两种，尚有《和苏诗》三集，今存有康熙刻本和抄本。为其诗文作序者，皆一时名家（参见《燮公年谱》和《燮公传》）。仅在各家别集中，现存就有《詹允龙雷岸诗序》、《宫允龙雷岸拟苏诗序》⑤，《和苏诗二集序》⑥，《题龙石楼和苏诗卷后四首》、《石楼和苏诗序》⑦ 等。赵士麟、王士禛、田雯为其作序时，分别是吏、户、刑部侍郎，皆是享誉当时的名公大臣，足见其诗文之为世所重。但是，就研究生平与戏曲创作的关系而言，最重要的是曾灿康熙十二年（1673）编刻《过日集》所收其早年诗作，因为从写作时间来看，这些作品与其戏曲创作心态最多相通之处。

二、龙燮剧作的写作时间和本事

关于《芙蓉城记》和《琼花梦》的创作时间，前者向无记载。龙燮自撰《芙

---

① 曾灿：《过日集》卷八"七言古"，康熙十二年（1673）刻本。
② 王尔纲《名家诗永》卷十二云"缾斋叙雷岸集，谓其宗太白"。缾斋，乃建德江桓之号。
③ 王顼龄：《酬龙雷岸比部赠田蒙斋少司寇移居诗韵》，《世恩堂诗集》卷十一，康熙刻本。
④ 王士禛：《居易录》卷二十七，康熙刻本。
⑤ 赵士麟：《读书堂彩衣全集》卷十四，康熙三十五年刻本。
⑥ 王士禛：《带经堂集》卷六十五，康熙刻本。
⑦ 田雯：《古欢堂集》卷十五、卷二十四，《四库全书》本。

蓉城记引》，只说是客居"兰水"之地①、"拥炉呵笔"之时写下的作品，他曾就创作起因作如下介绍：

> 余客兰水，寓王氏一小楼。曹生、龚生日过寓中……龚生曰："昨读先生《四集》……先生之《四集》，诗赋文词已具，而传奇独缺。观先生之才，似不止此。且先生未倦诗文，某不敢以传奇请也，以其为游戏也；先生既倦诗文，某敢以传奇请也，以其为游戏也。"②

　　体味友人"已具……独缺"的语气，似是其诗文集《石楼四集》已经编就而尚未染指戏剧时的口吻。该书据现存刘天维所撰《石楼四集序》，当即《石楼藏稿》，年谱云成于康熙十二年。本年底，龙燮尚在纂修县志，而刘氏任望江知县至康熙十四年已被瓜代③，故杂剧的写作只能是在康熙十三年（1674）冬。《琼花梦》（一名《江花梦》），据年谱记载，乃次年"夏客扬州"时的产物，时年三十六岁。莲池渔隐题诗云："事先已识《江花梦》，又演《芙蓉城》一篇。三百年来都幻见，早知鸿博赋朱笺。"④ 不仅交代了自己观演两剧的先后顺序，还点明均成稿于康熙十七年六月赴京应举之前，即两剧都是龙燮三十余岁时的作品。他康熙八年（1669）丧偶、康熙十一年弃绝科考。这两件人生大事，不妨作为我们理解其剧作的个人背景。

　　对于《芙蓉城记》的创作缘由，作者自序云："余尝拟和坡公游芙蓉城诗，至今尚欠此一债，不若以曲偿之。"于是"稍取芙蓉城事，点缀成之"。所谓坡公诗，是指苏轼七古《芙蓉城》诗，诗叙有云："世传王迥字子高，与仙人周瑶英游芙蓉城。元丰元年三月，余始识子高，问之信然，乃作此诗。"后人遂认为该剧是以宋人注释《芙蓉城》诗下引胡微之《王子高芙蓉城传略》为本事的⑤。其实，与剧本创作有关的大约只是全诗前四句："芙蓉城中花冥冥，谁其主者石与丁。珠帘玉楼翡翠屏，云舒霞卷千傛停。"且只借用了两位"主者"的前一位石延年之名。南宋施元之注释"石与丁"曰：

> 欧阳公《诗话》：石曼卿卒后，其故人有见之者，言："我今为仙也，所主芙蓉城。"张师正《括异志》：庆历中，有朝士冒晨赴起居，通衢见美妇三十余人，

①　兰水，此处指"菇兰溪"，为建德城南之著名风景，故以此代称建德（今安徽东至），地与望江毗邻。
②　龙燮：《芙蓉城记引》，《芙蓉城记》卷首，乾隆刻本。
③　康熙三十四年（1695）刻本《望江县志》卷五《职官》。
④　莲池渔隐：《题芙蓉城感石楼公作》，《芙蓉城记》卷首，手抄本。
⑤　庄一拂：《古本戏曲存目汇考》，上海，上海古籍出版社，1982，第701页。

并马而行，若前导者。俄见丁观文度按辔，继之而去。有一人最后行，朝士问曰："观文将游何处？"曰："非也，诸女御迎芙蓉馆主。"时丁巳在告，顷之闻卒。①

苏轼对虚无缥缈的芙蓉仙境的美丽描绘，触动了龙燮的艺术想象。他"稍取"诗句和注释中"千僚停"、"诸女御迎芙蓉馆主"等记载为线索，将汉代以来有关女性被男子欺凌伤害的历史事实或文学故事予以"点缀"，糅合成完整的剧情，藉以发摅自己对历史、男女、情爱等问题的评价和认识。

《芙蓉城记》叙宋代石延年（字曼卿）死后"蒙上帝简授，主芙蓉城事"，众仙姝迎其到任。城中有三千仙女，这里集中了"自古以来，那些倾城美女、绝世佳人"，"这乃是仙家第一所温柔乡了"（第二出）。其中所居，不乏王昭君、侯夫人、绿珠、碧玉、霍小玉、崔莺莺等历史和文学史上的悲剧人物。在芙蓉城这个理想的王国里，女性人人独立自主，在当年导致她们不幸命运者的面前终于扬眉吐气；与之相对立的男性个个猥琐鄙陋，受尽先前曾被他们残害侮辱者的奚落嘲讽。作为城主，石曼卿要替这些生前命运不幸的下属申冤理屈，主持公道，遂将有关"未了公案"奏闻上帝，请求对毛延寿、许廷辅、孙秀、武承嗣、李益、元稹等伤害过女性之人，予以惩处。上帝降旨，前四案由阎罗（由寇准担任）审断，皆罚为畜生；后两案由曼卿根据罪过轻重发落，遂判元稹转世为僧，李益转世娶丑妇。对这两个多情而不专情的"才子"而言，如此充满谴虐意味的处罚，实莫重焉。

《琼花梦》主要写荆州书生江云仲，梦见扬州蕃厘观琼花仙使送来宝剑和诗笺，说是其婚事的信物。诗笺作者乃广陵女子袁餐霞，因见江作《郢雪斋集》而羡慕其文才。江生本想亲往扬州访袁，因受到进士卓子然的鄙薄，于是焚弃儒冠，前往西北边塞从军，并嘱书童去寻访袁小姐。江生途中遇上女扮男装的扬州鲍雨臣（本名云姬），两人意气相投，结为兄弟。鲍欲暗托终身，遂以佩剑（即梦中之物）相赠。鲍雨臣回乡后，用计为餐霞解除了防御使逼娶为妾之祸。袁母感激，将女许配雨臣。鲍为了保护袁小姐，遂允婚事。江生投军后，用离间计征服敌方，奏凯还朝。功成名就，即赴扬州，袁、鲍两人同嫁之。多年后江云仲晋爵楚国公，告老还乡。经吕洞宾点明，江与袁、鲍乃仙人下凡，三人遂看破红尘，幽居修行。

从题材看，这也是一个没有本事来源的个人新创。虽然剧中也穿插了若干历史人物，如唐介、种世衡、李元昊，皆为宋代和西夏史上有名之人，其基本情节即以诗笺、宝剑为牵合，因梦成婚，却出自作者的创造，历史人物只是起着点缀或烘托故事背景的作用。这一剧本对于作者而言，是有感而作的。有关该剧最早的咏剧诗，乃尤侗写于康熙十七年的《龙石楼金陵纳姬四首》之三"旧梦扬州后土祠"，诗末注曰："石楼感梦，曾制《琼花梦》乐府。"② 说明龙燮确实因为自己侨居扬州

---

① 施元之：《施注苏诗》卷十四，《四库全书》本。

② 尤侗：《于京集》卷一，康熙刻本。

时感于梦境，而创作了此剧。虽然今人对其梦已难得其详，有一点却是可以肯定的，此剧很有一些自吐胸臆的色彩。尤其是江生自负才华而又功名蹭蹬的经历，遭人睥睨而焚弃儒冠的行为，无疑与作者自幼高才却屡赴秋闱均名落孙山后的决绝态度密切相关。将上引那些写于康熙十二年之前的《丁未初度》、《宜城旅兴》、《送张天放先生还金沙》诸诗与剧本对读，那种内在的情绪和气韵，可谓是诗、剧一体了。

三、龙燮剧作的内容特色

无论是《芙蓉城记》还是《琼花梦》，均更多地表现了作者的人生态度和理想。当年知县刘天维云龙燮"抱道穷居，忧愁壹郁，其惜时感遇之意，又往往发之于歌词乐府"①；龙燮晚年也曾总结自己一生著述是"我为穷愁漫着书，书成每自哂虫鱼"②，可见其戏剧创作的契机，与个人的早年际遇相关。具体动因，"穷"是指人生道路的不达，"愁"是指个人感情的不顺。作为主旨的归纳，亦可以用事业和爱情来概括，它反映了作者对于这两个人生重要问题的基本态度。

就事业而言，作为清初人士，龙燮对现实世界并没有类似遗民的强烈抵触。江云仲之投笔从军，只是对科举的绝望，并非对整个世界的绝望。至少在江生看来，人生的道路有多种，当科举这条路走不通或不值得走时，还可以选择其他途径去博取功名，按照作者友人郑重咏剧诗的说法，就是"杖策焚冠成壮志"③。在作者的心目中，真正的文士，应是江云仲那样的"文武全才"（第十三出），既能掉鞅词坛，又能立功疆场。这种人生选择和功名博取的理想，既是对科举制度的不满和失望，似乎也是对晚明以来空谈心性的儒家者流的背弃，体现了作者追求事业的实践理性思想。在其笔下，石延年同样是如此人物："作赋挥毫，不让雕龙倚马；谈兵把剑，颇思探虎封狼。"（第二出）寇准在契丹入侵之时，善于谋略，希望"替宋朝画一条百年无事的长策"，也是个"担当的气魄、正直的须眉"（第六出）。他们成仙之后，更是执政贤良，赏罚分明。龙燮父应鼎，亦可算是文武全才，"生而颖慧……才气不可一世"④，在晚明协助知县任允淳抵抗李自成，"率士民数百人，破贼数万众"；后在海门教谕任上，曾"以一身拒海兵十万众"⑤。这种家庭背景，无疑会影响着作者的人生理想和追求，并具体化为江云仲、石延年、寇准等戏剧形象的塑造。

---

① 刘天维：《石楼四集序》，《望江县志》卷十二《艺文》，康熙三十四年（1695）刻本。
② 龙燮：赵士麟《读书堂彩衣全集》卷首"题辞"之七，康熙三十五年刻本。
③ 郑重：《江花梦诗》，《江花梦》卷首，乾隆刻本。
④ 乾隆：《望江县志》卷七《人物·宦业》。
⑤ 潘天成：《任还生先生传》，《铁庐集》卷二，《四库全书》本。

就爱情描写而言，两部剧作也有值得肯定的相通之处。尤侗《咏琼花梦》传奇诗，就是将这两个作品联系而论的："有情眷属无生话，蓬岛蓉城别有天。"① 末句"蓬岛"指《琼花梦》结局之夫妇求仙，"蓉城"指《芙蓉城记》无疑。

龙燮一方面在《芙蓉城记》中，通过一系列的反面例证，对男性别攀高门、忘恩负义、见异思迁或重利轻别等行为，明确表达了自己的爱憎臧否。李益先娶霍王之女，又背盟割爱，结婚卢氏，"以致那小玉饮痛归泉"；元稹先与崔莺莺"密约私通，后来别谐伉俪"，又作文"传示同人，表白其事"，致使莺莺"韶颜稚齿归泉壤"（第七出）。再如商人徐必用为求"十来倍利钱。因此住不的手"，以至令妻子朱希真独守空房（第四出）。这些不知珍惜感情、不懂怜香惜玉的"卤男儿"，在剧中或被斥之为"面热肠寒，才高行短"，或被睥睨为"不过是蝇头鸡肋财多大？你茧丝粟米毛难拔"，均遭到批判或讽刺。另一方面，在《琼花梦》中，作者通过江云仲形象的正面塑造，直接表达自己的爱情理想。江云仲心目中的理想配偶，是才华和容貌并重；如果没有才华，则是不予考虑的。帮闲文人党同为其介绍美如"织女"之人："更有铜山样家私堆垛"（第五出），便被其婉拒。可是当其仅仅看到袁餐霞"篇章俊逸书端重"的诗笺时，便赞叹道："你只看她诗饶秀致，字带余妍。"对内在美的欣赏，导致他对诗笺作者外在"倾国好姿容"的美好想象（第二出）。难能可贵的是，江生在功成名就之时，却能表现出视爱情高于权位的感叹："万一错过这段姻缘，咳，就是取金印如斗大、悬之肘后，也是枉然！"（第十九出）在他看来，以"才华"相惜为基础的爱情，是不必以"高车马"为敲门砖的；与心心相印的爱情比较，斗大黄金印又算得了什么呢？功名、事业、权力、地位，古今有多少海誓山盟在它们面前会变得不堪一击。因为现实告诉人们，一旦有了高车驷马，自不愁佳偶良配，至于是否有才华相惜之爱，或者说这种爱情到底有多重要，又有谁能说清楚呢。可是在三百多年前，却有人明确地表达了相反的观念，更看重两性之间对彼此才华即内在的欣赏。这种无功利的情爱意识，或者说是纯粹的爱情观念，在权力至上、物欲横流的时代，无疑是具有进步意义的。

龙燮从事戏剧写作时，发妻施氏逝世已五六年而尚未再娶，剧本无疑蕴含了他的爱情理想和情感世界。其中表现出的男女观或婚姻观，既有明显的落后观念或低级趣味，如津津于一夫娶二女的艳遇和炫耀掌管第一温柔乡的美差；同时也有值得称道的理念，如认为女性可以比男子的才华更高，甚至男性文学水平的高低可以由女子眼光为准，袁餐霞就是"一副弹才子的天平"（第四出），江云仲也曾由衷地承认不如其有才（第十九出）。在《芙蓉城记》中，作者对男性还提出了应该从一而终、爱情始终不渝的要求："曹姬先逝，奉倩犹与偕亡……红颜难再，白首何嫌？"（第七出）认为如果丈夫犯下了不可饶恕的错误，妻子自可与之分道扬镳，不予原谅；辛辣地讽刺陶谷当年抛弃秦若兰，是"道学先生都是假"，如今想重归

---

① 尤侗：《观演〈江花梦〉赠雷岸太史》，《江花梦》卷首，乾隆刻本。

旧好，是"老葫芦怎还想仙娥画"；尤其具有时代色彩的是，面对武公业指责其侍妾与人私通为"罪过"时，步非烟竟理直气壮地申辩："俺伴愚庸逢俊雅，惜貌怜才怎放的他？卓文君也守不住临邛寡，这罪过风流煞！"（第四出）这其中表达的情感理念，无疑有悖于封建纲常、传统伦理的规定。龙燮在《琼花梦》中，通过江云仲、袁餐霞、鲍云姬三人的情感选择，表达了这样的爱情观：就男性而言，所求女子如果"有貌"而不能"兼才"，则是"蠢妆痴态"（第二十四出），故才重于貌，或才更难求。才与义、情与侠的结合，才是理想配偶，故重于一切。就女性而言，要追求真丈夫而非假才子，要像袁餐霞、鲍云姬那样，敢于追求爱情，幸福应掌握在自己手里，不必听信父母之命、媒妁之言。总体来看，作者所提倡的是自由自主的爱情、基于内在认同的爱情。固然其中难免有男性作者借以自重的成分在，但诚如鲁迅所云："所谓才子者，大抵能作些诗。才子和佳人之遇合，就每每以题诗为媒介。这似乎是很有悖于'父母之命，媒妁之言'的婚姻，对于旧习惯是有些反对的意思的。"① 何况作者并非停留于此，故其对"旧习惯"的反对和新思想的提倡，就不仅仅是"有些"了。

四、龙燮剧作的戏曲史意义

继续明末的繁荣局面，清初戏曲创作仍然保持着旺盛的势头。在以李玉为代表的苏州派市民化风格和以李渔为代表的风流文人风情剧追求之间，存在着一些以传统文人身份侧身剧坛的戏曲作家，龙燮也是其中的一位。诚如学者所总结的，这批作家的总体特征是"以创作诗词古文的传统模式"从事戏曲创作，以抒发"故国之思、兴亡之叹、身世之感，或世外之情、报应之思、风化之意"，作品具有"主观化和案头化的创作倾向"和"以文字为剧、以才学为剧、以议论为剧的审美追求"②。这种概括虽是基于传奇创作而言，但放之清初整个剧坛，也是大体不差的。因为，一旦我们的学术视野包括杂剧在内，诸如"逐渐脱离剧场，仅能提供案头的阅读与欣赏……演出则转为清曲小唱，逐渐小品化，成了文人的专利，仅供案头欣赏和私人吟唱……转向作家自我，内容简洁，表情达意非常自由，凸显出个体的价值与意义"③ 等文体特征的呈现，与上述传奇的特点，真可谓"如影随形"了。根据这些对清初戏剧的既有研究成果，来观照龙燮的戏曲创作，会发现其人其作在一定程度上具有鲜明的个性化特点。

作为传统文人，龙燮的剧作很难归入"正统派"之列。在其剧作中既无故国之

---

① 鲁迅：《中国小说的历史变迁》，《鲁迅全集》第九册，北京，人民文学出版社，1981，第 331 页。

② 郭英德：《明清传奇史》，南京，江苏古籍出版社，2001，第 422 页。

③ 杜桂萍：《清初杂剧研究》，北京，人民文学出版社，2005，第 17 - 18 页。

思、兴亡之叹，亦罕报应之思、风化之意。世外之情，在传奇中略有表现，从作者自己对功名仕途的实际态度看，诚如全剧【尾声】所唱："从来收场的歌舞烦喧煞，俺今日提出这方外团圆冷淡些。"更多的是一种艺术创新的考虑。身世之感，在男主角江云仲身上有所体现，但是全剧主要还是旨在表达作者对事业和爱情的理想。作为清初文人，龙燮剧作的最大特点，是在黍离麦秀之外，展示了明清普通士子对人生的基本态度，以及对于爱情婚姻的独特诉求。他们不满于"金银势要，援引钻营，情面关通"的科举制度，希望能通过其他正当途径实现自己的人生价值。这一想法，自下而上地体现出另外一种积极入世的时代情绪，在一定程度上呼应了三年后实行的在全国范围内荐举、选拔人才的博学宏词考试。在爱情男女观上，主张男女在感情问题上的平等，认为才华重于容貌、爱情重于权位，均有别于一般的才子佳人剧，而体现出作者对情感世界的个性化思考。这样的剧作，与反映正统文人的"故国忧思"和"失意情怀"的作品一起，才构成清初文人剧的整体面貌。

在艺术性上，龙燮两部作品均有较高的水平。清末曲家许之衡曾评《琼花梦》是"文词之工美，排场之新颖，固属有目共赏，而曲律亦复妥协"①。其实在戏剧性、文学性和舞台性等方面，两剧都取得了不错的成绩。戏剧性，在长篇传奇《琼花梦》中，主要体现为故事曲折，可谓一波未平、一波又起；针线绵密，可谓环环相扣、处处照应；在短篇杂剧《芙蓉城记》中，则主要通过喜剧片段的频繁穿插，构建起离奇生动的幻想情节，在轻松浪漫的氛围中，营造出一种荒诞却不乏现实意味的讽刺氛围。同时两剧都非常注意冷热场面的调剂，以及净、丑角色上场的安排频率。文学性，在杂剧中，龙燮善于将关系复杂的文学或历史故事，浓缩化为富有文采、犀利活泼的人物语言，在芙蓉城仙境的当下语境中，交织起汉、唐以来各代人物的矛盾冲突、是是非非；在传奇中，作者长于利用细节描写来揭示人物内心活动，如第十九出《理笺》写江生在军旅之暇，因怀想袁餐霞而"展视"其诗笺：

这一叶难抛下，比军符贵重加。字袅烟霞，（嗅介）香余兰麝。怎的皱了这一角儿，似眉黛蹙些些。（就笺上呵气介）待俺气微呵，（手按介）指掌还轻押。

比喻奇特而传神，文辞雅淡而细腻，同时为演员的表演再创造留下了丰富的发挥空间。舞台性，诚如当代戏曲家洪非先生所指出的："作者熟悉舞台，对台上装置、道具运用、人物造型都提出了具体要求。看来剧本是为演出编写的。"② 对舞美的关注，的确是龙燮剧作的一个显著特点。《芙蓉城记》第六出《惩奸》写阎罗

---

① 许之衡：《琼花梦跋》，《琼花梦》卷首，民国古吴莲勺庐抄本。
② 洪非：《龙燮及其〈江花梦〉与〈芙蓉城〉》，《艺谭》1982 年第 3 期。

审案，开场的舞台提示是"先搭一公座，摆设森严"①；《琼花梦》第二出《梦笺》"末扮花神，束发冠，红衣，簪花二枝，左手持笺，右捧剑上"；第二十四出《疑笺》"预将文集、诗笺置桌上介"，对有利于烘托演出气氛或决定剧情发展的舞台设置、角色行头或表演道具，均给予特别的规定和强调。当年友人赞赏龙燮"自掐檀痕亲顾曲，江东惟有阿龙超"②，"只嫌家伎无新调，不遣参军教唱歌"③，也说明作者对舞台、音韵、曲律和演唱的精通。

无论从剧作的数量还是质量来评价，龙燮都不是一位大戏曲家，虽然真正的戏曲大家孔尚任曾看过《琼花梦》的演出，并给予了"压倒临川旧羽商"④ 的高度赞誉。龙燮及其剧作的戏剧史意义和价值，除了他的男女观、爱情观的进步性外，或许在于：就是这样一位杂剧、传奇仅各写一部的作者，却已较为练达地掌握了"场上之曲"的创作方法，表现出对观众戏曲欣赏习惯的了解和对古典戏曲编剧手法的谙熟，说明戏曲文学发展到清康熙前期，无论是杂剧还是传奇，即便在纯粹文人的创作中，也不乏对案头与场上兼美的艺术追求。

---

① "先搭一公座，摆设森严"，刻本无此九字。
② 王士禛：《观演琼花梦传奇束龙石楼宫允八首》之三，《蚕尾续集》卷一，康熙刻本。
③ 庞垲：《和田纶霞侍郎同龙石楼比部晚饮寓中》之二，《丛碧山房诗集》之《户部稿》卷一，康熙刻本。
④ 孔尚任：《燕台杂兴》之三，《长留集》"七言绝句"，康熙刻本。

朱素臣与《游艺编》

中国人民大学文学院　郑志良

清初以李玉为首的"苏州派"曲家中，朱素臣是重要的一员，他的名剧《十五贯》在后世有很大的影响，有所谓"一出戏救活一个剧种"之说。但是，就像很多"苏州派"曲家一样，我们只知道他们有戏曲作品存世，对于他们的生平及戏曲之外的著述，我们知之甚少，朱素臣也不例外。

一

最早著录朱素臣戏曲作品的是高奕《新传奇品》，它著录了朱素臣传奇十四种，分别是：《振三纲》、《一着先》、《锦衣归》、《未央天》、《狻猊璧》、《忠孝闻》、《四圣手》、《聚宝盆》、《十五贯》、《文星现》、《龙凤钱》、《瑶池晏》、《朝阳凤》、《全五福》。根据新发现的《新传奇品》的一个新版本《续曲品》，① 可知《新传奇品》成书于康熙十年，而且《续曲品》著录朱素臣传奇十五种，比《新传奇品》多出一种《万年觞》。高奕在《新传奇品》序言中说："偶检笥中所藏传奇数百种，自明迄今，考其姓氏，细加评定，识以一二语，足以想见其人矣。"② 他所著录的作品都是亲眼所见，据此可知，朱素臣的十五种传奇当作于康熙十年之前。其后《传奇汇考标目》、《曲海目》、《今乐考证》、《曲录》等亦著录朱素臣传奇作品，在上述十五种之外，又有《秦楼月》、《翡翠园》，另和他人合作《四奇观》、《四大庆》、《定蟾宫》。"《传奇汇考标目》于朱雄名下尚列有《通天台》、《大吉庆》2种，前者与吴伟业杂剧同名，后者《曲海目》、《曲录》列为无名氏作，疑习《标目》误入。"③ 传奇之外，朱素臣还有杂剧三种：《杜少陵献三大礼赋》、《琴操问禅》、《杨升庵妓女游春》。

关于朱素臣的生平及交游，我们最早也是从"苏州派"曲家的一些曲学著作中获得信息的，如吴新雷师《李玉生平、交游、作品考》中即提到朱素臣：

---

① 笔者有《高奕〈新传奇品〉的一个新版本——〈续曲品〉》（未刊稿）介绍此书。
② 《中国古典戏曲论著集成》（六），中国戏剧出版社，1959，第 269 页。
③ 郭英德：《明清传奇综录》，河北教育出版社，1997，第 635 页。

朱素臣名㿟，所居名"笙庵"，因称笙庵先生。他精通音律，与扬州李书云合编过一部《音韵须知》。李玉编纂《北词广正谱》的时候，他曾帮助校订（见原书题署）。尤其重要的，是李玉的《清忠谱》在付印以前，他又和毕万后、叶雉斐一同参加了编订工作（见原书题署），可见他和李玉是非常亲近的。朱素臣的生平不详，所著有"笙庵传奇"十九种，其中以《十五贯》最为闻名，而《定蟾宫》一种，是和过孟起、盛国琦三人合作的（据《藤花亭曲话》卷一）。现存作品八种（《古本戏曲丛刊》三集影印），只有《秦楼月》一种是刻本，剧中写苏州名妓陈素素的故事，系发生在康熙五年到八年之间（据《国朝画识》卷十七、《词苑丛谈》卷九等考察），则朱氏进行创作当在此后。那末，朱素臣应是活到康熙中的人了。①

朱素臣除了和李书云合编《音韵须知》之外，两人在《西厢记演剧》中也有合作。蒋星煜先生《论朱素臣校订本〈西厢记演剧〉》一文提到，朱素臣校订本《西厢记演剧》的序言即为李书云所作，在序言中，"李书云特别提到了汪蛟门，先说：'于意不背汪子蛟门，每折批评，相与鼓掌。'又说：'不数月而蛟门作古人矣，予能无挂剑之义哉！付之梓人，应有□心者。'可知这部《西厢记演剧》是李书云与汪蛟门合作加工、题评，在汪蛟门逝世后方付梓。"② 李书云名宗孔，号秘园，顺治四年进士；汪蛟门名懋麟，字季角，康熙十五年进士。朱素臣虽是布衣身份，但其交游不乏当时名宦或名士，这一点和李玉颇为相似。蒋星煜先生在文中又云："现在这部《西厢记演剧》可以告诉我们，至康熙二十七年（1688）时，朱素臣仍然在世。而且做了这样一件有意义的工作。当然康熙二十九年（1690），李书云、朱素臣合编的《音韵须知》由李书云刊行问世了，朱素臣也可能活得更久一些。"③

除了曲学著作外，一些学者也从诗文集、地方志等资料中探寻朱素臣的生平及交游状况。如康保成先生从清人沈德潜《归愚诗钞》卷十中发现一首诗，题为《凌氏如松堂文宴观剧》，诗中有："忆昔康熙岁辛巳，横山先生执牛耳。堂开如松延众英，一时冠盖襄阳里。酒酣乐作翻新曲（原注：时朱翁素臣制曲，有《杜少陵献三大礼赋》、《琴操问禅》、《杨升庵妓女游春》诸剧），尤笛鹍弦斗声伎。"康熙辛巳即康熙四十年（1701），此年朱素臣尚在世。④ 此外，康保成先生还从吴绮《林蕙堂全集》卷十九发现《九月六日偕周勉叶、刘秀英、朱素臣、舒奕蕃、

---

① 吴新雷：《中国戏曲史论》，江苏教育出版社，1996，第136－137页。
② 蒋星煜：《〈西厢记〉的文献学研究》，上海古籍出版社，2007，第407页。
③ 蒋星煜：《〈西厢记〉的文献学研究》，上海古籍出版社，2007，第421页。
④ 参见康保成：《苏州剧派研究》，花城出版社，1993，第35页。

家大章小集克敏堂分韵》诗二首，王永宽先生从《松江诗抄》卷十三发现范逸《月夜听项子仪度曲、朱素臣吹箫》，亦可看出朱素臣的交游状况。在地方志中，蒋星煜先生从康熙《重修秀水县志》卷八发现朱素臣七言绝句《题范少伯祠》;① 赵景深、张增元编《方志著录元明清曲家传略》从民国《吴县志》中收集到朱素臣的小传，但该书又著录了道光《乍浦备志》中"朱素臣"小传，此朱素臣"字九先，居雅山之北。少习举子业，弃去为农。暇即手一编，不释闭，或吟咏以自写其性灵。为人方正，有勇力，遇不平即挥拳相助"②。但他是否就是曲家朱素臣，尚有疑问。

目前学界关于朱素臣生平、交游状况的了解大抵如此，所发现的关于朱素臣的少数材料，蒋星煜先生称已是"凤毛麟角，宝贵异常"。③ 但朱素臣尚编撰有煌煌四十四册的《游艺编》，却少为人提及，在研究"苏州派"及朱素臣的著作和文章中，也未见到有研究者使用过。

二

最早提到朱素臣《游艺编》的是著名藏书家马廉。马廉《隅卿日记选钞》载："朱确，字素臣，号笙庵，长洲人，（又）字贞庵，（《曲录》作吴县人），生平著作甚富，近始有人将其秦楼月传奇翻印，孔德图书馆藏有《游艺编》钞本四十四册，为清康熙间长洲李琇莹（璧）手录，中多笙庵著述……"④ 文中"朱确"当为"朱雇"，"笙庵"当为"荃庵"。⑤ 马廉曾任孔德学校教务长，他说《游艺编》原藏孔德图书馆，而孔德图书馆的藏书后大多归首都图书馆，今《游艺编》即藏于首都图书馆。《游艺编》卷首有两枚藏书印章，可以看出它的递藏过程。一枚是"三山陈氏居敬堂图书"，一枚是"孔氏岳雪楼藏钞本"。前者是道光年间刑部尚书、福州藏书名家陈若霖（1759—1832）的藏书印，后者是光绪年间广州藏书名家孔广陶（1832—1890）的藏书印。此书流传有致，且经名家收藏，实属宝贵。《游艺编》的抄录者李璧，字琇莹，号苇花居士，生于康熙九年（1670），卒年不详，雍正十三年（1735）仍在世。李璧与朱素臣同为长洲（今苏州）人，朱素臣康熙四十年仍健在，其时李璧三十二岁，两人或相识。

《游艺编》内容庞杂，首都图书馆将其归在"子部类书类"，它分前后两集，

① 蒋星煜：《中国戏曲史钩沉》，上海人民出版社，2010，第648页。

② 赵景深、张增元编：《方志著录元明清曲家传略》，中华书局，1987，第164页。

③ 蒋星煜：《中国戏曲史钩沉》，上海人民出版社，2010，第650页。

④ 马廉著，刘倩编：《马隅卿小说戏曲论集》，中华书局，2006，第309页。

⑤ 但在《游艺编》中也有写成"朱確"的，"確"乃"确"之繁体，又与"雇"形近，属于误写。

共十大类：前集分天象、舆图、历数、周髀、方筹五类，后集分六律、五声、术数、命学、书法五类。朱素臣按类辑录图书，其中有朱素臣自己的著述，也有少数李璧抄录时掺入的自己编的书。书首有朱素臣所作《游艺编序》及《游艺引》，说明编撰此书的缘由。两文如下：

游艺编序

语言文字，道理之初，原出于一画。一者，数之始也。错综之、参伍之，其用为洛书之九，而统成于河图之十。十者，数之终也。大易象数之学，惟天惟地。惟天地合之奇，天地奇，三合生，生象数乃见。然天地奇合之象数，非闻见可及。可闻见者，则连山成物。日月运行之后，水火木金土交生交克之象数也。上下升降，此为归藏；生克始终，此为连山。故大易之易苟不得连山，即无以成物。是以举目前皆成物，则举目前皆物也。物成而器，事成而艺。夫子云：游于艺。艺尚游而不尚执，执则成名矣。故非艺则德仁为虚位，依据为虚愿，而道之用不全。执而不游，则小道可观而致远必泥。故舍大易而谈艺，固不免于小有才，或习艺以佐大易，何不可为圣人之徒欤？且夫艺必循物，物分名实。今据数以审实，亦核实以起数，数得而象在其中，象数得而游艺之学或在斯乎？仆少负不羁，受学于艾庄夫子之门，得私淑易教，观玩大衍，悦研象数，用抒寸长。汇集全书，分为十卷，一曰天象，一曰舆图，一曰历数，一曰周髀，一曰方筹，五部为前集；一曰六律，一曰五声，一曰术数，一曰命学，一曰书法，五部为后集。此《游艺编》之所以作也。若云艺不足道，欲与闻乎大易，则又余之夙夜以几拭目俟之者矣。

吴门朱碻笙庵氏自叙
后学李璧琇莹父手录

游艺引（笙庵朱子著）

壹中易庵李璧琇莹父录

仆少负不羁，居怕落落，愿以七尺微躯，肩千古不朽大业，以自命于所谓大丈夫。然尤恐学问未真，经纶何据。弱冠以来，僻迹孤坚，单思博习，不敢告人，亦无从就正。继乃受学于艾庄夫子，得私淑先师祖易教，观玩大衍，悦研象数。仆始信游于圣门者难为言，古人岂欺我哉？大易象数之学，惟天惟地。惟天地合之奇，天地奇，三合生，生象数乃见。然天地奇、三合之象数，非闻见声色可及。其有声色可见闻者，则连山成物。日月运行之后，水火木金土交生交克之象数也。上下升降，此为归藏；生克终始，此为连山。连山居归藏之末，而归藏、连山仅大易百中之一尔。故大易之易苟不得连山，即无以成物；连山成物苟不得大易，必无以自成连山，但在既成连山之易，又自必佐大易以成物。是以举目前皆成物，则举目前皆物也。物成而器，事成而艺。物必有事，事无须臾而不动，即艺无须臾而不用。论语云：游于艺。艺言游着，盖以如游丝之在空，无须臾不飘扬也，即欲须臾不飘扬不可得也；如游鱼之在水，无须臾不泳跃也，即欲须臾不泳跃不可得也。目非艺无以视色，耳非艺无以听声，手足非艺何以舞蹈？礼非艺何履乐？非艺何节？故舍大易而执艺。艺士固不免于小有才，或习艺以佐大易，即何不为圣人之徒欤？且夫艺必循物，物分名实，今据数以审实，亦核实以起数，数得而象在其中，象数得而游艺之学其斯为至乎？仆户有年，敢复出门求友，用抒寸长，标题九则：一曰天象，一曰历数，一曰六律，一曰五声，一曰周髀，一曰方筹，一曰浑仪，一曰脉方，一曰词曲。引端列绪，请益同志。倘有性癖耽奇，惠而好我，固所愿也。若云艺不足道，欲与闻乎大易，则又余□诸同学之凤夜以几拭目俟之者矣。

　　这两篇文字有相同之处，也有不同之处。相同之处，如朱素臣提到自己学《易》，"受学于艾庄夫子"，艾庄是指苏州人何正榘。朱彝尊《经义考》卷七十一《程氏云庄大衍说一卷》有："金俊明曰：云庄先生阐大易象数之学于吴门，艾庄何正榘立方师事之，得其精蕴。俞琩曰：启祯间，天都程先生阐明易学，演蓍策以观变化，一准夫子《易传》。艾庄得其传，述蓍法十章以明之。其旨约而该，其辞简而著，使学者知所由入门也。"[1] 朱素臣师事何正榘，而何正榘之师乃程云庄，是为朱素臣"师祖"。程云庄名智（1602—1651），是明末清初易学名家。同治《苏州府志》卷一百二十"流寓"载："程智，字子尚，号云庄，休宁人。少学举子业，不喜。弱冠后读《易》，有省，徒步至河南谒伏羲陵。归入山中，昼夜穷究。天启中来吴，与浮屠法藏讲论，深相契合。以其终非正学，复还入山，精研易理，遂大悟，作《易源流》，深明极数辨物之道。崇祯间复来吴，从游者甚众。顺治八年，年五十，卒，葬于阳山。十六年，吴人请之巡抚，配享三程夫子祠。弟子传其学者，汤祖祐字耿遥、袁微字公白、俞檠字授子、何正榘字刚中、华渚字方雷、蔡方熺字涵之，皆有名于时。"[2] 程智所传易学乃伏羲易，又称连山易。《周礼·春官宗伯·大卜》云："（大卜）掌三《易》之法：一曰《连山》，二曰《归藏》，三曰《周易》。其经卦皆八，其别皆六十有四。"朱元升《三易备遗·自序》云："《连山》作于伏羲，用于夏；《归藏》作于黄帝，用于商；《周易》作于文王，用于周。"[3]《连山易》之卦以艮为首，艮代表山，其象似两山相连，故称"连山"。朱素臣所习即为《连山易》，他所推崇的也是"连山之学"，如其在《脉方》小序中说："连山成物，声色臭味尽之。药主味，所以辅饮食之能者也。故药为乐，草人

　①　朱彝尊：《经义考》，《四库全书》本。

　②　同治《苏州府志》，【清】李铭皖、谭钧培修，【清】冯桂芬纂，光绪八年刻本。

　③　朱元升：《三易备遗》，《四库全书》本。

有病则忧，无病则乐。药以去病，故能济人之夭，锡人之寿，而与人以乐也。然药必据病以立方，审脉以知病，合色以辨脉，候血以察色，本气以求血。气植根于下丹田，立干于中丹田，至上丹田而垂花。花不欲其蔫，干不欲其虚，根不欲其摇，惟连山之学，为能合三田以通其变化。通乎三田变化，则足以反观内景；通乎三田变化，则足以外练刀圭。其降与药味，抑戈戈者乎？"

上述两文不同之处在于，《游艺编序》中说"汇集全书，分为十卷"，而《游艺引》中则说"标题九则"，序、引之后即是"标题九则"——天象、历数、六律、五声、周髀、方筹、浑仪、脉方、词曲各小序一篇。然《游艺编》全书内容，却如《游艺编序》中所言分为十卷（类），与"标题九则"并不相符，或是朱素臣作《游艺引》、"标题九则"小序在前，后有增删，待全书成后，再作《游艺编序》；或如马廉所言："李璧录《游艺编》所选皆未必全书，首冠'荃庵游艺编序'及'荃庵游艺引'，似荃庵曾撰此书未成，而璧以己意增删，故于'游艺引'所述诸书仅略存片段，至'声继谱'一书，或因词曲小道，乃竟一字不存，斯诚憾事。"① 马廉所说《声继谱》一书见"标题九则"中"词曲"一则，但现存《游艺编》却未见"词曲"具体内容，只有"词曲"小序一篇。现将《游艺编》内容列表如下：

	分类	书名	著述者	备注
前集	天象部	《经天诀》	清·朱素臣著	
		《浑天图》	清·朱素臣著	
		《天问略》	阳玛诺著	正文前有《天文略自序》，署"万历乙卯仲秋月泰西阳玛诺题"，正文题："泰西阳玛诺条答，豫章周希令、秣陵孔贞时、巴国王应熊全阅。"
		《分野考》	明·刘基测定 朱素臣表正	包括《分野考说》、《分野考例》、《分野总考》，正文题《星廛分野考》，署"青田刘基测定，后学朱雇表正"。
	地舆部	《禹贡图注》	明·艾南英	正文前有《禹贡图注序》，署"古临艾南英千子题于富西斋"。
		《河漕论略》	未署名	
		《黄河图说》	清·身本	后附《天时地里互览全图说》、《天时地里互览全图例》。
		《西塞全图》	清·范昭逵著	

---

① 马廉著、刘倩编：《马隅卿小说戏曲论集》，中华书局，2006，第309页。

分类		书 名	著述者	备 注
前集	历数部	《法象偶拈》	清·朱素臣著	卷上题："吴门朱雘素臣父述，锡山秦淮云碧父阅"；卷下题："吴门朱雘素臣父述，晋陵顾祖禹景范父阅。"后附吴江沈自駧撰《薄子珏传》，及薄子珏作《荧惑守心论》。
		《通率表》	清·朱素臣补遗	
		《历算》	清·秦文渊著	
		《历范》	清·朱素臣著	卷末有"康熙壬午清和云西李璧琇莹氏录于慎独斋之左个"
		《建寅辨》	清·朱素臣著	后附《上巳辨》
		《月朔考》	清·朱素臣辑	正文题"《古今月朔考》，笙庵辑"。这部分内容有李璧增补并作题注，他将自己家世及生平的一些事情记录其中，如"崇祯三年，先君子生"，"崇祯十年，先慈生"，"康熙九年闰二月十八日亥时苇花居士生"，雍正元年注："已后未来月朔节气照康熙万年历填写，共三十八年，甲辰起，辛巳止，长洲李琇莹并志，时年五十四岁。"
		《历元稿》	明·陈壤著	
		《历元玄》	明·邢云路著	题："元玄子上谷邢云路士登甫著"，前有"万历戊午八月朔旦门生冯时行序"。
	周髀部	《度测》	明·陈荩谟著	本书分上、下两卷，卷下（第 19 册）末尾有"康熙三十六丁丑秋九月中旬录于洙泗堰客馆，长洲李璧志"。
		《器测》	清·朱素臣著，李璧补	
	方筹部	《几何要法》	艾儒略著	卷首有崇祯辛未仲春陆安郑洪猷作《几何要法序》，署"泰西艾儒略口述，海虞瞿式榖笔受，古闽叶益蕃参较，吴淞陈于阶、陆安郑洪猷、山阴陈应登全较梓"。
		《数论》	明·唐顺之著	正文题《唐荆川数论三篇》，卷尾有"丙午季冬十八日较于笼碧堂之右厢，苇花居士志"。
		《算术标目》	清·朱素臣著	

	分类	书 名	著述者	备 注
前集	方筹部	《筹算法》	清·朱素臣校	正文题《末艺编》,署"茂苑后学朱𪩘素臣氏校"。
		《度算解》	明·陈荩谟编,朱素臣续	
		《开方新法》	清·朱素臣著	
后集	六律部	《律测》	明·陈荩谟著	
		《律吕筹算》	清·朱素臣著	
		《律笛升降图》	未署名	
		《琴谱》	未署名	后附《十番谱》
	五声部	《韵谱》	明·程智著	前有"度曲入声收音总诀",题"适轩主人著",《韵谱》正文署"云庄先生定"
		《声调旋相为宫图》	明·薄珏著	正文题《十二调二十八声六十调旋相为宫图》,署"吴门薄珏子珏氏著"。
		《切韵法》	1.《三字切韵法》:沈宠绥著 2.《茎庵切韵法》:朱素臣著	《三字切韵法》之后又有《字头辨解》、《辨声捷诀》、《三十六字母切韵法》,皆出自沈宠绥《度曲须知》。
		《五音说》	清·朱素臣著	附录《五音所主》
	术数部	《太一书》	明·邢云路著	
		《太乙成式》	未署名	
		《太乙宝鉴》	朱素臣正讹推定	正文题《太乙宝鉴淘金歌》
		《奇门占度》	未署名	
		《六壬起例》	未署名	
		《阴符经素书注》	清·孙英雄注 宋·张商英注	此书正文内分两种:《阴符经》,署"栎庵孙英雄氏注,婿李璧琇莹氏录",前有《阴符经序》,署"康熙辛巳仲秋谷旦婿李璧琇莹氏拜题";《素书》,署"汉黄石公传,宋张商英注"。
		《望气书》	西士传	
		《天书摘要》	紫清真人诀,丹霓先生授	
		《物类相感志》	宋·苏轼著,朱素臣增补	正文题《朱茎庵先生增补苏东坡物类相感志》

分类		书　名	著述者	备　　注
后集	命学部			
	古法部	《论书十八则》	唐·欧阳询著	正文题《欧阳率更论书十八则》
		《字学绳尺》	明·姜立纲	
		《八十四法例》	未署名	后附《衍极至朴篇书法传流》
		《书法三昧》	元·周伯琦著	
		《翰林要诀》	未署名	后附宋无《嘹呓集》

　　从列表内容可以看出，朱素臣对天文、地理、历法、数学、声律、音韵、阴阳八卦、医学等都颇有造诣，在很多方面都有精研。在历法方面，朱素臣"历数"小序云："追徐玄扈译西洋历法，吾吴薄子珏先生为能得利泰西之传，合中西法会通推算，著《经纬全书》。先生病且死，无传人，用其书归吾艾庄师，今二十年矣。启读之，卷册浩博，录写多讹，仆不遑朝夕，焦心校理，条分二十二余卷。凡星曜之运行，经纬之错综，宫度之出入，节气之交缠，循例求之，可百世不惑矣。"《建寅辨》云："余感《春秋》之事，尝著《历论》，言当顺天以求合，非为合以验天，而皆不然，各据其学以推《春秋》。此无异度己之迹，而欲削他人之足也。愚按此论，不惟三统历之疏谬可见，诸汉儒附会亦可见。汉儒注疏，传经术于绝续之际，其功不浅，然以三正之谬，矫诬古人制作，移易古人岁月，其过亦不小。至夏时之训一讹，而历术遂以难言，天道由之不正，益重戾矣。要皆文儒忽弃历数，不能考究天象，但凭臆解、悬解，诚难于杜征南削足之诮。"又云："汉儒笺疏，宋儒集注，为功于经术鸿矣。独是三代历象，从无考究，皆为刘歆三正所误，以致六经岁月时令，率多谬解。然前古岁月时令之谬，犹可置之而勿问，惟行夏之时，误认行夏之建，遂令二千年天象不合历法，不可不辨。"在数学方面，"方筹部"《开方新法》有朱素臣所作《开立方新法捷诀引言》云："余自束发时，嗜读天文数学诸书，迄今廿有余年。如《黄帝九章》、《周髀算经》，以迄汉唐诸名家撰述，近世之《李氏说详》、《程氏统宗》等书，凡其开立方之法，咸用方廉隅角约数商求，而绪繁错综为算最难。又先朝徐宗伯所译西方利氏《同文算指》，其立方之术甚密且详，纵能开尽诸乘，亦用商求之理，惟增以寻源变革之法，虽云超越前人，奈检表推算，愈为繁冗。……余不敏，矢志参详，乃究心于几何测体之义。因探源究委，乃阐明立方最捷之法，要实中西未萌之至理，竟不须约算商求与方廉渐试之繁，但设诸立体之边，乃借其比例之率，毋论积实位数繁多，仅需乘法一推，顷得其根。方之古今旧术，大约捷于数倍。兹成稿二卷，名曰《开立方新法全义》。夫立此简术，

岂仅益于庶民之米盐贮积及营建等事哉？即径天画野之学，或有补于万一云。"以朱素臣在数学方面的探究，亦可目之为古代数学家。医学方面，《游艺编》中虽未见朱素臣的著述，但其"脉方"小序云："仆上祖丹溪公明此意以寿世，先君仍溪公恒此术以传家。小子既绍依旧闻，亦复博稽新得，拟著《病机天眼》、《良相次编》、《本草必读》等书，但卷帙滋多，未能一时脱稿，而志存振济疲疴。"朱素臣提到自己的医学著作未能脱稿，但可看出他亦精于医道，这段话还为我们探考朱素臣的家世提供了线索，我们能知朱素臣之父"仍溪"亦熟于医。

通过书中的内容，我们也可以了解到朱素臣的一些交游情况。比如朱素臣《法象偶拈》一书卷上有"锡山秦濯云碧父阅"，此人具体情况不详；卷下有"晋陵顾祖禹景范父阅"，顾祖禹（1631—1692）是清初著名的历史地理学家，他的《读史方舆纪要》在后世有很大影响。上海图书馆藏有顾祖禹《宛溪诗文残存》，[①] 但未发现有关顾祖禹与朱素臣交往的材料。

三

随着《游艺编》的被发现，我们了解到朱素臣多方面的才华，因此不能仅仅把他看作戏曲家。但朱素臣毕竟以曲名世，他的曲学观念以及他的博学多识在戏曲创作中的呈现，也是值得我们探究的。

《游艺编》中有《词曲》小序一篇，可见朱素臣的曲学观念：

诗变而骚，骚变而诗不复矣。汉之四言、五言，为能从骚，遇诗而不知诗之为诗，故卒无救于诗。其终也，一变近体，再为长句，五七言交相错于律。其势未变，填词不止，填词犹不足畅情逞意，加逞焉，则曲矣。至于曲而变乃极，极则顶上□义，自不得不分南北。南北既分，诗之流风余韵荡然无存矣。既荡然无存，则无复变。变之本变，变不变将一变以返之于诗，诚如反掌，有能信斯言者乎？仆且急于谈诗，若复逞志风流，调弄音律，仆当不令元人擅长也。仆观世之言词者，率祖九宫曲谱。此谱宫调淆乱，校雠粗率，沿流徇俗，读者奈何自隘耳目。夫词曲家，文章得半，音律得半。其半属文章者，则心手之间，笔墨之际，惨淡经营，匠心自赏，歌者不能问也。至于中□中矩，如抗如队，一夫登场，喉音宛转，虽作者锦口绣雄，蕙情兰体，亦岂得起而夺其半乎？盖天之降才，文章、音律每难萃于一人，每惑乎滥觞。今日劣徵乖商，违情杀景，令多才多艺者有不足观之叹也。仆向著传奇廿种行世，末技雕虫，虽无关大雅，然可兴可观，不淫不伤，实□□人遗意。

---

① 《宛溪诗文残存》是现代学者孙祖基从《梁溪诗钞》、《遗民诗》、《川阁集》、《小岘山人集》等书中辑录顾祖禹的诗文。上海图书馆将《宛溪诗文残存》著录为"稿本"，实际上是孙祖基辑抄本。如果说是"稿本"，该是孙祖基的"稿本"，而非顾祖禹的"稿本"。

兹更著《继声谱》约二十余卷，专论词曲，标解明备，领会不难，即如"务头"一说，三百年来已觅解人不得，苟明此旨，斯填词度曲两得之矣。虽然此特言其法耳，仆试问欢必相怜，离必相思，是诚何故？岂不属于情乎？情生何来？情死何去？于此自不能无疑，于此自不能无动。则正可于情志极处还诗，诗之极处入《易》也。

文中朱素臣谈到诗、词、曲的流变，而着重谈曲。他说："夫词曲家，文章得半，音律得半。"可见他在戏曲创作上是讲求文辞与音律并重，这与"汤沈之争"后，吕天成、王骥德等人提倡文辞与音律"双美"、"两擅其极"是一致的。从某种意义上说，"苏州派"曲家在戏曲创作上既注重文章辞采，也注重依腔合律，使得他们的作品不仅博得文人士大夫的赞赏，也在舞台上有恒久的生命力。但朱素臣也看到"天之降才，文章、音律每难萃于一人"，要想真正做到"双美"还是很难的，他对那些"劣徵乖商，违情杀景"的戏曲作品也提出批评。朱素臣以自己的戏曲创作为例，阐明戏曲虽为小道，无关大雅，但仍"可兴可观，不淫不伤"，这实际上是以孔子论《诗》为标的，曲与诗都是摹写性情，有同等的价值。曲尽人情，"曲而变乃极"，其"极处还诗"，而"诗之极处入《易》也"。在朱素臣看来，创作戏曲也属"游于艺"之一端，属于"习艺以佐大易"，并非不足道的事情。朱素臣说自己"著传奇廿种行世"，与我们今天知道的他的作品数目大体一致；他另有专论词曲的《继声谱》约二十余卷，其中谈到曲学中的难解之谜——"务头"，可惜《游艺编》中未收此书，我们也看不到朱素臣是如何解释"务头"的。

朱素臣精研易学，而《易》最初都与占卜有关，《游艺编》"术数部"所收之书大都为奇门八卦、占卜起课一类，像《奇门占度》、《六壬起例》虽不能断为朱素臣所作，但朱素臣精熟此道迨为无疑，这让我们想起他的名作《十五贯》。《十五贯》第十八出《廉访》，舞台上演为折子戏《访鼠测字》，是《十五贯》中最为精彩的段落之一。剧中况钟（外扮）用测字起课之法，诱使娄阿鼠（丑扮）一步步上钩，透漏实情：

（外）你这个"鼠"字，是那里用的么？（丑）官司。（外作手写介）一十四画，数遇成双，乃属阴爻。况鼠又属阴，阴中之阴，乃幽晦之象，若占官司，急切不能明白哩！（丑）明白是不曾明白，看可有缠扰累及？（外）自己用，还是代占？（丑支吾介）代占。（外）依数看起来，只怕不是代占。这桩事体，是为祸之首。（丑）何以见得？（外）"鼠"为十二生肖之首，岂非你是造祸之端！（丑惊呆介）（外）况且竟像在里头窃取了东西，构起这桩事的。（丑）有些古怪。偷东西你那里看得出来？（外）鼠性善于偷窃，所以如此断。（丑呆介）（外）还有一说：这个人家可是姓"游"么？（丑）你是那里晓得？（外）老鼠最喜偷油，故尔晓得。（丑背介）这不是拆字的先生，竟是仙人了！（外点头介）（丑向外介）已先不要管他，只看目下，可有是非口舌连累得着？（外）怎么连累不着？如今正是败露之时了。

（丑）怎见得？（外）你是"鼠"字，目下正交子月，当令之时，自然要明白了。（丑）先生，意欲躲避，外面度度，可避得过？（外）你只要实对我说，果然是代占，还是自家占？说得明白，我好指引你。（丑）实不相瞒，其实是自家用的。（外）这个好，避得脱的。（丑）避得脱！何以见得？（外）你若自占，本身不落空了。"空"字头，着一个"鼠"字，岂不是个"窜"字？就是"逃窜"之"窜"。（又思介）咦，逃窜是逃窜得的，只是那老鼠多畏多疑，怕做了"首鼠两端"，不能出去。（丑）先生妙数，效验非常，其实我疑惑不定，所以起数。今承指点，竟依了先生，外面躲避躲避何如？（外）若能走避，万无一失的。只是今日就走好，若到明日，就走不脱了。（丑）今日天色渐晚，有些不便。（外）又来了。鼠乃昼伏夜动之物，连夜逃最妙的。（丑）有理。还要请教：走到那一方去便好？（外）鼠属巽，巽属东，东南方去最好！（丑）还是水路走，旱路走？（外）鼠属子，子属水，是水路去好。（丑）水路东南方去，只是一时那有便船？（外）你若要去，老夫倒有便船在此，正要今晚下船，到苏杭一路去赶趁新年。若不嫌弃，同舟如何？（丑）如此极妙。若能逃脱，先生是小子大恩人了。请上，容小子一拜！

卜卦算命，本属平常伎俩，以朱素臣在术数方面的造诣，撰此文字，只是小动笔墨。但此段文字中，有一点复可议。况钟测"鼠"字，说它是十四画，数遇成双，为阴爻（－ －）；但"鼠"字无繁体，其笔画应为十三画，数遇成单，当为阳爻（—）。有一种解释是："'鼠'字下部第一个竖勾，以前不是连笔写。这样一来，整个字就是十四画了。"[①] 这种解释恐难说通，《说文解字》中即有"鼠"字，其下部第一竖勾为连笔，凡以"鼠"字为偏旁的字，"鼠"第一竖勾皆连笔。朱素臣在剧中说"鼠"字为十四画，前面是有伏笔的，娄阿鼠与况钟此前有一段对话："（丑）怎么叫观枚拆字？（外）要问甚么心事，随手写一字来，就可判吉凶了。（丑）区区不识字的，写不出来。（外）随口说一个也罢。（丑）就是学生贱名罢。老鼠的'鼠'字。"原来娄阿鼠不识字，"鼠"字是十四画还是十三画，他根本就不知道。而朱素臣也借剧中人物况钟的形象，显示出他对术数的精熟。另外，"阴爻"与"鼠"相连，在戏曲中也常出现，如梁辰鱼《浣纱记》第四十三出《擒嚭》之【红衲袄】唱词有："你是个媚人的九尾雄狐，你是个窃位的阴爻硕鼠。"陈汝元《金莲记》第二十九出《释愤》之【南画眉序】唱词有："朝堂上嫁毒袅鸥，仕途中阴爻硕鼠。"像《浣纱记》这样的剧作，想必朱素臣应该是很熟悉的，他是不动声色的将其内容化用到自己的作品中。

当然，这只是用朱素臣的《游艺编》来阐释他的戏曲作品一个粗浅的例子。笔者相信，《游艺编》的发现以及对其更为深入的探讨，会为朱素臣和他的戏曲研究带来更新的变化。

---

① 《"鼠"字是多少笔画》，《温州都市报》2009 年 3 月 22 日。

论《儒林外史》之程朱与颜李学派之程朱

河南城建学院基础部　　甘宏伟

明清时期，统治者看到程朱之学有利于巩固集权专制制度，遂奉之为儒学的正统，并采取了至少两方面的措施以维护其正统地位：一是将程朱之学作为科举考试最重要的内容，命题主要依据程朱一派所注的《四书》、《五经》，士子作答也要以程朱一派的思想作为依据，不容有任何违逆；二是自上而下建立了对忠孝节义之类行为进行旌扬和奖励的制度，不断强化理学与礼教对全社会的思想控制及风俗教化作用。统治者这样做的结果是程朱之学长期被定于一尊，社会政治及思想学术、士人精神等方面都因此而产生了许多问题。明王朝的灭亡，使得明末清初的一批知识人将批评矛头指向程朱之学，视其为败坏儒学、败坏人才的祸根之一。清康、乾时，统治者极力强化唯程朱是尊的政策，则警醒了一些知识人，他们对程朱理学教义化所造成的严重社会问题深感痛心。颜元、李塨与吴敬梓正分别处于这两个不同的时代。时代境况的变化，加之身世、经历、思想的不同等因素，使他们对待程朱之学有着截然有别的态度和各自不同的关注。

一、颜李与《儒林外史》对待程朱之学的迥异态度

颜李学派对待程朱之学持的是严厉攻诘的态度，他们将程朱之学与孔孟之道截然判为两途。如《存学编》卷二称"朱子所见之道与所为之学、所行之教，与圣门别是一家"①。《习斋记余》卷一中语更为激烈，如："去一分程、朱，方见一分孔、孟；不然，则终此乾坤，圣道不明，苍生无命矣。""程、朱之道不熄，周、孔之道不著，圣人复起，不易吾言矣！乃断与之判为两途。"② 显然，在颜元看来，若程朱之学大行，则圣贤之道大废。他还说："今天下百里无一士，千里无一贤，朝无政事，野无善俗，生民沦丧，谁执其咎耶！吾每一思斯世斯民，辄为泪下！……今之世，家咿喔，人朱注，雄杰者静坐读书，著书立言，以缵朱子之统，朝廷用其意以行科甲，孔庙从祀以享蒸尝，尊奉渐拟四配，朱子之道可不谓日月五行之

---

① 颜元：《存学编》卷二《性理评》，参见《颜元集》，中华书局，1987，第65页。
② 颜元：《习斋记余》卷一《未坠集序》，参见《颜元集》，中华书局，1987，第398页。

经天耶！尧、舜之三事，周、孔之三物，则扫地矣。"① 此又将政事与世道的暗昧归咎于程朱之学。检视颜、李的著作会发现，他们对待程朱之学很少持温和的态度，很多时候都是极力指责它的坏处。颜元《朱子语类评》即专论朱子之是非，兹列述二例以见之。《朱子语类》卷一百二十一载："朋友乍见先生者，先生每曰：'若要来此，先看熹所解书也。'"② 颜元则结合自己的经历批评道：

　　吾尝言"但入朱门者便服其砒霜，永无生气、生机"；不意朱子还不待人入门，要人先服其砒霜而后来此也。痛哉！仆亦吞砒人也！耗竭心思气力，深受其害，以致六十余岁终不能入尧、舜、周、孔之道。但于途次闻乡塾群读书声，便叹曰"可惜许多气力"；但见人把笔作文字，便叹曰"可惜许多心思"；但见场屋出入群人，便叹曰"可惜许多人材"。故二十年前但见聪明有志人，便劝之多读；近年来但见才器，便戒勿多读书，尤戒人观宋人《语录》、《性理》等，曰："当如淫声、恶色以远之。"观此卷乃知朱子自贼之原。③

　　如果说颜氏将朱子之学比作砒霜还只是发其痛恨之意，那么视之如"淫声"、"恶色"则无疑就是痛詈之语了。其对待程朱之学严厉决绝的态度于此可见一斑。又据《朱子语类》卷一百二十三载，朱熹曾就江西之学与浙学二者之弊辩道："江西之学只是禅，浙学却专是功利。禅学后来学者摸索一上，无可摸索，自会转去。若功利，则学者习之，便可见效，此意甚可忧！"④ 依朱子之意，功利比禅学更可忧，这显然是极力主张经济事业的颜元绝不能认同的，于是他很严厉地批评道：

　　朱子之道千年大行，使天下无一儒，无一才，无一苟定时，不愿效也。宋家老头巾群天下人才于静坐、读书中，以为千古独得之秘；指办干政事为粗豪，为俗吏；指经济生民为功利，为杂霸。究之，使五百年中平常人皆读讲《集注》，揣摩八股，走富贵利达之场；高旷人皆高谈静、敬；著书集文，贪从祀庙廷之典；莫谓唐、虞、三代之英，孔门贤众之士，世无一人、并汉、唐杰才亦不可得。是世间之德乃真乱矣，万有乃真空矣。⑤

　　其指斥程朱之学态度极为激烈，乃至不无偏执之嫌。

　　① 颜元：《习斋记余》卷六《阅张氏王学质疑评》，参见《颜元集》，中华书局，1987，第494页。
　　② 黎靖德编、王星贤点校：《朱子语类》卷一百二十一，中华书局，1986，第2917页。
　　③ 颜元：《朱子语类评》，参见《颜元集》，中华书局，1987，第249页。
　　④ 黎靖德编、王星贤点校：《朱子语类》卷一百二十三，中华书局，1986，第2967页。
　　⑤ 颜元：《朱子语类评》，参见《颜元集》，中华书局，198，第266–267页。

　　与颜李学派的态度不同，吴敬梓并不认为程朱之学与孔孟之道水火不容，而是将程朱之学视为诸儒解经之中可以"参看"的一家。《儒林外史》第三十四回里，杜少卿说："朱文公解经，自立一说，也是要后人与诸儒参看。而今丢了诸儒，只依朱注，这是后人固陋，与朱子不相干。"第四十九回里，武书也说："近来这些做举业的，泥定了朱注，越讲越不明白。四、五年前，天长杜少卿先生纂了一部《诗说》，引了些汉儒的说话，朋友们就都当作新闻。可见'学问'两个字，如今是不必讲的了！"杜少卿、武书的看法很能代表《儒林外史》的基本态度，即：唯程朱是尊不能归咎于程朱，只能怪后人的固陋。也就是说，吴敬梓在《儒林外史》里批评的主要是后人的拘执，而非责难程朱的不是；批评的主要是统治者唯程朱是尊的做法，而非对程朱之学自身进行攻诘。

　　如果将程、朱关于科举取士的言论与《儒林外史》对科举取士制度下读书人形象的塑造进行对照，便会发现二者之间有诸多相通之处。这也表明吴敬梓对待程朱之学持的是"参看"的态度。这首先体现在关注问题的角度上，如《儒林外史》主要关注的是科举制度下读书人的精神、道德及士风问题，而程朱关于科举取士的言论关注的也是科举取士对读书人的精神、道德及士风造成的影响。在一些具体看法上，吴敬梓在《儒林外史》里对有些人物形象的塑造所体现出的见识，也与程朱关于举业的言论极为一致。例如，《朱子语类》卷十三记有不少程朱说举业的言辞。朱熹认为科举对读书人最大的羁累在于举业妨志，他说："科举累人不浅，人多为此所夺。但有父母在，仰事俯育，不得不资于此，故不可不勉尔。其实甚夺人志。"有人向朱熹问学说"科举之业妨功"，他回道："程先生有言：'不恐妨功，惟恐夺志。'若一月之间著十日事举业，亦有二十日修学。若被他移了志，则更无医处矣！"他还说："以科举为为亲，而不为为己之学，只是无志。以举业为妨实学，不知曾妨饮食否，只是无志也。"① 程朱诸如此类的看法，是能够得到吴敬梓赞同的，《儒林外史》里的周进、范进等人正是被举业功名夺去了心志的典型，是作者所讽刺与同情的对象。但颜李不会对此表示认同，尤其举业"不恐妨功，惟恐夺志"之言，更会遭到重功业的颜、李的严厉批评。朱熹对士人只知追逐仕禄而不讲修身，以至被物欲扰乱于心也持批评的态度，他说："今人皆不能修身。方其为士，则役役求仕；既仕，则复患禄之不加。趋走奔驰，无一日闲。何如山林布衣之士，道义足于身。道义既足于身，则何物能婴之哉！"② 读书人汲汲于举业功名、仕禄富贵而不讲修身，不顾道德廉耻、孝悌信义，这也是《儒林外史》所尤为用心讽刺的。

　　朱熹还批评那些只将礼义廉耻、孝悌忠信作为题目里的说辞，而不将其真正放在心上、行在身上的人，他说："专做时文底人，他说底都是圣贤说话。且如说廉，他且会说得好；说义，他也会说得好。待他身做处，只自不廉，只自不义，缘他将

---

① 黎靖德编、王星贤点校：《朱子语类》卷十三，中华书局，1986，第246页。
② 黎靖德编、王星贤点校：《朱子语类》卷十三，中华书局，1986，第247-248页。

许多话只是就纸上说。廉，是题目上合说廉；义，是题目上合说义，都不关自家身己些子事。""圣贤千言万语，只是教人做人而已。前日科举之习，盖未尝不谈孝悌忠信，但用之非尔。"① 而在《儒林外史》里对这种读书人作者也是非常厌恶的，且看第三十四回高翰林说杜少卿的口气："诸公莫怪学生说，这少卿是他杜家第一个败类！他家祖上几十代行医，广积阴德，家里也挣了许多田产。到了他家殿元公，发达了去，虽做了几十年官，却不会寻一个钱来家。到他父亲，还有本事中个进士，做一任太守，已经是个呆子了：做官的时候，全不晓得敬重上司，只是一味希图着百姓说好；又逐日讲那些'敦孝悌，劝农桑'的呆话。这些话是教养题目文章里的词藻，他竟拿着当了真，惹得上司不喜欢，把个官弄掉了。"吴敬梓借高翰林为那些只图做官敛财，将"敦孝悌，劝农桑"之类视为教养题目文章里的词藻的读书人画像，正与朱熹之论有异曲之妙。

朱熹还认为读书人只要自己立志就能不被习气所污染："孔子曰：'不怨天，不尤人。'自是不当怨尤，要你做甚耶！伊川曰：'学者为气所胜，习所夺，只可责志。'正为此也。若志立，则无处无工夫，而何贫贱患难与夫夷狄之间哉！"② 因此，他主张读书人不能因为举业失却自己的志趣，而应当具有高远的见识，置得失利害于度外，真正地去读圣贤之书，学圣贤的为人："非是科举累人，自是人累科举。若高见远识之士，读圣贤之书，据吾所见而为文以应之，得失利害置之度外，虽日日应举，亦不累也。居今之世，使孔子复生，也不免应举，然岂能累孔子邪！自有天资不累于物，不须多用力以治之者。"③《朱子语类》卷一百七还记有一则朱熹规劝沉迷于举业功名的士子的故事：

> 寿昌因先生酒酣兴逸，遂请醉墨。先生为作大字韶国《师颂》一首，又作小字杜牧之《九日诗》一首，又作大字渊明《归田园居》一首。有举子亦乘便请之，先生曰："公既习举业，何事于此？"请之不已，亦为作渊明《阻风于规林》第二首。且云："但能参得此一诗透，则公今日所谓举业，与夫他日所谓功名富贵者，皆不必经心可也。"④

朱子此番言辞行事所显明的道理与主张，我们分明可以从《儒林外史》里虞博士、杜少卿等人身上感受到，这也正是吴敬梓所倡导的一种精神，即读书人在举业功名面前须出污泥而不染，不随波逐流，保持天怀淡定的心态，须读圣贤之书，悟圣贤的道理，学圣贤的为人。

---

① 黎靖德编、王星贤点校：《朱子语类》卷十三，中华书局，1986，第244、243页。
② 黎靖德编、王星贤点校：《朱子语类》卷十三，中华书局，1986，第246页。
③ 黎靖德编、王星贤点校：《朱子语类》卷十三，中华书局，1986，第246-247页。
④ 黎靖德编、王星贤点校：《朱子语类》卷一百七，中华书局，1986，第2676页。

　　显然可知，程、朱与吴敬梓都关注了科举取士对读书人精神、道德及士风造成的影响，在具体看法上也有诸多相通之处。如果说二者之间有什么区别的话，那也是很细微的：朱熹论科举夺志意在劝诫士人不能因举业而废学弃道、不讲道德廉耻；而吴敬梓意在倡导一种读书人应当有的精神与道德风貌，即读书人须维持做人的品格尊严，拥有高尚的道德情操，须做一个真儒、贤者、君子。程朱、吴敬梓的此番用心则不会被颜李看重，因为在颜李看来，人才的根本不在于精神的自立与道德的高尚，而在于强健的体魄与干济的才能。

　　总之，可以明确地说，吴敬梓对程朱之学并非持一味否定的态度，而是具有一种将其"与诸儒参看"的眼光。这是《儒林外史》与颜李学派在对待程朱之学态度上的根本区别。

二、颜李与《儒林外史》对待程朱之学的不同关注与指向

　　具体考察颜李学派与《儒林外史》对待程朱之学各自所关注的方面，可以更加清晰地理解二者之间的不同。具体言之，颜李学派主要从以下几方面批评程朱之学。

　　其一，批评程朱之学损圣道。颜李认为程、朱虽名为儒，却为佛、老所惑，好谈性道，徒事静坐，故而程朱之学不但非圣贤之道，而且有损圣贤之道。如颜元《存学编》卷三中说："朱子出，而气质之性参杂于荀、扬，静坐之学出入于佛、老，训诂繁于西汉，标榜溢于东京，礼乐之不明自若也，王道之不举自若也，人材之不兴自若也，佛之日昌而日炽自若也。实学不明，言虽精，书虽备，于世何功，于道何补！……有志于学者承袭其迹，以主敬静坐求道，不至尽奉释、道名号，与二家鼎峙而已。若问自周以来圣贤相传之道，则绝传久矣。"[①] 为佛、老所惑而损害圣贤之道显然是颜、李批评程朱之学的重要方面，但这一方面在《儒林外史》里是没有受到关注的，而且吴敬梓的其他著作里也没有关于程朱之学损害圣贤之道的看法。

　　其二，批评程朱之学误人才。颜、李认为程朱以读书、章句目儒业，徒事口笔纸墨，不事身习，极误人才。如"居敬穷理"是程朱治学非常重要的方面，颜元则在《存学编》卷二批评"居敬穷理"乃是徒有其文，讥刺它对成就人才丝毫无益，认为"穷理居敬"四字正是程、朱诸先生所以自欺而自误者。颜元还指斥朱子必欲人读天下许多书，是将道全看在书上，将学全看在读上，实乃大谬。《朱子语类评》第八则就批评说："先生辈舍生尽死，在思、读、讲、著四字上做工夫，全忘却尧、舜三事、六府，周、孔六德、六行、六艺，不肯去学，不肯去习，那从讨'庸德之行'，那从讨'终日乾乾，反复道也'，千余年来率天下入故纸中，耗尽身心气力，

---

　　① 颜元：《存学编》卷三《性理评》，参见《颜元集》，中华书局，1987，第76页。

做弱人病人无用人，皆晦庵为之也！"① 他认为读书只是孔门致知之一事，其实致知有更多事须做，如诗书六艺、兵农水火等，且重要的不是读而是行，所谓"心中醒，口中说，纸上作，不从身上习过，皆无用也"②。颜元不仅批评程朱治学自误误人，还批评其对人才的阻挠。《习斋记余》卷六说："文忠之中夜三起，与晦翁之闻警大哭，皆可谓忠愤，而卒不能为国家发一矢，殪一虏也，非学术误之乎！……卒偕三、五书生，优游朝堂，偷安自娱，作太平无事士夫样……心目中并不见汴京亡，二帝虏，方尽力与热心干国之宰相为敌，方忌妒得军心之大将而阻其任用……即如朱子终日著述静坐，见一谈中兴之陈同甫便断绝之，而言上表谏和议，志复仇也，有此理乎？"③ 因此，他不无愤激地说："道学所厌，便是人才。"④

在颜李看来，误人才的最严重后果是祸天下，所以他们对程朱之学误社稷、害民命的批评亦不遗余力。颜元即认为程朱之学给人才造成的一个极其严重的影响就是教读书人徒事学术，极少留心天运、国祚，使得国无干济之才，终致天下溃弱。如《存学编》卷二说："朱子重文轻武不自觉处。其遗风至今日，衣冠之士羞与武夫齿，秀才挟弓矢出，乡人皆惊，甚至子弟骑射武装，父兄便以不才目之。长此不返，四海溃弱，何有已时乎？"⑤《朱子语类评》第一百二十则也批评说："惟先生辈以佛氏之实，灭圣人之业，而我中夏之学术尽亡，无由成人才，而一切乃真空矣……故曰，宋儒为金、辽、元、夏之功臣。"⑥ 误人才，祸天下，这是颜、李学派批评程朱之学尤为用力之处，但《儒林外史》里也没有涉及这一方面。

其三，批评程朱之学违逆人情。程、朱之学中与人性、人情相关而又最遭人诟病的主张应该是"存天理"、"灭人欲"了。但实际上，"存天理"、"灭人欲"是程、朱在当时的社会政治情势下为重建儒学而提出的一个重要命题，原本缘于其深沉的忧患意识和济世情怀。如果不是抽象地看待它，而是放在具体的时代背景下，并在具体的文本语境中仔细考察其"天理"、"人欲"之辨，不难发现，就朱子的本意而言，"存天理"、"灭人欲"并不是什么灭绝人性、不通人情的东西，而是有其特定的意义和价值的。但也毋庸讳言，朱子的"存天理"、"灭人欲"之论的确存在着极易演变为违逆人情、人性之教义的可能，以颜、李与吴敬梓对程朱之学的看法为参照，其中有两个方面尤其值得注意。

一方面，程朱之学存在被改造成"忍而残"之礼教的内在依据。程朱有许多"天理"、"人欲"之辨的言论，但对于很多具体物事来说，究竟何为"天理"、何

---

① 颜元：《朱子语类评》，参见《颜元集》，中华书局，1987，第 250 – 251 页。
② 颜元：《存学编》卷二《性理评》，参见《颜元集》，中华书局，1987 年版，第 56 页。
③ 颜元：《习斋记余》卷六，参见《颜元集》，中华书局，1987，第 488 页。
④ 颜元：《朱子语类评》第二百二十则，参见《颜元集》，中华书局，1987，第 305 页。
⑤ 颜元：《存学编》卷二《性理评》，参见《颜元集》，中华书局，1987，第 58 页。
⑥ 颜元：《朱子语类评》，参见《颜元集》，中华书局，1987，第 281 – 282 页。

为"人欲"仍是很难把握的问题，朱子提出的一个办法就是定出些规矩教人可以凭据。如《朱子语类》卷四十二说："礼谓之天理之节文者，盖天下皆有当然之理。今复礼，便是天理。但此理无形无影，故作此理文，画出一个天理与人看，教有规矩可以凭据，故谓之天理之节文。有君臣，便有事君底节文；有父子，便有事父底节文。夫妇长幼朋友，莫不皆然，其实皆天理也。"① 在这里，朱子认为"复礼"即是"天理"，但此"天理"无形无影，必须有人制作出来立为规矩，才可以让人有所凭据。如此一来，当有天下者把程朱理学拿来作为维护其统治的思想基础时，他们就可以将有利于加强专制制度和集权政治、有利于控制思想和驯化奴仆的东西规定为"天理"，而这种规定的"合理"、"合法"的依据从程朱之学内部就可以找到。明清时的礼教就是这样在程朱理学的基础上建立起来的：统治者从程朱之学那里随心所欲地寻章摘句，抽出一些他们认可的东西，遮蔽他们不能认可的东西，制定出礼教教义，说这就是"天理"，是"圣贤之道"。然后凭借威权采取各种手段向全社会灌输，诱迫全社会尊奉它。这种情势造成的一个后果就是明清时期畸形崇尚孝子节妇、忠臣义烈的风气，也驯化出一批对理学和礼教极度虔诚的读书人。吴敬梓笔下的王玉辉父女就是明清统治者极度奉行理学与礼教所造成的牺牲品，吴敬梓也主要是从这个方面进行反思的，当然，不能说其反思不指向明清理学和礼教，但其主要的指向却是明清统治者及其驯化出的笃信理学和礼教的读书人。

这里值得一提的是，吴敬梓与颜、李对待烈妇殉夫之事的出发点和根本态度之差别，还没有引起学者的注意。由《儒林外史》对王玉辉父女形象的塑造可知，吴敬梓对烈妇殉夫这样的事是极不赞同的，对这种风气是十分痛惜的。但颜元却很推崇烈妇殉夫之事。《习斋记余》卷一《烈香集序》及卷五《二烈妇传》皆提及顺治间满城范氏以未醮女殉夫事，并对其赞颂有加。据李塨《颜习斋先生年谱》卷上载，颜元四十五岁时曾吊蠡县殉夫徐烈妇。其友人贾吟庵辑蠡人赞徐烈妇之诗为《烈香集》，《烈香集序》即是颜元为此集所作之序。序中之语有一个颇耐人寻味的地方：人们通常将烈妇殉夫同基于程朱之学的明清理学与礼教杀人吃人联系起来，颜元却显然不乐意把烈妇殉夫同程朱之学并论，在他看来，忠臣、孝子尚有因出于名心而为之者，惟有节妇、烈妇非感非激，多出于自己的真心，故而节妇、烈妇比忠臣、孝子之行更可赞颂。所以他称颂烈妇虽死于一旦却可生于千古，对烈妇之风极尽赞誉之辞，称其能"动人心之生理，起宇宙之生气"，并大倡烈妇之风以肃闺门、起朝野、振风俗，所谓："使天下之妇女闻烈妇之风，而皆生尽妇道，死不负夫，则闺门皆虞、夏矣；使天下之臣子，闻烈妇之风，而皆生尽臣子道，死不负君父，则朝野皆虞、夏矣；使天下之兄弟朋友，闻烈妇之风而皆生尽兄弟朋友道，死不相负，则风俗无地不虞、夏矣。"② 当学者们以王玉辉父女之事发明吴敬梓反对

① 黎靖德编、王星贤点校：《朱子语类》卷四十二，中华书局，1986，第1079页。
② 颜元：《习斋记余》卷一《烈香集序》，参见《颜元集》，中华书局，1987，第410页。

程朱理学的意义，并以之为例称吴敬梓反对程朱也是其受到颜李学说影响的一个表现时，应该没有考虑到颜、李与吴敬梓在对待烈女殉夫之风的看法与态度上的巨大差别吧。

另一方面，程朱之学欲将人变成革尽"人欲"、唯存"天理"的道学之人，还为此专门制作了一些不合宜人情的繁缛礼仪让人遵行。可以说，朱子的"遏人欲而存天理"指向的是一种很高的道德境界，为了达到这样的道德境界，他主张人的"一语一默，一饮一食"① 都要讲个"天理"、"人欲"，须"尽夫天理之极，而无一毫人欲之私"②，以止于至善。为此，朱子还亲自制作了一些礼仪规范，如《文公家礼》就对冠礼、婚礼、丧礼、葬礼、祭礼等都做了详尽的规定。将人的一切言行甚至所思所想都纳入"天理"、"人欲"，连行住坐卧也都要分出"天理"、"人欲"，然后再革尽人欲，复尽天理，这是常人很难做到的，甚至圣贤君子要做到也很不容易。朱子自己就明确意识到了这一点，他说："以理言，则正之胜邪，天理之胜人欲，甚易。而邪之胜正，人欲之胜天理，若甚难。以事言，则正之胜邪，天理之胜人欲，甚难。而邪之胜正，人欲之胜天理，却甚易。正如人参正气稍不足，邪便得以干之矣。"③ 朱子将"天理"、"人欲"如此泛化，试图将人变成革尽"人欲"、唯存"天理"的道学圣人，这会对人的身心造成严重的摧残。颜、李正是立足于这个方面来对程朱之学展开批评乃至攻诘的。尤其颜元多次说过，他就是以此为起点，开始对程朱进行反思并"故开一派"④ 以与之相角的。颜元《存性编》卷二《妄见图》、李塨作《颜习斋先生年谱》卷上都告诉我们，颜元三十四岁时居祖母丧——式遵《文公家礼》，发觉依其行丧祭礼不仅违逆性情而且伤人体魄，不合古礼，自此悟得周公之六德、六行、六艺，孔子之四教才是正学，而静坐读书，乃程、朱、陆、王为禅学、俗学所浸淫，实非正务。⑤《儒林外史》对待《文公家礼》则是另一种情形。第三十七回，作者于虞育德、庄绍光、马二先生众人致祭泰伯祠的礼仪过程写来不厌其烦，而且还特意写了百姓扶老携幼欢声雷动的观礼盛况，还有七八十岁的老人也说从不曾见过这样的礼体。吴敬梓对这番礼体无疑是赞叹有加的。而这番礼体则主要来自《文公家礼》，黄小田即在祭礼一段文字结束处批云："此段看似繁重，其实皆文公家礼，吾乡丧祭礼所常用者也。足见作者相体裁衣斟酌尽善，盖非此不足称大祭。"⑥ 据此可以说，吴敬梓对《文公家礼》是认同和赞许的。

---

① 黎靖德编、王星贤点校：《朱子语类》卷四十二，中华书局，1986，第 1079 页。
② 朱熹：《大学章句》，参见《四书章句集注》，中华书局，1983，第 3 页。
③ 黎靖德编、王星贤点校：《朱子语类》卷五十九，中华书局，1986，第 1417 页。
④ 颜元：《习斋记余》卷六《王学质疑跋》，参见《颜元集》，中华书局，1987，第 497 页。
⑤ 参见李塨著：《颜习斋先生年谱》卷上，《颜元集》，中华书局，1987，第 725－726 页。
⑥ 参见李汉秋辑校：《儒林外史汇校汇评本》，上海古籍出版社，1999，第 461 页。

　　吴敬梓与颜李学派虽然都对程朱之学或明清理学与礼教违逆人情这一点进行了关注，但他们关注的侧重点不同。吴敬梓关注的是基于程朱之学的明清理学与礼教无视人的生命以致显出"忍而残"的一面，最终要表明的是这样一个意思：读书人面对理学与礼教时，不能盲目遵奉，应当有自己的思考，否则就会成为理学与礼教杀人的帮凶；颜李学派关注的是程朱之静坐性理等的违性情、伤人身、毁人才。二者在某些具体问题上的看法更是迥然相对：《儒林外史》里认为不合人情的烈妇殉夫；颜、李却认为其乃出于真心，烈妇之风大可提倡；而成为颜李离弃、批评程朱之起点的《文公家礼》却是《儒林外史》所赞许和认同的。

三、结　语

　　通过以上考察可知，吴敬梓与颜、李对待程朱之学有诸多截然的分别：其一，二者的态度有别。《儒林外史》对程朱之学持的是"参看"的态度，既不一味尊奉也不一味拒斥；颜李则极力攻诘程朱之学，称程朱之学根本不是儒家的正派，而是浊流，欲将其从儒家中驱除出去。可以说，颜李的态度是激烈的，不能容忍程朱；《儒林外史》的态度是理性的，重在告诫人们不能唯程朱是尊。其二，二者关注的内容不同。吴敬梓关注的是统治者奉行基于程朱之学的明清理学与礼教所造成的违逆人性的社会风气，尤其关注唯程朱是尊对读书人精神造成的损害；颜李关注的是程朱之学对圣贤之道的损害，尤其关注其对人才的伤害。其在一些具体问题如烈妇殉夫、《文公家礼》上的看法更是互为反对。其三，二者的指向不同。《儒林外史》指向的是后人的固陋，在吴敬梓看来，程朱只是解经诸儒中的一家，不能唯其独尊，后人不加思考辨别，盲目推尊程朱，那是后人固陋不堪，怪不得程朱，程朱之学实际上也有诸多可取之处；颜李指向的则是程朱之学自身，他们认为如果不对程朱之学做彻底的清除，它还会继续害圣道、误人才、祸天下。基于此，如果从《儒林外史》的立场看颜李学派，吴敬梓很难赞同颜李对待程朱之学的看法与态度。

《红楼梦》叙述艺境的当代理论阐释：
一种比较诗学路径

北京外国语大学中文学院　张洪波

　　《红楼梦》研究的当代推进，目前面临一个具有迫切现实意义的问题：如何结合当今西学东渐、传统转型中的中国小说理论建设语境，来深入研究和阐发《红楼梦》这一小说"神品"的叙述艺术价值与当代理论意义？

　　从比较诗学视阈来看小说研究，不难发现西方小说经典阐释与小说理论创立之间，往往存在着一种发人深省的关联，西方许多重要的小说理论学说的创立，都离不开对小说经典作品文本的精细解读和深入阐释——法国叙述学研究的领军人物热拉尔·热奈特的《叙事话语》，是以普鲁斯特的名作《追忆逝水流年》为文本分析基础的；俄国文学理论家巴赫金的"小说复调理论"，是针对陀思妥耶夫斯基小说的艺术特征而论的；美国比较文学学者约瑟夫·弗兰克的"小说空间叙述形式"理论，也是建立在对乔伊斯名作《尤利西斯》的文本分析基础之上的。由此可见，小说经典作品中精深丰富充满生机的意蕴"召唤框架"，始终为小说理论之创新论说的发生和发展，提供着源泉与动力；有鉴于此，笔者认为，很有必要将《红楼梦》叙述观念之理论阐释问题，与中国小说理论的传统转型与当代建设的现实要求密切结合起来看。应该深入追问：《红楼梦》既为中国古典小说艺术的制高点，其博大精深的思想艺术价值所具有的普遍性、世界性意义在哪里？《红楼梦》之思想艺术观念，是否可能、怎样才能与西方繁盛发达的小说作品与小说理论之间进行切实有效而非浮泛空洞的"对话"与比照？对《红楼梦》这部中国小说"神品"之叙述观念的深入研究和系统阐发，对于我国小说理论的传统转型与现代化建设，有什么启示意义？

　　笔者认为，回答以上问题的第一步，便意味着《红楼梦》之研究模式由"传统"范畴向"现代"范畴的转换——《红楼梦》叙述观念中所蕴藏的小说艺术精神，并非僵化凝固、定格于"历史"之中的"文物"，而是鲜活常新、富有生命力的艺术精魂，所以光从"传统终结"的角度来仰视《红楼梦》之思想艺术高度是不够的，我们还应更进一步来阐发和激活它的理论意义和"现代"价值。

一、《红楼梦》叙述艺术之现代意义

不少前辈学者已经从中西小说艺术成就相互比较的角度，肯定了《红楼梦》叙述艺术的"近代性"、"现代性"和世界意义。比如夏志清在其《中国古典小说导论》中指出：

假如我们采用小说的现代定义，认为中国小说是不同于史诗、历史纪事和传奇（romance）的一种叙事形式，那么我们可以说，中国小说仅在一部18世纪的作品中才找到这种形式的真正身份，而这部书恰巧就是这种叙事形式的杰作。尽管《红楼梦》在形式和文体方面仍是折衷的，但从它的注重人情世故，从它对置身于实际社会背景上的人物的心理描写来看，它在艺术上即使不领同世纪西方小说之先，也与其并驾齐驱。①

此处夏志清已将《红楼梦》称为完全区分，独立于史诗、史书与传奇的小说"现代"叙事形式之"杰作"，更肯定它在"人情世故"的刻画、在富于现实深度的人物心理描写方面的艺术成就，与西方同期小说相比甚至更胜一筹；如果说夏志清的上述批评视野还仅限于将《红楼梦》与"同世纪西方小说"进行"并驾齐驱"的比较的话，那么捷克的中国文学研究家普实克就进一步指出："十八世纪是中国小说发展的繁荣时代。将来，我们也许会得出这样的结论，中国小说的发展比同时期欧洲小说的发展更具突破性，或者至少在其性质上更加深刻"；在此基础上他提出"更加值得注意的是曹雪芹的成就"，并这样高度评价曹雪芹的《红楼梦》：

……小说试图说明人生哲理，其中涉及他本人以及整个人类的命运。他结合本人生活经历对那时生活所作的细腻的、客观的描写是当时任何文学作品都无法比拟的……作家需要有极高的才华方能取得这样的艺术成就，它为文学作品描写个人及社会经历开辟了一个全新的领域。这个领域直至很晚才为欧洲文学家所掌握，而且没有取得曹雪芹那样大的成功。②

此处普实克更进一步明确肯定《红楼梦》在描写个人及社会经历方面为文学作品"开辟了一个全新的领域"，它所取得的艺术成就即使以欧洲文学与小说的标准来衡量，也是遥遥领先、难以企及的。

---

① 夏志清：《中国古典小说导论》，安徽文艺出版社，1988，第14页。
② 【捷】雅罗斯拉夫·普实克著、李燕乔等译：《普实克中国现代文学论文集》，湖南文艺出版社，1987，第122－123页。

吴宓在他的比较文学名篇《〈红楼梦〉新谈》中，借鉴西方小说艺术批评尺度，具体评析和论证了《红楼梦》在小说艺术方面"诸美皆备"，较之西方小说亦"尚觉佳胜"：

> 《石头记》（俗称《红楼梦》）为中国小说一杰作。其入人之深，构思之精，行文之妙，即求之西国小说中，亦罕见其匹。西国小说，佳者固千百，各有所长，然如《石头记》之广博精到，诸美皆备者，实属寥寥……自吾读西国小说，而益重《石头记》。若以西国文学之格律衡《石头记》，处处合拍，且尚觉佳胜。盖文章美术之优劣短长，本只一理，中西无异。①

已有诸多论述雄辩地说明：若以西方文学与小说创作与理论史上的"近代性"尺度来衡量，便会发现西方近代文学诸种"主义"和思潮中的重要思想艺术元素，皆能在《红楼梦》的叙述艺境中寻找到细致的呼应，以《红楼梦》叙述艺术之复杂精妙，与西方小说名家如巴尔扎克、托尔斯泰、简·奥斯汀等人的作品相比尚觉佳胜②；但《红楼梦》却仍然洋溢着不与西方任何一种"主义"完全重叠和等同的浓厚的"中国风格"。

不仅如此，若进一步深入分析，我们还将看到：若以西方小说的"现代性"尺度来衡量《红楼梦》，将《红楼梦》叙述艺境之错综与浑融、反讽与张力、象征与寓意等等思想艺术特征，与陀思妥耶夫斯基、乔伊斯、普鲁斯特、卡夫卡等 20 世纪西方现代小说家的代表作相比，便能发现《红楼梦》在思想深度与艺术创意方面，与这些西方现代小说经典之间存在着更多的丰富而微妙的呼应；《红楼梦》这种既具有"现代性"又极富"中国风格"的叙述艺术特征，在于小说整体叙述中所呈现出的融复调性与有机性于一身、既错综又浑融的叙述"事体"当中——《红楼梦》中千丝万缕、千头万绪、错综复杂的人与事，经由作者鬼斧神工般的叙述，融汇而成一个气象万千、周流不息、整体浑成的叙述"事体"。

为了深入探索蕴藏在《红楼梦》整个叙述"事体"当中的叙述匠心，本文拟从当代西方繁盛发达的小说叙述理论中，选取相应的论说作为参考和比照，来阐发《红楼梦》深奥的叙述艺境。由于这是联系中西不同文化间的理论与作品进行论述，所以在研究入思的角度和理论应用的边界方面，应该首先思考二者间的"可比性"

---

① 吴宓于 1920 年发表的《〈红楼梦〉新谈》是比较文学的名篇，他在文中借鉴哈佛大学教授麦戈耐狄尔（G. H. Magnadier）分析菲尔丁小说《汤姆·琼斯》时提出的小说理论，指出《红楼梦》完全具备了优秀小说的六大特色：第一，宗旨正大；第二，范围宽广；第三，结构谨严；第四，事实繁多；第五，情景逼真；第六，人物生动。入《中国比较文学研究资料 1919—1949》，北京大学出版社，1989，第 306 页。

② 参阅李辰冬《红楼梦研究》（正中书局，1942，第五章）及宋淇《红楼梦识要》（中国书店，2000，第 7–10 页）中有关论述。

意义，并谨慎把握比较研究的分寸与限度；只有从学理根源上面对困难、清理障碍、廓清视野、打扫出可以就共同主题进行有效对话的、灵活开放、充满活力的研究平台，才能使双方的比较不流于牵强扭合，真正实现比较双方的互相照亮。

二、《红楼梦》叙述理论阐释的困难与可能

在《红楼梦》叙述艺境的理论阐释方面，本文首先遭遇到两方面的困难：一方面，是我国文学、小说理论研究在《红楼梦》这样博大精深、充满活力和超前性新意的小说杰作面前，往往显示出难以相称的局限、老套、滞后与薄弱；另一方面，则是西方理论移用于中国小说语境时产生的种种不相适应的文化隔膜。

我国传统的小说阅读与阐释习惯上重评点、重感悟，以批评而非以理论见长，一般来说是即兴式、随感式的思想火花，其间虽然也蕴含着丰富的理论元素，但其细致、灵活却又是点缀、零散的形式，决定了它不能作层次深入且能见大体的理论提升和系统概括。对于《红楼梦》这样融数千年传统文化、文学、小说之精华于一炉的艺术巅峰之作，它"一览众山小"的杰出地位，已然超越了我国原有的传统小说观念框架，传统的小说评点虽然可以到《红楼梦》的字里行间去体会其小处、局部的精妙，但就小说作品大局之深度分析与整体会通而言，则力不能及，难以望其项背，难以真正全面到位地探索和阐发《红楼梦》中至广至深的艺术奥妙。

就当今国内对《红楼梦》的小说理论阐释而言，面对《红楼梦》这种深厚而又超前的小说艺境高度，已成熟套的"形象塑造"、"性格刻画"、"心理描写"等固有研究模式不能够完全对应《红楼梦》的艺术品位[①]，甚至往往在无形中消解、俗化了《红楼梦》的艺术品位，这就好像用一般小家碧玉的标准去描述、称赞一位国色天香的美人，评价的标准定位不当，大前提错了，理论工具"不伏手"，那么在研究中无论怎样使劲也总觉得别扭，难以摆脱盲人摸象、先天不足的格局，也就分析不出真正的"好"。

杰出的作品酝酿、培养、启示、召唤着杰出的理论。在西方，陀思妥耶夫斯基的小说催生了巴赫金的小说"复调"理论；在中国，辉煌灿烂的《红楼梦》寂寞鼎立了二百多年，但就《红楼梦》小说理论研究方面的整体成果而言，目前对《红楼梦》作品的思想艺术价值所作的全面、深入的理论探索还很不够，尚未对其

---

① 周汝昌曾在其《红楼艺术》一书自序中慨叹："谈《红楼》艺术，也是近年来时兴的题目。在这方面，似乎是从'形象塑造'、'性格刻画'、'心理描写'、'语言运用'等等上开讲的很多，或者'审美意识特征'等类的理论文章也不少……雪芹这位才人情人（即情痴情种之人）……其才之与情，如何交会而发为异彩奇辉，确实不能总是停留在"形象"、"性格"等等流行的小说文艺理论的几点概念上而无涉于中华文化传统精华的地步上，满足于一般性的常闻习见的熟论之中。"见《红楼艺术》，人民文学出版社1995年第1版自序，第1-2页。

中丰富精深而充满活力的小说艺术、理论矿藏进行系统深入的挖掘、整理与分析，这使得《红楼梦》研究领域中，小说理论一维的研究显得相对贫乏、薄弱、零散，这不能不说是对杰作的某种程度上的辜负；这同时也说明，中国小说理论研究领域由于历史的原因，长期以来形成了一种贵远贱近、偏重西学的倾向，也就无形中导致对"本地风光"中精深博大的理论矿藏的错失与遮蔽。

总的说来，就目前《红楼梦》的小说理论阐释现状来看，小说作品内涵的精深丰富与小说理论阐释的相对贫弱、难见大体之间的巨大差距，使我们切实感受到，在"没有理论的历史"与"无力解释文学史的、过分简单化的理论"之间，确实存在着亟待填平的"鸿沟"①；为了尽快填补和加强我国小说理论的建设，西方悠久发达的文学理论与小说理论研究所积累的理论优势，自然就成为我国的小说理论研究可资借鉴和参考的重要资源。

但是，本土理论的滞后与薄弱，并不能由异域理论的简单"拿来"填充；西方的理论资源可供参照，却不可简单挪用；我们还须仔细面对西方理论应用于中国小说研究时所产生的种种隔膜与"排异"现象；况且西方的小说研究理论并非铁板一块，也有它漫长的发展阶段和多种多样的学说观点，所以每一个具体的西方理论命题，都有其深厚的文化背景、特定的理论"标尺"、立论前提和术语系统。若不加分析地照搬和套用，无形中就意味着对异域标准的无条件默认，同时也就导致了对本土血缘的无视、贬抑与遮蔽。遮蔽并不能取消本土特征的真实存在，也无益于实质问题的真正解决。无视小说发展的"中国特色"，也就无法解决小说发展的"中国问题"。

比如，当我们谈论小说的"现代高格调"之时，我们所谓的小说"现代性"，其实往往是以西方背景和西方标准来衡量的。一如夏志清所明确指出的：

　　小说的现代读者是在福楼拜与亨利·詹姆斯的实践与理论影响下成长起来的：他期望得到一个首尾一贯的观点，一个由独具匠心的艺术大师构想设计出来的对人生的一致印象，以及一种完全与作者对待其题材的情感态度相谐和的独特的风格；他厌恶作者的公然说教和枝节话，厌恶作品杂乱无章的结构以及分散他注意力的其他种种笨拙的表现方式。不过，在欧洲，有意识地把小说当作一种艺术，无疑也是近代才有的事情，我们不能指望中国的白话小说以其脱胎于说书人的低微出身能满足现代高格调的欣赏口味。②

按照这样的小说"现代"标准——观点统一性，小说家主宰全局的协调性，不容开叉笔等等，来衡量包括《红楼梦》在内的中国古典小说，往往会觉得处处

---

① 参见华莱士·马丁：《当代叙事学》，北京大学出版社，第23页。

② 夏志清：《中国古典小说导论》，安徽文艺出版社，1988，第6页。

"碍眼"、处处不合"式"——所以胡适评《红楼》，称之为"平淡无奇的自然主义小说"，且始终认为它算不上一部好小说，因为它没有一个 plot（有始有终的故事）①；另外，陈寅恪也说《红楼梦》的结构颇"可议"，"远不如西洋小说之精密"，反而认为《儿女英雄传》"结构精密，颇有系统，转胜于曹书"，可见他心目中的小说"结构"和"系统"观，也是西洋标准，即小说应该"叙述有重点中心"、"不枝蔓"、"无夹杂骈枝等病"②——其实胡适和陈寅恪的评价标准，他们心目中那个衡量小说"现代"水平的"模子"，只是依据西方 19 世纪长篇小说这一特定的历史范畴而度身定做出来的；而此后，以乔伊斯、普鲁斯特、陀思妥耶夫斯基为代表的 20 世纪西方小说创作中，已经力求打破线性结构、淡化叙述情节、变换叙述视角，努力打破小说叙述结构的"时间形式"而开拓"空间形式"……这说明当代西方小说家的创作，早已经在全面反思之后，完全突破了 19 世纪形成的小说思维模式，取得了更丰富也更"现代"的小说艺术创新成就。

而更重要的是，早在 20 世纪初，以巴赫金为代表的西方文学理论家，已开始对长篇小说这门"雄浑老成的艺术"（卢卡奇语）进行理论沉思，从对拉伯雷、陀思妥耶夫斯基等小说家的长篇杰作的阐释中，发展出复杂精深的长篇小说理论，提出了"对话"理论、"复调"理论与"叙述时空体"理论③；此后，捷克小说家米兰·昆德拉更以丰富的小说创作来探索和实践他有关长篇小说结构的"复调"构想和勘探"人类存在境况"的诉求④；同时在美国，普林斯顿大学比较文学教授约瑟夫·弗兰克继承了巴赫金和什克洛夫斯基文学理论的革新成就，并将之发展到了一个新的阶段，于 1945 年首次系统地提出了"小说空间形式"的理论，初步建立起了一个新的小说理论的范型⑤。

不过，这些西方小说理论家自己也承认，他们有关长篇小说之"复调"性与"时空体"的理论构想，是在对既有小说作品分析基础上的"理论拔高"，其论说在很大程度上还仅停留在理想化、抽象化的理论预设阶段——统观西方的小说创作，尚未找到充分具备复调性、对话性之"时空体"特点、具备充满动态和有机性的"叙述空间形式"、能够完美配合和体现所有这些理论构想的长篇小说作品——巴赫金的小说"时空体"理论，很大程度上尚处于抽象的理论构设阶段；而从米兰·昆德拉所作小说中鲜明的哲学主题词、从阿兰·罗伯-格里耶有关"新小说"

① 参见唐德刚：《海外读红楼》，收录于《中外学者论红楼——哈尔滨国际红楼梦研讨会论文选》，北方文艺出版社，1989，第 457 页；

② 参见陈寅恪：《论再生缘》，见《寒柳堂集》，上海古籍出版社，1980，第 60 页；又参见刘克敌论文：《陈寅恪苛评红楼梦》。

③ 参阅【俄】巴赫金：《巴赫金全集》第三卷，小说理论。河北教育出版社，1998。

④ 参阅【捷】米兰·昆德拉：《小说的艺术》，三联书店，1992。

⑤ 参阅【美】约瑟夫·弗兰克：《现代小说中的空间形式》，北京大学出版社，1991。

的理念说明往往比其小说创作更为清晰有力①、及从博尔赫斯小说浓厚的抽象思辨色彩来看②，这些西方现代作家们的小说作品中的"创新意识"，似乎都存在着某种浓厚的"观念先行"特征。

论述到这里，我们已经看到，在西方现代小说世界，是小说研究家（甚至小说作家本身）理论的阐发与构想相对发达，而能够完美体现其理论创新构想的小说创作跟进则显得相对不足；而反观中国小说领域，具体就明清小说研究而言，面对成就辉煌的"四大奇书"与《红楼梦》等长篇杰作，往往是感评、考据类研究较多，而关于中国长篇小说之叙述思想艺术的深度阐释与理论构设方面则显得相对"失语"与滞后③；那么，有没有可能、如何可能引西方理论之"石"来攻中国小说之"玉"，使西方发达的小说理论与中国杰出的小说作品之间进行有效对话呢？西方复杂精深的长篇小说理论如"时空体"说、"复调"说等等，与中国超前性的小说杰作如《红楼梦》，是否可以在某个共同的话题下，在某个弹性、开放的比较研究平台上相遇，达到某种程度上的互证、互识、相互激活与相互照亮呢？

如何选择可使双方走向有效对话的共同话题，也就成为在西方理论与中国作品之间进行相互阐发的比较研究是否切实可行的关键问题。

三、探寻共同的理论对话空间

西方繁盛发达的叙述学研究及其他小说理论流派众多、术语各异，如若不加判别，囫囵吞枣似的任意裁取、摘用、拼凑众多流派中的各种术语（如"叙述者"、"叙述人称"、"叙述情节"、"叙述结构"、"叙述聚焦"等），或简单袭用某种研究思路（如"线性时间"观、"连贯情节"观等）来分析与西方完全不同的中国叙述文化源流中的《红楼梦》叙述文本，理论和作品之间就会出现种种生硬搬套、牵强扭合的隔膜和曲解。因此，只有首先为中西叙述观念寻找出可以进行共时性对话的共同话题，然后从此话题出发，对以《红楼梦》为代表的中国小说叙述观念进行重新梳理，并联系西方叙述理论不同的学理背景与细致语境，仔细比照和辨析其中的相应和相异之处，这样或许可以使本土小说经典阐释与西方小说理论之间的对话获得实质性的进展，实现某种程度上的双方"照亮"。

笔者认为，小说叙述的"时/空"维度，可以为中西各自的丰富叙述观念提供

---

① 参阅【法】阿兰·罗伯-格里耶：《快照集·为了一种新小说》，湖南美术出版社，2001。

② 参阅【阿根廷】博尔赫斯：《博尔赫斯文集》小说卷，海南国际新闻出版中心，1996。

③ 王国维在《论新学语之输入》一文（1905）中，曾分析过中西"学语"的不同特色，他认为西方学术思维"长于抽象而精于分类"，然而"抽象之过往往泥于名而远于实"——有"名"而无"实"；而中国文学思维则往往长于形象而短于分析，重实践而轻理论，因此我国传统文学批评常"概用其实而不知其名，其实亦遂漠然无所依"——有"实"而无"名"。

一种能够相互涵容的、弹性开放的、充满活力的对话空间。

考虑到一切人类生存，皆为"时空"之中的存在；一切人类经验，皆为"时空"之中的"经验"——而"叙事"，就是作者通过"讲故事"的方式，把人生经验的本质和意义传示给他人，更具体一点说，其实就是"依据从经验世界中获知的时间与空间模式来对人类行为进行模仿"①——所以无论中西的小说叙述，都离不开"时间"与"空间"这两个最基本的叙述维度；不过，人类经验世界中的"时间"与"空间"密不可分，既广漠无限、又具体而微；而中国经验世界中的"时空"思维模式与西方经验世界中的"时空"思维模式各不相同，各有特色；而中西丰富多样的小说创作与理论，皆不能不受到传统的"时空"叙述思维模式的影响，并以具体而特定的方式，表现各自关于叙述"时间"与叙述"空间"方面的独特认识与创意。

在此意义上笔者认为，《红楼梦》中丰富精深而充满生机的"事体"观念，与西方有关长篇小说的"时空体"叙述观念，二者具有颇为相当的理论对应性，双方在叙述"时空"这一共同话题下的相遇和比照，可以有效激发自身及对方的理论阐释活力，为各自提供开阔的、充满建设性的作品实践和理论阐释空间；因此本文拟构设"事体"与"时空体"相互照亮的比较研究平台，从此出发来清理、分析和阐释《红楼梦》中叙述层面、视角、距离，与叙述时序、情节、节奏及叙述结构、话语、人物、情境等各种叙述理论元素，在长篇小说之叙述时空统一体中错综而又浑融的互动生成关系。

在叙述"时空体"与"事体"的研究平台上反观中国古典小说巅峰之作《红楼梦》，本文发现，《红楼梦》的叙述时空，实际是一个生生不息、不可分割的有机性、生态性"事体"——《红楼梦》的叙述"空间"，是多重贯通、周流不息的动态空间；《红楼梦》的叙述"时间"，是多元互动、整体推移的复调时间；全面地看，《红楼梦》错综而又浑融的叙述时空统一体，恰恰是对西方小说理论有关长篇小说的"复调"性、"对话性"与"时空体"理论构想的创作体现与最佳实践，同时还为西方理论的检验和修正，提出了新问题、新启示；而此中最富意味的是，《红楼梦》完全是在未受西方理论影响的中国语境下诞生的，可是却奇妙地、异曲同工地、和而不同地体现、呼应着最深奥复杂的西方现代小说理论构想；因此可以说，在"时空"叙述维度的基本比照之下，《红楼梦》以它极丰富的思想艺术意蕴深度，为西方理论提供了可以实践、检验、修正其理论构想的、充满活力的小说创作空间；而西方多种小说叙述理论则以其严密、精深、系统的逻辑思辨力度，为

---

① Andrew H. Plaks（浦安迪）："fictional narrative consists in the mimesis of human action in accordance with temporal and spatial patterns perceived in the world of experience." See *Chinese Narrative*: *Critical and Theoretical Essays*, Andrew H. Plaks editor. Princeton University Press, New Jersey, 1977, p. 348

《红楼梦》深奥精妙的叙述"事体"提供了强大而到位的理论阐释品位。

四、辨析中西理论前提与术语背景之差异

笔者认为，我们在应用西方小说叙述理论来分析《红楼梦》这一具有中国特色的叙述"事体"之前，首先应就本源性的叙述"时空"观念问题上的中西叙述传统之差异，保持警醒、审慎的反思——

中国小说叙述传统，是否像西方小说叙述传统一样，在叙述布局上长期偏重叙述"时间"、情节的线性发展而相对忽略叙述"空间"？

笔者注意到，在西方传统的小说叙述观念中，"时间"与"空间"（在牛顿物理学的机械时空观念中，"空间"被理解为相对静止的、固定的形态）往往被截然区分开来，并形成地位悬殊的对立，从亚里士多德开始，叙述"时间"与"情节"便在西方小说叙述传统中占据着核心主体地位，发展到 19 世纪西方长篇小说（novel）鼎盛的时期，更一贯强调长篇小说叙述"时间"的线性发展、"情节"的集中连贯，"结构"的统一严整；此后直到 20 世纪，西方现代小说家与理论家才终于开始对此强大的"时间"叙事思维传统进行反思与解构，并在现代小说创作中矫枉过正地有意打乱小说叙述的"时间"顺序，使原来"线性时间"的"纵向"发展在颠倒、错综、复杂的变化中趋于"横向"蔓衍，甚至开始鲜明提倡"现代小说的空间形式"观念——西方这种由"时间"向"空间"转化的特定叙述观念发展史，又如何与中国小说叙事传统中特有的、源远流长的"天人感应"时空观进行对接和比照呢？

笔者认为，中西叙述传统在"时间"与"空间"这两个最基本的叙述维度上，一开始便走上了侧重不同的发展道路：西方叙述传统更偏重叙述的"时间"性，而中国叙述传统首先注重的则是叙述的"空间"把握（将另文深入论述）；正因如此，我们在将西方叙述学理论应用于中国经典小说的叙述分析之时，首先必须清醒意识到，既然中西叙述传统之间在本源性的"时空"叙述思维上便已经存在着重大差异，所以我们在参考应用西方叙述理论之时，始终应对其术语系统之立论前提与理论内涵保持审慎的比照和深入的鉴别：

（一）"叙述"与"叙事"之分：西方之叙"述"学，又常被直接称为叙"事"学，一般强调所叙之"事"（event）为实体性的、因果律的"事件"，其"头——身——尾"起承转合之曲折发展，便成为"叙事学"所关注之核心；而相形之下，自古以来中国以历史叙述为主流的叙述观念传统，却很少单独地、孤立地、割裂地看待某件具体之"事"，而更注重"人"与"人"、"人"与"事"、"事"与"事"之间的联系、渗透、影响作用，更习惯在诸事、诸人互动牵连、错综枝蔓的行为"关系"与"网络"之中，来叙述具有整体性的"事情"、"事体"、"事理"；尤其是在明清长篇"人情"小说如《金瓶梅》、《红楼梦》之中，其小说

叙述更充满着"无事之事"（non-event）——如宴饮、闲谈、游乐等；由此可见，中西叙述传统在对于传"人"与叙"事"之间关系的理解与处理上，存在着各自不同的发展轨迹；所以在阐发中国传统小说的叙述艺术之时，如果一味遵从西方标准，视传统小说中的"无事之事"为"缺点"，轻易将之"克服"和鄙弃，而不是深入挖掘和研究其背后所蕴藏的中国独特的叙述时空观念，就会失去探索叙述文学之"中国风格"的重要契机。

（二）叙述"结构"问题：中国的传统长篇小说经典，是否像西方之 novel 一样，应该具有紧紧围绕某个"主题"而设计的、情节"主线"明晰、层次分明、逻辑严密的叙述"结构"？我们应该如何公正看待、全面认识并深入研究中国传统小说叙述结构中那种独有的"缀段性"特征？

（三）叙述"情节"问题：西方小说叙事思维中所强调的前因后果环环相扣、紧密承递的清晰"情节"，是否能在中国所有传统小说中找到完全的对应？我们应如何全面深入地研究和评价以《红楼梦》为代表的明清长篇"世情"、"人情"小说中叙述"情节"的"淡化"、"细节化"、"情境化"特点？

（四）"隐含作者"与"叙述者"问题：《红楼梦》中是否可以提炼总结出某个终极性的、统一一贯、确定不变、因而也足以盖棺论定的本文"原意"及以此"原意"操控全部叙述的"隐含作者"？《红楼梦》中"隐含作者"与"叙述者"关系的复杂性与自然性是否与西方叙述学的描述完全一致？如何正确评价《红楼梦》中"叙述者"的"多层分身"现象？

（五）叙述"视点"问题：《红楼梦》中的叙述"视点"、"人称"、"聚焦"是从头到尾固定、统一、一致的吗？如何理解《红楼梦》中"全知叙述"与"限知叙述"之间的复杂错综关系？如何理解《红楼梦》整体叙述上的"散点透视"特征？在其背后蕴藏着怎样的中国传统叙事思维特点？

如果对以上问题不加思考，而直接搬用西方叙事学原理与术语来分析中国传统小说作品如《红楼梦》，研究中隔而不通的歪曲和肢解现象就势必会大量存在。

笔者认为，中国特色的现代小说理论探索和术语建树，既不能完全照搬西方，也不能一味因袭古语，而只能由我国小说理论研究者会通中西古今小说创作与理论思维，在反复摸索、推陈出新、融会贯通之中寻求逐步解决。其中首要的任务，应是对小说作品与小说评点中现成的传统理论术语（如"虚实"、"事体情理"等）进行发掘、爬梳、清理，并借鉴西方某些具有活力的理论运思角度对之进行全新的阐发，深入辨析各个术语所蕴意义的层累、推进、更新的历史发展轨迹，同时结合全新的叙述语境使各术语进行重新化合，并结合西方相应观念来考量、比较、冲击、充实和激活传统术语中的精神活力；使其既负载着民族思维的精华，又以生生不息的造血功能和全新的理论品位，回应、传递出中西共通的小说精神。在这样的意义上，《红楼梦》小说艺境阐释方面的中西比照，或许可为追求"自可独创其中国风格"（唐德刚语）的小说现代理论建设，提供一种颇有意味的尝试。

《红楼梦》家庭角色系列之贾母

北京语言大学人文学院　段江丽

一、贾母的身份

贾母是贾府第二代袭封荣国公贾代善的妻子，贾赦、贾政的母亲，邢夫人、王夫人的婆婆，宝玉等人的祖母，黛玉的外祖母。因为她出身于金陵世勋史侯家，所以又称史太君。

中国从商周开始，就有了封爵制度，爵位从高到低依次分为公、侯、伯、子、男五等，《礼记·王制》说："王者之制禄爵，公、侯、伯、子、男，凡五等。"早期封爵的主要依据是血缘关系的亲疏；春秋战国开始，许多诸侯国主要依据对国家的贡献与功劳的大小来授予爵位；秦代推行典型的军功爵制，爵位也发展到二十个等级；汉代实行两种封爵制度，一种是将宗室封为王、侯两等，一种是对功臣封爵；从魏晋时代开始，爵位有了世袭罔替和世袭，前者可以无限世袭而且承袭者可以承袭被承袭者原有爵位，后者则世袭次数有限而且每承袭一次都得降低一级。后世封爵制度大同小异，一直延续到清代。清代的爵位有三个系统：宗室爵位、异姓功臣和蒙古爵位。其中，异姓功臣分九等爵位，前五等仍为公、侯、伯、子、男。

《红楼梦》中的贾家和史家都属于异姓功臣。贾家第一代贾演和贾源（书中亦作"贾法"）兄弟因军功封为公爵，分别为宁国公和荣国公。贾母的丈夫贾代善是荣国公的长子，承袭了国公的爵位；她娘家的父亲则是因功而封的侯爵；在故事展开时，她已经是荣宁两公嫡系后代中辈分最高的老祖母，她的两个儿子，长子贾赦承袭了祖上的官爵，次子贾政也由朝廷恩赐了官职。书中说到贾母的年龄，前后并不一致。第 39 回，贾母与刘姥姥对话时还只有七十来岁，第 71 回故事前后只隔了两年，却写到了贾母八十寿庆。不过，她过世的时候，却明明白白说"享年八十三岁"。在贾母去世之前，虽然贾府遭受了变故，但是，就老太太个人而言，用她自己的话来说，"从年轻的时候到老来，福也享尽了"；而且子孙满堂、寿享遐龄，就连她的死，也是寿终正寝，"令人羡"。所以，清代评点家王希廉说，福寿才德四字，人生最难完全，而《红楼梦》数百人物中，"四字兼全"的只有贾母一人而已。

贾母是地道的侯门千金、诰命夫人、封建贵族大家庭的老太君。佛家讲"福慧双修"，福德和智慧兼具，才有真正幸福快乐的人生。有福无慧，或者有慧无福，都不是圆满的人生。综观贾母一生，可以说是有"福"更有"慧"。她的"慧"体现在她所扮演的多重家庭角色之中。

二、贾母的年轻时代

故事开始的时候，贾母已是鬓发如银的老太太。可是，她也曾经有过无忧无虑的少女时代以及冷暖自知的妻子、主妇生涯。对此，叙事者并未完全忽略，而是有意多次提及，给我们留下了辨析的痕迹和想象的空间。

（一）少女时代

小说中多次直接或间接写到贾母少女时代的生活：第 37 回，贾母与众人一起来到藕香榭赏桂花，见景生情，忆及儿时往事，她说在她小的时候，家里也有一个像藕香榭一样的亭子，名叫枕霞阁。她像湘云她们一般年纪的时候，天天同姐妹们一起到枕霞阁玩耍，有一次失脚掉下水去，好不容易才被救上来，结果被木钉碰破了头，到老鬓角还留下了指头大的一块窝。第 54 回，元宵节贾母与众女眷听贾府戏班演唱时指着湘云对薛姨妈等人说："我像他这么大的时节，他爷爷有一班小戏，偏有一个弹琴的凑了来，即如《西厢记》的《听琴》，《玉簪记》的《琴挑》，《续琵琶》的《胡笳十八拍》，竟成了真的了。"这是贾母自己对少女生活的直接回忆，而且两次都特别强调是像湘云一般大的时候，可见她本人和叙事者都有意将祖孙两代史小姐的生活进行类比。事实上，她作为贵族小姐自小耳濡目染培养起来的高雅脱俗的气质和审美趣味常常像花的芳香一样自然流溢无处不在。第 54 回，她提出听戏不要"太闹"的戏，而要"清淡些好"，并别出心裁要求只用提琴与管箫，不用笙笛。第 40 回更是集中写到了贾母多方面的雅趣：安排乐班演出，贾母建议："就铺在藕香榭的水亭子上，借着水音更好听"；由宝钗房间的摆设说到小姐绣房，贾母说："我最会收拾屋子的，如今老了，没有这些闲心了。他们姊妹们也还学着收拾的好，只怕俗气，有好东西也摆坏了。我看他们还不俗。如今让我替你收拾，包管又大方又素净。"并亲自吩咐鸳鸯帮宝钗布置："你把那石头盆景儿和那架纱桌屏，还有个墨烟冻石鼎，这三样摆在这案上就够了。再把那水墨字画白绫帐子拿来，把这帐子也换了"；行酒令，贾母有"六桥梅花香彻骨"、"一轮红日出云霄"等语，在切合牌九点色的同时，引入西湖苏堤上六桥的梅花以及红日、青云等意象，俗中见雅。第 76 回，中秋之夜贾母率众人到山上赏月，月至中天，贾母提出："如此好月，不可不闻笛"，而且认为："音乐多了，反失雅致，只用吹笛的远远的吹起来就够了"，并且不要快曲，"须得拣那曲谱越慢的吹来越好。"第 54 回，贾母批评才子佳人故事都是违背事实情理的俗套，很多论者认为这是作者曹雪芹通过贾母之口来表达自己的文学观念，当然没错，不过，这一段话其实与贾母一贯的审美趣味非常符合。通过上述内容，我们有理由推想，少女时代的贾母，活泼顽皮有如湘云，高雅脱俗不让黛玉，温润大方更胜宝钗。所以，贾老太君对宝玉以及众多女孩子们诗意盎然的种种活动，总是兴致勃勃地欣赏并积极参与，原因有二：一方面源自老祖母的慈爱，另一方面又何尝不是对她自己遥远的、如诗如梦的青春年华的缅怀与追忆？

（二）妻子和主妇生涯

如果说贾母少女时代的生活笼罩着诗意的光晕，从字里行间透露出来的信息看，她的妻子与主妇生涯则大有严寒酷暑般的辛苦与酸楚。

丈夫在世时他们夫妻关系如何？贾代善去世究竟有多"早"？贾代善去世之时和之后，族人是否有争夺财产的行为？如果有，贾母又是如何应对？不过，有几个细节可以帮助我们从侧面了解贾母作为妻子和主妇的生活情形。

第 44 回，贾琏夫妇因为贾琏与鲍二家的偷情一事闹到贾母跟前，贾母骂走了贾琏之后笑着劝凤姐："什么要紧的事！小孩子们年轻，馋嘴猫儿似的，那里保得不这么着。从小儿世人都打这么过的。"今天的读者也许会责怪贾母是在纵容贾琏，是非不分。殊不知，正如戚序本回后批语说："富贵少年多好色"，贾代善当年是否也像"馋嘴猫儿似的"？似乎有迹可循。第 55 回，探春在处理赵姨娘兄弟赵国基丧事时欲循旧例而提及"那几年老太太屋里的几位老姨奶奶"，由此可见当日的贾代善公也是理所当然的妾妇成群，一句"从小儿世人都打这么过的"，看似云淡风轻，实则暗示贾母自己"早已经历过这些事"，作为"阅历之言"（洪秋蕃评语），包含了男权社会制度下妻子们多少痛苦与无奈！而贾母劝慰并要求凤姐，"不许恼了"，是对凤姐的要求，又何尝不是经验之谈？

第 47 回，贾赦夫妇谋取鸳鸯的闹剧结束之后，贾母不无自豪地借题发挥："我进了这门子做重孙媳妇起，到如今我也有个重孙子媳妇了，连头带尾五十四年，凭着大惊大险、千奇百怪的事，也经了些。"由此可见，作为荣国府曾经的长媳，不仅要容忍丈夫的风流韵事，还要妥善处理大家庭内部各种"大惊大险、千奇百怪的事"。在贾氏家族中，与贾母同为"代"字辈的，还有代儒、代修以及两三个妯娌，应该也是荣宁两公的后代。这样看来，贾母并不是唯一的老祖宗。她能稳居老祖宗的宝座，与她的能力不无关系。在贾府被抄之后，贾母就充分表现出了处变不惊、乱中定乾坤的气魄和才干。当时，满堂儿孙，包括贾政、凤姐在内，都只有惭愧敬佩的份。贾政即在内心感叹："老太太实在真真是理家的人，都是我们这些不长进的弄坏了。"（107 回）护花主人回末评语据此推断："贾母年少理家，宽严得体，出入有经；较之凤姐苛刻作威，相去天壤。"其实，贾母曾直言不讳自己比凤姐更有能耐："当年我像凤哥儿这么大年纪，比他还来得呢。他如今虽说不如我们，也就算好了。"（35 回）贾母溺爱凤姐的原因之一就是因为"才"。这一老一少两位女性在一起的时候，有着数不胜数的畅怀欢笑，一方面，固然是凤姐效彩衣娱亲故事、刻意讨好老祖宗；另一方面，未尝不是两位聪慧女子心有灵犀的愉悦与默契。贾母曾公开说："我虽疼他，我又怕他太伶俐也不是好事"（52回），临终更是无限深情地劝勉凤姐："我的儿，你是太聪明了，将来修修福罢"（110回）。可见她对凤姐的狡猾和心机明了于心，平日里却因为爱、因为欣赏、因为惺惺相惜而包容乃至纵容，所谓"凤儿嘴乖，怎么怨得人疼他"（35回）？而"修福"之语，可以说正是贾母自己的人生箴言。

综上所述，根据小说文本间或透露的信息推测，贾母有过湘云般无忧无虑的少女时代，有过黛玉般的聪慧高雅，有过宝钗般的温润大方，有过那个社会众多妻子们都曾有过的心酸与无奈，有过胜于凤姐的当家主妇的才干和气魄，当然，她更有不同于湘钗黛以及凤姐们的个性、智慧和胸襟，这一切，是我们理解贾母这一鬓发如银的老祖宗形象的背景和前提。

三、德高望重的母亲与婆婆

在贾府，贾母可说是德高望重、权柄在握。传统家庭/家族中女性占统治地位的现象至少有三个方面的原因：一、男主外女主内的分工原则；二、孝道观念；三、女子自身的德行和能力。就贾母而言，她的威望和权力，来自她的辈分，更来自她的德行和能力。作为母亲和婆婆，她集中表现出了以下几个方面的特点。

（一）公平合理、一视同仁

北齐颜之推《颜氏家训》说："人之爱子，罕亦能均；自古至今，此弊多矣。贤俊者自可赏爱，愚顽者亦当矜怜"，即为人父母，对子女要一视同仁，贤德俊美者自然会欣赏喜爱，对愚笨顽皮者也应该矜爱疼惜。《袁氏世范》也说："父母爱子贵均。"贾母的子辈中，贾赦夫妇一个好货好色，一个愚昧贪婪，相比之下，贾政夫妇要正派贤能得多，甚至也要孝顺得多。贾母尽管对贾赦夫妇有诸多不满，但还是尽量做到公平对待，很少直接表现出来。贾赦自己不堪，谋娶鸳鸯不成，反而对贾母心存不满，第75回中秋夜合家赏月之时有意无意说出"天下父母心偏"的笑话，说完之后，自觉"冒撞"，贾母亦"疑心"，可见母子二人对偏心的话题都很敏感在意，事后贾母还对王夫人、尤氏等提及贾赦借笑话说她"偏心"。贾母平日里"不大作兴邢夫人"（71回），或者"不大喜欢贾赦"（107回），也是人之常情，可是，在言语之间很少流露，牵涉到财产利益时，则尽可能一碗水端平，抄家之后贾母拿出私房梯己救济急难，不仅是两房儿子名下尽量均衡，连宁府的贾珍、惜春、贾蓉也都一视同仁。评点家们说，"公允周匝"（洪秋蕃回末评语），"媪之爱，公而溥也"（二知道人）。平日里荣府的家政安排，也体现了一种客观的平衡，即由二房贾政的妻子王夫人和大房贾赦的儿子儿媳贾琏凤姐一起主管家务，并非一房独揽。

（二）大事清楚、处变不惊

贾母虽然整天与孙儿孙女们吃吃喝喝、说说笑笑，自称是"老废物"（39 回），事实上，贾府的一切都在她的掌握之中。大至宝玉的亲事，小至客人如刘姥姥、李婶子、邢岫烟等人的去留，事无巨细，都得请她的示下，一家大小，没有一个人敢驳她老人家的回。事实上，贾母不但客观上拥有至高无上的地位，主观上亦具有强烈的权利意识，关键时刻，她会及时拿出她的身份，体现她的权威。比如，贾政不顾一切地往死里痛打宝玉，既给宝玉的生命带来了危险，客观上也藐视了贾母的权威，于是，她暴怒之下拿出母亲的身份，直逼得贾政赔笑下跪、叩头认罪，不仅从死神手里救回了她心爱的孙子，而且在众人面前有力地维护了她不可侵犯的权威和地位。

贾赦谋娶鸳鸯，不仅有色的因素，更有财的考量，因为贾府上下谁都知道鸳鸯是贾母的总钥匙，"鸳鸯来而藏物可探囊而取矣"（洪秋蕃 46 回回末评语），贾母明白指出，贾赦夫妇是在"算计"、"盘算"，是要"弄开了他，好摆弄我"，因此，这场母子之间的丫环之争从某种意义上说是一场尖锐的利益之争，最后以贾赦"含愧"、"告病"结束，贾母毫不含糊，果断地捍卫了自己的权威和利益。

当权威、地位和利益遇到来自儿子们的挑战和威胁时，她会像愤怒的狮子一样咆哮。而且，在鸳鸯事件中，她曾迁怒于王夫人，旋即又笑着让宝玉代自己下跪赔不是，并向薛姨妈称赞王夫人而批评邢夫人（第 46 回）。这种喜怒无常、当众褒贬的做法可以说是率性之举，也未尝不是一种权术，让人又惧又敬。

再有，得知仆妇们聚众赌博之后，为了防微杜渐，她不顾黛玉、宝钗、探春等人求情，坚决处罚为头的迎春乳母等人。她也一再表示，私下里娘儿们在一起，不必太多礼节，但是，在外人面前，却得礼数周全。她深知，对于一个奴仆成群的贵族大家庭来说，秩序和体面是何等的重要。

锦衣卫抄家之后，一家大小乱作一团、抱怨叹息，只有年迈的贾母在最初的慌乱过后迅速恢复了理智与常态，先是祷告天地，恳求皇天菩萨饶恕儿孙，宁愿独自承担罪孽（第 106 回）；接着开箱倒笼，拿出私房钱救济众人，并井井有条地安排家计，成了独撑大厦的家族首脑、灵魂和支柱，由此可见贾母决非只知道一味享福的"老废物"（第 39 回）。此外，在大厦将倾的时候，贾母还表现出了一份道家的淡定与超然。当贾政表示要兢兢业业治家奉养老太太到一百岁的时候，贾母说："你们别打谅我是享得富贵受不得贫穷的人哪……若说外头好看里头空虚，是我早知道的了……如今借此正好收敛。"（107 回）

（三）宽容大度、有理有节

除非发生了宝玉挨打、鸳鸯拒婚以及贾府被抄这样的大事，日常家务贾母很少过问。抄家之后得知库银早已亏空，贾母自责说："我这几年老的不成人了，总没有问过家事。"（107 回）。关键时刻，她挺身而出，是维护自己身份和权威的需要，也是维护大家庭秩序和体面的需要；平日里，则用人不疑、充分放权，其实这也是老祖宗开明、豁达的表现。更何况，不过问不等于不知道。第 74 回，贾琏找鸳鸯借贾母的东西当银子一事走漏了风声，凤姐担心给鸳鸯带来麻烦，平儿说："鸳鸯虽应名是他私情，其实他是回过老太太的。老太太因怕孙男弟女多，这个也借，那个也要，到跟前撒个娇儿，和谁要去，因此只装不知道。"明知而装不知，无为而治，这正是老祖宗高明之处。这种高明基于丰富的人生阅历以及对人性的充分了解。南宋袁采《袁氏世范》"处家贵宽容"条说："自古人伦，贤否相杂。或父子不能皆贤，或兄弟不能皆令，或夫流荡，或妻悍暴。少有一家之中，无此患者。虽圣贤亦无如之何。譬如身有疮痍疣赘，虽甚可恶，不可决去，惟当宽怀处之。能知此理，则胸中泰然矣。"即，人性本来复杂，一家人之中，难得个个都是道德高尚人品正直的贤人，对于那些人品有瑕疵的亲人，就像人体身上长有疮瘤一样，虽然让人生厌，却不能切除了事，所以应该以宽容心处之。贾母正是深知"此理"的老太太。对贾赦的贪鄙、邢夫人的愚昧、贾政的板滞、王夫人的木讷、贾琏的浪荡、凤姐的心机，乃至赵姨娘的阴微、贾环的猥琐，她都看在眼里了然于心，却很少埋怨斥责，全部以博大的胸怀包容下来。子孙们纵有过分行为，她也是点到即止、得理饶人。如，贾赦夫妇谋娶鸳鸯这种尴尬事情发生之后，她只是借题发挥了一通，并未正面与贾赦夫妇冲突，而是用心良苦，待众人回避之后才私下委婉地批评，而且，批评的内容也颇有讲究："贾母训斥邢夫人，只说自己少不得鸳鸯，鸳鸯实属可靠，邢夫人不应从贾赦之命，盘算堂上得力之人，累累数百言，只如题而止。至贾赦垂老尤好色，鸳鸯不愿乃强逼，则一字不提，既不使羞惭无地，又不使仇视鸳鸯，语极斟酌而又极和平。"（74 回洪秋蕃回末评语）儿孙们一味胡来，终于闹到被抄家并革除世职的地步，她并未怨天尤人，而是要独自承担罪孽；对贾赦、贾珍、凤姐等主要责任人，她非但未多加责怪，反而体贴地让贾赦、贾珍在发解前抓紧时间各自回家同自己的媳妇团圆，并亲自上门探望、劝慰羞愧得无地自容的凤姐。

作为母亲和婆婆，贾母平日里尽可能做到了公平合理、一视同仁，并且大事清楚、宽容大度、有理有节；在大祸来临之际，则处惊不变、敢于承担、无私奉献。贾母不止通情达理，而且充满智慧和勇气，这样的长辈，在家族中、在子孙辈心目中的地位可想而知。

四、仁爱慈祥的老祖母

如果说，在母子关系、婆媳关系中，贾母比较明显地表现出了通情达理、包容大度的性格特点以及一定的权利意识；那么，作为祖母和外祖母，贾母最突出的表现则是慈爱。

　　贾母对宝玉和黛玉的疼爱是全书的一大关键。宝玉衔玉而生,"来历不小",理所当然被众人视为上天降赐给这个已经江河日下的显赫家族的祥瑞;而且,在贾母众多的儿孙中,只有宝玉一人相貌举止像他爷爷,并聪慧俊秀、风神超逸。正如王昆仑先生所说,已是流光急景无可奈何之际的贾母把一切的幻想都寄托在这样一个祥瑞式的孙子身上,从而格外地加以溺爱和掩护,实在是情有可原。林黛玉是贾母最心爱的女儿贾敏身后留下的唯一骨肉,因此把她接入贾府抚养。在以后无数的日子里,她为了宝玉和黛玉这两个最心爱的孙辈,多次伤心落泪:宝玉中了马道婆的魇魔法不省人事,贾母唬得放声恸哭;宝玉黛玉两个冤家吵嘴斗气,贾母抱怨着哭了;宝玉挨打,贾母心疼、生气得哭个不了;宝玉听信紫鹃的玩笑话误以为黛玉要回苏州,情急之下迷了本性,贾母急得流泪;听说宝玉丢失了玉,贾母更急得流泪,这些细节与贾母平时优雅喜乐的形象判若两人。冷子兴说贾母对宝玉"爱如珍宝"、视如"命根一般",一点都不夸张。贾母对黛玉的爱虽有等差,但是也令人动容。贾母对宝玉的呵护疼爱有很多具体的描写,相比之下,对黛玉则有明写,也有暗写。在女儿去世之后,贾母主动接黛玉来贾府抚养,一见到年幼体弱的黛玉,即一把搂入怀中,"心肝肉儿"叫着大哭起来,并将她与宝玉一起留在自己身边,这是明写。黛玉安顿下来之后,贾母对她的具体照顾写得不多,主要是通过一些相关的人、事暗示出来,如第 32 回,袭人告诉湘云,老太太怕黛玉劳碌着,让她不要做针线活;第 57 回,宝玉说自己略在老太太跟前露了个风声,老太太即吩咐每天送黛玉一两燕窝;第 75 回详细写了贾母的一次晚餐,而且是书中最后一次写贾母的晚餐,各房都按规矩送来了许多美味佳肴,贾母随口吩咐:"这一碗笋和这一盘风腌果子狸给颦儿宝玉两个吃去",等等。第 29 回,宝玉黛玉因为"情重更斟情"而闹别扭,贾母急得抱怨哭了:"我这老冤家是那世里的孽障,偏生遇见了这么两个不省事的小冤家,没有一天不叫我操心。真是俗语说的,'不是冤家不聚头'。几时我闭了这眼,断了这口气,凭着这两个冤家闹上天去,我眼不见心不烦,也就罢了。"贾母这一段肺腑之言说明了她对宝玉和黛玉这一对"不省事的小冤家"的别样牵挂别样心事,"两个玉儿"则几乎是她常常挂在嘴边的口头禅(40、83 回)。宝玉的婚姻大事,在贾母"钦点"宝钗之前,从王夫人、凤姐到袭人、兴儿,都满以为贾母心中定的是黛玉,这也从一个侧面说明了贾母对黛玉的特殊态度。至于在后四十回中贾母最后为宝玉选择了宝钗而非黛玉,不一定符合曹雪芹本意,就算按后四十回理解,站在老祖宗的立场,也的确是在理智与情感的冲突中做出的不得已的选择,情感上她肯定偏爱女儿留下的唯一骨肉,但是,理智上,抛开黛玉的小性儿不说,家族的利益使得她不可能为寄托着整个家族希望的宝贝孙子选择一个病入膏肓的妻子。在得知黛玉亡去的消息之后,贾母眼泪交流地说道:"是我弄坏了他",包含了多少无奈与疼惜。曾扬华先生说,贾母真正的、无以排解的烦恼乃是林黛玉的婚事,是有一定道理的。贾母疼爱宝玉和黛玉,却不能成全他们的婚事，从而加速了黛玉早夭、宝玉出家的悲剧，从一定的角度来说，正演绎了世事的无常与人生的无奈。

贾母慈爱的光辉当然不止局限于宝玉和黛玉，还遍及众多孙辈尤其是孙女们、亲戚家的小辈乃至丫鬟以及其他地位低贱的小孩。贾母因为"极爱孙女"，而把亲孙女迎春、探春以及堂孙女惜春都带在身边读书，还千方百计将娘家的侄孙女湘云留在身边；出资给寄居在贾府的宝钗做十五岁生日；提议大家凑份子给凤姐做生日以慰劳她一年到头的辛苦，考虑到李纨"寡妇失业的"而主动提出替她出份子钱；元宵家族聚会时嘱咐"蓉儿就合你媳妇坐在一起"；留下李绮、李纹、邢岫烟、宝琴等众多亲戚家女孩长住大观园，并将珍贵的凫靥裘送给宝琴。家常聚会，她也时时考虑小辈们的心情和感受，主动提出在没有外人的情况下，"娘儿们"之间不必讲究太多规矩；怕凤姐等人"冷着了"而不叫她们陪同赏雪；有时累了，为了不扫大家的兴而坚持不离席；多次主动让"爷们"离席，一则怕贾赦贾政等拘束或者劳累，二则为了让女眷们轻松开心。

如果说对自家小辈以及亲戚们的关爱是贾母这样一个贵族大家庭的老祖宗分内之情的话，她对贫寒低贱者的同情和顾惜则实在是难能可贵。第22回，贾母因为喜爱作小旦与作小丑的小演员而命人带来跟前，细看之下"益发可怜见"而加以赏赐。第29回，贾母一行去清虚观打醮，一个剪蜡花的小道士慌乱之中撞了凤姐，被凤姐扬手打了一个筋斗，众人连声喊打，贾母听说之后忙道："快带了那孩子来，别唬着他。小门小户的孩子，都是娇生惯养的，那里见的这个势派。倘或唬着他，倒怪可怜见的，他老子娘岂不疼的慌？"见小道士吓得说不出话来，贾母即吩咐贾珍带出去，给些钱买果子吃，并强调不准为难他。第37回，秋纹按宝玉的吩咐送新鲜桂花给贾母，贾母说她"可怜见的"，生得单柔，吩咐人赏钱。第39回，贾母要留刘姥姥在园子里住一两天，凤姐见机行事赶紧留客，贾母则嘱咐凤姐不要取笑刘姥姥，并"命人先抓果子"给刘姥姥的外孙板儿吃，板儿胆小不敢吃，贾母"又命"拿些钱给他，让人带他外头玩去。一个"先"字一个"又"字，足见贾母的细致周到与慈祥和蔼。第54回，贾府众人在元宵佳节欢聚一堂，袭人和鸳鸯都逢母丧，贾母体贴地嘱咐，叫她们两个一处做伴，并让人拿果子菜肴点心与她们吃；同回，元宵送上来时，贾母命将戏暂时停下来，"小孩子们可怜见的，也给他们些滚汤滚菜的吃了再唱"，之后又说："那孩子们熬夜怪冷的，也罢，叫他们且歇歇。"《礼记·礼运篇》说："人不独亲其亲，不独子其子"，即：每个人不应该仅仅以自己的亲人为亲人，以自己的子女为子女，而应该以他人的亲人为亲人，以他人的子女为子女；《孟子·梁惠王》上说："老吾老以及人之老，幼吾幼以及人之幼"，意思是，每个人孝敬自己的老人并要把这种孝敬之心推及到别人的老人身上，爱护自己的幼儿并要把这种爱护之心推广到别人的幼儿身上；南朝梁·萧统《陶渊明传》上记载："汝旦夕之费，自给为难，今遣此力助汝薪水之劳。此亦人子也，可善遇之。"大意是，陶渊明给自己的儿子找了一名奴仆送去，特意嘱咐儿子：这个奴仆也是人家爹妈生养的儿子，要善待他。贾母对小演员、小道士、丫鬟们以及小板儿的顾惜、关心，体现的正是这些经典名言所强调的"推己及人"、"将心比心"的仁者情怀。平儿曾对刘姥姥介绍说："我们老太太最是惜老怜贫的，比不得那个狂三诈四的那些人。"（39 回）贾母一再说小演员、小道士、小丫鬟"可怜见的"，可见她对这些弱小低贱者的同情怜惜是习惯性的、发自内心的，尤其是看到挨打挨骂之后吓得乱战的小道士，一句"他老子娘岂不疼的慌？"足以让凤姐与其他众多喊打喊骂者惭愧，果然连一向胡作非为的贾珍这次也乖乖地按贾母的吩咐善待了小道士一回。

五、关于贾母的"过失"

贾母被人诟病的"过失"主要有二：一则溺爱纵容小辈，应该对贾府的衰败负主要责任；二则促成了宝黛的爱情却未能成全他们的婚姻，应该对宝黛钗爱情婚姻悲剧负责。对此，我们做简单分析。

贾母对小辈的溺爱有目共睹，不过，我们认为这是人情之常，尤其是对宝玉和凤姐，一则因其衔玉而生之"异"而且风貌酷似其祖父，一则因其聪明伶俐善于讨好而且才干类似当年贾母，更是情有可原。说宝玉的无为、凤姐的失策甚至整个贾氏家族的衰败贾母都要负主要的责任，是太过机械的逻辑推理。贾母对宝玉虽然溺爱，舍不得让他吃苦，但是在封建伦理方面的教育和要求却并没有放松，事实上宝玉不但遵守孝道、友爱兄弟姐妹，反而因为天性和特殊的成长环境而具有不同一般的博爱情怀。况且，他虽然不读科考之书，却学识渊博，而且最后也考取了举人。反之，不溺爱就一定出息吗？赖嬷嬷不是说，当年贾珍的爷爷管儿子"竟是审贼"，如此严管出来的贾敬又如何呢？如果说贾母（实际上应该是王夫人）委派凤姐管家是个错误，难道她以老祖宗的身份应该亲自在第一线管家才算正确？不亲自管家又应该交给小辈中的哪一位才是正确的决定呢？至于说，贾琏偷鸡摸狗、贾赦买妾淫乐等贾府"爷们"干的伤天害理的勾当都是贾母纵容的结果，更是天真地高估了"老祖宗"的影响力。贾府爷们的肮脏勾当，是放纵欲望的结果。个体的欲望主要依靠法律的他律、道德的自律以及宗教的戒律来约束，当时的社会制度和习俗对男性纳妾、滥情等现象取包容乃至纵容的态度，贾赦、贾琏们自身又缺乏道德和宗教的约束，因此，他们的行为恐怕是十个"老祖宗"也无能为力的。

贾母由于对"两个玉儿"的特殊感情而将他们留在自己的身边，令其从小在一起同吃同睡，以至于自然而然地产生了爱情。可是，贾母最后却由于现实的考虑，不得不理智地为宝玉选择了宝钗，从而加速了黛玉的死亡。从这个意义上说，贾母的确有不可推卸的责任和不可原谅的过失。我们认为，她的错主要不在于弃黛取钗，而在于忽略了儿童发育过程中的性别意识。性心理学研究表明，异性之间的爱与触觉、嗅觉、听觉和视觉等感官相关，中国传统所说的"耳鬓厮磨"讲的就是两性之间的触觉。儿童之间的接吻、拥抱以及身体其他形式的接触，都是表示一般的亲爱或含有性成分的特殊的亲爱的"厮磨"活动。在封建社会里，对于黛玉这样的大家闺秀来说，与异性的肌肤接触，尤其具有非同小可的意义。所以，抛开先验的"木石姻缘"，宝黛爱情在现实的层面很大程度上的确是贾母促成的。可惜当她意识到时已经晚了："宝玉和林丫头是从小儿在一处的，我只说小孩子们，怕什么？以后时常听得林丫头忽然病，忽然好，都为有了些知觉了。所以我想他们若尽着搁在一块了，毕竟不成体统。"（90回）宝黛爱情已经深入灵魂，而向来体贴周到、慈爱仁厚的贾母这一次在"两个玉儿"的爱情和整个家族的利益之间，却理所当然地选择了后者而葬送了前者，终于酿成了无可挽回的悲剧。贾母因为情感上的溺爱而不顾男女授受不亲的封建戒律，促成了宝黛爱情；又因为家族利益的理性考量而弃黛取钗，造成了宝黛钗三者的爱情、婚姻悲剧，宝黛爱情，真是成而贾母、败而贾母，演绎的与其说是贾母的过失，毋宁说是命运的捉弄。

六、小　结

王希廉说，贾母福寿才德四字兼全；吴宓说贾母精明而仁厚；我们借用佛家的话来说，贾母的人生可谓福慧双修、圆满无缺，其福来自天命，也来自德行与智慧。

综上所述，她生为侯门千金、嫁为公府冢妇，又儿孙满堂、高寿遐龄，她拥有上天赐予的洪福，又懂得运用智慧和慈悲来惜福、修福。具体一点说，贾母之"德"，主要表现为对儿孙们的爱与包容，对贫贱无助者的同情与关心。贾母之"慧"，表现为妥善处理各种人际关系包括维护自己权威利益的术略，表现为高雅不俗的审美情趣和人生品位，表现为幽默风趣的人生态度，表现为世事洞明、人情练达的人生经验，表现为处变不惊、敢于承担的胆识风度。她的"德"、"慧"之中包含了儒的仁恕、道的超脱以及佛的慈悲。所以，她是中国传统文化造就的独特的"老祖母"，在慈爱的同时，也有明确无误的尊卑意识以及溺爱孙辈的弱点。

《绮楼重梦》、《红楼幻梦》风月描写比较研究

台湾师范大学国文系　胡衍南

一、前　言

自从乾隆五十六年（1791）推出《新镌绣像全部红楼梦》，便开后世续写风潮。这些续书的写作，动机上多半因为对结局不满，拟藉重写以补前书憾恨。然而不管续书人物、时空究竟与原书存在多少差异，一个个异于原书结局的人物故事，必然呈现出作者或是期望、或是反思的人生观。这样或那样的意图，都得在写作及阅读的"梦"中进行，谁教人生（红楼）即一大梦，梦中自有荣枯欢悲好坏。问题是，对于人生与梦持反思者少，寄妄想者多，毕竟常人对现实的不足早能领会，故对《红楼梦》的遗憾特别敏感。所以《绮楼重梦》开篇作书旨意即道："盖原书由盛而衰，所欲多不遂，梦之妖者；此则由衰而盛，所造无不适，梦之祥者也。"《红楼幻梦》也说："（《红楼梦》）其情之中，欢洽之情太少，愁绪之情苦多……今摭其奇梦之未及者，幻而出之，综托之于梦幻，故名之曰'幻梦'云。"

饮食男女，俱为人之大欲，然而在道德伦理、经济条件等的制约下，情爱欲望之委屈往往是普遍事实。情欲的追求与满足固难躬身实践，也不易化为文字纸上谈兵，从《金瓶梅》的"海淫"到《红楼梦》的"意淫"，中间有山高水深的落差，读者对《红楼梦》结局感到不满的同时，不免要对《红楼梦》处理男女风月时那一种"不写之写"的笔法、对那一种文有限而意无穷的诗性节制，觉得扼腕，所以在众家续书中，我们看到《绮楼重梦》、《红楼幻梦》特别强化了风月内容。作为续书，二者的人物情节各展幻想也自有特色，写作风格和所反映的意识形态也很不同，可惜过去学界较少进行对照比较。

二、《绮楼重梦》的风月笔墨

《绮楼重梦》共四十八回，原名《红楼续梦》，约成书于嘉庆二年（1797），作者兰皋居士（王兰沚）。此书从原书结尾续起，写宝玉投生作了宝钗的儿子小钰，黛玉投胎成了湘云的女儿舜华，两人欲完前世未了姻缘。又，晴雯借香菱女儿淡如

身体还魂，秦可卿也转世为宝琴的女儿碧箫。四人之外，贾兰妻子一胎产下三女，邢岫烟、李纹、李绮也分别有女儿，在贾家、薛家均已没落的困顿环境下，小钰与一群女孩在园中跟着邢岫烟读书。小钰自幼爱好武艺，六岁即曾退贼，梦中得天书后复能调动天兵、呼风唤雨；碧箫亦得神授飞刀，诚为女中英雄。后倭寇犯境，皇上开文武二科选拔人才，贾兰、小钰同为文状元，小钰还获武状元，碧箫及（薛蟠的侄女）蔼如分获武试第二、第三。于是皇上封小钰为平倭大元帅，碧箫、蔼如为副帅，打了胜仗之后，小钰受封平海王，碧箫、蔼如得封燕国夫人、赵国夫人。凯旋归来皇上给假三年，允待小钰十六岁时才入朝供职，自此小钰日与众妹嬉闹淫乐，直到后来奉旨完婚，一气娶了舜华、碧箫、蔼如、缬玖、淑贞五名妻子，其他姊妹亦有良好归宿，唯独淡如嫁给四十多岁的麻子为妻。

清人对《绮楼重梦》评价很低，主要是针对《绮楼重梦》风月笔墨而来。然而这部小说的风月描写"问题"，不在于像《金瓶梅》一样过度摹写性交过程的种种细微，而是把小钰及一干女子写得猥亵下流，诸多言行举措甚至和色情小说一样违背常理。

小钰情钟舜华，对其尊重有加，甚至从无逾矩之想。但对其他姊妹，一开始或许只是怜香惜玉，但到后来愈见无耻。例如第9回写碧箫生病腹泻，小钰抱她到桶边，替她解开下衣扶着坐在桶上，事后"也不嫌腌臜，就用草纸替他前后都揩抹干净了"。此后口味渐重，第15回写文武二科考试，碧箫恳托小钰礼让，他竟要求对方"送给香香算谢仪"——原来是"一把搂过来，在自己膝头坐下，嘴接着嘴，还把舌尖吐将进去，舐了一回"。第16回蔼如央求小钰代拟试策，他开出条件"只要一颗樱桃两颗鸡头便够了"——这会儿除了亲嘴还要摸乳，更要女孩在他耳边叫声"心肝乖兄弟"。第21回，写碧箫初红乍来，只见小钰佯称看病，却要女子掰开双腿让他"看个不亦乐乎"。这种情形到小说后半段变本加厉，除了亲嘴接吻、摩弄粉乳、掏摸裙底，更且窥人洗澡擦脚、共洗鸳鸯澡浴，讲话也更不要脸——例如第42回他对友红说："如若果真有心，只消把端阳那日澡盆里浸的两枝白玉中间界着的一条红线，再赏给我细细瞧个明白，就是莫大恩典，何必说那些空感激的话呢？"

如果说小钰对众家姊妹还仅是不正经，他和其他妇人就只能用荒唐来形容。27回开始，甄家的小翠、叶家的琼蕤分别因为避妖、逃难暂住贾家，加上原本香菱的女儿淡如，"从此一男三女，按日轮宿"，"怡红院"被改名为"秽墟"。后有四个宫女、四个丫头加入轮值。接着强留小沙弥冷香在府，夜晚奸淫令她下身受伤，"直调养到五六天后才会走路"。北靖王府差人送来跑解马的女孩，又是"把这二十四个女孩儿通顽遍了"才送回去。因为小钰又学了房中术，原本八个宫女丫头自觉支撑不住，便央再添人手，于是小钰又补了十六个宫女丫头——"连旧的八个，共是二十四个人，分做六班，每夜四人值宿。"到这个地步，小钰是功勋王爷的身份，世家公子的身体，但性格心神全是色胚淫虫，其荒淫程度远超过《金瓶梅》的西门庆、《肉蒲团》的未央生数十百倍。问题在于，西门庆也好、未央生也罢，作家对于他们的性征服、性冒险心理或多或少都有交代，但是贾小钰为什么生下来就成色中饿鬼，为什么才十余岁即荒淫无度，书中从头到尾没有任何说明，倒像理所当然一般。

可堪玩味的是，作家把小钰周围的女子分成三个层级：第一级仅舜华一人，小钰对其敬重爱护；第二级系指家中众姊妹，小钰时时戏谑调情，唯仅不及于乱而已；第三级指其余各色女子，小钰终日与其淫乐无度，一个个俨然性爱玩家。这个设计自有心机——维持小钰、舜华和平友爱，在最低程度上顾及了前世宝玉、黛玉的木石情缘；戏写小钰周旋于众家姊妹又不真正作乱，勉强可以解释成是一种风流情趣；至于小钰和其他女子之间的荒唐，作家有意强调她们多是情愿犯贱，甚至宫女丫头本即小钰的私产，因此不必认真。有学者认为，《绮楼重梦》"这类描写虽不乏文人恶趣，却更多地以少男少女天真未开的形态写出。童趣冲淡了书中的爱欲成分，故而总体看来尚不觉亵秽"。并说作者观念源于袁枚倡议的"性灵说"[1]。秽亵与否各人判定不同，然而"童趣"、"性灵"之说若要成立，退一百步讲，也只勉强限于上述第二个层级，因为小钰和淡如、小翠、琼蕤、瑞香、玉卿及众宫女丫头尼姑之间的性爱派对，根本没有任何童趣、性灵可言。例如第 39 回，袭人女儿卖来贾家后派发怡红院，作家写此女前窍、后窍合成一孔，原欲彰明此系袭人造孽之果报；然而此处亟写众丫头撺掇小钰将之奸淫，交代女孩如何叫痛求饶，如何"路也走不动，捱墙摸壁，挣到外房"，事后只见小钰笑道："我替你取个名，就叫做双双。派你明儿在外房该班罢。"这里全无同情，遑论童趣性灵？

《绮楼重梦》第一回开篇提到：

《红楼梦》一书不知谁氏所作，其事则琐屑家常，其文则俚俗小说，其义则空诸一切，大略规仿吾家凤州先生所撰《金瓶梅》而较有含蓄，不甚着迹，足餍观者之目。丁巳夏，闲居无事，偶览是书，因戏续之。

这段文字有两层意思：第一，《红楼梦》承《金瓶梅》而来；第二，续作的《绮楼重梦》又承《金瓶梅》、《红楼梦》而来。然而《金》、《红》二书，一个直白暴露，一个含蓄无迹，《绮楼重梦》选择靠向天平的哪一端呢？小说第 48 回解释："是书之有淡如、瑞香、玉卿，犹《金瓶梅》之有潘金莲、李瓶儿、林太太也。"泄漏作者表面续写《红楼梦》、实则规仿《金瓶梅》的意图，作者笔下的小钰不该是贾宝玉化身，反而有更多西门庆的性格。"原书由盛而衰，所欲多不遂，梦之妖者；此则由衰而盛，所造无不适，梦之祥者也。"说明"戏"续之由，并不像其他续书意在补读者对原书结局之憾，而是离开原书人物运命，另外提供读者一

---

① 萧毅：《前言》，收入《绮楼重梦》，台北，建宏出版社，1995。

个新的——相反于原书、甚至相反于现实人生的欢畅美梦。换句话讲，从宝玉投生小钰开始，小说就离开《红楼梦》而形成一部真正意义的新作，续书作者的实际意图，在于邀集读者一同入梦、一同进入那个更甚于《金瓶梅》西门庆的梦中世界。

三、《红楼幻梦》的风月笔墨

《红楼幻梦》共二十四回，一名《幻梦奇缘》，约成书于道光年间，作者花月痴人。小说接原书 97 回而来，写黛玉回阳，与宝钗共嫁宝玉。黛玉一则先由仙姑处领有返魂香、怀梦草得以上天入地，二则冒出一个同父异母的兄弟赠其偌大家产，是以凭着她的地位（宝二奶奶）、能力（交通鬼神）、财富（千万银两），很快便为贾家恢复起数倍于前的基业。此外，她劝宝玉奋发科场，宝玉从乡试第五、殿试探花、最后被皇帝赐为状元，转眼间扬名显亲；另一方面，先后替宝玉娶来晴雯、婉香、紫鹃、鸳鸯、袭人、金钏（双钏）、玉钏、莺儿、麝月、秋纹、碧痕、蕙香十二妾，享尽齐人之福。整部小说多是写意追欢的场景，白天但见游园、作诗、唱曲、宴飨，多姿多彩；晚上则多房帏风情或枕边私语，娉婷动人。末了写宝、黛梦游仙境，聆听警幻仙姑解说人生，但两人仍决定乐足人间百岁欢娱，再回天上永世归位。

《红楼幻梦》承《红楼梦》第 97 回而来，大致不离原书，在合理有限的范围内改写人物运命性格，这方面大不同于另起炉灶的《绮楼重梦》。《绮楼重梦》无意补原书结局之憾，《红楼幻梦》却最在意于此，不但还给宝玉、黛玉、晴雯等人幸福，并且延长也加重了他们的幸福。至于读者不喜欢的反面人物，除了凤姐以外，包括王夫人、王善保家的、袭人等的报应也只点到为止，并不刻意渲染。全书主调仍是性灵雅趣。在这种情况下，小说有必要保持甚至强化原书感性的氛围（而非智性的省思），所以一要续写众姝做诗填词的艺文活动，并且把它扩大到对戏曲的钟爱；二要再加心力于园林庭院、屋榭楼台、房间陈设，起造出更多的大观园，装设一间又一间潇湘馆、怡红院出来。吴克歧《忏玉楼丛书提要》说《绮楼重梦》"诗文均可观，秽墟赋集、四书文尤称佳作"①，然而《红楼幻梦》无论诗会活动的篇幅比例还是诗词创作的数量质地，都要高出甚多。至于环境描写，也因为花园屋舍盖的多，加上作家写来不厌精细，所以《红楼幻梦》几乎是所有续书中最留意于此者。且拈一例，第 5 回写到众人游园，到凹晶馆赏荷花：

只见深红浅白，黄碧青蓝，有大如碗的，红如胭脂的，白如雪片的，碧如翡翠的、艳似天桃的，娇同粉杏的，全开的，半开的，含蕊的，莲房围围着黄须，倒垂一瓣的，并蒂的，台阁的，四面镜的，半开半谢的，品格奇异，有十余种。叶有碧

① 【清】吴克歧：《忏玉楼丛书提要》，北京，北京图书馆出版社，2002，第 68 页。

翠的，深绿的，苍绿的，淡绿的，淡黄的，半黄半绿的，披如舞袖的，圆如车盖的，卷如贝的，小如钱的，真个水国繁春，鹓行彩阵，微风过去，冉冉香来，令人神清气爽。

此处并非新起园林，这片风景可交代可不交代，然而作家依旧认真，且类似的用心全书随处可见。尤其小说第11、第12、第13回藉宝玉、黛玉等人游新花园全面摹绘园林景致，14回又藉灯戏演出侧面补充园林风光，其中用心可能还超越了原著。只不过，《红楼梦》大观园还是虚写的成分多，不像《红楼幻梦》多是实写浓画。

《红楼幻梦》的风月笔墨不少，然而它既不像《金瓶梅》放大摹写性交过程的一切细节，也不像《绮楼重梦》把男男女女写得猥亵下流，反而是风雅中有尊重、俏皮中见慧诘。宝玉坐拥黛玉、宝钗为首的二妻十二姜，然而作家偏重宝玉和双美的闺房之趣，大部分的场景、对话都很有蕴致。先看宝、黛之间那种文人式的高雅亮洁：

> 宝玉道："咱们虽同眠了四夕，却虚度了两宵。弓马既未熟娴，忽又操三歇五。学而时习之，不亦悦乎？"黛玉道："旦旦而伐之，可以为美乎？"
> 宝玉道："适可而止。"两人心畅情谐，更复兴浓乐极。（第5回）

> 两人欢洽已极。黛玉道："月白风清，于此良夜何？"宝玉道："子兮子兮，于此良人何？"黛玉微微一笑，两人执手入帏。自伉俪以来，未有此夜欢娱之盛，人恍同身，气融连理，其乐只可意会，不必言传。（第16回）

再看情人间的会心幽默：

> 黛玉道："前几次是明取明裁，这次是穿壁逾墙的勾当。"宝玉道："我且问你，穿逾是攫取人家的东西，我这是送了东西到人家户底，又送东西到人家窗中，偷儿有此理乎？"黛玉扳着宝玉，在腮上拧了一下，笑问道："好个风流贝戎。你作弄了人还说这话开心，不拧你拧谁？"（第6回）

至于宝、钗之间则略带狎昵，但也恰到好处；

> 宝玉道："姊姊另有一种香处。她的肌肤细嫩洁白，尚未及姊姊这般丰腻。你二人一个肤如凝脂，一个香如转蕙，我三生缘分何幸如此？"宝钗道："你身上将次转蕙，还要凝脂才妙。"宝玉忽将宝钗紧紧一把箍住，不肯放松。宝钗道："好兄弟，放了我，这是怎的？"宝玉道："我贴着你，好沾你的脂。"宝钗道："你可也

是这样缠着林妹妹?"宝玉道:"她那香是虚的,须得浮贴。你这脂是实的,必须紧贴。"两人一阵调笑,几度春风,恬然而息。(第5回)

又,即便第19、第20回写宝玉在酒中下了春药给宝钗吃,但是作者意在画女子之羞涩腼腆,而不是状男子之逞强张狂。

宝玉二妻十二妾的规模建立之后,小说在第15回写他们到幽香谷安歇,此时晴雯提议大家宽衣喝几杯舒服酒。只见:"每人头上只簪一股钗,黛玉、宝钗穿着翠绿绣花夹纱短袄,大红绣花夹纱裤。晴雯、紫鹃等十人穿着玉色绣花夹纱短袄,桃红绣花夹纱裤。"接着辞退了所有妈子丫头,宝玉先提议吃"双合欢",接着玉钏、鸳鸯起哄要"吃皮杯"——于是十个小妾拈阄排定次序,一个个口中哺着酒喂到宝玉嘴里,有的把酒喷了宝玉满面引来一阵浪笑,有的婉约从容地交付温柔热情。乐极之余,宝钗道:"这个不象样的闹法,只可一,不可再。"此话合乎她一贯的道学身份。不想黛玉说:"咱们都是房帏中人,关了房门,放荡点儿也使得,何必拘的不自在呢?……只要大节大段儿不差,嬉喝玩笑亦闺阁中常情。"确实,这些人是合法夫妻,且此系关起门来的亲密嬉戏,何碍大雅?正因为小说中的风月情节多是发乎人情、合乎礼教,加上作者有意写得含蓄蕴藉、风雅唯美,所以绝无《绮楼重梦》或色情小说常见的变态下流。果然到了第20回,道学家宝钗也被改变了,竟对黛玉、宝玉说:"今日横竖闲着,咱们房帏秘事从没说过,倒也说说这些话开开心。"宝钗竟然要求宝玉品评众妻妾的床笫性格!然而宝玉讲的也很节制,明眼读者心领神会微微一笑足已,作者无意大肆渲染搞得整书腥膻咸湿。

然而《红楼幻梦》还是男性中心的。首先,作者笔下的所有女人都爱宝玉,无论身份是主子奴才都想嫁他。不过这个问题可能要怪《红楼梦》,曹雪芹笔下的女子多半已有这个倾向,续书只是更为过度罢了。其次,作者偏要宝玉把女人一网打尽,所以在二妻十二妾外,另外替他安排与香菱、凤姐、妙玉在梦里相交。虽然这么写,可免去宝玉逆伦悖德的争议,作者也交代此系了结原书可疑的风流公案,但毕竟显得牵强勉强。第20回宝玉对钗、黛道:"我喜欢巴不得她们十人都在一炕睡,我在中间,随便取乐,才是我的心愿。"听起来还有点傻人傻福的兴味,但一想他和香菱、凤姐、妙玉的梦中风流,又觉得有一点可鄙了。

附带一提,王旭川说《红楼幻梦》里黛玉和晴雯是女同性恋[①],尤其第20回作者写道:"此后两人同起同坐,同食同眠,两相爱慕,寸步不离,俨然怜香伴玉一般。"不过小说里面的所有女性,都优先认同以男人为中心的异性恋婚姻,这不同于西方及现代意义的女同性恋爱情,反而折现中国古代女性在一夫多妻制度下的别样可能——除了钩心斗角,也能互倾衷情。

---

① 王旭川:《中国小说续书研究》,北京,学林出版社,2004,第301页。

四、世情书与狭邪笔记

《红楼梦》出版以后的清代中期嘉庆、道光年间，具有《金瓶梅》、《红楼梦》血缘的"家庭—社会"型世情小说为数不少，大致可以分为两类、共三组作品：一类属于独创，包括《蜃楼志》、《痴人福》、《清风闸》、《雅观楼》、《玉蟾记》共五部；另一类续衍前书，包括《金瓶梅》续书《三续金瓶梅》，以及十部《红楼梦》续书。考察《蜃楼志》这几部独创性质的世情小说，可见它们的体制开始朝中篇化转变，属性则因类型整并——特别是渗入才子佳人、色情、侠义、公案等元素而改变了世情纯度，显示它们正远离《金瓶梅》、《红楼梦》那个泄愤著书的传统，转向认同才子佳人小说和色情小说那个谱系，而且愈来愈服膺于市场机制和通俗口味①。至于续书类的《三续金瓶梅》，四十回篇幅只能算较长的中篇小说，由于它没有混入其他类型小说的元素，反而留心于家庭生活的描写，所以世情内容要比《蜃楼志》等来得丰富一些。不过它主张"反讲快乐之事"，自叙创作动机是"为观者哂之"、"以嘲一笑云尔"，倒也和《蜃楼志》等书一样服从于通俗化、商品化的小说生产机制，都是以暴发变泰的男性想象取悦市井的、非精英层的读者②。

弃长篇就中篇的趋势，同样反映在十部《红楼梦》续书上，除了《红楼复梦》写足一百回，其他多为三十回上下，也是弃长篇就中篇。倒是《红楼梦》续书的世情比例，普遍超过《蜃楼志》等几部小说，这是因为作者多半还把重心放在家庭生活上（《三续金瓶梅》亦然）。不过，即便《红楼梦》续书仍有较高比例的世情内容，但被才子佳人小说或色情小说浸染也是不争的事实，本文讨论的《绮楼重梦》、《红楼幻梦》即为最佳例证；至于儿女英雄部分，《绮楼重梦》蓦写小钰、碧箫、蔼如三个十来岁的娃儿平倭克敌，《红楼幻梦》亟陈柳湘莲习武、打擂台、奇功靖寇，反映类型整并多少也反映在《红楼梦》续书中。看来，中篇化和类型整并两者，普遍作用于清代中期大部分世情小说。

回到风月话题，色情小说那种"天分中生成一段色情"的倾向，大大影响了清代小说的风月笔触。《绮楼重梦》亦然，它不对人物的行为提出解释，仿佛以为生命的全部就是追欢鱼水，陷入一种"群体通淫的狂欢"③。又，《绮楼重梦》除了多写逆伦通奸，且性交游戏多是开放参与的，例如第40回写到安南国王遣使入贡，随行一名精通武艺女子浮泥满剌加，被宝玉带回家赏了宴席。结果蛮女乘着酒

① 胡衍南：《清代中期世情小说研究——以〈蜃楼志〉、〈清风闸〉、〈雅观楼〉、〈痴人福〉、〈玉蟾记〉为主》，《国文学报》第47期，2010年6月，第263–290页。
② 胡衍南：《〈三续金瓶梅〉评议》；收入黄霖、吴敢、赵杰编：《〈金瓶梅〉与清河——第七届国际〈金瓶梅〉学术讨论会论文集》，沈阳，吉林大学出版社，2010，第467–486页。
③ 康正果：《重审风月鉴——性与中国古典文学》，台北，麦田出版公司，1996，第293页。

兴，抱住小钰亲嘴，又伸手往他裤裆乱捏，于是小钰将其按倒在地板上，缚其双手，拉下裤子，后拿小刀作势要戳进阴门——

小钰笑道："你们瞧瞧，他却还是个处女哩！"又拿刀向着他谷道做个势，又在脐眼、心口、喉咙口做势吓他，吓得他宰猪似的叫唤。小钰笑笑，待要放他，宫梅说："慢些，慢些！"忙把一个李子塞进他的阴户去……

将妇人缚其手脚，脱掉衣服或裤子，把李子塞进阴户——不免令人联想《金瓶梅》第27回"潘金莲醉闹葡萄架"。然而在《金瓶梅》，这一场景极有深意，潘金莲原本以为此系西门庆的性爱花招，不料随着痛楚与恐惧的感受渐强，她才倏忽惊觉这是西门庆加之于她的男性家长式惩罚，当下被人摆布的身体则说明她从属于人的现实。即便求饶认错后男人放过了她，结局也是濒临死亡边缘——"目瞑气息，微有声嘶，舌尖冰冷，四肢收敛于衽席之上矣"，预示了潘金莲最终的命运。但《绮楼重梦》这场闹剧就不同了，作者无意写弱国女使的悲哀，摹其憨笨贪色只为凸显滑稽，毫无严肃庄重深意，遑论对男女的存在处境有任何提示反省。

作者王兰沚虽曾为宦福建、台湾，但这一类下流把戏充斥全书，人物的行径对话更凸显小说的粗鄙猥亵，这要不因为品味庸俗低劣，要不就是刻意讨好市井。且看同时期其他世情小说——《蜃楼志》写洋商子弟富贵多情，一生周旋于各色美女之间；《痴人福》写既丑且臭的富户财主，骗娶三位娇娘之后摇身变成转世潘安；《清风闸》写市井小民耍泼皮、混赌徒的快意生涯；《玉蟾记》写落魄青年宠极人臣、豪取天下美女；《雅观楼》写商人子弟受帮闲朋友拐诱赌博、嫖妓、吸毒的沉沦经过；《三续金瓶梅》写西门庆还阳后，重谱暴发的性爱版图——《绮楼重梦》和它们一样，著书不再有《金瓶梅》、《红楼梦》严肃的目的，作者只想自娱娱人，人生不是启示而是游戏，因此男性的暴发变泰成为最能取悦非精英读者的题材。

《红楼幻梦》骨子里亦见如此这般的狂想，例如宝玉和最钟爱的黛玉、宝钗、晴雯之间，可以彼此分享床第细节；宝玉与谁的一场性事，同时被其他人以期待、祝福、回味的方式共同参与，且乐于邀请第三者一起咀嚼。不只如此，宝玉坐拥二妻十二妾，非但"我在中间，随便取乐"，甚至连不能侵犯的女人都可以在梦中相交。这种十倍于"齐人之福"的美事，和《三续金瓶梅》里西门庆不断和三人、四人、五人举行"连床大会"一样，和《绮楼重梦》向往集体通奸的狂欢一样，都是色情小说一以贯之的男性中心意识所投射的猖狂渴望。差别在于，《绮楼重梦》写风月到底心存下流，《红楼幻梦》写风月终究文雅自制，何况它大抵写合法夫妻房帏之情（几场梦境是例外），笔法含蓄洁净但求烘托出感性雅趣的氛围而已。作者花月痴人极力摹写园林景色及屋宇陈设，逞其所能地安排人物做诗填词听戏唱曲，尤其下工夫从容貌服饰到性情精神一层又一层刻画众美，把小说经营出仅略逊于原书的文雅风流氛围。然而，此人不是曹雪芹，无论生活观念或著书目的都不同于曹雪芹，他的身份、属性比较接近清代中期那些狭邪笔记的作者，以及狭邪笔记所提及的冶游文人。

清初余怀《板桥杂记》以来狭邪笔记的写作传统，在乾隆后期复燃，而于嘉庆、道光年间大盛。《板桥杂记》除了为妓女作传，还把明末南京十里秦淮南岸长板桥一带旧院妓家的衣着、居室、生活、风俗写了下来，且寄明亡之痛、悼气节沦丧，因此在当时及日后都得到很高的评价。然而在这个谱系中，从《板桥杂记》到《秦淮画舫录》、《三十六春小谱》再到《秦淮二十四花品小传》，系渐从魏晋风度式的"纪丽"（为妓女作传），转向南朝宫体式的"品丽"（定妓女高下）。因为《板桥杂记》视妓女为"一代之兴衰、千秋之感慨所系，而非徒狭邪之是述、艳冶之是传也"①。妓女小传主要是政治反省和历史沉思。但到了清代中期的狭邪笔记，虽"十九仿《板桥杂记》体例"，但"已不复有《板桥杂记》"那样的兴亡之感、反省之味了。②妓女小传因不必寄托而流于纯粹的点评。侯忠义先指出，清代中期狭邪笔记虽然追步《板桥杂记》，然而文人题赠的增加却是体例上的重要变化，而且这些作品读来颇见南朝宫体诗之风③。李汇群更发现，文人歌咏妓女除了展现继承自晚明文人护花惜花的意识，且对嘉道文人而言，"风月场中的韵事，更多的是为他们提供了书写的素材，事情、包括女性本身，都是他们渲染诗情、陶铸文字的对象，在这样的写作中，青楼女性本身，有着渐渐等同于书写对象的物化倾向。"④一旦《板桥杂记》"虽以传芳，实为垂戒"⑤式的寄托不在，清代中期冶游文人面对名妓的态度，自然在浪漫与热情之外抹上一层理性与冷清。

明代即有文人品评妓女的"花案"选拔⑥，入选者以状元榜眼探花、一甲二甲三甲评定高低。有趣的是，冶游文人精挑细选出"三十六"春、"二十四"花品，岂不和《红楼梦》列十二金钗并颁布"情榜"，和《红楼幻梦》挑选一甲二甲三甲美女、品评妻妾风月优劣一样，都是在观看、把玩女性的同时又加以品头论足？《秦淮画舫录》把同样嗜读《红楼梦》以至废寝忘食的秦淮妓女金袖珠、苏州妓女高玉英评为："此二姬其皆会心人耶，抑皆个中人。"⑦既然在冶游文人的观念里，红楼佳丽和青楼名妓互为会心人、皆乃个中人，那么《红楼梦》和《红楼幻梦》

① 【清】余怀著、李金堂校注：《板桥杂记》，上海，上海古籍出版社，2000，第3页。
② 陶慕宁：《青楼文学与中国文化》，北京，东方出版社，1993，第207页。
③ 侯忠义、刘世林：《中国文言小说史稿》（下册），北京，北京大学出版社，1993，第358页。
④ 李汇群：《闺阁与画舫——清代嘉庆道光年间的江南文人和女性研究》，北京，中国传媒大学出版社，2009，第96页。
⑤ 【清】余怀著、李金堂校注：《板桥杂记》，第53页。
⑥ 大木康：《风月秦淮——中国游里空间》，台北，联经出版公司，2007，第八章"选美竞赛与花案名次"，第207-224页。
⑦ 【清】捧花生：《秦淮画舫录》，张智编：《中国风土志丛刊》，第31册，第36页。

恐怕都有文人品评妓女的想头在其中。然而《红楼梦》和其续书终究有差别，曹雪芹对他的小说有太多感慨："满纸荒唐言，一把辛酸泪；都云作者痴，谁解其中味?"花月痴人却因为不满原书"欢洽之情太少，愁绪之情苦多"，所以"摭其奇梦之未及者，幻而出之"。因为有寄托，《红楼梦》写大观园群芳便充满感情，其热烈就如同《板桥杂记》写李十娘、李大娘、葛嫩、董白、顾眉，情绪也和余怀一样经过沉淀反刍："间亦过之，蒿藜满眼，楼馆劫灰，美人尘土。盛衰感慨，岂复有过于此者乎!"①《红楼幻梦》虽把黛玉、宝钗、晴雯、妙玉等人都提高了境界，但因作者对她们没有明显的寄托，所以就像同时期狭邪笔记作者一样，乍看毫无保留地歌咏妓女，另一方面又把她们物化为审美、赏玩、议论的对象，那是一种高姿态的、极冷清的鉴评。正是从这里可以判断，《红楼幻梦》作者花月痴人的身份、属性，和清代中期狭邪笔记的作者是有联系的，他们都是"自己主动或者被迫放弃科考仕途，被放置于国家等大话语之外的才子兼情种"②。

　　然而，失志于科考者不一定是才子，也不一定就是情种，同样可能投入世情小说写作。这种人的社会阶层兴许较低，对市井俗趣的习惯可能取代了对文雅风流的向往，从《蜃楼志》、《痴人福》、《清风闸》、《雅观楼》、《玉蟾记》、《三续金瓶梅》身上可以印证这般假想。当然，他们也可能根本缺乏性灵妙趣，不懂得怜香惜玉；或者受到色情小说的恶质影响，终日做着卑劣低级的性爱绮梦而不疲不倦，《绮楼重梦》大致说明了这个倾向。

---

① 【清】余怀著、李金堂校注：《板桥杂记》，上海，上海古籍出版社，2000，第3页。
② 李汇群：《闺阁与画舫——清代嘉庆道光年间的江南文人和女性研究》，第10页。

回望红学龙卷风

——以周绍良先生为中心

北京语言大学汉语学院　沈治钧

半个多世纪前，在《红楼梦》研究领域发生过一场声势浩大的政治运动，先是针对俞平伯，后来转移到胡适身上。蓝翎的《龙卷风——"小人物"沉浮自述》追记其事，可资参考。如今偶一回望，乃因周绍良的一篇檄文。它在"毛泽东好评"案中可作重要旁证，弥足珍贵。温故而知新，鉴往而知来，不妨细细品味一番。

一、周绍良其人

周绍良（1917—2005）乳名皓孙，别号辥斋①，祖籍安徽至德，出生于津门富家。受父亲叔迦公影响，自幼诵经，笃信佛法。先后受业于姚慎思、唐兰、谢国桢，1936 年初拜陈垣为师，研修文史。抗战期间转徙于滇蜀，光复后继续从事实业，同时勤勉治学，雅好集邮。1954 年 10 月调任人民文学出版社古典部（二编室）编辑，1975 年 5 月退休，嗣后担任中国佛教协会佛教图书馆馆长、中国佛教文化研究所所长、国家古籍整理出版规划小组顾问、文化部文物鉴定委员会委员等，兼任中国敦煌吐鲁番学会语言文学分会会长、中国唐史学会副会长、中国佛教协会副会长。其学术兴趣广泛，长期从事敦煌学及明清小说研究，嗜鉴古墨，雅好搜集碑志拓片及各类图书，所藏弹词宝卷及小说珍本万余种，世所罕见，大多无偿捐献国家。编著甚丰，主要有《敦煌变文汇录》、《敦煌文学刍议及其他》、《百喻经今译》、《清墨谈丛》、《唐传奇笺证》等，现有《绍良文集》传世。

他是一位知名的红学家，曾参与校订人民文学出版社 1957 年版《红楼梦》，后任中国红楼梦学会常务理事及顾问，《红楼梦学刊》编委，《红楼梦研究集刊》常务编委。除《红楼梦研究论集》外，还与无锡朱南铣合署一粟，联手编纂过《红

---

① 关于绍良公别号，近曾求教于观雪斋主李经国先生。"辥"（xiá）音匣，其下当有二虫字，貌似蠹，易形讹。周氏生前自谓，此指蟪蛄，即北方俗称蝲蝲蛄者。该虫卑微，一餐朝露，终日健旺。这个斋号似寓佛理，并寄绍良公深自谦抑之意。

楼梦书录》和《古典文学研究资料汇编:红楼梦卷》,蜚声学林。冯其庸《哭周绍良》云:"先生红学是鲲鹏,两卷新书育后昆。"① 1962 年春参与曹雪芹卒年问题的学术论争,主壬午说。1995 年春参加关于曹雪芹祖籍家世与《红楼梦》作者著作权研讨会,主辽阳说,同时指出:"向壁虚构,望文生义,只能给研究增加一些混乱,这跟假冒伪劣差不多……我们要严肃地对待《红楼梦》研究才好。"② 他的语调低缓,态度平和,言辞简短,但掷地有声。我当日在场,印象深刻。

周绍良宽厚谦逊,沉静淡泊,一生交游广泛,中多学界名流。在人文社二编室的同事里,陈迩冬、张友鸾(悠然)、顾学颉、李易等均称莫逆,而最为要好的友人则是聂绀弩和舒芜(方管)。1976 年 11 月 2 日,聂氏出狱回京,他和舒芜等老部下兼老朋友陆续登门探视。次年 10 月,有《题聂绀弩北荒草》和《题赠答草》(集唐)七律两首。诗云:

北荒往事足风流,革命如今岂到头?十载幽囚天作孽,百般磨折命为雠。撑肠剩有诗千首,把臂犹存貉一邱。何罪遣君居此地,高苍无处问来由。③

数篇今见古人诗,异代风流各一时。佳句相思能间作,争名岂在更搜奇?落花飞絮成春梦,细雨和烟著柳枝。举目争能不惆怅,悬河高论有谁持?④

这两首诗抒发了作者对聂氏《三草》的由衷喜爱,对老友昔日悲惨命运及眼下凄凉处境的深切同情。"十载幽囚天作孽,百般磨折命为雠",发语尤为沉痛。董桥叹赏不已,说这是"悲怆的诗句",是"冷静低调的热心人,眼见朋友的冤屈他不甘沉默",并说"他们的成就是带血带泪的成就"。⑤ 1986 年春,周绍良参加聂绀弩遗体告别仪式,敬献挽联:"廿馀年苦难遍经,不挠不屈,堪称斗士;十多卷诗文创作,亦庄亦谐,真是才人。"⑥ 释家讲慈悲为怀,周绍良既是佛界的居士,又是儒林的君子,不独善良,亦且正直,还有匡扶正义的侠风。

聂绀弩《秋游北海》云:"水中央者谁家子?彼美人兮张顾周。"小序说:"立秋日,悠然、肇仓、小周枉过,并同游北海。……欣成一律呈三公。"⑦ 此"三公"即张友鸾、顾学颉和周绍良。在聂氏致舒芜函中,经常能够瞥见周绍良、陈迩冬和张友鸾的身影,可知他们交往密切,确实是"把臂犹存貉一邱"的。以下抄录聂札

① 冯其庸:《哭周绍良先生》,载《红楼梦学刊》2005 年第 5 辑。

② 周绍良:《要严肃地对待红楼梦研究》,载《红楼梦学刊》1995 年第 3 辑。

③ 见《绍良文集》,北京古籍出版社,2005,第 2001 页。

④ 周启瑜:《高山仰止——忆我的父亲周绍良》,见《周绍良清墨谈丛》卷首,紫禁城出版社,2009。

⑤ 董桥:《敬慕周绍良先生》,载 2009 年 2 月 22 日《苹果日报》副刊。

⑥ 李经国编:《周绍良年谱》,北京图书馆出版社,2008,第 140 页。

⑦ 《聂绀弩旧体诗全编》,武汉出版社,2005,第 201 页。

五通中的片段：

（1977 年 4 月 18 日）绍良兄尊址怎么写？他说有印泥可送的。

（1977 年 8 月 10 日）请于最近约绍良兄枉过一次，不必在星日。来时请将拙稿带下，因还有好多修改也。拙稿在我处已看过两遍，想携归后又看过一遍，那么，请将看过印象讲讲。

（1983 年 2 月 6 日）请兄春节前后光降一下，作一畅谈。不可于旧历除夕，因恐是日有起哄而来者，人多口杂，反不易谈清什么问题也。绍良兄能不来亦佳，去年（前年？）他空跑一趟，颇觉无趣，至今犹歉，但亦只好由兄通知他。（周颖附言：老聂的心意，是要您和绍良同志约着一同来，这样，老聂和你们二人好说话。除夕那天来的人多，他不好和您俩说话。告诉绍良同志，我们有好酒菜等他。）

（1984 年 5 月 29 日）曹家作了三代织造，书中关于织造事一字未提，从发见的材料看，也一样，关于织造的组织、经营、工人人数、工人与官方关系，也什么也没有……这些怪事很想与公一谈，绍良兄有所知否？

（1984 年 12 月 22 日）除夕贱降，今年不必提起，倘冬、悠、良诸公提及，请阻止之。大家都老了，相聚仅一二小时，地狭人多，谈饮都无豪兴，不足乐也。颉、易诸公本来勉强，更可不谈。①

在 20 世纪 70 至 80 年代的"曹雪芹佚诗"（唾壶崩剥慨当慷）案中，同事陈迩冬和舒芜（合署陈方）有《"曹雪芹佚诗"辨伪》，张友鸾（化名宛平人）有《红楼梦专家大争辩——曹雪芹佚诗疑案》，聂绀弩有起句为"客不催租亦败吟"的七律"寄汝昌诗兄"，他们都站出来对假诗制造者表明了谴责与嘲讽的态度。在这"一丘之貉"中，唯独周绍良缄默不语（未见公开表态）。他的学术立场究竟是怎样的？物以类聚，人以群分。了解到他与聂、陈、方、张诸公同属"把臂犹存貉一邱"的挚友（顾学颉和李易犹逊一等），彼此"臭"味相投，无话不谈，便不难测知其态度了。周绍良是"曹雪芹佚诗"真相的最早知情人之一，当无疑义。

与此相关的情况，舒芜在给《周绍良论红楼梦》撰写的代序《非关红楼梦》中有所说明。以下节录四段。

我对各位"红学家"都很尊敬，却敬而难亲，因为他们学问都很高深，非我所能领解。只有绍良平昔所作关于《红楼梦》的论文，尽管同样专门，同样不易领解，却觉得气味上比较能够受入，虽然读过的并不多，也不曾认真细读。为什么会有此感觉，不曾深想。直到"文化大革命"中，我们一同下放文化部咸宁干校，同

---

① 以上五段致舒芜函分别见《聂绀弩全集》第九卷第 396 页、第 405 页、第 422 页、第 431 页、第 438 页，武汉出版社，2004。

属于最末一批才勉强召回北京之列……恰好毛泽东号召至少读五遍《红楼梦》，《红楼梦》成为时髦话题，我们也就能够昌言罔忌地谈。某次，不记得怎么引起，他说道："我从来谈的是《红楼梦》，不是《石头记》。"一句话使我豁然开朗，顿时明白了我对他的《红楼梦》研究，为什么独能受入的原因。

不管专家对于后四十回如何评价，我们总还是要读一百二十回的《红楼梦》，不想用未完本的《石头记》代替它……当然，《石头记》也大大应该研究，但是只能包括在《红楼梦》研究之内，而不是用《石头记》否定《红楼梦》。我不知道这个见解上不上得了学术殿堂，我也无意求上，但是我不想改变。所以，听到绍良这样的大专家的话，不禁欣然有同心之感，也许绍良会认为我把他的话理解得太浅也顾不得了。

我与绍良五十年交谊中，同下小馆的次数太多了。我自划"右派"后，工资扣减一半，手头拮据，所以揩绍良的油居多。（中略）"文革"起来，我与绍良同入牛棚，同下干校，同为最后北京确定不要的一小撮。只是由于干校结束，我们同被勉强招回。绍良以五十八岁，被动员提早两年退休……那几年，绍良郁郁家居，我天天低头上下班。好在他当时的流水东巷住宅距离人民文学出版社不远，有空我便溜到他家，闲谈一阵，然后又是揩他的油去下小馆，真所谓相濡以沫。（中略）回想人民文学出版社古典部的老同人，聂绀弩、张友鸾、顾学颉、陈迩冬等俱已先后归道山，存者寥落，五十年交谊保持至今者，只有绍良与我而已。这中间可谈的事，比《红楼梦》研究为多。

三年前作此文，还有一个文中未说到的原因，就是当时绍良曾在电话中对我说："你我五十年交谊，你不可无文以记。"使我非常感动，趁着这个机会写出来，所以文中多次说到五十年交谊云云……惊闻噩耗时，我也正从医院出来，非常衰惫，追悼会无法参加，送了一付挽联云："响绝音沉，清话岂徒红楼梦；交深谊重，泥途曾共斧头湖。"也还是上面这篇文章的概括。①

舒芜的这番话颇有弦外之音。他俩被抛弃在湖北咸宁干校的时候，"文革评红"狂潮掀起，汹汹然"红"水滔天。由于主动向康生、江青、姚文元写了"效忠信"，周汝昌已于1970年秋提前奉调回京，尔后便传出了"曹雪芹佚诗"，一时间闹得满城风雨。②周绍良和舒芜虽然僻居鄂东南乡间，但有先期退休回京的陈迩冬等通风报信，当然也可洞悉事态的发展。1975年回京后，他俩"相濡以沫"，经常同下小馆子攀谈，继而跟聂绀弩、张友鸾等过从甚密，1977年底陈迩冬和舒芜便发

① 舒芜：《非关红楼梦》，见《红楼论集：周绍良论红楼梦》卷首，文化艺术出版社，2006。

② 参看吴世昌：《论曹雪芹佚诗之被冒认——再斥辨伪谬论》，载香港《广角镜》1980年3月号。

表了震惊学界的《"曹雪芹佚诗"辨伪》，显非偶然。

"我从来谈的是《红楼梦》，不是《石头记》。"舒芜特意拈出周绍良的这句表白，接下来有意非难"红学家"对于后四十回的否定，其所指甚明。在如何看待《红楼梦》后四十回的问题上，聂绀弩、舒芜与周绍良的观点比较接近，他们都同周汝昌针锋相对。尤其在谈到人文社二编室已逝诸公时，舒芜点了聂绀弩、张友鸾、顾学颉、陈迩冬的名字，并说"五十年交谊保持至今者，只有绍良与我而已"，绝口不提周汝昌。正所谓，道不同不相为谋。《周汝昌自传》却三番五次将聂绀弩引为"知音"，那是绝对不可轻信的。

周绍良跟聂绀弩、陈迩冬、舒芜、张友鸾"把臂犹存貉一邱"，彼此"交深谊重"，值得注意。[①] 他没在"曹雪芹佚诗"案中公开表态，那么是否评论过老同事的《红楼梦新证》（以下简称《新证》）呢？答案是肯定的。事实上，在人文社二编室里，周绍良是专门著文鞭笞《新证》的第一人，他在红学龙卷风中的表现是聂绀弩与周汝昌之间关系的绝好见证。

二、周绍良其文

周绍良的旧文题为《驳〈红楼梦新证〉中的"假定"》，载 1955 年 1 月 30 日《光明日报》副刊《文学遗产》第 39 期。从标题到正文，其矛头所向毫不含糊，完全是针对《新证》的。由于作家出版社 1955 年版《红楼梦问题讨论集》（全四册）未收，后来周绍良自选的《红楼梦研究论集》及李经国整理的《绍良文集》亦未录存，故此文一向为学界所忽略，长期尘封在旧报纸堆里，现在理应得到重视。文章开头写道：

> 周汝昌同志在《红楼梦新证》里为了要证实《红楼梦》的真实性与自传性，费了钜大的功夫，旁徵博引，搜罗了不少的珍贵材料。但是这部洋洋钜著，就治学的观点方法而论，已经由粟丰同志《应正确认识〈红楼梦〉的真实性》一文中，予以详尽的指出。可是关于考据方面的运用，实在也有可以商榷的地方，我现在就其中的重要部分提出来作一研讨。[②]

此处提及粟丰，其文全题《应正确认识〈红楼梦〉的写实性——读周汝昌君

---

① 参看周绍良：《忆与绀弩吃烤鸭》，载《中国食品》1987 年第 7 期；周绍良：《喜读〈闲话三分〉》，载《读书》1987 年第 2 期。

② 周绍良：《驳"红楼梦新证"中的"假定"》，载 1955 年 1 月 30 日《光明日报》第 3 版《文学遗产》副刊。此文收入中国作家协会上海分会编《胡适思想批判资料集刊》，新文艺出版社，1955。以下再引此文不另注。文中书名号多省略，或用引号代替，今径增径改。

《红楼梦新证》的意见》，载 1954 年 6 月 21 日《光明日报》副刊。它是最早对《新证》提出全面批评的文章。粟丰似为字号或化名，究竟是谁，至今仍是个谜。因与一粟相关，上引周绍良旧文又特予推许，而不及其馀（此际已有多篇非议《新证》之文见诸报端），疑粟丰即其好友朱南铣。刘勰《剡县石城寺弥勒石像碑铭》："青腰与丹粟竞采，白金共紫铣争辉。"（《艺文类聚》卷七六）此事有待证实，暂不枝蔓。

同粟文一脉相承，周绍良此篇主要谈了两个方面的问题，开头之后有概括的提示：

> 第一个问题是作者曹雪芹的身世问题。《红楼梦》是曹雪芹写的，为研究这部书，当然是需要研究曹雪芹的；但如果把重心放在他的父、祖，以及他的朋友亲戚的考证上，那就是轻重易置，喧宾夺主，舍其本而逐其末了。

> 第二个问题是处理材料问题。他抓住一点东西，就毫不加考虑的给它加上一个"假定"，像这样的"假定"，连篇累牍，随处都可以找到。

> 这些推想陷害了《红楼梦新证》全书，我们可以讨论的就在这里。它的枝末小节不必谈，现在唯就其有关曹家世系及大观园的问题略举而论之。

众所周知，《新证》基本上是一本资料汇编，既有大量的先前已然公诸红学界或史学界的文献，如曹寅奏折、李煦奏折、《楝亭集》、脂砚斋评、《四松堂集》、《国朝耆献类徵》、《八旗通志》、《八旗满洲氏族通谱》、《随园诗话》、《熙朝雅颂集》、《船山诗草》等等，也有一部分系作者亲自搜罗的材料，如《懋斋诗钞》。跟一粟的《红楼梦书录》和《红楼梦卷》类似，把相关资料汇集在一起，能够给读者提供很大的方便，这是应当予以肯定的。但是，《新证》讹误较多，参考时必须小心。至于书中标新立异的观点，则绝大多数属于猜测所得，缺乏可靠凭据的支撑，俱难成立。周绍良从雪芹身世与材料处理这两个方面驳斥《新证》中"连篇累牍"的"假定"，几乎等于是对此书的全盘否定。

周绍良所举的第一个例证是《新证》关于曹宣的推测，材料涉及《楝亭集》、《八旗画录》、《东华录》及曹家的三轴诰命，略谓：

> 最重要的是因他的"假定"而产生了曹寅第二个兄弟曹宣的荒唐的说法。今天根据曹寅的集子里，他只有唯一的兄弟叫"子猷"，又叫"筠石"；可是在全集里始终查不出这"子猷"是什么名字……周汝昌同志径自杜撰出另外一个兄弟"曹宣"，这是如何的荒唐。作者在这里特别声明说人们对曹子猷即是曹宣的说法是"荒天下之大唐"，今天他要特别"作一篇翻案的硬文章"（新证页五九），事实上这硬文章我觉得倒是他自己"荒天下之大唐"了。

1975 年下半年，冯其庸和李华发现了康熙二十三年（1684）甲子未刊稿本《江宁府志》，其卷十七"宦迹"《曹玺传》上有"仲子宣"字样，说明曹寅的胞弟子猷本名曹宣。次年初，冯氏《曹雪芹家世史料的新发现》发表，真正解决了子猷之名问题，同时在学术上给周汝昌解了围。从这个角度看，似乎上引周绍良当年对《新证》曹宣说的批评是错误的，其实不然。

周祜昌与周汝昌兄弟推测子猷之名的方法过于简单，未免随意，其结论存在很大的偶然性。在这种情况下，严格遵守考据规范的周绍良自然不能予以认可，他觉得《新证》的说法过于"荒唐"，纯属"杜撰"，那是理所当然的。后来朱南铣、赵冈、陈锺毅等学者均持此论。《周汝昌自传》却透露，早在 1954 年夏季，聂绀弩便对《新证》曹宣说表示了激赏的意思，赠诗云："不是周郎著《新证》，谁知历史有曹宣?"[①] 这是不可信的。

在此有必要申明，周绍良对《新证》的批评合理与否，此非我们的着眼点。关键是要注意批评本身，亦即周绍良看待《新证》的态度。请读者记住，"荒天下之大唐"是周汝昌的同事、聂绀弩的部下兼好友周绍良在 1955 年初对《新证》的一句恶评。

周绍良所举的第二个例证是曹寅与其弟子猷的生日问题，主要批驳《新证》的孪生兄弟说。他根据《楝亭诗钞》卷三中的《支俸金铸酒枪一枚寄二弟生辰》和《楝亭词钞别集》中的《金缕曲·寿郭汝霖八十初度》这两首诗词，考证出曹寅的生日是九月初七日，而其弟子猷的生辰则在花朝节，亦即二月十五日。其文略谓：

> 由于曹宣的杜撰而产生了另一个枝节。他自信的把曹寅曹宣定为孪生兄弟……难道《楝亭诗钞》没有仔细读完吗?……难道这"二弟"不是集中所累次提到的二弟子猷吗? 从全诗来看，竟不知那一句有"同胚胎"的气氛。

> 至于曹寅的生日，集中亦有提及之处……如此看来，这曹寅与其弟子猷生日是有七个月的距离，今汝昌同志定为孪生，实不知何所见而云然。我对这样的考据，实感觉他有点杜撰之嫌。

周绍良此处考出的两曹生日，无疑属于正解。《新证》所谓曹寅曹宣为孪生兄弟之说，确实是个很低级的错误，表明其作者读书不求甚解，治学浅尝辄止，在没有周密考察基本材料的情况下便乱下断语，态度极不严肃。因此，周绍良两次重复"杜撰"一词，其责难不可谓不严厉。趁便一说，朱南铣于 1962 年 5 月 10 日在《光明日报》副刊上发表的《关于脂砚斋的真姓名》，显然因袭了周绍良此文的部分考据结论。一粟本为一体，这些文章当是他俩相互切磋的结果，故论证上有所重叠实不足为奇。

---

① 见《红楼无限情：周汝昌自传》，北京十月文艺出版社，2005，第 181 页。

周绍良所举的第三个例证是曹雪芹的生父问题。这是红学领域的一个难点，到现在也没有取得一致性意见。前面已申明，这里的关键不在批评得对或不对，而在周绍良对《新证》所采取的态度。他说：

从曹宣问题，他又定曹𫖯就是他第三子，而且是曹雪芹的父亲（新证页四八）；一系列的给他们定了血统关系。即以曹雪芹本身而论，他的历史今天仍然在穷搜冥索之中而未得其详，我们从什么地方可以确定他一定是曹𫖯的儿子？曹寅侄辈甚多，且有养在使署中者，焉知不是另外一侄之子吗？在一个绝无旁证的情形之下，要给曹雪芹来一个肯定的父亲，这与索隐式来推论贾宝玉是某人某人一样有什么分别呢？

这都是由作者"假定"、"大概"、"可能"而发生出来的问题。这种考据功夫，严重的含有胡适派的作风，请把胡适的几篇关于《红楼梦》、《镜花缘》、《儒林外史》的文章打开看看，几乎也都是由"假定"和"不无可能"的立论而来。汝昌同志如此的考据，不独欺人于当世，而且影响于将来。

《新证》所列的曹家世系确实问题多多，譬如不知曹荃即曹宣，误将曹荃指认成了曹尔正之子，亦即曹寅的堂兄，雪芹的"堂叔祖"。[①] 上引文字所指出的将曹𫖯定为曹宣的第三子，当然也是一个错误。周绍良把《新证》与"索隐式来推论"、"胡适派的作风"联系起来，断言它"不独欺人于当世，而且影响于将来"，言辞不可谓不激烈。此际正当批判胡适的高潮阶段，把周汝昌和胡适拴在一起来掊击，这意味着什么，不言而喻。

周绍良所举的第四个例证是梨香院的安置问题。《新证》援引小说第四回"咱们东北角上梨香院一所，十来间，白空闲"，周绍良认为其中的"北"字是周汝昌擅自改动的，原文为"南"，并质问："这难道是作者无心吗？我查了二三十种版本，也没见有一本在这里作'北'字的，难道作者另有一种孤本吗？"据此，他大张挞伐道：

作者为肯定"《红楼梦》全书的写实性与自传性"，因而"追踪蹑迹"的给《红楼梦》院宇作了详细的图说；布置了一幅《荣国府第想象图》（新证页一五二），竟为符合自己的要求而擅自把《红楼梦》原文改动，这就是"梨香院"的安置问题……这种擅改原文，在胡适写《红楼梦》论文里也有这个毛病，作者在《新证》（页二七）里曾说到他曾发现其中"有许多不可饶恕的错误"，恐怕像这样事情也是其中之一，不期本身又复犯之。

---

① 周汝昌：《红楼梦新证》，棠棣出版社，1953，第43页。

此处所谓"擅改原文"，在学术上当然是一个非常严重的问题。很显然，周绍良把《新证》批判胡适"有许多不可饶恕的错误"一句话，又原封不动掷还给了其作者周汝昌。

然而，周绍良在这里所作的诘难，恐怕不能让周汝昌心服口服。他似乎故意忽略了周汝昌手里确实"另有一种孤本"，那就是胡适所藏《脂砚斋重评石头记》甲戌本的录副本。《新证》还提到了作者所见的庚辰本和戚序本，以及未见的陶洙藏己卯本。在甲戌本里，第四回"咱们东北角上梨香院一所"中确作"东北角"而非"东南角"，己卯、庚辰、梦稿、列藏、蒙府、戚序、戚宁、舒序诸本均同甲戌本，只有甲辰、程甲、程乙等本作"东南角"。《新证》所引当为甲戌本文字，原是有版本依据的，并非"擅改原文"。换言之，站在当今通常的角度看，周绍良的此项指控难以成立。

之所以出现这种现象，原因大概有二：第一是受了彼时研究条件的限制，周绍良所查的"二三十种版本"当为程高系统的刻本，而非脂评系统的抄本；第二是所持的学术理念在发挥作用，既然说"我从来谈的是《红楼梦》，不是《石头记》"，则脂评一系的抄本文字自然不足为凭。作为收藏家，周绍良若愿查核有正书局版戚序本，当非难事。看来，那时候他尚未承认脂评本的学术地位合法。此例特别充分地呈现出了周绍良对于《新证》的态度，那简直可说是鄙夷加嫌恶，因而百般挑剔，刻意为难。至于新世纪印行的《石头记会真》中存在不少"擅改原文"的问题，则属另一回事了。

周绍良所举的第五个（也是最后一个）例证是曹寅长女曹佳氏的问题，借此指责《新证》引据失当，"数典忘祖"。他写道：

还有《红楼梦新证》中，根据旧的说法，可以说是"数典忘祖"，曹寅有一女儿，嫁给王子，这是见于曹寅奏折上的。既然是王子，自然在皇室谱录里有她详细的记载。可是他不曾引用，反而引用了外国人著的《清代名人传略》（新证页九五），这是不应该的，希望在下一次重版时把《爱新觉罗宗谱》引上，岂不在点将录上可以又添出四个表兄弟来。

从以上这些例子，可以看出《红楼梦新证》中的"假定"是多么牵强附会，没有根据。

限于见闻，周汝昌彼时对平郡王府的情况确乎所知不多，引据也成问题。周绍良显然接触过《爱新觉罗宗谱》等相关史料，晓得曹雪芹还有四个姑表兄弟，即福彭、福秀、福靖、福端。知识上的优越感使得他在笔调上越发尖刻了，上引文字明显散发着冷嘲热讽的味道。至于总体上的结论"牵强附会，没有根据"云云，无疑也是很不客气的。

周绍良对于《新证》的贬责，大的方面分为两端：一是《新证》在内容上没有解决《红楼梦》研究中的主要问题，作者的眼光局限在曹氏家世上边，全书"轻重易置，喧宾夺主，舍其本而逐其末"；二是周汝昌在方法上无视考据规范，骋辞鼓说，随心所欲，始终醉心"杜撰"，疏于审辨，用"连篇累牍"的"假定"敷衍成篇，全书缺乏起码的学术价值。具体而言，周绍良所举的五项例证揭示了《新证》作者的五种先天性学养缺陷：（1）急于求成，生编硬造；（2）心浮气躁，无知妄说；（3）师心自用，信口雌黄；（4）胆大妄为，瞒天过海；（5）知识贫乏，孤陋浅薄。总的结论是八个字——"牵强附会，没有根据"。

照周绍良的论断，《红楼梦新证》应当改称《红楼梦假定》才对。一本以史料汇集与史事考辨为主体的著作，竟然获得了上述极端负面的同行评议，这在 20 世纪 50 年代乃至此前都是相当罕见的。更有甚者，周绍良在捶楚挖苦之余还上纲上线，学风上给《新证》打上了"索隐式"的耻辱烙印，政治上则给《新证》插上了"胡适派"的反动标签。至于遣词用语之峻酷，简直让人难以想象竟是出自一位虔诚的佛教信徒之手。像"荒天下之大唐"、"欺人于当世"、"不可饶恕的错误"等最高规格的批评术语，本来只有跑到敌对阵营的"妄人胡适"才配得上的，却一股脑儿扣到了周汝昌的头上。在红学龙卷风中，周绍良没有批判过俞平伯，此文也无一语涉及俞平伯，他的炮弹是专为《新证》预备的。

这种情况表明，在 1955 年初攻辟《新证》的时候，周绍良完全无所顾忌。当时批俞批胡的文章普遍堆砌政治口号，貌似疾言厉色，实则绵软苍白，不能真正解决学术问题，徒然虚张声势而已。周绍良则有所不同，他谈的都是纯粹的学术问题，宏观结合微观，有例证，有分析，观点鲜明，要言不烦，专家的眼光能够透过现象看到本质，因而显得格外犀利，于是政治方面的上纲上线便落到了实处。他在标题上明用"驳"的字样，对身边的这位同事周汝昌痛下针砭，见血见骨，几乎不讲任何情面。此景此象，恐怕任何时候都会让人感到非常惊讶。这难免会给今天的读者造成一种错觉，仿佛毛泽东当年号召批判的意识形态死敌，既不是胡适之，也不是俞平伯，而是《新证》作者周汝昌。

三、周绍良作证

这篇《驳〈红楼梦新证〉中的"假定"》产生于红学龙卷风中，从目前掌握的情况看，它是周绍良在《红楼梦》研究领域的处女作。此前他已印行《敦煌变文汇录》（上海出版公司 1954 年版），眼下刚过 38 周岁，乃学界的一颗光彩熠熠的新星。去年调动到人民文学出版社，是他学术历程上的一个转折点。直到 1975 年春夏之交被迫提前退休，他在人文社供职二十一个寒暑，由于不屑钻营，为人低调，基本上处于抑郁不得志的状态。

人文社二编室的同事，如聂绀弩、张友鸾、舒芜、陈迩冬、王利器、李易、黄肃秋、严敦易及周汝昌等，都曾涉猎红学，这对周绍良的学术兴趣势必产生一定影响。尤其是在批俞运动一开始，他们的社长兼总编辑冯雪峰便因《文艺报》的问题成了重点整肃的目标，人文社遂沦为红学龙卷风的重灾区，这也是促使周绍良关注《红楼梦》研究的重要契机。何况，他还陆续结识了周越然、朱南铣、启功、陶洙等同道中人。1958 年 4 月上海古典文学出版社印行《红楼梦书录》初版，那显然是长期积累的成果。

红学龙卷风肇始的标志是毛泽东写于 1954 年 10 月 16 日的《关于〈红楼梦〉研究问题的信》，而大体结束的标志则是 1955 年 10 月作家出版社《红楼梦问题讨论集》第四集出版，前后历时一个春秋，跨越两个年头。全部过程大致可分为两个阶段：以 1954 年 12 月 8 日中国文联和作协扩大联席会议为界，前一个阶段主要批判《文艺报》和俞平伯，后一个阶段的重点则是胡适。在全部过程中，《新证》都受到了抨击。其主要原因，一是《新证》原本学步于胡适的《红楼梦考证》和俞平伯的《红楼梦辨》，在红学观念与治学方法上也确实存在许多错误；二是周汝昌于 1954 年 10 月 30 日在《人民日报》上高调推出《我对俞平伯研究〈红楼梦〉的错误观点的看法》，积极充当批俞运动的急先锋，引发了学界的众怒。

据龚育之回忆，毛泽东注意到了这种情况，出于"政策和策略的考虑"，主张把周汝昌"放在这场思想斗争的'友'的位置上"，既批评又团结，以便集中火力打击胡适这个主要敌人。周扬对此"政治智慧"心领神会，及时在中宣部吹风。①于是，《人民日报》社长兼总编辑邓拓命李希凡、蓝翎撰文，加以贯彻执行。1955年 1 月 20 日，李蓝的《评〈红楼梦新证〉》在《人民日报》上发表，这是《新证》在红学龙卷风中的分界线。此前，对《新证》进行声讨的有陆侃如、余冠英、力扬、吴小如、严敦易、梁希彦、魏建功、宋云彬、胡念贻、罗根泽、聂绀弩、王若望、褚斌杰、吴文祺等，其中褚斌杰的《评〈红楼梦新证〉》全篇掊击周汝昌，笔下毫不留情。更早一些，俞平伯、王佩璋、曾次亮、粟丰、吴恩裕等都对《新证》有所指摘，但那是在红学龙卷风来临的前夕，没有政治色彩，属于对《新证》的第一波批评。以陆侃如为首的第二波批评要比第一波激烈得多，也广泛得多。

李蓝奉命行事，原本是要熄批《新证》之火的，故而说道："有些人在批评到《新证》时，却往往把它和胡适的《红楼梦考证》、俞平伯的《红楼梦研究》同等对待，因而以过于偏激的态度，草率地将《新证》一笔抹杀。我们认为，《新证》是不同于后二者的。"②尽管周汝昌对李蓝此文感激涕零，但他们的目的并没有达到。嗣后对周汝昌的谴责仍在继续，甚至火力更加猛烈了。参与者有王知伊、周绍良、吴景超、唐弢、任继愈、晓立、陈炜谟、施子愉、王利器等，其中只有晓立附和李蓝，却也不得不指出《新证》中的诸多严重错误。王知伊的《评〈红楼梦新证〉及其他》、周绍良的《驳〈红楼梦新证〉中的"假定"》、施子愉的《评〈红

---

① 龚育之：《几番风雨忆周扬》，载《百年潮》1997 年第 3 期。

② 李希凡、蓝翎：《评〈红楼梦新证〉》，载 1955 年 1 月 20 日《人民日报》副刊。

楼梦新证〉》及王利器的《重新考虑曹雪芹的生平》，皆全篇针对《新证》，予以驳斥。除晓立以外，他们都没有把李蓝所发出的信号放在眼里。这当中，周绍良和王利器的文章无疑是更内行、更透彻、更集中、更有力的。毛泽东的"政治智慧"与周扬的战略部署，居然在《新证》问题上打了个大大的折扣，此为红学龙卷风中的奇特景象。

可笑的是，半个世纪后，出现了一则坊间传闻，即 1954 年 5 月聂绀弩初会周汝昌时透露，毛泽东对《新证》"有好评"，当时有"王某在旁也赔笑附和此言"。① 后来这"一句传闻"层层加码，演化成了"唯有毛主席是《新证》的知音"。② 近来，它又被用来诠释顾随的《木兰花慢》（石头非宝玉）词。③ 事实上，即便在红学龙卷风来临之际，也没有毛泽东对《新证》"有好评"的话传出来，遑论半年以前。聂绀弩在批俞时牵连周汝昌，公然把《红楼梦研究》与《新证》的"辨伪存真"一同斥为"至少有一半是笑话"。④ 倘若果真讲过那"一句传闻"，聂绀弩的这种态度便不好解释了。另外，连不知名的编辑"王某"都了解到的"一句传闻"，二编室的同事必定也都会知悉的。可是，严敦易和王利器在红学龙卷风中都把矛头对准了《新证》，这就更不好解释了。

现在看到《驳〈红楼梦新证〉中的"假定"》一文，情况愈发清楚。周绍良不仅是人文社的一员，而且是二编室的一分子，聂绀弩的部下和友人，周汝昌的同事，并且二周还同在小说组里。周汝昌自称"小说组长"（其实是张友鸾），指周绍良为组员，也可说明他俩的工作关系确实十分密切。⑤ 既然如此，周绍良当然应该晓得那"一句传闻"。然则，他怎么会全然不顾毛泽东的"好评"，竟以辛辣之极的笔调写出了一篇彻底否定《新证》的檄文呢？此文发表在李蓝《评〈红楼梦新证〉》刊出十天之后，聂绀弩、陈迩冬、舒芜、张友鸾等同事兼朋友显然没有结合"一句传闻"提醒周绍良——《新证》是批不得的。实际上，聂绀弩和周绍良驳斥《新证》的文章在同一个月份面世，彼此恐怕是通过气的。周绍良此文登载在《光明日报》副刊《文学遗产》上，那是当时红学舆论的主阵地之一，万众瞩目。其主编陈翔鹤眼观六路，耳听八方，在那场急风骤雨式的政治运动中始终循规蹈矩，不敢越雷池半步，但他显然也没有觉得周绍良此文不合时宜。

《驳〈红楼梦新证〉中的"假定"》言言逆耳，字字诛心，鞭皮出血，捆掌见痕。周绍良以格外明朗的态度作证，聂绀弩在 1954 年 5 月压根儿就没讲过那"一

---

① 周汝昌：《我与胡适先生》，漓江出版社，2005，第 170 页。

② 见《红楼无限情：周汝昌自传》，第 305 页。

③ 周伦玲：《燕京人海有人英——顾随先生眼中的〈红楼梦新证〉》，载 2009 年 5 月 25 日《人民政协报》双周刊《学术家园》。

④ 聂绀弩：《论俞平伯对〈红楼梦〉的"辨伪存真"》，载 1955 年《人民文学》1 月号。

⑤ 周汝昌：《沈从文详注红楼梦》，载 2008 年 8 月 15 日《文汇报》第 11 版笔会副刊。

句传闻"。种种迹象显示，此际乃至红学龙卷风中，毛泽东对《新证》也没作出过什么"好评"。了解一些当代红学史的基本事实，可以提高一点识别谎言的能力，增添一些坚持真理的勇气。希望周绍良所训斥的那种"不独欺人于当世，而且影响于将来"的凿空之谈，不再泛滥。

《野叟曝言》创作心态试探

北京外国语大学中文学院　魏崇新

一、自大狂与妄想症

"诗言志"、"发愤著书"是中国古代文学的创作传统，中国的文人常常将自我形象、自己的人生追求与情感理想寄寓在文学作品中，形成了中国文学的"自寓"传统，从屈原的《离骚》到曹雪芹的《红楼梦》皆有自寓性质。弗洛伊德的精神分析学说认为，文学创作是作家心理苦闷的象征，是作家在现实中无法满足的人生欲望的升华，因此文学创作表达的是作家的白日梦，那些根据自己的经历凭借主观想象和个人才气进行艺术创造的作家尤其如此。弗洛伊德的理论与中国文学的自寓传统有不谋而合之处，特别是在小说创作方面表现得更为明显，如才子佳人小说作者、蒲松龄、夏敬渠等堪称代表。本文尝试通过对《野叟曝言》的文本分析，探讨夏敬渠的创作心态，认为夏敬渠的《野叟曝言》比较典型地代表了失意文人的白日梦幻，通过小说创作，夏敬渠以夸诞的方式书写了自己的人生欲望。

夏敬渠（1705—1787），字懋修，号二铭，江苏江阴人。生于康熙四十四年，卒于乾隆五十二年。光绪《江阴县志·文苑传》称夏敬渠"英敏绩学，通经史，旁及诸子百家，礼乐兵刑天文算术之学，靡不淹贯"。是一个名噪一方的饱学之士。夏敬渠一生遭逢不偶，怀才不遇，科举失利，与仕途无缘。为了谋生，他奔走四方，游幕天涯，晚年著《野叟曝言》以自遣。西岷山樵在《野叟曝言序》中称："先生以名诸生贡于成均，既不得志，乃应大人先生之聘，辄祭酒帷幕中。遍历燕、晋、秦、陇，暇则登临山水，旷览中原之形势，继而假道黔、蜀，自湘浮汉，溯江而归。所历既富，于是发为文章，益有奇气。先生亦自负不凡，然首已斑矣……是书抒写愤懑，寄托深远，诚不得志于时者之言，故自秘靳而不欲问世。"《野叟曝言·凡例》云："作是书者，抱负不凡，未得黻黻休明，至老经猷莫展，故成此一百五十余回洋洋洒洒文字，题名曰《野叟曝言》，亦自谓野老无事，曝日清谈耳。"① 这

---

① 西岷山樵的序及"凡例"载《野叟曝言》第一回，人民文学出版社 2006 年版。本文所引小说原文皆出自此书。

些论述揭示了夏敬渠创作《野叟曝言》的目的与心态：自负不凡，怀才不遇，沦落一生，抑郁不平，故借小说以抒愤懑，炫才学，表达在现实中不能实现的人生欲望。

孙楷第在《夏二铭与〈野叟曝言〉》中分析了《野叟曝言》的内容，并将其与夏敬渠的个人情况进行比较，指出夏敬渠写作《野叟曝言》具有"自寓"性质：

> 如所述素臣家庭游历之地，以及学问志趣，无不与敬渠合。唯足个人之缺憾，实与才子佳人者流同，而间架魄力较为宏阔，其欲望亦不仅至于中状元得美色而止，斯为少异。但文素臣既为作者自寓，如书中所述素臣经文纬武，居然一代伟人，夸诞如此，殊可骇怪。而细按之则亦不足异。作者于当时盖负时誉，曾游名相之门，得其宾礼，如孙嘉淦则因讲"君子中庸"章至有下拜之事（见潘永年《经史余论序》及《怀人诗》注）；而朋游品藻，尤多溢美。作者既矜其学，益以自负，而自伤不遇，坐废"明时"，遂乃造作小说，寄其幽愤，肆为大言。①

孙楷第认为小说中的文素臣是作者夏敬渠的自寓，小说所写文素臣的家庭情况、个人学问与志趣等都与夏敬渠有相互吻合之处。孙楷第将夏敬渠的诗文集《浣玉轩集》与小说《野叟曝言》相对比，从文素臣与夏敬渠的"家庭"、"游历之地"、"朋游推许"、"母百年庆寿"、"人名"、"诗文"等九个方面逐一比较，求证了作为小说主角的文素臣与作者夏敬渠之间的关联与相似之处，指出《野叟曝言》的"自寓"性质，进而得出结论："凡一种创作，无论如何，不能超出个人经验之外，故小说之作，半为自述。"② 孙楷第先生的文章为我们讨论夏敬渠的创作心态提供了很有价值的参考。

鲁迅在论及《野叟曝言》时说："凡人臣荣显之事，为士人意想所能及者，此书几毕载矣，惟尚不敢希帝王。至于排斥异端，用力尤劲，道人释子，多被诛夷，坛场荒凉，塔寺毁废，独有'素父'一家，乃嘉祥备俱，为万流宗仰而已。"③ 精当地概括了小说的思想与主旨。所谓"素父"指的是小说的主人公文素臣，因救国救民，功勋盖世，被皇帝封为"素父"。小说中的文素臣是一个集忠臣孝子与文才武略于一身的英雄形象，夏敬渠通过大胆的想象，离奇的情节，夸饰的语言，叙述了文素臣一生的丰功伟绩，把文素臣塑造成一个儒教的超人，维护道学的英雄，制造了一个理学圣人的神话。《野叟曝言》第一回，作者这样描写文素臣：

> 且说文素臣这人，是铮铮铁汉，落落奇才，吟遍江山，胸罗星斗。说他不求宦

---

① 孙楷第：《沧州后集》，中华书局，2009，第 126 页。
② 孙楷第：《沧州后集》，中华书局，2009，第 165 页。
③ 鲁迅：《中国小说史略》，《鲁迅全集》第九卷，人民文学出版社，1981，第 243 页。

达，却见理如漆雕；说他不会风流，却多情如宋玉；挥毫作赋则颉颃相如，抵掌谈兵则伯仲诸葛。力能扛鼎，颓然如不胜衣；勇可屠龙，凛然若将陨谷。旁通历数，下视一行；间涉岐黄，肩随仲景。以朋友为性命，奉名教若神明。真是极有血性的真儒，不识炎凉的名士。他平生有一段大本领，是止崇正学，不信异端；有一副大手眼，是解人所不能解，言人所不能言。"

这段文字对文素臣极尽赞美之能事，把文素臣描绘成一个无所不能的奇才与英雄，他不仅有才、有德，文武双全，还是一个多情种子。古代的史书往往将帝王将相、圣人贤人的出生神秘化、神话化，以显示他们是天赋异秉。为了渲染文素臣的天生神圣，小说将他的出生神秘化："素臣生时，有玉燕入怀之兆。故名玉佳。文公梦空中横四大金字，曰'长发其祥'。又梦至圣亲手捧一轮赤日赐与文公，旁有僧道二人争夺，赤日发出万道烈火，将一僧一道登时烧成灰烬。文公知为异端，故尤爱素臣。"文素臣生有异兆，幼有大志，"四岁时，父问素臣之志，则其不愿富贵而愿读书，不欲中状元，而欲为圣贤"（第一回）。文素臣长而多才多艺，"精通数学，兼及岐黄、历算、韬略诸书"（第一回）。他不仅有才，还貌赛潘安，身体如玉，一表人才。作者要把文素臣塑造成一个才能完备，道德纯正，身体完美无瑕的十全十美的完人。

"崇正辟邪"是《野叟曝言》的宗旨，所谓的"正"即是儒教更确切地说是理学，"邪"指的是佛教与道教，小说第一回的回末评称"此书为辟除二氏（即佛、道）而设"，第二回回末评云"崇正辟邪，乃此书之大旨"。文素臣最大的本领是排斥异端，攘除佛教、道教甚至基督教不遗余力，崇奉儒教更确切地说是理学以至五体投地，是一个真道学，一个封建社会中正统化的理想人物。他一生的志向是推崇儒教，辟除佛、道，他似乎是专为崇正辟邪而生，他的父亲在他出生之时所梦"赤日发出万道烈火，将一僧一道登时烧成灰烬"的景象就是象征。更神奇的是文素臣崇正辟邪的秉性源自胎教，是从母腹中带来的，文素臣曾对太子说："先父及臣母俱不信邪，臣在母腹受母胎教所得之气即已无邪，出胎以后，幼闻义方，长读经传，崇正辟邪之志愈坚愈定，时以灭除老佛为念，旋知灼见，确然无疑，此心如赤日当空，心之正气如烈火燎原，此邪术之所不能干犯也。"（一百八十回）文素臣视儒学为天地之正统，斥佛、老为人世之祸首，他慷慨激昂地说："慨自秦汉以来，老、佛之流祸几千百年矣。韩公《原道》虽有人其人、火其书、庐其居之说，而托诸空言，虽切何补？设使得时而驾，遇一德之君，措千秋之业，要扫除二氏，独尊圣经，将吏部这一篇亘古不磨的文章，实实见诸行事，天下之民复归于四，天下之教复归于一，使数千百年蟠结之害，如距斯脱。"（第一回）唐代韩愈辟佛，既没有皇帝的支持，也没有引起下层的呼应，只是形诸空言。自宋明以来，儒、释、道三教混合，难分难解，已经成为思想发展的大趋势，夏敬渠不满于这种现状，自己又无力抗拒时代潮流，实试图借助于幻想表达自己崇儒教，辟佛、老的思想，因此虚构了文素臣推广儒教，荡平佛、道，灭除天主教，把儒教的旗帜插遍全球的神话。

文素臣是一个文可安邦、武能定国的全才，被儒教视为人生最高境界最大成就的修、齐、治、平的功业，他不费吹灰之力全都做到了。文素臣曾多次向弘治皇帝上奏章，谈自己的治国方略，内容包括国计民生的众多方面，涉及政治、经济、法律、宗教等方面，其治国思想源于儒家的政治思想，治国方略多来自"四书五经"。作者多次借书中人物之口称赞文素臣的治国才干，覃吉说："文爷乃古今第一儒者，程朱之外，不足道也。东宫贤达，文爷须扶助他为尧舜。三代以后贤君，无一可学者，以文爷之本领，不仅为一代兴致术，当为万世开太平。"（第一百八回）在明朝处于内忧外患之时，文素臣是只手擎天的英雄，他内除奸臣，安定朝堂，外平夷敌，保民安国，尊崇儒教，荡灭佛道。他的儿子们大有乃父之风，文龙九岁中状元，十多岁巡按三省，剿除倭寇，文麟西征印度，扫荡佛教。他的朋友也非比常人，助其立功，他的好友景日京征服欧洲七十二国，清除包括基督教在内的宗教，使儒教统一世界，建立了崇奉儒教的"大人文国"，协助文素臣实现了自己理想。景日京在给文素臣的书信中这样写道："盖欧罗巴大小七十二国，皆禀天朝之制矣。由是拾吾兄之唾余，布圣主之亲规，除僧灭道，去天主邪教，焚其书说，毁其像字，设学建儒，悉遵孔氏……吾兄大行于中国，而弟小试于遐方，功业不可以河潦计，顾足以补心力之所未足，而广圣教于自古不通之绝域，灭邪说于二千余年之延蔓，亦吾兄之所许也。"（一百四十七回）文素臣的功业可谓空前绝后。作者的心愿是用儒教征服地球，统一世界，可谓狂妄之极。

文素臣位极人臣，享尽人世的功名富贵与尊荣，除了皇帝的宝座不敢觊觎外，他想得到的全部得到。小说的结尾写除夕之夜，文素臣一家四世同梦，梦兆吉祥。水夫人梦见自己到了"圣母公府"，置身于尧母、舜母、禹母、汤母、文王之母、武王周公之母、孔子之母、孟子之母、二程之母、朱子之母等圣母之列，享受了无限的尊荣。文素臣则梦见自己到了"传薪殿"，与皋陶、伊尹、太公望、孟子、周子、两程、朱子并列，进入历代圣贤明相的行列。最后一回的回末总评称："四世同梦，此大梦也……此尤开辟以来之第一大梦也……此古今第一大梦。"这种结尾颇富有象征意味，表面上作者是要表现文素臣母子的超凡入圣，实际上隐喻的是整部小说所写头来原是荒唐一梦，作者的创作不过是痴人说梦而已。因为作者的描写不仅远离了现实的可能性，也超出了常人的想象力。

就中国古代小说的创作看，小说中具有理想色彩的主人公身上往往寄托着作者个人理想，是作者自我的寄托，心声的表露。"有的作家塑造高大英勇的主人公，意在褒扬他、赞美他，但在作者觉察不到的深层心理中，真正的动机也许倒是要为他曾经有过的屈辱和卑污作辩解。"①夏敬渠在《野叟曝言》中塑造的文素臣是一

---

① 钱谷融、鲁枢元主编：《文艺心理学教程》，华东师范大学出版社，1987，第141页。

个"奋武揆文天下无双正士",是作者心目中的英雄,文素臣形象的描写深深打上了作者自我的烙印。据说文素臣的名字"文白"两个字就是夏敬渠之姓"夏"字的拆字,文白的母亲水夫人身上也有夏敬渠寡母汤氏的影子,如此看来,《野叟曝言》就具有夏敬渠心灵自传的性质。现实中的夏敬渠功名心强烈,曾经作《纲目举正》一书,准备在乾隆南巡之时迎銮献书以博取功名,因事未果。他一生落魄,困顿场屋,生活潦倒,常有贫寒不遇之叹。在其诗文集《浣玉轩诗集自序》中他这样感叹道:"哀我狂生,独行蹇路。扪萧萧之败壁,有地皆荒;书咄咄于空斋,无天可问。《望云》而泣,户内无《梁木》之依;《陟岵》而悲,门下废《蓼莪》之什……入耳总伤心之语,一门俱可怜之人。固已家业苍凉,不尽眼中之泪;更值世途坎壈,难看头上之天。贫欲谋生,都来鬼笑;癯还剩骨,已受人怜。""一兔何堪?至极狡狯之力;万言不易,难登龙虎之科。待麟阁以何期,拥牛衣而自惜。"贫穷不堪、怀才不遇、功名未立的夏敬渠无力改变现实的困窘,只好将现实中无法实现的人生愿望与理想寄托在自己笔下的文素臣身上,用心造的幻影满足自己极度膨胀的个人欲望,以白日梦的方式塑造了理想的自我——文素臣的形象,在小说中充当了一回幻想的英雄,画饼充饥式地过了一把儒教的英雄瘾。文素臣形象的塑造折射出夏敬渠心理上的妄想症与自大狂,从另一面也揭示出他心里的孱弱与面对现实的无能,因为他无法面对现实,不敢正视现实中的自我,只好鸵鸟式地埋头于自己营造的幻想世界中自我陶醉。

二、自恋与意淫

在《野叟曝言》中,夏敬渠为塑造文素臣的英雄形象,叙述文素臣的英雄业绩,制造了两个神话,一个神话如上所述,宣扬的是文素臣的政治业绩,通过文素臣崇正辟邪、治理内忧外患的功业,制造了儒教战胜佛道统治中国、征服世界的神话;另一个神话叙述的是文素臣的性功业,写的是文素臣作为一个男性英雄征服女性、拯救女性的神话。如果说前一个神话表现的是夏敬渠的政治理想与理学信念,反映的是他心理上的妄想症与自大狂,那么,后一个神话表现的则是夏敬渠的生活理想与两性观念,反映的是他心理上的自恋与意淫。从小说文本的具体描写与所占的内容比重看,夏敬渠似乎更热衷于文素臣作为性英雄神话的叙述。

《野叟曝言》的叙述主线是文素臣漫游天下的故事,用文素臣自己的话来讲他漫游的目的是"遨游名山大川,以广闻见,且遍览山川形势,物色风尘,以为异日措施之地"。从小说的具体描写看并非如此,文素臣外出漫游的目的与功绩其实有两个,一个是广闻见、勘察地形,为平定内乱、治理天下作准备;另一个是寻求美女,为自己寻找合适的妻妾,满足自己占有、征服、拯救女性的欲望。文素臣有自己的婚姻理想,他认为自己有算学、诗学、医学、兵法四种绝技,立志要娶四个美慧而擅长算学、诗学、医学、兵法的妻妾,以传授自己的绝技才学,从而增加与自己相匹配的闺房乐趣，以实现"一室之中欲使四美俱备"的理想。他对擅长历算之学的美女璇姑说：

> 我平生有四件事略有所长，欲得同志切磋，学成时传之其人。如今历算之法得了你，要算一个传人了。我还有诗学、医宗、兵法三项，具有心得，未遇解人，将来再娶三个慧姬，每人传与一业，每日在闺中焚香啜茗，不是论诗，就是谈兵，不是讲医就是推算，追三百之风雅，穷八门之神奇，研素问之精华，阐周髀之奥妙，则尘世之功名富贵悉付之浮云太虚耳。（第八回）

文素臣也曾对素娥说："我对璇姐说过要娶四个慧姬，一算、一医、一说诗、一谈兵。"（第二十一回）因为怀有这种心思，所以文素臣虽然已经娶了美貌贤惠的妻子田氏为妻，但心中仍不满意，便借出游之机寻找符合自己愿望的四个美慧之姬。最后他果然实现了自己的愿望，他娶了一妻五妾：妻子田氏，小妾有精通历算之学的璇姑、精于医术的素娥、善于做诗的湘灵、熟于兵法的天渊，还有女神童谢红豆，结果超出了他的预算。至于将功名富贵付之浮云的话，则是虚伪的托词而已，实际上他是鱼和熊掌二者兼得，美女与功名富贵一样也不可少。

在小说中，文素臣特别有女人缘，所遇皆美貌、多情、贞德的女人，众美女对其皆一见钟情，以身相许，以作其妾为荣。他游历各处为民除害，降妖除怪，拯救的多是遇难的美女，因此他常常上演一幕幕英雄救美的人生戏剧，他所救的美女有大家闺秀，也有小家碧玉，有尼姑、青楼女子，也有荡妇，各色女性都毫无例外地对他投怀送抱。如在救了鸾吹之后，鸾吹恳请文素臣"恩兄若鉴苦衷，收诸妾媵"（第四回）；他解了刘璇姑姑嫂之危，不仅璇姑恳求素臣纳己为妾，而且璇姑的哥哥甚至跪着请求文素臣纳自己的妹子璇姑为妾（第七回）。妙龄少女红瑶与文素臣有了身体接触后，立意要嫁素臣为妾（七十七回），就连勇武粗豪的熊飞娘也说："奴欲适人，亦无可适，除是文爷天人，奴才甘心居妾媵之列，其余必须正配。"（第七十二回）虽然如此，文素臣对众多的美女仍然是很挑剔，正如他的小厮锦囊所说："我家相公（素臣）可是容易收妾的？未家大小姐天姿国色，与三位姨娘一样的相貌，相公还不肯收。相公若容易收妾，少也有几十位姨娘了。"（第七十五回）文素臣魅力之大、艳遇之多，着实令人惊叹。这样描写既显扬了文素臣的英雄气概、仁义之心，又满足了他欲得天下美女供己之欢的人生欲望。

夏敬渠在《野叟曝言》中所表达的不仅是一夫多妻的男性艳想或艳遇，还在于它对文素臣的"柳下惠情结"——"却色本领"的描写。所谓"却色本领"或"却色功夫"指的是文素臣抵御女色的能力，具有像柳下惠那样坐怀不乱的品德。《野叟曝言》的评点者对文素臣的却色本领不断给予热情洋溢的赞赏，如"素臣却色功夫，固是第一等（第四回回末评）"；"素臣决意不收，方是第一等却色本领"（第五回回末评）；"写素臣却色，一却鸾吹，一却璇姑，一却素娥，接踵而至，易致复沓之病，乃绝不犯复，且无一字一句一情一节略见雷同……画至此乃为高品，文至此乃伟奇文"（第七回回末评）；第十七回回末评称文素臣"却色至此回极矣"；第七十回称文素臣却隋氏之色为"因材施教"等等。作者不厌其烦地再三写文素臣的却色行为，评点者也不厌其烦地称赞表彰文素臣的却色本领。文素臣常常与美女赤身裸体相搂抱、相抚摸甚至做出类似性行为的动作，却能最终抵御女色的诱惑，避免了与美女的性交。孔子说"吾未见好德如好色者也"（《论语》）。文素臣可谓好色胜过好德，他虽然口讲的是儒教伦理、理学道德，以及男女有别的说教，但实际上在他的生活中始终没有离开过各种美女的陪伴，他漫游途中到处都有艳遇，在他的行为中，"却色"与"渔色"相辅相成。如他从坏人手里救了鸾吹，两人孤男寡女在荒村野庙中呆了一宿，甚至肌肤相亲，但各自相安（第四回）；在昭庆寺他救出了刘璇姑，两人同床共枕多日，类同夫妻，却并无男女之事（第七、八回）；素娥得病，他给素娥治病，对素娥含嘴抵牝（第二十回）；他与淫女隋氏相拥而眠，大谈男女之事，与隋氏床上说法（第七十回）；他为了抢救少女红瑶，与她对嘴亲舌，用手抚摸红瑶的心胸腹脐（第七十七回）；在侗乡，他与石女玉儿同床，赤身相拥，用手摩遍玉儿全身甚至私处（第九十六回）。文素臣的此类行为不仅有违儒教男女授受不亲的礼教道德，也与他作为儒教英雄的身份不相称，为了为自己的这种不道德的行为寻找理论的依据，文素臣从孟子那里拿来了"行权"的话头作为自己的遮羞布，美其名曰"守经行权"。譬如当引五要把身为石女的妹子玉儿许配给文素臣时，他心中想道："为国家大事，譬如在又全家中与隋氏同宿，况且是个石女，只索行权的了。"（第九十六回）他与少女红瑶行过夫妻之礼，又同床共枕之后，却不愿纳红瑶为妾，红瑶羞愤自缢，被救醒之后，他大言不惭地以守经行权的道理开导红瑶：

> 处常不变，事各不同；守经行权，理无二致。小姐以沾身着肉为嫌，此但知处常，而不知处变；但识守经，而不识行权。孟子曰：嫂溺不援，是豺狼也。小姐缢死，已经僵冷，学生因梦中指示，知尚可就救，若不抱持摩运，小姐岂能复生？故不避嫌疑而为之，是处变而行权也。倘彼时坐视不救，即难免豺狼之目，待既经救活，则此心已遂，此事已毕，岂可即抱持摩运而强以婚姻之事？如使可从，则嫂已将以援手之故，而强叔禽兽之行矣。学生有一世妹，从水中救出，抱持摩运，且背负在身，黑夜同居，其嫌疑更甚于昨日之事，彼亦因此欲求为小星，被学生一番侃侃正论，立时感悟，认为兄妹，把婚姻之事绝口不提。现在嫁东方始升，夫妻恩爱无比。小姐如此贤达，怎犹执此小嫌，以昧通变行权之大义邪？（第七十七回）

表面看文素臣的守经行权理论说得冠冕堂皇，实际上他隐瞒了事实真相，事实是他先与红瑶有了肌肤之亲，行了拜堂之礼，又拒绝了红瑶为其小妾的要求，红瑶才羞愤自缢的。红瑶申诉嫁给文素臣的理由是"昨日之事（拜堂之事），已属包羞，今日复在人前骈抱摩运，还有甚计议"，"女儿昨日已躺睡文爷身上，心胸脐腹俱被抚摩，岂有再事他人之理"。红瑶提出的理由完全合乎礼教对妇女的要求，而文素臣则完全从为自己辩解出发，把自己对红瑶的侮辱当做功德，全不考虑在那个礼教严酷、对女性贞洁要求极为严苛的时代，他的行为就是对红瑶贞洁的破坏和人格的侮辱。有时候文素臣也认为自己此类行为"只因欲济国事，不得不委屈行权，究属不顾廉耻"（九十四回）。其母水夫人也对这种守经行权的行为表示不满，说："我读史书，最恼汉儒牵扯行权二字……假权之名，行诈之实，真乃小人之尤。"（第九回）文素臣借却色之名而行渔色之实，自己占了女人的便宜，却以守经行权为自己的行为开脱，守经行权成为文素臣调戏女性的道德遮羞布，表现出他的伪善，也反映出儒教道德的自相矛盾。文素臣的守经行权行为表现出他对女性的占有欲，与他有过肌肤之亲的女人中，一部分人成为他的小妾，但更多的人是被他"非礼"之后，又被他送给其他人做妻妾，比如鸾吹被他介绍给自己的好友东方始升为妻，红瑶经他撮合嫁给赤瑛为妻，他在与玉儿行过婚礼之后，又将其嫁给干珠。从深层心理或潜意识分析文素臣的行为，支配他行为的潜意识中不仅有对女性的占有欲，还有乱伦的意欲。比如他与鸾吹结为兄妹，认红瑶为义女，对她们始乱而终弃，在这种亲密过度、扭曲变形的兄妹关系、父女关系中，隐藏的正是带有原始欲望的乱伦意识。这种乱伦意识用儒教伦理衡量，不仅丧失了礼义廉耻，而且文素臣简直成了礼教的罪人，但作者却把这些行为作为英雄行为歌颂，这不仅证明了文素臣心理的变态，也说明了作者心理的不正常。

在处理男女两性关系方面，文素臣对女性身体的占有欲与窥视欲已经达到匪夷所思的病态地步。文素臣游荡江湖，常以医术为人治病，而他救治的又多是女人，他为女性治病的手法也超出常规，采取的多是令人不可思议的下流手段。他常常以行医为名，达到亲近女性、窥视女性、占有女性的目的。如为任公的女儿治病，他趁人不防，撕扯任公女儿的衣服，把上衣剥得精光，露出两乳，进而脱女子的裙裤，吓的任公一家惊乱一场（第十就回）；为素娥治病，他将两人脱光相搂抱，并用自己的腿抵住素娥的牝户，用嘴含住素娥的舌头（第二十回）；为卖解少女翠莲姐妹治病，他用朱笔在两个少女赤裸的胸脯上写上"邪不胜正"四字（第二十二回）；为邵有才的女儿治病，他用朱墨在少女裸露的酥胸上写"邪神远避"四字，以致全村的女人"除了老年幼稚及丑黑如鬼的，其余的妇女没有一个不出来拜见，俱解开胸前衣服，要素臣用朱笔写字镇压"（第七十八回）；在皇宫，为了给宫女解邪，他在太子宫中所有宫女的胸脯上用朱笔写字镇邪（第一百八回）。为女人治病，文素臣很像一个江湖术士、一个下流无耻的骗子，借行医之名窥视女性的身体，调戏妇女，他所医治的女病人，大都是青春美少女，充分满足了他猎艳的欲望。不仅如此，文素臣生病调理病情的方法也异于常态，需要美女调护或陪伴。他得了重病，素娥给他治病，两人同床，赤身相抱，用嘴哺药，诸种不堪之状（第十七回）；他受了重伤，痛苦呻吟，玉儿用舌头舔遍他的全身，他"便觉十分受用"

（第九十七回）；他受蛊得病，郡主与众宫女日夜服侍，"衣不解带，目不交睫有一年多些"（九十九回）；他身体欠安，太子送熊熊、乌乌两个女童伺候他，两个童女与他"夹体而睡，周身按摩"，他"觉胸背俱极受用"，任两童女"拥抱摩按"（一百十五回）。与美女的肌肤相亲似乎是医治他疾病的良药，他喜欢享受与美女胴体相拥、美女环绕的乐趣。乃至于他晚年得了心疾，甚至效法淫魔李又全的荒淫生活，令李又全诸妾赤裸献技，表演色情舞蹈，与众女人尽情纵欲，过了七年"极尽荒淫"的生活（一百三十二至一百三十五回）。这类描写把文素臣占有女性、玩弄女性、享受女性的病态狂心理暴露无遗。

文素臣以特殊的手段占有女性、享受女性的行为，与儒教伦理大相悖谬，也与他作为儒教圣贤与救国英雄的身份不相称，为了给自己的荒唐行为辩护，文素臣找到了更大的借口，一方面以守经行权为理论依据，一方面以担当为国为民的大任为理由。六十九回写文素臣观看李又全众妻妾的赤体淫荡表演，心中自我安慰道："我身上系朝廷安危，下关苍生治乱，若不忍辱图存，便成匹夫沟渎之小节，使老母无侍奉之儿，祖宗绝显扬之望，非特不忠不仁，亦且不孝。"想到此，他就可以心安理得地欣赏淫秽的性表演。之后他被众女人赤体搂抱、求交欢，他又想道："这是飞来横祸，非我自招。我的身命上关国家治乱，下系祖宗嗣续，老母在堂，幼子在抱，还该忍辱偷生，死中求活……大圣人尚且不免于辱，我岂可守沟渎之小节而忘忠孝之大经乎？"于是他就心无挂碍地与李又全的妻妾淫乱。文素臣自认为一身上系国家安危，下系民生疾苦，有了这张金字招牌，他就可以堂而皇之地置礼教于不顾，安享众多女性的服务。不仅文素臣本人这样想，别人也是这样看待他的，比如九十九回写文素臣受蛊术生病，楚王派自己的女儿亲自服侍文素臣，并说："小女亦为社稷苍生起见，非但为先生也。""先生乃国家栋梁……且上关社稷，下系苍生。"每当发生这种情况时，文素臣就感到长恨此身非吾有，忍辱含耻为国家，表现出他行为上的矫情饰非，道德上的伪善无耻，心理上的自恋自大。

作者夏敬渠虽然给文素臣的形象披上了一件儒教神话的外衣，其内里包裹的却是一颗炽热的欲望之心，文素臣的欲望之大几乎无人可比，他包揽功名利禄，出将入相，成圣成名，名利双收，极尽人间的富贵与尊荣，同时占尽人间美色。实际上文素臣已经成为作者人生欲望的化身，作者渴望、梦想而得不到的欲望，在文素臣身上全部实现。综观《野叟曝言》一书，夏敬渠一方面要把文素臣塑造成救国救民的英雄，推行实践儒教的圣人，力图把他描写成道德才能完美的"超人"；另一方面又写了他有违礼教的诸多行为，无意地揭示了他畸形扭曲的心态，使高尚与卑下、英雄与小人集于文素臣一身，折射出礼教的自相矛盾与人格的分裂。何以会产生这种现象？除了作者追求完美的思想外，还夹杂着鱼与熊掌兼得的贪得无厌的心理——既想做婊子又想立牌坊。如果用弗洛伊德的精神分析理论观照，则夏敬渠塑造文素臣这一形象包含着深刻而复杂的心理原因。文素臣的人格分裂来自于其心理深层本我与超我的冲突，他既要做道德的表率，又要满足自己强烈的私欲，因此他不得不带上人格假面具，披上伪装的外衣，为自己的私欲寻找正当的理由。本我与超我的冲突造成文素臣自我心理的变态、行为的变异以及人格的扭曲。而作者夏敬渠则通过文素臣形象的塑造及小说的创作达成了欲望的满足与升华，从而避免了精神的分裂。就如侯健先生所说："文白是夏敬渠创造的，是夏敬渠理想里的'亦若是'的大丈夫，因而在精神上与实质上都是作者的化身。文白的心理变态，自然是作者心理变态的反映，而这种变态心理的征象表现，在全书里俯拾即是。"① 文素臣的人格分裂与心理的变态也映射出作者夏敬渠的人格分裂与心理变态。通过小说的阅读，我们可以看到作者心理中隐秘的一角。这种心理在古代小说作者的创作中也具有一定的代表性，比如明清时期产生的众多艳情小说的作者，与夏敬渠有着相同的心态。从文素臣形象可以透视作者自恋与意淫的心态，及其所代表的一批文人思想的贫乏、精神的空虚、生活的无聊、幻想的荒谬及人格的鄙俗。

---

① 侯健：《野叟曝言的变态心理》，载《中国小说比较研究》，台湾东大图书公司，1983，第 47 页。

论伟烈亚力《汉籍解题》的小说
文献价值和学术影响①

中国人民大学文学院　王　燕

伟烈亚力（Alexander Wylie, 1815—1887）是晚清来华的新教传教士，他的《汉籍解题》（Notes on Chinese Literature）涉及 2000 多种文献，是第一部向西方人系统介绍中国典籍的专著，该著的面世，为伟烈亚力在欧洲汉学界赢得了巨大声誉，也使他跻身于十九世纪最负盛名的汉学家之列。有趣的是，该著格局与内容虽主要依据《四库全书》，在中国通俗小说的著录上却别开生面；与历来中国公私目录对此望而却步的态度大相径庭，《汉籍解题》有三处地方着力开列、介绍中国小说，尤其是通俗小说书目："序论"部分开列了 137 种禁毁小说、14 种欧译小说；"正文"部分介绍了 85 种笔记小说、14 种通俗小说，总共涉及中国小说有 250 种。这对于研究中国禁毁小说的面貌，对于了解中国古代小说的海外传播，乃至深入探讨晚清来华西士的"中国小说观"，都具有不可低估的学术价值。

《汉籍解题》用英文撰写，初版于 1867 年，由上海美华书馆印行。此后，北京、台湾、纽约等地不乏重印本。由于长期以来学界对此类外文文献关注不够，对于《汉籍解题》鲜有研究，对于其小说文献价值和学术影响，更是从未有人提及。有鉴于此，本文在仔细检索该著所论中国小说的基础上，拟客观评论其成败得失以及它在中西学界产生的影响。

一、伟烈亚力与《汉籍解题》

作为晚清来华新教传教士，伟烈亚力在中国长达 30 年之久。无论是西学东渐，还是中学西传，伟烈亚力都做出了突出贡献，但真正成就其英名的主要是《汉籍解题》，以致伟烈亚力辞世十周年之际，朋友们为他出版纪念文集《中国研究》（Chinese Researches），在该书封面上为作者"伟烈亚力"所做的唯一身份介绍是"《汉

———————————

① 本文作为《晚清传教士与中国近代文学》课题研究的学术成果，曾得到美国伊利诺伊大学（University of Illinois at Urbana-Champaign）"弗里曼基金会"（Freeman Foundation）资助，特此致谢。

籍解题》的作者"。终其一生,伟烈亚力有两个"酷好"尤为突出,都与他创作《汉籍解题》有着直接的关系。

一是勤奋好学,博闻强记,特别表现在语言的学习和掌握上。来中国之前,他就用马若瑟(Joseph de Prémare, 1666—1736)的《中国语文札记》(Premare's Notitia Linguae Sinicae),开始自学汉语和拉丁文。后来又用英国海外圣书公会(the British and Foreign Bible Society)的中文《新约》(the New Testament)与英文版《约翰福音》两相对比,揣摩字词,自辟新径,学习汉语。1846年,英国"伦敦传教会"的理雅各(James Legge, 1815—1897)因病回国,急于寻找一位合适的人选来接管上海墨海书馆,一位朋友向他推荐了伟烈亚力。① 第一次见面,伟烈亚力就以能阅读中文给他留下了深刻印象,以致后来理雅各在《屈布纳记载》(Trübner's Record)中回忆说:"他走之后,我想,如果给这个人提供适宜的学习条件,他将在汉学领域大有作为。"1847年8月26日,正式受聘于"伦敦传教会"的伟烈亚力抵达上海,第二年冬天就开始学习满语,旋即增加了蒙语。此外,在他任职墨海书馆的十余年间,还学了法语、德语、俄语,以及少量希腊语、维吾尔语和梵文。《汉籍解题》涉及多国资料,这种广泛的语言学习兴趣,为他此后阅览与整理各类文献典籍奠定了良好的基础。

二是爱书成癖,广泛购阅,在书目文献学方面积累了丰富的经验。宋代林逋有所谓"梅妻鹤子"之称,伟烈亚力之于书籍的深情,也可与林逋媲美。他的一生,甚至可以说是"为书籍的一生"。艾约瑟(J. Edkins, 1823—1905)说他酷爱图书,当上海遭遇叛乱,书籍不易购得之时,他依然不减其趣。伟烈亚力本性谦逊,但在藏书方面却格外自负,尝言:在来华西士中,惟有女王陛下驻北京的著名外交官威妥玛爵士(Sir Thomas Wade, 1818—1895)的中文藏书可以与他的收藏相提并论。② 1848年,伟烈亚力与玛丽汉森(Mary Hanson)结婚,然而不幸的是,婚后一年妻子在产下一女婴后撒手人寰,此后三十年,伟烈亚力孑然一身。他把年幼的女儿送回英国,交给一位亲友抚养。没了家室的牵累,"伟烈亚力把无数个日日夜夜献给了学习",甚至很少允许自己睡眠超过六小时,他"深入阅读了东亚的历史、地理、宗教、哲学、艺术及科学著作,或许可以说,没谁比他对中国的文献掌握得更为广泛了"。艾约瑟称他是"远东领域最博学多识的苏格兰人";又说:在来华传教士中,如果说"理雅各对中国经典的了解最为广泛",那么"伟烈亚力对于中国文献

---

① 推荐人为 Dr. Morrison of Brompton, Cf. *Biographical Sketch of Alexander Wylie*, by The Rev. James Thomas, Chinese Researches, Shanghai, 1897, p. 2.

② Proceedings-the forty-fifth anniversary of the institution of the North China Branch of Royal Asiatic Society, Journal of North China Branch of Royal Asiatic Society, NS. Vol. XXXV, 1903—04, p. XIX.

的认识最为深远"[1]。理雅各翻译的《中国经典》至今是西方人了解中国经典的权威译本，而《汉籍解题》也是西方人全面把握中国典籍的必读书目。

《汉籍解题》的成功还得益于另外两个方面：首先，书目提要之于文献，如渡河之津梁，起到"辨章学术，考镜源流"之用。诚如清儒王鸣盛所言："目录之学，学中第一要紧事，必从此问途，方能得其门而入。"[2]《汉籍解题》酝酿伊始，伟烈亚力就把它定性为一部目录学工具书，旨在帮助西方人系统了解中国文献。鸦片战争前后，中国国门被渐次打开，西方人迫切需要了解中国的历史文化，但面对浩瀚的中国典籍，往往无从下手。《汉籍解题》"序言"开篇指出："多数研究中国典籍的学者，工作初始就常常被他们读物中出现的人名和引文所困扰，如果没有本地学者的帮助，他们理不出头绪。"另一方面，"在中国文献目录学这一领域，西方学者并非毫无涉猎。"接着，他简单回顾了欧洲已有的中国文献目录，介绍了法国的傅尔蒙（Etienne Fourmont，1683—1745）和雷慕沙（Abel Rémusat，1788—1832）为巴黎皇家图书馆中文藏书所编目录；德国的米勒（Andrew Müller，1630—1694）和克拉普洛特（Jules Klaproth，1783—1835）为柏林皇家图书馆中文藏书所编目录；俄国的阿瓦库姆（Father Avakum）为圣彼得堡亚洲图书馆中文藏书所编目录；此外论及的目录尚不下五六种。最终，伟烈亚力总结说："这几部业已出版的目录不是受制于主题的狭窄，就是已经变得极为罕见；而《汉籍解题》的出版既非多余，也非前人成果的简单重复。"显然，伟烈亚力为《汉籍解题》制定的目标非常明确：突破欧洲现有中国文献目录的局限，全面而详尽地著录中国图书。

其次，《汉籍解题》的成功，根本上还源自于它正确地选择了《四库全书》作为翻译的底本。在伟烈亚力之前，法国汉学家雷慕沙也曾考虑为汉学建立可靠的目录学基础，但他却不合时宜地选择了马端临的《文献通考》进行翻译，该书离清代中期已有500年之久，在内容上也主要是倾向于古代典章制度。相比之下，伟烈亚力对中国目录书可谓淹雅闳通，如数家珍。《汉籍解题》正文史部目录中介绍了《直斋书录解题》、《文渊阁书目》、《千顷堂书目》、《世善堂藏书目录》等35种目录书，书后"附录"（Appendix）详细著录的"丛书"还有13种：《武英殿聚珍版书》、《汉魏丛书》、《古今逸史》、《百名家书》、《唐宋丛书》、《说铃》、《稗海》、《知不足斋丛书》、《天学初函》、《宋百家诗存》、《艺海珠尘》、《指海》、《守山阁丛书》。在所有目录、丛书中，他最推崇的是《钦定四库全书总目》。他说："《钦定四库全书总目》是中国或任何其他国家书目文献中最好的一种，它是奉皇帝之命

① 关于伟烈亚力的生平，参考《中国文献》所载三文：*The Value of Mr. Wylie's Chinese Researches*, by J. Edkins；*Biographical ketch of Alexander Wylie*, by The Rev. James Thomas；The Life and Labours of Alexander Wylie, by M. H. Henri Cordier. From *Chinese Researches*. By Alexander Wylie. Shanghai. 1897.

② 王鸣盛：《十七史商榷》卷一。

编纂的本朝皇家图书馆图书目录。该工程开始于 1772 年，完成于 1790 年。"又说："《四库全书》包括应刻图书 3440 种，78000 卷；应存图书 6764 种，93242 卷。《汉籍解题》著录的大部分图书都可在本书中找到，但这还只是《四库全书》中很小的一部分。这个文献宝库本身就是一个图书馆；除去佛经、小说和消遣性读物，它囊括了现存中国文献的绝大部分。"① 或许正是基于这种认识，伟烈亚力在选择《四库全书》作为《汉籍解题》的底本的同时，还格外重视著录中国的"小说和消遣性读物"，从而为中国小说的研究保存了重要文献。

二、两种"小说观念"的联袂

《汉籍解题》共分六个部分：序言、目录、导论、正文、附录和索引，初版共计 260 页。《汉籍解题》的"正文"部分根据《四库全书》的分类方式，按经（Classics）、史（History）、子（Philosophers）、集（Belles-lettres）四部介绍中国文献。依据总目，伟烈亚力书目的"子部"凡十四类，叙而次之，分别为儒家、兵家、法家、农家、医家、天文算法、术数、艺术、谱录、杂家、类书、小说家、释家、道家。在"小说家"之属，伟烈亚力共著录作品 99 种，依次是：

《西京杂记》、《世说新语》、《朝野金载》、《大唐新语》、《次柳氏旧闻》、《因话录》、《教坊记》、《云溪友议》、《玉泉子》、《云仙杂记》、《唐摭言》、《金华子》、《鉴诫录》、《飞燕外传》、《穆天子传》、《神异经》、《海内十洲记》、《汉武帝内传》、《汉武洞冥记》、《汉杂事秘辛》、《博物志》、《拾遗记》、《搜神记》、《述异记》、《续齐谐记》、《燕丹子》、《酉阳杂俎》、《幽怪录》、《集异记》、《博异志》、《杜阳杂编》、《唐阙史》、《北梦琐言》、《江淮异人录》、《洛阳缙绅旧闻记》、《渑水燕谈录》、《归田录》、《嘉祐杂志》、《龙川略志》、《甲申杂记》、《玉壶清话》、《侯鲭录》、《东轩笔录》、《燕魏杂记》、《泊宅编》、《铁围山丛谈》、《枫窗小牍》、《南窗记谈》、《默记》、《陶朱新录》、《睽车志》、《龙城录》、《清波杂志》、《北窗炙輠录》、《桯史》、《独醒杂志》、《耆旧续闻》、《四朝闻见录》、《癸辛杂识》、《随隐漫录》、《东南纪闻》、《归潜志》、《山房随笔》、《山居新语》、《遂昌杂录》、《辍耕录》、《水东日记》、《峤南琐记》、《龙蜀余闻》、《剑侠传》、《录异记》、《都公谈纂》、《板桥杂记》、《蚓菴琐语》、《觚胜》、《旷园杂志》、《述异记》、《果报见闻录》、《信征录》、《见闻录》、《簪云楼杂说》、《风月堂杂识》、《清波小志》、《江汉丛谈》、《东皋杂钞》、《三国志演义》、《西游记》、《金瓶梅》、《水浒传》、《东周列国志》、《红楼梦》、《西洋记》、《说岳全传》、《封神演义》、《正德皇游江南传》、

---

① Notes on Chinese Literature: with Introductory Remarks on the Progressive Advancement for the Art; and a List of Translations from the Chinese into Various European Languages. By A. Wylie. Agent of the British and Foreign Society in China. Published in Shanghai, China. 1867. p. 61.

《双凤奇缘》、《好逑传》、《玉娇梨》、《平山冷燕》。

本书目特别之处在于，伟烈亚力所列的 99 种小说中，前 85 种乃历代笔记小说，后 14 种则是明清时期的通俗小说，该目录第一次实现了两种小说观念的联袂，即官方认可的笔记小说和民间流行的通俗小说不分轩轾，共处一堂。

伟烈亚力明确意识到《四库全书》"子部小说"和"文学小说"很不相同。最显著的标志是在解释"小说家"时，他并没有不加思考地将这一名词直译为 fictionists 或 novelists，而是英译为散文家 essayists。这就从"文体"上表明，这里的"小说家"之作实际上是一些散文体作品，或曰"笔记小说"，和通俗小说判然有别。在 85 种笔记小说之后，伟烈亚力说："最优秀的小说作品并没被中国人纳入国家文献。在这个问题上，某些接受了欧洲思想的人却感到小说和传奇故事（novels and romances）这类内容非常重要，不容忽视。尽管文人们对小说存有偏见，但它们给予该国各时期风俗习惯以敏锐的洞察，它们提供了一种日新月异的语言的典范，事实上，它们还是绝大多数人藉以获得历史知识的唯一渠道，此外，它们对（中国人）性格的形成还必然产生了影响，这些因素都不容人不考虑其重要性。"① 由此，伟烈亚力毫不费力地破除了种种偏见，对根据中国皇家目录设置的子部"小说家"进行了大刀阔斧的改造，被《钦定四库全书总目》有意规避的通俗小说就这样堂而皇之地进入了他的目录。

相比之下，中国小说目录将两种小说作品置于同一编目的做法则相对滞后，不必说皇家目录，即便是私撰文献类丛书，在当时也从不著录通俗小说。《汉籍解题》刊印后 8 年，晚清颇为风行，乃至"家置一编"的私撰目录——张之洞的《书目答问》问世。② 该著亦按四部体例著录文献，其中"小说家"选择的标准是："唐以前举词章家所常用者，宋以后举考据家所常用而雅核可信者。"③ 凡著录笔记小说 36 种，无通俗小说。至 1936 年孙殿起的《贩书偶记》，方在"小说家类"中设有"演义之属"，著录了《水浒全传》、《红楼梦》、《拍案惊奇》、《十二楼》等 29 种通俗小说。当同时期的中国藏书家对通俗小说欲言又止，更不可能在自己所修的书目中著录《红楼梦》、《金瓶梅》等通俗小说时，伟烈亚力却做了有意义的尝试。

三、对于"笔记小说"的著录

伟烈亚力对于"笔记小说"的著录虽大致依照《四库全书总目提要》，但在具

① *Notes on Chinese Literature*：*with Introductory Remarks on the Progressive Advancement for the Art*；*and a List of Translations from the Chinese into Various European Languages.* By A. Wylie. Agent of the British and Foreign Society in China. Published in Shanghai, China. 1867. p. 161.

② 陈垣：《艺风年谱与书目答问》，见《陈垣学术论文集》第二集，中华书局，1982，第 344 页。

③ 张之洞：《书目答问二种》，三联书店，1998，第 188 页。

体作品的取去评价上，并非亦步亦趋地照搬《总目提要》。

这首先体现在书目著录的规模之大小、次序之先后、内容之选择上。他依照四库体例，将"小说家"同样划分为"杂事（miscellaneous narrations），异闻（records of marvels）和琐语（detached sayings）"三类。但《四库全书》"小说家"先后著录杂事 86 部，581 卷；异闻 32 部，724 卷；琐语 5 部，54 卷；另有"小说家类存目"著录杂事 101 部，475 卷；异闻 60 部，352 卷；琐语 35 部，200 卷。总计 319 部，2386 卷。而伟烈亚力的"小说家类"只著录了其中的 80 部，多数作品没署卷数；不但不分"著录书"与"存目书"，亦不分杂事、异闻和琐语；排列次序比较混乱，各类内容的选择似乎也没有一个明显的取舍标准，更有相当一部分重要作品被遗漏，如《山海经》在《四库全书总目提要》看来，"核实定名，实则小说之最古者尔"；《太平广记》"凡分五十五部，所采书三百四十种。古来轶闻琐事，僻笈遗文咸在焉。卷帙轻者往往全部收入，盖小说家之渊海也。"[①] 这两部作品均被《汉籍解题》省略。此外，伟烈亚力还增加了 4 种不见于《四库全书》的笔记，分别是第 44 种《燕魏杂记》、第 82 种《风月堂杂识》、第 83 种《清波小志》和第 85 种《东皋杂钞》，他既没说增加的理由，对这 4 种文献的介绍也极为简略，如《燕魏杂记》仅言其"有大量地理史志，作者是十一世纪末的吕颐浩"。[②] 第 84 种《江汉丛谈》，在《四库全书》中原为史部地理类杂记之属，伟烈亚力将它移入"小说家"，也没有说明理由。凡此种种，都显示了伟烈亚力对于"笔记小说"的选择比较随意，似乎无意于分别良楛，编次甲乙。

其次，伟烈亚力对于作品的介绍和评价虽大致按照《四库全书总目提要》，但文字更为简约，明显的改动是常把同类续作合并介绍，甚至补益与之相关的新材料。如《四库全书总目提要》分条介绍《搜神记》和《搜神后记》，前者 1200 余言，后者 300 余言，涉及藏本、作者、卷次、历代史志杂记对其内容的著录和评价等。而伟烈亚力将二书合并介绍，内容减少泰半。全文曰："《搜神记》乃述异之作，大部分内容不可信。原著者干宝（Yu Paòu），生活在四世纪早期，该作 30 卷，屡被唐及唐前古书引用。但唐时原著失传，此后流传下来的十卷，主要是由诸古书中辑得，又有所增益。该著文体古雅，惟辑者对国朝文献生疏；是故缺乏一种精确的辨析，亦不查其真伪。六卷、七卷全部录自《续汉书》（the Supplement to the Han History），现某些八卷本则省略了这部分内容。另有一部十卷本的书名曰《搜神后记》，似是该书续作。作者署名陶潜，卒于 427 年，尽管书中有种种证据表明该著写于隋前，但因其中提到的某些事发生在作者身后十余年，所以当为托名之

---

① 纪昀：《四库全书总目提要》，河北人民出版社，2000，第 3624、第 3642 页。

② *Notes on Chinese Literature: with Introductory Remarks on the Progressive Advancement for the Art; and a List of Translations from the Chinese into Various European Languages.* By A. Wylie. Agent of the British and Foreign Society in China. Published in Shanghai, China. 1867. p. 157.

作。此外还有一种出版物命名为于宝的《搜神记》，六卷，大约作于十六世纪，该著在性质上与前作截然不同，乃是对 181 位中国神灵（idols）的介绍，文笔极为平庸，还有些粗制滥造的木版画。如果不是常被引用和被外国人翻译，该著几乎很难名列中国书之目。"① 这段介绍有两个明显的错误，一是把干宝误作于宝；二是《四库全书总目提要》谓《搜神记》："叙事多古雅，而书中诸论亦非六朝人不能作，与他伪书不同。疑其即诸书所引，缀合残文，傅以他说，亦与《博物志》、《述异记》等。但辑二书者耳目隘陋，故罅漏百出。辑此书者则多见古籍，颇明体例，故其文斐然可观，非细核之，不能辨耳。"② 伟烈亚力显然把《提要》作者对《博物志》和《述异记》二书的批评错误地放在了《搜神记》上。第三种《搜神记》在四库中本无，但第一位来华新教传教士马礼逊（Robert Morrison，1782—1834）在《中国通俗文学翻译》中介绍过《三教源流》中的"佛"③；晚清传教士所办英文期刊《中国评论》在介绍"天妃"、"观音"等神祇时也曾多次提及，伟烈亚力或据此增补了该著。④ 这种添加虽不伦不类，却显示了伟烈亚力的博闻强记及钩稽资料的能力不可小觑。

四、对于"通俗小说"的著录

伟烈亚力所著录的 14 部通俗小说中有两部历史小说：《三国演义》和《东周列国志》；三部神魔小说：《西游记》、《西洋记》和《封神演义》；两部世情小说：《金瓶梅》和《红楼梦》；两部言情小说：《正德皇游江南传》和《双凤奇缘》；三部才子佳人小说：《好逑传》、《玉娇梨》和《平山冷燕》。可以说清中叶以前出现的长篇通俗小说类型都被囊括在内，通过考察其选择和评价标准，也可看出晚清来华西士对于中国通俗小说的整体认识。

在对通俗小说的选择上，《汉籍解题》透露了两个标准：一是作品在中国的流行程度；二是作品在欧洲学界的关注程度。比如，伟烈亚力说："中国最负盛名的小说是《三国志演义》。"由此首先依序介绍了《三国志演义》、《西游记》、《金瓶

---

① *Notes on Chinese Literature*：*with Introductory Remarks on the Progressive Advancement for the Art*；*and a List of Translations from the Chinese into Various European Languages*. By A. Wylie. Agent of the British and Foreign Society in China. Published in Shanghai，China. 1867. p. 154.

② 纪昀：《四库全书总目提要》，河北人民出版社，2000，第 3631 页。

③ 参考《中国通俗文学翻译》。*Horae Sinicae*：*translations from the popular literature of the Chinese*. By Rev Robert Morrison. London：printed for Black and Parry，1812. p. 41.

④ 参考《中国丛报》1841 年 2 月第 10 卷 90 页《天妃或妈祖婆的故事》，作者 J. L. S. 在文末注释中说：《搜神记》八开本，3 卷，明代所辑，没署作者及刊期，其中简要介绍了中国的 181 位神。该书当是《三教源流搜神大全》。*China Review. Sketch of Teen Fe，or Matsoo Po*，Vol. X. February，1841. No. 2. p. 90.

梅》和《水浒传》，然后总结说："本朝文学家金圣叹把这四部小说合称为'四大奇书'（Four Marvellous Productions）。"① 之所以青睐于此显然是因为这四部作品在当时风靡天下。伟烈亚力最后介绍的是三部才子佳人小说，他说："尽管中国人对《好逑传》评价不高，但却屡次受到外国人的褒扬，并被一再地翻译成几种欧洲语言。"② 可见，这三部小说的选择与它们在欧洲的早期传入密切相关。

在对通俗小说的介绍上，伟烈亚力总能言简意赅地概括每部作品的内容。在 14 部通俗小说中，他对《三国演义》着墨最多，云："这是一部历史小说，120 回，作者是元代的罗贯中。小说情节建立在历史事件的基础上，紧随着汉室之衰微，生发出诸多详尽复杂的细节，涵盖的时期上起 168 年，下迄 265 年。故事追随着历史的发展进程，从汉代昏庸的孝灵帝统治时期开始，开篇讲述了黄巾起义，在这一过程中，一位皇室的后裔刘备与关羽（即现如今被神化的"战神"关帝）、张飞庄严结义，誓死与共，戮力同心，扶助汉室。刘备的命运几经转折，最终建立了皇权（后来被称为昭烈帝），帝国三分为魏蜀吴。暴政与血腥肆虐了近一个世纪，直至魏国的曹髦被大臣司马昭废黜，其子继承汉位，建立晋，史称武帝。"伟烈亚力的介绍虽然简约，但大致正确，对于未定之论，其用笔则殊为谨慎。他说："《西游记》100 回，是有关玄奘，一位 7 世纪的佛教僧侣，在赴印度取经的过程中经历的冒险故事的神话传说。元代著名文学家邱长春曾因相似的目的被派往印度，回来后用《西游记》之名记下了自己的旅程。它包含了其中的许多奇行异事，一部描述更为详尽的作品似乎呼之欲出。"③ 此处他没有贸然把《西游记》的作者说成是邱长春。

在对通俗小说的评价上，伟烈亚力格外关注其历史性和社会性，甚至这两个方面成为伟烈亚力评价作品优劣的重要依据。最典型的例子是他在著录《水浒传》时说："这是介绍山贼土匪（brigandage）的故事，70 回，作者是元朝的施耐菴。背景在河南和山东，选择的时段和《金瓶梅》一样也是宋徽宗统治时期。它不像《三国志》那样尚武，而是更多地关注中国人各阶段的不同生活。该著细节无处不在，作者通过生动的描绘来充实其内容，但营造这一恢宏建筑的基础却是很少的历史事实。"他认为《东周列国志》"虽然是一部小说，但相比于本目录所列其他作品却是与史实最为接近"，又说："据说《红楼梦》在叙事中贯穿着事实，但真假

---

① *Notes on Chinese Literature*：*with Introductory Remarks on the Progressive Advancement for the Art*；*and a List of Translations from the Chinese into Various European Languages.* By A. Wylie. Agent of the British and Foreign Society in China. Published in Shanghai，China. 1867. p. 161.

② *Notes on Chinese Literature*：*with Introductory Remarks on the Progressive Advancement for the Art*；*and a List of Translations from the Chinese into Various European Languages.* By A. Wylie. Agent of the British and Foreign Society in China. Published in Shanghai，China. 1867. p. 163.

③ *Notes on Chinese Literature*：*with Introductory Remarks on the Progressive Advancement for the Art*；*and a List of Translations from the Chinese into Various European Languages.* By A. Wylie. Agent of the British and Foreign Society in China. Published in Shanghai，China. 1867. p. p. 161 - 162.

交融，只有著者能辨个中真伪。"还说："尽管《西洋记》作者在小说中保留了主要人物和地点的真名，但还是因荒诞的想象而大大歪曲了叙事。"他对作品的褒贬倾向大多牵系着该作的叙事是否符合历史。西方人之所以关注中国人不甚重视的才子佳人小说，在伟烈亚力这里似乎也变得不那么难以理解了。他说："《好逑传》18 回，是有关社会生活的故事。""《玉娇梨》24 回，同样适合用来审视中国人的习俗，尤其是他们所遵守的礼尚往来的习俗。"① 可见，在伟烈亚力看来，才子佳人小说是透视中国社会文化的一个窗口。

五、其他文献价值

《汉籍解题》之于中国小说的介绍，绝不仅限于上述 99 种小说，作为系统著录中国文献的综合性图书，它之于中国小说，尤其是通俗小说的介绍还触及了另外两个重要方面：一是中国小说的海外传播；二是当时风靡一时的禁毁小说，这不仅有助于研究中国小说的早期海外传播，也有助于了解清代中后期通俗小说的发展状况，因此，作为中学西传的阶段性成果，具有承前启后的重要文献价值。

伟烈亚力对于中国小说的海外传播有着较为全面的考察。《汉籍解题》正文之前附有一篇内容丰富的"导论"（Introduction）。从仓颉造字、结绳记事开始，洋洋洒洒数千言，简单勾勒出中国历代文献的发展脉络，充分展示了伟烈亚力对于中国典籍的整体认识和评价。"导论"的最后附录了一份"翻译成欧洲语言的中国文献"清单，介绍了 141 种中国文献的海外传播情况，其中第 85 条至 106 条涉及 14 部中国通俗小说：《三国演义》、《正德皇游江南传》、《好逑传》、《玉娇梨》、《平山冷燕》、《白蛇精记》、《王娇鸾百年长恨》、《三与楼》、《合影楼》、《夺锦楼》、《行乐图》（《腾大尹鬼断家私》）、《雌雄兄弟》（《刘小官雌雄兄弟》）、《范希周》、《宋金史》（《宋金郎团圆破毡笠》）。这些"欧译小说"涉及的语种主要是英语、法语和德语；最早的为 1719 年的手稿本，最晚的是本书出版前三年，即 1864 年的《玉娇梨》法译本；译者包括著名汉学家儒莲（Stanislas Julien，1788—1832）、德庇时（John Francis Davis，1795—1890）、理雅各等。介绍最为详尽的是《好逑传》，伟烈亚力说：1719 年，威尔金森（Wilkinson）在广州发现了一部四卷本手稿，内容依次为《好逑传》、《一出中国戏剧》、《中国谚语格言集》、《中国诗歌集》，前三卷为英文，后一卷为葡萄牙文，译者不详。后来英国德罗莫尔主教帕西（Dr. Percy）把最后一卷译成英文，编辑出版，但没署译者、出版的具体时间和地

① 本段引文均参考：*Notes on Chinese Literature*：*with Introductory Remarks on the Progressive Advancement for the Art*；*and a List of Translations from the Chinese into Various European Languages*. By A. Wylie. Agent of the British and Foreign Society in China. Published in Shanghai，China. 1867. p. p. 162 －163.

点。这或许是《好逑传》最早的英译本。接着，伟烈亚力又简要介绍了据帕西译本转译的 1766 年的法译本、1766 年的德译本和 1767 的荷兰译本。此外，还有 1829 年的英译本和 1842 年的法译本。总共介绍了包括手稿本在内的 6 种版本，大致勾勒出《好逑传》在欧洲的早期传播情况。① 这些资料对于我们按图索骥地考察中国通俗小说的早期海外传播具有重要参考价值。

伟烈亚力对于中国通俗小说的产生和流传有着自己独特的认识。在他看来，中国戏曲与小说的产生和俗语方言，或曰白话的运用有关。他说"俗语方言的运用在宋代已颇为流行，到了元代，这一特点更为突出，当时出现了第一部用北京官话注音的字典。元代戏曲声名远播，为方言建造了一个实用的语库。小说也开始被创作出来，某些作品，如《三国志》和《水浒传》，更是风靡一时，由此而引发了一个非常丰产的文学类别的产生，但这类作品却遭到精英文士的鄙弃。"② 对于清代中期通俗小说的流通情况，伟烈亚力说：由于清政府对于图书的审查力度"微乎其微"，所以，当时书肆流行着大量欲禁难止的读物，接着，伟烈亚力列出包括《前红楼梦》、《后红楼梦》、《续红楼梦》、《补红楼梦》等在内的禁毁小说 137 种。③ 众所周知，1867 年《汉籍解题》出版之前，清政府曾有两次大规模销毁淫词小说的举措。一是清道光十八年（1838），江苏按察使司按察使裕谦颁令禁毁小说，开列《计毁淫书目单》，凡 116 种；道光二十四年（1844），浙江地方官员仿效江苏的做法，设公局收缴淫词小说，开列《应禁各种书目》，凡 120 种。相比于《计毁淫书目单》和《应禁各种书目》，伟烈亚力以私家撰述的方式著录的中国通俗小说尚多出 18 种。④《汉籍解题》出版之后的第二年，即同治七年（1868），江苏巡抚丁日昌发动了中国文学史上规模最大的一次禁毁"淫词小说"运动，先后发布的《应禁书目》和《续查应禁淫书》共开列作品 156 种。与之相比，伟烈亚力书目中依然有 12 种小说不见于历次禁毁目录，分别为《红楼幻梦》、《瑶华传》、《听月楼》、

---

① *Notes on Chinese Literature*：*with Introductory Remarks on the Progressive Advancement for the Art*；*and a List of Translations from the Chinese into Various European Languages.* By A. Wylie. Agent of the British and Foreign Society in China. Published in Shanghai，China. 1867. Introduction. p. XXIII.

② *Notes on Chinese Literature*：*with Introductory Remarks on the Progressive Advancement for the Art*；*and a List of Translations from the Chinese into Various European Languages.* By A. Wylie. Agent of the British and Foreign Society in China. Published in Shanghai，China. 1867. Introduction. p. X.

③ *Notes on Chinese Literature*：*with Introductory Remarks on the Progressive Advancement for the Art*；*and a List of Translations from the Chinese into Various European Languages.* By A. Wylie. Agent of the British and Foreign Society in China. Published in Shanghai，China. 1867. Introduction，p. p. XII – XIII.

④ 两次禁书共涉及通俗小说 125 种，有 8 种不见于伟烈亚力的书目，但另有两种：《芙蓉洞》又名《玉蜻蜓》、《寻梦托》又名《醒世姻缘》，上述 4 种书名同时出现在伟烈亚力的书目中，所以，伟烈亚力提供的 137 种小说中，实际出现在两次禁毁小说书目中的作品总计 119 种，尚有 18 种不见于最初的两份禁书书目。

《善恶图》、《采花心》、《绣屏缘》、《朱批西厢》、《义妖传》、《宛如约》、《巧姻缘》、《柳八美》、《乾柴烈火》。现有中国通俗小说书目中，以《中国通俗小说总目提要》最为全备，该《提要》介绍了前6种；后面的6种，尤其是最后两种作品，至今鲜有学者论及，伟烈亚力的书目在此尤显意义非凡。

伟烈亚力既了解中国小说在本土的创作，又了解其在海外的传播，这种两脚踏中西文化的特殊身份与学识，使他更明白地看清了中国通俗小说在本土遭受的不公和处境的尴尬，同时也更真切地体认了中国小说的特殊价值和意义。有趣的是，四库馆臣在"小说家"之目甄录的是"寓劝戒，广见闻，资考证者"，"惟猥鄙荒诞，徒乱耳目者，则黜不载焉"①，通俗小说，尤其是禁毁小说被理所当然地排除在外。而晚清西士对于中国通俗小说的译介，打出的王牌大多也是通俗小说具有"寓劝戒，广见闻，资考证"之功效。如，帕西在1761年英译本《好逑传》"献词"中说："目前国内小说市场充斥着海淫海盗之作，这部来自中国的小说，作为一部崇尚道德之作，具有惩恶扬善的作用。"② 托马斯（P. P. Thomas）在1820年英译本《宋金郎团圆破毡笠》"序言"中说："《宋金史》讲述的是底层人的生活，尽管它没有什么重大主题，但对那些想了解中国风俗习惯的人来说，它或许可以被看做是一个有趣的故事（就译者看来），因为它揭示了某一中国最主要的思想派别的宗教观念；尽管它看起来有悖于欧洲的观念，但却说明中国人并不缺乏仁慈、同情和爱这些美好的感情。"③ 译者在此强调的正是中国通俗小说的社会伦理价值和历史文化价值，这种倾向甚至在译作的篇名中即可体现出来，如《好逑传》被译为《愉快的历史》（The Pleasing History）、《宋金郎团圆破毡笠》被译作《宋金史》（The History of Sung Kin）。正是基于上述价值判断，伟烈亚力才毫无顾虑地在《汉籍解题》中为中国通俗小说乃至禁毁小说留得一席之地，从而公然打破了综合性书目一向很少著录通俗小说的传统禁忌，这本该是中西文学交流史上的一段佳话，一个创举，但由于长期以来学界较少关注此类外文文献，伟烈亚力的著录之功自然也就湮没不闻。

六、中西方学术影响

尽管《汉籍解题》没有直接引导中国书目文献著作立即向通俗小说敞开大门，

① 纪昀：《四库全书总目提要》，河北人民出版社，2000，第3560页。
② *Hau Kiou Choaan, or The Pleasing History; translated by James Wilkinson, an East India merchant; edited by Thomas Percy. London：Printed for R. and J. Dodsley, 1761. Vol. I. Dedication.*
③ *The Affectionate Pair, or the history of Sung Kin, a Chinese Tale; translated by* P. P. Thomas. London. ：Printed for Black, Kingsbury, Parbury, and Allen, Leadènhall Street. 1820. Preface.

但它之于中国小说的海外之旅，却不能不说是一个重要驿站。它的学术贡献至少体现在以下两个方面：

第一，伟烈亚力对"禁毁小说"的介绍当源于对当时书肆的考察，对"欧译小说"的介绍当源自对各国中国文献资料的查询，对"笔记小说"的著录主要依据《四库全书总目提要》，对"通俗小说"的著录当主要借鉴了中国学者的研究，如此广泛的资料来源显示了著者中学之广博和眼光之敏锐。所以，他的介绍虽极为简约，却不乏精辟之论。一方面从一个侧面显示了中国学者对于通俗小说的最新研究成果，如《金瓶梅》的作者是王世贞；另一方面，也可补充或修正此前西方汉学家的某些错误认识，如德国传教士郭实腊（Charles Gutzlaff，1803—1851）1842 年第一次向西方读者介绍《红楼梦》时就没提著者，并把《红楼梦》批得一无是处。① 而伟烈亚力则说："《红楼梦》120 回，是一个流行故事，讲述的是中国的家庭生活，一般认为出自本朝早期的曹雪芹之手。"伟烈亚力透露的某些信息在今天看来也可谓吉光片羽，值得深入研究。比如他说："《金瓶梅》描绘了那个问题时代的风流放荡。其艺术表现手法在同类作品中实为翘楚，只是它通篇都具有双关性，用了大量谐音词，通过文字的表面难会其意。这使它以淫秽之名而被本朝第二位皇帝禁毁；尽管道德上被谴责，但该皇帝的一位兄弟却做了一个精致的蒙语译本，于 1708 年出版。作为一种表音文字（a syllabic language），这尤其适合保留其语意的双重性（the double-entendres）。"② 据笔者调查，时至今日也没有学者沿着这一思路寻访《金瓶梅》的蒙语译本并进行隐喻语法的比较研究。

第二，伟烈亚力广博的学识、谦虚的品行和勤勉的精神，为他赢得了良好的声誉，在他的感召下，不少来华西士投入了汉学研究领域。亚洲文会会长金斯密（Thomas William Kingsmill，1837—1910）在 1879 年 2 月 3 日的亚洲文会例会上说："伟烈亚力虽然有着深厚的汉学基础，但他却不耻下问，乐于助人，并随时给人提供有益见解，我们学会的很多学员都因他的影响而最终走向了汉学研究之路。"③ 这种潜在的人格魅力和学术影响无疑会对《汉籍解题》的传播发挥重要作用。伟烈亚力在"序言"中介绍《汉籍解题》的写作过程时说："1860 年返回英国时，（该著）大部分书稿已付梓，此后曾一度搁置，1864 年回到上海，当时从事的工作不便于续写旧作。不过，已出版的那部分目录落到了一些友人的手中，在大家的敦促

---

① 王燕：《宝玉何以被误读为女士——评西方人对〈红楼梦〉的首次解读》，《齐鲁学刊》，2009 年第 1 期。

② 以上两引文均参考：*Notes on Chinese Literature*：*with Introductory Remarks on the Progressive Advancement for the Art*；*and a List of Translations from the Chinese into Various European Languages*. By A. Wylie. Agent of the British and Foreign Society in China. Published in Shanghai，China. 1867. p. 162.

③ Report of the Council of the North China Branch of the Royal Asiatic Society，for the year 1878，Journal of North China Branch of Royal Asiatic Society，NS. No. XIII，1879. p. xxi.

下，我于闲暇时刻完成了此著。"① 可见，该书尚未出版，就得到来华西士的瞩目和期待。法国著名汉学家高第（Henri Cordier，1849—1925）说："《汉籍解题》（在当时）实际上是西方有关中国文献的唯一指导"，"它是伟烈亚力学识和工作的永久成就"。②

伟烈亚力的声誉之于中国小说的影响貌似牵强，但两者之间的联系却并非隐而不彰。一方面，伟烈亚力以熟稔中国文献而著称，中国小说出现在他的著作中，本身就是对这类作品的价值肯定，有利于引导初涉汉籍的西方人很快注意到这类作品的存在。另一方面，"欧译小说"介绍的主要是十九世纪初期来华西士译介的中国通俗小说，他们翻译的作品能被《汉籍解题》著录，对这些传教士汉学家来说，也不啻为一种荣耀，这在某种程度上进一步推动了中国通俗小说的海外译介。一个明显的例子是，《汉籍解题》"小说家"著录的 14 种通俗小说中，《好逑传》、《玉娇梨》、《平山冷燕》、《三国志演义》等半数以上作品此前在欧美学界或多或少都有介绍，另有几部作品与西方读者的第一次谋面即经由《汉籍解题》③。此后，关于这 14 部作品的节译或介绍性文字不断增多，不必说《西游记》加快了海外传播步伐，就是《双凤奇缘》这部乏善可陈的小说也在 1905 年由《亚东杂志》（The East of Asia Magazine）刊出了前 19 回的译文。它们成为走向西方读者的第一批中国通俗小说，与《汉籍解题》的著录实际有着千丝万缕的关系。而这批在晚清之际就传入西方的中国古典小说究竟塑造了怎样的"中国形象"，它们在西行之路上又经历了怎样的是非曲直？此类课题非本文所能解答，但在汉学勃兴的今天，确实不应作为一种"边缘式解读"继续被忽略下去。

---

① Notes on Chinese Literature：with Introductory Remarks on the Progressive Advancement for the Art；and a List of Translations from the Chinese into Various European Languages. By A. Wylie. Agent of the British and Foreign Society in China. Published in Shanghai，China. 1867. Preface.

② The Life and Labours of Alexander Wylie，by M. H. Henri Cordier. From *Chinese Researches*. By Alexander Wylie. Shanghai. 1897.

③ 根据王丽娜女士所著《中国古典小说戏曲名著在国外》考察，在《汉籍解题》之后被译介的小说主要是《西游记》、《东周列国志》、《封神演义》、《双凤奇缘》，《西洋记》和《说岳全传》的早期译介情况不详。《中国古典小说戏曲名著在国外》，学林出版社，1988。

两种文言小说书目补正续^①

西南交通大学中文系　罗　宁

　　《中国文言小说总目提要》和《中国古代小说总目》^②，为近年出版之古代小说研究成果，在学界已产生较大影响。我曾撰写《两种文言小说书目补正》^③，选取30 部唐五代小说予以补正，其目的是希望对这两部重要著作进行拾遗补缺，并无求全责备之意。今又选取二书中 30 部小说，计唐前 2 部，唐五代 6 部，宋代 22 部，撰成《两种文言小说书目补正续》。其体例亦如前文：每条先列小说书名，书名后标出该小说在《中国文言小说总目提要》和《中国古代小说总目·文言卷》（以下分别简称《提要》、《总目》）中的页码，然后引两书中文字，进行修正或补充。所涉及两部书目之提要如相同或相近，则只引其中一书之说，以避繁琐。所选之小说多亡佚而名不甚著者，所补之事亦但关乎文献考据，至于其书之内容与评论，仁智异见，非本文之事也。《隋书·经籍志》、《新唐书·艺文志》、《宋史·艺文志》、《通志·艺文略》，以下简称《隋志》、《新唐志》、《宋志》、《通志略》。

　　【钱谱】《提要》36 页。《总目》335 页。《总目》："《隋书·经籍志》谱系类著录顾烜《钱谱》一卷，其人未详。《旧唐书·经籍志》入农家类，《宋史·艺文志》始入小说家类，作顾协撰，当以此为是。书已亡佚，未见佚文。"《提要》亦称"梁顾协撰"。按，此书作者之名，《隋志》、《旧唐书·经籍志》、《新唐志》均作"顾烜"，应以顾烜为是。《初学记》卷二"露"引梁顾烜《赋得露诗》^④，即顾烜，可知为梁代人。洪遵《泉志》序云："泉之兴，盖自燧人氏以轻重为天下，太古杳邈，其详叵得而记。至黄帝成周，其法寖具，秦汉而降，制作相踵，岁益久，

---

① 本文是国家社科基金项目"唐五代轶事小说研究"（10CZW026）与教育部人文社会科学重大项目"儒学的世俗化与民间文化心理"（8JJD840200）之成果。

② 宁稼雨：《中国文言小说总目提要》，济南，齐鲁书社，1996；石昌渝：《中国古代小说总目》，太原，山西教育出版社，2004。

③ 载《中国俗文化研究》第 6 辑，成都，巴蜀书社，2009。此文及今所续撰文中所涉及提要之讹误，朱一玄、宁稼雨、陈桂声编著之《中国古代小说总目提要》（北京，人民文学出版社，2005）大多亦有类似问题，为避繁琐，讨论中不列入此书。

④ 逯钦立：《先秦汉魏晋南北朝诗》，据《初学记》收入，见《梁诗》卷二十八，北京，中华书局，1983，第 2119 页。

类多湮没无传。梁顾烜始为之书，凡历代造立之原，[一] 大小轻重之度，皆有伦序，使后乎此者可以概见。唐封演辈从而广之，国朝金光袭、李孝美、董逌之徒，纂录邊出。"① 而《泉志》中多引"顾烜《钱谱》"及"顾烜"之说，佚文可见。

【要用对语】《提要》37 页。《总目》582 页。《提要》："《隋书·经籍志》小说家类著录，四卷。已佚。"按，《隋志》小说家著录为《要用语对》，书名误。

【造化权舆】《提要》52 页。《总目》653 页。《提要》："赵自勔撰。《新唐书·艺文志》小说家类著录，六卷。《直斋书录解题》入杂家类，云：'唐丰王府法曹赵自勔撰。天宝七年表上。陆农师著《埤雅》颇采用之，其孙务观，尝两为之跋。余求之久不获，己亥岁从吴门天庆《道藏》中借录。'其书久佚，未免佚文。据书名及陈振孙语，似为命定之类怪异故事。"按，此书属于事始物原类小说，并非记异之书。《玉海》卷三"唐造化权舆"条云："《艺文志》小说家：赵自勔《造化权舆》六卷（《崇文目》同）。《中兴书目》：唐天宝中丰王府法曹参军赵自勔撰。上述太极、天地、山岳、七曜、五行、阴阳之所始，中述人灵动用之所由，下述万物变化鬼神之所出。"陆游跋见卷《渭南文集》二十六《跋造化权舆》，卷二十七《跋家藏造化权舆》。此书佚文，余自《埤雅》中辑得九条，余书中尚见数条。

【柳氏家学要录】《提要》106 页。《总目》264 页。《提要》："原书已佚。"按，此书尚可见佚文。余嘉锡《读已见书斋随笔》辑《柳氏家学录》佚文三条②。余又辑得佚文数条。

【卢公家范】《提要》106 页。《总目》269 页。《提要》："《崇文总目》小说类原注'阙'，则宋代已佚。卢僎事迹史传未载。《全唐诗》卷九九收其诗十四首。据其《让帝挽歌词》前小序，知为开元中人。"按，卢僎屡见于《新唐书》。《新唐书》卷二百《儒学下》云："开元集贤学士，又有尹愔、陆坚、郑钦说、卢僎名稍著。"又云："卢僎，吏部尚书从愿三从父也。自闻喜尉为学士，终吏部员外郎。"据《新唐书·宰相世系表三上》，卢僎为汝州刺史卢弘悌子，曾为汝州长史，与卢从愿为昆弟行③，疑本传记误。《新唐书》卷二百《儒学下·褚无量传》又记褚无量表奏闻喜尉卢僎等四人校雠秘书。《新唐书》卷一百一十八《韩思复传》又记其为韩思复"故吏"，与孟浩然立石岘山。孟浩然诗中有《卢明府九日岘山宴袁使君、张郎中、崔员外》，《陪卢明府泛舟回作》，《和卢明府送郑十三还京兼寄之什》，《同卢明府饯张郎中除义王府司马，海园作》，《卢明府早秋宴张郎中海园即事，得秋字》，卢明府即卢僎。此书佚文见《太平御览》等。余有《开元诗人卢僎

---

① 洪遵《泉志》，《秘册汇函》本，见《丛书集成初编》。"一"，《学津讨原》本作"若"。《玉海》卷一百八十"唐钱谱"条："《艺文志》农家类：顾烜《钱谱》一卷。（顾氏为书，凡历代造立之原，大小轻重之度，皆有伦序。）"注文当据《泉志》序为言，是知序中"一"字当删。

② 见《余嘉锡论学杂著》，北京，中华书局，1963，第 656—658 页。

③ 《新唐书》，中华书局点校本，第 9 册，第 2928、第 2930 页。

及其诗文考论》、《唐代家范三种考论》可参①。

【佐谈】《提要》107 页。《总目》691 页。《提要》："韦绚撰。《新唐书·艺文志》小说家类著录，十卷。"按，此书未见《新唐志》，乃是《宋志》著录韦绚《佐谈》十卷。又，《秘书省续编到四库阙书目》小说类有《佐谭》十卷，《遂初堂书目》小说类有《佐谭》，均无撰者名。

【章程】《提要》110 页。《总目》660 页。补："章程"一词于唐代亦指饮酒时所遵从之规定，与令章②、酒令同义。如《北里志·俞洛真》："洛真虽有风情，而淫冶任酒，殊无雅裁，亦时为席纠，颇善章程。郑右史（仁表）常与诗曰：巧制新章拍指新，金罍巡举助精神。时时犹得横波盼，又怕回筹错指人。"《北里志·杨妙儿》："又以具善章程，愈相知爱。"《醉乡日月·使酒》："大凡蔑章程而务牛饮者，非饮源也。"敦煌写本《酒赋》："无劳四字犯章程，不明不快酒盛满。……壶觞百杯徒浪饮，章程不许李稍云。"

【文场盛事】《提要》123 页。《总目》487 页。《提要》："佚名撰。《遂初堂书目》小说类著录，又故事类重出。《新唐书·艺文志》入杂传类。《崇文总目》入传记类。原书已佚，未见佚文。据书名似与举子入试轶闻有关。"按，"杂传类"当作"杂传记类"。《通志略·史类·传记·科第》有《唐文场盛事》一卷，无撰人名。《玉海》卷五十一"唐文场盛事"条："《书目》：一卷，不知作者。载唐人世取科第，及父子、兄弟、门生、座主同时者。"（又见《玉海》卷五十一"唐文场盛事"条）可见此书内容大概。

【货泉录】《提要》160 页。《总目》155 页。《提要》云："《宋史·艺文志》小说类著录，一卷。原书已佚，未见佚文。"按，《郡斋读书志》著录《货钱录》一卷，注："右皇朝陶岳撰。记五代诸侯擅改钱币之由。幽州、岭南、福建、湖南、江南五国。"《遂初堂书目》谱录类亦著录陶岳《货泉录》。又按，洪遵《泉志》颇引此书，多记五代时钱事，佚文可辑。

【范阳家志】《提要》162 页。《总目》81 页。《提要》："卢藏撰。《宋史·艺文志》小说类著录，二卷。书已亡佚，未见征引。卢藏事迹史传未载，据《金石萃编》卷一三三《澹山岩题名》、一三四《零陵县朝阳岩题名》，知其字鲁卿，河南人。嘉祐时官潭州湘潭县主簿，权永州推官。"按，《通志略·史类·谱系·家谱》有《范阳家志》五卷，题"卢藏用撰"。作者当作卢载。王铚《四六话》卷上云："卢多逊丞相谪海外，国史载其谢表，末云：'流星已远，拱北极以无由；海日空

---

① 拙文《开元诗人卢僎及其诗文考论》，收入《中国诗学》第 16 辑，《唐代家范三种考论》收入《第三届中国俗文化国际学术研讨会论文集》，其主要内容曾在第三届中国俗文化国际学术研讨会（成都 2009）上发表。

② "令章"参见项楚：《令章大师李稍云》，载项楚《柱马屋存稿》，北京，商务印书馆，2003。

悬，望长安而不见。'又其孙载作《范阳家志》，附其临终自作遗表，略云：'昔日位居黄阁，众口铄金；此时身谢朱崖，蔓草萦骨。'虽有五代衰气，然亦可哀矣。"可知卢载是卢多逊（934—985）孙。《直斋书录解题》诗集类有《卢载杂歌诗》一卷，注："卢载厚元撰。集中有与胡则、钱惟演往来诗。"即此人。《金石萃编》所载卢藏为嘉祐（1056—1063）中人，时代太晚。又，《玉照新志》卷一云："明清家昔有卢载《范阳家志》一书，叙其祖卢多逊行事之详，为陆务观假去，因循不曾往索，尚能仿佛记其二三，则云：多逊素与李孟雍穆厚善，多逊窜逐，万里相望，声迹渺绝。时法禁严，邸报不至海外。一日忽赦书至，后有参知政事李，多逊云：此必孟雍，若登政府，吾必北辕。戒舍人俶装。已而果移容州团练副使，未渡巨浸，忽见江南李主，衣冠如平生，问云：相公平生何以至此？多逊云：屈。后主云：汝屈何如我屈。由是感疾而殂。"又："又多逊门下士有种英、苏冠者，平生最器重之，得罪之后，宾客云散，独英、冠二人徒步送抵天涯而还。英后易名放，即明逸。冠易名易简，魁天下，为参知政事。"是可见佚文二条。

【衣冠盛事】《提要》162 页。《总目》589 页。《提要》："钱明逸撰。《宋史·艺文志》小说类著录，一卷。今传重编《说郛》及《古今说部丛刊》本均题唐苏特撰，疑为明人伪托。他本未见。"按，《四库阙书目》小说类有钱明逸《衣冠盛事》一卷。《玉海》卷五十一"皇朝衣冠盛事"条："钱明逸载建隆以来讫熙宁衣冠盛事一卷，有景灵宫五朝绘像、功臣姓名附于后。"可知其书大概。《新唐志》杂传记类有苏特《唐代衣冠盛事录》一卷，《直斋书录解题》杂史类有《衣冠盛事》一卷，云："唐武功苏特撰。"《宋志》传记类有"苏特（一作时）《唐代衣冠盛事录》一卷"。此与钱明逸《衣冠盛事》不同。然今传本苏特《衣冠盛事》亦伪书，盖明人杂抄《国史补》、《因话录》、《隋唐嘉话》、《梦溪笔谈》诸书为之。

【张舜民小说】《提要》164 页。《总目》658 页。《提要》："张舜民撰。未见著录及传本。《锦绣万花谷》前集卷三五引'密云龙条'，叙崇宁间神宗下令制密云龙事，末署出'《张舜民小说》'。知张舜民有此书。"按，此条实为张舜民《画墁录》文字，称"张舜民小说"者，泛称也。此目当删。

【石渠录】《提要》168 页。《总目》393 页。《提要》："黄伯思撰。……原书已佚，未见佚文。"按，涵芬楼《说郛》卷十二《悦生随抄》引一条："八舅王彦舟侍郎，常〔随〕〔跋〕周昉、韩幹画人马，云：'天厩无瘠马，宫禁无悴容。宜乎韩马周人皆肥。'"

【琐碎录】《提要》171 页。《总目》449 页。《提要》："温革撰。《直斋书录解题》小说家类著录《琐碎录》二十卷，《后录》二十卷。未见传本及佚文。……温革事迹未详。"《总目》："陈振孙著录其书，当作宋理宗时之前。"按，《文渊阁书目》卷三有《琐碎录》一部三册。温革，字叔皮，南渡前后人。《建炎以来系年要录》卷一百三十八："绍兴十年冬十月壬申朔，秘书省正字温革，监登闻检院马竑罢。时言者论二人专守偏见，讪议纷然，望使各与外任，庶几人知好恶，国是自定。乃以革通判洪州。"《南宋馆阁录·官联·正字》:"温革,字叔皮,温陵人。何·榜上舍出身,治易。(绍兴)八年五月除(秘书省正字),十年十月通判洪州。"《八闽通志》卷六十七《人物·泉州府·良吏》:"温革,字叔皮,惠安人。政和中第进士。初名豫,后耻与齐同,改今名。绍兴初,被命与莆人方廷实使河南修山陵,归,奏以实语,甚愤激。忤秦桧意,出知南剑州,改知漳州,甚得民誉。终福州转运使。"今存《分门琐碎录》残本,《续修四库全书》据上海图书馆藏明抄本影印,方健以为此本为明人据《琐碎录》摘抄重编之本①。

【纪谈录】《提要》171 页。《总目》168 页。《提要》云:"晁迈撰。《直斋书录解题》小说家类著录,十五卷。……晁迈事迹史传未载,仅据陈振孙注,知其字伯咎,号传密居士。"按,作者当为晁公迈。陈振孙注云:"称传密居士,不著名氏,盖晁公迈伯咎也。""公"字不当省。晁公迈(1091—1146),北宋晁咏之长子。其生平略见何新所《昭德晁氏家族研究》②。

【侍儿小名录】《提要》174 页。《总目》399 页。《提要》:"洪炎(或作洪刍、洪遂)编辑。……原书不存。《续百川学海》、重编《说郛》收有洪遂《侍儿小名录》……故今本当为明人伪撰而妄题洪遂原书。……洪炎其人未详。"按,此书作者当是洪炎。洪炎(1067—1133),字玉父,南昌人。与其兄洪朋(龟父)、洪刍(驹父)称三洪,均是江西诗派的重要诗人。洪炎元祐六年(1091)登进士第,宣和中累官著作郎、秘书少监,绍兴三年(1133),以秘书少监守中书舍人。所谓洪遂之书,实是明人杂取三书而成,其中 1 – 10 条出自《侍儿小名录拾遗》,11 – 22 条出自《补侍儿小名录》,23 – 32 条出自《续补侍儿小名录》,其条目排列顺序也与《稗海》本三书各自顺序相同③。

【闲燕常谈】《提要》176 页。《总目》513 页。《提要》:"《直斋书录解题》小说家类著录一卷。袁行霈、侯忠义《中国文言小说书目》有北京大学图书馆藏抄本。未见。"按,《直斋书录解题》著录为三卷,非一卷也。《遂初堂书目》小说类亦著录《闲燕常谈》。重编《说郛》卷三十七收此书节录本。余又辑得佚文三条。

【随园纪述】《提要》180 页。《总目》445 页。《提要》:"姚迥撰。《宋史·艺文志》小说类著录,一卷。原书已佚,未见佚文。迥字及之,淳熙五年(1178)进士,终承议郎通判临安府。事迹见《嘉定赤诚志》。"按,书名当作《随因纪述》,作者是晁迥。《宋志》著录为姚迥《随因纪述》一卷,作者亦误。《宋史》卷三百五《晁迥传》:"所著《翰林集》三十卷,《道院集》十五卷,《法藏碎金录》十

---

① 方健:《南宋农业史》第四章第一节"南宋农书考略",北京,人民出版社,2010。

② 何新所:《昭德晁氏家族研究》,上海古籍出版社,2006,第 56 页。

③ 参见罗宁、张克然:《侍儿小名录书考》,发表于第六届中国宋代文学国际学术研讨会(成都 2009 年),已收入会议论文集,待出版。洪炎生平,可参见韦海英:《洪炎行年考》,载其《江西诗派诸家考论》,北京大学出版社,2005。

卷，《〔耆〕〔耄〕智余书》、《随因纪述》、《昭德新编》各三卷。"晁迥（951—1034），字明远，太平兴国五年（980）进士。真宗时累迁工部侍郎、刑部侍郎、兵部侍郎。仁宗时迁吏部尚书，以太子少保致仕①。卒赠太子太保，谥文元。《随因纪述》虽佚，然其内容有采入《道院集要》中者。《郡斋读书志》别集类有《晁文元道院集要》三卷，云："右皇朝王古编。其序云：'文元晁公，博观内书，不徒力行复，勤于撰述，以开导后学。其书曰《道院别集》，曰《自择增修百法》，曰《法藏碎金》，曰《随因记述》，曰《耄智余书》。余尝遍阅之，以为名理之妙，虽白乐天不迨也。辄删去重复，总集精粹，以便观览云。'古，元祐中侍从。"据王古之序可知，《道院集要》乃《随因记述》等五书之选编本。《道院集要》有《四库全书》本。《随因记述》宋末尚存，俞琰《周易参同契发挥》卷五引其文字一段。

【史遗】《提要》183 页。《总目》396 页。《提要》："林思撰。《宋史·艺文志》小说类著录，一卷。……原书已佚。现存佚文二条。一见《群书类编故事》卷六'为乳母解纷'条，前引殷芸《小说》中关于东方朔巧言解救汉武帝乳母事，继叙顾况以相同方法为韩晃乳母解围事。二见明董斯张《广博物志》卷四二，记王梵志投胎隋代王德祖家，为一树瘿。王德祖剖而取之，梵志故以王为姓。"按，此书作者不详，非林思也。《新唐志》杂史类著录林恩《补国史》十卷，下接《传载》一卷、《史遗》一卷，其间并无"又"字相连。《传载》即今《大唐传载》，作者不详，《史遗》当亦非林恩之作。至于《宋志》称"林思（一作黄仁望）《史遗》一卷"，恐是因《新唐志》而误以为《史遗》亦林恩（思）之撰。至于林恩、林思孰是，暂不能定。《史遗》为唐代轶事小说，今本《桂苑丛谈》后附此书，共十八条，即有顾况、王梵志二事。李剑国以为此书南宋已附《桂苑丛谈》后，且为完本②。

【醉乡小略】《提要》184 页。《总目》690 页。《提要》云："《宋史·艺文志》小说类著录，一卷。"按，此书作者名，《提要》、《总目》皆据《宋志》著录为说，而《提要》作胡节（竹字头）还，《总目》作胡笐还。然查《宋志》小说类（中华书局本、武英殿本）实作胡节还。此书卷数，亦有五卷之说。《崇文总目》小说类著录《醉乡小略》五卷。《通志略·史类·食货·酒》亦著录《醉乡小略》五卷，题"胡节还撰"。

【会计新录】《提要》184 页。《总目》154 页。《提要》："罗邵撰。《宋史·艺文志》小说类著录，一卷。……罗邵事迹未详。"按，此书仅见《宋志》小说类著录，书名作《会稽新录》。《提要》、《总目》皆误。李弥逊《筠溪集》卷十一有《与罗邵诸公同游陈氏园分江头千树春欲暗得树字》，盖即此罗邵，是为北宋末人。

---

① 参见何新所：《昭德晁氏家族研究》，第 32 – 33 页。又张剑《晁迥年谱》，见《宋代家族与文学——以澶州晁氏为中心》附录一，北京出版社，2006。

② 参见李剑国：《唐五代志怪传奇叙录》，天津，南开大学出版社，1993，第 956 页。

【广说】《提要》184 页。《总目》114 页。按，此书作者、卷数，《提要》、《总目》据《宋志》小说类著录载为章世卿、一卷。然查中华书局本及武英殿本《宋志》，著录为谭世卿《广说》二卷。

【杂说】《提要》184 页。《总目》651 页。《提要》："赵辟公撰。《宋史·艺文志》小说类著录，一卷。原书已佚，未见佚文。"按，陆佃《埤雅》引四条。

【和平谈选士】《提要》185 页。《总目》133 页。《提要》："佚名撰。《宋史·艺文志》小说类著录，一卷。原书已佚，未见佚文。"按，张镃《仕学规范》编书目有"和氏谈选"，注"平时"。盖作者为和平时，书名为《谈选》。涵芬楼《说郛》卷五节录二十二条，注"十卷"。卷数与《宋志》相异。昌彼得《说郛考》云："旧抄本及《培林堂书目·说郛目》均题宋江湖隐逸撰。"① 江湖隐逸或即和平时之号。重编《说郛》卷三十五据此收入而误题《谈撰》，作者为元虞裕，系妄题撰者。此外佚文见《仕学规范》引二条，《吴郡志》引三条，涵芬楼《说郛》卷十二《悦生随抄》引一条。

【野说】《提要》190 页。《总目》584 页。《提要》："原书已佚。涵芬楼本《说郛》摘录六条，为重编《说郛》所据。邵思事迹史传未载。《说郛》署为'雁门人'。然文中记开宝八年（975）宋兵陷金陵时作者六岁与父母避难事。则当为宋初江南人，与雁门不符。或祖籍雁门，侨寓金陵，亦未可知。"按，邵思另有《姓解》三卷，见《直斋书录解题》谱牒类著录，注："雁门邵思撰。以偏旁字类为一百七十门，二千五百六十八氏。景祐二年序。"《宋志》谱牒类著录同。今传《古逸丛书》本，属"雁门邵思篆"，书前序称"大宋景祐二年上祀圜丘后五日自序"。据《宋史·仁宗纪二》，祀圜丘在景祐二年（1035）十一月乙未。《姓解》卷一"邵"姓下，注"雁门邵氏"，雁门为邵氏郡望。

【传载】《提要》190 页。《总目》685 页。《提要》："佚名撰。《宋史·艺文志》小说类著录，一卷。未见传本。《海录碎事》诸书引有佚文，见唐人《大唐传载》，必非此书。疑即僧赞宁八卷本《传载》之节本。"按，今传本唐小说《大唐传载》，《新唐志》杂史类、《崇文总目》传记类著录均作《传载》。《宋志》著录《传载》，其前为裴铏《传奇》，其后为曹大雅《灵异图》、裴约言《灵异志》，曹大雅时代不详，而裴铏、裴约言皆唐人，则此《传载》亦当指《大唐传载》而言，非于《大唐传载》及赞宁《传载》外别有一书也。此目当删。

【潮说】《提要》193 页。《总目》34 页。《提要》："张君房撰。《宋史·艺文志》小说类著录，三卷。原书已佚，未见佚文。"按，此书又名《潮说会最》。《玉海》卷十五"天圣海潮图论"条："《崇文目》小说有《海潮论》一卷、《记》一卷、《潮说会最》三卷（张君房）。"钱辑本《崇文总目》小说类著录作《海潮会最》三卷，文渊阁《四库全书》本《崇文总目》作《海说会最》。《遂初堂书目》

---

① 昌彼得：《说郛考》，台北，文史哲出版社，1979，第 113 页。

地理类有《潮说》，《文渊阁书目》卷四有《潮说》三篇一册，应即此书。清俞思谦辑纂《海潮辑说》，录有窦叔蒙、丘光庭、张君房等人论潮之说，张君房书文字出自《永乐大典》，当属可信。所谓"会最"，会抱朴子、封演、窦叔蒙、卢肇、丘光庭诸家之说也。

【花木录】《提要》437 页。《总目》144 页。《提要》："《宋史·艺文志》小说类著录，七卷。今未见传本及佚文。……张宗诲其人未详。"《总目》云："张宗诲其人未详。《宋史·艺文志》小说类著录张宗诲《花木录》七卷。今存文学古籍刊行社 1956 年刊本，藏中国国家图书馆。"按，《宋志》又著录此书于农家类，重出。张宗诲，字习之，张齐贤（943—1014）第二子。以父任秘书省正字。后为永兴军兵马钤辖，又徙鄜延路兼知鄜州。领兴州防御使，复徙永兴钤辖兼知邠州，以秘书监致仕。见《宋史》卷二六五《张齐贤传附宗诲传》。此书之著录，又见《崇文总目》小说类、《宋志》农家类。《通志略·史类·食货·种艺》有《花目录》七卷，注："宋朝张宗诲撰。"亦即此书。《类说》卷十三有《花木录》五条。此外其佚文尚有：《吴郡志》卷四十七《异闻》引一条，《海棠谱》卷上引三条。《总目》所云"今存文学古籍刊行社 1956 年刊本，藏中国国家图书馆"，误。按，《类说》有天启刊本藏国家图书馆，有文学古籍刊行社 1956 年影印本，恐以此而误。

【钱谱】《提要》439 页。《总目》335 页。《提要》："宋董卣撰。《宋史·艺文志》小说类著录，十卷。今有涵芬楼《说郛》、《翠琅玕馆丛书》、《艺术丛书》、《芋园丛书》本均为一卷。……董卣其人未详。"《总目》题作者为董弅，云："董弅字彦远，东平（今属山东）人。……事迹见《宋史翼》卷二七等。"按，此书作者董逌，字彦远，董弅父。《宋史翼》卷二十七有传。《郡斋读书志》类书类著录《续钱谱》十卷，云："右皇朝董逌撰。逌之祖尝得古钱百，令逌考次其文谱之，以前世帝王世次为序。且言梁顾烜、唐封演之谱，漫汗蔽固，不可用。其谱自太昊、葛天氏，至尧、舜、夏、商皆钱币，其穿凿诞妄至此。"《遂初堂书目》农家类亦有董彦远《钱谱》。据《玉海》卷一百八十"唐钱谱"条记，董逌撰《续钱谱》十卷作于绍圣元年（1094）。洪遵《泉志》引其董逌之说颇多，即此书佚文。至于涵芬楼本《说郛》本《钱谱》（见卷八十四），不题撰人，重编《说郛》卷九十七收录《钱谱》，题"董逌"，二本文字略同。但其中有数处引董逌《钱谱》云云，末尾有"元朝钱钞"、"国朝宝钞"（重编《说郛》无"国朝宝钞"），竟及元明，可见非董逌《钱谱》。

【历代钱谱】《提要》439 页。《总目》235 页。《提要》："宋李孝友撰。《宋史·艺文志》小说类著录，十卷。未见传本及文佚文。……李孝友其人未详。"《总目》："李孝友为相州（今河南安阳人）。以荫补官，仕至节度使。事迹见《宋史新编》卷一八三、《南宋书》卷六七等。……未见传本及佚文。"按，此书又名《钱谱》，《遂初堂书目》谱录类有李孝美《钱谱》。《郡斋读书志》类书类著录《钱谱》十卷，注："右梁顾烜撰《钱谱》一卷，唐张台亦有《钱录》二卷。皇朝绍圣间李孝美以两人所纂舛错，增广成十卷，分八品云。"《清波杂志》卷七"钱谱"条云："辉家旧藏《历代钱谱》十卷，乃绍圣间李孝美所著，盖唐人顾烜、张台先有纂说，孝美重修也。"可见此书撰于北宋绍圣（1094—1098）中，作者之名当作李孝美，非南宋时李孝友。《宋志》杂艺术类有李孝美《墨苑》三卷，类事类有李孝美《文房监古》三卷。《直斋书录解题》杂艺类著录《墨苑》三卷，云："赵郡李孝美伯阳撰。曰图，曰式，曰法。元符中马涓、李元膺为之序。"可知李孝美字伯阳。洪遵《泉志》引李孝美说颇多，即此书佚文。

"中国古代叙事文学国际学术研讨会"综述

中央民族大学文学与新闻传播学院　李继伟

　　2010 年 11 月 19 日 - 21 日，由中央民族大学文学与新闻传播学院主办的"中国古代叙事文学国际学术研讨会"在北京举行，来自日本、韩国和我国内地、中国台湾的一百多位专家学者出席了本次会议。

　　本次研讨会以传统学术取径为基础，以民族文化为视角，以加强古代叙事文学各种文体的纵横比较和综合研究为目的，共设置有"民族文化多元性与中国古代叙事文学关系研究"、"中国古代小说研究"、"中国古代戏曲研究"、"中国古代史传文学、叙事诗研究"、"中国传统叙事理论研究"五个议题，旨在总结中国古代叙事文学的研究方法，以微观的文本研究为基础，强化对叙事文学的宏观研究，从而推动中国古代叙事文学研究的深入发展。本次会议共收到论文 69 篇，55 人在会上作了学术报告，学者们围绕大会议题从以下四个方面展开了热烈讨论和深入交流。

一、跨越文体壁垒的综合研究

　　20 世纪的中国古代叙事文学研究主要以单篇作品或单一文体为研究对象，取得了前所未有的成就。但是中国古代诸体文学同源共生、相互影响、互为补充的演变特点从根本上决定了中国古代叙事文学研究未来的发展方向——以前代学人微观细致的文本研究成果为基础，认真借鉴相关学科的研究方法，从系统的、综合的、跨越文体的宏观视角来开展跨文体、跨时代甚至是超越文学的研究，进而探究中国古代叙事文学的整体演变规律。跨文体、跨朝代的综合研究，成为本次会议的一个突出特点。

　　中国人民大学张国风教授的论文《你中有我，我中有你——古代小说、戏曲互动之一例》，从中国古代小说戏曲互相影响、共同发展的角度，探讨了宋江杀惜故事从《大宋宣和遗事》、元杂剧直至小说《水浒传》渐趋丰富严密的演变过程，指出了杀惜作为宋江命运的转折点在水浒故事发展历程中发挥的重要作用。天津师范大学宋常立教授《中国古代小说叙事向戏曲叙事的借鉴——古代戏曲小说的分层叙述》一文，通过叙事的文字语言运用分析指出：早期的戏曲如金元杂剧吸收小说的叙事方式，将小说的一人叙事变为戏曲的多人叙事，而舞台上的多个"角色叙述者"在进入戏曲文本时往往表现出不同层次的关系，使得多个不同叙述者构成的分层叙述、跨层人物叙述以及复合叙述者叙述等叙述手法出现在杂剧文本中，而明清长篇小说的叙述分层等手法，就是向戏曲借鉴的结果。南开大学孟昭连教授的论文《口传叙事、书写叙事及其相互转化——以中国古代小说为中心》，以口传叙事与书写叙事的关系为研究视角，考察了采诗与献诗、《汉志》中的"小说"、剧谈与唐传奇、说话与话本小说几个重要阶段，力图从中寻找中国古代小说发展史上故事累积及语体变化方面的规律。哈尔滨师范大学关四平教授《唐代小说与史传叙事模式比较论》一文，从中国史传在叙事模式方面对小说的影响谈起，探讨了二者的传承关系，进而从叙事模式的四个层面比较了唐代文言小说与史传的异同。南开大学宁稼雨教授《故事主题类型研究与学术视角换代——关于构建中国叙事文化学的学术设想》一文，回顾了 20 世纪中国古代小说戏曲的研究史，充分肯定了 20 世纪学术界所取得的研究成绩，进而从小说戏曲题材同步同源的视角对故事类型研究的内涵和构成进行了初步构想，提出了构建中国叙事文化学的学术设想。武汉大学陈文新教授《从宋元话本到〈聊斋志异〉——论讲唱文学对文言小说的渗透》一文，探讨了宋元明清时期讲唱文学对中国叙事文学发展所起的重要作用：讲唱文学催生了宋代话本体传奇和元明中篇传奇小说两个小说史上的新品种；经由话本体传奇和中篇传奇小说的影响，文言小说的总体风貌与唐代的辞章化传奇大为不同，明代的"剪灯二话"和清代的《聊斋志异》等文言小说，其艺术趣味和表达方式都留有深受讲唱文学濡染的痕迹。中央民族大学王秀林的论文《论历史性叙事与文学性叙事的分别》，从虚构在故事结构过程中所起的作用谈起，提出虚构不是文学性叙事区别于历史性叙事的本质特征，文学性叙事既可以叙述历史的真实，也可以描述生活的真实。中央民族大学黄鸣《〈隋史遗文〉的叙事策略与体裁意识》一文，在研读《隋史遗文》文本与评点的基础上，探讨了《隋史遗文》"互见法"叙事策略与史传叙事文学的关系，分析了《隋史遗文》反映的隋唐系列小说群体意识，进而指出《隋史遗文》在历史演义体裁向英雄传奇体裁的演变上有着重要地位，它对以往的英雄传奇模式有所突破，从群像式转变为单一主角中心模式。

　　整体上看，与会学者对中国古代叙事文学的研究涉及小说与戏曲、口传文学与书写文学、文言小说与史传文学、讲唱文学与文言小说、白话小说与史传文学等诸多方面，拉开了叙事文学从微观细致的文本研究走向宏观整体研究的序幕。宁稼雨教授更在大会发言中倡议借鉴西方主题学的研究方法，以故事主题类型为研究对象，突破超越文体和单篇作品的范围界限，不再局限于小说、戏曲、诗歌、散文的文体樊笼和单个作品的单元壁垒，把与故事主题相关的各种文体、各样作品中的相关要素重新整合成为一个新的研究对象，为小说戏曲等叙事文体文学的研究打开一扇新窗户，提供一个新领域。而中国古代叙事文学"你中有我、我中有你"的存在形态决定了跨越文体界限研究中国叙事文学的可能性与必然性。

二、对中国古代小说的研究

本次研讨会以"中国古代叙事文学"为中心议题，作为中国古代叙事文学的最重要的文体——小说，自然成了会议研讨的中心内容。整体上看，有关流派、名著及续书、学术史的研究基本涵盖了本次研讨会中国古代小说研究的主要内容。

将作家文学思想、文学创作与社会活动、作品流传、读者接受、书坊编创等诸多影响文学流派形成的因素联系起来进行综合考察，是古代小说流派研究的新特色。广州大学纪德君教授《书坊编创与明清通俗小说流派的形成》一文，分析了明清书坊模仿畅销小说编创作品的行为对通俗小说流派形成的促进作用：虽然书坊编创通俗小说的方式多以抄改、辑补、拼凑、模仿为主，所编小说的艺术质量乏善可陈，但却先后促进了历史演义、神魔小说、公案小说、艳情小说、才子佳人小说编创的繁兴，致使通俗小说流派纷呈，为后来通俗小说创作水平的进一步提高做了一定的铺垫，激发了读者大众阅读通俗小说的强烈兴趣，培养扩大了通俗小说的读者队伍，为通俗小说的再创作提供了消费方面的保证。从正统政治势力、民间有识文士两种思想力量相互制衡的视角，来分析古代小说家的基本命运和小说存在的理由，进而探讨社会思潮对小说发展的影响，亦颇有研究价值。嘉应学院汤克勤教授《论古代小说家的基本命运及其小说的存在理由》一文，研讨了从汉到清相互制约的两股社会力量对古代小说家的评价和态度，进而考论了古代小说家的基本命运及其小说的存在理由，总结了古代小说的共性。武汉大学余来明的《才子佳人小说叙事的两个向度》一文，分析了明末清初才子佳人小说叙事的两个主要向度——道德理性与才子情怀，进而指出才子佳人小说出现的各种变化都是在这两个向度框架内展开的。

在本次研讨会上，有关小说名著及续书尤其是《红楼梦》及其续书的研究是学者们十分感兴趣的话题。北京语言大学段江丽教授《〈红楼梦〉家庭角色系列之贾母》一文，认为《红楼梦》作为典型的家庭题材小说，重大特色及贡献之一是诠释了传统家庭/家族文化背景下各类不同的家庭角色，论文以家庭角色为视角分析了中国传统文化造就的贾母形象。韩国翰林大学高旼喜教授的论文《〈红楼梦〉在韩国》，介绍了《红楼梦》在韩国的翻译和研究情况，指出今后应更加致力于《红楼梦》在韩国的介绍和传播，在现有红学研究成果的基础上，加强彼此之间的相互协作，积极从韩国学者的视角发现和研究红学课题，建立有韩国红学特色的真正的研究体系，为世界红学研究作出贡献。台湾师范大学胡衍南教授《〈红楼梦〉续书中的风月描写——论〈绮楼重梦〉、〈红楼幻梦〉、〈梦红楼梦〉》一文，从意识形态、文学品味方面对清代三种《红楼梦》续书进行了比较，指出了三种续书风月描写的差异：《绮楼重梦》反映了市井男性的暴发想象；《红楼幻梦》表现了才子情种的风雅耽溺；《梦红楼梦》则可能是作者青少年时期的随兴涂鸦，不见得已进入出版市场，不宜贸然视为色情小说生产机制下的性商品。浙江外国语学院赵红娟教授的论文《也谈〈红楼梦〉与〈西游补〉》，通过对《红楼梦》与《西游补》的比较，发现二者在作者的家族背景、小说的总体框架和寓意、小说的自叙性质诸方面都存在相似之处。

与会学者对其他小说的研究亦颇有创见。九江学院秦川教授的论文《小说与新闻之间：〈夷坚志〉故事的文体特征》，透过叙事学视角，对《夷坚志》的叙事特征进行了探讨，并指出《夷坚志》的文体是介于古代小说与现代新闻之间的。北京大学李鹏飞《试论古代小说"线索物"的结构、情节与叙事意义》一文，探究了中国古代小说"线索物"的含义及其源流，分析了"线索物"在加强内部结构、强化情节要素关联以及辅助人物塑造与主题表达等方面的重要作用。河北师范大学霍现俊教授《史讳传统与〈金瓶梅〉的人物命名》一文，选取《金瓶梅》中的几位重要人物来谈"词语置换"问题，进而指出"词语置换法"是一种深受中国史讳传统影响而又更加灵活的不同于其他小说的特殊艺术手法，它被广泛地运用于《金瓶梅词话》的人物称谓中，用以影射指称明正德、嘉靖时期某些真实的历史人物。北京外国语大学魏崇新教授的论文《〈野叟曝言〉创作心态探析》，结合夏敬渠的身世，对《野叟曝言》进行了文本分析，从创作心理角度探析了夏敬渠创作《野叟曝言》的心态及思想。

为促进学术研究深入开展，对学术史进行反思，总结前代学人的成绩与不足，分析研究方向方法等方面的经验教训，进而探究学术研究前进方向，是学术研究不可或缺的基础性工作。研讨会上，梳理反思学术史也是学者们的热门话题之一。北京语言大学沈治钧教授《回望红学龙卷风——以周绍良先生为中心》一文，从回溯红学研究史的角度，反思了发生在人民文学出版社二编室聂绀弩、周汝昌、周绍良之间的一段故实，并结合时势指出，所谓出自聂绀弩之口的"一句传闻"，即毛泽东对《红楼梦新证》"有好评"，纯属无中生有。江苏省社会科学院文学所胡莲玉的论文《关于南宋"说话四家"研究的回顾与思考》，梳理了南宋"说话四家"的研究史，钩稽了历代学人对此课题的贡献，进而建议：如果没有新的文献材料可资补证，最好暂时悬置"说话四家"研究，不必在文字读解上强为新说。

中国古代小说研究在本次叙事文学研讨会上占有很大比重，学者们以叙事为研究视角，涉及作家作品研究、作家文学活动研究、作品流传研究、读者接受研究，其中从作者、书坊、评论者、读者、社会思潮等角度来研究小说创作和流派嬗变，对于古代小说研究的深入开展尤其具有启发意义。

三、中国古代诸体文学的叙事研究和中国特色
叙事理论的初步探索

中国古代小说研究之外，会议论文研讨了青铜器铭文、史传散文、佛经译本、

诗词笔记、宋元曲艺、明清戏曲等诸多包含叙事因素的文体。

　　研究中国古代诸体文学时，与会学者另辟蹊径，从以往较少涉足的叙事视角发表了许多带有启发性的真知灼见。安徽财经大学丁进《西周私人叙事的兴起——利簋铭的叙事场域与铭文的解读》一文，辨析了学界对利簋铭文尤其是有关"岁"的释读，对"岁鼎"二字进行了重新释读，从文学角度提出利簋铭的叙事场域体现了由史官叙事向私人叙事的转变。洛阳师范学院刘继保教授《〈左传〉与中国叙事学的建立》一文，从语义学和语源学、概念形成发展两方面对"叙事"一词进行了辨析，得出了"历史叙事是中国叙事学的核心"的结论，在总结《左传》叙事特点的基础上，刘继保教授指出：《左传》在《春秋》的基础上发展了历史叙事，将历史叙事与文学叙事结合在一起，创造了"以事系人"的叙事典范，这种以时间为经、以人与事为纬的叙事典范，由记事而叙事，是中国叙事学建立的标志。西北民族大学高人雄教授《析什译〈妙法莲华经〉想象夸饰的奇特风貌》一文，分析了鸠摩罗什所译佛经《妙法莲华经》想象夸饰手法的独特风貌，指出鸠摩罗什所译佛经《妙法莲华经》的文学特质对推广佛法发挥了重要作用。武汉大学陈水云教授、柳倩月合著的论文《"诗史"说的叙事学诠释——以杜诗为讨论中心》，运用叙事学理论从叙事功能、叙述内容、叙事修辞三方面诠释了围绕杜诗发展起来的"诗史"说。鞍山师范学院刘刚教授《元曲中宋玉典故的语义语用分析与元代的民间宋玉接受》一文，通过对元曲中宋玉典故的语义语用分析指出：元曲对于宋玉典故的使用，看重的是其表述情事或艳情的语义功能，元曲对原有的宋玉典故进行了附加表现情事或引申改造艳情色彩词义的再创作，而新生的宋玉典故则清一色地用以表现情事或艳情。以此为基础，刘刚教授对元代宋玉典故的生成发展原因、民间宋玉接受及影响进行了分析。中央民族大学何春环的论文《董颖大曲〈薄媚·西子词〉述论》，分析了宋代咏史大曲《薄媚·西子词》的情节和主旨，探讨了西施形象在《薄媚·西子词》中的重塑和创新，进而分析了大曲对戏剧的影响。

　　从文人的创作思想、人生际遇、社会活动等角度探讨明清时期戏曲创作、戏曲流派的特点，也是研讨会的一大特色。中央民族大学傅承洲教授的论文《冯梦龙与苏州派剧作家》，从考述冯梦龙与苏州派剧作家的交游、冯梦龙对苏州派剧作家的奖掖提携入手，探讨了冯梦龙的文学创作与戏曲主张对苏州派剧作家的影响：苏州派剧作家受冯梦龙的启发，用苏州的历史、传说和时事编剧，直接从冯氏的"三言"中取材；冯梦龙严守曲律的戏曲创作主张和文学教化观也为苏州派剧作家普遍接受。傅承洲教授还进一步指出：冯梦龙是苏州派剧作家的戏曲导师，是苏州派产生和形成的重要推手。南京师范大学陆林教授的论文《试论清初戏曲家龙燮及其剧作》，考辨了龙燮的生平及创作、剧作的写作时间和本事，分析了龙燮剧作的内容特色、思想价值及局限，并特别指出龙燮作为一位杂剧、传奇仅各写一部的作者，却已较为练达地掌握了"场上之曲"的创作方法，表现出对观众戏曲欣赏习惯的了解和对古典戏曲编剧手法的谙熟，说明戏曲文学发展到清康熙前期，即便在纯粹文人的创作中，也不乏对案头与场上兼美的艺术追求。黑龙江大学杜桂萍教授《诗性人格与桂馥〈后四声猿〉杂剧》一文，分析了诗意生存与人生追求、文学创作与经学研究在桂馥为学从政人生中的消长互动，进而指出桂馥晚年创作的杂剧《后四声猿》突破了乾嘉学术观念及其操作实践之于作家个性的拘束，表达了桂馥天涯沦落之际内心的愤懑、感伤与无奈，彰显了桂馥作为诗人的情怀与审美能力。

　　本次研讨会以中国古代诸体文学的叙事为研究重心，研究对象涵盖了从西周至晚清三千余年间的多种文体样式，涉及青铜器铭文、史传散文、佛经译文、诗文理论、唐代诗歌、宋元曲艺、明清戏曲等诸多具有"一代之文学"特质的文学体裁。在研究中国古代诸体文学叙事特征的基础上，本次研讨会探讨了建构中国叙事理论体系这一热门话题，与会专家结合研究心得，提出了不少具有建设性的意见。刘继保教授提出应当重视从中国文化传统中去寻求，在中国文化原点上建立学术逻辑起点，充分理解和尊重中国传统中的叙事实践、叙事特点和叙事诉求，兼收并蓄国内和西方已有的叙事研究成果，将其整合成一套具有体系性的叙述话语和叙述研究理念，以此构建具有中国特色的叙事学。

四、研究方法的总结与创新

　　在本次大会的开幕式上，中国社会科学院荣誉学部委员、文学研究所研究员邓绍基先生概述了中国古代叙事文学的发展特点，总结了清末民初时期学者研究中国古代叙事文学的方法。邓先生指出，以胡适、陈独秀、王国维、梁启超、陈垣为代表的清末民初学者，一方面扭转了中国古代叙事文学研究长期得不到重视的局面，另一方面也为中国古代叙事文学研究的深入开展创立了坚实的方法论基础。从中国传统的学术源流看，清末民初学者继承了乾嘉学派以考据为主的治学方式，用以研究为乾嘉学派所轻视的小说戏曲，在中国古代叙事文学研究领域取得了辉煌成就；从新兴的西方理论引介看，清末民初的学者视野开阔、富有创新精神，他们借鉴西方文化孕育的进化论、实证主义等观点方法，将其与中国古代文学的作品实际、中国传统研究方法联系起来，既继承传统又勇于开拓创新，取得了新颖鲜活的研究成果，为中国古代叙事文学研究的后续发展确立了现代学术范式。在总结清末民初学者的研究成就时，邓绍基先生尤为推崇梁启超、胡适诸位先辈善于继承、勇于创新而又十分谦虚谨慎的治学精神。邓绍基先生希望以此次中国古代叙事文学国际学术研讨会为契机，总结出更好、更丰富、更富有创新精神的研究经验，将其与中国古代叙事文学的具体情况联系起来，促进中国古代叙事文学研究的深入发展。

　　从大会收到的论文、专家学者的发言来看，邓绍基先生对学界的期许与到会专家在叙事文学研究方面的努力不谋而合。北京师范大学张俊教授的论文《程本红楼语词校读札记（四）》，以传统考据学方法来研究《红楼梦》中的异词异字，结合典籍辞书重点对"轻意"、"容易"与"轻易"、"龙钟"、"XX而来"等语词进行了校读辨析，总结了《红楼梦》讲究选词用语的写作特色。张俊教授指出：在文本阅读时要重视词语尤其是有疑点词语的校读辨析，慎重校勘古籍版本的态度对解读作品具有察远烛幽的意义。廊坊师范学院许振东教授《明代金陵周氏家族刻书成员与书坊考述》一文，根据出版印刷史对金陵周姓书坊主的载录情况与现存的一些文献材料，对明代金陵地区的周姓书坊主及书坊进行了梳理、辨疑和补充，重点考述了周文炜至周亮工、周亮节父子兄弟的家世生平、刻书情况与书坊名称，为分析金陵地区文学与文化的传播奠定了基础。日本早稻田大学松浦智子《杨门女将"宣娘"考——杨家将故事和播州杨氏》一文，运用史书志传、笔记文集与通俗文学互证的方法，从对杨家将故事产生演变历程的考述入手，重点研究明代《杨家府世代忠勇演义传》后半部分中心人物杨宣娘，探寻了杨家女将情节的出现和形成过程。

实证考据的传统学术研究方法在文本考订、典籍整理、资料搜集方面为学术研究的深入开展奠定了坚实的文献基础，而擅长思辨对话、理论建构的西方文学理论则为中国古代叙事文学的文本阐释和结构分析提供了全新的视角。台湾嘉义大学徐志平教授的论文《叙事者干预在早期话本中的表现》辨析了"叙事者"、"叙事者干预"的概念，明确了早期话本的研究范围，进而从"对话语的干预"和"对故事的干预"两个方面全面考察了早期话本的叙事者干预现象。北京外国语大学罗小东教授《"三言""二拍"的预叙研究》一文，从发生学层面考述了我国叙事传统预叙手法的产生根由，将之归因于中国传统文化中最深层观念和意识的影响，进而对"三言"、"二拍"中卜卦、梦境等文本因素的预叙功能进行了分析，指出"三言"、"二拍"的预叙本身就蕴含着民族的审美习惯、思维特性、文化传统、价值观念等，表现出"三言"、"二拍"在叙事时间操作方面的独特性。北京大学刘勇强教授《古代小说叙事学研究反思》一文，分析了西方叙事学对于古代小说艺术研究思路调整的意义，进而指出，随着叙事学在古代小说研究中的普遍运用，其局限性也逐渐暴露，如何在研究中既能发掘古代小说叙事方面的创新，同时又能兼顾小说艺术的整体评价，使叙事学具有价值评判的维度，是值得认真对待的问题。为了切实推进古代小说的叙事学研究，努力探寻适合古代小说的叙事学命题，既是必要的，也是完全可能的，而中国传统小说理论也是一个可以充分激活的资源。北京外国语大学张洪波的论文《〈红楼梦〉叙述艺境的当代理论阐释：一种比较诗学路径》，从比较文论和比较诗学的视角入手，倡导对小说经典作品文本进行精细解读和深入阐释，在辨析中西理论前提与术语背景差异的基础上，探寻中西方共同的理论对话空间，努力从作品文本中发现《红楼梦》叙述艺术的现代意义。台湾师范大学李志宏的论文《"经世"：〈三国志通俗演义〉寓言建构探析》，以西方的新历史主义为理论指导，在细读嘉靖本《三国志通俗演义》文本基础上，试图重新解读主导《三国志通俗演义》叙事生成的意识形态和话语表现，进一步厘清奇书作家/编辑者的基本叙述意图，从中寻绎叙事的本质特征和发展线索。

近代以来，中西交流日益繁密，文化领域的比较沟通走向日常化，诞生了许多跨越文化的典籍作品，本次国际研讨会就有一些致力于中西文化比较交流研究的论文。李时人教授《中国古代"才子佳人小说"论略——从西欧中古时期的"骑士传奇"谈起》一文，比较了西欧中古时期"骑士传奇"和中国古代"才子佳人小说"产生背景和小说史意义的差异，进而倡导结合社会制度影响下的历史文化背景来研究古代小说。中国人民大学王燕《论〈汉籍解题〉的小说文献价值和学术影响》一文，以中西文化交流研究为立足点，一方面指出了《汉籍解题》作为第一部向西方人系统介绍中国文献的目录学著作在文献方面的价值；另一方面尤其强调《汉籍解题》在《四库全书》之外格外重视著录中国小说的文献价值和学术意义。

从总体上说，本次研讨会以实证考据的传统学术研究方法作为中国古代叙事文学研究的基本立足点，用创新的精神、开放的胸襟、广阔的视野大量借鉴适合中国古代叙事文学实际的西方理论，以融会贯通、因地制宜的态度客观看待中西研究方法，使得考据学、叙事学、比较诗学、新历史主义、传播学、由模糊数学衍生而成的模糊叙事、语言学、空间场景文化/意识形态分析、文化比较等研究方法得到合乎实际、恰如其分的运用，为解读阐释中国古代的叙事文学作品提供了方法论层面的参考。

纵观中国古代叙事文学国际学术研讨会，与会学者在回到原典细读文本、灵活地运用传统的与西方的研究方法、立足于中国叙事文学实情建构中国叙事理论诸方面达成了一定程度的共识，在跨越文体壁垒的综合研究、中国古代诸体文学的叙事研究、研究方法总结与创新等方面颇有创见。本次研讨会上引起专家学者广泛关注的中国古代叙事文学研究未来走向问题，亦在热烈的讨论、耐心的切磋、深入的交流中得到解决，与会专家普遍认为：以20世纪的学术研究成果为基础，认真借鉴古今中外各种研究方法中适用中国古代叙事文学实情的有益成分，从系统的、综合的、跨越文体的宏观视角来开展跨文体、跨时代甚至是超越文学层面的研究，进而探究中国古代叙事文学的整体演变规律，应当成为中国古代叙事文学研究的主流方向。

后　记

2010 年 11 月 19 日 – 21 日，中央民族大学文学与新闻传播学院成功主办了"中国古代叙事文学国际学术研讨会"，来自日本、韩国和我国内地、中国台湾的一百多位专家学者出席了这次会议。与会专家向大会提交了 69 篇论文，对我国古代叙事文学的创作与理论进行了深入探讨。为了将这次会议的研究成果奉献给学界同仁，也为了给这次学术会议留下一份纪念，中央民族大学文学与新闻传播学院决定公开出版这本论文集。感谢各位专家的支持与配合，同意将大作收入本集，并作了相应的修订。由于部分论文已经或即将在学术刊物发表，未能收入本集，我们深感遗憾与歉意。

傅承洲